教育部人文社会科学研究青年基金项目"英国17世纪作家阿芙拉·贝恩研究"
（项目编号：14YJC752035）资助

烟雾笼罩中的权力：
论阿芙拉·贝恩作品中的女性意识

Yanwu Longzhaozhong De Quanli
Lun Afula Beien Zuopinzhong De Nüxing Yishi

郑 伟 ◎ 著

黑龙江人民出版社

图书在版编目(CIP)数据

烟雾笼罩中的权力:论阿芙拉·贝恩作品中的女性意识/郑伟著. — 哈尔滨:黑龙江人民出版社,2018.7
ISBN 978-7-207-11429-7

Ⅰ.①烟… Ⅱ.①郑… Ⅲ.①阿芙拉·贝恩(1640-1689)—妇女文学—文学研究 Ⅳ.①I561.063

中国版本图书馆 CIP 数据核字(2018)第 171636 号

责任编辑:张广博　张晔明
封面设计:鲲　鹏

烟雾笼罩中的权力:论阿芙拉·贝恩作品中的女性意识
郑　伟　著

出版发行	黑龙江人民出版社
地　　址	哈尔滨市南岗区宣庆小区 1 号楼
邮　　编	150008
网　　址	www.longpress.com
电子邮箱	hljrmcbs@yeah.net
印　　刷	北京万博诚印刷有限公司
开　　本	880×1230　1/32
印　　张	13.25
字　　数	310 千字
版　　次	2018 年 7 月第 1 版　2021 年 1 月第 2 次印刷
书　　号	ISBN 978-7-207-11429-7
定　　价	35.00 元

版权所有　侵权必究
法律顾问:北京市大成律师事务所哈尔滨分所律师赵学利、赵景波

前　言

阿芙拉·贝恩是英国历史上第一位职业女性作家。本书考察的中心是其作品中呈现的女性意识，主要表现在两个维度：一是在家庭层面实现女性意识对于性别秩序的重构，表现在反对父权制；二是在作品中致力于女性参与政治的探索。贝恩最为成功的作品是政治喜剧，这无疑大大超过了十八世纪女作家的表现领域，也体现出其女性意识的超前性。

贝恩的创作生涯横跨了整个王政复辟时期。她在复辟时期文坛十分活跃，剧作在当时很受欢迎，因此有必要将其放置于更广阔的历史背景中去考察。贝恩在变革时代对于女性写作以及小说文体做出了极具原创性的贡献，并且对英国十八世纪早期的戏剧以及小说创作造成了一定的影响，但这一事实长久以来一直被遮蔽。可见，厘清贝恩对于英国女性思想形成的贡献以及她在女性写作、小说文体的形成等诸多方面的开创意义，对于丰富和深化英国复辟时期文学研究都有一定的意义。

第一章分析阿芙拉·贝恩作品中女性意识影响下的性别权力重构，分成婚姻权力、欲望权力、身体权力、认知权力四个层面展开。贝恩的戏剧创作大多数围绕性别的冲突与对抗展开，性别权力的思考贯穿了贝恩剧作的始终。在贝恩接近三十年的创作生涯中，她根据政治情势的变化，灵活地改变着表达女性意识的策略，也呈现出她对于性别权力构成由浅入深的思考。早期作品

烟雾笼罩中的权力：论阿芙拉·贝恩作品中的女性意识

《荷兰情人》利用了英国与荷兰的民族矛盾，让剧中的女主人公得以摆脱包办婚姻。《裴兴特·幻兴爵士》以政治正确打击保王党敌手代表的父权制，从而让青年男女获得婚姻自由。随着贝恩思想的成熟，其女性意识的思考进入了更加深入的层次。《漫游者·第二部》中的女主人公战胜了欲望以及金钱的诱惑，也实现了对于身体权力的控制。后期作品《月亮皇帝》中进一步强化了喜剧的狂欢式反抗，针对父权制的认知权力进行解构。贝恩的女性意识首先体现在性别权力的重构维度，她对于父权权力运行机制的狂欢式解构也使其思想达到了复杂的高度。

第二章探讨女性意识与政治意识的勾连纠结，研究了以《荷兰情人》的上演为始，以《寡妇兰特氏》为终的七部涉及政治主题的戏剧作品，以期在具体历史事件的背景下厘清作家的女性意识与政治思想的合流与背离。本章试图在具体的政治语境下审视这一时期贝恩作品中的女性意识与政治意识的互动关系，并且分析走向创作成熟期的贝恩成功的原因。

第三章论述了女性意识的拓展导致《欧奴诺可》中出现的殖民、文体以及道德上的矛盾性。本章在齐格蒙特·鲍曼的现代性的矛盾性理论框架下综合分析该作品中呈现的矛盾性。尽管政治宣传也是《欧奴诺可》创作的直接动机之一，但这部作品的真正意义，似乎不能仅仅用政治动机说明。《欧奴诺可》中的矛盾性除了受到英国社会转型影响之外，也与作者的女性意识底色有明确的关系。

第四章又从文化研究回归到了传统的文学内部研究，研究了贝恩作品中女性意识影响下的人物形象塑造。本章分为两节，首先关注了女性意识节制下的男性人物塑造，然后分析了女性意识影响下的女性人物形象。贝恩在塑造人物形象的时候或多或少地受到了女性意识的左右，她一方面在作品中有意识地削弱男性人物的男性气概,并且在文学领域想象性地建构了理想男性;另一方面,她又塑造了具有男性气概的女性形象,因此呈现出女性意识底色。

结语部分回应了前论部分提出的问题,总结全书。阿芙拉·贝恩在作品中一方面迎合了观众的需要,另一方面传达了女性意识。最后,全书回答了贝恩在英国文学史上能否实现经典化的问题。

目 录

第一章 原初女性主义者的超越:离散于英国女性文学史坐标之外的贝恩 …………………………………………（1）

第一节 阿芙拉·贝恩生平、作品及创作观论略 ………（1）

第二节 阿芙拉·贝恩及其作品的研究状况 …………（26）

（一）国外研究状况 ……………………………………（26）

（二）国内研究状况 ……………………………………（35）

第三节 女性意识:核心概念阐述 ………………………（36）

第二章 从虚与委蛇到短兵相接:女性意识影响下的性别权力重构 ……………………………………………………（45）

第一节 摆脱父权控制:女性对于婚姻秩序的重构 ……（47）

（一）《荷兰情人》:主动出击寻求婚姻自由 …………（47）

（二）《漫游者·第一部》:在妥协中争取婚姻自主 …（51）

（三）以政治正确取得婚姻自主:《裴兴特·幻兴爵士》中患病的父权制 ……………………………………（58）

第二节 合法的享受:女性意识对于欲望秩序的重构 …（67）

（一）作为欲望客体的女性:秩序崩坏下的欲望话语狂欢 ……………………………………………………（69）

（二）《漫游者·第二部》:金钱与欲望冲突下的性别对抗 ……………………………………………………（79）

1

（三）《都市女继承者》：无处安放的女性欲望 ………… (84)

第三节 笑的边界与反抗：性别秩序的狂欢化反抗 ……… (90)

（一）怪诞身体与身份颠覆：《漫游者·第二部》中的性别秩序狂欢式协商 ………………………………… (91)

（二）加冕、脱冕与视觉欺骗：《月亮皇帝》中闹剧狂欢节精神对父权的解构 ……………………………… (102)

小 结 ……………………………………………………… (121)

第三章 从劝诫到协商的调适：女性意识影响下的性政治主题流变 …………………………………………… (123)

第一节 民族形象的性相隐喻与政治宣传：《荷兰情人》中的性政治隐喻 ………………………………………… (126)

第二节 《漫游者·第一部》：不合时宜的政治劝诫与纠结的保王主义 ……………………………………… (137)

（一）高调的贝恩为何要戴上面具？ ……………… (138)

（二）游刃有余：通过劝诫保王党人表达女性意识 …… (141)

第三节 女性意识与政治意识的共生及压抑：以三部政治喜剧为中心 ……………………………………… (148)

（一）《伪装的风尘女》：建构复辟时期性政治喜剧模式的典范 …………………………………………… (150)

（二）《漫游者·第二部》：女性意识彰显对于托利党政治的背离 …………………………………… (155)

（三）《都市女继承者》：复辟时期党争的形象注解以及性政治话语的调适 ……………………………… (161)

第四节 在政治斗争夹缝中书写女性意识：《圆颅党人》中的性政治 …………………………………………… (172)

（一）《圆颅党人》的创作目的与女性意识建构 …… (174)

（二）女先知凝视下的复辟时期政治 …………………（187）
　　（三）女性参政幻想：政治乌托邦的建构 ……………（200）
　　（四）女性意识的闹剧狂欢 ………………………………（216）
第五节　《寡妇兰特氏》：女性意识主导的性政治协商
　　……………………………………………………………（222）
　　（一）"为所欲为的女性"与反抗父权：性别重塑与微观政治
　　　　隐喻的关系 …………………………………………（224）
　　（二）婚恋模式抑或弗吉尼亚政体构建？性秩序重构中的宏
　　　　观政治隐喻 …………………………………………（228）
　　（三）从性平等到走近政治边缘：女性意识主导的初步胜利
　　　　……………………………………………………………（236）
　小　结 …………………………………………………………（239）
第四章　殖民与叙述：女性意识的空间拓展与早期现代社会的
　　　　矛盾性 ……………………………………………（241）
　第一节　废奴主义抑或改良主义？——殖民体系矛盾性的
　　　　体现 ………………………………………………（245）
　　（一）空间殖民的矛盾性 …………………………………（246）
　　（二）种族区分及其矛盾性 ………………………………（256）
　第二节　女性权威的生成：文体上的矛盾性与小说叙述中的
　　　　女性意识主导 ……………………………………（278）
　　（一）雅努斯神的面孔：文体上的矛盾性 ………………（280）
　　（二）叙事中的女性意识主导 ……………………………（291）
　第三节　无根的反抗：女性意识拓展的矛盾性 ……………（306）
　　（一）女性意识主导下的道德教化 ………………………（307）
　　（二）女性意识与殖民意识的冲突 ………………………（313）
　　（三）女性意识与人物形象矛盾性的关系 ………………（320）

小　结 ··· (323)

第五章　皴染与主导:女性意识影响下的人物形象塑造 ·· (325)

第一节　女性意识节制下的男性人物形象塑造 ········ (326)
(一)父权制的削弱:孱弱的男性形象················ (326)
(二)受到女性意识节制的浪荡子 ···················· (336)
(三)对于爱情忠贞的理想男性 ······················ (349)

第二节　"我们女人":女性意识影响下的女性人物形象塑造
·· (353)
(一)艰难的越界:僭越闺范的"妓女"·············· (353)
(二)具有男性气质的女性人物······················ (360)
(三)女人中的异类:欲望袒露的女性················ (376)

小　结 ··· (388)

结语:王纲解纽——在权力烟雾中表达女性意识的阿芙拉·贝恩
·· (390)

主要参考文献 ·· (398)

附录:阿芙拉·贝恩生平及创作年表 ····················· (411)

后记 ·· (414)

第一章 原初女性主义者的超越：离散于英国女性文学史坐标之外的贝恩

第一节 阿芙拉·贝恩生平、作品及创作观论略

阿芙拉·贝恩(Aphra Behn,1640—1689)在英国女性写作史上是一个异类。这位被维吉尼亚·伍尔夫称为"每一个英国女性作家都应该在其坟墓前撒花以示敬意"①的传奇女作家生前实名发表了大量作品，这岂不让十九世纪众多匿名写作的女性作家汗颜？她还写作了若干言辞露骨的艳诗，这难道不让英国十八世纪的道德卫道士们如临大敌？不独如此，她与约翰·德莱顿(John Dryden)、托马斯·奥特威(Thomas Otway)以及爱德华·雷文斯考洛夫特(Edward Ravenscroft)等男作家过从甚密，俨然已经进入了被男性垄断的文学领域。贝恩公开地与男性进行论战，以及与同辈男剧作家的交游等一系列不避嫌的行为在反叛性方面都超过了十八世纪的女性作家。贝恩认为她的写作并不仅仅是为了谋生，而是发挥男性气概，并在男性占统治地位的文学史上享有一

---

① See Pumla Dineo Gqola. Where There Is No Novelty, There Can Be No Curiosity': Reading Imoinda's Body in Aphara Behn's Oroonoko:or the Royal Slave. in *English in Africa*,2001(1):105—117.

烟雾笼罩中的权力:论阿芙拉·贝恩作品中的女性意识

席之地,而这位生前极其重视名气的奇女子应该不会料到自己带给后人的是批评与赞扬的两极。一方面,在她去世以后,小说与戏剧得以出版并受到关注;另一方面,十八世纪的英国文学巨擘诸如理查德·斯蒂尔、亚历山大·蒲柏、亨利·菲尔丁、萨缪尔·理查逊不约而同地指责甚至谩骂贝恩及其作品,更有对其恨之入骨者扬言要将她的尸骨从威斯敏斯特教堂掘出以免打扰长眠于此的其他文学家的灵魂。①

有关阿芙拉·贝恩生平的史料极其匮乏,大概源于当时人们并不认为从事戏剧创作的女作家有什么重大的历史意义,所以不会刻意留存相关史料。再加上她并非出身于贵族家庭,因此宗谱上也难寻其踪迹。我们约略知道她1640年生于肯特郡的一个小镇。② 她克服了当时女性普遍接受不到教育的困境,具备了出色的语言能力,这为她卖文为生提供了必要条件。她在二十岁左右的时候去过英属苏里南殖民地,但不久即归国。她刚到英国的时候即与一个姓贝恩的荷兰商人结婚,但不久丈夫即去世。为了生计,她在安特卫普做过查理二世的间谍,但并未获得任何报酬,连返回英国的旅费也是举债而来,因此负债累累,被关进了负债人监狱。由于史料有限,贝恩的传记作者不得不倚重其文学作品拼贴出传主的形象甚至人生经历。例如,安吉利·戈罗在其著作《重构阿芙拉:关于阿芙拉·贝恩的社会学传记》中将贝恩的小说《欧奴诺可》视作自传性作品。本人认为在缺乏一手资料的条件下,如此处理未免不够严谨。

阿芙拉·贝恩的文学创作包括十九部剧作、长篇书信体小说

---

① See Jane Spencer. The Rover and the Eighteenth Century. in Janet Todd, ed. *Aphra Behn Studies*. Cambridge:Cambridge University Press,2009:84 - 85.

② See Angeline Goreau. *Reconstructing Aphra: A Social Biography of Aphra Behn*. New York:The Dial Press, 1980:9 - 11.

第一章　原初女性主义者的超越:离散于英国女性文学史坐标之外的贝恩

《一个贵族公子与其妻妹的通信》(Love Letters from a Noble Man to His Sister)、编译或者创作的十四部散文小说以及上百首诗歌。贝恩的创作可以分成三个阶段:第一个阶段是1670—1676年,创作了六部剧作,分别是《迫婚》(The Forc'd Marriage)、《年轻的君主》(The Young King)、《滥情王子》(The Amorous Prince, 1671)、《荷兰情人》(The Dutch Lover, 1673)、《阿布德拉萨》(Abdelazer, 1676)以及《都市浪子》(The Town-Fopp, 1676)。通过以上戏剧的创作,贝恩逐渐在王政复辟时期戏剧舞台上站稳了脚跟。她的前三部戏带有古典主义的痕迹,但与德莱顿等人同时期的英雄剧截然不同。另外,喜剧在她的早期戏剧中占据多数,显示出从一开始贝恩就更加关注现实主义体裁的喜剧;第二个阶段的创作是1677—1682,主要包括七部剧作,分别是《漫游者》(The Rover, 1677)、《裴兴特·幻兴爵士》(Sir Patient Fancy, 1678)、《伪装的风尘女》(The Feign'd Curtizans, 1679)、《漫游者·第二部》(The Second Part of the Rover, 1681)、《冒牌伯爵》(A Farce Call'd The False Count, 1681)、《圆颅党人》(The Roundheads, 1681—1682)、《都市女继承者》(The City Heiress, 1681—1682)。《漫游者》取得了巨大成功以后,贝恩的创作进入了成熟阶段。她以《裴兴特·幻兴爵士》开创了政治喜剧的创作模式,并且成为褫革危机期间上演戏剧最多的剧作家;第三个阶段是1683—1689年,这个阶段贝恩为了维持生计,逐渐转向了诗歌以及小说的创作。1683年上演了贝恩早年创作的一出旧戏《年轻的君主》。她从1684年开始创作长篇书信体小说《一个贵族公子与其妻妹的通信》。《月亮皇帝》(The Emperor of The Moon, 1685)在查理二世逝世之前上演,借鉴了意大利即兴喜剧的手法,是一出景观闹剧。1686年上演的性喜剧《机运》(The Lucky Chance)取得了成功。贝恩在最后一个戏《寡妇兰特氏》(The Widow Ranter)上演之前即在贫病中辞世。从

烟雾笼罩中的权力:论阿芙拉·贝恩作品中的女性意识

最后的三个剧作来看,每一出戏的风格都不同。《机运》预示着资产阶级戏剧的诞生;《月亮皇帝》成为意大利即性喜剧本土化的先兆"[1];《寡妇兰特氏》是英国文学史上第一部以弗吉尼亚殖民地为题材的戏剧。贝恩在其文学生涯的最后阶段依然表现出极强的创新能力。她在这一时期更重要的贡献是其小说写作开拓了传奇以及散文小说的表现领域和叙事技巧。贝恩的文学成就体现在她总能正确判断市场需要,并且引领了创作题材以及文学形式的变革。以上我们从总体上概括了贝恩的创作,下面我们根据贝恩在若干重要作品的开场白、收场白以及献给恩主的献辞等"副文本"中呈现出的思想探讨其独特的创作观。

王政复辟之后的伦敦恢复了戏剧演出,这给贝恩创作戏剧谋生提供了机遇。她在剧场上演的第一部作品为《追婚》,这个戏于1670年上演,题材上主要受到法国古典主义戏剧的影响,讲的是个人婚姻恋情与国家利益之间的冲突。次年,她又有一出叫作《滥情王子》的戏在公爵剧院上演。前两出戏观众反响一般,但也算不上失败。在《滥情王子》上演两年之后的1673年2月,贝恩的《荷兰情人》在位于多赛特花园街的公爵剧院首演,这个戏以惨败告终。贝恩在出版时的"致读者信"中激动地为自己的失败辩护。尽管遭遇了沉重打击,但我们从这篇以第一人称写的与读者沟通的信件中还是可以读出她对自己的聪明才智依旧充满自信。自此以后,贝恩在复辟时期的舞台上逐渐学会了如何平衡好市场、政治以及自己强烈的女性意识这三者之间的关系。《荷兰情人》为她在短短十年的短暂戏剧生涯中创作出十九部剧[2],并获得

---

① 特拉斯勒.剑桥插图英国戏剧史.刘振前,李毅,译.济南:山东画报出版社,2006年:95.

② 其中 The Debauchee, The Revenge 两剧是匿名,但是简内特·托德等专家认为从戏剧结构及风格上看当属贝恩作品。

第一章 原初女性主义者的超越:离散于英国女性文学史坐标之外的贝恩

演出机会,成为与德莱顿平起平坐的剧作家打下了基础。

贝恩在"致读者信中"详细地阐述了自己的戏剧创作理念并且直言不讳地指出伦敦戏剧界对于她的性别歧视。她恭维读者是"我可爱的、甜美的、像蜜糖一样,又像糖果一样可亲的好读者们"。[①] 值得注意的是贝恩在这里用了"sugar-candied"一词形容读者,这似乎可以作为贝恩早年去过苏里南的间接证据。在贝恩的时代,苏里南是英国重要的盛产蔗糖的殖民地。蔗糖贸易为那里的种植园主及贸易商带来了巨大的经济收益,所以她才用蔗糖这一不常被文人使用的比喻指代读者。我们从这一系列肉麻的形容词中发现作为职业女性剧作家的贝恩非常重视作品能否被观众或读者接受。公开信以与读者对话的口吻叙述,一下子拉近了作者与读者的距离,接着她坦白地告诉读者并非有意打扰大家,让他们从繁忙事务中分心去读这本小册子。贝恩宣称她无意在剧本中宣传宗教,讲述离奇的故事或者荒诞不经的传闻。她也不会像托马斯·霍布斯那样以晦涩的文本为世界制定几条再糟糕不过的规则,更不会像那些愚蠢、无知、傲慢又自以为是的牧师那样对待读者。她要做的是遵循喜剧的规律,提供给读者们值得花钱和时间在上面的好剧本。她指出:"我在此并非有意降低戏剧的神圣性,如果说戏剧不是所有印刷的书籍中品类最高级的,但它们当处于艺术的中游位置。在此之前我也耳闻大多数剧本实际上颇有知识性,当然也有一些作品属于糟蹋笔墨之作。那些在大学里苦苦煎熬了十年、十二年甚至二十年的无知学生(据说他们学习逻辑学或者诸如此类的东西)所遭受的痛苦比起阅读那

[①] See Aphra Behn. The *Dutch Lover*. in Janet Todd, ed. *The Works of Aphra Behn*: *The plays of* 1671-1677, vol. 5. London: William Pickering and Chatto Publishers Limited, 1996:162. 以下涉及该剧本内容引用皆出自此版本,只随文标注页码,不再另注。

烟雾笼罩中的权力:论阿芙拉·贝恩作品中的女性意识

些错误百出的剧本来说简直不值一提。"①十七世纪七十年代,牛津大学与剑桥大学依然是英国的神学中心。尽管亚里士多德与经院哲学的地位大不如前,但是培根的经验哲学尚未取得全面的胜利,尤其是在宗教氛围更为浓厚的牛津大学更是如此。贝恩在这封信中还提到了当时的著名哲学家托马斯·霍布斯的观点以及新兴的自然科学,这些都显示出这位女剧作家广博的知识已经超过墨守成规的名校学生。

对于戏剧的社会功能,贝恩也有独特的见解。她认为:"戏剧既不是用来劝人行善、规训社会风俗的工具,也无须证明教义的正确。简而言之,戏剧对于智者来说只是一种消遣的工具而已。当然我才不会刻意取悦那些所谓的有识之士,他们总是一提起消遣就故作严肃地板起面孔,好像那是一件天大的忌讳,以上就是我关于戏剧的态度。"(*Dutch*:162)由此可见,贝恩的戏剧观与王政复辟时期的戏剧风尚如出一辙。尤其是当时的喜剧虽然热衷于反映现实社会,但是绝不进行道德批判。造成这种现象的原因非常复杂,一方面复辟时期的社会风气因为放纵宫廷的引领,世风日渐萎靡。放纵之风的形成很大程度上是民间对于清教徒当政时期严苛的生活方式的反拨。放荡不羁的生活方式本身也对当时严酷的政治斗争环境起到了软化和离心的神奇效果,所以戏剧中的性放纵并不在娱乐检察官的关注范围之内。戏剧审查的目的主要是为政治保驾护航;另一方面,剧院演出基本是市场行为,道德说教对于来剧院消遣的观众来说没有任何吸引力。由此可见,贝恩对于戏剧演出状况非常熟悉。她直截了当地说:"我创作戏剧的目的归纳起来就是尽可能地给观众带来娱乐。我的工

---

① Aphra Behn. The *Dutch* Lover. in Janet Todd,ed. The Works of Aphra Behn. vol. 5,Pickering and Chatto Publishers Limited,1996:162. 后文出现的该剧作均出自此版本,只随文标出剧作首单词和页码,不再另注。

第一章　原初女性主义者的超越:离散于英国女性文学史坐标之外的贝恩

作到底有没有成功,您口袋里的那个先令更加有发言权。"(*Dutch*:162)贝恩道出了创作戏剧的主要原则,即必须把观众的需要放在首位。

虽然说贝恩非常清楚职业剧作家的创作不得不满足观众的需要,但是她鲜明的女性意识以及贲张的女性思想又无时无刻地不对她产生影响。如果她过于袒露女性意识,那么台下的男性观众就会察觉到其对于父权制的敌意,演出就会失败。《荷兰情人》即是明显的例子。我们在"致读者信"中发现贝恩具有鲜明的个性,面对世俗的攻击,她不是懦弱地躲闪,而是以激烈的言辞奋起回击。贝恩在信中用充满侮辱性的言辞将一位在《荷兰情人》演出现场对此剧不屑一顾的男观众刻薄地痛骂了一番:

> 就在《荷兰情人》首演的时候,池座里走进来一个高个子家伙。他或许是假面舞会的司仪官吧,头上还带着从法国贩卖进来的时髦头巾,上面插着长长的羽毛。此人步态慵懒,不苟言笑,面色惨白,一幅病恹恹的样子,脸上带着谁都看不起的神气,活脱脱是一个无恶不作的公子哥儿。他简直是个令人作呕的畜生,大家都难掩对他的鄙视。但就算他是老鼠或癞蛤蟆,作为上帝的造物,我们都应该慈悲为怀。所以在此我们还是提一下那个家伙吧。只听那个东西一张开他那张臭嘴就大放厥词——"大家等着看这出戏出丑吧,它居然是个娘们写的。"(*Dutch* :162)

在《荷兰情人》上演之前,贝恩已经有两场戏剧在剧场上演。但是因为世俗的偏见,部分观众还是不能接受女性进入戏剧这一传统的由男性垄断的领域。德雷克·休斯认为:"贝恩辱骂那些轻视女性的男性当然有着更为长远的目的,她并不是以牙还牙地

烟雾笼罩中的权力：论阿芙拉·贝恩作品中的女性意识

为了复仇而谩骂，其目的是为了建构女性在文学及知识共同体中的位置。"①贝恩在此通过攻击男性达到确立自己文学领域地位的目的。在王纲解纽的复辟时代，封建贵族意识形态仍在苟延残喘，资产阶级正在积累经济基础，在文化领导力方面却羽翼未丰。两派的斗争势均力敌，因此无暇他顾，恰好为贝恩在性别领域与男性对抗创造了条件。

贝恩在后期剧作《机运》(*The Lucky Chance*, 1686) 的开场白中还在抱怨观众不能抛开性别因素一视同仁地对待她的作品。贝恩承受的"影响的焦虑"伴随了她职业作家生涯的始终。她已经认识到了女性在文学领域之所以不能和男性媲美，并非她们在智力上不如对方，而是因为缺乏教育："男性在戏剧领域性拥有的优势比女性大得多，以至于这里几乎没有她们的立足之地，造成这种现状的原因是女性知识欠缺。她们没有机会接受和男性相同的教育。"(*Dutch*:162) 接下来，贝恩以莎士比亚和本·琼森为例说明女性在戏剧界缺乏教育的弱点也可以弥补，并非不可逾越的障碍：

> 不朽的莎士比亚戏剧比本·琼森的戏剧更受观众欢迎，据说他也没有接受很多的教育，或许可以为其他打算涉足戏剧的女性提供效仿的榜样。本·琼森也不是学富五车的饱学之士，他只读过高级文法学校，并没上过大学。他们都取得了巨大的成就，所以我敢说女剧作家也能取得和他们一样高的成就。至于那些陈腐的关于整一性的清规戒律，天知道那是些什么玩意。如果这些教条是明智的规则，那么它唯一的价值就是证明女剧作家也能学会。(*Dutch*:163)

---

① Derek Hughes. *The Theatre of Aphra Behn*. London: Palgrave, 2001: 47.

第一章　原初女性主义者的超越:离散于英国女性文学史坐标之外的贝恩

正如学者们怀疑只上过文法学校的莎士比亚怎么可能创作出这么多伟大的作品,贝恩的传记作家莫莉·杜菲(Maureen Duffy)、安吉利·戈罗(Angeline Goreau),简内特·托德(Janet Todd)等人并未就这位女剧作家如何获得超凡的语言能力取得一致意见。可以肯定的是贝恩并没有因为自己没有获得和男性相同的教育机会自怨自艾,她在致读者的公开信中也表明了自己将效法莎士比亚、本·琼森争取在戏剧领域占有一席之地。

贝恩的"致读者信"为我们理解其创作理念提供了一扇窗口。她指出:

> 如果喜剧就是将生活中可笑的画面描摹出来给人看,当我们将那些讽刺人物的原型精心修饰搬上舞台,我敢说大家都得承认这实在是一件艰辛的工作。下面我还会谈到,我会使喜剧中的人物尽量避免蜕变成闹剧中的形象,因为那样的话喜剧就会堕落成大家习惯性认为的纯粹是一项娱乐活动而已。(Dutch:163)

尽管贝恩认为戏剧创作有必要考虑观众的感受,但是她并不希望完全把喜剧降格为引逗观众发笑的闹剧。复辟时期戏剧观众的态度对于剧院的影响不可小觑。剧院多数情况下不得不更加倾向于按照观众的期望演出,而不能坚持自己的风格让观众被迫接受[1]。贝恩在面临着观众品味的巨大压力下,她内心中依然有着对于戏剧思想性意义的坚守。这也构成了这封公开信中关于戏剧创作理念的一个矛盾,即迎合低俗的观众与坚持表现自己思想的矛盾。《荷兰情人》即是一部突出表现其女性意识的剧作。

---

[1] See Erik Rothstein and Frances M. Kavenik. *The Designs of Carolean Comedy*. Carbondale:Southern Illinois University Press, 1988:9-10.

烟雾笼罩中的权力:论阿芙拉·贝恩作品中的女性意识

正是因为这个剧过于直露地反抗男性权威,引起了男性观众不满。朱蒂·A.海顿认为:"《荷兰情人》的失败应该归咎于剧中明目张胆的对于男性权威的威胁。"① 贝恩本人当然不愿意承认《荷兰情人》的失败是因为自己犯了过于显豁地攻击男性权威的忌讳。她把失败归咎于演员非专业化的表演:

> 我最亲爱的读者,下面我还有几句牢骚话不吐不快。至于《荷兰情人》的失败,我想再也没有这样差的演出效果了。演员的表演完全破坏了演出效果。它是一出情节紧凑的戏,需要持续地吸引观众的注意力。但观众的耐心被演员令人难以忍受的漫不经心和粗心大意消耗殆尽。尤其是扮演荷兰情人的那个演员,他完全不照着我写的台词表演,满嘴讲出来得都是一些令人莫名其妙的话。一开始我还不知道他说的是什么,因为这些话我也是第一次听说。(Dutch:163)

贝恩认为最后三幕戏完全得靠荷兰情人漏洞百出的错误撑起故事情节,但是那个拙劣的演员却把一切都搞砸了。苏珊·格林认为:"贝恩在为《荷兰情人》前的致读者信中为该剧的失败做了辩解。她似乎注意到了莎士比亚戏剧中存在的性别矛盾,因此促使她在剧作中恢复那些显赫的剧作家前辈不敢表现的情欲以及更加令观众感到愉悦的戏剧维度。贝恩在这封书信中大胆地表达了女性在公共空间以及剧场话语中的权力。她大胆地要求得到与其他男性剧作家一样的特权。"② 作为职业剧作家,贝恩对

---

① Judy A. Hayden *Of Love and War:The Political Voice in the Early Plays of Aphra Behn*. New York:Rodopi,2010,B. V:155.

② Susan Green. Semiotic Modalities of the Female Body in Aphra Behn's The *Dutch Lover*. in Heidi Hunter, ed. *Rereading Aphra Behn:History , Theory and Criticism*, Charlottesville:University of Virginia Press, 1993:124.

第一章　原初女性主义者的超越:离散于英国女性文学史坐标之外的贝恩

待台下的观众一直充满矛盾,一方面她必须迎合观众的口味,但是她也不愿意放弃女性意识。她在《荷兰情人》的收场白中明确表达了同观众角力的决心:

> 你们就只管在台下发出轻蔑的嘘声,
> 然后高喊着让演员下台吧,
> 这些都是徒劳之举,
> 那些屡教不改的剧作家并不会知难而退。
> 他们会将这些看作自古以来的惯例,
> 绝无可能在舞台上禁止。
> 但我们确实亲眼目睹:
> 这出戏的演出失败就像是处死冒牌德国公主一样悲惨。
> 我们忙活一场将舞台装饰一新,
> 结果却像那位被处死的姑娘一样被送上了断头台。
> 从《荷兰情人》开演之时我就没抱成功的希望,
> 除非有善良的贵人出现,
> 就像是那些呼吁暂缓执行在那位女骗子的身上一样,
> 也来请求大家改判这出戏终止演出的缓刑。
> 这出戏的作者比其他人更加诚实。
> 无论大家买的是四先令的包厢票,
> 还是半个克朗的池座,
> 她从未想过从伦敦城的各位绅士那里骗一个子儿。
> 她也不像从前的同行那样,
> 一味地去取悦观众甚至演员。
> 我们这位谦卑的缪斯并不是靠斐然文采,
> 和流行一时的淫词浪曲博得声名。(*Dutch*:238)

烟雾笼罩中的权力:论阿芙拉·贝恩作品中的女性意识

尽管贝恩在收场白中为《荷兰情人》的失败感到失望,但是她依旧对自己的能力充满自信,希冀未来在剧场取得成功。这个剧构成了贝恩戏剧生涯的转折点。她在后来创作的作品中要么对女性意识进行了适度的压抑,要么以更加复杂的方式隐晦地表达女性意识。贝恩力求自己的创作最好同时实现三个目标,一是获得市场认可;二是保证政治正确;三是表达女性意识。德雷克·休斯认为:"贝恩在《荷兰情人》的'致读者信'中小心地参与了霍布斯的争论。她不仅勇敢地参与到了当时的精英知识阶级的论辩中去,而且发出了女性的声音。"①贝恩能够在公共空间参与到哲学、戏剧、政治等被男性垄断的话语讨论中去,这件事本身就具有革命性的意义。她是复辟时期第三位获得成功的专职剧作家。在她之前的只有德莱顿与莎德维尔。在1671年之前,德莱顿已经取得了巨大的成功。但是,接下来他的好运似乎停止了。他服务的国王剧院遭遇火灾,剧院被迫搬到伦敦律师公会的网球场演出,而其对手公爵剧院则腾出了该网球场,搬到了装修豪华的位于多赛特花园街的新剧场。② 德莱顿的名气在1673年暂时受损,贝恩以为此时她的对手只剩下莎德维尔,而在1672年这个特殊年份,打败他对于贝恩来说并非难事。她感觉自己从未如此接近桂冠诗人之位。但是这次她却失算了,《荷兰情人》最终以失败告终。③

直到《漫游者》(*The Rover*,1677)的成功上演才一举奠定了贝恩在王政复辟时期戏剧界的地位。这个戏也是她最为成功的一部作品,在十八世纪仍然频频在舞台上演,据简·斯宾塞研究,该剧于1703年在特鲁里街剧场重新上演,并且在其后的四十年中

---

① Derek Hughes. *The Theatre of Aphra Behn*. London:Palgrave,2001:49.
② See Derek Hughes. *The Theatre of Aphra Behn*. London:Palgrave,2001:48.
③ See Derek Hughes. *The Theatre of Aphra Behn*. London:Palgrave,2001:48.

第一章 原初女性主义者的超越:离散于英国女性文学史坐标之外的贝恩

成为舞台上的常客。①阿芙拉·贝恩凭借《漫游者》一剧取得巨大成功以后,接着在下一个戏剧演出季旋即推出了被认为是"第一部显露出作者明显政治倾向的喜剧"《裴兴特·幻兴爵士》(*Sir Patient Fancy*,1678)。② 此剧于1678年1月17日在位于多赛特花园街的公爵剧院上演,并由当时首屈一指的雅各布及理查·唐逊兄弟公司印刷出版。《裴兴特·幻兴爵士》在当时的演出阵容非常强大。经常在一起演对手戏的安东尼·李与詹姆斯·诺克斯在剧中分别扮演两位年老的爵士。贝特顿出演男主角惠特茂,而贝蒂·科勒则扮演幻兴夫人。该剧取得了票房的成功,但是也有人攻击贝恩抄袭,甚至有些女性也认为该剧淫秽不堪。③ 我们在这个戏的开场白、收场白中可以更加清晰地了解剧场中存在的性别之争。

不论是在文艺复兴还是复辟时期,剧作家的创作首要考虑的问题无疑是票房。这样一来,一个有经验的剧作家必须研究观众的欣赏口味。本·琼森在《安静的女人》前言里描绘了剧作家取悦观众的媚态:"据说旧时的剧作家为的是取悦观众,观众的称赞如同金钱、美酒和桂冠。但现在有那么一批作家则有他们自己的爱好,对于流俗的东西则不屑一顾。"④本·琼森在此表达了剧作家与观众欣赏口味的矛盾冲突,表明了自己要做一个特立独行的创造者。《裴兴特·幻兴爵士》的开场白也描述了复辟时期的剧作家处于市场与纯粹的创作之间的两难处境,并且抱怨剧作家的地位每况愈下:

---

① 同上,斯宾塞做了详细统计:1700-1709,演出20场;1710-1719,演出23场;1720-1729,演出51场;1730-1739,演出38场;1740-1749,演出10场。

② See Janet Todd. Introduction. in Janet Todd, ed. The Works of Aphra Behn, The Plays 1682-1696,vol.6. Pickering and Chatto Publishers Limited, 1996:3.

③ See Janet Todd. Introduction. in Janet Todd, ed. The Works of Aphra Behn, The Plays 1682-1696,vol.6. Pickering and Chatto Publishers Limited, 1996:4.

④ 转引自:何其莘. 英国戏剧史. 南京:译林出版社,2008:134.

烟雾笼罩中的权力:论阿芙拉·贝恩作品中的女性意识

> 我们的写作与古典诗人截然不同,
> 大家会为她们作品中的自然、感性与智慧击节叫好。
> 如今我们就像对潮流趋之若鹜的精明商人,
> 只要能哄得观众开心,
> 不管内容好坏都敢搬上舞台。
> 即便是依照德莱顿的风格写作的货真价实的喜剧,
> 也提不起观众的兴致博得大家一笑。
> 但桂冠诗人手持缪斯权杖统治太久,
> 你们满怀欢欣给予了他如此之高的崇敬。"①

复辟时期的戏剧创作不过是剧作家们谋生的一种手段,他们不可能与古典诗人一样获得名垂青史的待遇。桂冠诗人德莱顿是文学盟主,即便像他这样有地位的剧作家在十七世纪七十年代末期已经风光不再,其他戏剧家的地位可想而知了。开场白还对贝恩的女性身份进行了调侃:

> 现在连妇人也要假模假式地施行统治,
> 快让我们脱离这些女诗人的辖制。
> 修女们可以在教堂里布道又祈祷,
> 大家聚集在一起满怀希望地朝着天堂走。
> 我曾眼见一位名声显赫的诗人坐而论道,
> 赶紧祝福他那少得可怜的才气吧!
> 他周围的女听众们拍着巴掌大笑。

---

① See Aphra Behn. Sir Ptient Fancy. in Janet Todd, ed. *The Works of Aphra Behn*, *The Plays* 1682 – 1696, vol .6. Pickering and Chatto Publishers Limited, 1996:7. 下文出自该戏剧的引文皆出自此版本,只随文标出剧作首单词以及页码,不再另注。

第一章 原初女性主义者的超越:离散于英国女性文学史坐标之外的贝恩

> 我的天啊,这东西简直愚不可及。
> 诗人不免自惭形秽,只能大声抗议。
> 他为蹩脚的作品光火其实大可不必,
> 谁让你那浮夸的言语、不名一文的修辞,
> 发出的声音只能让打瞌睡的观众赶紧入睡。
> 如此一来,哪个作家不愿意殚精竭虑运用智慧,
> 迎合观众的口味不遗余力,
> 何况他们只需运用一些廉价的手段。($Sir: 7$)

上述道白表面上讽刺了女诗人,但话锋一转却以更大的篇幅嘲讽了一位缺乏才情的男诗人。在父权制社会秩序中,创作诗歌只能为男性所专有,而女性只能对男人的天才顶礼膜拜。开场白的最后一段强调了《裴兴特·幻兴爵士》这出戏的创作标准,并且对观众的看戏习惯进行了教育:

> 今晚你们将要欣赏到的是习以为常的家庭生活,
> 我们亲爱的观众虽然不会创作,
> 但是目光如炬。
> 呜呼,今日的剧作家已经一钱不值,
> 除非他们会玩弄变戏法的小把戏。
> 丑角给观众带来令人惊奇的奇迹,
> 简直超乎人们的想象与常识。
> 台上装扮小丑的小子上蹿下跳,
> 施展起魔术师的花招,
> 他们只会摇头摆尾,
> 在胯下抛球或是帽子。
> 观众们对丑角的兴趣已经超过了主角,

烟雾笼罩中的权力:论阿芙拉·贝恩作品中的女性意识

> 即便他是温情脉脉的公子。
> 如果这就能将观众取悦,
> 并且成了保证票房的定律,
> 那么依照此种逻辑创作的所谓聪明人实则愚蠢透顶。

(Sir:7)

由此可见,观众们口味的低俗对有着严肃意识的喜剧作家来说已经构成巨大的障碍。早在莎士比亚的时代,剧场的生意就受到了毗邻的斗熊场、斗鸡场等低俗娱乐场所的影响。复辟时期剧场中的观众一部分来自上层社会的附庸风雅之徒。他们尽管具备欣赏戏剧的能力,但是却心猿意马不认真看戏。观众中还有达官贵人带来的臣仆,他们在剧场里大声喧哗,有时甚至寻衅滋事扰乱演出。更别提剧场里还有走来走去卖零食的小贩,互相抛媚眼的偷情男女,以及来剧场里招揽生意的烟花女子。复辟时期剧场市井气甚嚣尘上,简直成了具有狂欢节性质的广场。观众与舞台距离比较接近,开场白部分也需要观众参与。演出过程中观众的喝彩、喧哗,还有制造的巨大噪音把看戏变成了具有狂欢意味的群体性活动,这也是复辟时期剧场最具特色之处。观众们来剧院看戏更多的带着放松休闲的目的,并不愿意接受严肃说教。从贝特顿朗诵的开场白中可见,贝恩希望观众们能够欣赏剧中的人物而不是关注低俗的行动,而一味迎合观众习惯的剧作家则像白痴一样。

贝恩在《伪装的风尘女》是(*The Feign'd Curtizans*,1679)中第一次通过副文本以及戏剧显豁地表达了自己的女性意识。贝恩将此剧呈献给内尔·格温①,并在献辞中称其在女性中不仅容貌

---

① Nell Gwyn 是十七世纪六十年代英国戏剧舞台上的名角,后成为查理二世招摇的情妇。

第一章 原初女性主义者的超越:离散于英国女性文学史坐标之外的贝恩

举世无双,而且充满睿智:"您金口一开,那些崇拜者全都侧耳倾听,有如聆听神谕或者先知的预言。他们无不为你话语中的智慧倾倒,并将你雅致的谈话在上流家庭中广为传颂。"①她在此不仅赞扬女性的智慧,更加值得注意的是其站在女性角度对英国社会的质问,显示出作家已经自觉地意识到女性群体的"他者"地位。她说:"身处这样一个不允许女性拥有才智的邪恶社会,我们女性因为展现了自我意识,就要受到世人激烈的非议。这些不顾事实做出错误判断的人不过是一群可耻的鼓噪者。"(Feign'd: 92)她此使用"我们女性"(our sex)这一短语表明她已经意识到女性在自然属性上与男性对立的关系。内战与复辟带来的社会混乱、封建意识形态崩塌以及激进清教思想的控制力减弱等因素客观上促使女性呈现自我、重塑理想性别、爱情、婚姻伦理成为现实。

  贝恩在十七世纪八十年代的戏剧创作走入了辉煌时期。1680年是政治斗争极其复杂多变的一年,政治局势的动荡立刻反映到伦敦戏剧界,当局不仅禁止了相当数量的戏剧上演,雪上加霜地是两家剧院因为政治需要也被合二为一。吉利格鲁与戴夫南特从此退出历史舞台,带来的直接后果是对新剧需求的急剧减少。② 这个时期对于每个剧作家来说已经到了最糟糕的时期。男性剧作家也经常处于穷困潦倒的境地。威彻利至少在负债人监狱被关了一年,而且在其人生短短的三十年期间一直因为负债遭到起诉。乔治·埃瑟里奇在外交部门担任小职员,不仅影响了其创作而且最终使他放弃了戏剧创作。十七世纪八十年代有几部戏颇为成功的托马斯·奥特威去世之时身无分文。尽管纳撒尼尔·李的父亲是处于上层社会的国教牧师,在他暴死街头之前居

---

① Aphra Behn. The Feign'd Curtizans. in Janet Todd, ed. 92.
② See George W. Whiting. The Condition of the London Theaters, 1679 – 1683: A Reflection of the Political Situation. in Modern Philology, 1927, 25.2: 195 – 206.

烟雾笼罩中的权力:论阿芙拉·贝恩作品中的女性意识

然在疯人院里被关了四年。① 尽管如此,贝恩却成了这一时期在戏剧舞台上演戏剧最多的作家,此时她已经颇为适应政治与市场的需求,接连上演的三部政治戏剧《漫游者·第二部》(The Second Part of the Rover, 1681)、《圆颅党人》(The Roundheads, 1681—1682)、《都市女继承者》(The City Heiress, 1681—1682)都取得了票房上的成功。

那么,贝恩卖文为生的收入状况如何呢?王政复辟时期剧作家的收入根据惯例是获得一出戏演出第三天的票房收入。另外,通过将剧本卖给书店或者运气好的话奉命到宫廷演出也可获得额外收入。有名的剧作家也会被邀请为别人的剧作写开场白和收场白而获得润笔费,贝恩有时也兼做此项工作。罗伯特·马考莱认为:"尽管每场演出的剧场收入的精确数字无从得知,但威廉·范·伦内认为联合剧院在1682—1692年间的平均收入在50镑上下。例如莎德威尔最卖座的《阿尔塞西乡绅》(1688)给作者带来了130镑的纯收入,由此可见受欢迎的戏剧最好的晚场票房收入应该能达到100镑左右。"②《都市女继承者》在1682年4月开始演出,摩洛哥大使曾经在1682年5月18日来观看此剧的演出。由此可见,从首演到大使来看戏之间有三周的时间,这段时间内至少会有六次演出,甚至九场的上演机会,而贝恩将获得其中两场或者三场的演出纯收入。③贝恩自己也认为《圆颅党人》与《女

---

① See Robert Markley. Aphra Behn's The City Heiress: Feminism and the Dynamics of Popular Success on the Late Seventeenth – Century Stage. in *Comparative Drama*, 2007, 41.2:141—166.

② Robert Markley. Aphra Behn's The City Heiress: Feminism and the Dynamics of Popular Success on the Late Seventeenth – Century Stage. in Comparative Drama, 2007, 41.2:141—166.

③ Robert Markley. Aphra Behn's The City Heiress: Feminism and the Dynamics of Popular Success on the Late Seventeenth – Century Stage. in Comparative Drama, 2007, 41.2:141—166.

第一章 原初女性主义者的超越:离散于英国女性文学史坐标之外的贝恩

继承者》都取得了票房的成功。莫莉·杜菲认为:"贝恩在1681年大概从《漫游者·第二部》获得了15镑的收入,这里面包括将剧本卖给书商的收入以及其他两部剧本在宫廷的演出收入。即便我们保守一点,估计贝恩作为剧本作者应得的第三天的演出收入不少于50镑,那么她持续获得的剧院收入也能保证她生活在其喜剧中所描写的伦敦时尚社会的边缘。"①依照彼得·林德特以及J.G.威廉姆森的研究,我们得知在1688年的英国,牧师的年收入大约是50镑;律师的年收入经过计算被定为154镑;海军职员年俸80镑;店主一年可赚45镑。② 对比而言,贝恩的平均可以从一出新戏获得30镑的收入。《都市女继承者》演出之后引起的轰动从威彻利的诗中可见一斑:

> 你的美貌曾经引起女人们的嫉妒,
> 现在你的智慧将更使她们妒忌。
> 男人们的消遣方式不断增长,
> 他们不是得了花柳病,
> 就是拜倒在你的石榴裙下鼓掌。
> 他们要费尽气力才能挤进上演您的戏剧的池座。
> 您在伦敦的确很受欢迎,
> 即便您本人要获得一张自己新戏的门票,
> 恐怕也要颇费周章。③

---

① Robert Markley. Aphra Behn's The City Heiress:Feminism and the Dynamics of Popular Success on the Late Seventeenth – Century Stage. in Comparative Drama,2007,41.2:141—166.

② Robert Markley. Aphra Behn's The City Heiress:Feminism and the Dynamics of Popular Success on the Late Seventeenth – Century Stage. in Comparative Drama,2007,41.2:141—166.

③ See Janet Todd. The Critical Fortunes of Aphra Behn. Columbia.:Camden House,1998:5 – 6.

烟雾笼罩中的权力:论阿芙拉·贝恩作品中的女性意识

威彻利的诗形象地描写了《都市女继承者》演出时的盛况,观众们汗流浃背地挤在剧院里争相一睹为快。这也说明贝恩在当时受欢迎程度的确很高,要不然在 1682 年,《罗慕拉与赫斯利亚》的匿名戏剧作者也不会请贝恩为该戏写开场白。

即便保守估计,因为《都市女继承者》的票房成功,贝恩也因此获得了一笔可观的收入,但她的经济状况很快就直转急下。贝恩在 1683 年写给出版商唐逊的信中请求增加诗作的报酬:"我认为这些诗歌至少得值 30 镑。阁下得承认它们至少值 25 镑,要不是因为情势所迫,我也不会和你为了 5 镑讨价还价。早知如此,我也不会为这么低的价钱,浪费那么多时间在这上面。自从开始创作这些诗歌,我几乎投入了所有精力,即便心中清楚它们最终也会被拿去出售。我多么希望能有更多的时间,这样就能将心中略有沟壑的思想增添到那些诗歌中去,但是善良的唐逊先生,请您再多给我 5 镑吧。我发誓已经在这部作品上面失去了 50 镑的收入。5 镑对您来说不过是小菜一碟,依着我向来的性子和知足常乐的脾气我本不应该向您苛求这笔钱。但是我已经很久没有任何收入了。尤其对于像我这样过去能在剧院随意获得 50 镑、60 镑收入的人来说,您应该能体会到现在在剧院不能获得任何收入的感觉。我的确太需要这笔钱了,要不然也不会这样如此可怜地向阁下祈求。"①复辟时期的戏剧首先面对的是宫廷贵族,贝恩作为活跃在上流社会的文艺界名媛,当然不能过克勤克俭的生活。尽管贝恩在其剧作成熟阶段收入颇丰,但奢侈的生活对她来说也是职业之必需品,因此她才不断受到经济的压力。

---

① See Robert Markley. Aphra Behn's The City Heiress:Feminism and the Dynamics of Popular Success on the Late Seventeenth – Century Stage. *in Comparative Drama*,2007, 41.2:141—166.

第一章　原初女性主义者的超越:离散于英国女性文学史坐标之外的贝恩

在贝恩将主要精力转向小说创作之后,她在戏剧领域依旧体现出了积极的革新意识,其中典型的代表即是《月亮皇帝》。根据贝恩自述,《月亮皇帝》一剧开始创作于查理二世驾崩之前(1685年前)。在查理二世的统治后期,辉格党势力被大为削弱,托利党取得了短暂的压倒性优势,因此这段时间正处于复辟时期少有的政治缓和阶段。当时查理二世比较喜欢意大利即兴戏剧风格的滑稽可笑,同时这类戏剧又融合了法国的文化,因为里面总是出现两个定型人物哈林奎与斯克拉莫西,他们插科打诨逗人发笑。[①]这部投查理二世所好创作的喜剧还未上演,国王就离世了。之后有一段时间,贝恩都在忙于创作宫廷诗与散文小说,《月亮皇帝》遂一直延宕到詹姆斯二世上台之后的 1687 年才上演,成为在受欢迎程度上仅次于《漫游者》的剧作。

从表面上看,《月亮皇帝》之所以能够吸引当时的观众是因为剧中综合采用了观众喜欢的即兴戏剧、闹剧与景观戏剧的形式,产生了一种炫目的娱乐效果。[②] 在贝恩的时代,资产阶级的公共空间还处在萌芽阶段。宫廷占据的公共空间则比较广泛,举凡皇帝的加冕、巡游或者皇家的盛大场面皆可看作宫廷政治的体现,而复辟时期的剧场也在很长一段时期内被牢牢控制在统治阶级手中。巴克施内德认为:"在大众文学以及出版业及宣传网络还未得到完善之前,与民众进行交流的方式莫过于公开地展现了。诸如传统的皇家庆典,正在发生的坊间事件,甚至公开展现政府

[①] Janet Todd. Introduction. in Janet Todd, ed. Aphra Behn. *The Works of Aphra Bwhn*, *The Plays* 1682 – 1696, vol 7, ed. Pickering and Chatto Publishers Limited, 1996: 154.

[②] See Jane Spencer. Introduction. in Jane Spencer, ed. *Aphra Behn: The Rover, The Feigned Courtesans, The Lucky Chance, The Emperor of the Moon*. Oxford: Oxford University Press, 1995: XIII.

烟雾笼罩中的权力：论阿芙拉·贝恩作品中的女性意识

规训的手段，例如游街以及绞刑，都是进行威权统治的方式。"①当时资产阶级的文化公共空间则被局限在印刷所，小酒馆、咖啡馆或者辉格党首沙夫兹伯里组织的私人宴会。景观戏剧是《月亮皇帝》最具有政治性的特征，甚至可以看作是服务于托利党需要的一种宣传手段。多赛特花园剧院完善的演出设备很适合演出拥有壮大场面的景观戏剧。

虽然剧场名义上受到君主的庇护，但在日常经营上更多是自负盈亏的市场行为。景观戏剧虽然在查理二世后期曾经风行一时，但因为其投资巨大，风险也不小，其中最不可控的因素就是政治的风云变幻。德莱顿投资巨大的《英格兰与苏格兰》就因为查理二世的突然去世以及詹姆斯二世的上台带来的社会动荡导致损失惨重。《月亮皇帝》确切地说是一部形式杂糅的喜剧，它的风格是多样化的，而最能表现景观戏剧特征的一幕直到最后一幕才出现。科波拉认为："《月亮皇帝》的最后一幕收到了极好的效果，观众们可以看到黄道十二宫图从舞台上方缓缓落下，华美的月球战车，插科打诨的巧奴哈林奎与斯克拉莫西为了争夺女仆扭打在一处，美轮美奂的布景画，诸如此类的景观皆是对《英格兰与苏格兰》一剧或早期半歌剧中道具的再利用，这样既满足了观众对于壮观场景的胃口，又最大限度地降低了投资风险。"②贝恩深谙观众趣味的变化，作为职业作家，她必须得保证票房的成功。如果我们纯粹地把景观戏剧的使用看作是作者投机取巧地商业行为，确实又低估了贝恩的水平。就拿《月亮皇帝》来说，我们需要厘清

---

① Paula R. Backscheider. *Spectacular Politics*: *Theatrical Powerand Mass Culture in Early Modern England*. Baltimore and London: The Jones Hopkins University Press, 1993: 1.

② Al Coppola. Retraining the Virtuoso's Gaze, Behn's Emperor of the Moon, the Royal Society, and the Spectacle of Science and Politics. in *Eighteenth Century Studies*, 2008, 41.4: 495—496.

第一章 原初女性主义者的超越:离散于英国女性文学史坐标之外的贝恩

作品中哪些部分是为了票房需要不得不迎合观众的部分,哪些是在政治上需要保证正确的部分,哪些部分呈现了作者的思想意识,同时还要注意这三者之间的变化与平衡,因为三者之间的杂糅组合在贝恩创作的不同阶段随着社会环境的变化也有明显不同。此外,贝恩在创作中极少以单一的面孔出现,她笔下的人物在语言和行动上也充满矛盾,即便是已经几乎盖棺定论的作者坚定的托利党倾向,其实与其他剧作家有着明显的分野。

德莱顿景观戏剧《英格兰与苏格兰》的失败其实也有一定的偶然性,一开始,这出戏还是取得了观众的认可。"《英格兰与苏格兰》一剧的确如德莱顿所说取得了重大胜利,这是一出景观戏剧,体现了艺术上的精巧繁复,其目的显然是为了托利党的宣传,即便在查理二世阖然长逝之后,此剧好像依然流行了一段时间。此剧首演于1685年6月3日,当时伦敦城内的议会选举正如火如荼地进行,而德莱顿的歌剧希望能借机收回高达4000英镑的制作费用,并且这也正是它施加决定性政治影响的最好机会。尽管这出专为多赛特花园剧院打造的景观剧后来几乎使联合剧院破产,原因是蒙茅斯公爵突然发动的叛乱抢了德莱顿戏剧的风头。在蒙茅斯公爵作乱的消息传到伦敦的6月13日之前,此剧已经上演了六次,尽管它如此受欢迎,但因为上演的时间太过短暂,尚不足以弥补剧场的巨大投入。"[①]贝恩肯定根据德莱顿的《英格兰与苏格兰》看到了观众对于歌剧及景观戏剧的喜爱。在查理二世统治后期,辉格党的势力大为削弱,内战的危险对于英国民众来说好像已经远去,所以此时来剧院看戏的人们更想看到炫耀帝国及君主威严的演出。在这种背景下,以宏大场面见长的景观喜剧

---

① Al Coppola. Retraining the Virtuoso's Gaze, Behn's Emperor of the Moon, the Royal Society, and the Spectacle of Science and Politics. in *Eighteenth Century Studies*, 2008,41.4:496.

烟雾笼罩中的权力：论阿芙拉·贝恩作品中的女性意识

就应运而生了。德莱顿与贝恩的两出戏前后经历的变迁也充满了戏剧性。假如没有查理二世的突然去世、蒙茅斯公爵的叛乱以及詹姆斯二世统治时期的动荡，德莱顿也不会从桂冠诗人遽然沦落到负债的地步。

《月亮皇帝》从创作到演出也经历了国王的交替以及社会心理巨大的变迁，为何后者在剧场极其不景气的情况下仍能取得较大的成功呢？德莱顿与贝恩两人在复杂的政治情势下都很善变，两人都愿意尝试更加多样的宣传策略和手段。但是贝恩在把握政治风向的敏锐上更胜一筹。虽然贝恩在戏剧创作中善于模仿和跟风，但是在它的戏剧美学中也有"变"的因素，而且这构成了她的作品较之德莱顿更加复杂的典型特征。在政治风云变幻的复辟时代，德莱顿当然也懂得"变"，但他的变化往往生硬而又不合时宜，以至于最终落得个朝三暮四的恶名。相比较来说，贝恩更加懂得因袭前人的成功之处，并巧妙利用其他剧作家已经开拓出的戏剧资源为自己服务。艾尔·科波拉认为："《英格兰与苏格兰》不仅是多赛特花园剧院上演的歌剧中的翘楚，而且观众因为不久前才看过，肯定对其记忆犹新。贝恩因此可以借用德莱顿戏剧演出中的关键机器设备、布景、甚至乐班。"[1]同样是使用景观喜剧的模式，贝恩在《月亮皇帝》中进行了巧妙的改动。她之所以采用这种戏剧模式时至少有三层考量。其一，剧院里的普通观众的欣赏层次有限，他们只能欣赏到戏剧中表面的热闹，而且热衷大场面戏剧；其二、表面上完成了对君主权威的歌颂，但同时又暗含讽刺；其三，贝恩通过景观戏剧中"看"与"被看"的展现，暗讽了处于乌合之众状态的普通民众缺乏理性，并存在认识论上的根本

---

[1] Al Coppola. Retraining the Virtuoso's Gaze, Behn's Emperor of the Moon, the Royal Society, and the Spectacle of Science and Politics. in *Eighteenth Century Studies*, 2008,41.4:497.

第一章 原初女性主义者的超越:离散于英国女性文学史坐标之外的贝恩

错误,这是造成社会动荡的根源。由此观之,我们就能够判断出贝恩与德莱顿两出戏剧的高下所在,后者虽然贵为桂冠诗人,但这也成了德莱顿的弱点。一旦失去了宫廷与贵族的支持,他的戏剧将彻底失去市场。从《月亮皇帝》开始创作的 1685 年到该剧上演的 1687 年,仅仅相隔两年时间,伦敦乃至英国的社会风气即经历了由相对平静到急剧动荡的转变。吊诡的是,贝恩在此剧中表现的次要情节反而对 1687 年的剧场观众来说更容易引发共鸣。在《月亮皇帝》的献辞以及开场白中,贝恩抱怨道:"现在伦敦城最好的消遣就是纷争。人们在小酒馆里,咖啡馆里公然对抗……观众挟持了剧院,使得上演的戏剧每况愈下,一开始上演的是英雄剧,后来是喜剧,最后蜕变为假面具,可是她们依然不买账。"[①]可见,贝恩是一位既关心社会生活,又关心观众群体的剧作家,这也是保证她的戏剧一方面能够获得上演机会,另一方面又拥有持久生命力的原因。整部《月亮皇帝》或者其中的片段一直演出到 1748 年,而且在当代仍然获得关注,而德莱顿的《英格兰与苏格兰》复辟时期之后即无人问津,原因即在于此。

囿于史料匮乏的局限,以上我们选取阿芙拉·贝恩的几部重要作品为中心,主要是想借此描摹这位传奇女作家的生平及其创作观的概貌。身处于王朝更替、政体转换、宗教混杂等情势迅疾变化下的英国社会,贝恩的创作颇能适应性道德领域以及政治风云的转变,这种剧烈的变化伴随着女性反抗的历史暗流与社会巨变相互呼应,却意外地推动了英国在性别建构上逐渐走向现代。一言以蔽之,贝恩的女性意识就成为统摄作家超越时代特征的关键问题,只有厘清了上述问题才能更加深刻地认识作家的创作观

[①] Aphra Behn. Prologue and Epilogue of The Emperor of the Moon. in Janet Todd, ed. The Works of Aphra Behn, The Plays 1682 – 1696, vol. 7. Pickering and Chatto Publishers Limited,1996:156 – 159.

烟雾笼罩中的权力：论阿芙拉·贝恩作品中的女性意识

以及其在开场白、收场白中表现出来的焦虑与自信、谦卑与骄傲、保守与激进等看似矛盾的立场姿态，这也是本书立论的中心所在。

第二节 阿芙拉·贝恩及其作品的研究状况

（一）国外研究状况

阿芙拉·贝恩研究在英美学界近二十年呈现爆炸性发展之势。阿芙拉·贝恩的戏剧、小说与诗歌在学界的地位如今已毋庸置疑。她不仅是女性职业写作的开创者，而且在近代小说叙事领域所作出的贡献亦逐渐获得学界认可。有关这位作家的传记已经出现三部，[①]不过，因为围绕这位传奇女性周围的史料极其欠缺，关于剧作家的职业生涯及作品创作很难有坚实的证据支持，所以目前的研究大多亦只能以内部研究为主。

阿芙拉·贝恩的研究首先肇始于学者们对其作品的编纂及出版。早在1871年，约翰·皮尔逊（John Pearson）即整理出版了名为《聪慧的贝恩夫人的戏剧、历史叙事及小说》（内中附有作家生平及回忆录）的六卷本贝恩作品集；蒙塔古·萨默斯（Montague Summers）整理的《阿芙拉·贝恩作品集》于1915年问世，这也是较早整理出版的收录贝恩作品比较完整的文集；罗伯特·菲尔普斯（Robert Phelps）编纂的《聪慧的阿芙拉·贝恩夫人作品选集》亦于1950年在纽约出版；收录贝恩作品最为详尽的莫过于由简

---

① Maureen Duffy. *The Passionate Shepherdess*: *Aphra Behn 1640 – 1689*（London: Joanthan Cape, 1977）; Angeline Goreau. *Reconstructing Aphra*: *A Social Biography of Aphra Behn*（Oxford: Oxford University Press, 1980）; Janet Todd. *The Secret life of Aphra Behn*（London: Andre Deutsch, 1996.）

第一章　原初女性主义者的超越:离散于英国女性文学史坐标之外的贝恩

内特·托德编纂的七卷本《阿芙拉·贝恩全集》(1992—1996),该全集不仅涵盖了已经发现的贝恩创作的所有诗歌、戏剧以及小说,还包括了她的译著及两部疑作。阿芙拉·贝恩戏剧选集及其小说作品的单行本种类繁多,在此试举几例。牛津世界文学经典书系英国戏剧卷选编了《阿芙拉·贝恩:漂泊者及其他戏剧四种》(1995),该剧作集由埃克赛特大学教授简·斯宾塞负责编辑、注释并附导言。阿芙拉·贝恩最负盛名的小说《欧奴诺可》亦有若干版本,其中典型的代表是由乔安娜·利普金编辑的诺顿版,该版本的特色是内中富有详细的关于该小说创作背景的一手历史文献资料。简内特·托德还于二十世纪九十年代编纂出版了《阿芙拉·贝恩诗歌选集》。至于将阿芙拉·贝恩的文学作品与其他作家混合编纂的文集则数量更加繁多,恕不赘言。

英美学界是复辟戏剧研究的重镇,多数研究者既关注阿芙拉·贝恩及其作品,同时又是复辟时期文学研究领域的专家。他们包括布莱恩·科曼(Brian Corman)、安杰莉·戈罗(Angeline Goreau)、简·斯宾塞(Jane Spencer)、德雷克·休斯(Derek Hughes)、简内特·托德(Janet Todd)、安妮塔·帕彻科(Anita Pachego)、苏珊·C. 欧文(Susan C. Owen)。阿芙拉·贝恩的学术研究价值也已经日益彰显。2004年,由玛丽·安·欧多纳尔编写的《阿芙拉·贝恩研究文献汇编》(第二版)是迄今为止文献学史上贝恩研究的最重要成果。国外对阿芙拉·贝恩的研究迄今为止经历了三个时期的研究热潮,分别是二十世纪七八十年代的发生期、九十年代的发展期以及二十一世纪以来的繁荣期。学术成果可以分为论文、专著、评论集以及博硕士论文四个方面,下面分别介绍这几种类型的成果。

(1)学术论文大致可以分为以下四个方面:

1. 性别以及女性主义研究。鉴于贝恩是一位个性张扬的女

烟雾笼罩中的权力:论阿芙拉·贝恩作品中的女性意识

作家,二十世纪七八十年代女性主义兴起之后,运用该理论分析贝恩作品的研究成果非常丰富。安妮塔·帕彻科(Anita Pacheco)的《论阿芙拉·贝恩〈漫游者〉中的强奸与女性主体》(*Rape and Female Subject in Aphra Behn's the Rover*,1998)指出两位社会地位悬殊的女子弗洛琳达与安洁莉卡·比安卡在反对父权制的过程中都面对着强奸的威胁,因为她们在建构女性自我的过程中都打破了原来制度的平衡。罗伯特·C.马丁(Roberta C. Martin)的《"另一个种属的绚烂奇迹":论芙拉·贝恩对性别分类的撼动》(*"Beauteous Wonders of a Different Kind":Aphra Behn's Destabilization of Sexual Categories*,1998)基于十七世纪末期以及十八世纪早期在欧洲和英国发生的性别区分标准上的变动和转换这一认识论上断裂的事实,进一步探讨正处于这一时期的贝恩在其作品中表现出来的性别认知上的流动性。

2.历史文化研究。这一研究方向结合了伯明翰学派的文化研究以及新历史主义研究方法,并且认同海登·怀特的历史诗学观。研究者首先深描当时的历史事件,然后结合贝恩作品中的具体细节进行相互阐释,以期厘清作者的政治观或者思想意识。安妮塔·帕彻科(Anita Pacheco)的《论阿芙拉·贝恩的'给市民带上绿帽子喜剧'类型中的托利党思想意识》(*Reading Toryism in Aphra Behn's Cit-Cuckolding Comedies*,2004)以褫革危机期间以及詹姆斯二世统治早期的几部喜剧为中心解读了贝恩的性别观与政治观之间的不自恰现象,指出她之所以支持斯图亚特王朝的统治乃是因为这样既符合其托利党思想,同时又不与其女性观相悖。洛琳·菲弗(Loring Pfeiffer)的《"两派互不相让,互相攻讦不止":论阿芙拉·贝恩〈漫游者·第二部〉中的保王党政治、淫秽言行以及妓女修辞》(*"Some For This Faction Cry, Others For That":Royalist Politics, Courtesanship, and Bawdry in Aphra Behn's The*

第一章 原初女性主义者的超越:离散于英国女性文学史坐标之外的贝恩

Rover, Part II)分析了《漫游者·第二部》中贝恩对于女性欲望模棱两可的态度,并指出作品中党派政治与性政治之间是相互叠盖的关系,两者之间有时彼此一致,有时又互相矛盾。艾尔·科波拉(Al Coppola)的《以科学爱好者的眼光重审:论贝恩〈月亮皇帝〉中的皇家学会以及科学政治景观》(Retraining the Virtuoso's Gaze: Behn's "Emperor of the Moon," the Royal Society, and the Spectacles of Science and Politics, 2008)别出心裁地将《月亮皇帝》中的景观与皇家学会制定的奇珍异品分类目录结合起来,指出贝恩巧妙地调动了当时社会上流行的科学风气吸引了观众的兴趣。罗伯特·马考莱(Robert Markley)的《〈都市女继承者〉:十七世纪晚期剧场流行戏剧的机制以及女性意识》(Aphra Behn's The City Heiress: Feminism and the Dynamics of Popular Success on the Late Seventeenth-Century Stage, 2007)分析了贝恩如何将女性意识与当时戏剧中的理性元素结合起来,保障剧作的票房收入。丹尼尔·古斯塔夫森(Daniel Gustafson)的《阿芙拉·贝恩后期作品中的文化记忆以及保王党政治美学》(Cultural Memory and the Royalist Political Aesthetic in Aphra Behn's Later Works, 2012)以《寡妇兰特氏》和《欧奴诺可》为中心考察了贝恩在其文学生涯最后阶段呈现出的保王党意识变迁以及与时局的关系。

3. 殖民主义批评。这一研究方向主要集中在两部涉及殖民地题材的作品:《寡妇兰特氏》以及《欧奴诺可》。玛尔戈·亨德里克(Margo Hendrics)的《论阿芙拉·贝恩〈寡妇兰特氏〉中的文明与野蛮》(Civility, Barbarism, and Aphra Behn's The Widow Ranter, 1994)将弗吉尼亚殖民地的历史与剧情结合起来,指出殖民经济造就了一大批暴发户,但是他们却没有贵族品德。苏珊·Z. 安德雷德(Susan Z. Andrade)的《白皮肤与黑面具:论〈欧奴诺可〉中的殖民主义与性政治》审视了《欧奴诺可》中的殖民主义思

维及其与作者的性政治观点之间千丝万缕的联系。亚当·希尔斯的《阿芙拉·贝恩〈欧奴诺可〉中的'奴隶制地图'探究》(Surveying the Map of Slavery in Aphra Behn's Oroonoko)不仅审视了十七世纪的后半期英国、西非以及加勒比联系在一起形成的三角奴隶贸易机制,而且分析了这部早期小说的体裁特征。玛格丽特·W. 费格森在(Margaret W. Ferguson)《在种族、阶级与性别归类之间游刃有余:论贝恩的〈欧奴诺可〉》(Juggling the Categories of Race, Class and Gender: Aphra Behn's Orooboko, 1991)一文中将种族、阶级以及性别三个概念联系在一起审视了在苏里南这殖民地空间复杂的权力关系交织。德雷克·休斯的《戈毕厄的黑人性与贝恩:论〈欧奴诺可〉中的种族伪科学》(Blackness in Gobineau and Behn: Oroonoko and Racial Pseudo – Science, 2012)梳理了十七至十八世纪"种族"一词在历史上的含义,指出贝恩在《欧奴诺可》中并没有在现代意义上区分种族之间的界限。

4. 主题以及体裁研究。这一研究方向的学术论文比较分散,既有研究早期贝恩戏剧受到西班牙"斗篷与剑"戏剧影响的成果也有研究后期散文小说文体流变的论文。莫瑞亚·弗格森(Moria Ferguson)的《〈欧奴诺可〉:典范的诞生》(Oroonoko: Birth of a Paradigm, 1992)给予这部作品极高的评价,认为贝恩在《欧奴诺可》中无疑建构了一种言说奴隶制度的叙事典范。玛尔塔·费格列罗维奇(Marta Figlerowicz)的《"君主受难的可怖景象":论阿芙拉·贝恩〈欧奴诺可〉中的戏剧叙事》(Frightful Spectacles of a Mangled King: Aphra Behn's Oroonoko and Narration Through Theater, 2008)认为《欧奴诺可》的叙事不仅合情合理而且技巧娴熟。这部现代小说过渡形态的叙事作品亦采取了戏剧的叙事方法,因此在体裁上显示出杂糅特征。弗农·盖伊·迪克森(Vernon Guy Dickson)的《阿芙拉·贝恩〈欧奴诺可〉中的真相、惊奇与典范》

第一章　原初女性主义者的超越:离散于英国女性文学史坐标之外的贝恩

(*Truth, Wonder, and Exemplarity in Aphra Behn's Oroonoko*, 2007)一文审视了贝恩如何利用旅行文学中的惊奇美学重新树立人文主义传统的道德典范。

(2)以上我们主要探讨了期刊上发表的学术论文成果,有关贝恩研究的专著、研究论文集以及学位论文成果也比较丰富:

1. 传记研究。最早的一部传记是莫琳·杜菲撰写的《激情的牧羊女:阿芙拉·贝恩,1640—1689》(*The Passionate Shepherdess: Aphra Behn*, 1640—1689)。由于传主史料有限,但杜菲在其传记中又着力描述贝恩的生平细节,因此只能"大胆假设",结果遭到了帕特·罗格斯(Pat Rogers)的严厉批评:"我从没读到像这样的一本传记,作者竟如此频繁地使用推测的口气描述事实。"[①]安杰莉·戈罗(Angeline Goreau)的著作《重构阿芙拉:关于阿芙拉·贝恩的社会生活传记》(*Reconstructing Aphra: A Social Biography of Aphra Behn*)分为十三章,细描了贝恩的出生、童年、早年到苏里南的经历以及间谍生涯。正如书名所强调的是一部社会史传记,辅之以社会历史状况进行补充,详细描写了贝恩童年时期经历的乾坤颠倒的内战,青年时期的伦敦大火、大瘟疫以及英荷战争。作者认为阿芙拉·贝恩展现了女性的独立以及欲望,并且开启了两性之战(war between sexes)。简内特·托德(Janet Todd)撰写的传记叫作《阿芙拉·贝恩的隐秘生活》(*The Secret life of Aphra Behn*)。她在编撰完成《贝恩全集》之后出版了这部传记,在导论中直言:"有关贝恩的史料只需要一页纸就可以写完。"[②]但最后她却写成了一部长达五百多页的著作,方法与戈罗如出一辙,即深描历史背景再加上从作品中索引考据出作者的相关信息。玛丽·

[①] Pat Rogers. Reviewed Works: The Passionate Shepherdess: Aphra Behn, 1640 - 1689. in *The Review of English Studies*, 1978, 29. 116:482.

[②] Janet Todd. *The Secret Life of Aphra Behn*. Rutgers University Press, 1997:1.

烟雾笼罩中的权力:论阿芙拉·贝恩作品中的女性意识

班尼·坎贝尔对托德的著作称赞有加,认为她不仅熟悉贝恩的作品,而且其学术领域一直围绕着复辟时期英国文学进行,因此对于传主周边作家的情况亦颇为熟稔,所以成功地表现出来了贝恩的性格。① 不过托德的也传记存在瑕疵,即过度关注历史背景,将有些与传主关系不大的事件也牵扯进来。

2. 专著。朱蒂·A. 海顿的(Judy A. Hayden)《爱情与战争:论阿芙拉·贝恩早期戏剧中的政治声音》(*Of Love and War: The Political Voice in the Early Plays of Aphra Behn*, 2010)以新历史主义的研究方法研究了贝恩早期的五部剧作,并且厘清了戏剧的主题与政治事件之间的联系。德雷克·休斯的《阿芙拉·贝恩戏剧研究》(*The Theatre of Aphra Behn*, 2001)是一部比较全面的贝恩戏剧研究专著。全书按照时间顺序审视了贝恩戏剧受到的影响,剧作的主题、人物形象以及情节,但囿于篇幅限制,作品探讨不够深入。简·斯宾塞(Jane Spencer)的《阿芙拉·贝恩的后世成就》(*Aphra Behn's Afterlife*, 2000)主要论述了贝恩对于女性写作以及一些男性作家的影响以及她的戏剧、小说的接受。奥德瓦尔·霍姆斯兰德(Oddvar Holmesland)的《乌托邦的协商:阿芙拉·贝恩及玛格丽特·卡文迪什浅论》(*Utopian Negotiation: Aphra Behn and Margaret Cavendish*)选取了两位作家的乌托邦题材的作品进行对比研究,指出两位女作家的相同以及差异之处;菲尔多斯·阿齐姆(Firdous Azim)是一位来自孟加拉国的学者,其专著《小说中的殖民叙事兴起》(*The Colonial Rise of the Novel*, 2002)论述了《欧奴诺可》中的奴隶制与性机制。由于作者来自第三世界国家,因此她的观点摒除了西方学者具有的西方中心主义思维;大卫·华莱士的(David Wallace)《前现代地理:从加来到苏里南,从乔叟到阿

---

① See Mary Baine Campbell. Reviewed Works: The Secret life of Aphra Behn. in *A Quarterly Journal Concerned with British Studies*, 1998, 30. 3: 506 – 507.

第一章 原初女性主义者的超越:离散于英国女性文学史坐标之外的贝恩

芙拉·贝恩》(*Premodern Places: Calasis to Suriam, Chaucer to Aphra Behn*,2004)论述了英国前现代时期作家对于异域空间的想象,并且将英国曾经占有的英吉利海峡对岸的加莱要塞与贝恩笔下的苏里南视作两个标志性地点;沃伦·彻内亚克(Warren Chernaik)的专著《英国复辟时期文学中的性自由》(*Sexual Freedom in Restoration Literatyre*,1995)认为英国复辟时期文学中的性自由与政治、哲学以及时间层面的自由有着紧密的联系,并论述了贝恩戏剧中女性形象的男性气概,指出她一直看重自己文学才能中的男性才气。此外,布伦达·约瑟芬·利迪(Brenda Josephine Liddy)的《英国十七世纪由女性作者创作的战争题材戏剧》(*Women's War Drama in England in the Seventeenth Century*,2008)分析了贝恩戏剧《年轻的君主》以及《寡妇兰特氏》中的两位女勇士形象。梅琳达·S.祖克在(Melinda S. Zook)专著《英国的新教主义、政治以及女性:1660—1714》(*Protestantism, Politics, and Women in Britain*,1660—1714, 2013)中以贝恩的作品为例探讨了其与不奉国教主义文化的联系。

3.研究论文集。研究论文集包括:海蒂·亨特主编(Heidi Hunter)的《重读阿芙拉·贝恩:历史、理论以及批评》(*Rereading Aphra Behn:History, Theory,and Criticism*,1993)共包括13篇学术论文,反映了二十世纪九十年代贝恩研究的思路。一是从总体上探讨贝恩作品中的意识形态建构,二是运用符号学、性别理论分析具体作品;三是作家作品研究;简内特·托德主编的《阿芙拉·贝恩研究》(*Aphra Behn Studies*,1996)共包括学者研究论文15篇,分为戏剧、诗歌、小说、传记四个部分对阿芙拉·贝恩的作品以及生平进行了细致的研究;德雷克·休斯以及简内特·托德主编的《剑桥阿芙拉·贝恩导读》(*The Cambridge Campanion to Behn*, 2004),该书收录了关于贝恩的研究论文共14篇,对作家的戏剧、

烟雾笼罩中的权力：论阿芙拉·贝恩作品中的女性意识

小说进行了细致的探讨，内容上既有文献史料，也有作品分析。玛丽·安·欧多纳尔(Mary Ann O'Donnell)与人合作编写的《阿芙拉·贝恩：身份、修正与含混》(*Aphra Behn: Identity, Alterity, Ambiguity*, 2000)是一部集合了欧美学界的贝恩研究论文集，关注了一些之前被忽略的贝恩作品，研究内容也涵盖了传记研究、作品分析、性别批评以及文化批评。

4. 学位论文。美国大学是贝恩博硕士论文的主要来源：安·莫瑞亚·斯图尔特(Ann Marie Stewart)的博士论文《阿芙拉·贝恩戏剧中的强奸以及未遂强暴》(*Rape and Attempted Rape in the Plays of Aphra Behn*, 2002)分析了《荷兰情人》《都市女继承者》《机运》等剧中的强奸以及性暴力情节，及其背后隐藏的权力机制。香农·李·里德的博士论文《忠诚的主体：阿芙拉·贝恩作品中的性、政治与女性言说》(*The Subject of Constancy: Sex, Politics and Women's Speech in the Works of Aphra Behn*, 2003)探讨了贝恩的荣誉观以及女性的才气、身体、忠诚以及政治主题在作品中的表现。艾琳·M.基廷的硕士论文《"我的男性气质"，又名，缺席的女性主体：论阿芙拉·贝恩作品中性别、身份以及身体界限的变动》(*"My Masculine Part": Or, The Disappearance of The Female Body: The Shifting Boundaries Between Gender, Status, and the Body in the Writing of Aphra Behn*, 2006)研究了贝恩的两部散文小说《不幸的新娘》(*The Unfortuate Bride*)以及《哑女》(*The Dumb Virgin*)中的残疾女性形象的社会意义。最后一章以《一个贵公子与其妻妹的通信》探讨了人物在性别、身份以及身体上的文化交织。萨拉·奥丁·阿蒙森的硕士论文《轻浮女子、女浪子兼及茱莉亚·弗班克夫人：论阿芙拉·贝恩笔下的反常规女性》(*Lady Libertines, Female Fops, and Lady Julia Fulbank: Aphra Behn's Extraordinary Female Characters*, 2011)以《漫游者》、《裴兴特·幻兴夫

第一章 原初女性主义者的超越:离散于英国女性文学史坐标之外的贝恩

人》以及《机运》中的几位反传统女性为中心审视了她们与男子在婚姻以及爱情战场上的对抗。以上学位论文都完成于最近十几年,显示出贝恩研究在今天美国学界仍然方兴未艾。

总的来说,英美关于阿芙拉·贝恩的研究成果在时间上有两个繁荣阶段:一是二十世纪九十年代,二是二十一世纪到现在。不过,研究成果主要集中在贝恩的三部作品,对于作家的整体研究仍然不足。

(二)国内研究状况

国内直接关注贝恩戏剧的研究比较少,但对于英国复辟时期的戏剧开展较早。与民国时期已经开始向国内介绍复辟时期的剧作家。梁实秋的《英国文学史》专辟一章论述复辟时期文学,对这一时期剧作家的评论殊为精当,并附有精美译文。何其莘的《英国戏剧史》重点关注王政复辟时期的风俗喜剧,细致地向读者介绍了艾特利吉,威彻利和康格里夫及其作品。候维瑞的《英国文学通史》最为系统地论述了王政复辟时期的戏剧,并将其与法国同时代的古典主义戏剧进行对比,让读者在比较文学视域下审视同时期英法戏剧艺术的异同及其影响关系。何其莘的《英国戏剧史》以及论文《王政复辟时期的风俗喜剧》对此领域进行了开拓性的学术研究,不仅高屋建瓴地发现了王政复辟时期戏剧的特殊意义,而且以文本细读的方式分析了剧作中的语言特征及其人物形象特点。

贝恩最早进入中国学界视野始于1946年李儒勉翻译的《英国小说概论》,该书作者普莱斯特利(J. B. Priestly)教授对贝恩在小说叙事领域的开拓性贡献有很高的评价:"女人也试写传奇,一位女的,亚第·拉斌太太(Mrs Aphra Behn)在她的啊奴诺可(Oroonoko)及薄情女(The Fair Jilt)里曾经摆脱了美好的名字与

烟雾笼罩中的权力：论阿芙拉·贝恩作品中的女性意识

冗长的演说底模糊境界而渐渐接近实际。"黄梅的专著《推敲"自我"：小说在十八世纪的英国》第一章的标题是"贝恩和复辟时代的遗产"。作者以贝恩的小说《奥鲁诺克》为研究对象，分析了小说标题的"矛盾修辞法"、叙事声音以及时空定位。韩加明在《18世纪英国小说叙事理论概观》中称"贝恩已经尝试了18世纪的三种基本叙事形式，足以称得上英国小说的先驱"。张德明的论文《〈奥鲁诺克〉：第一部英国旅行小说的文化意义》讨论了小说中西方现代性的展开、帝国地理空间的扩张、不同民族和文化间的交往等前瞻性问题。李英的论文《虚构成为现实的媒介：〈欧鲁诺克〉与早期英国小说发展》以贝恩小说为例分析了英国早期小说文本对媒介性的自觉意识和自我焦虑现象。国内的研究成果从数量上来说还比较少，而且集中于贝恩的小说作品。国内也没有出版贝恩作品的中文译本。

综上所述，国内外学界对于阿芙拉·贝恩作品的研究方法多样，尤其在新历史主义、文化研究、性别研究方面成果丰硕，但是对于贝恩作品的研究仍然缺乏整体视角，未能解释分散的现象背后蕴藏的本质含义。

第三节 女性意识：核心概念阐述

在英国封建社会趋于崩塌，资产阶级伦理尚未建立起来的历史夹缝中，复辟时期的英国女性表达出了比18世纪甚至维多利亚时代女性更加强烈和激进的性别意识。作为英国历史上第一位职业女性作家的阿芙拉·贝恩就生活在这一女性意识贲张的特殊时代。阿芙拉·贝恩的独特之处在于她从不避讳男女两性的对立。她是第一位站在女性的角度，用女性的眼光自由思考的职业女性，并且把女性的观点借助舞台传播到公共空间。

第一章　原初女性主义者的超越:离散于英国女性文学史坐标之外的贝恩

阿芙拉·贝恩女性意识的产生主要与三个因素有关。首先,宗教改革带来的性别意识重构。新教思想中带有反天主教贞洁与禁欲思想的因素。天主教会对于女性怀有深厚的敌意,认为女性欲望强烈,诱惑男性。新教伦理与资本主义精神有着紧密联系,因此更重视婚姻。英国清教中的一些激进派别提出的男女平等思想更加激进。女性巧妙地利用教义进行宣传。"贵格派创建者乔治·福克斯的妻子玛格丽特·菲尔在1666年出版的《女性说话的权利是圣经赞成、证明并允许的》一文中表达了女性只应顺从于内心的光明而不是外部世界权威的观点。再洗礼派也基本上消除了性别差异,他们坚持男女两性在各个方面都是完全平等的,包括传道和做教士的权力。"[1]以上思想是在革命年代的特殊际遇下形成的,虽然带有乌托邦的色彩,发挥的影响有限,但毕竟代表了女性意识的萌芽。其次,战争给女性提供了走进社会的机遇。内战中复杂的政治环境让女性有了参政的意识。其中典型的是1649年的女性请愿风潮。事情的起因是四名议会激进分子被逮捕,数百女性来到议会请愿,要求释放这些议会,结果遭到议会拒绝。议会的态度是:"她们对于请愿的事情根本不了解。议会只对男人负责,因此希望她们回家,料理她们自己的事情,照管家务事。"[2]这让女性在斗争实践中深切地意识到了自己低贱的地位。内战爆发之后,有些贵族女性甚至直接参与到战争中去。"内战中还有很多未被歌颂的女英雄,如在最著名的莱姆(Lyme)攻防战中,便有众多女性参与。一位当地诗人表达了对她们的钦佩——'多少人都知道,女性是强者……啊,如今保卫莱姆的是

---

[1] 裔昭印,等.西方妇女史.北京:商务印书馆,2009年:240.
[2] 罗莎琳德·迈尔斯.女人的历史.刁筱华,译.北京:中央编译出版社,2011:161.

烟雾笼罩中的权力:论阿芙拉·贝恩作品中的女性意识

谁?可怜的女性同胞,她们白日操劳,也不成眠。"①内战中女勇士的出现虽然是个体现象,但也足以对贝恩造成一定的影响。最后,一大批十六、十七世纪女性知识分子的写作为贝恩的写作及女性意识的形成提供了先例。② 这些女性都出身贵族,她们因为受到良好的教育,写作行为更多地被作为一种社交手段。同时代的两位特立独行的女作家可能对于贝恩的创作也造成了影响。简·斯宾塞指出:"在十七世纪六十年代后期,有两个事例激起了人们对女作家的兴趣。一个是纽卡斯尔女公爵——社会的杰出人物,生活方式和衣着都很古怪。她广泛涉猎科学、哲学、诗歌,还是位多产作家,她始终面向公众,她的巨大的、令人嘲笑的抱负也不是秘密——古怪、叛逆、充满生命力。另一个是凯瑟琳·菲利普斯,姣好、时髦、隐居的女作者。出版了一小卷诗集,翻译一部戏剧。她是出身高贵的,合乎规范的女性。由此,女公爵被冠以古怪的绰号,无比的奥琳达则作为理想的妇女作家形象被记录下来。"③前辈女作家的写作为贝恩树立了典范。不过贝恩的写作是一种市场行为,她更加深度地参与了文学领域。

---

① 罗莎琳德·迈尔斯.女人的历史.刁筱华,译.北京:中央编译出版社,2011:162.

② "从彭伯洛克伯爵夫人玛丽·悉德尼·赫伯特(Mary Sidney Herbert, Countess of Pembroke,1562 – 1621)、她的侄女玛丽·罗斯(Mary Wroth)到纽卡斯尔公爵夫人玛格丽特·卡文迪什(1623 – 1673)和温彻尔西伯爵夫人安妮·芬奇(1661 – 1720),一批拥有许多特权的文艺复兴时代贵族创造了复杂的翻译作品、深奥难解的十四行诗、还有滔滔不绝的辩论性作品、表达空想之作、书信体的诗歌。以及一大批其他的手稿,其中有一部分曾经公开出版,但是大部分却只是在私下场合流传。或许更令人吃惊的是,有一批并不像上述女性那样拥有特权的女性同样也写出并出版了复杂的作品,其中包括凯瑟琳·菲利普斯以及阿芙拉·贝恩。"见桑德拉·吉尔伯特,苏珊·古巴.阁楼上的疯女人:女性作家与19世纪文学想象.杨莉馨,译.上海:上海人民出版社,2015:23.

③ Jane Spencer, *The Rise of the Woman Novelist: From Aphra Behn to Jane Austen*, Blackwell,1986. 转引自:刘晓文编译.女作家·女主角·女性作家传统.湛江师范学院学报,1995(1):61.

第一章 原初女性主义者的超越:离散于英国女性文学史坐标之外的贝恩

贝恩作品中表现出哪些独特的女性意识(feminine consciousness)呢?在探讨这个问题之前,我们首先要厘清意识的含义。简言之,意识是指作为主体的贝恩的认知和经验。一句话,贝恩的女性意识首先是一种贯穿其整个文学创作生涯的方法,是她处理一切问题的核心出发点。尽管在特殊的政治以及历史环境中,她的女性意识有时也发生了扭曲和变形,但我们依旧能在字里行间读出作者因为女性意识的压抑表现出的痛苦。贝恩的女性意识首先反映在其创作实践中。她在处女作《追婚》的开场白中通过一男一女两位演员上台发表互相攻击的对话描摹了两性之间在剧场中的激烈竞争。朱蒂·A. 海顿指出:"《追婚》开场白中首先登台的是一位男子。他预料到男女剧作家势必在剧场中掀开性别大战(gender war)的序幕,因为那位女剧作家已经在高等包厢、池座以及楼座上安插了很多间谍,这些地方都是斗争激烈的战场。"[①]显然男性对于女人入侵由他们把持的剧场感到非常紧张,我们从他充满火药味的鼓动男性观众一致对付女剧作家的言辞章即可体会到这种剑拔弩张的气氛:

> 那些女人处心积虑的准备了许多手段,
> 炮火都已蓄势待发。
> 这回她们不再会满足给我们造成些微伤害,
> 而是制定了新的战略,
> 向着我们掌控的真理领域发起进攻。
> 如今美色对她们来说不过是雕虫小技,
> 她们也喜爱上了智慧以及诈谋奇计。
> 智慧加上美色,

---

① Judy A. Hayden. *Of Love and War:The Political Voice in the Early Plays of Aphra Behn*. New York:Rodopi,2010,B. V:56.

烟雾笼罩中的权力:论阿芙拉·贝恩作品中的女性意识

> 简直是如虎添翼,
> 眼看女人们就要取得胜利。①

这位表演开场白的男子直言不讳地将入侵公共写作空间中的女性称之为我们"共同的敌人"(common foe),并且使用了很多军事词汇,诸如仇敌、炮火、战略、征服、侦查、刺探、警戒、敌人、俘虏、战争等。② 乍看上去,战斗与战役等基本是阶级斗争一类的词汇,时下多与女性主义结合在一起。作为一部十七世纪七十年代的戏剧,在性别之争中使用这些词汇,似乎表明当时的女作家已成为了女性主义的急先锋。实际上,这也是成了贝恩戏剧游离于英国女性文学史坐标之外的证据,即英国女性思想在萌芽期反而比十八世纪激进得多。王政复辟时期距离英国内战不久,当时的政治斗争亦非常激烈,在社会没有建立起稳定的状态之前,斗争话语势必成为人们熟悉的强势文化,这种现象反映在性别之争上就是激进地对抗。开场白中男性表演者攻击的女剧作家(poetess)显然指的是贝恩。可见,她已经意识到自己的作品进入剧场表演意义重大,可谓攻占了男性垄断的文学领域。但是她并不避讳自己的僭越行为,而是在开场白中主动提及两性之间的斗争,这也显示出贝恩勇敢自信的个性。

面对前面那位男子咄咄逼人的进攻,接下来表演开场白第二部分的女演员以戏谑的方式展开反击:

---

① Aphra Behn. Prologue to the Forc'd Marriage, Or The Jealous Bridegroom, in Janet Todd, ed. *The Works of Aphra Behn*, vol. 5. London: William Pickering and Chatto Publishers Limited, 1996:7. 以后出自该剧本的引文皆出自此版本,将随文标出剧作首词以及页码,不再另注。

② See Judy A. Hayden. *Of Love and War: The Political Voice in the Early Plays of Aphra Behn*. New York: Rodopi, 2010, B. V:56.

第一章 原初女性主义者的超越:离散于英国女性文学史坐标之外的贝恩

> 我只需要提醒诸君一件事就能证明如今女子根本不能取得胜利,
> 试想哪一位已经拜倒在女性美貌之下的男子,
> 却要拒绝女性才气的羁绊。
> 他信誓旦旦地说我们制定了战略又安插了间谍,
> 既然他们都有了勾魂媚眼,
> 怎会多此一举绞尽脑汁制定计谋?
> 相信我吧,诸位豪侠之士,
> 刚才他说的话完全误导了你们。
> 在剧院中讨生活的女人并不是蒙面间谍,
> 她们不过是一群蟊贼,
> 每天都在搜寻作案的目标。
> 遇到合意的对象就缠住不放,
> 她们所做的不过是让你们破点小财,
> 然后就快快活活地打发你们离开,
> 因为她们可不需要什么人质。(*Forc'd*:8)

贝恩在此并没有选择与男性权威正面对抗。她巧妙地采用了示弱的办法消除父权制的警惕。值得注意的是,开场白中出现了蒙面(vizard)女子的比喻。朱蒂·A.海顿认为蒙面女子有三层含义。一是指在剧场中带着面纱在剧场中勾搭嫖客的妓女;二是指来剧院看戏,但不愿意暴露身份带着面纱的淑女;三是指带着面纱的蟊贼,即女剧作家本人。① 在强大的父权制权威之下,贝恩的写作引起了男性的敌视,所以她才幽默地将自己比作蟊贼,这样一方面可以给自己降格,另外又可以让男性认为自己胸无大

---

① See Judy A. Hayden. *Of Love and War*: *The Political Voice in the Early Plays of Aphra Behn.* New York: Rodopi, 2010, B. V: 56—58.

烟雾笼罩中的权力:论阿芙拉·贝恩作品中的女性意识

志。在强大的父权制权威之下,贝恩得给女性意识带上面纱,这样才能顺利地在公开场合发出自己的声音。在《迫婚》收场白的最后一段中,代表贝恩发言的开场白演员开始向男性献媚,声称"自己所做的一切不过是讴歌坚贞的爱情,并且为了取悦你们男人,就连所谓坚贞爱情也可以抛弃。"(Forc'd:8)《迫婚》的开场白实际上蕴含了贯穿作家职业生涯始终的女性意识言说的策略文体。依照苏珊·兰瑟提出的"虚构的声音"理论,贝恩早在十七世纪即已表现出了这种表达女性意识的双重叙事声音。

阿芙拉·贝恩的女性意识主要表现在两个维度。一是在家庭层面反对父权制,提倡爱情婚姻自由。这也是十八世纪末、十九世纪初女性作家经常探讨的主题。二是女性意识在性政治层面的表现。实际上,贝恩在女性意识与政治意识的夹缝中探讨女性的身份与权力,无疑大大超过了简·奥斯丁、勃朗特姐妹等女作家的表现领域。贝恩的作品之所以与政治有着紧密的联系,原因是剧场被斯图亚特王朝视作一种施行政治统治的工具。虽然剧场名义上受到宫廷的庇护,但是贵族庇护的文人写作模式早已破产。换而言之,观众才是剧作家的衣食父母。鉴于剧场观众素质普遍低下,为了达到吸引观众的目的,轻浮的性情节必不可少。托利党剧作家还不能忘记自己的政治责任,因此他们必须将政治与性结合起来,开创了性政治喜剧表现手法的即是阿芙拉·贝恩。她在《伪装的风尘女》《漫游者·第二部》《都市女继承者》中一方面敷衍保王党政治,另一方面不同程度地表现出了自己的女性意识。随着政治局势的紧张程度不同,她的女性意识也或显或隐,呈现出复杂的变化。到了贝恩创作的最后一个阶段,她发现已经无法在作品中以欧洲为背景让女性实现完全的解放,于是干脆将笔下的人物设置在妇女拥有更大自由度的美洲殖民地。这也是她最后的两部作品《寡妇兰特氏》以及《欧奴诺可》创作的动

第一章 原初女性主义者的超越:离散于英国女性文学史坐标之外的贝恩

机,可以说贝恩至死都没有放弃表现自己的女性意识。

阿芙拉·贝恩的女性意识夹杂着政治意识,以及作为职业作家谋生的需要,再加上后期作品的殖民意识,多重意识形态的纠结缠绕给我们厘清作家的女性意识造成了困难。贝恩在《机运》序言中的自白让我们可以窥见其强烈的女性意识:

> 我虽然是个女子,但也有男性气质,那就是诗人的才能。我所要求的不过是对应自己才气的权力,假如你们允许我拥有这种权力的话。如今我也踏上了先辈们取得璀璨成就的道路。我自会效法古代以及当代作家开创的方法,毕竟他们曾经成功地愉悦世人。假如我不能自由的写作,那又能怨谁,只能怪自己生为一个女子,你们随随便便就能剥夺我的所有权力。我也只能放下羽毛笔。自此之后,你们不会看到我写的任何东西。如此一来,你们岂不是失去了对比的对象?我对那些文坛须眉亲善有加,但他们向来对我这个没有自卫能力的女人不睦。说实话,我并不是一心只为获得第三天票房的收入才去写作。我之所以这么重视名望,因为深知自己生下来就是英雄。"①

由此可见,贝恩并不只是为了生存而写作。她的创作有着更为崇高的目的。尽管因为父权制的压抑,她不能明确表达自己是为女性写作,但是我们还是能读出她为女性立言的雄心壮志。作为一名女性,她不仅对于女性在父权制社会受压抑的处境感同身受,而且"她始终希望去改变那已经确立的价值观念——赋予对

---

① Aphra Behn. Preface of The Lucky Chance, or an Alderman's Bargain. in Janet Todd, ed. *The Works of Aphra Behn*:*The Plays* 1682–1696, vol.7. London:William Pickering and Chatto Publishers Limited, 1996:217.

烟雾笼罩中的权力:论阿芙拉·贝恩作品中的女性意识

于男人来说似乎不屑一顾的事物以严肃性。"①我们应该从"常"与"变"两方面全面审视贝恩站在女性视角审视性别秩序、政治制度形成的女性意识,所谓"常"的一面是贝恩在创作生涯中始终贯彻的思想和理念,即她作为女性作家独特的身份所带来的女性意识的思考。所谓"变"的方面是因为复辟时期的英国社会正处在急剧的变化之中,阶级矛盾丛生,各种重大政治事件此起彼伏。光荣革命之前的英国还没有找到一条稳定的平衡各方利益的体制道路。虽然伦敦的剧院在经济上自负盈亏,但是演出的剧目政治上绝对不能出现与宫廷政治龃龉的言论,否则就不能上演。不断变化的政治环境决定了贝恩的剧本也必须在不同时期做出相应的改变,这样才能一方面保证自己的喜剧能够上演并且吸引到足够的观众,其次需要考虑的才是表达作者的女性意识。

---

① 弗吉尼亚·伍尔夫.论小说与小说家.瞿世镜,译.上海:上海译文出版社,1986:56.

第二章 从虚与委蛇到短兵相接：女性意识影响下的性别权力重构

> 到处都能听见那群浪荡子的叫嚣："这是什么下三烂的玩意，居然是个女人写的喜剧。她最近走运偶然能博取我们的笑声，但是她在戏里从头到尾都在把我们无情嘲弄。"可怜的女人过去究竟犯了什么错？她们就必须被无情地剥夺判断能力，也不许接触神圣的文艺。这个时代给予男性更多的自由，而女人却比从前变得更加愚蠢。女性在古代的故事里曾经被热情地赞扬，她们那时候能写会算，参与城邦的管理，甚至上战场杀敌，堪称巾帼不让须眉。
>
> ——Aphra Behn（Epilogue of Sir Patient fancy）

如果说我们在莎士比亚的戏剧中还可以找到对秩序与和谐的追求以及纯洁的友谊和爱情，王政复辟时期的伦敦舞台上呈现地则是一个混乱和随心所欲的世界。十七世纪英国社会自斯图亚特王朝复辟以后被分裂成了前后截然不同的两个部分。因为女演员的登台演出，英国戏剧也发生了革命性的变化。十七世纪日记家塞缪尔·佩皮斯在1661年1月3日的日记中记述第一次

烟雾笼罩中的权力:论阿芙拉·贝恩作品中的女性意识

在剧场中看到了女性演员登台演出。① 女性演员在剧场这一公共空间的出现提供了两性思想交锋的可能。演员、女剧作家以及女性观众的出现实现了女性活动在剧院的拓展,并带给女性在戏剧中独立于父权系统之外谋生和思考的可能。

查理二世统治时期的英国民众刚刚经历了内战和史无前例的弑君。在英国封建社会趋于崩塌,资产阶级伦理尚未建立起来的历史夹缝中,复辟时期的英国女性呈现出比十八世纪以及维多利亚时代女性更加激进和强烈的性别意识。贝恩的剧作大多数围绕性别的冲突与对抗展开。她笔下的女性在思想上独立自主,在行动能力上也比莎士比亚戏剧中的女性灵活多变并成功摆脱了父权家庭对女性的掌控。复辟时期的思想家霍布斯认为:"人类各行其是的做法既意味着自由,同时也意味着不自由。自由的一面体现在个人可以采取必要手段追求幸福;不自由的方面则体现在人们在追求自由的同时又不可避免地限制了他人的自由。内战带来的混乱和失序导致手足相残,结果破坏了群体的幸福生活。道德律令固然存在,但当人们面临生命威胁之时很容易被合情合理地突破,所以人的自然状态无非是一系列无休止的争斗。"② 男女之间性战场上的斗争也是如此。莎士比亚戏剧中的人物面对性话题不仅藏着掖着而且以不近女色作为高尚品德的象征。到了封建意识形态受到怀疑的复辟时期,男女之间的对抗无论在婚姻还是在爱情方面需要依靠性别伦理的折衷主义来解决。阿芙拉·贝恩的女性意识也首先在性别秩序重构的层面展开。

---

① Samuel Pepys, *The Diary of Samuel Pepys*, Vol. 1. R. Garnett, J. M., ed. DENT & SONS LTD, 1906:121.

② David Scott Kastan, ed. *The Oxford Encyclopedia of British Literature*, Vol. 3. Shanghai Foreign Language Press, 2009:59.

第二章　从虚与委蛇到短兵相接：女性意识影响下的性别权力重构

第一节　摆脱父权控制：女性对于婚姻秩序的重构

父权制在英国封建社治秩序中发挥着中流砥柱的基石作用，它在社会结构中向下可以延伸到社会的细胞——家庭，向上直达君主制统治体系，堪称专制统治合法性最古老和最基本的逻辑原点。"早在都铎王朝后期，在天主教徒和国教徒的论战中，已有父权制观念的问世。十七世纪初期时，哈德林·萨拉维亚博士(Hadrain Saravia,1531—1631 年)、高级教士兰斯劳特·安德鲁斯(Lancelot Andrews, 1565—1626 年)、神学家托马斯·杰克逊(Thomas Jacson 1579—1640 年)等人都先于菲拉莫发表了褒扬父权制的论著。"[1]父权制认为人并非是生来自由的，因为每个人都出生于家庭，要服从一家之主——父亲的权威。阿芙拉·贝恩在多部作品的主要情节中都安排了姐妹要摆脱父权控制的情节，显示出作者在追求爱情婚姻这一彰显女性早期独立意识主题上的探索。

（一）《荷兰情人》：主动出击寻求婚姻自由

首先我们来看一下《荷兰情人》的故事梗概。汉斯的父亲已经为他安排了与家资丰厚的西班牙人堂·卡洛的女儿尤菲米娅的婚姻。但是他直到第三幕才出现在舞台上，此时未婚妻已经与阿隆佐坠入爱河。阿隆佐来到西班牙的目的是迎娶好友马塞尔的妹妹希波吕忒。浪荡子安东尼奥成功引诱了希波吕忒。马塞尔得知实情后恼羞成怒，觉得自己受了奇耻大辱，认为妹妹希波吕忒有辱门庭。于是他只能拖延阿隆佐与妹妹见面，同时不敢公

---

[1] 阎照祥.英国政治思想史.北京:人民出版社,2010:83.

烟雾笼罩中的权力：论阿芙拉·贝恩作品中的女性意识

开背后隐情。阿隆佐此时却被尤菲米娅的爱情分心，其兄长洛维斯也在积极帮助妹妹获得阿隆佐的爱情。最终阿隆佐同意与她结婚以避免其被迫嫁给荷兰人汉斯。

《荷兰情人》一剧情节颇为复杂，涉及数位青年男女的爱情纠葛，其中还夹杂了几对仆人的恋情。《荷兰情人》的开场部分是乐维斯与好友阿隆佐之间的对话。他们刚从西班牙殖民地弗兰德斯来到马德里，但是乐维斯张口就问："是什么让阿隆佐从那些令人欲罢不能的布拉班特美女身边离开。"①阿隆佐回答："一是出于王子堂·约翰的命令；二是要来见一位绝色美人'。（$Dutch$:165）接着乐维斯居然询问阿隆佐来马德里要见面的女人是谁，并且希望能够像在战争上分享战利品一样与阿隆佐共享她。德雷克·休斯认为："阿隆佐与洛维斯的约定反映了男性之间的关系实际上还是基于武士情谊，他们仍然将女性看作战争的战利品。这种看待女性的视角与《追婚》中的性别关系如出一辙，只不过作者在《荷兰情人》中将背景换成了更加复杂的当代社会。"②阿隆佐以调侃的口气告诉对方他才不会让好朋友与自己一起陷入危险境地。我们从两人如下的对话中可以了解到在当时的欧洲，女孩在婚姻上完全没有选择的自由。

> 乐维斯：你要和那个女孩结婚？那你就自己留着享用吧。不过我想知道到底是哪个女孩能够让你甘愿走进令人反感的婚姻生活？她很漂亮吧？她的美貌能够弥补你一时头脑发昏做出的愚蠢决定么？

---

① Aphra Behn. The Dutch Lover. in Janet Todd, ed. *The Works of Aphra Behn*: *The plays of* 1671 – 1677, vol. 5, London: William Pickering and Chatto Publishers Limited, 1996:165. 以下引用皆出自此版本，只随文标注幕、场次、页码，不再另注。

② Derek Hughes. *The Theatre of Aphra Behn*: London:Palgrave, 2001:51.

第二章 从虚与委蛇到短兵相接:女性意识影响下的性别权力重构

阿隆佐:我也不知道她的长相如何。我们从未见过面。她是马塞尔的妹妹。我和马塞尔是去年夏天在弗兰德斯认识的,并且成了好朋友。他不假思索就把妹妹希波吕忒许配了我。

乐维斯:你真的会和她结婚么?

阿隆佐:考虑到我与举足轻重的昂布鲁索家族联姻将获得的好处,我应该会她结婚的,迄今为止我还不知道自己的身世。(*Dutch*:165-166)

根据阿隆佐的讲述,他与希波吕忒素不相识。马塞尔作为兄长就可以一手包办妹妹的婚姻。当时的女性在婚姻选择上完全没有自主权。在"长子继承制"原则之下,马塞尔掌握了父权制权力。他可以安排妹妹的婚姻,并且有责任维护家族荣誉。卡洛的女儿尤菲米娅也同样遭受了包办婚姻的痛苦。该剧的主要情节即围绕着两位女主人公反抗包办婚姻的主题展开。

阿隆佐说他已经习惯了放浪形骸的生活,现在被庄重的求婚弄得闷闷不乐。此时彼得罗发现有一位蒙着面纱的女子自从他们从教堂出来以后一路尾随着他们。她实际上是尤菲米娅的女仆奥琳达,此时正奉命到街上找个男子帮助尤菲米娅摆脱包办婚姻。十七世纪末期的女性除了教堂之外根本没有进入公共空间的机会。奥琳达一开始也是去教堂物色合适的人选。德雷克·休斯认为:"贝恩在《荷兰情人》中通过女性在舞台空间上的限制反映出女性社会地位的脆弱。阿隆佐与乐维斯在戏剧一开场无拘无束、轻松随便的行为显示出这只是男性的特权。不仅如此,剧中的男子仍然试图将女性禁锢在住宅之内。《荷兰情人》中的

烟雾笼罩中的权力:论阿芙拉·贝恩作品中的女性意识

每一个空间对应女性来说都有可能变成潜在的压制她们的场所。"①可见,空间压制是十七世纪女性在父权制体系下失去自由的一个重要因素。

奥琳达说明了自己的意图,她说有一位出身高贵的女子希望找一个有荣誉感的男子,然后将他带到小姐那里。奥琳达不知道选择阿隆佐还是乐维斯去拯救小姐。乐维斯大言不惭地说:"把我们两个都带过去岂不更好。"(*Dutch*:166)两位好友为了争夺艳遇的机会互不相让。奥琳达也拿不定主意到底选择谁,最终她随意地选择了阿隆佐。无论是尤菲米娅指派女仆到大街上寻找对象,还是奥琳达盲目地选择拯救小姐的男子的过程看起来都十分荒诞可笑。贝恩借助于女性在选择男性行为上的无奈之举讽刺了当时将女性囚禁与私人空间的父权制度。在《荷兰情人》的一幕三场,尤菲米娅还在家中等待女仆到街上给她物色可以以身相许的男人,她的独白道出了自己忐忑的心情:

> 奥琳达在外面逗留的时间太久了。真希望她能不要流连于那些花花公子。天哪,这件事竟然让我忧心忡忡。这难道就是爱情的感受?我现在真切地体会到了爱的煎熬。尤菲米娅给我找的人会不会是个已婚男人,还是一个风流情种?真让人放心不下,这样疑神疑鬼弄得我魂不守舍。(*Dutch*:172.)

阿隆佐被带到尤菲米娅的住处,他不及待地要求对方把脸上的面纱揭开。可见,希望摆脱父兄控制的女子们走进社会自由追求婚姻的过程也充满了危险。阿隆佐一开始即用挑逗的语言诱

---

① Derek Hughes. *The Theatre of Aphra Behn*. London:Palgrave, 2001:55.

第二章 从虚与委蛇到短兵相接:女性意识影响下的性别权力重构

惑尤菲米娅。她只能利用智慧才能与之周旋。尤菲米娅要摆脱婚姻相对容易,因为贝恩在该剧中借助于英荷战争时期高涨的民族意识,将荷兰人汉斯描写得粗俗无比、愚蠢笨拙。她巧妙地借用民族矛盾拆解了强大的父权制,使得尤菲米娅获得了婚姻自由。这也是贝恩善于利用多种矛盾,伺机实现女性意识的表现。

(二)《漫游者·第一部》:在妥协中争取婚姻自主

《漫游者·第一部》的情节与风味颇合复辟时期戏剧的特征。剧本中活跃着风流倜傥的浪荡子与年轻美貌的女性,二者在价值观、婚姻观、对待欲望的态度方面完全矛盾,而情节的第一个层面也是围绕着两性的斗争与冲突展开。故事的发生地在那不勒斯,开场情节即是弗洛琳达与海伦娜姐妹反对父兄对各自生活的安排。彼得罗催促弗洛琳达与年老体弱的西班牙富翁结婚,他认为瓦萨提奥财产丰厚,对弗洛琳达倾心已久。站在彼得罗的角度看,他认为这是一桩划算的婚姻,因为瓦萨提奥去世以后即可获得大笔财产,而弗洛琳达的心上人贝尔维尽管年轻但却是个穷光蛋。当婚姻的天平两边分别摆上物质和精神的砝码,彼得罗认为物质显然更加重要。弗洛琳达的自我意识觉醒表现在她认为应该自由地寻找一个与自己出身、年龄、财产相称的伴侣,而不是听命于家族安排。劳伦斯·斯通认为:"十六世纪英国有产阶级的婚姻因此是一家庭与亲属的集体决定,而非一个人决定。财产和权力是主导婚姻谈判的两项主要因素。"[①]《漫游者》中的两姐妹即面临着斯通描述的困境。她们在婚姻自主权力上与父权制的对抗构成了该剧的主要矛盾。

海伦娜与弗洛琳达站在同一阵营,以至于她被怒火中烧的兄

---

① 劳伦斯·斯通.英国的家庭、性与婚姻:1500-1800.刁筱华,译.北京:商务印书馆,2011:61.

烟雾笼罩中的权力:论阿芙拉·贝恩作品中的女性意识

长彼得罗囚禁起来。我们从海伦娜狂放不羁的台词中发现她是一个性格豪放、敢想敢做、勇于追求自由的新女性。她讽刺瓦萨提奥老态龙钟、没有性功能,发的是剥削殖民地的不义之财,甚至认为嫁给这样一个老家伙还不如去通奸。弗洛琳达与海伦娜清醒地认识到女性在封建社会的奴隶处境。黑格尔指出:"自我意识只有在一个别的自我意识里才获得它的满足。在此关系中,其一为独立意识,它的本质是自为存在,另一为依赖的意识,它的本质是为对方而生活为对方而存在。前者是主人,后者是奴隶。"①弗洛琳达姐妹不被允许有独立意识,她们只能被动地接受父权家庭的安排才是符合社会伦理道德的举动,否则就要被视为疯狂并受到惩罚。听命于父兄之见,意味着自我不存在,自我变成了他人的工具;不自觉为他人利用,是上当受骗、误入歧途;不情愿地屈服于男人的意志,是迫不得已而为之,当然就是一种痛苦和压抑。英国的文艺复兴只完成了男性意识从禁欲主义桎梏下的觉醒,对女性解放则语焉不详,因此我们在莎士比亚戏剧中依然可以找到许多不明不白的牺牲或者疯癫的女性。格林布拉特认为:"自十六世纪始,人们已经愈来愈清晰地寻求自我意识,并将对这种意识的形塑看成一种可以控制的、充满技巧的过程。实际上,在古典时期,精英阶级的自我意识是普遍存在的,情况发生变化是在中世纪,基督教会对人们认识自我的能力开始持普遍怀疑态度,正如奥古斯丁所言'交出自我',建构自我即意味着毁灭。"②格林布拉特以莫尔、怀亚特、斯宾赛、马洛为例探究了男性在建构权力、性别、欲望等意识形态过程中使用的宏观机制与微观策略,

---

① 黑格尔. 精神现象学(上卷),贺麟,王玖兴,译. 北京:商务印书馆,1979 年:121—127.

② Stephen Greenblatt. *Renaissance Self-Fashioning From More to Shakespeare*. The University of Chicago Press, 1980:2.

第二章　从虚与委蛇到短兵相接：女性意识影响下的性别权力重构

而这个过程却把女性排除在外。

贝恩在戏剧舞台这一公共空间成功施展了如男性作家一样的对性别的重新塑造权利。《漫游者》的时间背景设置在狂欢节，唯其如此女性才能相对自由地活动并暂时逾越社会制定的规则。在女性各方面处于从属地位的社会，剧中女性需要借助狂欢节和假面才能走进社会都说明了彼时社会对女性的严苛宰制。狂欢节来自基督教传统，时间一般从主显节到忏悔日，并且在圣灰星期三的前三天最为热闹。狂欢节的核心是人们可以戴着面具以及穿戴特殊服饰掩饰自己的身份，并且载歌载舞、大吃大喝，自我放纵。① 狂欢节中浪漫温情的一面在《漫游者》里几乎消失殆尽，那里反而充满了危险和男性肆无忌惮的欲望。威尔莫深夜在花园遇到弗洛琳达。他强行给弗贴上妓女的标签就试图强奸对方。德雷克·休斯并不赞成狂欢节带给了女性自由："在狂欢节中，尽管女性可以戴上面具并隐匿身份，这给她们逃脱男人强加的命运提供了机会，但另一方面，她们飘忽不定以及未经确认的身份也会让她们在男人眼中变成妓女。尽管狂欢节提供了让女性走出家庭的机会，她们冒险走出形同监狱的家门，但是又进入了另一重危险的境地，因为在城市里到处游荡着富有攻击性的男性。他们因为争夺女性，动辄拔剑决斗。在男人的世界里，女人的地位基本介乎商品与战利品之间。"② 狂欢节中的女性因为缺少了家族的保护变成了没有身份的人，因此被剧中的浪荡子视作妓女随意凌辱。美国学者帕特里奇认为："人总是处于矛盾的地位，他们身上既有文明倾向又有动物倾向，人类一般是通过节制动物本性而使两者相协调，但这并不能解决不断增加的压力，于是各种各样

---

① Helene Henderson. *Holiday Symbols and Customs*. Omnigraphics inc, 2009:106-108.
② Derek Hughes. *The Theatre of Aphra Behn*. London:Palgrave, 2001:86.

的紧张状态就导致了一种释放,即狂欢。"①《漫游者》中的男性欲望似乎并不需要借助狂欢才能实现。弗洛琳达在男权社会的危险一个接着一个,她一开始几乎被法国士兵依靠武力强奸接着又差点被家族强迫嫁给老年富商。如此看来,强奸在特殊情况下甚至成了社会秩序的一部分。贝恩在剧中也提到战争即为男性欲望狂欢节的特殊形式。

狂欢节是贝恩在剧中为了平衡女性欲望的本能释放与习俗法律的冲突而设置的有别于日常生活的时间。女性走出家门自由寻找爱情的过程中,她们经历的危险前所未有。威尔莫两次试图强奸弗洛琳达,最后居然还能获得众人谅解。弗洛琳达小姐被威尔莫穷追不舍,走投无路之际误入布伦特的住宅。布伦特不但毫无恻隐之心,反而伙同弗雷德里克轮奸这位弱女子。布伦特的语言充满色情和暴力:

> 对你这个划船的囚犯和西班牙妓女,这算残忍么?我要强吻你再将你暴打一顿,把你脱得一丝不挂再跟我上床。我要把全世界的邪恶都在你身上发泄,即便如此也不能让我复仇。那个下流胚子带给我的侮辱,是人都受不了。我要对你笑一笑,再骗一骗;打一下头,再摸一下脸;当面山盟海誓,背后就假话连篇;骗得你在一起缠绵,再把你洗劫一空,那个婊子就是这样对待我的。来啊,让我在你胸前粘上诅咒的诗篇,把你赤身裸体倒挂在窗前,让大家看看我是怎么赞美这些该下地狱的女人的吧。(Rover:66)

布伦特的暴力话语无疑代表了充盈着野蛮兽欲的男性。从

---

① 伯高·帕特里奇.狂欢史.刘心勇,杨东霞,译.上海:上海人民出版社,1992:1.

第二章 从虚与委蛇到短兵相接:女性意识影响下的性别权力重构

十七世纪英国社会来看,强奸情节在贝恩剧中如此司空见惯在一定程度上也是历史的真实反映。安妮塔·帕切科细致地分析了强奸在英国近代早期的情况:"中世纪有关强奸的法律仅仅将此项犯罪看作对父系财产的侵犯,直至十六世纪后期才将其视作对女性人身而不是财产的入侵。法律认为强奸罪行的受害者是女性而不是她的男性亲属,该罪行不是造成财产的损害而是违背女性意愿的身体掠夺。但是在执行的时候会发生偏差,依纳泽斐·巴沙尔对伦敦周围各郡巡回法庭1558—1700年间案件记录的调查,有关强奸的起诉案件数量不多,而且只有强奸发生在年轻女子身上才会被定罪。考虑到来巡回法庭打官司的群体夺来自下层阶级,巴沙尔的研究反映出人们对强奸的态度越来越不以为然。"①由此可见,复辟时期的社会与法律系统对女性的保护形同虚设,以罗彻斯特伯爵为代表的廷臣追求女性的过程也是介于诱奸和强奸之间。贝恩夫人一再地在《漫游者》中表现强奸情节,结果非但没有遭受攻击,反而使得该剧成为最受欢迎的一部戏,这也从侧面说明了当时社会风气的混乱与轻浮。《漫游者》中男人统治女性的方式不外乎三种,金钱,力量与谎言。威尔莫既没有钱又是可怜的流亡者。他只有依靠花言巧语给自己戴上假面欺骗女性的感情。安洁莉卡将爱情看作灵魂和纯洁的心灵,让人联想到严肃戏剧中的理想女性。威尔莫的语言时而粗俗淫荡,时而言不由衷。海伦·M.波克认为:"贵族浪子才是真正的妓女,因为他们唯利是图,无法跳出经济利益之外思考。"②威尔莫哀叹叹自己不是女性,否则也可以操淫业赚钱。贝恩似乎在性别的转换

---

① Anita Pachego:Rape and the Female Subject in Aphra Behn's the Rover. in *ELH*, 1998:323-345.

② Burke, Hellen M. Cavalier Myth in the Rover,From the Cambridghe Companion to Aphra Behn,ed. Derek Hughes and Janet Todd,2004:126.

烟雾笼罩中的权力:论阿芙拉·贝恩作品中的女性意识

中不经意间表达了对男性权力的厌恶与解构。剧中的男性除了在追逐女性的行动上行动积极,险些造成乱伦等破坏社会禁忌的后果以外,他们在品格与能力上大多无法与女性匹敌。弗罗琳达身陷危险之中,幸赖瓦莱里娅的帮助使她避免了强奸和乱伦的厄运,而贝尔维却束手无策,最后的喜剧结局也是因为女人的牺牲和智慧才使得混乱的社会恢复了秩序。

在男性观众占主体的剧院里,女性来看戏只能戴上面纱或假面。贝恩要实现在票房收入、政治观点与意识形态之间的平衡,也只能给思想戴上假面以蒙混过关,她只能使用反讽和模棱两可的方式表达女性意识。《漫游者》喜剧性的结尾十分突兀。心理阴暗的浪荡子反而获得财富和美人,而心地善良的安洁莉卡则无处可去,反而成为永远的漫游者。考虑到当时复杂的政治形势,若不这样处理,剧作很难获得台下的贵族观众认可,因为彼时多数观众是廷臣和贵族。贝恩在剧中已经多次暗示保王党人不可能担当重整乾坤的重任。尽管在戏剧结束之际,海伦娜对威尔莫吁求:"我的船长,拿出勇气和爱情吧,用你坚实的臂膀,勇敢地保护我,不然你将永远失去我。"(Rover:83)海伦娜被动的诉求表明她似乎忘记了威尔莫身上的种种猥琐、懦弱和虚伪,但是她的浪漫台词只能将观众带到传统的骑士之爱光环中,但这种结局终究只是神话。贝恩在剧中将对英国绅士的指责与吹捧混杂在一处,形成巴赫金强调的复调性效果,于是威尔莫和台下的男性观众只会关注剧中对他们的赞扬,从而不去理会剧本中对男性的批评。贝恩在《漫游者》中对贵族的反讽也可以看作性别话语改造。威尔莫抱怨海伦娜之前对待他如何的残酷。海伦娜回答:"这难道不是你自找的吗,我要找到你在外面勾搭的所有女人,大骂那些破坏我们爱情的人,直到你只爱我为止。"(Rover:81)海伦娜的宣言表达了所有女性的心声,贝恩将继续在剧作中批判贵族男性直

第二章 从虚与委蛇到短兵相接:女性意识影响下的性别权力重构

到他们悔改。戏剧的结局亦部分地实现了女性的诉求,厌婚者威尔莫承认了婚姻的神圣并与海伦娜实现了暂时和解。

在婚姻对抗的舞台上,海伦娜与威尔莫的斗争同样惊心动魄。佩吉·汤普森认为:"海伦娜并不是使用了合适的策略成功诱骗威尔莫结婚。他之所以放弃安洁莉卡是因为海伦娜的财产丰厚。威尔莫可以获得观众的同情是因为党派政治粉饰了他的其他缺点。"①由此可见,剧中真正的主宰并非父权制而是金钱和政治。海伦娜姐妹之所以能够自由的追求爱情,很大程度上得益于其叔叔馈赠的巨额遗产,而这笔财富是其父兄都无法控制的。安洁莉卡在与威尔莫交往中的尊严感也来自于她积累的五百克朗资产,而不名一文的威尔莫有时只能流露出无奈和无赖,可见金钱的力量已经成为新旧阶级转换的砝码,而它亦将成为下一阶段贝恩戏剧的主题。布朗认为该剧与同时期的复辟喜剧一样反映了"社会和道德价值观的分离以及自由主义与君主统治的和解。"②但和解是要付出代价的,威尔莫等男性只有依靠让步和放弃部分男性权力才能避免激烈的对抗。这样看来,莫莉·杜菲的看法则有点牵强,她认为:"《漫游者》的主题是怀旧的,旨在让已经淡忘了查理二世浪漫的、奇迹般的从流放地返回英国传奇经历的国人重新团结起来,避免分离。"③在杜菲看来《漫游者》无非是在过去与当下之间寻找折中。格林布拉特在《看不见的子弹》一文中探讨了英国人如何进行社会政治叙事,他们建构政治秩序的方式主要是隐形的文化策略。不过对安洁莉卡的始乱终弃始终

---

① Peggy Thompson. Coyness and Crime in Restoration Comedy: Women's DeSire, Deception and Agency. Bucknell University Press, 2012:67.

② Laura Brown. English Dramatic Form: 1660 – 1760: An Essay in Generic History. Yale University Press, 1981:60.

③ Maureen Duffy. The Passionate Shepherdess: Aphra Behn 1640 – 1689. Jonathan Cape, 1977:145.

烟雾笼罩中的权力：论阿芙拉·贝恩作品中的女性意识

是浪荡子要面对的,安洁莉卡拿起手枪复仇,带有强烈的女性反抗的象征,行动尽管没有完成,但其反抗行为却是看得见、摸得着的,有别于文艺复兴时期文化场中"看不见的子弹"形式的话语对抗。

(三)以政治正确取得婚姻自主:《裴兴特·幻兴爵士》中患病的父权制

幻兴爵士的专制父权主要体现在他对于女儿及侄子婚姻的绝对权力。在他眼里婚姻不过是一项交易,他不用管女儿与他要嫁的人之间有没有爱情。他以为自己的女儿失去了贞洁,于是宁愿女儿死掉,免得有辱门庭。女儿伊莎贝拉没有财产继承权。幻兴爵士只愿意提供一笔嫁妆希望尽快将女儿嫁出去。在他眼里,判断婚姻是否合适的唯一标准就是金钱。当惠特茂冒称约克郡的费拉夫假意向伊莎贝拉求婚时,裴兴特关心的重点是他的宗教倾向、财产以及政治问题,而不是个人品行:

幻兴爵士:你父亲真是值得敬佩。他天生就有雄才大略,又心忧天下,为了共和国的事业鞠躬尽瘁。我说,你有多少财产?

惠特茂;我的财产没有减少,我想阁下应该略知一二。

幻兴爵士:要我来说,那还是相当可观的。费拉夫爵士只有一个儿子,我猜每年怎么着都有一万四千镑的收入,听说他的儿子才从日内瓦回国。他的父亲把他送到那里接受德行的教育。你是哪个教派的?

惠特茂:我是在日内瓦接受的教育,对我信仰的教派你大可放心。

幻兴爵士;令尊从不显山露水,我们都是眼见过好日子

第二章 从虚与委蛇到短兵相接:女性意识影响下的性别权力重构

的人,要是我们能预料到后面要发生的事情就好了。

惠特茂:在他购买了教会地产之前,家父本来是很诚实地。①

可见在裴兴特眼里,婚姻只是父亲之命。女儿只能服从自己的安排,而选择女婿的标准则是金钱、宗教、政治等外在因素。他根本不用考虑女儿的态度。但是爵士强势的父权似乎只能在女儿面前发挥作用。裴兴特的几乎不能阻止浪荡子惠特茂骚扰女儿,这与当时放纵的社会风气有很大关系。奉行开放性道德的王政复辟阶段在英国历史上是一段五光十色的特殊时期。安杰莉·戈罗认为:"隐晦下流的诗歌在复辟时期风行一时,在诗行中偶然闪现出的机智也是在诱骗女人要和顺,说白了就是对男人俯首帖耳。如若她们胆敢拒绝,就会横遭言辞侮辱。浪荡子们互相也交换讽刺诗,内容不过是取笑严肃呆板的世人,要不就嘲笑被自己始乱终弃的女子,或者复述一遍昨晚寻欢作乐的奇遇。"②富商家庭出身的上层社会女子伊莎贝拉不但没有父亲保护,而且即便在家里也会遭遇到惠特茂肆无忌惮的求爱骚扰,可见当时所谓的性自由风气带给女性的非但不是解放,而是更加危险的处境,以至于伊莎贝拉如此哀叹女性的命运:

> 快抛弃那些求告逆来顺受的经文吧,让女性糊里糊涂地顺从的风俗已经把我们变成了奴隶。一不做二不休,就把我当作牺牲献祭吧,把我送上祭坛吧。我倒要看看他们所谓神

---

① Aphra Behn. Sir Patient Fancy. in Janet Todd, ed. *The Works of Aphra Behn*, *The Plays* 1682 – 1696, vol. 6. London: Pickering and Chatto Publishers Limited, 1996:21. 以后出自该剧本的引文均出自该版本,只随文标出剧作首词,页码,不再另注。

② Angeline Goreau. *Reconstructing Aphra: A Social Biogrtaphy of Aphra Behn*. New York: The Dial Press, 1980:168.

烟雾笼罩中的权力:论阿芙拉·贝恩作品中的女性意识

圣的充满神秘的话语能否让我回心转意。我将像个哑巴那样,一言不发,我才不会去增加他们的荣耀,就让我默默地站立,被那些着了魔的观众围观,因为那个牧师只是在召唤魔鬼。(*Sir*:62)

可见,伊莎贝拉在父权制的权威下丝毫没有反抗的力量。她虽然和露克莱迪雅一样认识到了男权社会对女性的宰制,但是因为没有经济实力,在强大的父权制下,只能以生命为代价做最后的反抗。贝恩自然也知道当时仍然是一个父权制占绝对优势的社会,如何曲折地表达出自己对抗父权制的观点就成了颇具难度的问题。贝恩是一个性别意识比较敏感的作家,我们从《裴兴特·幻兴爵士》开篇呈现的女性人物讨论性别不平等现象的场景即可看出贝恩的创作目的。不过在艺术创作上,贝恩为票房考虑,不可能采取金刚怒目式的方式直接攻击男性。贝恩在剧中采用了两种方式对抗父权制:一是弱化男性的权力。二是提高女性的思考与行动能力。幻兴爵士虽然仍然处于父权制的统治者地位,但是他已经无力控制出现裂缝的权力系统。裴兴特这一人物虽然借用了莫里哀《无病呻吟》中男主角的性格特征,但是贝恩主要是在嘲笑父权的无力感这一层面使用这一典型喜剧性格。幻兴爵士病病恹恹的样子解构了男权权力的威严,但是他的疾病并不是身体上出现了毛病,而是像诺威尔夫人所说的患了癔症。另一方面,裴兴特对周围的现实失去了判断力。幻兴夫人运用计谋完全控制了他的一言一行。只有利安德是清醒的,他决定不再让叔叔总是生活在幻想和欺骗中。罗德威克、克莱杜勒斯都化妆成医生欺骗裴兴特。幻兴爵士还相信占星术,罗德威克告诉裴兴特这两天灾星会妨碍他的健康,建议他不宜出行,他就信以为真了。总之,父权制的代表幻兴爵士几乎没有权威可言。他大多数时间

第二章 从虚与委蛇到短兵相接:女性意识影响下的性别权力重构

都年老力绵,随意被人摆布。朱蒂·A.海顿认为:"《裴兴特·幻兴爵士》一剧中本来应该有教养的是男性,他们本应该具有理性但在剧中却表现出完全被欲望操纵,不仅容易冲动而且劣迹斑斑。裴兴特·幻兴爵士在多数情况下就是一个傻瓜,就连其七岁的女儿范尼都可以轻而易举地骗过他,剧中几乎每一个男性都欺骗过他。"①可见,贝恩故意将莎士比亚时期力量强大的父亲形象弱化为病夫并不是偶然之举,而是为了在文学想象中达到重构性别关系的目的。

救连最容易轻信别人的克莱杜勒斯也可以欺骗幻兴爵士。他假扮为医生建议爵士四、五日之内每天只吃一餐饭,并且让其相信所谓的自然论。那些前来给裴兴特诊病的医生不过是一群骗子,就连七岁的小孩范尼都能看清骗子的真面目,而幻兴爵士却没有任何判断能力:

> 范尼:他们刚才压根儿就没有讨论过您的病情,都在聊什么狗啊,马啊,弄死了几个傻瓜,还有他们的老婆孩子的事。然后他们看酒喝完了,就开始商量准备敲你多少钱。
>
> 幻兴爵士:你们真是这样说的吗?这群流氓、无赖、骗子、杀人犯。我要复仇,我已经好了,再也不会生病了。我宁愿明明白白地死,也不需要你们这些无耻之徒的治疗。滚,都给我滚!(Sir:73)

幻兴爵士虽然最后醒悟了,但是已经产生裂痕的父权制再难以恢复从前的威严。最后在利安德的帮助下,幻兴爵士决定装得奄奄一息以查明事情的真相。幻兴爵士本人也感到自己受到了

---

① Hayden,Judy A. Of Privileges and Masculine Parts :The Learned Lady in Aphra Behn's Sir Patient Fancy. in *Papers on Language and Literature*,2006,42.3:328.

烟雾笼罩中的权力：论阿芙拉·贝恩作品中的女性意识

严重威胁，他在复辟时期新的伦理道德下感觉到了危险并觉得无力掌控原来的父权秩序，于是只好采取逃避的方法，打算逃离到乡下。幻兴爵士以悲悼的口吻如此描述堕落的伦敦：

> 快来拯救这些不可救药的人吧。这里到处都是亵渎神灵的恶棍，我们生活的世界多么淫荡。伦敦城啊，伦敦城，你是罪孽之都，男子们放荡堕落，处女被无情地踩躏，主妇们都变成了荡妇淫娃。我亲爱的夫人啊，这里已经不适合你我居住。(*Sir*:27)

幻兴爵士无奈的话语反映了清教主义的严肃道德已经破产，同时也说明了父权的式微。幻兴爵士还拥有强大的经济实力。贝恩要想实现对抗父权制的目的，还得巧妙利用复辟时期的政治情势。在当时性别权力对比悬殊的情况下，贝恩必须借助于正确的政治力量才能实现反抗父权，并获得台下观众的认可和谅解。

幻兴爵士话里话外表明了自己的政治态度。他在克伦威尔政府时期得势，通过内战获得了大笔地产，可谓依靠共和国产生的新贵族，因此特别敌视查理二世的宫廷及保王党人。在宗教上，幻兴爵士反对天主教，倾向于信仰新教。幻兴爵士精神亢奋地表达了自己的宗教态度：

> 裴兴特：我的宅邸已经被包围了，那些亵渎神灵的叫嚣弄得我精神失常。听啊，天主教徒吹起了号角，耶稣会士敲响了锣，这些反叛的声音盖过了管风琴和赞美诗的和谐之音，他们都是十恶不赦的异教徒。
>
> 女仆：的确如此，这些都是来自罪恶之都巴比伦的流浪诗人弄响了大教堂的乐器，他们只想扰乱基督教兄弟们的

第二章　从虚与委蛇到短兵相接：女性意识影响下的性别权力重构

宁静。

裴兴特：你说得太对了，快把我那些仆人都召集起来，先把他们痛骂一番，就说他们私通法国天主教，预谋纵火烧掉伦敦城，随便怎么说都行。然后把他们通通送上绞刑架。（*Sir*: 38）

裴兴特的这番话反映的正是英国内战时期清教徒的所作所为。他在共和国时期得到了很大的利益，在豪格斯多文的房产及地产年收入500镑。查理二世上台以后对他们采取宽容策略，并未对之采取大规模地报复措施，因此在复辟时期还保有相当的实力，并且用议会和司法系统以及在伦敦的影响力继续维护这一阶级的权力。幻兴爵士训斥保皇党利安德的话语中反映了他们与保皇党有着泾渭分明的政治诉求："为了家族的荣誉，我当然关心你。但是你要是不争气，因为你那危险邪恶的保皇党思想而上了绞刑架，那也是咎由自取。"（*Sir*: 63）幻兴爵士的政治观点在复辟时期当属大逆不道，以查理二世为首的宫廷再宽容也不会对这种反叛观点置若罔闻，所以这也为贝恩肆无忌惮地给幻兴爵士去势提供了口实。只不过在此过程中，贝恩更加享受的是对父权制复仇的快意，而非宫廷党观众看到政治对手被戴绿帽子，人财两空的痛快。贝恩在托利党正确政治思想的保护下，虚与委蛇地表达出了女性意识。权力与价值观的缠夹不清迷惑了很多人，也使得她的作品得以进入文学市场，获得上演的可能。复辟时期女性作家一般也是保王主义者，因为只有这样作为弱者的她们才能得到政治权力的庇护。贝恩道出了政治和艺术相处的微妙，而她本人对此恐怕也深感无奈。浪荡子最为重明显的特征就是轻贱女性、不讲道德，但贝恩在《裴兴特·幻兴爵士》中却要得利用浪荡子来对抗父权制，给高高在上的父权制代表戴上绿帽子。

烟雾笼罩中的权力：论阿芙拉·贝恩作品中的女性意识

后来，幻兴夫人得知幻兴爵士已经在弥留之际，她假装悲伤得死去活来。诺威尔夫人看穿了幻兴夫人是在演戏，最后惠特茂与幻兴夫人在装死的幻兴爵士面前坦白了他们的伎俩。当幻兴爵士突然"复活"痛骂幻兴夫人时，她反而恢复了平静："尽管骂啊，我不也尽情地把你嘲弄？"（*Sir*:76）爵士在众人面前宣布和幻兴夫人离婚，夫人也敢于针锋相对地反抗："让全世界都知道吧，了解一下事情的前因后果。"（*Sir*:76）幻兴爵士的态度此时却突然发生了转变：

  现在我倒有了一些新的想法，我们两个确实有病，得治！我现在已经不是昨日之我了。君主制和国教也值得赞扬。我现在才明白自己过去的行为简直禽兽不如。（*Sir*:76）

安妮塔·帕彻科认为："幻兴夫人不仅没有因为对婚姻不忠受到任何惩罚，而且得到了全方位的胜利。她不仅得到了风流倜傥的惠特茂，还从丈夫那里获得了骗来的钱财以及丈夫对于自己奸情的原谅。"①幻兴爵士的政治态度最后也发生了转变。不得不承认的是幻兴爵士的转变的确突兀：他在经济能力上处于强势的一方，还具有道德优势，然而就是在这种情况下，他却表现得如此绵软无力，竟然选择了主动投降。但是在当时的观众看来政治上有错误的裴兴特理应受到惩罚，他只有被戴上绿帽子又无计可施，这样才符合政治需要。

《裴兴特·幻兴爵士》的结尾简直是一场戴绿头巾的狂欢，使得喜剧的狂欢式精神达到了高潮。幻兴爵士的态度充满自我解嘲的意味：

---

  ① Anita Pachego. Reading Toryism in Aphra Behn's Cit – Cuckolding Comedies. *in The Review of English Studies*, 2004, 55. 222:692.

第二章　从虚与委蛇到短兵相接：女性意识影响下的性别权力重构

幻兴爵士：女士们,先生们,快来看看我这个大王八,露戴绿头巾的傻瓜。

克莱杜勒斯爵士：乌龟也好,王八也妙,对于您这样品行优良的绅士来说不过是小事一桩。

幻兴爵士：(对诺威尔夫人说)我要向您道歉,夫人。以前你说我是乌龟,我还迁怒于你。亲爱的伊莎贝拉,我也得向你道歉,曾经逼着你嫁给那个我以为是好友儿子的家伙(指着惠特茂)。(Sir:76-77.)

此时的幻兴爵士俨然接受了女性的教育。他意识到自己从前的父权价值观的错误,并且同意了所有年轻人的婚姻。幻兴爵士在全剧结束之际的道白实现了性别以及政治上的和解："城里人都过着快乐的生活,养几个情人,还可以谈情说爱,再也不要参加什么政治集会。各位看官,我们城里的妻子不仅天生诚实,还可以相夫教子。希望我们英国所有戴上了绿帽子的文明人,都能够以我为例学会转变。"(Sir：78)贝恩在批判裴兴特的政治取向的过程中,连带父权制一起进行了无情的嘲弄,这正是作者的高明之处。

两位爵士都是孱弱的男性代表。裴兴特丧失了父亲的权威,克莱杜勒斯则失去了男性的权力。后者自称是德文郡的乡绅骑士,每年有三千镑的收入。夫人刚去世,他就忙着找续弦。他的性格特征是容易相信别人,结果被罗德威克捉弄吃尽苦头,而克莱杜勒斯藏在大篮子里的情节显然模仿了《温莎的风流娘儿们》。尽管罗德威克与惠特茂劣迹斑斑,但两人同时也是贝恩反抗父权制统一阵营中可以团结的对象。两人在剧中在某种程度上充当了"倒戈的男性"之作用。尽管罗德威克风流成性,但是在婚姻问题上他显然站在妹妹一边,并且不遗余力帮助她对付克莱杜勒斯。这一点与贝恩其他剧中的兄长形象有明显的不同。惠特茂

烟雾笼罩中的权力:论阿芙拉·贝恩作品中的女性意识

虽然是纨绔子弟,但是他同时也是坚决反对裴兴特群体中的一员。两位爵士反倒成了落入对手圈套的呆子,在性别之战中节节败退,毫无还手之力。莎士比亚时期强大而有力的父权制已然在贝恩笔下被无情解构,它似乎只能出现在裴兴特的幻想之中了,这也是主人公姓氏意义的弦外之音。不过,贝恩亦非常清楚女性仍然处于既没有经济权力也没有人身自由地位的现实处境。阿芙拉·贝恩在剧中大胆表现了女性对欲望的需要,同时批判了男性自由主义欲望带来的破坏性和非道德性。在性别的战线上,台下的男性观众肯定不满贝恩对于幻兴的嘲讽,然而出于政治考虑谁敢反对贝恩的处理方式呢?

阿芙拉·贝恩为了更加清晰地表现自己的女性意识,在次要女性人物的塑造上也进行了精心安排。机智的女仆芒蒂也能给幻兴夫人出谋划策,帮她转移财务。幻兴爵士七岁的小女儿范尼居然在见识上超越了其父亲,她也表达了反抗父权制的愿望:"等我长大了我一定要加倍努力,因为我时常听姐姐说,女孩子除了找个如意郎君,别无他路。我以后一定要选择属于自己的生活。"(*Sir*: 36)《裴兴特·幻兴爵士》中的每一个女性都站在同一条战线,团结起来反抗男权社会。她们反抗的方式各有不同。诺威尔夫人拥有语言优势、经济实力以及智慧,在对抗父权制的过程中发挥着核心作用。幻兴夫人与惠特茂结成了命运共同体,在伦理道德上给倨傲的男权以无情的嘲弄。尽管他们在伦理道德上有欠缺,但正是不公正的社会导致他们只能采取这种无奈的方式进行反抗。伊莎贝拉、露克莱西亚等女性亦逐渐形成了自我意识,不愿意在婚姻问题上任由男性摆布。复辟时期是英国资产阶级与封建阶级阵营斗争的相持阶段,在混乱的环境下,社会道德等意识形态放松了对女性的监控,从而在这段时期激起了争取女性自由的浪花。十八世纪以后,资产阶级逐渐取得了优势地位,逐

第二章 从虚与委蛇到短兵相接:女性意识影响下的性别权力重构

渐建构了以清教伦理道德为基础的性道德,又将女性重新监控起来,所以直至穆勒时代英国女性的地位差不多与十七世纪初期毫无二致。

第二节 合法的享受:
女性意识对于欲望秩序的重构

王政复辟时期是新旧意识形态对峙的白热化时期,欲望也是其中发生激烈对抗的领域。人的欲望开始"在十七世纪哲学中从一种受排斥的边缘地位逐渐进入哲学思考的中心。"①十七世纪英国哲学家霍布斯也将欲望作为自己学说的"根本建构模式。"②彼时哲学领域对于欲望的思考说明十七世纪的英国围绕欲望问题必将进行一场终极辩论,即在资本主义伦理秩序上,究竟如何看待人的欲望。马克思·韦伯在《新教伦理与资本主义精神》中将新教思想视作催生资本主义精神的重要因素,而新教对待人欲显然与天主教有根本的不同。中世纪视欲望为洪水猛兽,应该施以绝对禁止。性欲更是成为宗教批判的核心,被认为是罪恶之源。"天主教传统思想认为,女性比男性的欲望更加强烈,所以经常被天主教神学家和布道者谴责为诱惑者。"③清教思想对待欲望也采取极端敌视的态度,他们甚至以煽动欲望为由禁止了许多民俗节日,剧院也因此关闭长达十八年之久。

查理二世登基之后,由于他放荡随性的私生活,整个宫廷都弥漫着性放纵的氛围。廷臣贵族无不过着淫荡无耻的生活,客观

---

① 吴树博.力量的欲望——论斯宾诺莎哲学中欲望的本质及特性.复旦学报,2012(5):42.
② 吴树博.力量的欲望——论斯宾诺莎哲学中欲望的本质及特性.复旦学报,2012(5):42.
③ 裔昭印,等.西方妇女史.北京:商务印书馆,2009:241.

烟雾笼罩中的权力:论阿芙拉·贝恩作品中的女性意识

上推动了十七世纪后半叶英国社会性自由风气的形成。保皇党人为了维护查理二世的形象,开动宣传机器积极地为性自由辩护,一种与共和国时期完全相悖的性开放风气在上层社会形成。这股风气也影响到了王政复辟时期的戏剧,表现为袒露欲望的风尚喜剧大行其道。因此阿芙拉·贝恩也得以追随潮流,在其作品中大胆呈现欲望这一十九世纪女性作家都不敢触碰的主题。她曾经在一首品达体颂诗中以拟人的修辞如此描写欲望强大的力量:

> 你是何人?
> 难道是新的痛苦?
> 你挑动起来的究竟是何种情愫?
> 你这令人着魔的精灵,快告诉我:
> 你的本质和名号,
> 你到底凭借什么微妙手段?
> 又或者用的是哪般巨大力量?
> 竟然将我那备受冷落、毫无心机的心灵俘获。
> 即便是女人要紧的名声和贞操也不能将你驱赶出去。①

贝恩在此把欲望看作是一种女性无法驾驭的神秘力量。她已经认识到欲望对于女性的强大吸引力,但同时也强调了女性拥有"合法享受"(lawful enjoyment)欲望的权力。②

---

① Aphra Behn. On DeSire. in Paul Salzman, ed. *Oroonoko and Other Writings*, Oxford University Press,2009:256.
② See Aphra Behn. The Feign'd Curtizans, or A NIghts Trigue. in Janet Todd, ed. *The Works of Aphra Behn:The Plays* 1678 – 1682, vol.6. William Pickering and Chatto Publishers Limited and Chatto Publishers Limited and Chatto Publishers Limited, 1996:92.

第二章 从虚与委蛇到短兵相接：女性意识影响下的性别权力重构

（一）作为欲望客体的女性：秩序崩坏下的欲望话语狂欢

阿芙拉·贝恩在《荷兰情人》中通过乱伦情节向观众展现了欲望的非理性以及给社会秩序带来的危害。该剧自一幕二场将情节转向了"一对兄妹"（两人被剧中人物认可的身份）西尔维奥与克莱恩特的乱伦之恋。西尔维奥一上场就向观众袒露了自己可怕的情欲：

> 我必须想办法让马塞尔离开。他那么重视荣誉定然不会允许我去追求妹妹。但是我内心的情欲已经失控，它变得如此凶暴。克莱恩特对我的魅力与日俱增，以至于我不把这些秘密吐露出来简直生不如死。(*Dutch*:168)

贝恩在《荷兰情人》中借鉴了法国新古典主义戏剧中常见的理性与欲望对抗的主题。在克莱恩特这条情节线中，贝恩还以恶仆弗兰奇斯卡为例表现了欲望的可怕力量。在二幕四场，贝恩在舞台说明中让克莱恩特穿着睡衣出现在舞台上，而且还让她摆出意欲宽衣解带的架势。接着弗兰奇斯卡为克莱恩特演唱的一首小曲，则更加充满了欲望的挑逗，堪称复辟时期戏剧中颇为露骨的一段性描写：

> 阿敏达将我带进一处树林，
> 那里树荫如盖将我们的身影掩蔽。
> 日光也会赦免我们的罪过，
> 在这幽暗的树林它也不会将我们出卖。
> 这里可以让我们避开世人的眼目，

烟雾笼罩中的权力：论阿芙拉·贝恩作品中的女性意识

> 就连恐惧也无从进入。
> 只有清风习习，
> 温柔地轻吻着那摇动的树枝。
> 我们在一处苔藓上坐下，
> 为了度过那正午炎热的时刻，
> 互相开了很多放纵的玩笑。
> 他无数次地亲吻着我，
> 我也回报他同样多的热吻。
> 这让我不免脸红耳热，
> 男女间做的那种事情让我难以启齿。（*Dutch*: 186）

莎士比亚只是从侧面表现欲望的可怕，比如在《第十二夜》中，莎翁把欲望比作凶暴的猎狗追逐着世人。贝恩则把欲望赤裸裸地呈现在观众眼前。弗兰奇斯卡唱完那首煽动情欲的歌曲之后，西尔维奥即衣衫不整地闯进了克莱恩特的房间，向对方坦白自己的爱意：

你难道没猜出来我的心意么？难道我的眼神还没有将心意袒露？或者是你太单纯，还没有理解我的叹息为谁而发？过去我曾经给你讲过数不清的爱情故事，都是关于恋人们受伤的心或者他们为爱憔悴的事迹。要知道我并不是为了给你讲故事而讲故事，难道我不是时刻把你放在心尖上？（*Dutch*: 186.）克莱恩特此时才明白西尔维奥对自己的欲望已经超越了兄妹之间的情感。她理智地拒绝了对方。西尔维奥接下来与克莱恩特的对话表明他已经陷入情欲之中不能自拔：

西尔维奥：你认为爱上兄长是犯罪么？在自然界，这不是很正常的事么？

第二章 从虚与委蛇到短兵相接:女性意识影响下的性别权力重构

克莱恩特:作为哥哥不行,这也是无论世俗还是彼岸的律法所禁止的事情。先生,如果你是别的人则另当别论,

西尔维奥:那我们就不要彼此伤害了。你每天都在用魅力杀人,而我就是众多的受害者之一。我对你有了非分之想,现在我要以哥哥的身份,或者是作为你的爱慕者来控诉你犯下了谋害我的罪行。

克莱恩特:那你让我怎么做呢?

西尔维奥:怎么?——我要你做什么?——我也不知道。——以后仍然和我在一起吧。——这也不能让我称心。——就让我——凝视着你吧——这也不能让我满足。我想吻你,抱着你,但我却不敢说出来。这才是我真正想要的,我实在不敢将我的内心袒露出来。

克莱恩特:我真不该听你作为一个兄长说出的这些疯话。(*Dutch*:187)

西尔维奥对于克莱恩特的情欲一开始还隐藏在手足之情中,所以她并没有察觉。只有克莱恩特明白乱伦的可怕后果,并且尽量避免让自己陷入罪孽之中。苏珊·格林认为:"克莱恩特是《荷兰情人》中被当作欲望客体对象最为明显的女性。她因为错认西尔维奥是自己的哥哥,而承受着对方的爱带来的极大痛苦。西尔维奥也认为克莱恩特是自己的妹妹,但是他仍陷入情欲中不能自拔。"[1]贝恩将男性塑造成深陷欲望中不能自拔的形象,显然与同时期法国剧作家拉辛的剧作《费德尔》截然相反。

西尔维奥在弗兰奇斯卡的帮助下在花园里勾引克莱恩特。

---

[1] Susan Green. Semiotic Modalities of the Female Body in Aphra Behn's The *Dutch Lover*. in Heidi Hunter, ed. *Rereading Aphra Behn*:*History* , *Theory and Criticism* , Charlottesville:University of Virginia Press, 1993:133.

烟雾笼罩中的权力：论阿芙拉·贝恩作品中的女性意识

邪恶的女仆弗兰奇斯卡非但不去阻止西尔维奥的乱伦行为,反而想方设法煽动两人的情欲。我们从他的道白中可以看出,此时他已经意乱神迷,完全被乱伦之恋的欲火包围。克莱恩特却自始至终都表现得极具理性,并且抵挡住了西尔维奥的非理性欲望。西尔维奥甚至无力控制自己强奸克莱恩特的冲动。他疯狂地认为为了挽救两人的荣誉只有一死了之。他多次使用火焰(fire flame)来比喻自己的情欲。即便在全剧结束之际,弗兰奇斯卡还在煽动西尔维奥对于克莱恩特的情欲。这一次她居然设下计策让西尔维奥潜入克莱恩特的闺房,好趁着夜色与之同床。德雷克·休斯认为:"床上换人的计策只能在黑暗中进行。人物身上所有被社会建构的标志和记号都被擦抹得一干二净,因此欲望的客体变成了无言的,也没有身份的对象。贝恩剧中发生在卧室里的性骗局更加反映了欲望的盲目。被抹去身份的女性即便是男主人公的母亲或者妹妹,也同样有可能成为他们的欲望对象。因此在情欲之下,女性之于男子其实是匿名的、非个人化的客体。"①西尔维奥始终在肉欲与禁忌之间徘徊,一边是诱人的胳膊、胸部,另一边却是两人之间不可逾越的血缘关系。乱伦禁忌的痛苦像是大山一样压在西尔维奥的心头,以至于他甚至动起了杀死对方然后自杀的念头。贝恩通过西尔维奥表现了欲望的非理性。欲望以肉体的享乐为最高目的,为此甚至试图冲破一切伦理障碍。虽然最后女仆弗兰奇斯卡承认西尔维奥的疯狂举动是自己在旁侧煽动使然。因为她自己对西尔维奥也有着不可遏止的欲望,所以才从中作梗,以此败坏克莱恩特的名声。不过从西尔维奥的表现来看,他的确也对妹妹有了不轨的念头。他也承认自己的情欲过于强烈,所以请求父亲让他离开家庭,免得住在一起经常看见妹

---

① Derek Hughes. The Theatre of Aphra Behn. London:Palgrave, 2001:52.

第二章 从虚与委蛇到短兵相接:女性意识影响下的性别权力重构

妹。养父昂布罗索最后才说出西尔维奥的真实身份。他的父亲是西班牙的风流浪子德·奥利维拉斯伯爵,因为与马德里的绝色佳人有一段风流韵事,生下了私生子西尔维奥。后来伯爵被宫廷放逐,就把西尔维奥交给昂布鲁索作为儿子抚养。所以他与克莱恩特并不是兄妹关系。剧情在此发生了巨大转折,昂布鲁索交代克莱恩特非但不是西尔维奥之妹,而且他一直都在谋划将她嫁给西尔维奥。除此之外,他的父亲还给西尔维奥留下了高达两百万克朗的财产。乱伦之恋这条情节线速迅速地朝着喜剧的方向发展,说明了贝恩无意以严肃的态度批判欲望的罪恶。

苏珊·格林认为:"西尔维奥仅仅将克莱恩特视作自己欲望的客体,在众人眼中造成了乱伦的危险。"[①]乱伦主题在西方戏剧史上有着悠久历史。如果说索福克勒斯的悲剧《俄狄浦斯王》通过乱伦表达的是不可抗拒的命运,那么《荷兰情人》中西尔维奥对于克莱恩特的不伦之恋则反映的是欲望的狂暴与非理性。超越了伦理禁忌的欲望给双方带来了巨大的道德焦虑。西尔维奥多次流露出以死亡来摆脱这种挥之不去的乱伦念头。俄狄浦斯在无意中杀父娶母,而西尔维奥则从一开始即认为自己和克莱恩特是兄妹,所以他自始至终都让欲望处在社会道德规范的压抑之下,这也是其在剧中多次精神失常,语无伦次的原因。相比较之下,克莱恩特不仅极具理性,而且她的伦理意识十分强烈。虽然西尔维奥与克莱恩特最后被证明并不是兄妹关系,但是观众在全剧大多数时间都认为他们之间是乱伦行为,体会了乱伦禁忌的紧张。德鲁兹与瓜塔里认为:"欲望并不欠缺什么,它并不欠缺自身的客体。在欲望中消失的恰好是主体,换而言之,欲望欠缺的恰

[①] Susan Green. Semiotic Modalities of the Female Body in Aphra Behn's The *Dutch Lover*. In Heidi Hunter, ed. Rereading Aphra Behn:History , Theory and Criticism, Charlottesville:University of Virginia Press , 1993:133 - 134.

烟雾笼罩中的权力：论阿芙拉·贝恩作品中的女性意识

恰是固定的主体，如果没有压抑，在欲望中就没有固定的主体。"①贝恩在《荷兰情人》中以西尔维奥试图触犯伦理禁忌的欲望表现了作为主体的男性对于女性的侵害。该剧还讲述了其他几位男性因为盲目的欲望而处于乱伦边缘的事件。阿隆佐第一次见到自己的妹妹之时，因为不知道对方的身份，竟然在欲望的驱使下对其想入非非。西尔维奥到妓院里闲逛，他在远处对希波吕忒的美貌迷恋不已，而其父亲奥利维拉斯伯爵同样钟情于她，如此一来父子的欲望集中到了同一个女人身上。马塞尔甚至对一个男童产生了非分之想，而该少年竟是自己的妹妹假扮。总而言之，贝恩在《荷兰情人》中使用了一系列的乱伦情节用以说明欲望的无定性以及巨大的破坏力。男性的放纵破坏了人与人之间最基本的伦理道德关系，而喜剧的结果表明贝恩旨在维护新伦理秩序的乐观愿望。

欲望使人盲目，导致人物失去理性。黑暗中人物身份的混乱给社会秩序带来了极大的挑战，结果每次都以男性之间的暴力决斗告终。道敏达在黑暗中错误地将阿隆佐当成了马塞尔，并给了他钥匙让他上楼幽会。此时，阿隆佐的内心独白反映了其自相矛盾的心理：

这是什么？（拿着道敏达从楼上抛掷下来的钥匙），如此显而易见的事，难道还用问么？但是她真的像刚才那个人说的是个绝色美女么？就是不要命，我也要走进这所房子。要是尤菲米娅知道了怎么办？也许她只会抱怨一下我作风轻浮、朝三暮四吧。但我的行为只会被风流的男人津津乐道，那些嫉妒心强的女人是没有资格评判我的品行的。至于眼

---

① Gilles Deleuze Félix Guattari. *Anti-Oedipus: Capitalism and Schizophrenia*. University of Minnesota Press, 1983: 26.

第二章 从虚与委蛇到短兵相接:女性意识影响下的性别权力重构

前这位怀春少女,管她是谁呢。她只要能够在床笫上带给我比尤菲米娅还要便当的快乐就行了,再说也不用承担什么责任。(*Dutch*:182)

由此可见,阿隆佐奉行的是霍布斯的快乐主义原则:"幸福就是欲望从一个目标向另一个目标不断地发展,达到前一个目标不过是为后一个目标铺平道路。人类欲望的目的不是在一项间享受一下就完了,而是要永远确保达到未来欲望的道路。"①马塞尔与阿隆佐不停地从一个欲望转向另一个欲望,而他们欲望的客体即是女人。在父权制社会,欲望之战中的女性明显处于劣势的一方。女性的婚姻与贞洁在奉行天主教的西班牙也是家族荣誉的重要组成部分,以至于女性的身体完全控制在家长手中。马塞尔随随便便就可以将妹妹许配给一个好友,而他在发现希波吕忒出轨以后,执意要杀死她来维护家族荣誉。不过就连马塞尔也意识到了自己一方面要使另外一个无辜女孩蒙羞,另一方面又要为希波吕忒失贞复仇这两件事情上的矛盾之处:

> 马塞尔:夜幕已经降临,今晚我有两件乐事去办。但是这两件事又互相矛盾,真让我左右为难。一边是爱情的甜蜜,另一边是复仇的快意。我真不知道先去完成哪一件事情,还是把它们都置之不理。对于男人来说最大的快乐莫过于征服女人的爱情,这种欲念让我不由自主地想去和克莱琳达幽会。但是一想到那致命的荣誉,妹妹已经将家族的脸面丢尽,为了挽回家门受损的光荣,我只有牺牲那个虚伪的女人。每念及此,我都想赶快回到家宅,完成复仇。当我冷静

---

① 霍布斯.利维坦.黎思复,黎廷弼,译.北京:商务印书馆,2014:72.

烟雾笼罩中的权力：论阿芙拉·贝恩作品中的女性意识

下来，审视一下自己的良心，又会发现那个如同安东尼奥勾引希波吕忒一样的罪孽想法也在我的内心疯狂滋长。我已经将克莱琳达紧紧包围，就像那位负心汉抛弃希波吕忒那样。不过，克莱琳达并没有什么兄长，所以不会有人去惩戒她的不贞。她越是百般设防，就越能激起我去冒险获得光荣的决心。尽管虚情假意地对待克莱琳达是可耻的行为，我也不会放弃。(Dutch:176)

浪荡子马塞尔虽然认识到了自己诱骗克莱琳达的行为与安东尼奥如出一辙，但是在欲望的驱使之下，他又堂而皇之地编造理由为自己违背道德的行为开脱。霍布斯指出："财富、荣誉、统治权或其他权势的竞争，使人倾向于争斗、敌对和战争。因为竞争的一方达成其欲望的方式就是杀害、征服、排斥、驱逐另一方。"[①]但是每一个男性都有自己的欲望，所以他们之间很容易因为欲望冲突导致决斗。《荷兰情人》中一共出现了三次决斗。西尔维奥、安东尼奥以及马塞尔都曾经在决斗中受伤。贝恩以决斗这一暴力情节反映了欲望带给社会秩序的破坏性力量。

男性对于女性最具暴力性的欲望表现是强奸。《荷兰情人》中有两场强奸未遂情节。田园诗式的背景与暴力行为之间形成了强烈的对比。希波吕忒眼看就要被强奸，她却还在唱着关于男女之间互相引诱的田园小曲。克莱恩特被强奸的环境更接近于牧羊人与仙女的爱情故事情节。她戴着花环然后被仆人带到凉亭。牧歌式的环境在《年轻的君主》中被视作充满暴力的现实社会的替代，但是"在《荷兰情人》中，贝恩利用强奸将牧歌式的环境摧毁，表明对于女性来说并没有幸福的乌托邦存在。"[②]因此牧歌

[①] 霍布斯.利维坦.黎思复,黎廷弼,译.北京：商务印书馆,2014:73.
[②] See Derek Hughes. *The Theatre of Aphra Behn*. London:Palgrave, 2001:56.

第二章 从虚与委蛇到短兵相接:女性意识影响下的性别权力重构

式的古代爱情故事非但不是安慰女性的想象,反而成了诱骗女性的修辞手段。

贝恩在1673之际的伦敦剧坛已经崭露头角,与之媲美的剧作家只有两到三位,这给了她极大的自信心。盲目的自信反而造成了她在《荷兰情人》中过于轻视了男性观众的需求。复辟时期剧场的观众组成仍然以男性为主,所以贝恩在该剧中过于直率地攻击、揶揄、规训男性势必造成男性观众不快。除此之外,贝恩在剧中为了表现女性意识设置了过多的情节线索。她居然在一个戏中讲述了四位女性的爱情故事,这在贝恩的戏剧创作中也是孤例。四位女性的欲望特征恰好穷尽了女性在父权社会中的境遇,显示出贝恩在此剧中将表达女性思想作为了创作的主要目标。苏珊·格林认为:"《荷兰情人》提供了女性身体的某些表象,这些表象同时吸纳与穷尽了各式各样能够以身体为名义而生产的话语论述之本质化作用。"[1]尤菲米娅努力地摆脱包办婚姻。希波吕忒要恢复荣誉。克莱琳达希望获得马塞尔的好感。克莱恩特不遗余力地拒绝"乱伦"之恋。前两位女性更多地依靠自己的努力达成与男性的协商,而后两位则把自己的未来交给了命运。《荷兰情人》中的男性无一不把女性身体当成欲望他者。尤菲米娅是剧中比较明智的女性。她通过假装晕倒,将身体部分呈现在阿隆佐的凝视视野中,成功实现了将浪荡子引领到婚姻的伦理秩序中。希波吕忒的例子更加说明了女性对自己的身体几乎没有控制权。她的身体在结婚之前是被用作家族通婚的筹码,因此无论身体还是贞操都不属于个人,而更像是家族财产。希波吕忒失贞以后,马塞尔屡次谩骂妹妹是虚伪、下贱、淫荡的女人。兄妹之

---

[1] Susan Green. Semiotic Modalities of the Female Body in Aphra Behn's The *Dutch Lover*. In Heidi Hunter, ed. *Rereading Aphra Behn: History , Theory and Criticism*, Charlottesville: University of Virginia Press, 1993:123.

烟雾笼罩中的权力:论阿芙拉·贝恩作品中的女性意识

间几无亲情可言。马塞尔只关心家族的荣誉,甚至为了维护荣誉多次打算杀死妹妹。与此同时,贝恩在《荷兰情人》中展现了哥哥马塞尔的欲望,这更加突出地反映了欲望与性别之间的不平等,也反映了隐藏在男性特权之下的虚伪。

安东尼奥将希波吕忒当作自己复仇的工具。他到处宣扬希波吕忒是妓女。希波吕忒回答:"你难道认为我不知道你的那些伎俩? 不过还真有一些年轻的浪荡子光临。但是你给我定的价格太高了,以至于那些快活的小伙子都不敢冒险前来,要是我自己定价的话肯定会便宜得多。"(Dutch:200)安东尼奥以为将希波吕忒的身体贬斥到与妓女一样低下的位置就可以完全摧毁对方的意志。希波吕忒反而认为妓女比社会女子的地位还要高些,起码她们可以为自己的身体定价。她充满反讽的回答反映了贵族社会女子的地位其实在很多方面还不如妓女。苏珊·格林认为:"希波吕忒形象在符号学形态上典型地表现了克里斯蒂娃所谓的贱斥属性。"[1] "所谓贱斥体(abject)先于文化、先于语言、先于俄狄浦斯的原始压抑。贱斥体既非主体,又非客体。"[2] 不唯安东尼奥,就连希波吕忒的哥哥都多次用充满侮辱性的词语形容妹妹,可见男性的自我实际上建立在对女性的贬斥基础之上。虽然《荷兰情人》中的女性经过斗争暂时获得了社会秩序承认,但是她们的位置仍然是男性给予的,因此她们仍然没有从根本上摆脱对于男性的依附。

---

[1] Susan Green. *Semiotic Modalities of the Female Body in Aphra Behn's The Dutch Lover*. In Heidi Hunter, ed. *Rereading Aphra Behn:History, Theory and Criticism*, Charlottesville:University of Vrginia Press, 1993:135.

[2] 赵英晖. 克里斯蒂娃自选集译者注,收入克里斯蒂娃. 克里斯蒂娃自选集. 赵英晖,译. 上海:复旦大学出版社,2015:5.

第二章　从虚与委蛇到短兵相接：女性意识影响下的性别权力重构

(二)《漫游者·第二部》：金钱与欲望冲突下的性别对抗

《漫游者·第一部》主要以威尔莫与海伦娜的欲望对抗展开。海伦娜与其姐妹弗洛琳达正值豆蔻年华，但却受到父权的控制，分别面临着被送到修道院和嫁给年老体衰丈夫的命运。《漫游者·第一部》中心直口快的海伦娜直接表达了自己的欲望，即按照自己的意愿选择意中人。她的语言肆无忌惮，充满了反抗精神，这在女性欲望被无情压制的男性中心主义的社会是十分罕见的现象。海伦娜、弗洛琳达以及安洁丽卡的欲望指向是年轻英俊的男子，而不是被动地作为男性欲望的对象，或者当作商品交易。海伦娜虽然最终赢得了威尔莫，但是她始终没认识到对方实际上只关心她的财产。在男女之间欲望对抗的第一回合较量中，尽管女性试图借助狂欢节这一特殊时空体获得走进公共空间的权力，但她们实现婚姻自由的努力基本上以失败告终，以威尔莫为代表的浪荡子在思想和行为上依旧没有任何改变。贝恩在《漫游者》第一部和第二部中始终关注了性别之间在欲望领域的对抗，这才是她以"Willmore"一词为主人公命名的原因。

《漫游者·第二部》中的男主人公依然保持了欲望中心主义的特征。威尔莫来到马德里拜访好友贝尔蒙德，他与席福特中尉一见面讨论的却是马德里的名妓拉·努澈：

威尔莫：中尉，在这不如意的地方，可有什么值得夸耀的事？你那爱情的大炮最近战果如何？据说那任性的爱神就是从绝色名妓拉·努澈的眸子里朝外投掷飞箭让人受伤。

席福特：别提那女人了，谁要是接近她，准会被洗劫一空。她在玩弄爱情技巧方面远超过其他做皮肉生意的同行。

烟雾笼罩中的权力:论阿芙拉·贝恩作品中的女性意识

她只看钱的多少,听说唐·卡洛已经花高价一个星期光顾她两次了。

威尔莫:该死的卡洛,这对我来说真是极好的见面礼啊!那个流氓无赖一般的家伙居然占有了拉·努澈。命运啊,你瞎了眼睛,竟然颠倒黑白,把你忠诚的拥趸当作愚人。命运啊,你怎能将出身高贵的人抛弃,将其虚掷到那把金钱当作偶像崇拜的女子脚下。(Rover Part II:233)①

可见,威尔莫与他的男性朋友可以在公共场合随意地谈论对女性的欲望。男性欲望几乎没有受到习俗压制,唯一构成男性欲望障碍的是男性群体之间的竞争。科耶夫认为:"只有当欲望针对另一个欲望和一个别的欲望时,欲望才是人的——确切地说,'人性化的''人类发生的欲望'。"②剧中男性的欲望不仅指向的是女性,而且这种男性主导的欲望本身并不以感情专一为出发点。贝尔蒙德直言不讳地称威尔莫"行为野蛮,对待感情随随便便,朝三暮四"。(*Rover Part II*:233)布伦特调侃威尔莫"什么时候变得对一个女人这么专注,真是奇迹"(*Rover Part II*:234)。威尔莫的回答表明此前海伦娜对他的改造最终归于失败:

与海伦娜阴阳相隔确实让我非常想念她。不过你在我身上看到的对她的狂热感情,其实也同样可以作用在其他女人身上。快给我个女人吧。奈德,给我个年轻多情的浮浪女子!只有她才能熄灭我心中狂热的欲火,然后你就会发现其

---

① Aphra Behn. The Second Part of the Rover. in Janet Todd, ed. *The Works of Aphra Behn: The plays of 1678 – 1682*, vol. 6 London: William Pickering and Chatto Publishers Limited, 1996. 剧本引文皆出自该版本,下文只在文中标出场次、页码,不再另注。

② 科耶夫. 黑格尔导读. 姜志辉,译. 南京:译林出版社,2005:198.

80

第二章 从虚与委蛇到短兵相接:女性意识影响下的性别权力重构

实我和其他男人并没有什么不同。我一定要冷若冰霜地对待拉·努澈,自从我失去了可爱的小吉卜赛女郎,还从未有过什么东西让我如此动情。(*Rover Part II*:234)

在威尔莫的言辞中,我们发现他的话语中一开始还存在些许对海伦娜的感情。但是在性放纵的时代,威尔莫很容易受到周围朋友的影响。他身上潜藏的寻花问柳的浪荡子习气很快故态复萌。后面拉·努澈即传神地描述了以威尔莫为代表的男性对女性永无餍足的欲望:

你在爱情上胃口极好,前一天晚上刚刚消受了一个情人,第二天早上欲望的口腹又会感到饥饿。吞噬一切才是男人信奉的该死信条,唯一不变的是它每时每刻都在需求新的口味。你那摇摆不定的脾胃不也想占尽群芳,多多益善? 只有在那让你无计可施的地方,才是你欲望停止的边界,一旦得手之后,又会让你变得更加肆无忌惮。(*Rover Part II*:243)

威尔莫放纵的欲望既与个人癖性有关,同时与复辟时期的性道德风尚有着千丝万缕的联系。牛津大学历史学高级研究员法拉梅兹·达伯霍瓦拉认为:"在 1700 年之前的几十年间,这种性规训的古老框架开始解体,其思想基础逐渐被有关男性享有更大性自由的论述所侵蚀,而其在实践中的力量也被日趋复杂的都市生活、教会法庭之彻底弱化,并且被社群道德监督之式微严重地削弱了。这种环境氛围的转变所导致的后果,可以从查理二世宫廷里放荡的论调窥见一斑。作为其自觉逆反传统价值的一部分,浪荡子们发展出一种风气,即恣意放纵被认为可以增强而非削弱

烟雾笼罩中的权力:论阿芙拉·贝恩作品中的女性意识

阳刚之气。"①可见,复辟时期与清教徒统治的共和国时期在性道德上截然不同,而复辟时期戏剧中屡见不鲜的浪荡子形象以及被科利尔指责充满亵渎宗教的放纵情节即是这一时代风尚的反映。② 贝恩不仅在《漫游者·第二部》中描写了男性以占有女性身体和财产为目的的欲望,而且通过阿丽雅德妮这一女性形象辩证地分析了女性欲望中存在的非理性因素。阿丽雅德妮与贝尔蒙德是一对表兄妹,他们在贝尔蒙德的叔叔安排下必须结婚。尽管双方财富地位相当,但是两人都不满意家族安排的包办婚姻。威尔莫则笑称:"牺牲婚姻自由是像贝尔蒙德这样幸福的有钱人必须承受的普遍痛苦。"(*Rover Part II*:238)贝恩在情节安排上放弃了《漫游者·第一部》中的年轻女子被迫嫁给老年男子的包办婚姻模式。《漫游者·第二部》中的贝尔蒙德出身好,又年轻,在品德上也是剧中男性中比较优秀的人物,但是阿丽雅德妮一开始还是不愿意嫁给他,只因为他们之间没有爱情。

阿丽雅德妮尽管对于威尔莫的纨绔子作风心知肚明,但是她最终还是做出了与对方私奔的选择,这也反映了欲望的强大力量。不过,贝恩也重新审视了在英国的近代早期,人的欲望在经济理性甚嚣尘上的情况之下悄然发生的变化。在贝恩创作《漫游者》的时代,英国通过与荷兰的战争,已经基本取得了海上霸权,同时在北美的殖民也后来居上。资本逐利在十七世纪八十年代的英国社会已经深入人心,诚如著名历史学家费尔南·布罗代尔所说:"金钱在每一个方面竭力渗透进入经济以及社会关系领

---

① 拉梅兹·达伯霍瓦拉. 性的起源:第一次性革命的历史. 杨朗,译. 南京:译林出版社, 2015:140 – 141.

② See Jeremy Collier. A Short View of the Immorality, and Profaneness of the English Stage. London:Printed for S. Keble, R. Sare and H. Hindmarsh, 1698.

第二章 从虚与委蛇到短兵相接:女性意识影响下的性别权力重构

域。"①德雷克·休斯认为:"威尔莫与拉·努澈都是性欲望主导的对象,并具有同样的特征。贝恩在《漫游者:第二部》中反复强调了欲望的复杂性并且在财富与社会地位的影响下发生的偏移。"②贝恩在该剧中形象地表现了金钱如何影响人的情感以及欲望的发生。威尔莫一语道破了近代早期英国社会充斥的金钱中心主义思想:"金钱是当今世界的通用语言,它才是美貌,智慧,荣誉,勇气,甚至还是无可辩驳的理智。我敢打赌,金钱这门新哲学可以解决世界上所有的难题。伟大的苏格拉底如果两手空空,他也得缴械投降。"(*Rover Part II*:265)威尔莫在《漫游者·第一部》中之所以选择与海伦娜结婚,即是因为她能给自己带来丰厚财产。

下面让我们审视一下身体欲望与经济理性在《漫游者·第二部》的婚姻与爱情关系中发挥的作用。首先,费瑟福、布伦特、席福特与亨特虽然一开始认为犹太姐妹长相丑陋,但是在"金钱理性"的作用下,他们都不断地调整着对于女性身体美丑的认知,逐渐认为对方的畸形身体不仅是可以接受的,而且是美丽的;其次,女主人公拉·努澈与阿丽雅德妮之所以爱上漫游者威尔莫,更多的是迷恋上了对方的英俊身体。两位女主人公一开始对他并没有深入的了解,只是从外貌出发就对他一见钟情。其次,威尔莫此时穷困潦倒,两位女子也并非从金钱角度出发才对他发生好感。不过相比较之下,拉·努澈的经济理性意识更加强烈。她在贫穷的威尔莫与富裕的贝尔蒙德之间举棋不定。拉·努澈是个妓女,她与《漫游者·第一部》中的安洁丽卡一样都取得了经济上的巨大成功。拉·努澈很清楚身体就是可供经营的资本。她明白如果要实现对于痴迷自己美貌的男人的掌控必须对男人的任

---

① Ferdinand Braudel. *Civilization and Capitalism*:15th –18th Century:*The Structure of Everyday Life*. Sian Reynolds, trans. New York:Harper & Row. Publisher, 1981.

② Derek Hughes. *The Theatre of Aphra Behn*. London:Palgrave, 2001:131.

烟雾笼罩中的权力：论阿芙拉·贝恩作品中的女性意识

何企图保持警惕，而且绝不能让盲目的爱情破坏了自己的原则。她到最后时刻才放弃经济底线。她对经济基础在女性保持独立地位方面的重要性有着深刻认识。她始终纠结于服膺经济理性选择贝尔蒙德，还是遵从身体欲望与威尔莫结合的两难选择中。她比安洁丽卡更加具备经济意识，在情感上则更加矛盾，表明贝恩笔下的妓女已经在道德选择上越来越趋向于笛福笔下的"一切向钱看"的妓女沫儿·弗兰德斯以及罗克珊娜。

《漫游者·第二部》中的男女试图平衡身体欲望与金钱之间的关系。尤其值得注意地是贝恩辛辣地讽刺了男子唯利是图的欲望观。他们为了金钱，甚至争相追求身体畸形的犹太女子。随着资本主义的发展，金钱越发体现出惊人的力量，两性之间的欲望也因此呈现出更加复杂的形态。不过，最后贝恩还是通过拉·努澈与威尔莫两人的结合给男女之间的爱情保留了一点希望。即便日后可能要过拮据的生活，但他们都放弃了金钱，选择了爱情，这也是贝恩女性意识的呈现。

（三）《都市女继承者》：无处安放的女性欲望

阿芙拉·贝恩在《漫游者·第二部》中对于改造男性的乐观态度很快就发生了改变。她在《都市女继承者》中转而地表达了对于男性本质的深刻怀疑。《都市女继承者》的情节依旧在性别对抗与政治隐喻两个维度展开，无论从思想倾向还是情节结构上看，这实在是一出上都与复辟时期喜剧如出一辙的作品。剧中的多数人物都忠于国王，只有唯一的一位又老又可笑的辉格党人与国王作对，最后以赔了夫人又折兵的结果收场。外表英俊、风流倜傥的托利党纨绔子不仅顺风顺水地取得了女性不可遏止的爱，而且将财产收入囊中，可谓财色双收。可以想见，《都市女继承者》肯定会收获彼时台下坐着的宫廷贵族的阵阵掌声，因为戏的

第二章 从虚与委蛇到短兵相接：女性意识影响下的性别权力重构

结局对他们的恭维之露骨让人侧目。但仔细审视，这出戏实际上除了结尾符合托利党政治要求，更大篇幅的内容是对他们的讽刺甚至谩骂。诚如德雷克·休斯所说："贝恩在剧中把托利党纨绔子描写成了一群小丑式的人物，他们欺凌弱小、举止粗鲁、阴险狡诈，可以说《都市女继承者》是一部花费了较大笔墨来描写保皇党表面迷人的实则丑陋的作品。"①贝恩在作品中如此明显地对保皇党不敬难道不会被台下的贵族观众觉察？事实上，他们根本不会认真看戏。《都市女继承者》的开场白由剧作家奥特威所写。他言辞激烈地谴责了当时台下观众庸俗下流的表现："在礼崩乐坏的时代重振朝纲，对于戏剧家来说一切努力都是徒劳。你们对诗人们在舞台上针砭时弊的教诲置若罔闻，一如你们在教堂里无视牧师的劝诫。在这魑魅魍魉统治的时代，谁又能秉笔直书对之挞伐。在教堂的座位上你们鼾声如雷，在剧院里你们喝得烂醉跑来大声喧哗。一听说去教堂就眉头紧锁，来到剧院则忙不迭眉来眼去，看能不能勾引上水性杨花的便宜货色。"②由此可见，复辟时期剧场观众素质普遍低下，剧院中的纨绔子不过是来寻欢作乐，他们根本不可能深刻领会戏剧的内容，有时他们吵闹得特别厉害，甚至影响了演员的演出。

换个角度看，观众的轻浮粗俗恰好让贝恩有机会在字里行间表达女性思想。她不用在细节上服从男性或者托利党的意识形态。《都市女继承者》的中心情节围绕着唯恐天下不乱的辉格党分子蒂莫西爵士与其侄子威尔丁之间的矛盾展开。一方面叔侄两人都在追求家财丰厚的女继承人夏洛特，另一方面蒂莫西因为

---

① Derek Hughes, *The Theatre of Aphra Behn*. London: Palgrave, 2001:147.
② Aphra Behn. The City Heiress (Sir Timothy Treat – all) in Janet Todd, ed. *The Works of Aphra Behn*, Vol. 7. London: William Pickering and Chatto Publishers Limited, 1996:9. 下文该剧引文皆出自此版本，只在文中标出剧作首词以及页码，不再另注。

烟雾笼罩中的权力：论阿芙拉·贝恩作品中的女性意识

威尔丁由辉格党转变成了托利党，最终剥夺了其遗产继承权，而且停止了对他的经济资助，使得风度翩翩的浪荡子变得穷困潦倒。但是威尔丁依靠一系列令人眼花缭乱的欺骗手段，最终财色双收。这出戏的两条副线同样精彩，其中得到充分发展的是威尔丁与其好友查理同时追求佳丽亚德夫人的情节。威尔丁是贝恩戏剧中品质最为阴郁的浪荡子：他处心积虑、心狠手辣、阳奉阴违、极度虚伪，毫无道德意识可言，为了自私的享乐，不惜以毁灭他人为代价。

下面我们分析贝恩是如何巧妙地重构男性形象并将托利党的另一面揭露出来给人看，使他们从文化领导者的神坛上跌下来。威尔丁共与三位女性有过感情纠葛。此人并不看重爱情，而是把婚姻看成发财致富的手段，或者把征服女性当作展示个人魅力的砝码。吊诡的是剧中的女性虽然都发现了威尔丁的邪恶本质，但她们依然无法拒绝他的轻浮求爱，最终屈从于对方所谓的男性气质。到底是什么原因使得《都市女继承者》的女性接二连三地拜倒在徒有其表、一无是处的威尔丁手下呢？威尔丁的语言的确最具有诗性，他用典雅华丽的语言成功将自己塑造成爱情的信徒，博取了众多女性的欢心。当时的女性因为被限制在一定的空间，她们被剥夺了受教育的机会，除了父亲和兄弟，当时的女性接触男性的机会都十分有限。当夏洛特、佳丽亚德、戴安娜失去父权的保护之后，她们表面上掌握了自主选择生活的权力，然而无论贫富，她们因为理性能力欠缺仍然难以拥有真正的自由。另一方面，我们在贝恩的《都市女继承者》中也可以看到意志本来坚定的女主人公深陷欲望中不能自拔，以至于使自己陷入失去自由的危险境地，而更可怕的是剧中的女主人公似乎在欲望面前毫无还手之力，其中以佳丽亚德夫人最为典型。她如此形容威尔丁：

第二章 从虚与委蛇到短兵相接：女性意识影响下的性别权力重构

你这可耻的浪荡子，对女人毫不尊重以至于让人家觉得你全家都是骗子。你穷得叮当响又毫无信誉，手上没有一点地产将来恐怕也不会有，身上倒是有六个如狼似虎的恶习，就像一群嗷嗷待哺的孩子伏在你背上，一刻不停地骚动着，它们需要的花费倒是比供养十二个孩子所用的钱还多。
(*City*:9)

佳丽亚德对威尔丁的分析不可谓不透彻，然而就是这样一个善于言语挑逗的轻佻之徒最终却打败了与之相对应的言语温文尔雅的查理，抢先占有了她。威尔丁之所以情场得意，答案可能有两方面的解读。其一，从 Wilding 的姓氏上来看，粗野是该人物的典型特征，而具有进攻性的威尔丁更符合传统社会长期对于男性气质的塑造，而查理的文雅自卑更接近女性气质，反而不受女性青睐；其二，贝恩在剧中不断地提到欲望对于女性理性能力的摧毁，当时流行的社会风气认为女人都是荡妇，是虚伪的，她们都是用假正经掩盖自己的本性。男人需要通过诱骗来恢复她们的真面目。这也是威尔丁根本不叫佳丽亚德的名字，而是直接轻浮地称她小寡妇的原因。贝恩以佳丽亚德的失败警醒女性重视欲望的非理性力量。

那么，女人的欲望到底是什么？它对于女性来说是否难以逾越的？1603 年，一位叫作爱德华·乔丹的医生出版了一本题为《关于一种名为"母性窒息"的疾病之分析》的小册子，并将它题献给了伦敦医生协会主席及其成员。乔丹写作这部小册子的目的是驱散人们对于所谓由母性意识引发之疾病的各种迷信认识，并提供了有科学根据的治疗方式。该小册子主要讨论了女性子宫在接触到一些多余的物质之后就会终止妊娠，以及如何有效的控制子宫。乔丹认为对于那些因为渴望成为母亲而备受煎熬的

烟雾笼罩中的权力：论阿芙拉·贝恩作品中的女性意识

女性来说,这些人通常是少女或者寡妇,她们通常被社会教唆要禁止吃太多的甜食,美味佳肴,而且不能好逸恶劳,否则就会引起心灵骚动,以至于害相思病。乔丹对于那些害相思病的女性提供了帮助性的建议,他敦促那些女孩既不应该被诱导对心中爱恋的男子心生恨意,更不应当放纵自己的欲望。① 医生的小册子说明了时人普遍认为女性在母性本能意识的召唤下会失去理性和判断能力,以至于毁坏了自己的贞操和健康。在贝恩看来,不可遏止的欲望也是女性被男性操弄的重要原因。

举例来说,威尔丁走进佳丽亚德的卧室,抱住她,言辞露骨地要求与她发生性关系。他用诗化的语言来掩饰自己行为的丑恶："我已经在漫长的爱情之路上负重太多,快让我在你柔软雪白的胸脯上卸下重担。"(*City*:151)与此同时,佳丽亚德也清楚地知道自己正处于一念成魔的边缘："如果再进一步将我一览无余,我将遭到更多的痛苦;依从了你的行为,你将认为我下贱无耻,不过是个人尽可夫的娼妇'。"(*City*:151)不过,夫人虽然意识到威尔丁只是把自己当成娼妓,但是她根本没有办法施行有效的反抗行动。罗伯特·马考莱认为："贝恩在这一点上与她同时代的男性剧作家如出一辙。她得依从当时喜剧结局的普遍想象方式来解决棘手的矛盾。贝恩在剧中以反讽的语气描写了反抗的女性,以佳丽亚德夫人为例,她对于那些限制女性权力、阻挠女性欲望的妥协行为进行了言辞激烈的批评。其实,贝恩笔下的女主人公并非对屈从于父权制权力独裁下的事实浑然不知,她们对自己的处境也颇不满意。她们对自己的投降行为一清二楚,然而还是那样

---

① See Jean E. Howard. *The Stage and Social Struggle in Early Modern England*. London and New York:Routledge,1994:1.

第二章 从虚与委蛇到短兵相接:女性意识影响下的性别权力重构

做了,导致剧中女性的行动与她们的思想觉醒南辕北辙。"①不过,《都市女继承者》中女性言语上的清醒和行动上的屈从并不矛盾,因为这恰好说明了在近代早期的英国,即便女性拥有了财富和一定的自我管理的条件,但是男性只需要运用男权社会中的意识形态或习俗机制也能将女性轻松打败,更证明了长期的父权意识形态对女性的宰制已经深入膏肓。

《都市女继承者》中的女性即便在自己的卧室,也不能享受到充分的安全和自由。她们遇到骚扰不敢生张,仆人也不敢保护主人。一旦绯闻传扬出去,女性的名声会大坏,而威尔丁也一再巧妙利用习俗压制女性屈从自己。威尔丁毫无控制的情欲是一种巨大的破坏力,象征着落后的封建时代的意识形态。他追求女性另一重目的是实现对新兴资产阶级的超越,而后者也将与之展开多方面的争夺,不管是在金钱,政治上还是在占有女性上。可悲的是,金钱与政治斗争的结果无不指向对女人的占有,她们的不幸即来源于此。不过,贝恩所能做的也只是在剧中增加对男性斥责的内容以及改变传统男性形象的建构,比如文雅的查理就是贝恩塑造的另外一种新型男性形象,无奈剧中的女性还不能一下子从传统的男性想象中解放出来,认识到具有女性气质的查理的积极意义。当然,最后佳丽亚德夫人与查理成功结合,这一结局也避免了剧中女性完全悲剧的结局。

即使女性成为有经济基础的女继承者,她们在自己的私人空间内依然受到了男性肆无忌惮的压迫。到底是什么底气使得穷光蛋威尔丁能够在性别之战中打败女性,而又能在政治之战中让其叔叔臣服呢?原因是多方面的,首先从性别角度来看,女性的

---

① Robert Markley. Aphra Behn's The City Heiress: Feminism and the Dynamics of Popular Success on the Late Seventeenth - Century Stage in *Comparative Drama*, 2007, 41.2: 151.

悲剧来源于其还未觉醒的意识,换而言之,即便女继承者拥有了财富,但是她们的财产连同身体都变成了一些浪荡子觊觎的目标,这个时候失去了父兄保护的女性还不能算是独立的个人。婚后女性的财产更是变成了丈夫随意挥霍的资产。

第三节 笑的边界与反抗:性别秩序的狂欢化反抗

根据巴赫金的观点,欧洲民间的狂欢节文化在中世纪最为发达,但则并不意味着被排斥在文化霸权之外的底层意识的狂欢化反抗形式就此终结。巴赫金认为:"对于十七、十八、十九世纪的文学说来,狂欢化的一个基本来源,是文艺复兴时期的作家,首先是薄伽丘、拉伯雷、莎士比亚、塞万提斯和格里美豪森。"①在由清教徒控制的共和政府统治英国之前,英国民众可以参加各种街头或者野外狂欢活动。从广义上来看,复辟时期英国流行的"浪荡子"美学也可以看作是一种精神上的狂欢,只不过它不是以集体的形式举行,但是在小酒馆、咖啡馆甚至街头政治活动上,我们仍然依稀可见其中蕴含的狂欢化因素。诚然在十七世纪之后的英国,狂欢节已经不再是狂欢化的直接源泉了,因为"已经狂欢化了的文学,其影响取代了狂欢节的地位。这样一来,狂欢化就成为纯粹属于文学的一种传统。"②十七世纪的贝恩有可能潜移默化地受到了狂欢节传统的影响。虽然此时民间狂欢节活动已经式微,但是她仍然可以通过该文学作品的途径继承狂欢化传统,而贝恩的作品中也显示出她对于莎士比亚、拉伯雷、本·琼森等在不同

---

① 巴赫金.诗学与访谈.白春仁,顾亚玲等,译.石家庄:河北教育出版社,1998:209.

② 巴赫金.诗学与访谈.白春仁,顾亚玲等,译.石家庄:河北教育出版社,1998:209.

第二章 从虚与委蛇到短兵相接：女性意识影响下的性别权力重构

程度上使用过狂欢化语言的作家的作品都十分熟悉。她的《漫游者·第一部》甚至直接采用了狂欢节背景，显示出作者对于狂欢式反抗的熟稔。当然，贝恩对于这种反抗形式的理解并不止于直接借用狂欢节背景，她在非狂欢节背景的戏剧中也综合使用了"怪诞身体""加冕脱冕"等"狂欢式"形式，以此突破父权压制，进行性别重构。

（一）怪诞身体与身份颠覆：《漫游者·第二部》中的性别秩序狂欢式协商

阿芙拉·贝恩虽然在《漫游者·第二部》中没有直接使用狂欢节背景，但是她更加深刻地使用了"狂欢化"美学以实现在喜剧效果中重构性别关系。值得注意地是贝恩在剧中使用了拉伯雷《巨人传》中的卡刚都亚来比喻巨人女子，而且该女子也的确拥有许多"巨人"特征，这说明贝恩应该非常熟悉拉伯雷的《巨人传》这一集狂欢化精神之大成的作品。

畸形女子情节虽然因袭了基利格鲁《托马索》中的形象设置，但是贝恩对其进行了彻底地改造。她不仅让她们出现在舞台上，而且将其作为正面形象加以塑造。贝恩笔下的"女巨人"不仅身材高大，而且拥有独立的精神和深刻的理性。费瑟福在她面前身材矮小，精神猥琐，与之形成了鲜明的对比。费瑟福得借助于梯子才能向"女巨人"致敬。当他向对方求婚时，"女巨人"以讽刺的口吻说："你这个贼眉鼠眼的家伙也想娶我？我要的是在人格与勇气方面与我势均力敌的男人。"（*Rover Part II*:258）她挑明对方不过是觊觎财产才向自己求婚。费瑟福则不住地恭维对方"颇具男性英姿"。（*Rover Part II*:259）德雷克·休斯认为："贝恩笔下的丑陋女子却是凛然不可侵犯的，而且她们还有着内在的精神世界，只是在思想、感情以及形体上与常人有着巨大的区别。休

烟雾笼罩中的权力：论阿芙拉·贝恩作品中的女性意识

儒女子迫切地想恢复成正常人的身高，而巨人女子则为自己高大的身躯感到骄傲，他不仅蔑视那个唯利是图的追求者，而且希望繁衍出一个巨人种族。"① 贝恩以"狂欢式"的手法重构了两性关系以及男子气概，这种情节安排不仅带来了强烈的反讽效果，而且利用喜剧中的狂欢化精神实现了处于弱势的女性向居于强势地位的男性的反抗。贝恩在剧中通过将以费瑟福为代表的男性丑角化和女性化，实现了父权制社会中男性身份的脱冕；另一方面，贝恩通过具有男子气概的"女巨人"这一极具象征意义的女子形象，不仅重构了文化中的两性身份，而且实现了对女性形象的加冕。巴赫金认为，给国王脱冕和加冕是狂欢节上的重要仪式，这种仪式体现了交替和变更的精神，是狂欢式世界感受的核心。②"女巨人"的巨额财产以及"男性气概"都是对她的加冕，相对而言，《漫游者·第二部》中的男性要么行动能力减弱，要么沦为了讽刺性人物，这些都反映了贝恩对剧中男性的集体脱冕。正是借用了脱冕——加冕过程，作者以喜剧性的手法完成了传统父权体系的颠覆。

女巨人后来与亨特达成了结婚协议，她直言不讳地说："如果他果真能信守诺言，那我肯定会做出更好的选择。这样的话即便我和亨特结合，我也能用自己高贵的骨架改造我们的后代，如果他真的能和我般配的话，我们将一起生养出这个世界上一流的人种。"(Rover Part II:259) 由此可见，"女巨人"始终处于婚姻的主动地位，她不仅避免了被男性操纵的命运，而且可以按照自己的意愿改造男性。"女巨人"之所以愿意与亨特结合，其目的是创造出人类中更优秀的人种。贝恩以辛辣的口吻表现出对处于父权

---

① Derek Hughes. *The Theatre of Aphra Behn*. London: Palgrave, 2001:125.
② 巴赫金.诗学与访谈.白春仁,顾亚玲等,译.石家庄：河北教育出版社,1988:163.

第二章　从虚与委蛇到短兵相接：女性意识影响下的性别权力重构

制压制下女性之从属地位的不满。女性在当时除了女儿、妻子、母亲以及寡妇的身份之外，不可能有别的社会身份存在。因此"女巨人"才渴望能够有一种新型的，或许以女性为主导的人类社会存在。贝恩笔下的"女巨人"身形巨大，她的身材是畸形的，这一点和莎士比亚《暴风雨》中的凯列班是一致的，只不过在贝恩的戏中，处于受压制地位的一方利用金钱权力以及思想独立选择了与可以进行协商的男性进行血缘融合，以此实现了主奴双方（男性与女性）的暂时和解。

除此之外，贝恩在《漫游者·第二部》中还以狂欢式手法模糊了妓女与淑女之间在道德伦理上的巨大差别。剧中的拉·努澈虽然是妓女，却同时获得了两位男子的疯狂追求。威尔莫称拉·努澈"是一切应许的善的代表，智慧的财富"。(*Rover Part II*: 242)。拉·努澈的追求者贝特蒙德也将她比作高贵的命运女神，他称对方"有沉鱼落雁之美，她的美貌拥有巨大的力量，如果她能驱遣命运女神那神奇的轮辐，甚至可以遏制无常的自然和命运。"(*Rover Part II*:270)。贝恩因此重构了妓女的文化身份，使之成为真善美的化身。贝尔蒙德直接道出了他之所以喜欢拉·努澈的理由：

> 为了钱操淫业的妓女如果能付出真爱，那她与平常女子又能有什么不同呢？卖淫之所以变成了一种罪恶，只不过是因为经常接近这种罪恶的那群人经常把荣誉挂在嘴边而已。试问世界上有哪个傻子会成为虚名的奴隶。男人们认为高贵的那些女人只不过是伪装地更为巧妙而已。无论如何，我要和拉·努澈在一起，至少她比阿丽雅德妮更加诚实。(*Rover Part II*:274)

实际上，拉·努澈的形象与十七世纪英国现实社会中的妓女

烟雾笼罩中的权力：论阿芙拉·贝恩作品中的女性意识

形象完全相反。"在整个中世纪、十六世纪以及十七世纪，正如我们已经看到的，妓女经常因其罪恶生活而被立即惩处。"①贝恩之所以将作为妓女的拉·努澈的生活进行浪漫化处理，而且赋予她在男性心目中极高的地位，目的是为地位卑下的妓女加冕。贝恩以文学的手法将加冕—脱冕策略双向作用于性别身份重构过程实际上是一种权力的狂欢式协商模式。

除此之外，贝恩在《漫游者·第二部》中还采用了另外一种性别协商模式，该模式是在男女主人公在对话上从对抗走向和解的过程中实现的，亦即对话式协商。贝恩在剧中展现的男女主人公对话过程甚至暗合当代女性主义思想家朱迪斯·巴特勒的性别理论。包括波伏娃在内的女性主义思想家早就指出性别身份的形成实际上是一种文化上的建构，而不是由性别上的生理属性决定的。朱迪斯·巴特勒认为："性别毋宁说是在时间中缓慢构成的身份，它是通过一系列风格化的、重复的行为并在外围空间里生成的。性别的效果是通过身体的风格化产生的，因而必须被理解为身体的姿势、动作和各种风格以平常的方式构成了一个持久的、性别化的自我的幻觉。"②按照巴特勒的观点，性别间的区分只是一种习惯性地塑造，是福柯式的"话语权力"操演和规训的结果。巴特勒在性别理论领域最重要的贡献是在德里达的基础上发展了表演性理论。她认为："表演性不应该被理解为单一的、有目的的行动，而要被看作是重复的、引用的实践，话语正是借助它来对身体发生作用的。"③巴特勒吸收了福柯在《规训与惩罚》以

---

① 拉梅兹·达伯霍瓦拉.性的起源：第一次性革命的历史.杨朗，译.南京：译林出版社，2015：67.

② See Judith Butler, *Gender Trouble: Feminism and the Subversion of Identity*. New York: Routledge, 1999: 179. 此段译文参考了何成洲译文，见何成洲. 巴特勒与表演性理论. 外国文学评论，2010(3)：138.

③ 转引自何成洲. 巴特勒与表演性理论. 外国文学评论，2010(3)：139.

第二章 从虚与委蛇到短兵相接:女性意识影响下的性别权力重构

及《性经验史》中的观点,并且借助于表演理论以及言语行为建构了自己的性别理论。贝恩则以戏剧的形式将现实生活中的性别建构以言语以及行动的形式运用到舞台表演中去,因此在话语协商的过程中孕育着颠覆性的反抗力量。

我们首先分析威尔莫与拉·努澈之间的话语协商过程。《漫游者·第二部》中的威尔莫为了爱情选择了娼门之女,这与前一部中他选择与上层社会女子海伦娜结婚,并抛弃妓女安洁莉卡·比安卡的行为完全相反。德雷克·休斯认为:"威尔莫与拉·努澈最终经过协商达成了不以结婚为目的的长期伴侣关系。"[1]可见,德雷克·休斯也认为威尔莫与拉·努澈的结合是两人经过协商的结果,而且她们都认为婚姻掺杂了太多的利益纠葛,因而选择了绕开婚姻的形式结合。浪荡子威尔莫在性别关系认识上的认知革命却是经历了一系列的与拉·努澈的斗争与协调的结果。在全剧开场的时候,贝恩就勾勒出了拉·努澈是一个美艳绝伦,几乎让全马德里的男人都为之倾倒的女子,但这样一位国色天香的美女却是个唯利是图的妓女。威尔莫一贫如洗,他身上所有的财富只有出身上流社会的文化身份、巧舌如簧的口才、用来欺骗女性的令人眼花缭乱的技巧以及情场上的好运。凭借这些,威尔莫依旧可以让两位女性——贵族少女阿丽雅德妮以及妓女拉·努澈为自己神魂颠倒。但是,威尔莫在取得拉·努澈的爱情的过程中面临着比征服安洁莉卡更大的困难,原因是拉·努澈更加具有经济理性,亦即威尔莫所谓的"拉·努澈唯利是图"。拉·努澈之所以一开始拒绝与威尔莫结合,鸨母佩特内拉也发挥了重要的作用。佩特内拉看出拉·努澈已经对威尔莫动情,她语重心长地说:

---

[1] Derek Hughes. *The Theatre of Aphra Behn*. London:Palgrave, 2001:127 – 130.

烟雾笼罩中的权力：论阿芙拉·贝恩作品中的女性意识

他天生就是个浪荡子。如果你真舍不得他,离开他就郁郁寡欢。那么就让他拿钱出来,陪他一两个晚上,然后再把他晾在一边,让他觉得饥渴。至于山盟海誓的付出真心,我看就免了吧。我现在已经年老色衰,年轻漂亮不正是你这行生意的本钱么?我把话就撂这儿了,是做妓女还是要爱情,你自己看着办吧。(*Rover Part II*:274)

拉·努澈听了这番教导以后,暂时以经济理性战胜了肉体欲望,于是她下决心即使是以后不做妓女,也要选择和有钱的贝尔蒙德结合。拉·努澈的自我意识中经济理性的增强是该人物与《漫游者·第一部》中的妓女安洁莉卡之间最大的不同,直到最后一幕,她还在与威尔莫进行着斗争与协商。威尔莫清楚地知道拉·努澈只是对自己的身体充满欲望(与男性对女性的身体欲望相同),他以充满色欲的口吻详细地描绘了拉·努澈深陷于欲望中的样子:

威尔莫:亲爱的,你那脸颊上浮现的红晕、颤抖的手臂、起伏的胸部还有那长吁短叹地声声叹息无意中已经将你对我的感情出卖。不管怎么说,你都是我的人了。

拉·努澈:既然你已洞察我的心思,为何还要我搬动口舌道出那些你已经从我的眼神中读懂的心意?

(拉·努澈低下头,靠在威尔莫身上,不住地叹息)我现在已经是你的人了,你想怎样都行。)

威尔莫:谢天谢地,我多么感激你啊!(威尔莫高兴地跳了起来)我曾经在那冬日的海洋上无望地耕作,又在粗野的军营艰难地挺过了整整七年的时光,直到现在我才找到歇息的处所。(威尔莫弯下腰来,深情地亲吻着拉·努澈的胸口)

第二章 从虚与委蛇到短兵相接:女性意识影响下的性别权力重构

就让我在你温柔的胸怀驻足,现在请你凝视我的眼睛,体味我温暖惬意的香吻,(亲吻她)就像和煦的春风让含苞欲放的蓓蕾绽放。我的吻比伊甸园里的香草还要馥郁芳香。亲爱的,你就是我的魂灵。快点,我们何不一起共度良宵。

拉·努澈:今天的你是如此温柔,你完全征服了我,让我无力反抗。(*Rover Part II*:282)

这段对白表明威尔莫十分清楚拉·努澈的欲望对象是自己的身体,所以他一再以煽情的语气渲染肉体的欲望,这样才能让对方忘记经济理性,从而让深陷欲望中的拉·努澈屈服于自己。不过,即便在拉·努澈已经深陷于欲望之中不能自拔的时刻,经济理性仍然在发挥作用。她的独白道出了自己的无奈:"我都做了什么事啊?承诺和威尔莫厮守只会把我毁于一旦。"(*Rover Part II*:282)后来,贝尔蒙德如约来到拉·努澈的闺房,她对威尔莫的感情又开始动摇了,并且发出质问:

拉·努澈:难道因为我爱上你,就要把自己毁灭么?贝尔蒙德可是我开采金子的金矿。

威尔莫:你这个下贱的烂污货。我是穷,但你已经是我的人。难道和一个自己相爱的人忍饥挨饿,不比选择跟随一个没有爱情的人,然后憔悴至死要高尚得多么?(*Rover Part II*:283)

威尔莫简直变成了爱情中心主义者。他以格言式的话语道出了爱情应该是无功利的行为,这也为后来两人突破婚姻的形式结合在一起做出了铺垫。拉·努澈后来对比了贝特蒙德与威尔莫的差异:"贝特蒙德有钱有势,此刻正拜倒在我的石榴裙下。跟

烟雾笼罩中的权力:论阿芙拉·贝恩作品中的女性意识

随了他,我将获得荣耀以及世人艳羡的名利。威尔莫就像小爱神,在他的羽翼之下一无所有,只有朴素的爱情。他一贫如洗,但箭囊里却满装满了招惹是非的多情箭镞。"(*Rover Part II*:283)。最终,拉·努澈决定孤注一掷选择威尔莫,不论贫富与之生死相依。威尔莫亦如此评价他与拉·努澈的结合:"贝尔蒙德以众人祝福的婚姻形式与阿丽雅德妮结为夫妇,但我成了情场上伟大的骑士。道路虽然不同,但是殊途同归,因为爱情与死亡一样乃是万物的中心归宿。"(*Rover Part II*:297)可见,威尔莫与拉·努澈在爱情认知上都经历了成长的过程,两人最终都完成了思想转变,并且经过协商以惊世骇俗的"非婚姻"的形式结合,这也反映了贝恩对英国社会中将婚姻作为转移财产的工具的婚姻的批判。洛林·菲芙认为:"贝恩在《漫游者·第二部》中以赞赏的态度处理艺妓的形象。她对于拉·努澈的同情式处理甚至超过了《漫游者》中的安洁莉卡·比安卡。拉·努澈最终获得了与威尔莫长相厮守的可能,而且相比贵族小姐阿丽雅德妮她还赢得了浪荡子主人公的感情。"[1]威尔莫与拉·努澈的结合充满乌托邦色彩,两人婚后的生活也因为没有经济来源,像拉·努澈所担忧的那样会过拮据的生活。很多批评者对威尔莫与拉·努澈之间充满玫瑰色的未来充满疑虑,认为贝恩是故弄玄虚才如此安排。[2] 沃伦·查内雅克认为:"《漫游者:第一部》剧终之际海伦娜与威尔莫的讨价还价以及拉·努澈与威尔莫的谈判并不是可有可无的附加情节,贝恩借此想象了不以占有和控制为目的的新型男女关系。以金钱交换为目的的世俗婚姻在贝恩看来与妓女卖身没有任何区别。

---

[1] Loring Pfeiffer. Some for this Faction Cry, Others For That:Royalist Politics, Courtesanship, and Bawdry in Aphra Behn's The Rover:Part II. in Restoration:*Studies in English Literary Culture*:1660 – 1700,2013(2):5.

[2] See Derek Hughes. *The Theatre of Aphra Behn*. London:Palgrave, 2001:127.

第二章 从虚与委蛇到短兵相接：女性意识影响下的性别权力重构

两人同样同样热爱自由、蔑视传统，决定无论贫富贵贱都不离不弃。拉·努澈与威尔莫最终达成协商，两人约定要放弃社会上浮华的、形式主义的婚姻形式，并建立新型的性别关系。"[1]贝恩之所以放弃了《漫游者·第一部》中让保王党人与富家千金结合的传统托利党剧作家常用的情节模式，正说明了作者已经在女性思想意识上完成了突破，并在剧中引领观众重新思考两性关系的真谛。

阿芙拉·贝恩在《漫游者·第二部》中有意识地让淑女阿丽雅德妮与妓女拉·努澈的形象相互接近。阿丽雅德妮虽然出身高贵，但是她深陷于肉体欲望之中，结果几乎使自己沦为与妓女同等的地位。洛林·菲芙认为："在解读《漫游者·第二部》的过程中，学界往往把贝恩对于拉·努澈性格的赞许看作是作者将女性欲望合法化的证据。"[2]我们仔细审视阿丽雅德妮的形象会发现贝恩实际上通过该人物形象表达了对女性非理性欲望的质疑。上流社会女子阿丽雅德妮走上街头追求自主婚姻的动机虽然无可厚非，但是她与浪荡子威尔莫遭遇的过程则面临着失身的危险。罗伯特·马考莱也认为："贝恩在托利党风格戏剧包括《漫游者·第二部》中强调了男性中心主义欲望试图将女性建构为他者或者客体。"[3]威尔莫对这位没有多少社会经验的少女始终充满着占有的欲望，而且还不打算承担婚姻的责任。阿丽雅德妮在目睹

---

[1] Warren L. Chernaik. *Sexual Freedom in Resroration Literature*, Cambridge University Press, 1995:205.

[2] Loring Pfeiffer. 'Some for this Faction Cry, Others For That: Royalist Politics, Courtesanship, and Bawdry in Aphra Behn's The Rover: Part II. in *Restoration: Studies in English Literary Culture*, 1660–1700, 2013(2):4.

[3] Markley, Robert. 'Be Impudent, Be Saucy, Forward, Bold, Touzing, and Leud': The Politics of Masculine Sexuality and Feminine DeSire in Behn's Tory Comedies. in Douglas J. Can-field and Deborah C. Payneeds. *Cultural Readings of Restoration and Eighteenth-Century English Teatre*, Athens: University of Georgia Press, 1995:116.

烟雾笼罩中的权力：论阿芙拉·贝恩作品中的女性意识

了威尔莫不断地拈花惹草的行为之后，仍然迷恋于对方的外表。尽管两人素不相识，她仍然亦步亦趋地跟踪着对方。贝恩通过阿丽雅德妮追踪威尔莫的情节颠覆了性别之间的欲望关系。威尔莫成了女性欲望的客体和对象，反而在暗中被窥视和追踪。不过，随着情节的发展，我们发现这位贵族小姐的理性也并没有完全被欲望遮蔽。值得注意的是，两人在初次见面的对话中，都对彼此的身份不感兴趣。一个自称是"女人"（woman），另一个自称是"失意的男人"（lost man），两个人的对话似乎是两人分别代表着自己的性别进行着激烈的对抗。接着阿丽雅德妮指责威尔莫为何去追求一位妓女，这使得两人的矛盾达到了高潮：

> 威尔莫：你们女人只要谈情说爱，嘴巴里就是那些陈词滥调和无稽之谈，关心的都是这个男人身家几何，家庭出身，能拿出什么聘礼，有哪些收入来源，具有哪些优势，这个人价值多少，未来能拥有多少财富。这些全都是描述那些纨绔子的辞藻，其实归根结底一句话就是钱。金钱才是婚姻大门的通行证。如果男人没有准备好支付侍寝的账单，他就别指望在深谙婚姻商业之道的你这里得到信任。
>
> 阿丽雅德妮：去和魔鬼谈这些应得的权力吧，你可真是一个光明正大的爱情骗子。（*Rover Part II*:246）

从威尔莫的话语中我们可以看出虽然威尔莫站在道德的角度批判了现实生活中的逐利性婚姻，但是他这样做并非真正出于反对现实婚姻的目的，而是为了实现自己在身无分文的情况下，还能占有女性的身体的目的。威尔莫与复辟时期的纨绔子一样，他没有和拉·努澈达成爱情协商之前，整天爱情不离口，实际上是为了满足淫欲。贝恩通过在该剧中设置"夜间戏"来颠倒人物

第二章 从虚与委蛇到短兵相接:女性意识影响下的性别权力重构

的身份,带给观众狂欢化的思考。威尔莫与贝尔蒙德在黑暗中经常将拉·努澈与阿丽雅德妮的身份混淆。在第四幕的开场部分,威尔莫趁着夜色来到阿丽雅德妮家的花园,意欲带她私奔。贝尔蒙德此时也在花园中出现。他与阿丽雅德妮是表兄妹关系,同住一宅。与此同时,拉·努澈此时也携带着一匣珠宝打算与威尔莫远走高飞。贝尔蒙德偶遇拉·努澈,结果他仅从对方身上华贵的珠宝就推测这女子必然是阿丽雅德妮,而且正准备私奔。在此意义上,两位地位悬殊的女性其实可以互换,因此贝尔蒙德才能从拉·努澈的行为上推测出阿丽雅德妮的真实意图。贝恩有意说明的是受到欲望驱使的淑女也会因为丧失理性堕落到和妓女一样卑下的地位。贝恩虽然在剧中强调两性之间的欲望平等,但她并不盲目地赞扬女性的欲望。洛林·菲芙指出:"贝恩在《漫游者:第二部》中并非如大多数学者认为的那样,大而化之地对于女性的欲望大肆鼓吹,而是用一种特定的、充满策略性的权宜之计的眼光来审慎地看待女性欲望。"[①]贝恩在《漫游者·第二部》中对两性欲望进行了更加全面和辩证的思考,亦即欲望不可能脱离道德伦理的限制。按照威尔莫的欲望逻辑,那么性放纵给女性带来的只能是束缚,而不是真正的自由,这或许也是贝恩为何将性格明快的富家小姐交给相对负责任的贝尔蒙德而不是威尔莫的原因。黑格尔认为:"正如有关于人物的喜剧,也有关于观念的喜剧。观念和信念也有太自负的、学究气的、虚幻的、古怪的、荒诞的、不配合的、盲目的、嚣张的、咆哮如雷的、颠倒错乱的。所谓辩证逻辑真正将来就是喜剧的逻辑。它是通过揭示观念和信念的

---

① Loring Pfeiffer. 'Some for this Faction Cry, Others For That': Royalist Politics, Courtesanship, and Bawdry in Aphra Behn's The Rover: Part II. in *Restoration: Studies in English Literary Culture*: 1660 – 1700, 2013(2):4.

烟雾笼罩中的权力:论阿芙拉·贝恩作品中的女性意识

内在矛盾让它们鞭笞它们自己的逻辑。"①依黑格尔所谓辩证逻辑真正讲来就是喜剧的逻辑,因此贝恩在《漫游者·第二部》中进一步地把握了真正的喜剧精神,这也使得她的戏剧比同时代剧作家更具有思想的多面性和超前性,因此在当今在批评界获得了更多阐释的原因。

(二)加冕、脱冕与视觉欺骗:《月亮皇帝》中闹剧狂欢节精神对父权的解构

《月亮皇帝》一般被看作是吸收了即兴喜剧与闹剧成分的景观戏剧,而这种类型的戏剧多数是为了满足观众口味,并换来高票房。简·斯宾塞认为:"《月亮皇帝》较之贝恩的其他剧作在社会批评方面缺乏挑战性。贝恩戏剧在十八世纪的复兴是因为人们忽视了她戏剧中政治性和讽刺性的一面,而仅仅把她看作娱乐作家而已。"②那么,反观这个问题,如果我们能够从这部闹剧味十足的作品中挖掘出贝恩思想上的微言大义,就足以证明贝恩本身无论是从主观上,还是在客观上都具备作为严肃作家的条件,只不过囿于时代与生计,她不能够显豁地表达自己的想法。为了清晰地理解这部喜剧,我们必须将其放置于演出前后的历史背景,才能更准确地把握作为文学文本的剧作呈现出性别重构上的狂欢节反叛精神的侧面意义。

1. 加冕与脱冕:对于父权制的笑谑

从《月亮皇帝》的人物设置中,我们可以清晰地看出这部戏深受即兴喜剧的影响。主人公巴里尔多(Baliardo)的名字来源于

---

① 转引自贺麟译者导言,"关于黑格尔的精神现象学",黑格尔. 精神现象学(上). 贺麟,王玖兴,译. 北京:商务印书馆,1983:36.

② Jane Spencer. Aphra Behn on the Eighteenth – Century Stage. in *Transactions of the Eighth International Congress on the Enlightment*; *Studies on Volatire and the Eighteenth Century*, 1992:834.

第二章 从虚与委蛇到短兵相接:女性意识影响下的性别权力重构

"balardo",意为愚蠢,此角色经常作为即兴喜剧中的迂腐老学究形象出现。斯克拉莫西与哈林奎都是这类喜剧中观众熟悉的对手戏的丑角。剧情也不算复杂,全剧主要围绕两对年轻的恋人在机智的仆人帮助下愚弄了父权制家长——巴里尔多,最终有情人终成眷属的故事,其中还穿插着仆人之间争风吃醋的副线。《月亮皇帝》中运用的一般喜剧的技巧包括情人间的误会、丑角的夸张表演、人物的表面性格与内心的对比,而且人物较之贝恩前期的戏剧少了阴暗的一面,突出表现在年轻男性夏曼特与卿西奥身上都没有复辟时期常见的纨绔子习气,而是对待爱情忠贞不一。从这一点来看,贝恩的《月亮皇帝》颇类似于莎士比亚的《仲夏夜之梦》,尽管年轻的恋人受到了父辈的阻碍,但最终有惊无险地战胜了阻碍的力量,以皆大欢喜的结局收场。

不过,我们会发现在贝恩的戏剧作品中,她既有模仿吸收其他剧作家和戏剧传统的一面,同时又通过创造、变形以及扭曲传统,以达到或隐或显地方式表达女性意识的另一面,体现出作为女性的剧作家在观察社会方面的性别差异,同时也显示出作为人文主义者和自由主义女性主义先驱的贝恩思想上独特的进步意义。《月亮皇帝》从表面上看既有明显的即兴戏剧的娱乐,堪称贝恩最为闹腾的一出戏,但是它同样以反讽和狂欢化的形式表达了作者反叛世俗的理念,而且依然延续了她在两条展战线上的战斗精神,即性别与政治。戏一开场,观众看到的是伊莱利亚的卧室,小姐正一边抚琴,一边浅唱低吟:

试问哪位女性胆敢为了自由背叛闺范,
不然铺天盖地的咒骂就会涌向这位不忠的少女。
除非更为高贵的自然能够移风易俗,
否则女性休想像男人一样自由恋爱、行走四方。

烟雾笼罩中的权力：论阿芙拉·贝恩作品中的女性意识

> 风俗，你这被愚人利用的拙劣借口，
> 难道美德竟要被规则约束？①

贝恩一开始就表达了女性的反抗精神，直抒胸臆地表达了一位少女因为习俗的限制失去自由的悲惨境地，她们不可能像男人那样闯荡四方，甚至连选择意中人的权力都没有，而这一切都是拜腐朽的风俗所赐。伊莱利亚接着又不住感叹自己实际上是像囚犯一样被监禁起来。难能可贵的是女主人公已经认识到造成自己悲惨境地的原因在于习俗，而不是被动的命运。接下来，《月亮皇帝》里的年轻人即以喜剧的狂欢化精神完成了对传统的颠覆与时代的发展有着密切的关系。复辟时期正处于英国走进近代的十字路口，政治、文化、经济、美学、阶级等诸多方面都在传统与变革之间进行着调试以期获得突破。此时英国的贵族阶级、封建王权已经式微，资产阶级经过两百年的发展力量虽然大为增强，但是还没有获得文化上的领导权，他们在贵族严厉的形象只不过是唯利是图的暴发户。身处人心动荡时代的贝恩，趁着社会上还没有形成统一的伦理道德认知，秩序还未建构之际，不仅拉开了女性争取自由的帷幕，而且提出了诸多惊世骇俗的关于女性解放的新见，以至于被敌视她的人称为娼妓一样的缪斯。

喜剧是一门"笑"的艺术，《月亮皇帝》中突出的闹剧成分在带给观众笑声的同时，也在笑的狂欢化颠覆中蕴含着变革。贝恩在该剧中通过对人物的加冕与脱冕重塑性别秩序。巴赫金认为："对文学的艺术性思维产生一场巨大影响的，当然是加冕脱冕的

---

① Aphra Behn. The Emperor of the Moon, in Jane Spencer, ed. *The Rover*, *The Feigned Courtesans*, *The Lucky Chance*, *The Emperor of the Moon*, Oxford: Oxford University Press, 1995:278. 下文引用该剧作的部分皆出自此版本，只随文标出剧作首词及页码，不再另注。

第二章 从虚与委蛇到短兵相接:女性意识影响下的性别权力重构

仪式。"①《月亮皇帝》中实现了夏曼特与卿西奥两人的加冕:两位年轻人是总督的侄子,虽然与博士的女儿及侄女相恋,但是却受到固执的巴里尔多的阻挠。他们在机智的仆人斯克拉莫西的帮助下完成了加冕,分别成为月亮皇帝与王储。引人深思的是两位年轻人并没有发生任何改变,但是通过巧仆一番绘声绘色的描绘以及出色的表演,他们立刻就脱胎换骨,使得巴里尔多急不可待地要将女儿及侄女嫁与二人。巴里尔多的态度之所以发生如此巨大的改变,并不是他专制的父权制思维本身发生了变化,而是随着对方地位的变化,他因此可以获得月界仙女、长生不老以及将自己家族的血统带进皇族之列的利益。夏曼特与巴里尔多的加冕过程折射出了巴里尔多前倨后恭的可笑态度,也无情嘲讽了当时严苛自私的父权制度对女性的戕害。

《月亮皇帝》主要人物中除了巴里尔多被无情地脱冕之外,其余人物则获得了程度不一的加冕。其中小丑哈林奎的加冕给人留下的印象最深。尽管这个人物承当了很多闹剧的戏份,例如选择以笑的方式自杀,藏在桌子底下捉弄贝尔蒙特以及与斯克拉莫西之间滑稽的决斗,无不既给观众带来了笑声,同时又以笑的形式颠覆了原来的社会秩序。哈林奎装扮成月球的大使,使得主人反而在自己面前低三下四地询问月球上的情况。通过这位月球大使对月球的描述,贝恩对当时的英国社会进行了无情嘲讽,而且通过月球乌托邦表达了超越传统思维的思想。巴里尔多不住地向哈林奎询问月球的情况,而且神魂颠倒地相信月界上的妇人喝酒;月球上的公务人员不仅公然索贿,而且整日忙于和情人厮混;优雅的女士有时也会欠上赌债,这时他们就会去找随便哪一个热恋自己的纨绔子借款。科波拉认为:"《月亮皇帝》中对于现

---

① 巴赫金.巴赫金全集(第二卷).白春仁,译.石家庄:河北教育出版社,1998:128.

烟雾笼罩中的权力:论阿芙拉·贝恩作品中的女性意识

实事件的搬用很容易让当时的观众意识到贝恩戏剧中给人印象最深刻的部分就是其题材的时效性。当哈林奎被迫假扮为月球大使向巴里尔多描述月球社会的情形的时候,他细致描绘的那些人们犯下的小过节一如伦敦呆板的绅士阶层人们的普遍行为,惹得博士频频点头称许'这也同我们这里一样'。实际上,贝恩突出地表现月球上的情形与詹姆斯二世时期的英国别无二致。"①

加冕与脱冕其实是合而为一的过程。《月亮皇帝》中反抗父权秩序的一方得到加冕的过程,也伴随着代表父权权威的巴里尔多的脱冕。巴里尔多出场的时候以科学大师的形象出现,只见他腰带上挂着好几种数学仪器,一上场就急忙吩咐仆人赶紧把他的大望远镜搬上来。不过随着剧情的发展,贝恩通过对这位父权代表人物的多维脱冕完成了性别秩序的重构。首先是政治层面的脱冕,巴里尔多阅读读了很多关于月球的幻想类书籍,因此深信月球上有一个帝国。他安装望远镜的目的即是窥伺月亮皇帝寝宫的秘密,"虽然博士也承认自己的举动是彻底的谋逆行为,但是他还要将望远镜对准皇帝的卧室,期望窥看到国王的计划或者举行的秘密会议。"②巴里尔多对宫廷的窥伺举动反映了当时英国政治界尚不成熟的运行机制,也讽刺了辉格党专门依靠煽风点火、散布谣言混淆视听,煽动叛乱的行为。科波拉认为:"巴里尔多表面上假装对知识渴求、心无旁骛,实则处心积虑要参与到最隐秘的政治空间中去,即国王的寝宫或者书房。这足以显示出当时的政治空气如此充满敌意,以至于管理和运作都要在隐蔽的密室进行。虽然明知窥看皇帝的隐私如果暴露必是谋逆行为,巴里尔多

---

① Al Coppola. Retraining the Virtuoso's Gaze, Behn's Emperor of the Moon, the Royal Society, and the Spectacle of Science and Politics, in *Eighteenth Century Studies*, 2008, 41.4:498.

② Paula R. Backscheider. From the Emperor of the Moon to the Sultan's Prison. in *Studies in Eighteenth – Century Culture*, 2014, 43:13.

第二章　从虚与委蛇到短兵相接:女性意识影响下的性别权力重构

仍然冒险希望能掌握一些秘密。由此可见,该人物实际上是按照作为阴谋制造者的辉格党人形象塑造的。"①他竟然幻想在血缘上跻身皇族以实现政治上的野心。因此他并非完全沉迷于科学研究的学者,而是各大阴谋家,科学技术就像是普洛斯彼罗的魔术一样,不过是他的手段而已。

贝恩将巴里尔多这位表面上是类似于皇家学会成员的科学大师,逐步地解构,不仅揭露了他政治上的野心,而且从男性气质上使其脱冕,使得他丧失权威。巴里尔多固然是父权制的代表,但是他并不像贝恩前期作品中的此类人物一样具有破坏力。他不过是个去势的男性而已。该人物的女性化特征表现在因为阅读导致精神错乱。虽然他自称是时髦的科学家,但根据剧中提到的几本博士喜欢阅读的书,诸如卢奇安的《月界旅行》,讲的是英雄到达了月球,并且飞升进入天堂。另一部书叫作《月球英雄》,记载了一位西班牙人如何驾驶着被一群疯鹅牵引的机器到达月球。这些书籍显然属于想象类的传说,而不是严谨的科学著作。巴里尔多显然更信赖另外一套更加复杂的体系,即类似于《月球世界谈话录》或者其他成千上万种荒诞不经、难以名状的此类书籍,这些书并非什么天文学或者自然哲学著作,只是一些虚构故事而已。② 西方文化自古希腊以来,一直认为理性是男性独有的能力,而女性是感性的动物,所以是非理性的。巴里尔多如饥似渴的阅读幻想类书籍使得他不仅完全浸润其中,而且变得难以控制情感,结果变得具有了女性气质,这些都是在性别上对其脱冕

---

① Al Coppola. Retraining the Virtuoso's Gaze, Behn's Emperor of the Moon, the Royal Society, and the Spectacle of Science and Politics. in *Eighteenth Century Studies*, 2008,41.4:493.

② Katherine Mannheimer. Celestial Bodies: Readerly Rapture as Theatrical Spectacle in Aphra Behn's Emperor of the Moon. in *Restoration: Studies in English Literary Culture*, 1660 – 1700,2011,35:47.

烟雾笼罩中的权力：论阿芙拉·贝恩作品中的女性意识

的表现。

凯瑟琳·曼海姆认为："《月亮皇帝》中将巴里尔多迷醉于月球的状态与阅读《丑闻录》、书信体故事以及其他流行的以言情为主作品产生的情感反应比拟，贝恩因此强调了十七世纪后期散文小说让读者无须思考进而沉浸其中的特质。"① 巴里尔多数以千计的图书收藏中还有一部分界于散文与早期小说之间的读物，多数竟然带有色情属性。"《丑闻录》中所涉及的丑闻多数是赤裸裸的桃色新闻，非关道德与犯罪。在《葡萄牙书信》以及《克里夫斯公主》中亦充满了不正当的男女之情爱，比如修女向情郎热烈地向示爱或者公主的婚外恋情。贝恩之所以提及这些带有色情元素的作品，目的是让大家注意巴里尔多借助望远镜的观看行为实质上充满色欲。当巴里尔多遇到伪装成罗莎十字会圣人的夏曼特，他问的第一个问题竟然是"仙女的身材如何"。② 对于女人贼心不死的老年人形象比较接近贝恩之前讽刺的辉格党人形象的描述，而辉格党人之所以热情地参与政治也是为了获得更大的利益，满足自己无止境的欲望。巴里尔多强烈的男性欲望与他本人身上的女性气质因此产生了矛盾，贝恩在对此人物进行脱冕的过程中使之成了乏力的父亲。当然，贝恩对巴里尔多的脱冕还包括其他秩序层面，比如主仆、种族、君臣等方面。她已经敏感地触及到了权力的生成机制，比如习俗、修辞、宗教甚至故事编纂。保罗·R.贝克沙埃德认为："贝恩戏剧展现了一种'愚蠢的但颇有效的父权'。苏珊·卡尔逊首次使用这个术语来描述《月亮皇帝》中女性

---

① Katherine Mannheimer. Celestial Bodies: Readerly Rapture as Theatrical Spectacle in Aphra Behn's Emperor of the Moon. in *Restoration: Studies in English Literary Culture*, 1660 – 1700, 2011, 35: 47.

② Katherine Mannheimer. Celestial Bodies: Readerly Rapture as Theatrical Spectacle in Aphra Behn's Emperor of the Moon. in *Restoration: Studies in English Literary Culture*, 1660 – 1700, 2011. 35: 47.

第二章 从虚与委蛇到短兵相接:女性意识影响下的性别权力重构

的处境,但将它应用到其他文本中也能解释诸多问题。'愚蠢但颇有效'不过是对女性现状的调侃和讽刺。"①就这样,贝恩通过对剧中人物的脱冕和加冕成功地以酒神精神反抗了旧秩序,喜剧性的动作和语言一方面带给观众笑声,另一方面体现了《月亮皇帝》中蕴含的深刻的狂欢化精神。剧终青年男女在巴里尔多离家之际尽情地载歌载舞以及剧终盛大的场面就像是一场狂欢化的演出,这些场景无不"寓由交替与变更的精神,死亡与新生的精神。狂欢生活在狂欢节是以一种前后相续的阶段性结构被象征地演示的,这一结构即加冕与脱冕式"。②

《月亮皇帝》是贝恩整个戏剧生涯中最为成熟且明显地使用了加冕——脱冕结构的剧本,贝恩在这部戏中达到了艺术性与思想性的高度统一。巴赫金认为:"加冕脱冕式具有正反同体的特性,它同时寓有正反两种价值,即既能表现出更新交替及由此而创生意义这一积极肯定的一面,又能表现出消解任何制度与秩序、任何权势与地位并使之具有令人发笑的相对性这一消极否定的一面。"③贝恩在《月亮皇帝》中一方面拆解了原来的习俗,正如伊莱利亚在一开场时提出的打破父权制的旧风俗问题;另一方面,贝恩通过两对青年男女对爱情的忠贞,重构了性别之间的关系,即建立在神圣爱情基础之上的婚恋观。贝恩特意在剧中安排了合唱队来赞扬爱情的巨大力量。

> 看啊,快来看爱情的巨大力量,
> 它统御着天上、人间及海洋。

---

① Paula R. Backscheider. From the Emperor of the Moon to the Sultan's Prison. in Studies in Eighteenth–Century Culture,2014. 43:18.
② 王建刚. 狂欢诗学——巴赫金文学思想研究. 上海:学林出版社,2001:46.
③ 巴赫金. 巴赫金全集(第五卷). 白春仁,译. 石家庄:河北教育出版社,1998:164.

烟雾笼罩中的权力：论阿芙拉·贝恩作品中的女性意识

> 人们不禁瞩目，看它如何调配十二宫运转，
> 而固定的星辰却要动摇服膺爱神的力量。
> 并非所有星宿，
> 都能代表爱的特性：
> 毋庸置疑，唯有爱，
> 才以无上之和谐，
> 统治万事万物。（*Emperor*:328）

贝恩在此将爱情作为统治宇宙和谐的力量加以颂扬。《月亮皇帝》中的青年男女包括剧中的仆从也都对爱情忠贞不渝，贝克沙埃德认为："该剧以浪漫的情节结束。斯克拉莫西与哈林奎为了女管家莫斯菲尔斗得不可开交，问题是后者根本不想结婚。最后他有点动了结婚的念头，原因是'不想一个人在晚上独守空房'，这种略带色情联想的评论颇合喜剧中肉体优先的风格。"[1]但是，在贝恩的所有剧作中，《月亮皇帝》牵扯的政治性更多的是体现在宏观层面以及更加隐蔽的父权权利运作机制的探讨，因此她在最后一部重要的剧本中放弃了直接讨论政治问题，而是从更加深刻的认识论角度探索民众接受权力秩序乃至知识的过程。科波拉认为："通过将献辞中涉及的政治与开场白中的穿插表演并置，贝恩谴责了潜藏在剧院中的非理性娱乐成分对于戏剧的侵蚀，不过她也批判了在詹姆斯二世时期以制造危机为中心的放逐危机时期经常出现的权谋斗争策略。贝恩实际上含沙射影地反对两种观看行为，一种是对他们不理解的事物像傻子一样观看；

---

[1] Paula R. Backscheider. From the Emperor of the Moon to the Sultan's Prison. in Studies in Eighteenth – Century Culture,2014. 43:14.

第二章 从虚与委蛇到短兵相接：女性意识影响下的性别权力重构

另一种是对任何事物都希望刨根问底不罢休。"①《月亮皇帝》以狂欢化的闹剧形式颠覆了传统的性别认知，重塑了男女的形象，并且对当时的英国政治进行了冷嘲热讽，这些都是作者巧妙运用戏剧狂欢精神获得的文学写作自由对父权制进行改造的表现，也是作为早期女性思想家的贝恩超越其他复辟时期剧作家之处。

2. 景观欺骗与政治正确：科学主义狂欢化视角下的滑稽父权

以上我们仅讨论了《月亮皇帝》父权制代表人物的脱冕，倘若深究巴里尔多被脱冕的过程会发现，十七世纪八十年代的英国社会里已经在悄然发生着认识论的变迁。正是复辟时期的民族在认知领域发生了革命性的变化，才导致他们审视父权的眼光发生了转变。科学技术的发展是促使民众发生认识论转变的基础。如果我们要彻底澄清这一时期性别、政治变迁的事实，则不能不把眼光放在英国整个十七世纪在科学、技术、社会等诸多方面悄然发生的变化，尽管这种变化充满了曲折与进步，前进与倒退的反复，但是英国文化的固有根基并没有遭到全盘的破坏。《月亮皇帝》中一个突出的特点是托利党浪荡子形象的缺席。反面人物巴里尔多的辉格党色彩也没有早期那么鲜明，而是通过暗示讽刺了他的辉格党倾向。最后对于他的错误进行的惩罚也是本着治病救人的目的一笔带过，全然没有了贝恩中期政治戏剧中常见的剑拔弩张的财产与政治斗争。这些问题一一归纳起来，应该有一个综合的、根本的解释，即此时的人们在认识论方面经过长期的耳濡目染，在对待宇宙、客观事物、甚至在如何对待自己方面都已经发生了一些巨大的改变，而这些正是决定了英国历史前进的方向既不可能走向法国式的君主集权，但也不会选择共和体制的民

---

① Al Coppola. Retraining the Virtuoso's Gaze, Behn's Emperor of the Moon, the Royal Society, and the Spectacle of Science and Politics. in *Eighteenth Century Studies*, 2008,41.4:495.

烟雾笼罩中的权力:论阿芙拉·贝恩作品中的女性意识

族文化心理基础。

科学的发展对于英国走出神学蒙昧,并在人文主义思想基础上进一步构建英国国民性之自我产生了巨大的作用。《月亮皇帝》中的博士巴里尔多身上的标签即为科学狂热者。那么,贝恩为何在这出戏中引入科学这一在十七世纪与皇家学会有着紧密联系的新生事物?贝恩对科学的态度又有哪些辩证的考虑?当然,也有学者对此剧中的科学题材不以为然:"照着休斯与托德的思路分析,会认为《月亮皇帝》不过是一部混杂了诸多哗众取宠的小花样的平庸戏剧。该剧不过是借着贫乏的情节,然后再添上点大家熟悉的即兴喜剧的滑稽动作,再加上歌曲、舞蹈,还有形形色色的古怪机器,以一个愚蠢的科学大师逗引观众发笑的平庸之作,如此而已。"[1]如果我们把巴里尔多身上集中表现的科学狂特征仅仅看作是闹剧的材料,势必会造成对于这部含有深刻思想蕴含的作品的低估。从《月亮皇帝》的演出效果来看,这是一部在当时颇受欢迎的喜剧,但我们如果把它的成功仅仅归因于望远镜及其他炫目的舞台道具的使用未免有失偏颇。艾尔·科波拉认为:"《月亮皇帝》对时人不恰当的观察方式提出质疑。"[2]巴里尔多甫一出场,展现在观众眼前的是一位深深着迷于月球研究的所谓科学爱好者,其蠢行贯穿该剧的始终。开场的舞台提示更准确地描述了博士的形象。他在腰带上系着五花八门的数学工具,斯克拉莫西背负着二十英尺的望远镜上场。巴里尔多一边抓着望远镜眯着眼观察他所认为的月球上的居民,一边指挥者斯克拉莫西。

---

[1] Al Coppola. Retraining the Virtuoso's Gaze, Behn's Emperor of the Moon, the Royal Society, and the Spectacle of Science and Politics. in *Eighteenth Century Studies*, 2008,41.4:481—506.

[2] Al Coppola. Retraining the Virtuoso's Gaze, Behn's Emperor of the Moon, the Royal Society, and the Spectacle of Science and Politics. in *Eighteenth Century Studies*, 2008,41.4:481—506.

第二章 从虚与委蛇到短兵相接:女性意识影响下的性别权力重构

贝恩利用科学噱头招揽观众说明当时至少在城市阶层已经有相当数量的民众将科学视为一种理解世界的强大手段。十七世纪的科学首先在天文学上取得了重大胜利。望远镜的拥有与使用在当时的上层阶层变成了颇为时髦的行为。查理二世有一副在皇家学会的肖像画其背景就是一架直指苍穹的望远镜。

佩皮斯日记记载,1666年8月8日,塞缪尔·佩皮斯在光学仪器制造师理查德·里维斯处与他一同分别用六英尺以及十二英尺望远镜观察月球以及木星。佩皮斯望远镜里的景象深深震撼,第二天就花五英镑预定了一架十二英尺的望远镜,最会这部望远镜共花了9英镑5先令。① 朱蒂·A. 海顿认为:"当时望远镜的价格并非贵的出奇,海军官员平佩皮斯想买望远镜也能如愿以偿。所以《月亮皇帝》中当斯克拉莫西带着望远镜上场时,贝恩并不是用它来吸引观众的注意力。尽管望远镜是该剧自始至终重要的逗乐包袱,但是这架二十英尺的望远镜更多的是象征了博士所谓的严谨科学研究。"② 不过,加里尔多尽管拥有了科学的工具,但是他并没有建立起科学的认识论,而是将科学、宗教以及迷信混为一谈。科学最终并没有给他带来理性思维,反而造成了他的疯癫。《月亮皇帝》上演的1687年恰好与牛顿的代表作《自然哲学的数学原理》出版在同一年。在近代早期的英国,科学的发展虽然取得了巨大的成就,但能在多大程度上影响时人的认知仍然是个问题。即便是伟大的科学家牛顿,也没有走出神学阴影。我们在《月亮皇帝》中既可以看到被神话的科学家开普勒与伽利略,同时也有基督教秘密组织"蔷薇十字会"以及巴里尔多相信的其

---

① Samuel Pepys. The Diary of Samuel Pepys, ed. by William Matthews and Robert Latham, vol. 7. Berkeley: University of California Press, 1972:240 - 241.

② Judy A. Hayden. Harlequin Science: Aphra Behn's Emperor of the Moon and the Plurality of Words. in *English*, 2015, 64. 246: 167—182.

烟雾笼罩中的权力：论阿芙拉·贝恩作品中的女性意识

他毫无根据的奇谈怪论。巴里尔多的心智不仅没有从主观盲信走出来，再加上他对科学工具深信不疑，这些都造成其无法正确认识世界。艾尔·科波拉认为："《月亮皇帝》中展现了观看导致的最危险问题是在政治领域。当巴里尔多与斯克拉莫西乱作一团地要把庞大的望远镜架设好，博士最急切地并不是想去看月亏或者其他天文现象，也不是凝视着空想的仙女，再次进行窥淫。这一会他要偷窥月亮皇帝的寝宫。"①由此可见，巴里尔多只不过要将科学当作工具，实现自己的政治野心。在他心目中政治才是第一位的。尽管这个人物身上的政治属性并不是很明确，但我们仍然从他的行为发现其政治野心：一是进入君主政治的核心；二是希冀通过与皇家的联姻，成为真正的贵族。这两个方面综合在一起恰好反映了在阶层流动之际，资产阶级新贵身上的焦虑。他们的经济实力与日俱增，科学的进步也使其信心大增，但却没有贵族头衔。巴里尔多自始至终都处于这样一种焦虑之中，直到最后才开释。不过迎娶其女儿及侄女的也不是寻常人家，两位年轻人都是总督的侄子，也算是门当户对。

巴里尔多之所以深陷在自己编织的乌托邦中不能自拔，其实来源于父权自我的认识障碍。贝恩在《月亮皇帝》中对抽象的认识论也进行了一番狂欢化的艺术表述，让观众得以把握近代早期英国历史上伴随着科学的产生在认识论领域发生的曲折变革。英国自资产阶级革命以后，在科学领域已经发生了一场翻天覆地的变化。"培根提倡科学革命，主张在大自然中寻求科学知识，反对迷信古人，因此对古人留下的知识，对权威的言论和著作，都应

---

① Al Coppola. Retraining the Virtuoso's Gaze, Behn's Emperor of the Moon, the Royal Society, and the Spectacle of Science and Politics. in *Eighteenth Century Studies*, 2008,41.4:493.

第二章　从虚与委蛇到短兵相接:女性意识影响下的性别权力重构

持批判的态度。"①巴里尔多虽然藏书众多,但是并不包括培根的作品,所以他在认识论上盲信的时候居多,批判意识尤其缺失。科学对民众的教化需要一个漫长的过程,一开始革新的种子仅仅在部分有识之士身上生根。这一点从巴里尔多新旧混合的认识论上表现得特别明显,所以他还不能算是完全的近代人。实际上,贝恩在《月亮皇帝》中提出来的疑问更接近形而上学的思考,因为从当时方兴未艾的经验认识论角度出发,视觉无疑是人类认知世界的重要方式,很多民众更是依赖观看获得知识。但是,贝恩在剧中却将人类的观察认识论成功脱冕,借斯克拉莫西之口提出了古已有之的视觉欺骗命题:"眼见不为实(Deceptio Visus),先生,眼睛也会犯错。"(*Emperor*:298)

造成巴里尔多视觉认知错误的有两个因素。一是他过度相信科学仪器,把斯克拉莫西事先画在玻璃上然后放在望远镜头前的人像当成是月界的仙女;二是对于景观的非理性接受让他相信眼前所见确实是月亮皇帝下凡。贝恩对于景观造成人们的非理性行为给予了更多的关注,这也是在《月亮皇帝》的高潮部分她选择无以复加的景观戏剧模式的深层次原因,而非单纯的跟风和取悦观众。景观在复辟时期的政治生活中发挥着重要的作用,因为景观带来的视觉冲击力是宫廷在公共空间展示王权的最佳手段,这种统治术不独在查理二世时期得到广泛应用,早在伊丽莎白一世时代即已经获得了注意。托利党剧作家发现将街头景观搬进剧院,同样可以收到政治宣传的效果。这也是在17世纪八十年代出现一波景观戏剧高潮的原因。但是,德莱顿等人的景观戏剧纯粹是拙劣地政治宣传工具,它们都缺少贝恩借景观戏剧的表象,实则批判非理性政治运动的欺骗性的深刻思想,因为民众面

---

① 胡景钊,余丽嫦.17世纪英国哲学.北京:商务印书馆,2006:78.

烟雾笼罩中的权力：论阿芙拉·贝恩作品中的女性意识

对这些盛大场面往往不假思索地信以为真，或者是只有观看和服从的权力。艾尔·科波拉认为："在《月亮皇帝》的高潮部分,当皇帝与王子乘着战车像渐盈月一样从天而降,观众同样会想到德莱顿《英格兰》一剧中的阿波罗同样是乘着战车超过云雾如太阳一样降临。这庄严肃穆的一折在德莱顿剧中有着极其重要的隐含意义,预示着上帝在王室最艰难的时刻降临,并寓言天主教阴谋事件最终将会失败。但是,在贝恩剧中唤醒的关于景观政治的一幕却有着更加丰富的隐含意义。月亮神邸是在十二人组成的仪仗逢迎下降临的,这十二人每人对应着黄道十二宫的一个符号,这一幕很容易让观众想起1679年天主教阴谋案期间伦敦市长发动的大游行。"①1679年,一队支持来自辉格党派的伦敦市长罗伯特·克莱顿(Sir Robert Clayton)的游行队伍将他簇拥到幸福之泉——这是一座有着多立克风格柱子的庙宇,又名时间之胜利,那里有十二座雕像分别象征着十二个月,在寺庙门槛之外,市长在名为机遇的雕塑之下发表演说："本人贵为市长即拥有半神一样的力量,现在正是检验诸君忠心向背的时刻,不要错失良机。在一年任期之内,鄙人当只争朝夕,惩恶扬善。"②贝恩在最后的景观呈现中传达的并非全是宣扬君主威严的托利党信息,当然有的批评者也尽可以将月亮皇帝与其王弟机械地对应为查理二世与约克公爵,但至少我们不能否认黄道十二宫景观中亦有辉格党景观寓指的内涵。这也是贝恩在创作中经常采用的辩证法,即使她在偏袒某一方的同时也会留有一定的余地。贝恩在创作中极少以单一的面孔出现,她笔下的人物在语言和行动上也充满矛盾,

---

① Ibid
② See Thomas Jordan. London in Luster: Projecting Many Bright Beams of Triumph, At the Initiation and Instalment of the Right Honourable Sir Robert Clayton, Knight, Lord Mayor of the City of London, 1679: 9.

第二章 从虚与委蛇到短兵相接:女性意识影响下的性别权力重构

与其他剧作家有着明显的分野,这也是贝恩比她的好友德莱顿高明的地方。

贝恩理想中的认识论带有理性的思考,而不是单纯地使用所谓新奇的科学装置。在一个鼓励景观并且利用之进行全力操演的社会,观众的盲信与非理性反而是受到鼓励的行为。贝恩所希望的是民众能够在形形色色的政治景象中保持清醒和独立判断的能力。从这一点说,不仅是擅于煽风点火的辉格党分子,包括宫廷党其实都应该对复辟时期动乱的政治生态负责。因为处于边缘的群众永远不可能看到任何意见政治事件的全貌,因而只能被别有用心的集团利用并且对社会造成极大的危害,英国内战时期造成的巨大人员伤亡和财产文化损失就是明证。贝恩在创作《月亮皇帝》前后曾翻译过丰特利尔的《发现新世界》,她在《月亮皇帝》中关于人的认知限制之讨论与丰特利尔的颇多相似:"自然就像是舞台上壮观的一幕,或者是一种呈现,就像是我们观看的歌剧一样。当我们坐在座位上观看歌剧演出时,你所看到的舞台并非真正的舞台,因为舞台上的一切布置都是为了呈现给你乐于接受的部分。观众是在遥远的距离之外观看的,所以他们永远都不会看到车轮以及车子上的货物,那些推动及其运转的零件以及配重是隐藏在观众视线之外的。当然我们也不会自找麻烦一定要去弄清楚运动是如何发生的以及它是如何运转的。台下坐着的观众不计其数,然而里面的工程师少得可怜。只有他才会对飞行运动如此着迷,历尽千辛万苦一定要弄清楚背后玄机。夫人,你可不能臆测这位工程师就是哲学家。"[①]贝恩在《月亮皇帝》中展现了巴里尔多因为认识论的错误产生的一系列令人啼笑皆非的滑稽事件,但是作者的深意是观众在嘲笑博士的同时也会注意

---

① Aphra Behn. Bernard le Bovier de Fontenelle. A Discovery of New Worlds, trans. London: William Canning, 1688: 9 – 10.

烟雾笼罩中的权力:论阿芙拉·贝恩作品中的女性意识

到这出戏实际上嘲讽了所有的观众。他们自己何尝能看清舞台后的机关。艾尔·科波拉认为:"贝恩的戏剧以及皇家学会的博物馆分类法是对当时流行的认识论的拒斥,作家希望引导人们从眼见为实的主流观察意识中摆脱出来。"[1]贝恩具象化地在舞台上使用了放大了的视觉象征符号——一架巨大的望远镜来影射人的观察行为,同时在最后一幕安排了一场视觉的盛宴,目的都是证明人类的观察活动具有极大的主观性及不稳定性。人们要想获得真理,必须依赖理性的思考,巴里尔多自以为正确的认识论被以狂欢化的手段无情地脱冕,这才是作者在此剧中最具深意的思想所在。归根结底,认识论狂欢在剧中具有本体论的意义,因为这是决定性别重构以及人物的加冕脱冕的根本因素。

英国皇家学会在十七世纪通过编撰期刊的形式积极倡导一种分门别类的科学观察方法,这可能对贝恩的思想造成了一定的影响。科波拉认为:"贝恩在《月亮皇帝》中以一种十分复杂的手法重新定义了掺杂了诸多杂质的观看行为。贝恩在剧中教导的观看行为与皇家学会出版的让人眼花缭乱的《皇家图书馆物种志》文本中呈现的描述事物的方式有类似之处。无论是格雷的《物种志》还是贝恩的《月亮皇帝》实际上都反对肤浅的观看认识论。"[2]科学主义在十七世纪逐渐进入英国社会,并且在牛顿、波义耳、哈维等人的推动下逐渐渗透到各阶层,在破除英国民间迷信及宗教盲信上功不可没。我们也应该认识到皇家学会与宫廷及托利党之间密切的关系,因为查理二世本人就是会长。皇家学会

---

[1] Al Coppola. Retraining the Virtuoso's Gaze, Behn's Emperor of the Moon, the Royal Society, and the Spectacle of Science and Politics. in *Eighteenth Century Studies*, 2008,41.4:483.

[2] Al Coppola. Retraining the Virtuoso's Gaze, Behn's Emperor of the Moon, the Royal Society, and the Spectacle of Science and Politics. in *Eighteenth Century Studies*, 2008,41.8:498.

第二章 从虚与委蛇到短兵相接:女性意识影响下的性别权力重构

的活动因此在十七世纪八十年代初兴起的观看文化影响和塑造,他们的行动也不可避免地卷入了政治话语。在 1679 年,此时正值天主教阴谋案甚嚣尘上之际,皇家学会比较暧昧地认可了一部关于蜜蜂的自然史的小册子的出版。该书由皇家养蜂人撰写,是典型地保皇党宣传读物,该书大张旗鼓地宣传君主制乃造物主所允许的制度。① 贝恩在当时科学精神风靡一时的情况之下能够狂欢化的精神将其解构,目的还是为了狂欢式地让父权制核心人物脱冕。

《月亮皇帝》的即兴喜剧与闹剧的特征让不少研究者忽略了其背后的思想意义。贝恩创作这部作品的目的,一部分当时是为了生计,但她因此提出的多方面具有思想史意义的思考更值得研究者关注。首先,这部戏中与以往坚定的托利党思想发生巨大变化的是关于君主与贵族的思考。如果观众不仔细观察,很难发现这些细微的变化。因为月亮皇帝与王储的威严得到了充分的展现,他们被神话般地描绘成了超越人类的族类。贝恩一方面详细交代了采用神话、欺骗以及华丽的衣饰、铺张的排场给卿西奥与夏曼特加冕的细节。神秘性是众人在巴里尔多心目中树立起月亮皇帝权威形象的重要手法。他们说皇帝长生不老,已经有六千年没有下凡。"在阿甘本 2007 年出版的《王国与荣耀》一书中,阿甘本提到了一种荣耀政治,这种荣耀政治的核心在于,统治者保持绝对权威,需要与被治理的诸众保持一定的距离,他不能亲临到诸众面前,保持自己的神秘性。"② 当巴里尔多见到了所谓的月界皇族,他因为害怕竟然一跪不起。此时台下的观众最清楚台上

---

① Al Coppola. Retraining the Virtuoso's Gaze, Behn's Emperor of the Moon, the Royal Society, and the Spectacle of Science and Politics. in *Eighteenth Century Studies*, 2008, 41. 8:498.

② 蓝江. 从赤裸生命到荣耀政治——浅论阿甘本 homo sacer 思想的发展谱系. 黑龙江社会科学, 2014(4).

烟雾笼罩中的权力：论阿芙拉·贝恩作品中的女性意识

的皇帝只不过是由常人扮演，所以从另一个角度看，贝恩这么详细的展示加冕过程，不如说是具体地展现了王权的微观运作过程，实际上反而起到了脱冕效果。贝恩的思想在此显示出离经叛道的端倪，因为在一个民众相信触摸皇帝的手就可以治疗皮肤病的时代，这样戏谑王权可谓异端行为。

巴里尔多一开始拒不同意女儿及侄女与恋人结婚，但是当伪装成月界皇族的两位年轻人从天而降提出要与她们圆房，巴里尔多在完全不了解对方的情况下竟然宣称："这对出身成为月界王族的贵妃对于俗世女子来说是多么荣耀之事。"(Emperor: 332)父权制代表巴里尔多既不过问女儿及侄女的感受，也不与她们商量，就可以按照自己的意志随意安排她们的婚姻。夏曼特声称蔷薇十字会宣称的神圣物种是的确存在的，火龙、地精、精灵以及仙女都是存在的。他们与人类结合就会生下贵族或永生之人。于是巴里尔多也想与神族联姻，并借此机会将自己的女儿和侄女许配给他们，自己的家族就会从此产生高贵的血统。贝恩在《月亮皇帝》中以狂欢化手法几乎颠覆了英国社会中所有的传统秩序。仆人斯克拉莫西与哈林奎不仅是计策的谋划者，而且自始至终保持着清醒和理性，这也从根本上颠覆了原来的主奴关系。两位仆人占有较大戏份，他们对于爱情专一，机智勇敢，堪称贝恩笔下塑造得比较丰满的仆人形象。这也反映出贝恩的民主精神，类似于莫里哀在戏剧《伪君子》中对女仆陶丽娜的赞扬。

阿芙拉·贝恩在《月亮皇帝》中将原有统治秩序中一切处于上层的父权阶级与意识形态无情的脱冕，同时给处于下层的阶级加冕，涉及的二元对立群体包括君臣、贵族与资产阶级、性别、主仆等分野，并且在剧中将表面上人们所见的景观、性别、政治等领域的狂欢化抽象为哲学认识论上的狂欢化，组成了一座狂欢化的博物馆。贝恩在《月亮皇帝》中之所以将整个旧社会秩序反转过

第二章 从虚与委蛇到短兵相接：女性意识影响下的性别权力重构

来，是因为她身上继承的文艺复兴以来的人文主义传统，同时又发展了其独特的激进女性主义思想。然而就连发笑这种反应本身，在1687年的英国都不可能看作与政治无关。她之所以在这出后期戏剧中有意淡化政治斗争，而且因为科学主义与托利党宣传之间暧昧的关系就将其狂欢化地戏谑，是因为贝恩对英国十七世纪自内战以来旷日持久的党争、混乱的社会、紧张的国内关系深恶痛绝，从这一点出发，她此时对煽动叛乱的辉格党以及操弄民众的托利党都无好感，并希望能唤醒没有愚昧的民众具有理性的独立思考能力，这是作者在《月亮皇帝》中狂欢化精神之后希冀建构的"新人"。新旧阶层力量在碰撞中不断整合，并在对社会稳定的期许下形成妥协，因此形成了不久以后英国光荣革命的广泛心理基础，而现实中的那场各种不啻是现实中的另一场狂欢化运动而已。

阿芙拉·贝恩巧妙地将科学主义与景观政治结合起来，运用狂欢化的手段塑造了一个政治上非理性、科学上狂热的滑稽父权制的代表，这样既可以吸引观众，同时又以戏谑的方式调侃父权制，从而达到对其解构的目的，亦反映了贝恩在矛盾的夹缝中表达女性意识的技巧已经达到了纯熟的程度。

小 结

性别权力的重构贯穿了阿芙拉·贝恩剧作的始终。青年女子追求自由婚姻爱情是女性追求解放迈出的第一步，同时也是贝恩剧作反复书写的主题。不过，在作者二十年左右的创作生涯中，她根据政治情势、社会时局的变化，不断地改变着表达女性意识的策略。早期作品《荷兰情人》利用了英国与荷兰的民族矛盾，让剧中的女主人公得以摆脱包办婚姻。《裴兴特·幻兴爵士》以

烟雾笼罩中的权力：论阿芙拉·贝恩作品中的女性意识

政治正确打击保王党敌手代表的父权制,从而让女性的形象比男性更加睿智光辉。但随着贝恩思想的成熟,其女性意识的思考进入了更加深入的层次。她早已认识到了霍布斯式的欲望对于人性的扭曲,因此才致力于宣扬至高无上的爱情,试图消弭欲望对于伦理道德的冲击。《漫游者·第二部》中的男女主人公为纯真的爱情,战胜了欲望以及金钱的诱惑。这也是贝恩爱情中心主义最为明显的一部作品。不过,接下来创作的《都市女继承者》又将贝恩对于欲望的思考提高到了一个更高的高度,她开始认识到人性改造的艰难。贝恩在后期作品中进一步强化了喜剧中的狂欢式反抗,主要针对性别秩序的最达障碍——父权制进行解构。她巧妙地在政治正确的掩护下,将往日高高在上的父权制代表嘲笑得体无完肤。贝恩的女性意识首先体现在性别秩序的重构维度,她对于父权制的狂欢式解构也使其思想达到了一个复杂的高度。

第三章 从劝诫到协商的调适：女性意识影响下的性政治主题流变

> 这个阴谋迭起的年月活该下地狱，
> 与之相比，剧作家的巧计简直不值一提，
> 怀疑论、重新选举、嫉妒说，
> 新鲜出炉的情报，
> 各种新闻甚嚣尘上，
> 简直让城里人忧心忡忡、乱作一团。
>
> ——Aphra Behn
> *Prologue to the Feign'd Curtizans, or, A Night Intrigue*, 1679

众所周知，复辟时期的剧场在查理二世庇护下得以恢复演出，因此这一时期的戏剧不可避免地与现实政治发生紧密的联系。王政复辟时期政治风向变化不断，很多剧作家在政治倾向上擅长见风使舵。贝恩是一位职业剧作家，她的作品要在剧院上演首先要和剧院有良好的关系，而伦敦的剧院缩减到只有两家，且和宫廷有着更加紧密的联系。贝恩在宗教上对天主教持同情态度。她本人是保皇派而且具有托利党倾向。那么，她的宗教与政治观是否会影响其女性意识？我们将从复辟时期戏剧中特有的

烟雾笼罩中的权力:论阿芙拉·贝恩作品中的女性意识

"性政治"主题切入该问题的研究。

在此使用的"性政治"一词与当代美国著名女权主义作家凯特·米利特(Kate Millett)建构的"性政治"概念有一定的区别。米利特认为:"性是人的一种具有政治内涵的状况。"[1]她是二十世纪七十年代全美妇女运动的领袖人物,因此其代表作《性的政治》中不乏激进的观点,目的是为了证明性与政治的一体关系。本文中使用的"性政治"概念更确切地说是用来描述复辟时期戏剧中性情节与政治之间或明或暗的隐喻与象征关系,而且这种修辞在复辟时期剧作家中形成了一种固定的戏剧结构模式。在英国戏剧发展史上,复辟时期戏剧与政治的联系是最为紧密的,并且直接参与了当时的政治话语建构。查理二世于1660年复辟以后立刻恢复了被清教徒查禁达18年之久的公共剧场。不过,此时的剧院只有两家,分别是由查理二世庇护的国王剧院以及由国王之弟约克公爵(即后来的詹姆斯二世)庇护的公爵剧院。国王和他周围那些附庸风雅的贵族、宫廷侍臣、花花公子以及才子佳人,构成了这一时期戏剧观众的主体。剧场中已经没有了莎士比亚时期站在前排的下层观众。剧场与宫廷之间的紧密联系以及观众组成都决定了复辟时期的剧场在政治上无法摆脱宫廷的影响。另一方面,复辟时期实行的戏剧审查制度也决定了在剧院上演的戏剧其主流必然是赞成君主统治的剧目,否则就会遭遇禁演。

复辟时期戏剧中的性与政治主题之间的紧密联系已经得到

---

[1] 凯特·米利特. 性的政治. 钟良明,译. 北京:社会科学文献出版社,1999:37.

第三章　从劝诫到协商的调适：女性意识影响下的性政治主题流变

学界公认。① 当时的观众很容易从性情节中读懂其后的政治密码，也可以从政治情节中反观主人公性行为的选择倾向。一句话，复辟时期喜剧中的政治话语在很大程度上是由性隐喻修辞表达出来的，托利党及辉格党剧作家双方都要依托同一话语系统进行阐释。贝恩十七世纪七十年代以后的喜剧同样符合复辟时期喜剧中的性政治话语模式。贝恩在剧本《漫游者》(The Rover, 1677)《伪装的风尘女》(The Feign'd Curtizans, 1679)、《都市女继承者》(The City Heiress, 1682)中都典型地运用了复辟时期喜剧中的性隐喻修辞支持保王党人的主张。虽然她在创作《机运》(The Lucky Chance, 1686)之后仍始终如一地忠诚于斯图亚特王室，但因时事变化，她已经没有办法延续之前在作品中使用的鼓吹、美化王室，以及简单粗暴地攻击辉格党的方式来维护托利党人的形

---

① 安妮塔·帕彻科在《阿芙拉·贝恩"戴绿帽子的资产阶级市民"系列剧的托利党主义解读》一文中指出在褫革危机之际上演的剧本中流行的英俊潇洒的托利党花花公子给资产阶级市民戴上绿帽子之主题反映了这一派剧作家的政治观，亦即托利党人与生俱来的优越感以及由这一精英群体施行统治的合法性。See Anita Pacheco. Reading Toryism in Aphra Behn's Cit-Cuckolding Comedies. in The Review of English Studies, 2004, 55.222:690. 苏珊·欧文的论文《1678—1683年间贝恩戏剧中的性政治与党派政治》主要关注了褫革危机期间贝恩的剧作中托利党主义与女性意识之间的联系。作者认为贝恩在此期间的创作与其同时代作家一样必须适应当时的历史环境。在党派之争如火如荼的时刻，剧作家无一例外要在作品中毫不含糊地表达自己对托利党的支持，因此这一期间给予贝恩女性主义意识表达的空间是极其有限的。See Susan J. Owen. Sexual Politics and Party Politics in Behn's Drama, 1678-1683. in Janet Todd, ed. *Aphra Behn Studies*, Cambridge: Cambridge University Press, 1996:27.

安妮塔·帕彻科指出，在'褫革危机'之际上演的剧本中流行的英俊潇洒的托利党花花公子给资产阶级市民戴上绿帽子之主题，反映了这一派剧作家的政治观、托利党人与生俱来的优越感以及由这一精英群体施行统治的合法性。(See Anita Pacheco. Reading Toryism in Aphra Behn's Cit-Cuckolding Comedies. in The Review of English Studies, 2004, 55.222:690.)苏珊·欧文主要关注了'褫革危机'期间贝恩的剧作中托利党主义与女性意识之间的联系，认为贝恩在此期间的创作与其同时代作家一样必须适应当时的历史环境，由于在党派之争如火如荼的时刻，剧作无一例外地要在作品中毫不含糊地表达自己对托利党的支持，因此这一期间给予贝恩的女性主义意识表达空间极其有限。(See Susan J. Owen. Sexual Politics and Party Politics in Behn's Drama, 1678-1683.27.)

烟雾笼罩中的权力：论阿芙拉·贝恩作品中的女性意识

象,这种变化在《寡妇兰特氏》(The Widow Ranter,1689)中更加明显的表现了出来。总而言之,贝恩虽然对于斯图亚特王朝极为忠诚,但是她也对宫廷政治不满,并且试图在剧作中进行劝诫,这种不满多半是因为与作者的女性意识产生了不可调和的冲突,但还不至于达到改变其政治信仰的程度。

鉴于阿芙拉·贝恩是一位女性意识贲张的剧作家,也被认为是一位坚定的托利党主义者。那么,她的女性意识与政治观点之间的关系究竟为何?我们下面要考察的是其女性意识与政治情势变化之间的具体联系,并且厘清在作家的创作实践中,女性意识与政治态度之间到底何者居于第一位的问题。尽管复辟时期的戏剧自查理二世登机一直以来都有着明显的政治化倾向,贝恩的戏剧也是如此,但是我们更希望在政治斗争更为激烈的时刻来考察剧作与政治时局之间的互动。众所周知,复辟时期的政治变化风起云涌,重大历史事件亦层出不穷——大瘟疫、伦敦大火、英荷战争、查理二世与法王的私自交易等国内外事件无不在给英国民众带来痛苦的同时,也在艰难地塑造着国人的民族独立精神。在国内的政治事件中,第二次英荷战争、1678—1683年的天主教阴谋案以及随后的褫革危机和托利党反动,直至光荣革命前夕詹姆斯二世极端统治带来的混乱不啻复辟时期国内政治势力斗争的缩影,下文考察的贝恩作品从时间上看以《荷兰情人》(The Dutch Lover,1673)的上演为始,以《欧奴诺可》的出版为终,共涉及七部涉及政治主题的作品,以期在具体历史事件的背景下厘清作家的女性意识与政治思想的合流与背离。

第一节 民族形象的性相隐喻与政治宣传：《荷兰情人》中的性政治隐喻

英国现代民族意识的塑造过程同时在三个领域进行:一是宗

第三章 从劝诫到协商的调适:女性意识影响下的性政治主题流变

教领域中的反天主教运动;二是对外战争,其中包括伊丽莎白时期取得的对西班牙的海战胜利以及三次英荷战争;三是文化宣传,主要由清教徒、商人阶级、辉格党人等宣扬的爱国主义精神及民族意识组成。阿芙拉·贝恩于1673年上演的《荷兰情人》(*The Dutch Lover*)一剧即用性政治隐喻的方式表达了英格兰民族的自我意识,同时将敌手荷兰人的形象大加贬损,因此起到了政治宣传的目的。

贝恩的《荷兰情人》在1673年上演,此时正值第三次英荷战争期间,同年上演的还有另外一部猛烈攻击荷兰的剧作,即德莱顿的《安波那》(又名荷兰人对英国商人的暴行)。贝恩的剧作在德莱顿的剧作五个月后上演,因此都发挥了战争宣传的作用。1672年3月,英国与荷兰的战争已经变得不可避免。这个月份对于查理二世来说的确是不同寻常的一个月:3月12日,罗伯特·霍姆斯截获价值超过一百万镑的荷兰商船队,而且袭击了荷兰舰队;3月15日,查理二世颁布了"信仰自由宣言";3月17日,查理二世宣布对荷作战。第三次英荷战争对于贝恩及其同时代的剧作家施加的影响与第二次战争有着显著的区别,这两次对荷战争的背景也有着明显的不同。第二次英荷战争是在代表着商业资产阶级利益的议会的鼓动下发动的,而第三次英荷战争则不啻是一场赌博,而赌注之一即为天主教在英国的地位问题。[①] 1672年,英国军队根据查理二世与路易十四签订的秘密协议,与法国军队协同作战,已经成功侵入荷兰联省共和国七个省份中的两个。此时,英国国内出现了一大批宣传品,里面或直接或隐晦地指出英国即将赢得对荷兰的第三次战争,而敌国荷兰的彻底溃败已经近在眼前。在第三次英荷战争期间,比较典型的宣传小册子是威廉

---

① See Hayden, Judy A. *Of Love and War: The Political Voice in the Early Plays of Aphra Behn*. New York: Rodopi B. V. Amsterdam, 2010: 123.

烟雾笼罩中的权力：论阿芙拉·贝恩作品中的女性意识

·坦普尔爵士所著的《对于荷兰联省共和国的观察》，他在书中将荷兰人描写成要么是一介武夫，要么就是女里女气的形象。尽管作者在书中对于荷兰人的成就颇为认可，但是从整体上看坦普尔自始至终都在其作品里不遗余力将荷兰人表现为具有女性气质的民族。对于坦普尔来说，女人气质确定无疑地意味着与好战勇武的军事精神格格不入。①

三次英荷战争在英格兰民族的形成的过程中发挥了巨大的作用。本尼迪克特·安德森认为："民族归属（nationality），或者有人会倾向使用能够表现其多重意义的另一字眼，民族的属性（nationness）以及民族主义，是一种特殊类型的文化的人造物。"②贝恩在《荷兰情人》中对于荷兰人形象的塑造也成为这个文化系统中的一部分。荷兰商人汉斯在第三幕第二场才上场，他上场的时候喝得醉醺醺，手里还拎着一瓶白兰地。十七世纪的荷兰是号称"海上马车夫"的商业大国，但是贝恩却将汉斯描写成了不适应海上旅行的晕船懦夫。仆人葛罗德说他的主人身上还有一股酸臭的呕吐物的气味。汉斯听了以后非常生气，连忙让仆人不要再提风暴这个字眼，因为他一想到和大海有关的东西就会难以忍受。贝恩在《荷兰情人》中将荷商人描写成了笨拙可笑的形象，也直接呼应了当时社会上流行的嘲笑荷兰人的小册子上渲染的"反荷兰"情绪。在战争前夕，小册子的作者们还在向公众宣传爱国主义精神，而诗人们也在其作品中将荷兰人讽刺为贪得无厌的酒鬼，其中有一部叫作《鼠辈一样的荷兰人》的小册子这样写道："这群水老鼠一般的家伙难道要剥夺我们的权力？如果他们不愿意

---

① See D. Christopher Gabbard. Clashing Masculinities in Aphra Behn's The *Dutch Lover*. in SEL, 2007(3):557.

② 本尼迪克特·安德森.想象的共同体：民族主义的起源与分布.吴叡人，译.上海：上海人民出版社，2005：4.

第三章 从劝诫到协商的调适:女性意识影响下的性政治主题流变

脱帽致敬,那我们就拧掉他们的头。谁让他们不知好歹,竟敢冒犯强大的不列颠民族!现在就是给那些黄油桶子点颜色看看的最好时机,我们英国人从来都是以眼还眼,以牙还牙。谁敢蔑视不列颠的旗帜?它是我们确定无疑的权力象征。"①自文艺复兴以降,英国的民族意识主要是靠宗教事务和国内斗争塑造起初期的国家共同体意识。在战胜西班牙"无敌舰队"以后,一直到十八世纪初期这段时间英国一直是依靠对外战争以及参与大陆事务树立民族意识。陈晓律认为:"新近的民族主义理论认为,民族主义产生必须具备一些前提条件——预先存在的关于故土的意识,文化与民众,一种捍卫这些东西的本能,以及一种历史性的外部敌人,与这种敌人进行的战争、文化的煽动、社会的屈辱等。"②十七世纪的三次英荷战争恰好在上述三个方面为英国近代民族意识的形成准备了条件。

贝恩在《荷兰情人》通过丑化荷兰人达到了增进英格兰民族自豪感的目的。为此,贝恩不仅在剧中表现了荷兰人汉斯在航海旅程中的孱弱无能,而且通过他的服饰表现了荷兰人不过是一群蒙昧无知的乡下汉。葛罗德详细的描绘了主人在荷兰的穿着打扮

> 先生,你还记得在家乡的穿衣方式么?那时候你根本用不着戴假发,顶着那些油腻的头发,上身穿着窄小的衬衣、紧身背心;上衣和肥大的裤子钩在一起,裤子就在腿部晃荡着,那吊袜带吊的老高结果是裤子摇来荡去,结果弄得脏分分

---

① See Norfolk Drollery. *A Compleat Collection of the Newest Songs.* Jovial Poems and Catches, etc. Printed for R. Reynolds and John Lutton, London: 1675.
② 陈晓律.1500 年以来的英国与世界.北京:生活・读书・新知 三联书店,2013:98.

烟雾笼罩中的权力:论阿芙拉·贝恩作品中的女性意识

的。(*Dutch*:196)

贝恩不止从服饰以及习惯这些表面因素对荷兰人打加贬损,更重要的是她在剧中深刻地描绘了在资本主义蓬勃发展之际欧洲各国对于男性气概认知的变迁。不同时代对于男性气质(masculinity)的价值认知是不一样的,它一方面受制于经济基础,另一方面也取决于占有统治地位的意识形态机器长篇累牍的宣传。① 阿隆佐是贝恩剧中塑造的第一个浪荡子形象。尽管他的性格中有英勇豪侠的一面,但是其天性中却有着放荡不羁的特征。贝恩在剧中并没有明确指明阿隆佐的身份,所以我们还不能称他是英国保王党人。但是,在这位为西班牙王子效力的军官身上,我们仍然依稀可以辨别出贝恩后来创造的浪荡子形象的影子。也许她还不确定将保王党描写成纨绔子会不会给自己带来麻烦,这也是贝恩为何没有将阿隆佐的身份直接设定为英国人的原因。毕竟当时正处于英荷战争的关键时期,贝恩并不想冒险涉足敏感的政治或者宗教话题。无论如何攻击英格兰的死敌荷兰人毕竟是

---

① R. W. 康奈尔认为:"历史上在社会实践过程中形成男性气概意识结构的过程可划分为四个发展阶段。第一个阶段伴随着个人主义的兴起以及自我管理意识的加强形成了以理性为特征的男性特征;第二个阶段与海外帝国的建立息息相关,因为殖民帝国本身就是一项性别区分明显的事业。在殖民要塞里从军的男性或许是第一批在近代殖民文化意义上被定义的拥有男性气质的典型代表;第三个阶段与资本主义的都市中心形成过程交织在一起,在社会文化中逐渐建构出了一种新型的理想男性气质。这些男人在账房里计算,在货栈和交易所里从事着一种崭新的体现性别特征的工作,诸如安特卫普、伦敦以及阿姆斯特丹这样的大商业中心,经济实力往往比军事能力更能彰显男性气概;第四个阶段伴随着父权秩序与更加集权、强势的国家之间更紧密关系的形成而产生。绝对君主制得到发展以及服从与国家利益的职业军队的出现都导致了需要在更广泛的层面上重塑男性的权威。军事作战行的能力在中世纪的欧洲只是对于其实阶层来说是检验是否具有荣誉感的标志,但后来却不断演变为对于所有人来说是否具有男性气质以及爱国心的指标。男人的荣誉感以及勇敢在过去只是看他是否忠于当地领主或者家族,但在近代却逐渐表现我是够忠于国家。See R. W. Cornell. Masculinities. Cambridge:Polity Press, 1995:186 – 189.

第三章 从劝诫到协商的调适:女性意识影响下的性政治主题流变

一个保险的方向,于是贝恩在剧中将现实政治问题与性别冲突融为一体,部分实现了性政治隐喻在公共空间的传播。

贝恩在《荷兰情人》中将性相与民族形象结合起来建构性政治隐喻,具体来讲就是通过去除剧中荷兰人身上的男性气质的方式实现解构荷兰民族形象的目的。坦普尔的小册子实际上也采用了同一种方式贬损荷兰人,在他看来,荷兰男人根本没有任何男性气概。他们在战争的初始阶段,即法国军容尚未整齐的时刻尚且无力将敌人抵御于国门之外。《荷兰情人》中的汉斯对女性缺乏性吸引力成为他没有男子气概的一个显著特征。来自荷兰商人家庭的汉斯被描写成了给尤菲米娅带来束缚的危险人物。阿隆佐尽管是西班牙人,但是他身上的诸多特征都与活跃在查理二世宫廷的保王党人有诸多相似之处,因此我们亦可以将此人看作保王党人的代表。贝恩通过汉斯在向女主人公求爱的过程中滑稽笨拙的表现达到了提高英格兰民族自豪感的目的。这样看来,阿隆佐与汉斯对于尤菲米娅的追求不仅仅是在性战场上的角逐,在这场竞争的背后亦隐藏了政治的含义。尽管汉斯在其他男子面前毫无还手之力,但是他在女性面前却极力推崇用武力维系自己的权威:

汉斯:我实在受够了西班牙人那种冷静严肃的求爱方式。他们谈情的说爱的时候居然没有醇酒和音乐,快点给我一个酒量胜过荷兰人,跳舞赛过法国人,调情超过英国人的姑娘吧。

葛罗德:大人,这些并不是西班牙的风尚。

汉斯:让那些所谓的时尚见鬼去吧。他是我的老婆,我想怎么样对待她都可以。如果她胆敢不从,我就把她暴打一顿,让她知道什么叫风尚。(*Dutch*:197)

烟雾笼罩中的权力：论阿芙拉·贝恩作品中的女性意识

来自荷兰的主仆二人都把女性当作商品看待。尽管汉斯一定要迫使阿隆佐将尤菲米娅交还给她，但是他始终在质疑为什么自己要冒着风险去用武力争取本该属于自己的女人："为什么偏偏要我承担权力侵害的后果？我根本没有必要承担这些危险，令尊和我之间已经达成了协议，他就得把那件物品好端端地、完好无损地交付到我手上。我什么事情都不用管，只要提防着他别对我耍什么花招。尤菲米娅对我来说不过是一件再好不过的商品。"(*Dutch*:208)在《荷兰情人》中，不止汉斯屡次将女性比作商品，就连他的仆人葛罗德在追求女性的时候使用的也是将爱情"入账""记上新账""一笔勾销"这些商业术语。朱蒂·A.海顿认为："汉斯在追求女性的过程中与其仆人葛罗德相比都处于劣势。在葛罗德与奥琳达搭讪的时候，汉斯抱怨说尤菲米娅看起来太斯文了。换成葛罗德去追求可能会更有胜算。"① 汉斯的荷兰式求爱方式充满了反讽意味，只见他在刺耳的小提琴乐曲中唱了一首时兴小曲。尤菲米娅对于汉斯的行为极为惊骇，称他只不过是个纨绔子，汉斯反驳道："我算账的技巧和其他商人一样好，找零从不会出错，写得一手好字，还会记账。"(*Dutch*:211)在商业文明发达的荷兰，随着商业经济的发展，社会上形成了新的男性气质标准，即适合从事商业并具有经济实力的绅士，这一阶级在英国包括活跃在伦敦商业区的大批发商、从事殖民贸易的商人以及积极开拓海外市场的冒险家。约翰·托什认为："在十七世纪，以往植根于地主经济中的彬彬有礼的男性绅士气度已经逐渐被更适应于市场的资产阶级男性气概代替，因为只有在新型的男子气质下才有可能促使新型商业社会的形成，而后者的形成又势必反过来强化

---

① Hayden, Judy A. *Of Love and War：The Political Voice in the Early Plays of Aphra Behn*. New York：Rodopi B.V. Amsterdam, 2010：139.

第三章 从劝诫到协商的调适:女性意识影响下的性政治主题流变

新型男性气质的建立。"①资产阶级男性气概在贝恩看来也是值得揶揄的对象。荷兰是资产阶级发达的国家,又是英格兰的敌人,所以必须对其丑化;在英国国内,那些伦敦的资产阶级不仅不是查理二世的同盟,而且企图兴风作浪,给复辟王朝的统治带来不稳定因素,所以从这两方面来看,贝恩在《荷兰情人》中对于资产阶级的代表荷兰人汉斯的丑化顺理成章。贝恩在剧中强化了以职业军人和贵族的荣誉感为代表的男性气概与资产阶软弱不堪的女性气质之间的对比,当然这里也不可避免地掺杂了民族对立的因素,因而使问题变得更为复杂。一如十七世纪的英国人对于荷兰的复杂认知,不可否认的是荷兰人通过海外贸易获得的巨额财富让英格兰人颇为震撼。瑞贝卡·S.沃思科认为:"当时英国的军事实力较为强大,而联省共和国则取得了经济成就的奇迹,他们的财富积累甚至超过了许多重商主义鼓动学者的预期。当时有一些关注英国经济和政治的有识之士,包括经济理论学者罗格·库克、东印度公司的约西亚·恰尔德以及大使威廉·坦普尔爵士都在持续研究和传播关于荷兰成功之道的信息以达到刺激英国工商业发展的目的。"②《荷兰情人》中尤菲米娅的父亲就不认同以往充满暴力的军事男子气概,他更看重的是在商业领域中获得成功的男人,这也是他为何选择将女儿嫁给荷兰人的原因。

荷兰人汉斯缺乏荣誉感还表现在是非不分、毫无道德意识。他与仆人葛罗德在一个小树林里遭遇到了正在受到安东尼奥强奸威胁的希波吕忒。汉斯不仅拒绝姑娘的请求,反而讽刺她的求助,以至于希波吕忒怒斥他不是男人。后来在仆人葛罗德的刺激

---

① John Tosh. The Old Adam and the New Man: Emerging Themes in the History of Englsih Masculinities, 1750 – 1850. in Tim Hitchcock and Michèle Cohen, eds. Englsih Masculinities 1660 –1800, New York: Longman: 219.

② Rebecca S. Wolsk. Muddy Allegiance and Shiny Booty: Aphra Behn's Anglo-Dutch Politics. in *Eighteenth – Century Fiction*, 2004(17): 2.

烟雾笼罩中的权力:论阿芙拉·贝恩作品中的女性意识

之下,汉斯才不得不帮助希波吕忒对付安东尼奥。他的武器不过是一把小刀,这让以绅士自居的对方受到莫大的羞辱。他不禁怒火中烧:"你这个无礼之徒。你怎么能拿那个物件和一位绅士决斗?这简直是对我人格的蔑视。"(*Dutch*:201)汉斯的言辞中展现出的英雄气概不过是当时浪漫传奇故事中常见的话语:"快点求饶吧,不然我要了你的命。我可不想让你的血污了我的荣光。这些都是我在《法拉蒙》中学到的。我对待敌人一向宽厚大方,即便如此,我也会把你带到我的营帐,为你包扎伤口。当然,这我也是从那本法国英雄传奇中看到的。"(*Dutch*:202)汉斯像是堂吉诃德那样只会从书上机械地搬演所谓的英雄气概。朱蒂·A.海顿认为:"贝恩在《荷兰情人》中显示出来政治权力与性支配力二者之间固有的联系。笨拙的荷兰人很轻易地就被讨人喜欢、聪明睿智的英国绅士击败。阿隆佐获得了年轻貌美,资财丰厚的尤菲米娅,而来自荷兰的汉斯与葛罗德却只能和身无分文的女仆结婚。"① 女性的身体成为了展示性政治权力的媒介。贝恩在《荷兰情人》中一方面以男性主人公的性相隐喻了英格兰与荷兰的民族性格,另一方面也借助于政治正确重构了性别秩序。玛丽·弗洛伊德·威尔逊在帕斯特成果的基础上进一步将四体液说与地理以及国家民族联系起来。她指出,民族在近代早期的人们看来与其说是外貌上的区别,不如说是更突出地体现在情感上的差异。文艺复兴时代的世界被人们理解一系列的比喻做成的网络体系,诸如身体寓居与自然之中,而人的感情亦是一种原力,所以人的性格取决于个体的内部世界与外部世界发生的联系。按照这种逻辑,某些人的性格失衡或许是因为此人生活在特定的气候和地

---

① Hayden,Judy A. Of Love and War:The Political Voice in the Early Plays of Aphra Behn. New York: Rodopi B. V. Amsterdam, 2010:141.

第三章 从劝诫到协商的调适:女性意识影响下的性政治主题流变

理空间所致。① 英格兰民族意识的形成与其地理空间的特殊性也有一定的联系,作为岛国,它的边界不言自明。英国在十七世纪与荷兰争斗的过程中籍由地理空间的不同派生出的民族意识对于构建本民族的形象起到了必要的参照作用。《荷兰情人》中的荷兰人身上的种种滑稽可笑的性格似乎没有外在的原因,只因为他们在地理上来自于那片土地,所以理应如此。

陈晓律认为:"民族意识形态产生的基础实际上是一部分知识分子有意识选择的结果,他们界定什么是这个民族的特性,并尽量选择那些优秀的特性,以便逐步地让人们接受这一说法。"② 贝恩的《荷兰情人》不仅在英国与荷兰战争期间起到了宣传作用,具体表现在作者自始至终以夸张的口吻贬斥一个来自荷兰的商人,从而达到了诋毁战争对手的目的,而且在民族的对比中,寻找英格兰民族的定位。朱蒂·A.海顿认为:"阿隆佐是一位来自弗兰德斯的军人,他头脑敏捷,在很多方面都与查理二世宫廷中风度翩翩的浪荡廷臣类似。剧中与阿隆佐形成鲜明对比的是来自荷兰的酒鬼浪子汉斯,他本来是尤菲米娅的未婚夫。通过两位男子展开的对同一个女性的争夺,贝恩以戏剧的形式象征了英国与荷兰之间的战争对抗,其中蕴含的宣传意义不言自明。"③在贝恩写作《荷兰情人》的1673年之际,查理二世在英国的建立起的复辟王朝已经施行统治十年有余,但是此时英国的社会还是一个分裂的社会,适合新兴资本主义经济发展的政治体制还未建立起来。1673年骑士议会的新一次会议一开始,一股抗议的风潮就爆

---

① See Mary Floyd - Wilson. English Mettle. in Gail Kern Paster, Katherine Rowe, Floyd - Wislon, eds. *Reading the Early Modern Passions:Essays in the Cultural History of Emotion*. Philadelphia:Pennsylvania University Press, 2004:129 - 147.
② 陈晓律.1500年以来的英国与世界.生活·读书·新知 三联书店,2013:99.
③ Hayden,Judy A. *Of Love and War:The Political Voice in the Early Plays of Aphra Behn*. New York:Rodopi B.V. Amsterdam, 2010:137.

烟雾笼罩中的权力:论阿芙拉·贝恩作品中的女性意识

发了。第三次英荷战争激起了英国反天主教的强烈反应。查理二世被迫撤销1673年的《宽容声明》,并郑重承诺采取含有相反原则的措施,即当年的第一份《誓证法》。尽管其矛头主要针对罗马天主教,但她却将神圣的宣誓和反对化体说的声明作为担任民事和军事官职的必要条件。贝恩在《荷兰情人》中并没有涉及在当时几乎造成社会分裂的国王的天主教信仰问题,这也足以说明贝恩的政治敏锐性,此时她并不希望宗教造成社会的动荡,而战争无疑是转移国内矛盾的最好借口。我们从贝恩在《荷兰情人》中的性政治操演其实也可以反观查理二世的统治技巧。事实上,查理二世的复辟并没有大规模地触动新贵族的利益,他给保王党人唯一的自由就是在性放纵方面听之任之。"英国在对外政策上的一个取向在克伦威尔和复辟王朝时期就已经清晰可见,那就是,要成为一个伟大的国家,英国必须富裕,而获得财富的最好办法,是通过成功的海外商业,这就需要占有和利用殖民地。"[1]英格兰要获得更多的海外商业利益要战胜的第一个敌人就是当时在商业领域称霸的荷兰,贝恩的《荷兰情人》即在政治上反映了在这一特殊历史时期性相与政治的交织。不过,此时英国国内的资产阶级在政治上还处于劣势,事实上一直到光荣革命之前,资产阶级都处于经济地位与政治受限的不平衡状态,这也是我们在贝恩的剧作中发现保王党人的性道德始终占上风,而资产阶级则在性权力方面被风度翩翩的保王党人侵害的原因。

---

[1] 陈晓律,于文杰,陈日华,著. 英国发展的历史轨迹. 南京:南京大学出版社,2009:106-107.

第三章 从劝诫到协商的调适:女性意识影响下的性政治主题流变

第二节 《漫游者·第一部》:
不合时宜的政治劝诫与纠结的保王主义

如果说在《荷兰情人》中,阿芙拉·贝恩还可以借助于民族对立避免直接刺激宫廷的对立派,那么随着王政复辟时期政治情势的变化,作为活跃在戏剧舞台上的职业剧作家,她也不得不在后来的戏剧创作中谨小慎微地处理政治问题。十七世纪六十年代之后,英国民众逐渐从王权恢复后的激动情绪中冷静下来,查理二世的个人道德瑕疵以及对于法国的倾慕都让国人感到不满,与法王缔结的"多佛密约",更让国内传言四起。① 与对外政策相比,国人更加担忧的是国王兄弟约克公爵的天主教倾向。尽管查理二世试图通过让其长女与信仰新教的荷兰执政威廉结婚,但是却无法弥合议会与自己的关系。约克公爵詹姆斯的天主教信仰则更加明目张胆,因此加剧了国内矛盾。"至1673年复活节时,詹姆斯已不按照英国国教的仪式进行宗教仪式,正式暴露了他的天主教徒的身份。詹姆斯在1673年9月詹姆斯与信奉天主教的玛丽结婚。这时,查理二世的王后已不可能生育。本来查理二世之后由信奉天主教的詹姆斯即位为王,一般英国人已难以容忍,如果詹姆斯之后又由一个信奉天主教的儿子继位,这对大多数英国人来说更是不堪想象的事。"② 在王政复辟的第十七个年头,也就是贝恩创作《漫游者》(1677年)之际,英国国内的矛盾空前激化,而反天主教情绪终于在次年的"天主教阴谋案"中集中爆发。不过,我们在《漫游者·第一部》中已经可以发现高调的贝恩在剧作中处理署名问题时的变化,她对于宫廷的政治态度亦随之发生

---

① 钱乘旦,许结明.英国通史.上海:上海社会科学院出版社,2002:178-179.
② 王觉非.英国史.南京:南京大学出版社,1997:137.

烟雾笼罩中的权力:论阿芙拉·贝恩作品中的女性意识

微妙的改变,并且通过性政治隐喻表达了对于当局的政治劝诫

(一)高调的贝恩为何要戴上面具?

《漫游者》于 1677 年 3 月在位于伦敦多赛特花园街的公爵剧院首演时,贝恩刻意隐瞒了自己的名字。开场白假托是一位上流社会人士所写,并且用男性代词指代剧本作者,而且讳莫如深的告知观众作者乃一无名小卒来分散观众的注意力。波克认为,作为已经有六部作品上演的剧作家,贝恩此时不可能在伦敦戏剧界默默无闻,况且贝恩早在 1675 年就被剧场简报列为对"戏剧舞台重要的女性剧作家"。① 学界此前的解释集中于贝恩是为了逃避关于抄袭的指责。实际上,《漫游者》不仅人物、情节来自竞争对手基利格鲁的《托马索》(又名,漫步者),甚至有些台词也是原封不动地照搬过来。那么,对剽窃的担忧可否成为贝恩在《漫游者》演出时隐其名的原因呢? 要说完全没有,也不对。在开场白中贝恩如此写道

> 一些作品恰如其分,但被发现来自剽窃,那些充满陈词滥调的低劣之作应当排除在外。君不见蜜蜂岂不是从花丛中采蜜才酿造花蜜? 它们不辞辛苦酿造的蜜糖不也是掠夺而来。我们将人物写得风雅有趣,每一句话都充满艰辛。对作者来说如此劳神的工作,在观众眼里却是稀松平常。剧作家费尽心机全是为了创作出可供模仿的榜样。②

---

① See Hellen M. Burke. The Cavalier Myth in the Rover. in Derek Hughes and Janet Todd, ed. *The Cambrifge Campanion to Aphra Behn*, Cambridge:Cambridge University Press,2004:118.

② Aphra Behn. The Rover. in Jane Spencer, ed. *Oxford World's Classics:The rover, The Feign'd Curtizanss, The Lucky Chance, The Emperor of the Moon.* Oxford:Oxford University Press, 2008:3. 下文该剧引文皆出自此版本,只在文中标出剧作首词以及页码,不再另注。

第三章　从劝诫到协商的调适:女性意识影响下的性政治主题流变

贝恩用了蜜蜂比喻来为《漫游者》的题材来源进行辩护,以避剽窃之嫌疑,说明她对此还是有一定的担忧。但是,剽窃问题在近代早期的英国文坛也并不是要紧事。莎士比亚的许多剧作即来源于其他作家。实际上,"所谓剽窃的现代概念起源于1710年的著作权法。这部法律规定,作者而非出版者有复制作品的权利。作品发表其作品的专利权可以持有二十一年。"①《漫游者》演出于1677年,贝恩对此并不需要负法律责任。依据郝田虎研究,与贝恩同时代的约翰·邓顿(1659—1732年)在编纂杂志《雅典默丘利》时明目张胆地剽窃维尔撒姆的著作,但他已经预见到有人会控告他剽窃,自己能做的就是主动坦白。他同样使用蜜蜂隐喻辩解:"有的像蜜蜂采集蜂蜜,有的像蜘蛛从自己肚肠里抽出网来收集毒液。"②可见在当时的作家看来,从前辈那里借用题材有如蜜蜂的劳动,只要对读者有益即应受到赞扬,而某些作品尽管是原创,但因为毫无益处则类似蜘蛛搜肠刮肚制造出来的蛛网。由此可见,十七世纪关于原创性的概念和现在大有不同。贝恩完全不必如此担忧《漫游者》取材于基利格鲁的剧本,况且她已经对此行为进行了适当的辩护。

到底是何原因使得这位尤其在意名气的女作家放弃署名呢?这在贝恩整个文学活动过程中也是前所未有的现象。要解决这个问题,首先要了解复辟时期戏剧的独特运作方式及其与政治紧密的联系。众所周知,1660年伦敦剧场重新开放时,只有两家剧场(皇家剧场和公爵剧场)硕果仅存。英王查理二世和他周围那

---

① 郝田虎.《缪斯的花园》:早期现代英国札记书研究.北京:北京大学出版社,2014:79.

② 郝田虎.《缪斯的花园》:早期现代英国札记书研究.北京:北京大学出版社,2014:90—94.

烟雾笼罩中的权力:论阿芙拉·贝恩作品中的女性意识

些附庸风雅的贵族、宫廷侍臣、花花公子以及才子佳人,构成了这一时期戏剧观众的主体。剧场是他们的交际、消遣之地,绝非什么艺术殿堂,而戏剧审查制度以及庇护制度显示了剧场与宫廷的密切关系。在查理二世看来,剧场是显示君主威严的场所,这一招他是在巴黎流亡期间从路易十四那里学来的。从查理二世1661年加冕英格兰国王算起到《漫游者》上演的1677年,这位"快活君主"统治英国已经十七年了。那一年英国的政治已经呈现山雨欲来之势,第二年即爆发轰动一时的天主教阴谋,事后证明为一年轻教士奥茨夸张捏造,虽然所指阴谋被证明系子虚乌有,却也造成全国骚乱,英国社会紧张及对立局势可见一斑。作为生活在十七世纪的女性,从事文学创作在当时几乎与妓女无异。贝恩身上承受了哈罗德·布鲁姆所谓的影响的焦虑,只不过这种焦虑更甚于男性作家,因为她们不被允许有自己的位置。吉尔伯特与古芭在《阁楼上的疯女人》中如此写道:"女性作家没有位置。她似乎是匿名的,无可定义的、格格不入的和反复无常的外来户。"①贝恩自从1670年叩开伦敦剧场大门,从来是不惮名讳的,以她对复辟时期剧场与政治的熟悉,《漫游者》中当存在与之前创作戏剧不同的主题,而且很可能关乎政治,以至于她不得不放弃署名而且在开场白中误导观众此剧乃男性作家所作,因为政治在当时绝对是女性的禁地。王政复辟时期的两党皆认可剧场特许状制,而戏剧审查实为政治保驾护航,而不是为了维护性道德和宗教信仰。②《漫游者》之前的贝恩剧作包括悲喜剧《迫婚》(*The Forc'd Marriage*, 1670)、喜剧《滥情王子》(*The Amorous*

---

① 桑德拉·吉尔伯特,苏珊·古芭.阁楼上的疯女人:女性作家与十九世纪文学想象.杨莉馨,译.上海:上海人民出版社2014:63.

② 西蒙·特拉斯勒.剑桥插图英国戏剧史.刘振前,李毅,康健,译.济南:山东画报出版社,2006:82.

第三章 从劝诫到协商的调适:女性意识影响下的性政治主题流变

Prince,1671)、风俗喜剧《荷兰情人》(The Dutch Lover,1673)、复仇悲剧《阿布德拉扎》(Abdelazer,1676)、以及《都市浪荡子》(The Town-Fopp,1676),其中《荷兰情人》在演出中以惨淡收场,贝恩1676年接连推出两处戏后,终于在《漫游者》一剧中名利双收。

保罗·巴克施内德认为:"处于危机中的社会正在经历的混乱必将导致持续的转型。话语的作用是协商和形塑未来的共同认知状态,或者使得一种话语暂时获得中心及稳定的地位。这些话语中普遍存在着一种紧张感。在社会重新协商的过程中,社会的各组成部分以及不同话语皆可成为统治的工具"。[①] 复辟时期贝恩的剧本创作数量仅次于德莱顿,她的剧作也客观的成为复辟时期权利操演的一部分。作为一位有强烈独立意识的女性作家,尽管为了生活要拼命写作,但其女性身份决定了她无论在政治上还是在性别上都只能隐晦表达对统治阶级的劝诫和反对,其中尤以《漫游者》一剧表现最为突出,这也成为对政治敏感的贝恩宁愿不在自己最优秀的剧作中署名的直接动因。那么,《漫游者》中究竟以春秋手法表现了哪些不同于托利党主流意识形态的思想呢?我们如何才能发现剧中词句中隐含的同历史事件颇多瓜葛的线索呢?因为年代久远,剧中词句的机锋幽默必得当时观众才可心领神会,只有透过由剧场、观众、文化、外交事件等组成的历史场才能解析《漫游者》中的情节与性别政治、国族文化、社会心理等不可分割的联系与互动。

(二)游刃有余:通过劝诫保王党人表达女性意识

如果《漫游者》像贝恩早期的戏剧《追婚》《滥情王子》一样只讨论性别对抗问题,不关涉政治问题,那么她应该不会放弃在作

[①] Paula Backscheider. *Spectacular politics:Theatrical Power and Mass Culture in Early Modern England*. Baltimore:The Johns Hopkins University Press,1993:XII.

烟雾笼罩中的权力:论阿芙拉·贝恩作品中的女性意识

品前面的署名机会。那么答案似乎只能是《漫游者》中的政治问题非常明显,戏剧与政治的关系在英国戏剧史上的任何时期都没有像这个阶段一样紧密,而且戏剧也被宫廷视为一种有效的统治工具。贝恩当然属于保王分子,但她绝非完全顺从地对王权和宫廷大唱赞歌,相反我们可以在其作品中找到反思绝对王权思想的很多例子,尽管有时这种反思存在一定的局限。贝恩作为保王党自然要为王室服务,他与查理二世的文学界名流过从甚密,与基利格鲁也是好朋友,不过她笔下的浪荡子形象同埃瑟里奇剧作中的同类人物相比更加复杂。《漫游者》一剧以几位穷困潦倒的流亡保王党分子的艳遇为中心,最后男主公都在求爱战役中取得了胜利,象征着阻碍贵族意愿的障碍最后无不以失败告终。

《漫游者》中的核心人物是威尔莫,他是复辟时期保王党成员的代表人物,我们在他身上既可以找到查理二世的影子也可以发现其生活作风类似查理的宠臣罗切斯特伯爵。伯爵的姓氏即为威尔莫特,与威尔莫一词在拼写上相差无几。身无分文的威尔莫来到安杰利卡的住所,鸨母马莱塔讽刺他"自伍斯特战役之后,他已经穷得没有裤子穿了"。(*Rover*: p.27.)1651 年 9 月 3 日,克伦威尔在伍斯特将王党军队全部消灭,后来查理二世在英国各地流浪了四十多天,形同乞丐,还曾在树上过夜。1651 年 10 月他到达法国,法国和荷兰都拒绝接纳他。他只好转而去西班牙,欧洲各国的君主都对他不感兴趣。在这段流亡生活中,他穷困潦倒,有时连住旅馆的钱都没有,有了钱就尽情享受。不过查理是一个极其机警的政治家,像剧中谎话连篇的威尔莫一样也是一个说谎能手。威尔莫最为人不齿之处在于其违反伦理道德的欲望,他将所有的女性都看作妓女,势必占有之而后快。威尔莫在性欲上展现的是类似绝对王权的自由意志,他可以不受任何法律、道德、伦理的限制并显示出巨大的破坏力量。复辟时期的观众自然会把威

第三章 从劝诫到协商的调适:女性意识影响下的性政治主题流变

尔莫及他的浪荡子伙伴与查理二世荒淫无耻的宫廷联系起来。那么,查理二世施行统治的手段是否高明呢?贝恩夫人在剧中怎样看待查理的统治艺术呢?实际上,斯图亚特王朝表面上实现了复辟,但君主统治在1660年后从来没有实现过真正的复辟。在报杀父之仇上,查理只是象征性地处死了几十个共和分子;在宗教信仰上,尽管他内心偏向于天主教,但是一直不敢显露出来。可以说一直到《漫游者》上演的1677年,查理二世在内政外交上并无建树,反而给人留下昏君的印象。两次英荷战争的失败再加上伦敦大火以及敦刻尔克的出卖,一系列天灾人祸使得英国在欧洲失去了共和国时代的荣光。但是国王依旧寻欢作乐,以至于同样荒淫的罗彻斯特伯爵都看不下去,他在国王寝宫门口张贴了四行歪诗:"一位风流机智的国王在此睡眠,他的话没有人信以为真,他从未说过一句笨拙的语言,也没做过一桩聪明的事情。"①在查理二世统治初期,他的这种荒唐还能吸引大众的爱戴,可以视作对清教统治时期严苛生活的反拨,但是一味地放弃君权权威同样会带来恶果,贝恩在《漫游者》中同样表达了对浪荡子文化导致的社会秩序混乱的关切。

威尔莫在剧中一语双关地表明自己如君主一般的自由意志:"我身上拥有神性的权利,现在让我凝视着你,你将体会到我的强大力量"(*Rover*:29)威的话语中充满神性权威的话语将世俗君权与上帝权威联系起来,但我们在话语之下体会到的却是张扬的欲望。十七世纪的英国思想家霍布斯认为:"任何人的欲望就他本人说来,他都称为善,而憎恶或嫌恶的对象则称之为恶,轻视的对象则称之为无价值和无足轻重。因为善、恶和可轻视情况等语词的用法从来都是和使用者相关的,任何事物都不可能单纯地、绝

---

① 以上翻译引自:梁实秋.英国文学史.北京:新星出版社,2011:505.

烟雾笼罩中的权力：论阿芙拉·贝恩作品中的女性意识

对地是这样，也不可能从对象本身的本质之中得出任何善恶的共同准则，这种准则在没有国家的地方，只能从各人自己身上得出，有国家存在的地方，则是从代表国家的人身上得出的。"①在霍布斯眼里，人类的自由是一切人反对一切人的战争，恰如《漫游者》中威尔莫与弗里德里克等人毫无忌惮的雄性气质，一般认为这种无限性特权的直接指向即为王权。王权在君主政体中发挥的作用是调节群体内的利益关系。霍布斯指出了这种权利的来源："我承认这个人或这个集体，并放弃我管理自我的权利，把它授予这人或这个集体，但条件是你也把自己的权利拿出来授予他，并以同样的方式承认他的一切行为。"②问题是如果作为利维坦的人格象征的最高主权者的道德发生了危机，试问这样的君主如何能够领导国家和保障个人利益呢？贝恩在《漫游者》中借助对威尔莫等人的微妙批评隐晦地表达了对英国宫廷政治的失望和劝诫。穷困潦倒的威尔莫拿着安洁莉卡的画像，他不禁哀叹："你的姿态妩媚轻佻，令我相见欲火中烧；奈何灵魂萎靡青春已逝，苦痛终将伴我左右。"(*Rover*: 25)《漫游者》一剧曾经进入宫廷演出，贝恩将保王党人在国外流亡时的窘境重现一方面是为了提醒查理二世及其廷臣不要忘记在流亡时期的落魄，另一方面试图劝诫查理不要因为与浪荡子和情人鬼混而荒废了朝政。罗彻斯特伯爵在诗歌中也曾讽刺查理的不羁："什么也不能阻止你去寻欢作乐，臣民的安全、宗教法律甚至生命都可放弃；一个快乐可怜又臭名昭著的君主，忙着从一个娼妓的床榻赶往另外一个。"③复辟时代之后人们在内心深处询问到底是需要快乐的英格兰还是忧郁的英

---

① 霍布斯. 利维坦. 黎思复,黎庭弼,译. 北京：商务印书馆,2014:37.
② 霍布斯. 利维坦. 黎思复,黎庭弼,译. 北京：商务印书馆,2014:132.
③ Earl of Rochester. The Pomes and Lucina's Rape. in Keith Walker and Nicholas Fisher, ed *John Wilmot, Earl of Rochester: The Poems and Lucina's Rape*, Weiley - Blackwell, 2010:122.

第三章 从劝诫到协商的调适:女性意识影响下的性政治主题流变

格兰? 短短五十年时间,英国的社会风气从一个极端走向了另一个极端。共和国时期的英国清教主义规范人们的生活甚为严厉,威尔莫等人于是为自己的放荡行为找到了借口。威的身份是船长,在船上他是权威,暗指主人公和查理二世的联系,流亡的查理也曾被称之为是大海的君王。快乐君主查理二世反其道而行之的不检点行为在其统治初期可能收到了凝聚人心的效果,但只限于在他刚到伦敦之时,彼时压抑已久的英国民众大放烟火欢迎国王的到来。然而到了1677年,此时查理二世已经统治达十年之久,但他给世人显示出的并非皇家气派而是一个酒色之徒,这间接使其丧失了统治者应有的道德力量,也使得贝恩对此忧心忡忡。

斯蒂芬·西拉奇认为:"尽管在王位空白期臣民表现的相当不可靠,随后出现了废除君主制的舆论,并把查理一世送上了断头台。但是查理二世似乎没有吸取教训,贝恩的《漫游者》暗讽查理二世的统治是基于同辈的兄弟情义而不是依靠父权的权威。剧中出现的男性角色的纷争影射查理二世无力控制局面以至于导致分裂。虽然此时还没有发生将查理的兄弟詹姆斯排除出继承权的褫革危机,但斯图亚特王朝的涣散在十七世纪七十年代中期已经显示出来。"[①]威尔莫与剧中女性的价值观完全不同,他追求的只是一己之欲的释放,这一点在他两次试图强奸弗洛琳达以及在对待安洁莉卡的感情上表现得极为突出。威之所以奉行厌婚主义,根本原因出自他对任何人都没有责任和义务,而只有权力的诉求。相反,安洁莉卡要求的是全心全意的灵魂的爱,在这一点上她与贝尔维是一致的。当威尔莫两次欺骗安之后,她忍无可忍遂决定拿起武器复仇。在贝恩戏剧中使用暴力决斗的通常是男性,安洁莉卡拿起手枪要将威尔莫杀死的行为最具有反叛的

---

① Stephen Szilagyi. The Sexual Politics in the Rover:After Patriarcy. in *Studies in Philology*,1998,95.4:446.

烟雾笼罩中的权力：论阿芙拉·贝恩作品中的女性意识

象征意义。贝恩将政治与性冲突完美的联系起来，安无疑是人民的象征。她无私地爱着威尔莫，就像当初英国的民众欢迎查理二世回国一样，但是安需要的是相互尊重的爱情，当威尔莫一而再再而三地背叛自己，她决定勇敢地拿起武器并杀死威尔莫。安的复仇似乎在提醒查理二世，不要忘记英国内战中民众的弑君，虽然她选择的复仇手段显然是非法的，但当女人或人民被背叛的怒火点燃，后果是非常严重的，同时也暗示了兄弟之谊类型的父权统治是不可靠的。西拉奇认为："从威尔莫名字上含有的双关以及间接意义上来看，在他与海伦娜充满隐喻的话语之下，指向的是以往的父权符号在意义和秩序上分裂的文化。"[1]那么，威尔莫的父权制究竟发生了哪些变化呢？第一，他已经失去了骑士的荣誉感。在和安洁莉卡交往的过程中，他接受了安的五百克朗，使自己看起来更像个妓女。他和海伦娜的婚姻看起来也是为了金钱。第二，毫无道德意识。威尔莫朝三暮四，谎话连篇，在剧中基本是一个反面角色。第三，威尔莫除了追求女性之外没有其他行动能力。总之，他仅仅凭借父权制的习俗、语言权利以及机运实现对女性的占有和统治。

在《漫游者》创作的年代，英国人民已经从复辟初期的兴奋走向残酷的现实，彼时国内外矛盾在日益加剧，美洲的弗吉尼亚殖民地发生了叛乱，王位继承人的问题也被提上议事日程，而查理二世依然醉生梦死。贝恩在《漫游者》中展示的即为不加限制的王权和胡作非为的廷臣带给社会的混乱和无序，她在剧中表达了女性对欲望、理想婚姻和爱情秩序的追求，甚至安排安洁莉卡采用暴力手段表达自己的诉求，但限于台下的观众主要是宫廷中的贵族，她亦不得不采用"复调式"的话语把对上层社会的批判与赞

---

[1] Stephen Szilagyi. The Sexual Politics in the Rover: After Patriarcy. in *Studies in Philology*, 1998, 95.4: 441.

第三章　从劝诫到协商的调适:女性意识影响下的性政治主题流变

扬组成"混合体"文本以瞒天过海,而且最后也不得不给浪荡子们安排不合逻辑的喜剧结局。安洁莉卡如此评价威尔莫:"好运始终伴随着你,你总是可以随心所欲、喜新厌旧,直到有一天你在放荡生活中感到腻烦,而那些被你抛弃的女人却只能年老色衰。"(*Rover*:.56)海伦娜对威尔莫的爱更加荒唐:"他不忠的品质反而让我更爱他。"(*Rover*:.57)种种迹象表明,贝恩迎合保王党的话语对宫廷人士来说满足了他们自我感觉良好的想象。德雷克·休斯认为:"《漫游者》中的保王党形象是经过美化的,但是该剧延续了贝恩对他们的模糊态度,她重置了话语体系并将其引向自己赞成的方面,此时她已经意识到阶级崇拜、男性英雄主义以及对男性愚忠的要求必然会造成对女性的不公平。"①贝恩尽管囿于复杂的政治环境,不肯也不能直言不讳的批评宫廷糜烂的风气和混乱的政治,但仅从她对父权制的批判看,她已经比同时代的德莱顿等男作家走在思想的前列,因为德莱顿在 1682 年刊行的政治讽刺诗《阿布沙龙与阿奇托菲》中还在为妻妾成群的查理辩护。

不过我们也应该看到贝恩对待王权的态度是矛盾的而且带有一定的历史局限性,因为她并没有完全否定王权。西拉奇认为贝恩对保王党只是进行了一定程度的劝诫,她认为:"尽管威尔莫展示出天赐的魅力,但他和查理显然无法提供保护臣民及女子的可靠力量。贝恩对王权的忠心是不容置疑的,即便道德上混乱的威尔莫谎话连篇。"②不过,只要不是"只缘身在此山中"的保王党自身,其他观众很容易发现贝恩给漫游者安排的喜剧性结局并非现实而是更接近浪漫主义的幻想。那不勒斯成了男性中心主义的性政治与女性的欲望交织组成的"乌托邦",这也间接反映了社

---

① Derek Hughes. The Theatre of Aphra Behn. London:Palgrave Publisher, 2001:84.
② Stephen Szilagyi. The Sexual Politics in the Rover:After Patriarcy. in *Studies in Philology*,1998,95.4:445.

烟雾笼罩中的权力：论阿芙拉·贝恩作品中的女性意识

会转型期新旧价值观的更替与争斗的复杂性。对于威尔莫等人的胜利，罗伯特·马考莱亦有精辟论述："贝恩试图去除以雄性特征欲望——以期在其作品中达到一种在托利党男性主人公以及相爱的女主人公之间暂时的平衡，就像是古希腊神话中的仙女与牧童在人类黄金时代的恋爱。"①贝恩用虚与委蛇的巧妙手法在政治斗争激烈的复辟时代传达了隐蔽的思想，某些读者会为她剧作中的思想矛盾、情节突兀以及结局不合常理感到困惑，不过此种混杂性同时也是作为拥有独立意识的女性作家在特殊历史阶段纠结和抗争的唯一手段。苏珊·欧文认为："女性主义者已经将性与政治紧密联系起来，政治倾向可以用性行为来表现，而政治战争也能通过性政治语言以隐喻的方式展现。"②我们在《漫游者》里看到的性斗争与政治确实存在着千丝万缕的联系，复辟时期的各阶层力量，压迫阶级与被压迫阶级以及新旧经济力量都在进行着最后的博弈，尽管表面上英国在复辟时期还在施行着君主统治，但是父权制已经悄然失去了权威，结果造成了《漫游者》一剧中价值观的杂糅以至于我们无法在斗争中找到占据绝对优势的一方。

第三节 女性意识与政治意识的共生及压抑：以三部政治喜剧为中心

天主教阴谋是王政复辟时期的重大政治事件，这一事件的发

---

① Robert Markley. Be Impudent, Be Saucy, Forward, Bold, Touzing and Leud': the Politics of Masculine Sexuality and Feminine DeSire in Behn's Tory Comedies. in Canfield and Payne, eds. *Cultural Readings of Restoration and Eighteenth - Century English Theater*. University of Georgia Press: 114 - 118.

② Susan J. Owen. Sexual Politics and Party Politics in Behn's Drama, 1678 - 1683. in *Aphra Behn Studies*, ed. Janet Todd, Cambridge : Cambridge University Press, 1996: 15 - 16.

第三章 从劝诫到协商的调适:女性意识影响下的性政治主题流变

生是英国国内宗教危机总爆发的结果。事件的发展证明了自亨利八世以来借助于反天主教对国民性的形成有着重大的意义。在当时印刷媒介尚不发达的情况下,英国政治改革借助宗教的狂热在大范围发动民众上起到了不可替代的作用,而1678年开始的天主教阴谋不啻英国一百多年来通过反天主教对内塑造国族意识,对外反抗外国干涉的终结性事件。该事件不仅导致了褫革危机的发生,而且促使英国历史上最早的两大政党登上历史舞台,可谓影响深远。鉴于1678—1681年间,贝恩创作了三部政治剧,而且成为这一时期上演戏剧数量最多的剧作家,我们有必要在具体的政治语境下审视这一时期贝恩作品中的女性意识与作家政治观的影响,并且分析走向创作成熟期的女作家成功的原因。贝恩在此阶段的成功与桂冠诗人德莱顿剧作的失败形成了鲜明的对比,也说明了她在政治敏锐性以及政治题材戏剧的驾驭上的确胜对方一筹。

由于天主教阴谋事件在复辟时期政治中至关重要,下面简单描述一下事件的经过及其影响。1678年,一个叫作泰特斯·欧茨的投机主义者声称知道天主教徒试图发动谋反的秘密。他们准备行刺查理二世,并且勾结天主教国家进攻英国。仅仅根据告密者的证言,当时就处死了很多疑似与该阴谋案有关的天主教徒。"因为在事发当时,欧茨的一切说法就仿佛都有根据,整个英国草木皆兵,似乎天主教的暴动就在眼前。"[1]法国又故意放出消息称查理二世一直秘密接受法王的资金支持,这一消息导致英国国内民族情绪高涨。查理二世在一片反对声中不得不于1679年1月解散了骑士议会。不过,3月份新的议会又重新召开,此时议会中形成了以莎夫兹伯里伯爵为首的反对派,政治力量斗争的核心转

---

[1] 钱乘旦.英国通史.上海:上海社会科学院出版社,2002:179.

烟雾笼罩中的权力：论阿芙拉·贝恩作品中的女性意识

向制定"排斥法案"，即将信仰天主教的约克公爵排斥在王位继承人之外。围绕王位继承问题，新议会中出现了支持与反对法案的两大派别，即辉格党和托利党，由此引发的国内政治危机史称褫革危机。斗争的一开始（1680），辉格党人利用下议院的拨款权展开对抗，暂时占据上风。1681年3月，查理二世解散了议会，随后依赖法国的资金维持宫廷运转，一直到1685年都没有再召开议会，这段时间托利党人展开了对辉格党人的疯狂报复，莎夫兹伯里伯爵于1683年客死荷兰，辉格党运动因此陷入低潮。从贝恩的整个创作生涯来看，她在这段政治斗争极为激烈的时段反而进入了创作的高峰期，成为这段时间上演戏剧数量最多，最受观众欢迎的剧作家。至少在此期间，贝恩取得了对老对手德莱顿的胜利。这一切都反映了她对于政治的谙熟程度，也因此在戏剧界开拓了性政治隐喻表达的典范。不过，这一时期的戏剧在女性意识与政治意识的优先性方面亦有不同，下面我们以两部政治意识存在巨大差异的两部剧为例具体分析处于两种意识夹缝之间的女剧作家如何处理两者之间的冲突。

（一）《伪装的风尘女》：建构复辟时期性政治喜剧模式的典范

《伪装的风尘女》（*The Feign'd Curtizans*, 1679）上演于天主教阴谋事件甚嚣尘上的混乱年代。此时，层出不穷的各种阴谋论带来的混乱状况甚至将人们的注意力从剧场吸引到了社会。阿芙拉·贝恩在这个戏的开场白即对当时的政治现实进行了绝妙的讽刺——

> 贩夫走卒也开始关心政治来了，只见他们摆出，
> 一幅庄重的脸孔，煞有介事地谈起国家大事。

第三章 从劝诫到协商的调适:女性意识影响下的性政治主题流变

> 他们提出制定法案、颁布法令,或者树立典范,
> 仿佛如此这般就能实现对于教会和法庭的规范。
> 不过纵使他们绞尽脑汁,
> 那榆木脑袋想不出什么规则和妙法来实现政通人和。①

我们从这段开场白中可以看出对于普通民众参政带有深深的敌意。这段由年轻美貌的演员科勒尔夫人念白的开场白下半部分以科勒尔的口吻说出。大意是那些所谓虔诚的新教徒以严苛的宗教束缚让国民陷入痛苦。她以自己的美貌向虚伪做作的教条发出攻击,指出自己的美貌不应该被视而不见,这也是贝恩以性隐喻表达政治观点的表现。《伪装的风尘女》这出戏无论从情节还是从人物设置上看都比较简单。两位品德端正的姑娘,玛赛拉与克莱利亚为了摆脱叔叔的控制跑到了罗马。玛塞拉的叔叔给她安排了包办婚姻。到了罗马之后,她们起了假名字,伪装成妓女见机行事。两位来罗马旅行的英国年轻人分别爱上了她们,其中一位是品貌端正的哈菲拉莫爵士,而他的伙伴弗兰克·加利亚德则粗俗不堪。这个戏对于现实政治的讽喻主要通过希格纳尔·布封(buffoon 小丑之意)爵士及其精神导师提克泰克斯特两个滑稽性人物的设置上。

布封是一位由父亲安排来意大利进行壮游(Grand Tour)教育的英国年轻人。尽管他举止粗鲁,却要模仿意大利人的做派,其父为了避免他受到天主教国家的影响,于是派了一位清教徒牧师陪同。布封家族靠着跟随克伦威尔造反发迹,通过没收保王党人

---

① Aphra Behn. The Feign'd Curtizans, or , A Nights Intrigue. in Janet Todd, ed. *The Works of Aphra Behn*, vol. 6. *The Plays of* 1678 – 1682, London: William Pickering and Chatto Publishers Limited, 1996:89. 以下出自该剧作的引文皆出自此版本,将随文标出剧作首词以及页码,不再另注。

烟雾笼罩中的权力:论阿芙拉·贝恩作品中的女性意识

的财产敛取了大量财产。提克泰克斯特则被塑造成了好色清教徒的典型。此人一出场的时候就和假扮成理发师的彼得罗探讨在罗马狎妓的事情。他厚颜无耻地说:"只要有执照,就是遵守法律的,只要遵守法律,就不算犯罪。"(Feign'd:96.)另一方面,他在布封面前极力将自己伪装成虔信宗教的样子,仿佛是个正人君子。他教育学生不封的话语充满了伪善的说教。这位精神导师背地里却一直想去和剧中的名妓约会,结果因为一系列误会被学生撞破。于是布封模仿这位倒是教育自己的口吻对他进行了绝妙的讽刺:

> 我可是牧师,看什么都明察秋毫,让我怎么说你才好——这大晚上的,此时正是干苟且之事的大好时机,你居然还得像个花花公子,这样打扮简直就是打算去干苟且之事。你正走在通往地狱的路上。怎么能去赴妓女的约会?而且还是罗马的妓女。咳,丢人啊!这简直是天下最大的丑闻!(Feign'd:130)

贝恩充分发挥了喜剧的讽刺功能,成功地将宗教伪君子的面目揭示出来给观众看。贝恩并不是单纯地讽刺清教徒,而是借着攻击清教徒的名义影射干涉国家内政的反对派。苏珊·J.欧文认为:"贝恩通过提克泰克斯特这个人物将清教徒的爱国主义与人性虚伪联系起来。他们非常善于伪装,但他们不过是一群出身低贱的庸俗小人,满脑子想得都是发财赚钱,并且'像他这样的人物在大街上成千上万,他们伪装成信仰虔诚的宗教人士混迹在人们周围。'"[①]《伪装的风尘女》一剧中的喜剧套路非常明显,表现

[①] Susan J. Owen. Sexual Politics and Party Politics in Behn's Drama:1678-1683. in Janet Todd, ed. *Aphra Behn Studies*. Cambridge University Press, 1996,18.

第三章 从劝诫到协商的调适:女性意识影响下的性政治主题流变

得也是观众熟悉的女性摆脱包办婚姻主题。聪明伶俐的仆从发挥了巧计喜剧的功能,这些都使得故事节奏简洁明快。这个戏的副标题是"深夜计谋",贝恩借助了传统的在黑夜中人物因为误认造成的喜剧效果。除此之外,贝恩在这个戏中增加了不少闹剧的成分,目的是舒缓现实中天主教阴谋事件给观众造成的紧张情绪。她并不想在剧场中营造剑拔弩张的紧张气氛。在政治气氛空前紧张的时刻,能够兼顾到政治要求以及市场需求的剧作家已是凤毛麟角。当时比较重要的剧作家在1678年的戏剧演出季创作的很多戏剧都遭遇了失败,标志着传统的性喜剧模式(风俗喜剧)的衰落。随着国内政治斗争的焦灼,以往的戏剧模式逐渐不受欢迎。德莱顿的闹剧《善良的看护人》(The Kind Keeper,1678)上演不久即遭遇查禁。"他随后创作的三个政治体裁的剧——《西班牙修道士》(The Spanish Friar,1680)、《吉兹公爵》(The Duke of Guise,1682)和《阿尔比恩和阿尔巴尼斯》(Albion and Allbanius,1685)——也没有引起什么反响。"[①]相比之下,尽管此时伦敦剧场经营惨淡,但她仍然成功推出了四部政治剧,俨然取代了桂冠诗人德莱顿在剧院的地位。

1678—1679年的跨年戏剧演出季,只上演了一出喜剧,即《伪装的风尘女》。这出戏也标志着十七世纪六十年代曾经流行的讽刺清教徒的喜剧重新获得人们的关注。苏珊·J.欧文认为:"贝恩在剧中将辉格党人的反天主教思想以及爱国主义与他们虚伪的清教性道德联系起来,并且讽刺他们出身低贱、行为愚蠢、装模作样、爱财如命。《伪装的风尘女》这部戏上为后来的政治喜剧潮流定下了基调。该剧重新启用了十七世纪六十年代讽刺喜剧的

[①] 何其莘.英国戏剧史.南京:译林出版社,2008:247.

烟雾笼罩中的权力：论阿芙拉·贝恩作品中的女性意识

方法和模式来攻击辉格党人"。① 贝恩敏锐地觉察到了还处于形成时期的辉格党人与清教徒之间的相似之处。实际上,十七世纪九十年代辉格党下院议员托马斯·帕皮永(Thomas Papillon)即是根据宗教观给辉格党和托利党作了如下定义:"辉格党是指那些大多信奉英国国教的人们。托利党讲究形式和礼节,谴责其他所有持不同理念的群体。② 托利党虽然在政治上支持查理二世与约克公爵,但是他们在宗教上仍然属于国教派。英国已经不存在全面恢复天主教的政治基础。清教运动在王政复辟之后逐渐式微,但是在褫革危机之中,"清教徒转变成了辉格党",③这也是贝恩在《伪装的风尘女》中试图通过讽刺清教徒达到谴责辉格党目的的原因。

贝恩在剧中并不直接表现现实政治斗争。在政治倾向上,还是在对待天主教的态度上她都是一个相对主义者。《伪装的风尘女》中的英国绅士征服天主教地区罗马的妙龄少女即典型地带有多种意识形态上的杂糅。她以轻松愉悦的笔调描写了一场英国人的爱情冒险之旅,似乎在表明天主教也并非洪水猛兽。苏珊·J.欧文认为:"首先她是一位成熟的职业剧作家,因此必须得考虑到作品的票房收入。所以我们会发现即便是像《伪装的风尘女》这样的讽刺喜剧都是那么的有趣和明快,并且充满了打斗、调情

---

① Susan J. Owem. Behn's Dramatic Response to Restoration Politics. in Derek Hughes and Janet Todd, eds. The Cambridge Campanion to Aphra Behn. Cambridge: Cambridge University Press. 2004:70.

② 戈登·J.肖西特.在兰贝斯与利维坦之间——塞缪尔·帕克关于英国国教和政治秩序.收入尼古拉斯·菲利普森,昆廷·斯金纳,主编.近代英国政治话语.潘兴明,周保巍,译.上海:华东师范大学出版社,2005:191.

③ 戈登·J.肖西特.在兰贝斯与利维坦之间——塞缪尔·帕克关于英国国教和政治秩序.收入尼古拉斯·菲利普森,昆廷·斯金纳,主编.近代英国政治话语.潘兴明,周保巍,译.上海:华东师范大学出版社,2005:194.

第三章 从劝诫到协商的调适:女性意识影响下的性政治主题流变

以吸引各个阶层的观众。"①贝恩在该剧中以喜剧的"狂欢化"手法表达了对于现实政治的关切,但同时又不激化社会矛盾。与之形成鲜明对比的是德莱顿在同一时期创作的《吉兹公爵》,这出戏以法国的宫廷政治影射斯图亚特王朝,深度介入了现实政治,结果遭遇失败。两相对比之下,我们即可看出贝恩在拿捏政治体裁戏剧上的敏锐分寸感。

阿芙拉·贝恩始终不大愿意绝对地接受某一思想或政治态度,宗教上如此,保王党思想亦如此。《伪装的风尘女》中的性政治仅仅限于对清教徒虚伪的讽刺,点到为止,并不涉及其他方面。她尽管可能出身于信仰天主教的家庭,也表现出一定的天主教倾向,但诚如艾莉森·希尔指出的"如果认定贝恩是天主教徒,必须附加一个重要的前提条件。她首先是个具有离经叛道的思维习惯怀疑论主义者。"②剧中的英国绅士表现出的男性吸引力跨越了国家和宗教的界限,贝恩通过带给观众国族意识上的自豪感弥合了他们宗教上的分裂,这也体现了作者在诸多意识形态的斗争中寻求妥协之道的技巧。贝恩在该剧中体现出独特的女性意识:她在表达对于以提克泰克斯特为代表的清教徒的敌视的同时,也成功传达出对于遭受父权制压迫女性的同情,因此实现了女性观与政治观在该剧中的共生关系。

(二)《漫游者·第二部》:女性意识彰显对于托利党政治的背离

贝恩的《漫游者·第一部》于 1677 年上演,尽管在当时饱受

---

① Susan J. Owem. Behn's Dramatic Response to Restoration Politics. in Derek Hughes and Janet Todd, eds. The Cambridge Campanion to Aphra Behn. Cambridge:Cambridge University Press:79.

② Alison Shell. Popish Plots:The Feign'd Curtizans in Context. in Janet Todd, ed. Aphra Behn Studies. Cambridge University Press, 1996:45.

烟雾笼罩中的权力：论阿芙拉·贝恩作品中的女性意识

抄袭的指责，但是无论在收入还是名声方面都使得这位女剧作家大获全胜。时隔四年之后，贝恩又在公爵剧院推出了《漫游者·第二部》(The Second Part of the Rover, 1681)，但此时的英国正处于政治情势极其紧张的褫革危机高潮时期，所以该剧在性政治修辞方面与第一部必然存在区别。① 这个戏在 1681 年 4 月 4 日获得了重新上演的机会，此举在戏剧演出市场上是受到观众欢迎的标志。② 《漫游者·第二部》同样因袭了基利格鲁的十幕剧《托马索》。英国学者简内特·托德认为："贝恩既然在《漫游者·第一部》上演的时候已经被指责抄袭，而她已经对此进行了坚决的否认，那么作者在续作中毫不掩饰地借用《托马索》的材料，为此她把该戏的地点改换成了与基利格鲁的戏一致的马德里。"③至于她出于什么考虑将《漫游者·第一部》中的故事发生地那不勒斯换成马德里，原因有可能是多方面的：一是此时的贝恩已经在伦敦剧团获得了稳固的地位，她不需要再去理会别人对她"抄袭"的指责；二是作者有足够的自信认为自己的戏根本不是抄袭，所以她才敢于大胆地借用基利格鲁剧中的人物姓名，甚至地点空间都与其保持一致。

学界对《漫游者》的研究已经取得了丰硕的成果。许多评论者都把对《漫游者》的解读与该剧创作时期特殊的政治以及文化环境联系起来，特别是借助性别理论，指出了贝恩剧中存在的话

---

① 简内特·托德认为："《漫游者·第二部》很可能于 1681 年 1 月 18 日之前上演，因为在该剧的收场诗中提到了当时正处于议会召开时期，而那一届议会的召开日期是 1680 年 10 月 15 日至 1681 年 1 月 18 日。"See Aphra Behn. *The Second Part of the Rover*. in Janet Todd, ed. *The Works of Aphra Behn*：*The plays of* 1678 – 1682, vol. 6. London：William Pickering and Chatto Publishers Limited，1996：225．

② See Dolors Altaba – Artal. *Aphra Behn's English Feminism*：*Wit and Satire*. Selinggrove：Susquehanna University Press，London：Associated University Presses，1999：P77．

③ Aphra Behn. *The Second Part of the Rover*. in Janet Todd, ed. *The Works of Aphra Behn*：*The plays of* 1678 – 1682, vol. 6. London：William Pickering and Chatto Publishers Limited，1996：225．

第三章 从劝诫到协商的调适:女性意识影响下的性政治主题流变

语矛盾现象,亦即其作品中存在的托利党政治观与性别观之间时而统一,时而对立的复杂关系。当然,这些评论也不乏弱点,即虽然探讨的是《漫游者》中的性政治主题,但基本上都是以《漫游者·第一部》为研究对象,忽略了贝恩在《漫游者·第二部》中在威尔莫形象塑造上的变化以及思想上的改变,而将两部剧结合起来进行全面解读是理解贝恩在十幕剧《漫游者》中女性意识与政治观之间关系纠葛的关键。目前学界关于《漫游者·第二部》的研究相对数量较少。海蒂·亨特首先将《漫游者》上下部作为整体进行研究。目前的研究成果还存在两点不足,一是将该剧上、下两部割裂开来进行分析的方法;二是对于贝恩剧中的女性主导意识的动态性变化特征的认识上存在不足。下面我们以《漫游者·第二部》为中心,将这部戏的前后两部加以对比,分析贝恩的女性意识随着政治以及社会形势的变化在两部剧本中体现出的"常"与"变"。

《漫游者·第二部》上演的1681年正处于褫革危机如火如荼之际。约克公爵为了缓解国内矛盾,选择了主动流亡异国。贝恩将这个剧题献给了流亡海外的约克公爵,单从文字上看,她在献词确实表达了对于宫廷真挚的崇敬的情感。她说,

> 公爵阁下出身高贵,有着天神一样的美德。面对国内煽风点火的诽谤,却以充满神性的耐心默默忍受。我多么希望成为您手下的兵士,与大人您一起去国离乡,在那异国的土地为了生存苦苦挣扎,并且和大人一起承受贫穷、战火以及放逐的痛苦,无论命运怎样我都会追谁着您,矢志不渝。①

---

① Aphra Behn. *The Second Part of the Rover*. in Janet Todd, ed. *The Works of Aphra Behn: The plays of* 1678 – 1682, vol. 6. London: William Pickering and Chatto Publishers Limited, 1996:228 – 229.

烟雾笼罩中的权力:论阿芙拉·贝恩作品中的女性意识

以上热情的言辞清晰地表明了贝恩在褫革危机期间的政治态度,她是约克公爵的忠实拥趸,并且支持其继承英国君主之位。贝恩的托利党政治观不排除带有一种表演成分的可能性,尤其是考虑到复辟时期的戏剧与宫廷之间紧密的联系,这种表演的可能性就更大了。贝恩在《漫游者·第二部》的开场白中将剧作家与政治家做了有趣的类比,认为二者的工作都要迎合民众:"剧作家与政治家玩弄的花样不需要千变万化,他们可以放弃那追求新奇的过时把戏。只要谎言说得好,一样可以瞒过那些不动脑子的群氓;乌合之众只是我们取悦的对象,因为他们联合起来力量同样强大。听,那山呼海啸的喊叫甚至可以左右法律甚至国王。"①贝恩笔下的民众形象类似于莎士比亚在《科利奥兰纳斯》中表现的"多头"的众人——他们毫无理性,内心充满狂热,极容易被别有用心的政治势力利用。贝恩倾向于保王党的政治观很自然地使她轻视下层阶级,她认为剧场中的观众与群众一样都是不具备判断能力的。不过,贝恩在《漫游者·第二部》中的政治宣传主要集中于献辞以及开场白等"副文本"中,她在戏剧中很少像德莱顿等其他托利党剧作家一样直接地进行意识形态宣传,观众甚至不能直接在《漫游者·第二部》中找到带有强烈政治暗示的句子。总之,该剧在性政治修辞上特别强化了性别关系的建构,它的政治色彩比《漫游者·第一部》还要淡化,这一点也是颇为值得注意的现象。

阿芙拉·贝恩在给约克公爵的献辞中特意强调了他流亡异国他乡,必然要遭受经济的窘迫。她希望自己笔下这位忠诚的卫

---

① Aphra Behn. *The Second Part of the Rover*. in Janet Todd, ed. *The Works of Aphra Behn: The plays of 1678 – 1682*, vol. 6. London: William Pickering and Chatto Publishers Limited, 1996:231.

第三章 从劝诫到协商的调适:女性意识影响下的性政治主题流变

士(即该剧的主人公威尔莫)能够伴随公爵读过悲惨的放逐岁月。威尔莫显然是忠心的保王党,但是他在剧中非但没有表现出第一部中应有的征服所有女性的风姿,反而一开始即被批判对待妻子的去世感情冷漠。在整出戏中,贝恩都在揭露这位浪荡子性道德的虚伪。他最终也没有像上部中一样娶了富家千金为妻,反而接受了女性的爱情改造与妓女拉·努澈结婚,这也偏离了典型的托利党戏剧的性政治套路。苏珊·J.欧文认为:"阿芙拉·贝恩在《漫游者》第二部中对于浪荡子美学以及保王党的态度更加模棱两可,甚至更明显地表现出消极态度。尽管表面上贝恩声称要盛赞骑士党,但是在这部作品中她对于这些男子的态度已经带有褫革危机中辉格党剧作家的色彩,近乎痛斥他们的放浪形骸。"[1]贝恩对于威尔莫的矛盾性态度恰好反映了作者潜意识中的女性意识。

剧中男性争相追求犹太畸形女子这一副情节更加颠覆了传统的性别关系。尽管她们长相丑陋,但是因为家资丰厚,引得诸多男子希望与她们成婚。费瑟福、布伦特、席福特、亨特在金钱理性的作用下不断地调整着对于女性身体美丑的认知,逐渐认为对方的畸形身体不仅可以接受,而且美丽非凡。众所周知,托利党政治宣传是建立在维护父权制权威基础之上的。贝恩在《漫游者·第二部》中以喜剧的讽刺彻底颠覆了剧中几乎所有男子的形象,使得他们无论在金钱、婚姻还是在欲望的对抗上都处于下风,并且还不断受到嘲弄。这出戏在女性意识方面的全方位呈现使得我们不由得联想起贝恩早期的另外一出同样彰显女性意识的戏剧《荷兰情人》。难道贝恩忘记了《荷兰情人》正是因为过于表

---

[1] Susan J. Owem. Behn's Dramatic Response to Restoration Politics. in Derek Hughes and Janet Todd, eds. The Cambridge Campanion to Aphra Behn. Cambridge:Cambridge University Press,2004:74.

烟雾笼罩中的权力：论阿芙拉·贝恩作品中的女性意识

现女性意识结果导致了演出失败？贝恩在上一出戏《伪装的风尘女》的收场白中还在向观众抱怨剧场如此不景气，难道此时她已经不再关心票房收入？《漫游者·第二部》带给研究者最大的疑问有两个：一是这出戏出版时的题献对象是约克公爵，明确表明了支持宫廷的态度，但是为何在具体情节中却揶揄讽刺宫廷党人，而且颠覆男性气质也与托利党政治戏剧完全相悖；第二个疑问是这样一出背离托利党政治观的戏剧为何能够取得演出的成功。以上两个问题的答案都与这场戏上演时的政治环境有关。《漫游者·第二部》上演的时候正处于辉格党势力最为鼎盛的时期，这个时候民众普遍认为议会能够取得政治上的胜利，以至于德莱顿将自己的一出戏题献给了辉格党领袖莎夫兹伯里。不过，辉格党取得优势的时间非常短暂，也就是在贝恩的《漫游者·第二部》出版的时候，托利党人重新又取得了优势，这也是为何作者要在出版作品中添加上题献给约克公爵的献辞的原因。

斯图亚特宫廷及其庭臣放浪形骸的私德无疑与贝恩的女性意识存在激烈的冲突。但是囿于宫廷党政治势力的强大，她也只能压抑自己的女性意识，使其服膺于政治的需要。1681年初托利党的失势也给贝恩在作品中批判浪荡子思想提供了转圜余地，这也是她敢于在《漫游者·第二部》中敢于颠覆传统性别关系的本质原因。贝恩在这一时期的作品中都呈现出了女性意识与政治意识两种话语，不过她更看重的是前者的表达，这也是为何政治气氛稍微不利于托利党，她就跳脱出了制约女性意识的父权制话语约束的原因。苏珊·J.欧文也认为："在政治危机极为紧张的时刻，剧作家在意识形态上确定无疑地表达自己支持托利党人的态度也无可厚非。一旦情势变得不那么危急，政治态度并不是贝恩优先表达的思想。她在很多剧作中激烈地表达了对于父权制

第三章 从劝诫到协商的调适:女性意识影响下的性政治主题流变

的反对。"①同一年上演的另外一出戏剧《圆颅党人》就更多地体现出了对于托利党政治的迁就,其原因也是到了1681年秋季,支持国王的牛津议会取得了斗争的胜利,随之开始的史称"托利党反动"的报复辉格党派的运动取得了胜利,结果造成这出戏必须在政治以及性别秩序上符合托利党的口味。

(三)《都市女继承者》:复辟时期党争的形象注解以及性政治话语的调适

阿芙拉·贝恩在1681—1682年间创作了三部与政治有紧密联系的剧作,分别是《伪装的伯爵》(The False Count,1682)②、《圆颅党人》(The RoundHeads,1681年12月或次年初上演)以及《都市女继承者》(The City Heiress,1682)。简内特·托德认为:"贝恩的这三部政治剧主要是出于配合托利党政治宣传的需要,然而其对于王党的忠诚度也反映了自天主教阴谋事件以及褫革危机之后国王及宫廷命运的悄然变化。"③作为女性剧作家,贝恩的戏剧创作有着多重目的,诸如获得经济收入,在文艺界取得一席之地以及间接获得的间接政治参与权。除此之外,贝恩的戏剧作品在字里行间无不隐含着关于性别与政治的深层次思考,这一点是她迥然不同于同时代男性作家之处。

《都市女继承者》中的矛盾冲突不仅仅围绕着对女性和财产

---

① Susan J. Owem. Behn's Dramatic Response to Restoration Politics. in Derek Hughes and Janet Todd, eds. The Cambridge Campanion to Aphra Behn. Cambridge:Cambridge University Press,2004:70.

② 多数研究者认为,此剧虽然没有署名,但根据戏剧艺术及语言风格,基本可以断定为贝恩所著,简内特·托德亦将此剧收入《阿芙拉·贝恩全集》之中。

③ Aphra Behn. The City Heiress(or, Sir Timothy Treat - all). in Janet Todd, ed. The Works of Aphra Behn,vol. 7. London:William Pickering and Chatto Publishers Limited,1996:3. 注:下面出自该剧的引文皆出自此版本,将随文标出剧作首词及页码,不再另注。

烟雾笼罩中的权力:论阿芙拉·贝恩作品中的女性意识

的争夺展开,我们可以在对该剧角色介绍的描述中发现另外一个对抗的焦点——亦即党派之争。贝恩如此形容蒂莫西爵士:"老迈的富于煽动性的爵士,为共和主义分子广开门路,狂热的新教徒。"(*City*:8)其余的男性人物包括威尔丁、安东尼爵士及其侄子查理都属于托利党阵营。威尔丁获得了三位女主人公的青睐,可谓爱情市场上的赢家,而辉格党徒蒂莫西则一败涂地,最终财色两空。按照主流研究观点,贝恩无疑属于坚定的保皇党,也就是支持托利党一派的观点。苏珊·J. 欧文认为:"贝恩在托利主义刚萌芽时就一直是坚定的托利党分子。她甚至比其他的剧作家都更加激进。"①当然我们可以很容易地在贝恩的诗歌与戏剧中摘取诸多语句来证明贝恩的托利党倾向,但作家真实的心境如何却不那么容易从文字表面判断。至少有如下两个问题让我们可以怀疑贝恩的真实政治观:其一,作为处于屈从地位的女作家如若不选择和宫廷合作,她的作品能否上演,她又将何以谋生?其二,在政治风云变幻的复辟年代,贝恩的思想在细节上真的与当时主流的托利党思想保持一致吗?即便有的研究者认为贝恩在1682年8月给匿名戏剧《罗慕拉与赫斯里亚》(*Romulus and Hersilia*)写的收场诗里严厉的批评了蒙茅斯公爵犯上作乱,但结果是连查理二世都不买贝恩的账,甚至将她投入了监狱。况且贝恩经济正处于紧张时期,她写作收场诗也可以获得20镑左右的报酬缓解经济压力。为了避免同样的证据产生不同的结论,笔者不打算与国外学界纠结于贝恩是否是坚定的托利主义者的问题。不管她赞成还是反对托利党,都没有她作为女性参与到十七世纪末期的政治公共空间这一事件的意义重大。

---

① Susan J. Owen. Behn's Response to Restoration Politics. in Derek Hughes and Janet Todd, eds. *The Cambridge Campanion to Aphra Behn*. Cambridge:Cambridge University Press, 2004:68.

第三章 从劝诫到协商的调适:女性意识影响下的性政治主题流变

洛伊丝·施沃雷尔指出十七世纪中期的英国妇女仍然被认为"只应当在家里纺线和缝缝补补而不应当参与国事"。有些人认为"妇人接受教育、参与政治同跨骑马匹一样令人恶心",以上即代表了近代早期的英格兰人们对于妇女参政的主流意见。妇女不应当在公众场合发表意见,更不要说公开讨论女性对政治的看法了。① 十七世纪的英国女性是否完全被排斥在政治权力之外目前仍存在一定争议。赫尔达·L.施密斯即认为:"我们今天所认为的十七世纪的英国女性被排斥在公共与政治生活之外的观点并不是那么确定无疑。这也就解释了为什么那个时候的女性思想家不必再去做直截了当的女权呼吁,因为至少一部分女性已经拥有了部分权力。"② 但是当时的妇女参与政治仅仅限制于间接的方式,或者说以伊丽莎白女王为代表的少数身居高位的女性,绝大多数女性是不知道政府如何运作的,遑论参与到政治中去。"相比男性写作有关政治的作品,对于十七世纪的女性而言无疑困难重重。她们没有权利也没有权威可以凭借,因此受到诸多限制;另一方面,他们甚至不被当作可以进行独立思考和判断的公民对待"。③ 所以,贝恩在十七世纪八十年代创作的政治风味浓厚的戏剧提供了开拓性的女性参与文化公共空间建构的方式。这不仅在英国近代早期绝无仅有,而且是一直到维多利亚时期绝无仅有的现象,因为英国的女性在 1926 年才获得了一定的选举权,具有了直接参与政治的可能。就是把贝恩的政治戏剧与简·奥斯丁、勃朗特三姐妹等女作家小说中有限的家庭题材相比,我们

---

① See Lois G. Schwoerer. Women's public political voice in England. in Hilda L. Smith, ed. *Women Writers and the Early Modern British Political Tradition*. Cambridge: Cambridge University Press, 1998:56.

② L. Smith, Hilda. Introduction. in Hilda L. Smith, ed. *Women Writers and the Early Modern British Political Tradition*. Cambridge: Cambridge University Press, 1998:3.

③ L. Smith, Hilda. Introduction. in Hilda L. Smith, ed. *Women Writers and the Early Modern British Political Tradition*. Cambridge: Cambridge University Press, 1998:5.

烟雾笼罩中的权力：论阿芙拉·贝恩作品中的女性意识

也会惊讶于这位生活在复辟时期的女剧作家对政治的直接表达与大胆参与。

《都市女继承者》是一出典型的政治喜剧，可以看作是直接为托利党摇旗呐喊的宣传性作品。剧中的主人公可以按照政治倾向分为两派，绝大多数的人物都是忠于国王的托利党人，里面只有一个辉格党负面形象，剧情严格按照符合宫廷意识形态的喜剧套路发展。风流倜傥的浪荡子最终在经济上以及占有女性上大获全胜。然而考察《都市女继承者》的细节，我们却可以发现剧中人物形象存在明显的前后不一致。在整个戏的大多数时间里，作为托利党代表的威尔丁都被当作品质恶劣的形象塑造，只是在性别对抗的结果上取得了胜利。戏剧一开始向观众展示的即为威尔丁与其叔叔针锋相对的斗争。我们从蒂莫西对威尔丁的不满中初步了解这个人物的性格特征。

> 你总是信誓旦旦地说要改邪归正，那怎么还会有那么多法警、治安法官和律师满城的追捕你？还有那些所谓的医生、药剂师和专门骗人钱财的江湖游医整天缠着你不放，他们假装治好了你的恶疾，其实那种病根本无药可治。还有那一大堆绸缎商人、丝绸铺子、放贷人、裁缝、鞋匠、缝衣匠的账单，那些都是没良心的黑心商人开出来的天价账单，他们难道指望我会愚蠢的去支付？(City:11)

从蒂莫西的描述中可见威尔丁是典型的挥霍钱财的浪荡子，他只知道利用自己是蒂莫西唯一的继承人的地位，向叔叔索要金钱。如果单纯从伦理道德角度来讲，威尔丁可谓违反了基本的人伦规范。当蒂莫西威胁要取消他的继承权时，威尔丁竟然公开宣称要给叔叔戴绿帽子，而且他真的将自己的情人硬塞给了蒂莫西

第三章　从劝诫到协商的调适：女性意识影响下的性政治主题流变

做妻子。威尔丁的底气来自何处呢？主要原因是他是托利党，有国王及贵族阶层做靠山。所以叔侄二人表面上的矛盾是对金钱或女人的争夺，然而更深层次的冲突其实来自政见的不同以及伦理道德观的差异。蒂莫西指责威尔丁是"凶悍的托利党徒"，他竟然以走错卧室为借口猥亵蒂莫西的女仆。相比较而言，威尔丁攻击蒂莫西的武器无外乎是其叔叔从事的反对国王和政府的活动。当蒂莫西下定决心要将侄子扫地出门时，威尔丁恼羞成怒地说：

> 你在家里大摆筵席欢迎各色人等来赴宴，还不是处心积虑要谋反？难道是为了展示你那乐善好施的美德？府上到处都是兄弟会成员、虔诚的都市暴发户。他们豪饮琼瑶佳酿然后密谋发动叛乱。这些饕餮之徒里面有男有女，政见不一，三教九流，不一而足，还有各种教派的教徒，对世事半懂不懂的浪荡子，头脑发热的白痴以及对社会充满戾气的不同政见者。他们都在你府上进进出出。你为什么还要招待他们，讨好他们？还不是妄图将国王忠顺的臣民变成共和主义者？（*City*:13）

威尔丁攻击辉格党总是与国王和政府作对，呼应了历史上真实的两党之争。蒂莫西的形象实影射的是议会中著名的辉格党领导人莎夫兹伯里伯爵。伯爵经常在家里以宴会的形式麇集反政府者，大家在一起撰写反对议案，进行组织活动。在《都市女继承者》上演的年代，正是辉格党与托利党两党形成的时期，在贝恩的剧中我们可以发现当时的人们已经习惯于用"辉格"与"托利"来描述这两个派别。阎照祥认为："1679 年，英国议会围绕王位继承问题展开争论，其中反对国王兄弟——天主教徒詹姆士继承王位的议员成为辉格党，支持者称为托利党，此为英国政党政治的

165

烟雾笼罩中的权力:论阿芙拉·贝恩作品中的女性意识

起源和政党政治的发端。1679年5月15日《排斥法案》的提出,则是两党产生的标志。"[1]在《都市女继承者》中,蒂莫西详细交代了自己在内战期间获得的地产利益在复辟以后完全丧失,接着又通过个人奋斗拥有了贵族头衔并成为议员,在伦敦备受尊重。所以,蒂莫西属于典型的资产阶级新贵族,这个阶级的伦理道德观包含有新教伦理的成分,例如辛勤劳动、勤俭节约,适当的禁欲等。后来成为托利党成员的威尔丁情况比较复杂,因为托利党代表的是没落地主阶级利益,依附王室,压制政敌,而威尔丁本人并没有地产,所以他充其量是托利党中的投机主义者,他所赞成的只是王室贵族奢靡放荡的生活方式,然后凭借国王的力量对抗蒂莫西。复辟时期的伦理道德与克伦威尔时期发生了天翻地覆的变化。共和国的基础原本是受清教徒价值观主导的,敌视一切娱乐活动是当时的标志,因此就连戏剧也在1642—1660年中断达十八年之久。但是查理二世的到来将原本保守严肃的社会风气转变成了轻浮浪荡的习气。查理二世在十几岁就有了私生子(即后来的蒙茅斯公爵),他不仅情妇众多而且经常私幸宫女。偶尔有大臣批评国王的生活作风,他不以为耻,反以为荣。上有所好,下必效焉。查理二世的廷臣个个私生活放荡。他们勾引女性的行为也是几乎介乎诱奸与强奸之间,其中以罗彻斯特伯爵最为典型,最终此君以梅毒之疾暴死。尽管威尔丁在剧中的表现被认为有伤风化,一些人指责贝恩道德败坏,将众多情色的场景搬演到舞台上,实际上《都市女继承者》不过现实主义地将复辟时期的世风毫不避讳地表现出来。

辉格党在《都市女继承者》上演的1682年备受打击,托利党分子特别猖狂。"1682年夏秋两季,绿带俱乐部的少数骨干分子

---

[1] 阎照祥.英国政党政治史.北京:中国社会科学出版社,1993:5.

第三章 从劝诫到协商的调适：女性意识影响下的性政治主题流变

图谋暗杀查理二世和詹姆士。可是，他们的首领莎夫兹伯里在牛津议会解散后领受了半年的铁窗滋味，出狱后病体连绵，并唯恐再陷囹圄，于同年十二月逃往荷兰，很快客死于阿姆斯特丹。"①《都市女继承者》之所以能够取得票房上的巨大成功，恐怕也与当时托利党取得的一系列政治上的胜利密切相关。当时大多数辉格党已经被清除出议会，地方组织也受到了破坏。托利党成员在高兴之余到剧院里体会一下胜利喜悦再正常不过。当台下坐着的宫廷党看到老朽的蒂莫西失去了财产，被戴绿帽子，娶的妻子还是"破鞋"，而托利党则春风得意，在情场上所向披靡，他们自然会把自己想象为威尔丁吧。台下浪荡子与妓女的暗送秋波正好与台上浪荡子的勾引女性行为遥相呼应构成了复辟时期剧场中一道独特的风景线。托利党意识形态成了威尔丁的通行证。虽然他取得了最后的胜利，但剧中大多数时间他总是处于被斥责的状态，除了其好运和卑鄙之外似乎并没有什么理由能够解释他的成功，说到底他只是一个彻头彻尾的无耻之徒。

贝恩在《都市女继承者》中塑造了理想的托利党人安东尼爵士。他自称："我喜欢那些教人行善的教义，它总是教诲我们要服从国王和尊重长者，不要妄议攻击政府，更不能像那些辉格党人引用圣经煽动叛乱和兵变。"(City:15) 辉格党与托利党的政治矛盾是对于王权的态度。托利党人宣扬君权神授说和等级继承制的意图显而易见。"他们的父辈曾披甲持戈投效国王，同议会军殊死作战。现在作为同一个没落阶级的代言人，既嫉妒资产阶级、新贵族敛财聚富，又无力恢复从前那种煊赫的威势，更害怕曾使众多贵族倾家荡产，并把国王送上断头台的疾风暴雨般的革命。妒忌恐惧之余，别无良策，只好求助于腐朽的君权神授说和

---

① 阎照祥.英国政党政治史.北京：中国社会科学出版社，1993：34.

烟雾笼罩中的权力：论阿芙拉·贝恩作品中的女性意识

等级继承观念，妄图以此重振王权，挽救他们衰败的阶级命运。"①威尔丁只有借助国王的力量才能与蒂莫西抗衡，最终他设计获得了叔叔谋反的文件，逼得对方就范，如愿取得了财产。

复辟时期民众对待放荡生活的态度也和残酷的政治斗争有着千丝万缕的联系。快乐君主查理二世不能说是彻底的昏君。在不同阶级、宗教派别之间矛盾丛生的复辟时期维持社会的相对稳定绝非易事。从查理二世统治的二十五年间来看，尽管国家多次处于分裂的边缘，但最终却都化险为夷。据史料载"复辟时代，资本的积累在英国发展很快。根据十七世纪末英国经济学家和统计学家戴维兰的计算，在 1660—1688 年间，英国贸易额、工业产量和船舶吨位都增加一倍以上。这个经济学家还认为，外贸和工业 1688 年以前每年提供的收入不下 200 万英镑。清教资产阶级积极参与资本积累。受到迫害和失去政治权利的非国教徒把全部注意力转移到经济活动上，借以在一定程度上弥补政治权利所受到的限制。"②查理二世并不像詹姆斯二世那样激进。他拥有灵活的政治手腕，善于平衡各派的利益，而其放荡的生活一方面是对以往严苛的清教主义的反拨，另一方面也弱化了紧张的政治气氛。托利党和宫廷皆认可放荡的生活对政治其实是无害，因此没有必要禁止。

蒂莫西与安东尼在对待各自侄子的奢侈生活方式的态度上大相径庭。蒂莫西认为查理不应该在拥有大笔遗产之后就去嫖娼、酗酒、赌博，而威尔丁也不应该像那些浪荡子那样放荡无耻的生活。况且威尔丁还是依靠他的资助才能乘肥马、衣轻裘。安东尼则纵容侄子查理过奢侈的生活。他认为年轻人衣着光鲜、包养

---

① 阎照祥.英国政党政治史.北京：中国社会科学出版社,1993：34.
② [苏联] 叶·阿·科斯明斯基院士，主编.17 世纪英国革命（下）.何清，等，译.北京：商务印书馆,1991：172.

第三章 从劝诫到协商的调适:女性意识影响下的性政治主题流变

情人并不算什么大恶,只要不反对国王就无可厚非。查理在道德上显然比威尔丁还要高尚一些。他在爱情上比较专一,但行为懦弱以至于安东尼认为他不具有男子气概。我们今天不必依照辉格党史学的主流看法,一定要把蒂莫西代表的伦理观看作是进步的,其实无论在政治上还是在对待女性的态度上,作为被统治者的普通民众和女性都未能从英国资产阶级革命中获得真正的解放,只不过蒂莫西的伦理道德观中含有更多的积极因素,这也是为何资产阶级道德在十八世纪能够建立起来,并把复辟时期的浪荡子美学一扫而空的根本原因。

尽管哈贝马斯认为真正的资产阶级公共领域到十八世纪初才真正开始出现。但是十七世纪末的英国戏剧舞台也可算是宫廷控制下的代表型公共领域的雏形,只是后来资产阶级也来看戏,并提供了更大比例的票房收入,十八世纪初期的戏剧风格随即发生了变化,并开始重新构建符合资产阶级道德品味的戏剧。贝恩作为复辟时期剧院中与德莱顿齐名的女剧作家以戏剧创作的形式第一次让女性有机会参与到文学公共领域的建构中去,这在英国文学史上具有开拓性的意义。哈贝马斯认为:"文学公共领域也不是什么地道的资产阶级公共领域,它和王室的代表型公共领域之间保持着一定的联系。成熟市民阶级中的资产阶级先锋派通过与上层社会,与王公贵族社会交往掌握了公开批判的技巧。"①贝恩通过文学作品表达自己与男性一样的天赋,并借助文学公共领域与上层社会发生了联系。

《都市女继承者》中的托利党与辉格党各自有自己的公共领域,比如蒂莫西举办的家庭聚会也可以算作是资产阶级公共领域的一种。"十七世纪的宫廷贵族实际上并未能塑造出一个阅读群

---

① 哈贝马斯.公共领域的结构转型.曹卫东,等,译.上海:学林出版社,1999:34.

烟雾笼罩中的权力:论阿芙拉·贝恩作品中的女性意识

体来。他们尽管供养着一大群文人和仆人,但这是一种受人资助的生产,它需要的与其说是严格意义上出于兴趣的阅读,毋宁说是一种出于标新立异的消费。"①复辟时期的喜剧不可能回到伊丽莎白时代的明丽风格,所以十七世纪的英国喜剧越来越体现出英国的混乱世情。经历了内战之后的英国民众不再具有莎士比亚时代打败西班牙无敌舰队时昂扬的民族精神,取而代之的是一种政治制度未定的彷徨以及世纪末情绪,处于政治漩涡中的男性统治者只有沉迷于放荡的生活才能弥补现实生活中的紧张与失去往昔荣光的失落。《都市女继承者》在政治方面也深入探讨了党派产生之后的伦敦政坛,以漫画式的手法刻画了最初的辉格党人和托利党人的形象。此时的辉格党已经具备了一定的组织能力,尽管他们与托利党一样不敢发动群众进行疾风暴雨式的革命,但辉格党的宣传更加贴近与普通大众,反观托利党则抱残守缺一味地宣传君权神授。凯瑟琳·加拉格尔认为:"从表面上看《都市女继承者》是一出讽刺辉格党的喜剧,但是贝恩通过政治纷争展现的是犬儒行为。举凡法律及政治话语中典型的背信弃义、指天誓日、食言而肥、买通证人在剧中都有体现,使得剧本的主题变得复杂化。"②总的来说,贝恩戏剧的政治观总体上符合当局需要。为了票房和生计,她也只能如此处理才能保证戏剧上演。但是她也对戏剧主题进了微妙处理,例如蒂莫西的结局就不是那么悲惨。威尔丁除了有一个貌似美好的结局,自始至终他都被人谩骂,最终得了不治之症(当时梅毒属无药可救),以上安排可以看作贝恩对他的惩罚。

---

① 哈贝马斯.公共领域的结构转型.曹卫东,等,译.上海:学林出版社,1999:42.
② Catherine Gallagher. Who was that masked woman?' The Prostitute and the Playwright in the Comedies of Aphra Behn. in Heidi Hunter, ed. *Rereading Aphra Behn*:*History*,*Theory*,*and Criticism*. Charlottesville:University of Virginia Press,1993:65-85.

第三章　从劝诫到协商的调适:女性意识影响下的性政治主题流变

贝恩的《都市女继承者》在性别和政治上始终存在着两个悖论:一是女性在反抗男性的语言上特别激进,但在行动上却依从男性;二是托利党的恶劣本性被剧中的人物揭露无疑,最终却获得了胜利。罗伯特·马考莱认为:"贝恩笔下的女主人公并非对屈从于父权制权力独裁下的事实浑然不知。她们对自己的投降行为一清二楚,然而还是那样做了,导致剧中女性的行动与她们的思想觉醒南辕北辙。"①考虑到当时台下坐着的观众依然以男性为主,贝恩的剧本必须满足他们的口味。该剧中女性的语言与行为上的悖论似乎可以用父权话语系统的强势来解读。贝恩能在字里行间申斥男性的恶德已经实属不易。在政治方面,如果我们只看到贝恩对托利党的赞扬之辞,而不去深入探讨造成这种过程和结果的悖论的内因,很容易得出错误的结论。复辟时期的部分贵族失去了经济的领导权,但还没有丧失文化的领导权。他们与资产阶级在意识形态领域仍将持续地厮杀下去,斗争结果一直延续到维多利亚时期才尘埃落定。

十七世纪末期的公共领域包括咖啡馆、报业、出版业、小册子,议会则已经被资产阶级占据。资产阶级已经不屑于戏剧这一公共领域了,于是把它让给了贵族这其中也包括女性。女性戏剧家在十七世纪末期短暂兴起的原因就在于此。在资产阶级不断崛起的背景之下,有意思的是很多女性都短暂的和保王主义者以及国王结成了联盟,可见女性对于新兴的资产阶级也不抱有乐观的希望。从十八世纪的历史来看,资产阶级时代对女性来说也不意味着自由和解放,性别压迫反而一度变得更加酷烈。贝恩的《都市女继承者》既获得了丰厚的票房收入,又在字里行间绵密地

---

① Robert Markley. Aphra Behn's The City Heiress:Feminism and the Dynamics of Popular Success on the Late Seventeenth - Century Stage. in *Comparative Drama*,2007,41. 2:151.

烟雾笼罩中的权力:论阿芙拉·贝恩作品中的女性意识

表达了女性独特的关于性别与政治的思考,这部作品呈现了作家在生计、性别与政治三方面保持平衡的高超技巧。

第四节 在政治斗争夹缝中书写女性意识:《圆颅党人》中的性政治

褫革危机是复辟时期的政治高潮之一,英国历史上的党派政治即起源于这一时期,并且产生了辉格党与托利党两大现代党派的雏形。在政治如此动荡的特殊时期,贝恩反而成为了在剧场上演剧目数目最多的剧作家。她的三部戏剧《漫游者·第二部》(The Second Part the Rover,1681)、《伪装的风尘女》(The Feign'd Curtizans,1679)与《圆颅党人》(The Roundheads,1681—1682)都获得了票房上的成功,此时的贝恩已经进入了戏剧创作的成熟期,并且在伦敦戏剧界拥有了不可置疑的地位。在这一时期的剧作中,《圆颅党人》即是一部在形式、内容与市场上均获得了巨大成功的典型代表。迈克尔·柯德内认为:"《圆颅党人》即是贝恩在仔细研究了二十年前有关十七世纪中期内战的戏剧之后引起了自己持续的思考之后的创作。"[①]《圆颅党人》(又名,往昔的伟大事业)一剧可能上演于1681年12月或者1682年初,依简内特·托德,"当时正处于群情激愤的天主教阴谋事件的末期,不过褫革危机已经浮出了历史地表。贝恩创作这个剧的目的显然是为了教育当时观众中占据主体的保王党人,让他们认识到十七世纪八十年代英国的动乱与处于战争分裂状态的十七世纪四五十年代如出一辙,而反对查理二世统治的那群人正是剥夺了查理一世

[①] Michael Cordner. Sleeping with the Enemy:Aphra Behn's The Roundheads and the Political Csomedy of Adultery. in Michael Codner et al,eds. Players,Playwrights,Playhouses: Investigating Performance,1660 – 1800. New York:palgrave,2007:49.

第三章 从劝诫到协商的调适:女性意识影响下的性政治主题流变

王权并且将国王送上断头台的叛乱分子后裔。"①圆颅党人是十七世纪四十年代早期英国内战期间活跃在议会中的一股政治势力。副标题'往昔的伟大事业'指的是这群人宣扬的政治理想,即建立一个限制君主权力,教会温和,同时让士绅分享统治权的社会秩序。贝恩为了达到讽刺议会党人的目的,把他们描写成了敌对国王的典型,指出他们就是一群低贱的追名逐利者,为了争夺权力手段下作、尔虞我诈、自私自利。②可以想见地是,在政治斗争如此敏感激烈的1681年这个重要的历史节点,贝恩敢于正面涉足政治领域,足以证明她已经成为对于政治趋势洞若观火的老手。

《圆颅党人》既是历史剧,也是政治剧,同时亦是用典型的复辟喜剧的手法写成,称得上是贝恩比较成熟的一个喜剧。十七世纪的英国女性多数别局限于家庭私生活之内,根本没有几乎涉足政坛的机会。在女性写作尚且被视作离经背道的时代,贝恩敢于在剧作中直面政治主题,足以证明她的勇气。诚如希尔达·L.斯密斯指出的那样:"在涉足十七世纪女性在政治领域的写作时,人们一般会根据传统上经验提出如下问题:即女性怎么能够在自己未曾有机会实践的领域创作?她们隔靴搔痒的从外围描写政治岂不是与自己的天性相悖?又或者是她们怎么能够在自己完全无知的领域创作?以上问题都或隐或现地对于女性写作表现政治主题提出了疑问。"③对于贝恩来说,她绝对不是游离于政治之

---

① See Janet Todd. Introduction to The Roundheads (or the Good Old Cause). in Janet Todd, ed. *The Works of Aphra Behn*:*The plays of* 1682 – 1696, vol. 6. London:William Pickering and Chatto Publishers Limited, 1996:358.

② See Janet Todd. Introduction to The Roundheads (or the Good Old Cause). in Janet Todd, ed. *The Works of Aphra Behn*:*The plays of* 1682 – 1696, vol. 6. London:William Pickering and Chatto Publishers Limited, 1996:358.

③ L. Smith,Hilda. Introduction:Women, Intellect, and Politics:Their Intersection in Seventeenth – Century England. in Hilda L. Smith, ed. *Women Writers and the Early Modern British Political Tradition*, Cambridge. Cambridge University Press, 1998:2.

烟雾笼罩中的权力：论阿芙拉·贝恩作品中的女性意识

外的女性。早在进入伦敦剧坛之前,她已经亲自参与到了波谲云诡的复辟时期政治中去。她早年作为查理二世的间谍在低地国家活跃,为王室军事机构搜集情报。1666年7月末到11月末,贝恩与斯科特之间联系紧密。后者一直为贝恩提供一些最低限度的机密情报,或者偶尔会透漏给她一些关于不奉国教者团体的信息。早在贝恩少女时代乘船远赴苏里南的时候两人就已经认识。正因为两人之间有这层关系,宫廷才想到利用贝恩的私人关系将威廉发展为间谍,借以了解1666年之际盘踞在低地国家的反对国王势力的情况。[①] 贝恩早年的政治经历使得她拥有极高的政治敏感力,这也为她在多变的政治环境中屹立于剧坛不倒提供了保证。

(一)《圆颅党人》的创作目的与女性意识建构

贝恩的《圆颅党人》在情节上因袭了泰瑟姆的《尾闾议会》,她在剧中保留了不少原著中的人物。但在《尾闾议会》一剧上演二十年之后,贝恩在剧中做了大量改变以便更加深刻地反映1681年之际英国的政治气氛。在褫革危机最为紧张的时刻,每个剧作家都要在作品中明白无误地表达自己对宫廷以及托利党人的支持。1679—1680年度戏剧演出季上演的剧目在政治倾向上有着更加明显的站队。大多数的剧作家都在开场白、收场白、出版前言和献辞中热情洋溢地宣扬保王党主义。[②] 贝恩不仅在《圆颅党人》的开场白和收场白中显豁地表达了对于托利党敌人的嘲讽,而且还将这部戏献给了查理二世的私生子格莱夫顿伯爵。

---

① Melisa Mowry. Irreconcilable Difference:Royalism, Personal Politics and History in Aphra Behn's The Roundheads. in *Women'S Writing*,2016,23.3:288.

② See Susan J. Owen. Interpreting the Politics of Restoration Drama. in *The Seventeenth Century*,1998,8.1:71.

第三章　从劝诫到协商的调适：女性意识影响下的性政治主题流变

1679年,贝恩首次在出版作品前面附加了献辞,这是她第一次为自己的剧作公开征求恩主的资助和庇护。十七世纪七十年代以后,英国国内的政治氛围日趋紧张,贝恩的剧作也变得和政治的关系愈加紧密,这个时候贝恩也觉得有必要公开宣称与某些显贵的接结盟关系,才能保证自己不受敌手攻击。于是她开始将剧作献给那些宫廷人士,或者与宫廷有紧密关系的要人,包括国王信任的权臣。例如《伪装的风尘女》(1679)题献给了女演员内尔·格雯。她曾经在贝恩最为知名的戏剧《漂泊者》中扮演妓女安洁莉卡·比安卡,同时也是查理二世的情妇之一；《漂泊者·第二部》(1681)题献给了天主教徒王位继承人约克公爵。不过在《圆颅党人》上演的时候,贝恩对于宫廷党取得政治斗争胜利没有足够的把握,这也是她选择将这个剧献给宫廷中不是十分热心政治的格莱夫顿公爵的原因。①

贝恩在褫革危机上演的喜剧取得了巨大成功,自然遭人嫉恨。据说莎德韦尔即是那首名为《针对托利党诗人的讽刺》的诗歌的作者,里面有这样的句子：

　　那个女诗人阿芙拉,
　　现在居然也大红大紫,
　　明天她又要有一出新戏上演。

---

① 格莱夫顿公爵即亨利·费茨罗伊,此君是查理二世与其情人芭芭拉(卡索曼夫人,后来受封为克莱芙兰德公爵夫人)的第二个私生子,亦称格兰夫顿公爵。贝恩创作这个戏的时候恰好紧跟在莎德维尔的辉格党戏剧《兰开夏郡巫师》(1682)取得成功以后。她希望自己的这出托利党政治倾向十分明显的戏剧'担当得起忠诚的头衔',可以唤起人们对时局的关注并激起反抗。她认为自己的戏'揭示了当今的政治矛盾之所以发生乃是因为它实际上是1640年那场内战中层出不穷的反叛、谋杀、大屠杀以及暴动的结果。" See Kimbery Latta. Aphra Behn and the Roundheads. in Journal for Early Modern Cultural Studies,2004,4.1:20.

烟雾笼罩中的权力:论阿芙拉·贝恩作品中的女性意识

> 奥特韦亲自上台为她拉皮条、压场子,
> 以免台下那些横行霸道的观众,
> 一旦群情激愤,
> 就会怒目而视、冷嘲热讽。
> 台下立刻嘘声练练、骂声一片,
> 他们就不会对《都市女继承者》和《往昔的伟大事业》
> 报以掌声。"①

该诗作出版于1682年4月,里面有讽刺贝恩的剧作《都市女继承者》与《圆颅党人》的诗行,不过他也不得不承认这两部剧作在当时的确风行一时。贝恩在给公爵的书信体献辞中指出她并不是为了金钱利益写作,甚至批评了那些善于钻空子的诗人投机家,因为"那些文人墨客更加善于向幸运的暴发户溜须拍马。"②当然,贝恩在献辞中也堆砌了许多对于恩主的阿谀之词。整个书信中占有更大篇幅的是她对于时局以及当时的剧场状况深刻的剖析,贝恩如是说:

> 这个世界没有什么办法能让所有人满意,尤其是在这样一个党派斗争如火如荼的年代。不同党派的看法水火不容——有些人前一天还去观看一部表现忠于国王主题的戏

---

① See Janet Todd. Introduction to The Roundheads (or the Good Old Cause). in Janet Todd, ed. *The Works of Aphra Behn:The plays of* 1682 – 1696, vol. 6. London:William Pickering and Chatto Publishers Limited, 1996:358.

② See Aphra Behn. The Roundheads (or the Good Old Cause to the Most Illustrious Prince Henry Fitz – Roy, Duke of Grafton, Earle of Euston, Viscount of Ipswich, Baron of Sudbury, Knight of the Most Noble Order of the Garter, and the Colonell of His Majesties Regiment of Foot Guards, etc.). in Janet Todd, ed. *The Works of Aphra Behn:The plays of* 1682 – 1696, vol. 6. London:William Pickering and Chatto Publishers Limited, 1996:361.

第三章 从劝诫到协商的调适:女性意识影响下的性政治主题流变

剧,后来即便是他们中老成持重、良心柔顺的人也会随大流蜂拥着去参加政府禁止的宗教集会。他们一方面担心自己在革命时期犯下的罪行败露,会被当作十恶不赦的人受尽嘲弄;另一方面,这群人也害怕自己在十七世纪四十年代内战中的劣迹,诸如发动叛乱、进行谋杀以及其他邪恶行为在如今童叟无欺、政令畅通的社会大白于天下。他们只能玩弄伪善的伎俩,别看他们济济一堂聚集到剧院里来,干的却是不顾情面攻击作者,向演员大发嘘声的勾当,一如这群人对待君主制、宗教、法律甚至忠诚良心的真实态度。①

　　贝恩笔下攻击的这群人既指的是清教徒,同时又是处于萌芽时期的辉格党人。两者之间有着千丝万缕的联系,他们不仅对宫廷造成了巨大威胁,而且来到剧院的主要目的是嘲笑托利党剧作家。贝恩同时在书信体献辞中敏锐地指出,查理二世复辟以后的时局之所以如此动荡,其深层原因植根于国王当初返回英格兰之后与国内势力达成的《大赦令》。如此一来,辉格党人利用了国王的仁慈,动辄以该法令威胁当局。她认为《圆颅党人》是一出教诲戏剧,而对手则千方百计阻止这出戏"将真相忠实地呈现出来,从而会对其不利"。"但是终于君主的力量绝对不会屈服于他们恶毒的嘲讽。如果诗人还能像从前一样拥有先知的权力,这真是一个再好不过的预兆。观众将会在《圆颅党人》中欣赏到国王的事业如何蒸蒸日上以及所谓的往昔的伟大事业的真实情况。就像是一位出身高贵的认识评价《圆颅党人》所说的,尽管托利党人的形象在该剧中都得到很好的维护,但必须承认的是在伦敦城依然

---

① Ibid.

烟雾笼罩中的权力：论阿芙拉·贝恩作品中的女性意识

存在很多不同的声音。"①金伯莉·拉塔认为："在《圆颅党人》的献辞中，贝恩请求公爵的资助以及保护，这样她就能免遭那些反保皇主义公众的恶毒攻击。她在献辞中言辞激烈，并且大胆直白地攻击那些辉格党人是刽子手和恶棍。他们整天处心积虑地谋反，唯恐天下不乱。这些话语表明贝恩希望取悦格莱夫顿公爵。"②贝恩对于宫廷的忠诚毋庸置疑，即便如此，由于性别和身份的不同，也造成了她尽管在政治态度上大致与德莱顿相同，但是两者的区别也非常明显。

贝恩在献辞中向恩主祈求庇护的言辞及其体现出的女性意识使其与同时代男性作家之间构成了巨大不同。贝恩在献辞中坦言："这个剧只有在格莱夫顿公爵的庇护之下，才能免遭那些充满煽动性的攻击'。尽管这篇献辞充满恭维的套话，诸如出身高贵、惊为天人之类。不过，更加值得我们关注的是贝恩在吹捧的过程中对于公爵外表的凝视，甚至将他的英俊作为对付敌人的武器："阁下的美貌(beauty)定能让人甘心俯就为您效劳，因为您天生就能征服宇内。不管那些政客如何的狂热和暴躁，他们总是对时代充满愤恨。瘟疫疾病、未遂阴谋、令人失望的革命像走马灯一样的出现。有些人天生嫉妒别人的权力，嫉妒国王君主，因此总是发疯一样地狂热鼓吹所谓的变革或改良。但这一切在阁下的威仪面前都是浮云，因为人们都会忘怀于美好之实物。只要他们一睹君之芳容，定然会回心转意，不再起事复仇，恢复所谓的往昔伟大事业。那些以保护平民利益蛊惑人心的家伙只要觐见阁下，也一定会使他们刻板的面孔堆起尴尬的笑容，然后郑重坦白自己之前纯粹是误入歧途，诅咒辱骂辉格党，甚至洗心革面，重新

---

① Ibid.
② Kimbery Latta. Aphra Behn and the Roundheads. in *Journal for Early Modern Cultural Studies*, 2004, 4.1:20—21.

第三章 从劝诫到协商的调适:女性意识影响下的性政治主题流变

做人。"①女性的身体在男权中心主义社会中往往是被男性凝视的对象。但是,我们从贝恩对于公爵的恭维中发现,她表面上在盛赞对方的高尚仪态,实际上却将这位高贵的男子置于被自己观察和审视的位置。除此之外,贝恩在此突出的是男性的风姿(beauty),而与传统男性气概中的勇敢、智慧以及征服无关。她之所以采取这种言说策略,一方面是因为格莱夫顿公爵的确在战功上无法与褫革危机中的两大中心人物——约克公爵以及蒙茅斯公爵相提并论,另一方面可能是贝恩有意为之,这样既避免了自己卷入核心政治人物中的政治漩涡,更重要的是解构了男性气概。金伯莉·拉塔认为:"贝恩在献辞中用阿谀之辞诱惑格莱夫顿,说他'生来就拥有征服世界的力量',其身上与生俱来的崇高美就是最重要的政治武器,——'那些政客是多么的光怪陆离。他们只会愤世嫉俗,诅咒我们的时代。他们利用大瘟疫、阴谋诡计以及令人失望的革命攻击政府。这些人整天争权夺利,一开始幻想当王子,接下来就想着封王,满心欢喜地巴不得来一场革命,好让他们浑水摸鱼。他们如此利欲熏心,整天不是想着叛乱就是复仇,或者'回转到过去的伟大事业'中去。他们已经不知道愉悦为何物,所以必得仰仗阁下的威仪让那些受到煽动的庸众回心转意'。"②

贝恩在献辞中表达了精英主义的政治态度。她认为:"那些叛乱时期荣登高位的暴发户在历史上不过出身于下层阶级,以至于没有哪一个教区的教籍记录本上提到有关这些人的家族信息。

---

① See Aphra Behn. The Roundheads (or the Good Old Cause to the Most Illustrious Prince Henry Fitz-Roy, Duke of Grafton, Earle of Euston, Viscount of Ipswich, Baron of Sudbury, Knight of the Most Noble Order of the Garter, and the Colonell of His Majesties Regiment of Foot Guards, etc.). in Janet Todd, ed. *The Works of Aphra Behn:The plays of 1682-1696*, vol.6. London:William Pickering and Chatto Publishers Limited, 1996;361-362.

② Kimbery Latta. Aphra Behn and the Roundheads. in *Journal for Early Modern Cultural Studies*, 2004, 4.1:21.

烟雾笼罩中的权力:论阿芙拉·贝恩作品中的女性意识

但正是这些暴徒粗暴地打击帝国的事业,并且大肆亵渎那些历史上赫赫有名的王朝和君王。但是他们却幸运地遇到了最为仁慈的君主,以充满神性的善意原谅了这些历史上最为卑劣的敌人。"①贝恩对于那些通过造反跻身贵族的政治投机者难以介怀,她在作品中甚至不时地流露出对于下层民众的轻视。尽管贝恩在献辞中站在维护宫廷利益的角度大声疾呼,但是从文化研究的视角来看,此举在女性参与政治的历史上具有典范意义。贝恩在献辞中指点政治使得她获得了言说的权威。她一开始利用了历史上存在的"诗人—先知"隐喻来为自己的权力辩护。既然她是一位诗人剧作家,那么她的创作就拥有和先知一样的权威,而且她声称创作《圆颅党人》目的并非为了牟利。金伯莉·拉塔认为:"假如贝恩诉诸先知身份的动机不带有牟利的目的,那么她在政治上和精神上的忠诚该如何解释呢?她在《圆颅党人》这出所谓循循善诱的戏剧中表现出来的美学上的真实不仅仅是向庸众宣扬神圣的事业。"②可见,贝恩已经意识到了戏剧文学不仅可以帮助女性获得在公共领域的权威,而且她自信地认为这足以影响英格兰的时局甚至政治的发展。

十七世纪的英国妇女不能参加公职,女人在政治和经济领域只能作为男性的附庸。在贝恩的时代,女人极少有机会获得写作权威(author)。根据《牛津英语大词典》对 author 词条的解释,该词语来自于古法语 autour,后来又演变为 auteur,拉丁词源为 auctor。author 一词早期的含义包括'能够创立或者使一件新东西出

---

① See Aphra Behn. The Roundheads (or the Good Old Cause to the Most Illustrious Prince Henry Fitz‐Roy, Duke of Grafton, Earle of Euston, Viscount of Ipswich, Baron of Sudbury, Knight of the Most Noble Order of the Garter, and the Colonell of His Majesties Regiment of Foot Guards, etc.). in Janet Todd, ed. *The Works of Aphra Behn:The plays of 1682 - 1696*, vol. 6. London:William Pickering and Chatto Publishers Limited, 1996:362.

② Kimbery Latta. Aphra Behn and the Roundheads:in *Journal for Early Modern Cultural Studies*,2004,4.1:21.

第三章 从劝诫到协商的调适:女性意识影响下的性政治主题流变

现的人',这个词语的引申义是发表书面陈述的人,专论或书籍的设计者或写作者,同时该词语还有发明家、建造师、创始人、父系、祖先、父亲之含义。① 所以,作者(author)在西方文化中显然是一个充满父亲权力色彩的词语,正如男权社会成功剥夺了女性的生殖权威一样,它也将创造权力隔离于女性之外。贝恩非常清楚自己在文学领域挑战男性权威必将遇到难以想象的困难,因此甚至直到她创作《圆颅党人》的时期(此时她已经上演了十部左右的戏剧),她仍然小心谨慎地借用了宗教上的先知隐喻来建构自己的话语权力。激荡的革命年代带来的不仅是对于人心摧枯拉朽的撼动,最重要的是处于弱势文化群体中的阶层可以趁机拜托强势文化的束缚,这其中也包括性别权力主奴关系中的被压制者。

在贝恩之前的革命年代,女性在公共空间的地位已经在局部发生了变化。历史学家洛伊斯·施沃雷尔认为:"1640 年那场狂热的政治宗教革命之后,新教宗派赋予女性的权力显而易见地促使了女性在两个方面认知了自我。她们也可以对于公共事务以口头的形式或者印刷出版物的方法建构自己的权威。"②宗教领域出现了一些领导变革的女性。第五君主派的玛丽·卡里领导了多次集会活动并且出版了许多为人称道的专著。平等派的凯瑟琳·切尔德利是一位女商人,她曾带领大批妇女到议会情愿,并且募集了 6000 至 10000 名妇女在请愿书上签名。她在十七世纪四十年代也将自己的一系列关于政治和宗教的论述加以出版。女性在一些独立的小型宗教集会上发挥着重要的,甚至是领导性的作用。伦敦的一些教派的女性成员甚至拥有投票、辩论以及布

---

① Kimbery Latta. Aphra Behn and the Roundheads. in *Journal for Early Modern Cultural Studies*, 2004, 4.1:4—5.

② See Lois Schwoerer. Woman's Public Political Voice in England, 1640 – 1740. in Hilda Smith, ed. *Women Writers and the Early Modern British Political Tradition*. Cambridge: Cambridge University Press: 56 – 74.

烟雾笼罩中的权力:论阿芙拉·贝恩作品中的女性意识

道的权力。在浸礼派的总教堂,每周都会安排一名女性当众布道,而且在林肯郡、伊莱、哈德福郡、约克郡以及赛默斯特郡这些地方的分支教会也会安排女性定期进行讲经。① 在此列举这些事例,并非说明近代早期的英国女性在公共空间已经获得广泛的权威,只是在内战时期混乱的社会中,女性得以在严丝合缝的男权体系中打开了一道裂缝。这些细微的变化并非毫无意义,这一阶段集中出现的女性进入公共空间的偶然事件本身隐藏着一定的逻辑。众多寻常女子、中等阶级女性甚至贫寒人家的女子都获得了突破父权制禁止女性获得公共威信或者公开出版作品的可能。这些孤例均对贝恩形成和建构自己的女性意识提供了参照,同时也是促成英国历史上第一位职业女作家浮出历史地表的因素。

贝恩通过写作在公共领域建立了权威。她既没有像女先知在街头抛头露面,也不像贵族女性将写作当作附庸风雅的装饰。她在《圆颅党人》的献辞中反复提到先知,并且将自己比喻为"被遗弃在荒凉海滩的先知。"②这些细节都说明贝恩对于女性借用先知权力获得话语权的历史非常熟悉。宗教女性写的出版物并不需要接受很多的教育或者特殊的训练才能写出,只要书商认为她们写的东西说明了事实、具有政治即时性,或者单纯因为好卖都

---

① See Thomas Keith. Women and the Civil war Sects. in *Past and Present*, 1958(13): 42—62.

② See Aphra Behn. The Roundheads (or the Good Old Cause to the Most Illustrious Prince Henry Fitz - Roy, Duke of Grafton, Earle of Euston, Viscount of Ipswich, Baron of Sudbury, Knight of the Most Noble Order of the Garter, and the Colonell of His Majesties Regiment of Foot Guards, etc.). in Janet Todd, ed. *The Works of Aphra Behn*: *The plays of 1682 - 1696*, vol. 6. London: William Pickering and Chatto Publishers Limited, 1996: 361 - 362.

Kimbery Latta. Aphra Behn and the Roundheads. in *Journal for Early Modern Cultural Studies*, 2004. 4. 1: 21.

第三章 从劝诫到协商的调适:女性意识影响下的性政治主题流变

会成为值得出版的理由。① 贝恩在《漫游者》出版序言中曾坚定地宣称:"我要用英语完成像伟大的拉丁诗人维吉尔一样高成就,无论是写诗还是创作其他的作品,都是为了博取声名"。如果说成名是贝恩创作目的,那么在作品中介入政治无疑更容易取得人们的关注。她在《圆颅党人》的献辞中表达了通过文学创作影响英格兰现实政治的愿望。

贝恩在献辞中向公爵抱怨自己的剧作受到了辉格党人的攻击:"辉格党人居然众口一词地指控我们,简直令人难以忍受。我们岂能对那些胆大妄为的攻击充耳不闻。他们说我的这个剧偏转了方向,认为这些都是造谣中伤和无法证明的丑闻而已。他们的暴行难道是很久远的事情?"②贝恩指出那些狡猾的辉格党人又想故伎重演,那些进入剧场看戏的一部分人只不过是在对于国王的忠诚上做一下表面文章,妄图玩弄过去的政治把戏。对于在戏剧领域历练多年的剧作家来说,她写作政治应景的文字已经驾轻就熟。她在献辞中如此赞扬斯图亚特王朝:"阁下的先祖已经光荣地统治英格兰达几个世纪。如今统治者反而变成了被统治的对象,全都被扫地出门,沦为了悲惨的奴隶。到底是根据什么律法,高贵的人竟然沦落到与淫荡的娼妓一般的地步。贵族和绅士变成了被人鄙视唾骂的对象,卑鄙的恶棍却掌握了政权,大权独揽。英格兰这艘华贵的宝船正在遭受灭顶之灾,幸好吾王运筹帷幄,他知道如何避免眼前实实在在的危险,以免大船倾覆。如今乌云散去,天朗气清,我们又能公开为君王和王储的福运祈祷,团

---

① Kimbery Latta. Aphra Behn and the Roundheads. in *Journal for Early Modern Cultural Studies*,2004,4.1:7.

② See Aphra Behn. The Roundheads (or the Good Old Cause to the Most Illustrious Prince Henry Fitz-Roy, Duke of Grafton, Earle of Euston, Viscount of Ipswich, Baron of Sudbury, Knight of the Most Noble Order of the Garter, and the Colonell of His Majesties Regiment of Foot Guards, etc.). in Janet Todd, ed. *The Works of Aphra Behn*:*The plays of 1682 - 1696*, vol.6. London:William Pickering and Chatto Publishers Limited, 1996:362.

烟雾笼罩中的权力:论阿芙拉·贝恩作品中的女性意识

结起来捍卫君王的事业,保卫宫廷的权力,并且不用担心以往共和国政府那样以一纸罚单就没收别人的财产。"①我们不能仅仅把献辞中贝恩对于宫廷的恭维看作是作者忠于斯图亚特王朝的证据,毕竟这种做法在褫革危机期间非常普遍。不过,我们必须看到贝恩政治思想的局限性,亦即她在作品中对于出身下层阶级的人民的敌视,这也坐实了其基于贵族统治的托利党政治理想。但是,从另外一个方面看,大规模的革命和社会动荡的确也造成了很多违反法律的财产掠夺,这也是贝恩批判共和政府的原因。

贝恩在献辞中并非一味地对于宫廷奴颜婢膝,她居然行使自己的写作权威,堂而皇之地公开对恩主进行诫勉,希望对方能够成为"忠诚和顺从的榜样、君主制坚定不可动摇的支柱,并且为国王立下大功,将身上所有的年轻活力以及贵族的行为都奉献给王朝事业,因为这既是天命,也是阁下的出身所决定的。"接着,她甚至以要求的口吻和公爵对话:"尊贵的先生,您应该遵守君上的旨意,并且在爱与荣誉方面承担双重的责任。因为当今皇帝也是您的父亲,这是斩不断的血缘纽带和神圣的结合。我们应该以何等的努力,带着何等的爱意和崇敬之情才能偿还之前欠下的浩荡皇恩。那阁下岂能不和君上勠力同心,因为只有这样才能使您与皇族的联系永远存续。"②接下来,贝恩以叛乱的蒙茅斯公爵作为反面教材告诫年轻的格莱芙顿公爵。贝恩认为蒙茅斯因为和辉格党人结成同盟,结果变得"疯狂地痴迷权力,觊觎帝王之位。此人在民众中反复无常的声望也刺激了他的野心,居然在一个高贵的

---

① Ibid.
② See Aphra Behn. The Roundheads (or the Good Old Cause to the Most Illustrious Prince Henry Fitz - Roy, Duke of Grafton, Earle of Euston, Viscount of Ipswich, Baron of Sudbury, Knight of the Most Noble Order of the Garter, and the Colonell of His Majesties Regiment of Foot Guards, etc.). in Janet Todd, ed. *The Works of Aphra Behn*: *The plays of* 1682 - 1696, vol. 6. London: William Pickering and Chatto Publishers Limited, 1996: 363.

第三章 从劝诫到协商的调适:女性意识影响下的性政治主题流变

灵魂中孕育出亵渎父王的疯狂想法,居然暗中包藏着固执的反叛之心。试问天下竟有这样的逆子,居然企图反叛自己过于宽厚的父亲。"①这些劝诫性的话语说明贝恩敢于直接议论政治,她已经无法遏制自己影响公共政治的雄心,以至于直截了当地对恩主提出建议。她最后给出了如今君主之位并非十全十美的理由:"尊贵的皇族后裔,您应该对那些虚假的野心明察秋毫,同时阁下应该清楚以您高贵的出身远比君王更加幸福快乐。试想,您一方面可以分享皇族的壮观排场,以及各种赏心乐事,另一方面又不用承担君王的各种痛苦和责任。众所周知,国君无不日理万机、焚膏继晷,即便到了夜晚也不得安宁。"②从《圆颅党人》的献辞中,我们不难发现贝恩对于政治的敏感和积极参与其中的热情。这也为她在不久之后的 1682 年因为为匿名戏剧《罗慕拉与赫思蒂亚》写作开场白的时候因为妄议政治被投入监狱埋下了伏笔。

从《圆颅党人》的献辞中,我们似乎可以得出如下结论:即这出戏更像是代表托利党人向辉格党人发动进攻的政治武器。贝恩在遭遇了《冒牌伯爵》一剧的失败以后开始调整创作策略,当时喜剧舞台上风靡一时的是庆祝排斥阴谋的破产以及托利党人胜利的作品。德雷克·休斯认为:"这个剧的目的是为了庆祝宫廷在褫革危机中取得的胜利,于是贝恩将此时取得的成功描述成了就像斯图亚特王朝在 1660 年复辟之时取得的胜利一样隆重。"③那么,《圆颅党人》创作之际,查理二世以及托利党人是否已经取得了政治上的全面胜利?有些研究者将《圆颅党人》视作为了庆祝托利党人取得胜利而创作额作品。假如这种说法成立的话,那么查理二世应该于 1681 年春季在牛津议会召开之际改变策略的

---

① Ibid.
② Ibid.
③ Derek Hughes. The Theatre of Aphra Behn. London:Palgrave, 2001:139.

烟雾笼罩中的权力：论阿芙拉·贝恩作品中的女性意识

时候已经对政治敌手取得了压倒性的胜利。但是，迈克尔·柯德内认为："以上关于《圆颅党人》的看法不过是事后聪明的结果。1681-1682年冬季的戏剧演出季的喜剧的确风行着一股浓厚的托利党色彩。但是当时双方的宣传战仍然在如火如荼地进行着，不过是忠于国王的论辩一方超过了他们的对手而已。在这一轮的危机对抗中，敌对双方交替取得优势，但没过多久要将胜利转给对方。在这种情形之下，谁又能确定命运之轮会倾向于哪一方。"①柯德内的说法的确有一定的道理，即贝恩在创作《圆颅党人》的时候，辉格党与托利党双方的竞争仍然处于相持阶段，孰胜孰负尚难预料。1682年春，查理二世仍然在思虑是否要小心谨慎地让约克公爵做好长期滞留国外的准备，以防止他突然回国遭到那伙充满敌意的暴徒的抵制。国王的这个计划说明王党只是局部性地取得了胜利。据蒂姆·哈里斯研究，当时支持辉格党的群众仍然手拿长棍，在大街上招摇过市，口中还高喊着"我们要蒙茅斯，约克公爵滚蛋。"② 他们还熄灭了为了赞扬约克公爵的高贵而点燃的篝火，而分别支持辉格党和托利党的群众也在多地爆发了激烈的冲突。试问在此情形之下，贝恩在1681年能够像先知一样预料出托利党必将取得绝对胜利么？贝恩创作《圆颅党人》的目的并非为了庆祝胜利这一论断还有许多文本证据支持，比如她在开场白与收场白中焦虑地表达了对于辉格党政治的担忧。那么，《圆颅党人》中除了因为政治的需要为托利党人摇旗呐喊的表层话语之外，其背后隐藏的深层话语究竟是什么，这也是我们

---

① Michael Cordner. Sleeping with the Enemy: Aphra Behn's *The Roundheads* and the Political Csomedy of Adultery, in Michael Codner et al., eds. *Players, Playwrights, Playhouses: Investigating Performance*, 1660-1800. New York: Palgrave, 2007:47.

② Tim Harris. *London Crowds in the Reign of Charles II: Propaganda and Politics from the Restoration Until the Exclusion Crisis*. Cambridge: Cambridge University Press, 1987: 104.

第三章 从劝诫到协商的调适:女性意识影响下的性政治主题流变

需要厘清的问题。其实,贝恩也在献辞中提到了自己的创作目的,她说:"我只是真实地呈现历史人物,然后将他们交给阁下陟罚臧否。我谦逊地向时人以及崩坏的社会举起了一面小小的镜子。"①贝恩的"镜子说"表明她希望采取现实主义的手法呈现历史,进而达到影响社会以及政治的目的。贝恩是一位对于写作以及自由权力有着强烈渴求的作家,她要通过戏剧舞台来表达女性意识,这就决定了必须在政治上与宫廷保持一致,以此换取言说的机会。正确的政治态度至少得在文本表面维系,这样才能通过戏剧审查。今天我们也不必为贝恩保守的政治态度感到遗憾,毕竟近代早期的很多女作家在政治上都奉行保王主义。真正值得关注的是贝恩的文本中究竟存在哪些具有颠覆意义的思想,使得其在传统话语与革命话语的接合处表达出思想的质变。毕竟在贝恩创作的年代,女性写作以及女性思想尚处于拓荒阶段,她并没有可以效仿的榜样,因此,我们在审视《圆颅党人》的创作目的以及思想意义的时候,更应该关注的是这个剧在细枝末节以及深层叙事中表达出的以女性意识为主导的性别政治观。更何况,贝恩在献辞、开场白、收场白中的托利党政治观与剧作中的政治观点并不完全一致,两者之间有一定的缝隙和断裂。

(二) 女先知凝视下的复辟时期政治

复辟时期戏剧研究者通常以褫革危机时期的剧目为对象来研究戏剧与政治之间的关系,其原因是这一时期政治斗争最为激烈,而且此时恰好出现了英国党派政治的萌芽,因此导致戏剧与

---

① See Aphra Behn. The Roundheads (or the Good Old Cause to the Most Illustrious Prince Henry Fitz – Roy, Duke of Grafton, Earle of Euston, Viscount of Ipswich, Baron of Sudbury, Knight of the Most Noble Order of the Garter, and the Colonell of His Majesties Regiment of Foot Guards, etc.). in Janet Todd, ed. *The Works of Aphra Behn*: *The plays of 1682 – 1696*, vol. 6. London: William Pickering and Chatto Publishers Limited, 1996:363.

烟雾笼罩中的权力:论阿芙拉·贝恩作品中的女性意识

政治之间的关系空前紧密。作为危机期间上演的代表性戏剧,《圆颅党人》与政治的关系不言自明。《圆颅党人》讲的是在共和国崩解之际,保王党主人公面对实力强大的敌人巧妙地与之战斗并取得了胜利的故事。贝恩在《圆颅党人》中借助于建构了以历史人物为模板的情节线以及这些人物之间发生的令人讽刺的事件。喜剧性情节包括兰伯特的惧内以及优柔寡断,另外还有尾闾议会时期被寄予厚望的大员,他们软弱无能,既无法获得女性青睐,又不能安邦立国,剧中充满了对于政治敌手的讽刺。

这个剧的绝大多数人物在历史上都确有其人。例如历史上的约翰·兰伯特是克伦威尔的忠实支持者。他在普莱斯顿战役中担任副总指挥,后来在邓巴以及伍斯顿战役中也发挥了领导作用。查理·弗利特伍德是老克伦威尔的女婿。老克伦威尔之女布丽奇特·克伦威尔在首任丈夫亨利·埃尔顿去世之后,嫁给了弗利特伍德。戴斯洛的人物原型是约翰·戴斯巴勒,他也是克伦威尔的妻弟。兰伯特夫人弗朗西斯是约克郡的威廉·利斯特爵士之女。她一直被传言是老克伦威尔的情妇,但是并没有确切的证据证实。① 其他人物大多数也确有其人,而且因为这些历史人物已经去世,贝恩干脆直接将他们的名字用到了剧本之中。不过,贝恩并非像她在献辞中所宣称的那样按照历史现实描摹人物,实际上她笔下的人物虚构的成分要大于真实,其原因是这些人物形象无不经过了作者政治以及性别意识两方面的过滤。历史上的兰伯特支持理查德·克伦威尔的领导,对于戴斯巴勒与弗利特伍德图谋发动的军事政变也坚决反对。克伦威尔去世之后,兰伯特宣布解散议会,然后成立治安委员会。兰伯特将军素以善

---

① See Janet Todd. Notes to The *Roundheads* (*or the Good Old Cause*). in Janet Todd, ed. The *Works of Aphra Behn*: *The plays of* 1682 – 1696, vol. 6. London: William Pickering and Chatto Publishers Limited, 1996:472.

第三章 从劝诫到协商的调适:女性意识影响下的性政治主题流变

战著称,不可能像《圆颅党人》中的兰伯特那样唯唯诺诺、优柔寡断。戏剧中该人物的形象无疑是贝恩出于政治宣传以及解构男性的需要进行了扭曲变形。

该剧的开场诗由一位假扮成休森鬼魂的演员吟诵。他本来是一位出身微贱的鞋匠,借助于革命变成了共和政府的大员。此人在开场白中自报家门:"本人名叫休森,是往昔的伟大事业的忠实子孙。我之所以从受罚之地,那永恒的地狱之火中苏醒,乃是因为被满城风雨的丑闻弄得不得安宁。"[①]休森自认为自己所属的长老派在叛乱中的功绩比天主教会还要大。他绘声绘色地描绘了长老派的金钱政治在革命中发挥的巨大威力:

> 诸位回顾一下我们在1641年所取得的成功,
> 迄今为止都没有同样大胆的革命出现。
> 就连当今的动乱似乎也不比从前更有希望,
> 难道受到挫折和优势丧失,
> 就会让我们放弃追求事业的荣光?
> 只要有钱,我们还会雇佣一批不思悔改的暴徒,
> 无论人间的律法还是良心都不能阻止他们的行动。
> 一如政客本来就是要制造混乱,
> 清教徒也要为虔诚的宗教奉献。[②]

贝恩在此提到的长老派是清教徒中的一派重要力量。雷切

[①] See Aphra Behn. Prologue to *The Roundheads* (*or the Good Old Cause*). in Janet Todd, ed. The *Works of Aphra Behn*:*The plays of* 1682 – 1696, vol. 6. London:William Pickering and Chatto Publishers Limited, 1996:365.

[②] See Aphra Behn. Prologue to The Roundheads (or the Good Old Cause). in Janet Todd, ed. The *Works of Aphra Behn*:*The plays of* 1682 – 1696, vol. 6. London:William Pickering and Chatto Publishers Limited, 1996:365.

烟雾笼罩中的权力：论阿芙拉·贝恩作品中的女性意识

尔·阿德考克认为："贝恩在《圆颅党人》的献辞中将修森这一人物视作议会辉格党人的先驱者。她认为辉格党人其实是一群不奉国教者，其中尤为典型的是长老派"①贝恩之所以在开场诗中让清教徒休森现身说法暴露他们玩弄的政治伎俩，实际上是让群众放弃对排斥主义者的现任，她有意识地将以休森为代表的长老派与后者联系起来，从而让观众认识到两者都是致力于煽动叛乱的罪魁祸首。通过休森之口，我们发现贝恩对于长老派的政治手段了如指掌：

> 我们一定要花大价钱雇佣一些擅长谩骂的能人，
> 还有那些说话云山雾罩，就像胡说八道的人才，
> 因为只有这样才能哄骗一盘散沙的庸众。
> 然后花些钱收买一些目击证人，②
> 这样，他们就不会站在正义的一方，
> 为了钱自然不会将唆使他们的人出卖。
> 只要价钱出得合适，
> 他们绝不会放弃信仰，
> 怪不得诚实已经奇货可居。
> 只要我们拿出大价钱收买陪审团，
> 任何法律都其奈我何，
> 就连叛乱之罪也能以概不知情开脱。③

---

① Rachel Adcock. 'Jack Presbyter in his Proper Habit': Subverting Whig Rhetoric in Aphra Behn's The Roundheads (1682). in Women's Writing, 2015(22): 39.
② 注，天主教阴谋案期间，各种政治势力都试图拿钱收买目击证人。
③ See Aphra Behn. Prologue to The Roundheads or, or the Good Old Cause. in Janet Todd, ed. *The Works of Aphra Behn: The plays of* 1682 – 1696, vol. 6. London: William Pickering and Chatto Publishers Limited, 1996: 365. 涉及该剧的台词皆选自此贝恩，将随文标出剧作首词、场次以及页码，不再另注。

第三章 从劝诫到协商的调适:女性意识影响下的性政治主题流变

贝恩在开场白中栩栩如生地描述了十七世纪四十年代清教徒操演的政治手段,这样不仅能够唤起观众的集体记忆,而且更加强调了该剧背后的政治暗示,引起人们对于包藏祸心的"排斥主义者"的反感。她在《圆颅党人》中表现出的对于政治的洞察力以及深刻性超越了时代,即便简·奥斯丁、勃朗特姐妹等女作家都不曾如此直接地处理政治题材。梅琳达·祖克认为:"在争论迭起的政治文化中,贝恩也积极参与其中。举凡十七世纪八十年代创作的戏剧,议论国事的诗篇以及她的第一部小说,无不对党派政治萌芽期的伦敦的政治氛围有所评论,其中有若干戏剧本身就是对现实政治的激烈讽刺。"①因此,贝恩能够在十七世纪晚期参与到政治建构中去,很大程度上是在王纲解纽、社会动荡的社会上得到的历练。

贝恩在献给格莱夫顿公爵的献辞中自比女先知,说明她自信地认为自己谙熟政治斗争。她在这个剧中全景式地表现了自革命年代以来出现的几股政治力量,并且揭开了这些政治人物虚伪的面纱,同时将神秘莫测的政治运作过程呈现在观众眼前。《圆颅党人》以喜剧手法讽刺了共和政府倒台之际的社会现实。该剧一开始表现的是军队在伦敦获得了胜利,士兵甲声称"伦敦已经被我们掌控",士兵乙马上附和"得找一些妓女快活快活"。(*Roundheads*:367)后来他们遇到了一个木匠和一个制呢工人。士兵们与工匠分别支持不同的政治领导人,其中一方支持福利特伍德,而另一方是兰伯特的拥趸,双方爆发了激烈的冲突。这两个匠人都是宗教狂热分子,口头上表现得虔信宗教,却妄图恢复"往昔的伟大事业"。贝恩之所以在这个剧的开场就让一位有着

---

① Melinda Zook. Contextuzlizing Aphra Behn: Plays, Politics, and Party, 1679 - 1689". in Hilda L. Smith, ed. *Women Writers and the Early Modern British Political Tradition*. Cambridge: Cambridge University Press, 1998:76.

烟雾笼罩中的权力：论阿芙拉·贝恩作品中的女性意识

浓厚新教思想的木匠上场是因为在褫革危机期间恰好也活跃着一位以反抗宫廷主城的木匠,他的名字叫作斯蒂芬·柯里奇。此人创作了不少反天主教以及反对约克公爵的民谣和讽刺文。此人于1681年7月在中央刑事法庭被以发表煽动言论罪审判,但是陪审团成员清一色都是辉格党人,遂以概不知情为其开脱。在被押解到伦敦的巡回审判庭之后,他被控谋反并定罪,最终被执行绞刑。贝恩因此巧妙地将现实世间与戏剧情节联系了起来,她借助于戏剧影响政治的目的不言而喻。梅琳达·祖克认为:"这个剧的几个主题,包括政治混乱、社会平等意识、蔑视君主制以及宗教虚伪,连同贝恩在剧中随处可见的对于当下时代的隐喻无不重复着同一个观点,亦即1641年的邪恶暴行正在1681年之际的英国死灰复燃。"①贝恩在《圆颅党人》中已经认识到了伦敦民众是一股重要的政治力量,以前保王党人并不重视争取底层民众的支持,导致这股政治力量被清教徒分子利用。

贝恩在《圆颅党人》的开头即浓墨重彩地表现了两位工匠。虽然他们出身低微,甚至在剧中都没有名字,但是从他们的言行中,观众可以发现他们的思想已经受到了新教的启蒙,这也导致他们形成了一定的政治意识。木匠不惧武力威胁,敢于坚持自己的政治力量,并向对方申明其实他们也有崇高的政治主张和申辩的权力:"兰伯特已经被确认为领导人,请问凭什么做出这样的决定？难道这能代表生而自由的英格兰人的意志？或者是治安委员会的决定？又或者是值得尊敬的伦敦市民的民意？如果该决定不能出自于以上三种途径,那恕我直言,它不仅是非法的,而且与全体英国人的利益相违背。"(Roundheads:367)接下来,木匠又

---

① Melinda Zook. Contextuzlizing Aphra Behn: Plays, Politics, and Party, 1679 - 1689. in Hilda L. Smith, ed. *Women Writers and the Early Modern British Political Tradition.* Cambridge:Cambridge University Press, 1998:81.

第三章 从劝诫到协商的调适:女性意识影响下的性政治主题流变

用"为了公众的自由和财产而战"为自己的政治主张辩护,结果受到了兵士的嘲笑。两位兵士询问制呢工人忠于哪一个派别,工人声称弗利特伍德是他"亲密的朋友",并且希望自己的狂热支持可以增加他的实力。我们从他与士兵的对话中可以发现弗利特伍德主要依靠宗教建构政治威望:

> 兵士乙:为弗利特伍德卖命不过是给自己准备了一副缰绳罢了,不过这也是你们自找的。真不明白他给你们灌输了什么? 难道他能让你们避免战争之苦? 难道他用那些夸夸其谈就能平息武力? 他虽然能说会道,但是会打仗么?
>
> 制呢工人:他起码能够兑现自己的承诺,这就最好不过了,还有他很会布道。
>
> 兵士乙:就让他去布道好了,我们会打仗,看谁的事业能先取得成功。我们坚决支持兰伯特将军。他既是军人又是优雅的廷臣,说的每一个词都充满魅力。只有他敢于牺牲生命保护我们。(*Roundheads*:368)

在贝恩看来,下层民众以及兵士不过是一群无理性,不可捉摸,不可预测,贪婪自私,凶暴狠毒的疯狂力量,并且对社会安定造成了直接的威胁。在共和国即将崩解的时刻,大权在握的实际上是军队大员。兰伯特与弗利特伍德都握有军权,而且两人在为登上权力顶峰不遗余力地争取各方力量的支持。支持兰伯特将军的士兵与军中头目肆无忌惮地侮辱利特伍德,称他是个"懦夫、笨蛋、只会哭哭啼啼的傻瓜,床帷里的将军。"(*Roundheads*:368)他们在言语中表达了对兰伯特的近乎愚昧的忠诚。士兵乙就直白地说:"他不仅是我们的将军,还是护国主、国王,是我们的恺撒。只要,他愿意称呼自己是什么都可以。"(*Roundheads*:368)贝

烟雾笼罩中的权力:论阿芙拉·贝恩作品中的女性意识

恩借助于士兵的狂热话语揭示了所谓共和国不过是改头换面的独裁统治,不论当权者的称谓是护国主、国王还是恺撒,都改变不了他们争权夺利的本质。更重要的是,在失去了君主制的唯一性之后,拥有武力的掌权者都希望自己能登上权力顶峰,因此权力斗争就不可避免,进而影响了社会稳定。士兵直言不讳地说"理性和我们的事业本来就格格不入,因为我们的意志就是理性和法律,须知号令世界的命令要由刀剑发出。"(*Roundheads*:368)在贝恩看来,革命以后建立的共和国实际上是军人通过武力建立的僭主政权,而这个政权的合法性来源即为军事力量。英格兰古已有之的君主——议会制完全解体,贵族阶层被剥夺了政治权力。一些别有用心的下层民众也趁机参与其中,通过政治投机反而跻身于统治阶层,使得社会处于失序状态,这也是贝恩希望在第一幕中揭示的共和国晚期的现实政治。

《圆颅党人》以街头政治场景开始,同时这部戏的最后一幕表现的也是发生在街头公共空间的场景。五幕一场以现实主义的视角描绘了伦敦的政治场景,涉及同情保王党人的下士、士兵以及伦敦的下层民众,并且分析了这些人在社会动荡的时刻发挥的负面作用。十七世纪八十年代,辉格党人在伦敦的实力很大,主要得益于中下层民众被他们的宣传发动起来,并为之在物力和人力上为其提供了至关重要的支持。贝恩已经认识到了保王党人要想取得胜利,必须争取伦敦民众的支持。同情保王党人的军官一上场就声称:"伦敦城的青年也开始武装暴动了!现在勇敢的小伙子们完全支持国王。"(*Roundheads*:409)但是他的言论却受到制呢工人的反对:"你要当心自己的言论才好!不过既然现在伦敦发生了暴乱,对我们来说恰逢其时。我们正好再好再干一次趁火打劫的勾当。正义自有定数,但对我们来说只要能抢劫就心满意足了。"(*Roundheads*:409)可见,剧中工人代表的是政治动乱

第三章 从劝诫到协商的调适:女性意识影响下的性政治主题流变

中的投机者,他们并没有明确的政治目标,只能跟在别有用心的政治阴谋家后面趁火打劫。他们身上的低劣性以及暴力特质都可能对于平民百姓造成伤害,这也是贝恩在《圆颅党人》中刻意向观众呈现的观点。伦敦学徒是另外一股无法预知的政治力量,他们虽然选出了领头人,但是其政治诉求混乱不堪,很难形成统一的意见。但他们的政治力量同样不容小觑,所以弗里曼与拉夫莱斯都在极力拉拢他们。贝恩还在《圆颅党人》中表现了复辟时期"流言"和"阴谋论"在政治动荡的时刻发挥的推波助澜的作用。由于社会长期处于动荡不定的状态,民众的精神高度紧张。士兵甲说"安全委员会在兰伯特府上彻夜开会"的时候,士兵乙则附和说:"他们借酒浇愁,都喝得烂醉如泥。"以上信息应该说还有一定的真实性,但是后来他们谈论兰伯特府中发生骚动的时候则明显属于道听途说,并带有阴谋论的色彩。下士甚至添油加醋地增加了很多细节:"昨天晚上在将军府中有人大喊谋反,肯定是发生了事关重大的事情。女人们大声尖叫,那些老爷们则四处奔逃,这座大宅子立刻就被武装包围了。"(*Roundheads*:409)制呢工人的说法则更加离奇,并且和当时盛行的天主教阴谋如出一辙:"乔装打扮的教皇被发现躲藏在夫人的床下,同时被发现的还有两位个子高大、笨嘴拙舌的爱尔兰耶稣会会士。他们两个无意中说出了前来窃取英格兰王冠的阴谋。"(*Roundheads*:409)经过新教主义者的长期宣传,反天主教已经成为大多数英格兰人的共识。任何一条关于教皇和耶稣会士的消息都有可能在风声鹤唳的伦敦民众中造成轩然大波。广大市民都以一种宁可信其有的态度关注着此类消息。刚才还因为政治意见不同将制呢工人打倒在地,并且看管起来的两位士兵,此时听了他绘声绘色讲述的关于将军府中的关于教皇的阴谋事件,居然忘记了他们之间的分歧,连忙向其询问:"天哪,这是真的吗?"(*Roundheads*:409)可见,反教皇或

烟雾笼罩中的权力：论阿芙拉·贝恩作品中的女性意识

者反天主教在当时是可以团结大多数英格兰人的政治诉求,在贝恩的剧中亦是如此。

贝恩秉持的政治思想是贵族精英主义。她经常将出身下层的民众描写成没有理性、狂热自私、暴力野蛮、容易被人利用的群氓,《圆颅党人》也不例外。这个剧是其所有剧作中对于下层民众着墨最多的一个剧,此时贝恩已经意识到民众尽管素质低下,但是如果不能掌控这股政治力量,高高在上的保王党人单纯依靠自己的力量不可能获得胜利。在贝恩眼中,无论是共和国的士兵还是伦敦工人参加政治斗争的目的就是为了捞好处。例如,当下士命令手下的士兵在伦巴德街会合,甲士兵首先想到的是"那儿有一家商店,自己已经在那里做了标记,所以应该归他所有。"士兵乙则表示:"那里有一个漂亮的女人,她的丈夫是个开银行的。你如果要那家商铺,这个女人就是我的。"两个工匠也在一旁大声嚷嚷:"应该由我们去打劫。"(*Roundheads*:409)可见,这些出身底层的民众在贝恩看来都是利欲熏心的无耻之徒,他们没有任何政治理想,唯恐天下不乱,好浑水摸鱼、大发动乱之财。

除此之外,贝恩在《圆颅党人》中增加了对于民众群像的表现,并揭示了各种政治力量对于群众的操纵方法。《圆颅党人》中的众学徒虽然推举出了一个首领,但他们还是一股非理性、不可预料、无法驾驭的政治力量。首领提出发动请愿的目的是"建立一个诚实自由的议会。"但是甲学徒却高喊"不要议会",众人也就齐声附和赞同他的观点。该首领其实与保王党人过从甚密,他接着宣称:"所谓诚实自由的议会,其成员并不是由某个政治派别筛选或选择的,而是那些能为我们的事业鞠躬尽瘁的年轻人,我们应该欢迎保王党英雄的到来。"(*Roundheads*:410)于是,众人也一起高呼"伟大的保王党英雄。"由此可见,伦敦的学徒不可能作为独立的政治力量存在,他们只能借助于领袖发出声音,而且在政

第三章 从劝诫到协商的调适:女性意识影响下的性政治主题流变

治观点上非常容易摇摆。保王党人弗里曼对此非常清楚,他借助于首领成功操纵了这些学徒,使之成为支持国王的群体。实际上,贝恩一直轻视下层民众,但是她在辉格党人取得的巨大成功中认识到了民众的巨大力量,所以一方面她认为这是一群不值得尊重的乌合之众,但另一方面又希望保王党人能够控制这样一支强大的力量。另一位保王党人拉夫莱斯看到众学徒在首领的鼓动下支持国王,他也认为:"这群美好的年轻人需要更多的鼓励。"(*Roundheads*:410)首领接着向众人宣布:"伟大的蒙克将军正向伦敦进发,我们要和他团结一致。"于是,众人也高呼表示赞同。保王党人在伦敦民众中的政治宣传似乎发挥了作用。但是首领对于这群乌合之众的政治忠诚度存在疑虑,于是对他们进行了一番测试:

首领:希望你们都能够像对待自己的生命和财产那样,勇敢地保持忠诚。

学徒乙:大人真是聪明之极,但是我们为什么要这么做呢?

首领:你还要问为什么?我们最好马上出发去从事令人尊敬的事业,不然的话,你们都要被吊死。诸位,你们是什么态度?

学徒乙:如果要吊死我,我还不如打道回府。

学徒甲:我也是,我可不喜欢被吊死。

学徒丙:被吊死的人脖子歪斜,看起来丑陋得很。

学徒丁:我也要回家。

首领:现在我算是弄清楚了你们是怎样的一群活宝。国君要是指望你们这群人真的是大错特错。你们这群生疮的无赖,一听到要被绞死就吓得抛弃了自己的事业。现在我也

烟雾笼罩中的权力：论阿芙拉·贝恩作品中的女性意识

不需要你们的帮助了，把你们怯懦的手缩回去吧，我需要的是真心实意干事业的人。和这样一群卑鄙无耻的混蛋一起战斗，想想就让我恶心。你们也不要害怕，我这样做只不过是测试一下你们到底是勇士还是胆小鬼。

(*Roundheads*:410 - 411)

首领使用是激将法一下暴露了民众不过是一群朝三暮四、贪生怕死的懦夫。该剧中的拉夫莱斯与弗里曼已经拥有了丰富的政治斗争经验，他们也像辉格党人一样掌握了驾驭民众的秘诀。于是，他们在一旁趁机鼓动群众："我们与首领生死与共。"众学徒果然跟着高呼："高贵的首领，我们已经放弃了原来怯懦的想法。" (*Roundheads*:411)接着，两人又拿出金子分给众人，于是群氓在一片欢呼"保王党人万岁"的口号中被拉到了国王的阵营。可见，贝恩认为伦敦的学徒应该是保王党人争取的对象。伦敦城的学徒数量很多，并且有了初步的组织性，她在剧中向托利党人详细地示范了如何发动学徒支持国王。

《圆颅党人》在保证政治正确的基础之上，不仅入木三分地刻画出了共和国时期的政治形态以及各股势力操纵民众从而意向政治走势的手法，而且借机对于十七世纪八十年代的英格兰政治进行了讽喻。我们惊叹于该剧表现政治的娴熟手法之余，其实更应该关注的是完成这一政治剧的女先知贝恩在女性参与政治历史上的地位和贡献。在亚里士多德那里，人是天生的"政治动物"，但所谓的人，在这里其实专指的是男人，女人全部被排除在政治体系之外。大多数女性在十七世纪的英格兰被排斥在高尚的职业之外，政治领域更是女性的禁地。罗伊斯·G. 舒威尔认为："在近代早期，女性禁止参与政治是人们的共识。女性不准在公共领域表达自己的观点，公开论政更是被禁止的。从1640年

第三章 从劝诫到协商的调适：女性意识影响下的性政治主题流变

开始一直到十八世纪中期，女性在公共空间的声音逐渐式微，而她们在公共领域的角色也在减退。"①约翰·斯图亚特·穆勒到了1869年还在《妇女的屈从地位》中为女性被排斥在一切职务和职业之中大声疾呼。他认为："女人从呱呱坠地起就注定不可能适合从事职业，而这些职业对最呆笨最卑贱的男人是合法地开放着的，或者不论她们可能是多么适合，也不允许她们从事这些职业，以便为了男性的独有利益而保留给她们。"②由此可见，女性被排斥在职业之外，实际上是男性维护特权的一种手段。尽管圣经上有杰出的女先知狄波拉，英国历史上出现了著名的伊丽莎白女王。她们的事例足以证明女性完全可以胜任政治领导人的角色，但在现实中绝大多数女性不可能获得哪怕最基本的政治权力。对此，穆勒认为，之所以会出现这种矛盾的情况，是因为"王子的妻子和姊妹不论什么时候只要被请求就可以像王子那样胜任他们的事情，但是政治家、行政官员、公司经理和公共机构总管的妻子和姊妹就不能干他们的弟兄和丈夫做的事"③大多数的女性没有机会进入政治领域进行训练是导致她们普遍被认为在此领域无法胜任的原因。贝恩早年从事的间谍工作，使得她比别的女性拥有了不可多得的政治参与机会，也使得她对政治的把握极其敏锐。她对自己的政治能力也非常自信，认为创作《圆颅党人》的目的就是"举起一面镜子，以此反映政治现实"，而且她多次在献辞中称自己是政治的"女先知"。因此，贝恩巧妙地使其在写作方面的权力转化成了在政治领域的权威。不过，金伯莉·拉塔认为：

---

① Lois G. Schwoerer. Women's Public Political Voice in England:1640 – 1740. in Hilda L. Smith, ed. *Women Writers and the Early Modern British Political Tradition*. Cambridge:Cambridge University Press, 1998:56.

② 约翰·斯图亚特·穆勒. 妇女的屈从地位. 汪溪，译. 北京：商务印书馆，2009：337.

③ 约翰·斯图亚特·穆勒. 妇女的屈从地位. 汪溪，译. 北京：商务印书馆，2009：344—345.

烟雾笼罩中的权力：论阿芙拉·贝恩作品中的女性意识

"贝恩在献辞中将自己描述为'被遗弃在荒凉海滩'的先知，这种讽刺性的形象与《圆颅党人》中的克伦威尔夫人被孤立的状态是一致的。她们在社会上都没有合适的位置安身立命，尤其是在父权制统治系统之中更无法立足。"①政治是女性参与公共事务最难进入的领域。贵族女性借着私人空间施加政治影响的历史虽然比较悠久，但是她们参与政治的权利在本质上仍然还是借助于男性才实现的。金伯莉·拉塔认为："阿芙拉·贝恩经常以预言家自居。在1682年初出版的《圆颅党人》一剧的书信体献辞中她虔诚地吁求希望获得古代先知那样的神力，以便能够'预测未来并对群氓予以惩戒。'"②所以，贝恩在《圆颅党人》中越是深刻地反映复辟时期的政治现实，越能巩固她作为政治领域"女先知"的形象。事实证明，她不仅是女性职业写作的开拓者，而且是女性作家中最早将文笔触及政治的先行者，贝恩本人的写作亦是在历史上建构女性政治领域地位的过程。

（三）女性参政幻想：政治乌托邦的建构

贝恩在《圆颅党人》中将性作为重要中介进行政治领域的建构，具体表现在一方面保王党人的政治报复主要依靠给共和国政府大员戴绿帽子来实现，另一方面她还在剧中建构了一个由女性组成的政治乌托邦，借着上述两种路径，贝恩依然延续了复辟时期的性政治表达方式。不过贝恩作品中的性政治是在女性意识主导下完成的，这一点使其与同时代的男性作家产生了巨大区别。梅琳达·祖克认为："贝恩并不是罗伯特·菲尔莫爵士学说

---

① Kimbery Latta. Aphra Behn and the Roundheads. in Journal for Early Modern Cultural Studies, 2004,4.1:28.

② Kimbery Latta. Aphra Behn and the Roundheads. in Journal for Early Modern Cultural Studies, 2004,4.1:1.

第三章 从劝诫到协商的调适:女性意识影响下的性政治主题流变

的追随者。菲尔莫的家长中心主义为十七世纪八十年代托利党的意识形态宣传提供了很多弹药。很多这一党派的剧作家,其中恶名彰显的莫过于德莱顿,都忙着附和菲尔莫的观点。贝恩显然超然于这股潮流之外"① 贝恩作品中的父亲通常是缺失的,剧中的男性也被分成了两派,保王党人这一派属于政治正确的派别,因此必然在性争夺上获得胜利。不过,贝恩笔下的保王党人形象也在不断发生变化,总的趋势是自《漂泊者·第一部》以后,保王党纨绔子的缺点越来越不明显,而清教徒男人则更加阴险狡诈,轻视女性。两种趋势在《圆颅党人》均达到了顶峰。贝恩的女性意识在政治正确的掩护之下得到了表达,这种现象也只能在复辟时期特殊的社会环境下才能实现。光荣革命以后女性写作的题材广度以及女性意识的彰显程度较之贝恩的作品等而下之也就不足为奇了。

贝恩的《圆颅党人》与其因袭的剧作《尾闾议会》之间最大的区别是增加了两个保王党人形象。拉夫莱斯与弗里曼都是支持国王的贵族,他们的财产都被共和国政府没收,就连弗里曼的恋人都被治安委员会成员戴斯洛娶进家门。该剧一开始延续的依然是给清教徒戴绿帽子的复辟时期喜剧的性政治隐喻模式。弗里曼建议拉夫莱斯去勾引敌人的妻子,他最初不同意这个办法:

拉夫莱斯:我和那帮该死的造反派女人之间怎么能够产生真挚的爱情?

弗里曼回答:我的眼睛里只有年轻和美貌,才不管她们的信仰是真是假?你的观点简直愚蠢之极。

---

① Melinda Zook. Contextuzlizing Aphra Behn: Plays, Politics, and Party, 1679 – 1689. in Hilda L. Smith, ed. *Women Writers and the Early Modern British Political Tradition*. Cambridge: Cambridge University Press, 1998:77.

 **烟雾笼罩中的权力：论阿芙拉·贝恩作品中的女性意识**

> 拉夫莱斯：可是和这些女人交谈都称得上是天大的丑闻，据说她们都是些圣洁的弃妇，有这些人在旁边就会感到没有安全感和索然无味。如果被人发现我们和她们在一起鬼混，一定会认为我们也学会了那些残忍邪恶的权谋，最终弄得满城风雨。
>
> 弗里曼：怎么？难道我和这些人的妻子打交道也不行？
>
> 拉夫莱斯：的确不行，难道你没发现她们个个都非常虚伪？假如你和她们调情，她们一定会用经文回应。（*Roundheads*:369）

拉夫莱斯认为清教徒的妻子刻板虚伪，不值得和她们打交道，而且从政治上考虑，也应该离她们越远越好，而弗里曼却认为："她们也是漂亮的女人，因为全天下的女人都是一样，都是婊子，而且是性欲旺盛的婊子。"（*Roundheads*:369）在他看来，女性不过是男性欲望的客体，只能充当被征服的对象。弗里曼意识到无法与拉夫莱斯在勾引清教徒妻子的问题上与之达成一致，于是他连忙岔开了话题，问对方对于清教徒的宗教集会印象如何。相对于政治来说，弗里曼更关心的是清教徒的宗教集会上有没有美貌的女子。弗里曼是情场老手，他提醒对方有一位女子对其充满好感。拉夫莱斯回答：

> 我当时正气得七窍生烟，怎么你会注意到这个呢。要不是你当时拦着我，我肯定会冲到布道坛上把那个家伙揪着耳朵扯下台。他在哪里嗡嗡地乱讲一通简直让我抓狂，鼻音瓮声瓮气，有时还低声啜泣的丑态差点让我忍无可忍。上天怎么能忍受让这样的害虫横行大地，就像让无辜的羊群被群狼包围，又让盗贼和劫匪肆意践踏天上和人家的律法。一想到

第三章 从劝诫到协商的调适:女性意识影响下的性政治主题流变

可怜的英格兰遭遇如此的祸害我就禁不住怒发冲冠。(*Roundheads*:370.)

弗里曼还在兀自介绍那位对拉夫莱斯倾心的女子如何美貌,而拉夫莱斯的政治立场似乎更加坚定,他不能让性欲望左右自己的政治观。弗里曼循循善诱,搬出自己的例子说服拉夫莱斯通过给兰伯特带上绿帽子实现自己在经济和政治的复仇。他告诉对方戴斯洛夫人仍然忠诚于保王党。他嫁给清教徒完全是一种策略,以便更好地为保王党服务。两人本来是情人,为时局所迫才被迫分离。拉夫莱斯的地产同样被没收,他对此充满痛恨。弗里曼接着让拉夫莱斯通过与清教徒显贵的妻子谈情说爱的方法恢复自己的地产。拉夫莱斯依然严词拒绝,声称"自己就是和恶魔调情,也不会与女清教徒恋爱。"(*Roundheads*:370)拉夫莱斯相比贝恩剧作中之前的保王党人在性格方面更加复杂,他并没有出于政治仇恨或者经济利益考虑,就去不假思索地玩弄女性。兰伯特夫人神魂颠倒的爱上拉夫莱斯的理由也只能用情欲驱使来解释。她一上场给观众的印象就是欲望亢奋。在与戴斯洛夫人的谈话中,兰伯特夫人表示自己已经急不可耐地想知道那位风度翩翩的男子的名字,就连祈祷的时候都无法忘却。她如此描述对方的外表:

他长得不高不矮,简直是造物的杰作,尤其是那张脸还有他眼睛里顾目流盼出来的绵绵爱意、才情智慧以及惊人的美丽让我神往。从那双眸中仿佛发射中无数的爱情飞箭,径直穿透我的灵魂,即便从外表上看,他穿着寒酸,但是他神采奕奕,就像穿透乌云的万丈光芒一样夺人眼目。(*Roundheads*:371)

烟雾笼罩中的权力：论阿芙拉·贝恩作品中的女性意识

兰伯特夫人化话语直白地将女人的欲望暴露出来。拉夫莱斯的英俊外表反而成了夫人女性权力欲望凝视之下的客体。贝恩在这种性别狂欢化地反转中不经意间颠覆了两性的地位。她发现拉夫莱斯也在窥看自己之后，居然因为激动过度晕倒在地。拉夫莱斯将她扶起，夫人主动提出让他去将军府拜访自己。拉夫莱斯的态度此时也发生了转变，他表示"即便兰伯特夫人是魔鬼"，他也不可挽回地爱上了对方，原因是她拥有巨大的声望，而切"长相超凡脱俗，让人不由得惊为天人。"(*Roundheads*：372) 更加耐人寻味的是拉夫莱斯审视女性的视角发生了转变。他甚至放弃了男性中心主义的视角，感觉自己在这个女人面前自叹弗如："她的身上散发着一种奇异的魔幻般的魅力，这种气质让她在我眼中不仅是个女人，更像是知己。她举手投足、眼神顾盼种都流露出惊人的威严。一方面她的眼神中有种杀气，但另一方面她的面容又令人如沐春风。她说话的时候像疾风一样疯狂。女人啊，你简直一半是天使，一半是魔鬼。"(*Roundheads*：373) 在这段台词中，拉夫莱斯用来描述兰伯特夫人优点的词语，诸如"威严""杀气""疯狂"等在传统上应该属于男性气概的范畴，贝恩因此使得剧中的女性拥有了只有男性才能具备的特质，并且巧妙地实现了性别反转，这些都是贝恩女性意识的强烈流露。

不仅拉夫莱斯认为兰伯特夫人有男性气质，她的丈夫在其面前也要俯首称臣，就连在政治问题上也要让对方屈从自己的意见。兰伯特赞美妻子是一位百分之百的女政治家。"(*Round-heads*：374) 兰伯特将军不仅在夫人面前承认自己在政治上的不足，在和夫人争吵的时候，他甚至放弃了自己的男性权威。兰伯特夫人在丈夫面前一直居于主导地位。当仆人报告沃思顿勋爵、休森勋爵以及柯贝特上校来访的时候，她在丈夫之前抢先回答："让他们在小会客厅里先等候着。"兰伯特将军表示应该马上接见

第三章 从劝诫到协商的调适:女性意识影响下的性政治主题流变

他们,夫人对他一阵痛骂:"你要回见他们,你那个傻瓜脑袋能够做出什么判断?还是让我先思量一下他们来的意图再说。再说了你现在尊贵的身份不比从前,我再说一遍然他们先候着。"仆人接着说,"弗利特伍德也来了,是否也让他一样等着。"兰伯特夫人同意他可以立刻进来,而且还详细交代丈夫应该如何应付对方:"你给我听好了,要表现出巴结讨好的表情好好敷衍他,不遗余力地吹捧他,然后再其强调你们之间坚定的友谊,这样有朝一日你不费吹灰之力就能把他抛弃。"(*Roundheads*:374)在夫人面前,这位共和国军队的将军毫无威信可言。如果说将军有可能是因为惧内才放弃了男性权力的话,那么兰伯特夫人在弗利特伍德面前同样不畏男性权力,证明了她的确是一个敢于反抗男性的女性。她在与弗利特伍德的交锋中更加表现出泼辣的性格,不惜直接将彼此的矛盾挑明,而其丈夫则畏首畏尾。下面让我们来看一下她如何在政治领域毫不退缩地与男性展开对抗:

兰伯特:罪恶之手已经被我们光明正大地斩断,我们的确期望阁下能够执政。

弗利特伍德:不管我能不能执政,坦白地说能够受到大家拥戴,背负起拯救国家荣誉的责任对我来说都是受之有愧,因为这都是上帝的杰作:

兰伯特夫人:先生,你刚才提到上帝,实话告诉你上帝的作用对你的好运一点帮助都没有。我倒是认为你应该将胜利归功于兰伯特的足智多谋和运筹帷幄,别忘了他还及时地给了理查德·克伦威尔反戈一击。

弗利特伍德:实话实说,我当然承认兰伯特不仅能力非凡,而且功劳卓著,但是将一切成功都归功于上帝是我们的策略。

烟雾笼罩中的权力：论阿芙拉·贝恩作品中的女性意识

> 兰伯特夫人：恕我直言，你们的策略简直称得上是忘恩负义。
>
> 兰伯特：冷静一下，夫人！
>
> 惠特洛克：夫人，这是我们用来哄骗那些乌合之众的伪善言辞啊。
>
> 兰伯特夫人：大人，那就让他在那些家伙面前去使用这种策略吧。咱们之间我看就免了吧，大家互相都知根知底的。(*Roundheads*:375)

从这段对话可以看出兰伯特夫人在颇有权势的男人面前毫不示弱。她不仅对各种政治伎俩洞若观火，而且性格刚强，敢于挑战权威。兰伯特夫人渴望在政治舞台上占有一席之地。她对最高权力有着一种近乎偏执的渴望，与莎士比亚的笔下的麦克白夫人一样都对最高政治权力有着疯狂的野心，并且极力怂恿鼓励丈夫不择手段登上权力巅峰。但是这两个反传统女性人物身上也有着明显的区别，即麦克白夫人始终躲在幕后指使，她并没有公开出现在政治斗争之中，因此兰伯特夫人在政治舞台上的表现更具有不同寻常的意义。最终弗利特伍德被推举成为联合王国的国王。兰伯特夫人为此与丈夫发生了激烈争吵：

> 兰伯特夫人：难道你不想成为国王么？
>
> 兰伯特：你难道觉得当国王是一件美妙的事情？亲爱的，实话告诉你，国王也不过是护国主的傀儡而已，况且他还要遵守数不清的陈腐的法律习俗，而我们却可以打破那些禁忌尽情享乐。除此之外，我们还可以不受议会的束缚进行统治。他们必须按照我们的要求做决定，否则我们就会派兵包围议会，不给他们东西吃，饿得他们直到就范为止。

第三章　从劝诫到协商的调适:女性意识影响下的性政治主题流变

兰伯特夫人:但是议会的投票结果也是不可捉摸的,只有通过才能成为法案,而且你也别指望议会能让你当上国王。

兰伯特:此言差矣,国王之外也不是我们需要操心的,因为利剑才是我的选票,头衔和律法。当初那些人不也投票让莎夫兹伯里掌权,如今他们又在哪里？他们只是选出一些大人物做继任者罢了。但是如果他们像我一样掌握军队,你就会知道他们会为什么投出选票了。(以手按剑)这才是真正能够让我称王的保障。让弗利特伍德和尾议会去庆祝胜利吧,武力才是我的帝国和忠实拥趸。(*Roundheads*:377)

由以上对话可见,兰伯特与其夫人在政治权力来源的认知上并不一致。自英国内战以后,军功受益阶层不仅获得了经济利益,而且还将查理一世送上断头台。兰伯特将军认为军事实力才是权力的来源。他极力说服夫人国王职位不过是个傀儡。兰伯特夫人怂恿丈夫争取英格兰国王之位,也有自己的私心。她一直以来都迫切希望成为最有权势的英国女人,甚至直言自己对权力的迷恋:"许多年以后人们一提起我,他们也会将我与那些王后一样记录在历史上。我要向获得巨大的荣誉,才不会关心什么国家的事业。即便那些人是敌人,属于邪恶的党派,但只要他们支持我,那么成为异教徒也无关紧要。"(*Roundheads*:377)该剧在第二幕第一场也表现了兰伯特夫人的野心。她嫌弃仆人称其为夫人,认为这样不能突出自己尊贵的地位,她应该被称为"尊贵的王后"。(*Roundheads*:377)《圆颅党人》中有一个惊心动魄的场景:夫人正与拉夫莱斯独处一室。她揭开桌布,露出了王冠及权杖。拉夫莱斯显得非常惶恐,他就像看到了宗教圣物一样跪伏在地。在夫人看来,这些只不过是权力的中介而已。她希望情人戴上王

烟雾笼罩中的权力：论阿芙拉·贝恩作品中的女性意识

冠，这样她就能把自己想象成被君王宠幸的王后。王冠与权杖是英格兰最高王权的象征，但是在兰伯特夫人看来，这些只不过是满足自己性欲望的工具而已。最高权力的象征在女性面前完成了脱冕，而在拉夫莱斯看来它却依然象征着至高的权力。兰伯特夫人千方百计让丈夫成为英格兰拥有最高权力的男人与为情人拉夫莱斯加冕这些事件的背后都隐含着她特殊的欲望，即她渴望体验与最有权势男人谈情说爱，这一点在曾经是克伦威尔的情人这一事件上也可以得到证实。德雷克·休斯认为："兰伯特夫人的性幻想颇为复杂。一方面，女性被赋予了权力，另一方面权力的获得又得依靠男性更强大的权威以及性吸引力才能完成。贝恩经常在其作品中主动反映那些已经被社会广泛认可的性政治隐喻，但在另一方面又对其进行扭曲变形。"[1]贝恩在兰伯特夫人这一典型任务身上拓展了权力野心这一核心特征。莎朗·阿申斯泰恩认为："人们将积极参与到公共事务中的女性描绘成精神错乱的人，她们是激进的宗教艳姬。"[2]按理来说，在父权制仍然占有绝对优势的十七世纪末期，像夫人这样的女性是不可能出现在文学想象中并加以转播的。但是在政治斗争激烈的时代，贝恩通过将她设置为被保王党纨绔子规训的女性，就合理地规避了男权社会对于反传统女性的压抑，从而实现了剧作中的双重叙事策略。

《圆颅党人》中的女性并非组成了姐妹联盟。兰伯特夫人与克伦威尔的遗孀之间就矛盾重重。她们两人之间的斗争并非在传统的爱情领域，而是在政治权力上互相角力。克伦威尔夫人是贝恩剧中着力表现的另一个在政治上有着非凡洞察力的女性。

---

[1] Derek Hughes. *The Theatre of Aphra Behn*. London: Palgrave, 2001: 141.
[2] See Sharon Achinstein. Women on Top in Pamphlet Literature of the English Revolution. in *Women's Studies*, 1994(24): 145.

第三章 从劝诫到协商的调适:女性意识影响下的性政治主题流变

克伦威尔夫人来到将军府,兰伯特夫人让仆人称呼自己为殿下,以激怒气急败坏的克伦威尔夫人,结果却遭到对方一通痛骂:

> 殿下,现在你还不是殿下呢。我敢对着魔鬼发誓,在我有生之年肯定会看到你家那个活王八被绞死,他的那点机谋还浅了点,岂能瞒过我的眼睛?我的丈夫怎么会重用如此小人,让他跻身显贵。想当初他是如此信任兰伯特,提高他的声望,又提升他在军中的位置,擢升他进入议会。可是现在看看他的所作所为,简直就是要毁灭高贵的克伦威尔家族。他一贯谎话连篇、作风无赖。年轻的理查德·克伦威尔执政温和,兰伯特就想方设法背叛了他。现在他又去迷惑我那性格软弱的女婿弗利特伍德。他先激起我的女婿对于如空中楼阁一样的权力的向往,实际上是还不时想自己称王加冕。你这个奴才,有我在你们的阴谋就别想得逞。我一定要眼见着兰伯特的头颅在戴上王冠之前,就被挂在威斯特敏斯特的高处示众。(*Roundheads*:381)

克伦威尔夫人这番知人论世的惊人之语显示出她的确对于当时的政治情势有着洞若观火的认知。只有台下的观众才清楚各方政治势力的真相,他们也不得不佩服这位夫人在政治上的真知灼见。《圆颅党人》中的男性多数性格阴柔,而女性则性格刚强,有预见力,才识过人。贝恩在剧中华反转了性别的固有形象,不仅解构了男性气概,而且重塑了性别伦理。政治正确给贝恩重构性别形象提供了机会,使得作者有可能将男性脱冕。克伦威尔夫人也是一个坚强的的女人。她表明自己绝不会为逆境悲伤哭泣,因为自己继承了克伦威尔的精神,只因为儿子理查德一点都不像他的父亲,才导致母子沦落到了如此窘迫的境地。(*Round-

烟雾笼罩中的权力：论阿芙拉·贝恩作品中的女性意识

heads:381)女儿弗利特伍德夫人相对来说缺乏政治经验,她居然相信"兰伯特计划将王位让给她的丈夫。"(Roundheads:381)克伦威尔夫人为此严厉批评了其女儿在政治上的无知：

> 幼稚的丫头,你怎能识破兰伯特那些恭维人的伎俩？他老奸巨猾,不形于色,平时笑嘻嘻地又擅长照应别人。他为了让别人相信自己,有时候竟假装流泪。你就看着吧,他一定会像背叛你的兄长一样背叛你的丈夫。至于他那些誓言以及乱七八糟的承诺,都只不过是达成自己目标的必要步骤。在他眼中,你那愚蠢的、容易相信别人的丈夫不过是一件可以哄骗的物品罢了。(Roundheads:381)

金伯莉·拉塔认为:"贝恩在《圆颅党人》一剧以及写给格雷夫顿公爵的献词中表现了三位互相有联系的女先知形象。除了她在书信中呈现的作者的形象之外,剧中的女先知形象还包括兰波特夫人以及克伦威尔夫人。"[1]以上三位女性在政治领域都通过自己颇具预见性的见解在男性面前树立了权威,因此颠覆了女性不适合政治的传统认知。克伦威尔夫人的政治权威主要表现在她的自我意识相比于其女婿弗利特伍德不仅高高在上,而且对于政治情势的把握也更加准确。她在内心里看不起女儿的现任丈夫弗利特伍德。在强势的岳母面前,弗利特伍德已经丧失了男性权威,他甚至不敢反驳对方。克伦威尔夫人对于复辟时期的政治生态以及英格兰政坛上的各色人等洞若观火：

> 难道没有看到兰伯特夫人已经在摆女王的架子,可见那

---

[1] Kimbery Latta. Aphra Behn and the Roundheads. in *Journal for Early Modern Cultural Studies*, 2004, 4.1:26.

第三章 从劝诫到协商的调适:女性意识影响下的性政治主题流变

个宵小之徒已经开始认为他志在必得那高贵的头衔。说实话,过去只有我以及我的儿媳妇享受过这个头衔,可如今我却被看成了共和国的梦魇。只要我一息尚存,我就要诅咒那些背弃誓言的奴才。想当初他们无不信誓旦旦地先是向我的丈夫,后来又向我的儿子表达耿耿忠心。他们曾经威名显赫、大权在握,那些阿谀的诗人也争先恐后献上颂词。(Roundheads:382)

克伦威尔夫人对于共和国后期政治形势的分析鞭辟入里,虽然无力改变形势的发展,但的确对政治有着一种"先知"的认识。在经过了克伦威尔夫人一番苦口婆心的教诲之后,弗利特伍德仍然坚信'兰伯特虔信宗教,夫人完全误解了将军。"(Roundheads:382)于是,《圆颅党人》中两大政治派别的斗争演变成了兰伯特夫人与克伦威尔夫人之间的斗智斗勇。不该剧仅突出表现了两位有着极高的政治意识的夫人,而且建立了一个女性政治联盟的乌托邦,即剧中出现的女子议会。女子议会也并非贝恩首创。1656年即有一部名为《勿失良机:新型女子议会论》的小册子大声疾呼:"女人已经被戴上辔头太久了,现在是我们脱离男人管制的大好时机,我们完全有能力管好自己。"[1]兰伯特夫人与克伦威尔夫人都是女性议会的首领,该机构的政治功能是女性可以通过情愿的形式提出自己的主张,然后再传达给共和国的治安委员会。贝恩在剧中以狂欢式地手法让拉夫莱斯男扮女装混进了女子议会。他不仅在外形上变成了女子,而且在态度上也支持女性的独立。在女子议会讨论关于废除"关于淫乱与通奸"的法案的过程中,假扮为女性的拉夫莱斯甚至为女性的利益大声疾呼:"我们生活在

---

[1] See Rachel Adcock. 'Jack Presbyter in his Proper Habit':Subverting Whig Rhetoric in Aphra Behn's The Roundheads 1682. in Women's Writing,2015(22):49.

烟雾笼罩中的权力：论阿芙拉·贝恩作品中的女性意识

自由的国度，但是女人难道就不许获得自由吗？"（Roundhead.：415）拉夫莱斯（loveless）的名字是当时文学作品中流行的纨绔子弟名号，字面意思是"少爱"。此时他显然受到到了女性意识的改造，变成了女性阵营中的一员。支持女性利益的保王党人显然比唯利是图、轻视女性、蔑视欲望的清教徒或者辉格党人更符合女性的需要。在女子议会中，就连素来不睦的两位夫人在讨论关于女性利益的请愿的时候，都暂时放弃了她们在政治上的恩仇，开始为女性共同体的利益出谋划策。尤其是克伦威尔夫人放弃了政治对立，参与了兰伯特夫人的讨论。戴斯洛夫人也积极主张应该把女性关于该法案的意见反映给治安委员会。

此前还在激烈争夺政治权力的两位显贵夫人，为了女性的共同利益站在了同一条战线，为女性的自由和财产独立形成了相对统一的意见。这正是贝恩隐藏的女性意识的直接呈现，不过她为了避免女性思想显豁地呈现在观众眼前，引起男性观众不满，为此做了不少掩饰。在这场戏中，贝恩只让女性团结一致的场面持续了短暂的一段时间，接着她就借着众女士直白地表达自己对于保王党人的渴慕巧妙地把话题岔开。这样台下的观众也不会对立刻对她表现出的对于男性权力的敌视产生疑虑，因为此时他们接着又沉浸在女性表达出的对于男性的渴慕的虚荣感中去了。《圆颅党人》中女性团结一致为女性的权力而斗争的议事会注定只能是空中楼阁，只能算是贝恩在文学领域进行的政治实践操演。女性议事会的出现只是偶然现象，兰伯特等人在政治上失势以后，议事会也就不复存在了。这也说明了这个想象中的机构还是依靠男人的权势地位才得以存在。正当夫人们在开会商量有关女性的权力的时候，一个仆人来报告兰伯特将军已经被下属抛弃。兰伯特夫人马上就脸色苍白，不住地哀叹："我的荣耀将要瞬间崩塌"（Roundheads：416）由此可见，兰伯特夫人的威望并不是

第三章 从劝诫到协商的调适:女性意识影响下的性政治主题流变

依靠自己的能力在社会上获得,她仍然得依靠丈夫的地位才能维持自己的权威。她承认自己受到了一个女预言师的蛊惑才变得如此野心勃勃,这也为她后来重新回到男性主导的性伦理秩序中去做了铺垫。

兰伯特夫人在丈夫失去权力以后判若两人。此前,她在女性议会意气风发,表现得颇具男性气概。在和拉夫莱斯交往的过程中,也是以高高在上俯视的眼光看待心仪的男子。但她的性别逾越表现毋宁是一种表演,而且依托的基础仍然是其丈夫在男权社会建立的权威。后来她在兵荒马乱的社会动荡中无力保全自己,仍然得求助拉夫莱斯的帮助,并认为自己之前僭越女性规范的行为是异端:

> 兰伯特夫人:啊,现在我已经配不上你对我的尊敬,因为我已经变成了被人唾弃、怜悯和鄙视的可怜虫了。你的德行如冉冉升起的太阳熠熠生辉,而我的光辉却如夕阳失去光泽。
>
> 拉夫莱斯:现在的你比任何时候都要伟大,此时我才感觉到你和我的爱情如此般配,你当得起我对你卑躬屈膝的祈求以及五体投地的崇拜。我将把自己的生命和一切都献给你。
>
> 兰伯特夫人:你们男人中也有人拥有上天一样的德行?难道你们阵营中的男人都是如此?我真应该诅咒在宗教集会上听到的谎言和欺骗,他们居然告诉我们保王党人都是恶魔。他们个个冷血残忍、淫荡好色,就像专横野蛮的怪物一样。(*Roundheads*:418)

剧中大多数时间里作为反传统女性形象出现的兰伯特夫人

烟雾笼罩中的权力：论阿芙拉·贝恩作品中的女性意识

此时发生了重大的转变。她不再像圆颅党人那样疯狂的痴迷权力，而是变得通情达理，像父权制度下的妻子一样顺从。自此以后，她再也不是那个对男性充满蔑视的越轨女人了。金伯莉·拉塔认为："在拉夫莱斯看来，她也是全无理性的。兰伯特疯狂的追逐对于女性来说比较特殊，她为了得到王冠和王位变得疯疯癫癫，以至于无法正确地判断自己在社会中的位置。"①兰伯特夫人反传统的表现终究昙花一现，其根本原因是在英国男权中心主义社会中，女性根本不能具有政治权力。所以她的一系列颇具男性气概的言行只具有表演性质。朱迪斯·巴特勒认为："性别的操演性围绕着这样进一步转寓的方式运作，我们对某个性别话的本质的期待，生产了它假定为外在于它自身之物。第二，操演不是一个单一的行为，而是一种重复、一种仪式，通过它在身体——在某种程度上被理解为文化所支持的时间性持续存在。"②性别符号后的差异要实现革命性的转变并非在一时或一地的突破之后就能实现，它需要获得文化中习俗的普遍认可，并在大众的日常生活中反复操演才能转变成普遍的变化。拉夫莱斯与弗里曼都是经过贝恩女性一时改造后的男性。但是他们都只是作者在文学领域建构的具有示范性质的人物，要想触发人们普遍的认同这种改变尚需时日，有时甚至还要经历反复曲折的路径才能实现。十八世纪初期直到维多利亚时期，男权中心主义在稳定的资产阶级政治架构中重新得到加强，即是明显的例子。

不过，贝恩在《圆颅党人》中，贝恩已经最大限度地改造了保王党纨绔子。弗里曼将恋人拥入怀中，都能发出如此感叹："亲爱

---

① Kimbery Latta. Aphra Behn and the Roundheads. in *Journal for Early Modern Cultural Studies*, 2004, 4.1:23.
② 朱迪斯·巴特勒.性别麻烦:女性主义与身份的颠覆.宋素凤,译.上海:上海三联书店,2009:9.

第三章 从劝诫到协商的调适:女性意识影响下的性政治主题流变

的,你愿意让我保护你么?那样恐怕你就再也不能成为真正的女人了"(*Roundheads*:421)所谓的"真正的女人"应该就是有着独立意识的女人,在这里,从前的浪荡子开始第一次将女人当作活生生的人看待,而不是把她们当作商品、发泄欲望的对象或者满足自己虚荣心的尤物委实是一个巨大的进步。德雷克·休斯认为:"《圆颅党人》中的共和主义与女人政治一样只是撩拨人的海市蜃楼而已。除了在女性议会以及暴民暴动这两个场景中比较阴暗之外,在其余的场合女性的命运还算是比较平稳的。以往已经有评论家指出,贝恩实际上将保王党主义与风度翩翩同时充满绚丽的性吸引力的男子形象联系起来,而这种联系在该剧中是最为简单明了的。因为两位保王党人弗里曼与拉夫莱斯并不是十恶不赦的坏人,他们堪称是贝恩的剧中心机单一、拥有极大魅力的形象,这使得其与《漂泊者》中的威尔莫以及《都市女继承者》中的威尔丁形成了显著差别。"[①]总之,贝恩在该剧中再次调整了两大敌对阵营中的男性形象。这个剧中的保王党人最接近她女性意识中的理想男子的形象。为了在男性中心主义的社会享有一席发出作为"女先知"声音的权力,贝恩艰难而痛苦地在政治正确的掩护之下进行着双重叙事的书写策略。只有这样才能掩护自己表达着女性意识的作品顺利通过复辟时期戏剧中充满男性眼光的戏剧审查,并且在不属于女性的文学园地中建立自身的权威。

贝恩在《圆颅党人》中描写的女性参与政治的行为并非完全出于文学想象,这一现象在十七世纪的英格兰拥有一定的现实基础。王纲解纽的革命时代,女性曾经次以个人和集体的形式出现在英国的政治舞台上,这也是贝恩在剧中描写女性参与政治的现实依据。一首当时的民谣描述了参加宗教集会的女性的权力欲

[①] Derek Hughes. The Theatre of Aphra Behn. London:Palgrave, 2001:147.

烟雾笼罩中的权力：论阿芙拉·贝恩作品中的女性意识

望与放荡"我们才不需要什么丈夫,只希望和男人建立纯洁的兄弟之情。我们也不希望成为妻子,那样无异于将自己的人生与奴隶般的境遇联系在一起。"① 在小册子《新鲜出炉的消息——印刷出版于女人无德的时代》(1650)中,亨利·内维尔讽刺女性挪用了共和主义的修辞。他嬉笑地"回忆了从前男子都穿马裤的时代,那时候他们还能将女性排斥于自由之外",直到后来这种情况发生了改变,——'如今女人的气焰越来越嚣张,在上一次议会行动以后,她们似乎知道了女性自己也应该成为这个国家自由民众的一部分。她们一致同意要取得自己的自由,将那些领主以及丈夫加诸女人身上的令人难以忍受的重扼去除。她们提议无论在家庭还是在社会都应赋予女性极高的权威,俨然将她们视作自由国度的支柱,至少我们从这些女子的所作所为中是可以得出这个结论的。② 可见,动荡的年代也给女性提供了参与到公共空间的机会,这些都为贝恩创作参与到政治中的女性形象提供了参照。

(四)女性意识的闹剧狂欢

喜剧中的闹剧成分显然具有巴赫金定义的狂欢式要素。《圆颅党人》中有两出比较突出的闹剧,既带给了观众嬉闹讽刺的体验,同时也以狂欢式的手段实现了对于严肃的父权制的脱冕。第一出闹剧是观众经常在喜剧中看到的捉奸桥段,贝恩在这里使用了让情人藏在毯子下的做法,这样一来,观众知道下面藏的是谁,从而带着优越感审视兰伯特的笨拙。兰伯特不依不饶,认为夫人给自己戴绿帽子。兰伯特夫人毫不畏惧,采取了直接进攻的

---

① See Alexander Brome. Rump; or An Exact Collection of the Choycest Poems and Songs Relating to the Late Times. by the Most Eminent Wits from Anno 1639. to anno 1661. London,1662:194 – 195.

② See Kimbery Latta. Aphra Behn and the Roundheads. in *Journal for Early Modern Cultural Studies*,2004,4.1:22.

第三章 从劝诫到协商的调适:女性意识影响下的性政治主题流变

策略:

> 兰伯特夫人:你给我听好了,兰伯特!你不过是个懦弱的伪君子,道德败坏,德行全无。只是在军事管理上有些才能,你用的那些手段我都清楚,不过是口无遮拦地做伪证、欺骗,还有在虔诚伪装之下的暴行。为了取悦那些乌合之众,你不惜在战斗中故意受伤。等着瞧吧,有朝一日君主复辟,更大的暴行必定会施加在你身上。他们会将你从高高在上的位置赶下台,送到绞刑架上去,到那时候我看你还敢放肆,怀疑我的德行!
>
> 兰伯特:我变成了活王八了,戴绿帽子的丑闻难道真要盖住我蒸蒸日上的名望?
>
> 兰伯特夫人:王八!怎么今天你对这个称呼突然陌生起来了?还是你那崛起的名声使你忘记了自己的出身?那块让你抬不起头来的乌云难道离开你已经太久了?话说回来,那个时候的你反而野心勃勃。当时你在克伦威尔面前不过是个唯唯诺诺、可怜的奴仆。你总是把我卧室的门开着,给他创造偷情的机会,幸好我是个虔诚的教徒,不然早就被你的殷勤暗算了。你那时总是畏畏缩缩,怎么倒不怕别人嘲笑了?
>
> 兰伯特:那个时候我还不是为了追求荣耀才出此下策。要想成为大人物,谁不愿意被戴上绿帽子?况且一旦克伦威尔坐上了我的马鞍,我也能因此进入他的权力核心。不过,你要清楚,我如果被自己治下的无赖戴上绿帽子是绝对不能容忍的。(*Roundheads*:408)

兰伯特夫人将这位共和国最高军事将领的黑幕完全暴露出

烟雾笼罩中的权力：论阿芙拉·贝恩作品中的女性意识

来。高高在上的父权制权威也被无情地解构。兰伯特因此被脱冕，这种变化体现了交替和秩序变更的精神。观众在兰伯特主动给自己戴绿帽子的降格行为中发现"任何权势和地位，都具有令人发笑的相对性。"①贝恩因此借助于对政治敌手阵营总的男性的批判让父权脱冕，从而表现了自己的女性意识。

贝恩在女性议会中的请愿这一节也突出地使用了闹剧狂欢化的手法。拉夫莱斯换上了女性装束，化名为一名绰号"心旌摇荡"的夫人也来到了女子议会。他假装成一位叛乱分子的遗孀，并且将丈夫的功绩炫耀了一番，希望获得养老金。贝恩在这一节中典型地运用了双重叙事策略。这些请愿的女子前来诉说丈夫过往战功实在保王党观众看来毋宁是揭发共和党人的暴行，因此就会认同该是典型的托利党剧。这些女子或者把丈夫描写成出卖朋友的叛徒，或者见利忘义，将教会的财产据为己有：

> 女士乙：正是我的丈夫带领着那帮暴徒拆下了伦敦城里的巨大雕像，打碎橱窗里的偶像，将主教赶走，然后把教堂变成了贼窝。他还将大教堂祭坛上摆放的十二使徒的圣餐盘据为己有，出售了是十一个，只留下一个绘着犹大的盘子供自己使用。
>
> 女士丙：我的丈夫一直都在中伤查理一世。他还侮辱国王的子女。国王写给往后的书信被截获以后，他在页边加上不正经的注释大肆印刷传播。他拆毁了教堂中装修豪华的圣殿，然后将这些金光闪闪的物件和天主教的战利品都运回家去装修自己的房子和壁炉。(*Roundheads*:414)

---

① 巴赫金.诗学与访谈.白春仁，顾亚玲，等译.石家庄：河北教育出版社，1998：163.

第三章 从劝诫到协商的调适:女性意识影响下的性政治主题流变

接着贝恩又借假扮成女子的拉夫莱斯讽刺了那些清教徒刻板虚伪的私人生活方式。他说:"我的丈夫在家里祷告的时间太长""他总是咒骂巴比伦之妓,结果邻居们都以为他是在骂我""他在家里从来不吻我,反而说长久的魅力在于克制情欲而不是诱发欲望。"(*Roundheads*:415)拉夫莱斯的抱怨获得了所有女性的支持,包括兰伯特夫人、克伦威尔夫人、戴斯洛夫人、弗利特伍德夫人以及女仆杰丽弗莱薇都不约而同地表达了对拉夫莱斯扮演的女子的同情。戴斯洛夫人甚至说:"这就是那些所谓新圣人的表现,结果他们的妻子都是一副虔诚的样子,只有一件事能揭穿这些人的谎言,那就是给他们戴上绿帽子。"(*Roundheads*:415)贝恩在此以狂欢化的戏谑实现了对于男权的解构。她在剧中谩骂的男性都是保王党人痛恨的圆颅党人,因此在政治正确的掩护之下,男性观众也不大会在意作者表现出来的对于男权的敌意。贝恩将女性议事会情节安排在戏剧的最后,也是不想引起观众的注意。剧中的女性在一定程度上也体现出了性别共同体意识,就像女仆所说的"这里还有几千个女人集体签名的请愿书,女性真是痛苦的性别。"(*Roundheads*:415)《圆颅党人》中的女性议会情节其实是一次女性进行政治表演的实践,但随着政治巨变,所谓的议会也瞬间崩塌。朱迪斯·巴特勒认为:"因为表演(书写、引用)总有缺陷和失败,主体只能无限地接近合乎规范,而不是完美无缺地铁板一块,这里的缺口、缝隙和空白就是她者重返的门户,而她者的重返所引发的主体重建,才是变装和戏拟的真正意义所在。"[1]尽管巴特勒并不赞成剧场中的性别表演,在她看来,性别表演的实践应该存在于真实的社会之中。贝恩让其女性意识主导下的人物在舞台上的活动本身也可以看作是一种性别表演革命

---

[1] 倪湛舸.语言·主体·性别:初探巴特勒的知识迷宫.见朱迪斯·巴特勒.性别麻烦:女性主义与身份的颠覆.宋素凤,译.上海:上海三联书店,2009:6.

烟雾笼罩中的权力：论阿芙拉·贝恩作品中的女性意识

的尝试。这种尝试只可能出现在政治秩序尚未建立起来的特殊年代。资产阶级在光荣革命之后逐步建立了稳态的政治和伦理道德体系，于是就连这种较低层次的舞台上的性别表演实践也终止了。无论是兰伯特夫人还是克伦威尔夫人，她们行为中体现出来的男性气概都是邯郸学步的自我实践。前者必须依赖丈夫的军事实力，后者也是仰赖于家族势力，这两位女性依然缺乏建构女性权威的政治、经济、军事基础。一旦政治情势发生变化，她们就又回到了受父权保护的体系之中。这也是造成兰伯特夫人拥有了王冠和权杖，但是却无法为自己加冕的原因。她只能寻求为男性中的他者加冕，然后间接地使自己登上权力高峰，这正是女性的悲剧所在。《圆颅党人》在全剧要结束的时候出现了在火堆上炙烤一块臀腰肉的场景，彼时是为了庆祝解散尾闾议会而举办的活动，但是联想到该剧上演前后反对焚烧教皇像的活动，舞台上的这一幕更加意味深长。最终，那些清教徒又恢复了他们从前街头小贩的身份。他们被逮捕，然后骑坐在一根杠棒上游街示众。该剧以保王党人取得了全面的政治和爱情上的胜利告终。在革命中浑水摸鱼的宵小之徒重新回到了自己之前低贱的位置，而曾经被打倒的贵族则恢复了往日的荣誉和地位，新的秩序得以重新建立。

《圆颅党人》的收场白由剧中人物戴斯洛夫人完成，这段台词在女性参与政治方面具有深刻的意义，因此在此照录：

面罩终于摘下，
现在我才敢以真面目现身。
尽管以前我和在座的多数人一样是辉格党人，
那时我满口空话、假话，
又擅长在人前伪装成虔诚的教徒。

第三章 从劝诫到协商的调适：女性意识影响下的性政治主题流变

但现在我全心全意支持保王党人为君主效忠的事业。
你们辉格党人精于道貌岸然的欺骗，
结果让靡集在莎夫兹伯里麾下的众人误入歧途。
我虽然无法像男人一样去战斗，
但是我仍然可以发挥自己的天才：
那就是用语言进攻。
你们这群虚伪之徒，
表面上行动充满狂热，
实际上却用为了公共利益的空话蒙蔽群氓。
你们制定了摧毁宗教与国家的政策，
蛮横粗暴地限制君王，
将君主制度完全摧毁。
在你们看来，
长老的决议就是真理，
凡是你们宣扬的都是美好的。
起初共和国的事业还算欣欣向荣，
但是一遇到困境你们立刻就束手无策。
如今你们又想操弄过去实行过的把戏。
你们居然想欺骗整个国家，
一开始成立长期议会，
后来又发动革命，
现在又在酝酿新的入侵。
却发现无法以公开正当地方式取得胜利，
你们就狡猾地使用过去的老办法，
开始撩动群众骚动的内心，
企图发动十恶不赦的暴动。

烟雾笼罩中的权力：论阿芙拉·贝恩作品中的女性意识

表演收场白的戴斯洛夫人不仅通过这段鞭辟入里的关于政治的情势分析获得了在公共空间发出权威声音的机会，而且她还把自己视作参与到政治领域的人物。贝恩之所以赞成托利党人的政治观也有的一定条件，即受到女性意识影响的保王党人要接受性别协商。他们需要比清教徒更加尊重女性，这也是贝恩为了表现女性意识进行的政治意识选择，也反映了近代早起的英国女性在公共空间发出声音的两难处境。

贝恩在《圆颅党人》中全面地表现了两位女性政治人物。她们都具有高于男性的政治洞察力，尤其是兰伯特夫人还实现了对其丈夫的掌控。她们甚至模仿英国的议会建立了女性议事会这一组织，可见贝恩在该剧中以文学想象的方式构建女性政治共同体的努力。这个戏的唯一缺憾在于那位在政治舞台上个性张扬的兰伯特夫人最后亦不得不最终服膺于托利党父权制统治，承认自己之前的种种行为乃是鬼迷心窍。不过，贝恩并没有放弃让女性实现在政治领域主导的理想，既然在英国国内没有办法实现，她转而在后期作品中将女性活动的空间拓展到了美洲，以期在异质空间更彻底地实现女性在经济与政治领域的独立。

第五节 《寡妇兰特氏》：女性意识主导的性政治协商

如果我们将《寡妇兰特氏》[①]（*The Widow Ranter*, 1690）放在贝恩作品整体中去考察，会发现这个剧与以往贝恩剧作中的托利党性政治话语模式有着本质区别。虽然贝恩在《月亮皇帝》（*The Emperor of the Moon*, 1687）中已经在尝试新的戏剧创作模式，但是

---

① "寡妇兰特氏"是龚蓉的译法。

第三章 从劝诫到协商的调适:女性意识影响下的性政治主题流变

在《机运》(*The Lucky Chance*,1686)中她又回归到了从前的托利党叙事传统。贝恩的性政治修辞在《寡妇兰特氏》中才真正发生了彻底的改变,主要表现在她开始认识到传统的浪荡子式保王党人必将失败。因此一方面她在该剧中将男性主人公的婚姻价值观向新教道德靠拢,另一方面又使保王党人物在道德上越来越接近辉格党人。

作为贝恩封笔之作的《寡妇兰特氏》表达了其作品中一以贯之的性政治主题。为了展现自己的女性意识,贝恩曾经在作品中曾塑造过一系列反传统的女性形象,例如《年轻的君主》①(*The Young King*, 1679)中拥有男性气质的公主克莱蒙娜、《漫游者》(*The Rover*,1678)中敢于反抗的风尘女安洁莉卡·比安卡、《裴兴特·幻兴爵士》(*Sir Patient Fancy*, 1678)中大胆表达女性欲望的诺威尔夫人等。贝恩是一位极具女性思想的作家,在其早、中、晚期作品中,随着复辟时期政治紧张程度的变化,其作品中性与政治两种权力话语之间的关系亦呈现出动态性的变化过程,但都没有脱离女性意识的主导。因此,要对《寡妇兰特氏》的主题进行全面把握,必须对该剧中的性与政治话语进行整体思考,而不能将二者割裂开来。

下面将从三个方面探讨在复辟时期戏剧语境下,贝恩是如何在纷繁复杂的政治环境下,巧妙地在其最后一部作品中完成了女性意识主导下的性政治协商。首先,以《寡妇兰特氏》为中心,探讨性与政治在复辟时期戏剧话语中的紧密联系。该时期戏剧以"风俗喜剧"和"性喜剧"著称,剧中男女在爱情、婚姻上的选择以及强奸等暴力行为不仅是情节上的具体行动,同时象征着阶级与政治的对抗。其次,探究该剧如何以权力协商的形式挪用了复辟

---

① 该剧虽然上演于1679年,但研究者认为此剧属于贝恩的早期作品,大概创作于十七世纪六十年代。

烟雾笼罩中的权力：论阿芙拉·贝恩作品中的女性意识

时期的性政治话语，并在尽量避免刺激托利党人的基础上完成对于父权制以及以此为基础的政治秩序的重构；最后，《寡妇兰特氏》中保王党人在道德上的妥协表现了贝恩试图改变居于统治地位的男性气质的企图。在贝恩之前创作的剧本中，典型的保王党人几乎都是浪荡子，诸如《漫游者》中的威尔莫、《都市女继承者》中的威尔丁等。此类形象的典型特征是穷困潦倒，但是因为出身良好，所以对于女性来说还有着文化上的吸引力，再加上年轻风流，巧言令色，最终都能赢得女性的爱情。但是他们身上最大的缺点是放荡不羁的生活方式以及玩弄女性。《寡妇兰特氏》一剧与之前贝恩戏剧最大的区别，甚至与整个复辟时期风俗喜剧的区别，乃是剧中保王党人身上的浪荡子习气大为减弱，而且以戴尔文为代表的男性还在女性面前选择了进一步妥协，这也是贝恩剧中性政治话语转变的标志。

（一）"为所欲为的女性"与反抗父权：性别重塑与微观政治隐喻的关系

作为活跃在复辟时期的女性作家，贝恩尤其重视从性别角度在其作品中重塑两性在社会关系、审美旨趣以及伦理道德等层面的价值要求，并以此影射政治。早年的贝恩在剧作中对于性别关系的描述虚与委蛇，体现出的是一种迂回策略。但是，贝恩在《寡妇兰特氏》中鲜明地塑造了在女性意识主导下的新女性形象。她为了让剧中的女子脱离父权制束缚，曾描写了一系列诸如寡妇、妓女等社会边缘女性，而且为了让她们保持经济独立，又让她们拥有大量财产。不过她们都没有正当的职业，因此并不是完全意义上的社会人。寡妇兰特氏与她们最大的区别是她并没有坐吃山空，而是从事着贸易商的职业。她与刚从英国来到弗吉尼亚的哈扎德一见面，首先关心的是对方从英国带来的货物。她在长期

第三章 从劝诫到协商的调适:女性意识影响下的性政治主题流变

的商业活动中形成了敏锐的商业头脑。寡妇兰特氏在与戴尔文恋爱的过程也处处表现出经济理性人的特征。虽然在感情上她热恋着戴尔文,但是在经济上她又特别重视保护自己的财产,这一点与贝恩早期戏剧中随意将金钱赠予男性的安洁莉卡·比安卡以及婚后财产被浪荡子丈夫挥霍一空的贵族少女海伦娜都有着本质区别。寡妇兰特氏对于金钱的重视使得她极度蔑视传统意义上的爱情。我们从她与秀勒芙夫人的对话中即可看出端倪:

> 秀勒芙:我现在感觉特别伤心,我的丈夫从英国来信说他的病情比在弗吉尼亚的时候更加严重了。医生恐怕也没有回天之力了。哎!我再也见到他了。
> 兰特:这简直是天大的好消息,真想不通你图他什么,竟和他在一起过了那么多年?那糟老头子简直就是个饱经风霜、浑身散发着腐臭的骷髅,身体干瘪得像条风干鲟鱼,脾气又坏。好啦,这一切总算都过去了,上帝保佑你下次可得找一个年轻的丈夫。
> 秀勒芙:你当然喜欢夸赞老头子了,那老家伙去世之后给你留下足有五万英镑的财产。
> 兰特:亲爱的,还有什么比这更幸福的事情么?我家那老东西死得恰逢其时,让我有时间在年轻的时候另寻良侣相伴。(*Widow*:306 - 307)

在这段对话中,值得关注的是寡妇兰特氏将爱情弃之如敝屣的态度。此前,她曾明确表示不赞成男性朝三暮四的性伦理,这等于宣布了复辟时期保王主义中流行的浪荡子美学的破产,也标志着贝恩已经在性别隐喻层面改变了从前坚持的保王党观点。寡妇兰特氏的传奇经历也有着明显的特殊性,从空间上说得益于

烟雾笼罩中的权力:论阿芙拉·贝恩作品中的女性意识

弗吉尼亚殖民地的开拓。《寡妇兰特氏》中性别角色的反转还包括男子不仅在求爱战役上处于被动地位,在经济地位上也是如此。这一点在哈扎德身上体现得最为突出。在实行长子继承制的英国,此君作为次幼子没有财产继承权,身上还有很多纨绔子的不良习惯。当好友弗莱德利问他为何来到美洲时,他坦诚相告:"还不是因为交友不慎,染上了城里风行的赌博恶习,结果把我继承的那点遗产输个精光。"(Widow:298)弗莱德利接着向好友推荐了一条快速致富之道,让他去勾引年轻的秀勒芙夫人,说她年轻又漂亮,嫁给了一个年老多病的富商,而且她的丈夫恰好返回英国治病去了。单从情节上看,这是复辟时期喜剧中给政治敌手戴绿帽子的典型情节,而老年商人要么是清教徒,要么是辉格党人。不同以往的是,贝恩在这一典型套路中做了三点改变:第一,哈扎德身上已经没有了之前保王党人身上的诸多阴暗缺点。在他身上反而出现了爱惜荣誉、作战勇敢等优点,这在从前的保王党人形象中是从未有过的特点;第二,哈扎德一开始勾引有夫之妇尽管违背道德,但是后来其丈夫病逝,从而使两人的婚姻得以合法化;第三,哈扎德对于秀勒芙夫人的爱情是真挚专一的,他已经没有了从前保王党人对待女性不忠的坏习惯。

众所周知,快乐君主查理二世生活放荡,其宫廷里麇集着一群私生活混乱的贵族和廷臣,其中有名的代表是罗彻斯特伯爵约翰·威尔莫特。在复辟时期的上流社会中普遍流行着放荡不羁的性伦理。风流贵族眠花宿柳,惯于风月,不以为耻,反以为荣。①现实中的性混乱反映到复辟时期喜剧中即形成了在作品中对于性放纵行为的宽容和赞美,但是这群浪荡子在政治倾向上都是保王党人,剧作家必须设法维护他们文化上的优势并在作品中为其

---

① See Maximillian E. Novak. Libertinism and Sexuality. in Susan J. Owen, ed. *A Companion to Restoration Drama.* Malden:Blackwell Publishing, 2008:53.

第三章 从劝诫到协商的调适:女性意识影响下的性政治主题流变

粉饰。此类形象包括托马斯·基利格鲁笔下的托马索(1654)、爱德华·雷文斯考罗夫特的《戴绿帽子的伦敦人》(1682)中的汤利、贝恩《漫游者》(1677)中的威尔莫等。复辟时期戏剧研究专家苏珊·欧文认为:"言行虚伪、毫无信仰、当面一套、背后一套、贪婪成性、淫荡好色这些都是复辟时期纵欲主义的主要表现。这一时期的浪荡子既是马基雅维利主义者又是霍布斯主义者的混合体。"①浪荡子身上的道德缺陷一直以来都是辉格党人攻击的目标,而且随着后者的实力不断增强在十七世纪末期有愈演愈烈之势。实际上,托利党剧作家经常通过夸张地表现托利党人随心所欲地征服女性的行为来取悦台下的贵族观众。现实中的保王党人的确生活放荡,无论德莱顿等人怎么为保王党性道德辩护都无法避免放纵行为本身违背基本伦理的缺点。,贝恩在《寡妇兰特氏》中已经放弃了传统浪荡子形象的固定模式,转而塑造接近资产阶级道德的保王党人形象。

《寡妇兰特氏》中的女性大多数处在父权制缺位的环境之下。弗利特夫人与兰特是寡妇;秀勒芙夫人的丈夫远在英国。戴尔文没有依照习俗,要求管理妻子的权力。最关键的一点是寡妇兰特氏与弗利特夫人经济上完全独立,所以她们才能彻底摆脱父权制的控制。寡妇兰特氏的男性气质以及行动上的主动性都标志着贝恩剧中新型女性形象建构的完成,这些变化乍一看上去表现的是性别上的反转,其实背后表现的还是政治。在英国的君主制话语建构中,父权与君权处在同一套话语体系之中。托利党人为了支持宫廷曾于褫革危机期间印刷菲拉莫的《父权制》,以壮声势,

---

① Susan J. Owen. *Restoration Theatre and Crisis*. Oxford:Oxford University Press, 2003:159.

烟雾笼罩中的权力：论阿芙拉·贝恩作品中的女性意识

因为"菲拉莫把国家视作一个家族,第一个国王乃是一家之长。"①可见,英国的君权是建立在民众对于父权制认可基础之上的。贝恩在《寡妇兰特氏》中从性别反转以及父权制缺位两方面对传统父权制的背离,再加上作者对于传统保王党人形象的改造,这些都显示出贝恩已经构建了不同以往的托利党性政治模式。

(二)婚恋模式抑或弗吉尼亚政体构建？性秩序重构中的宏观政治隐喻

贝恩创作《寡妇兰特氏》一剧的材料主要来源于被委任到弗吉尼亚调查培根起义事件的特使提交给国王的长篇报告。② 纳萨尼尔·培根的反叛发生在1676年,此人是受过大学教育的绅士,因为不满政府保护殖民者不力,遂自行组织了未经官方授权的针对印第安人的袭击行动。培根武装无视弗吉尼亚总督威廉·伯克利③自行解散的命令,后来遭遇围剿。他病逝以后,反叛即告失败。贝恩之所以选择培根起义事件作为创作题材,原因是弗吉尼亚早在1625年就是斯图亚特王朝的王家殖民地。弗吉尼亚殖民地的居民在英国内战期间大多数支持国王查理一世,对于斯图亚特宫廷极其忠心。④ 查理一世被送上断头台以后,克伦威尔政权

---

① Robert Filmer. Patriarcha, the Nature Power of Kings. in Johann P. Sommerville, ed. *Patriarcha and Other Writings*. Cambridge: Cambridge University Press, 1991:1.

② See Wilber Henry Ward. Mrs Behn's The Widow Ranter, Historical Sources. in *South Atlantic Bulletin*, 4(1976), pp. 94-98, p.94.

③ "威廉·伯克利(William Berkeley)的父亲莫里斯·伯克利爵士(Sir Maurice Berkeley)是弗吉尼亚公司的股东。他是爵士的幼子,早年就读于牛津大学,并以戏剧创作闻名,后来获得查理一世的赏识,受封爵位并于1641年被任命为弗吉尼亚王家总督。See Warren M. Billings. Berkeley and Effingham: who Cares. in *The Virginia Magazine of History and Biography*,1989(1):34.

④ See Thomas Jefferson Wertenbaker, *Virginia Under the Stuarts*:1607-1683. Princeton: Princeton University Press, 1914:91; See also Ricahard Lee Morton. *Colonial Virginia*. Chapel Hill: University of North Carolina Press, 1960:164.

第三章 从劝诫到协商的调适:女性意识影响下的性政治主题流变

要求弗吉尼亚当局表态服从,但遭到拒绝。总督威廉·伯克利在克伦威尔政府接管弗吉尼亚之前,一直表示支持王室。① 弗吉尼亚殖民地可以看作斯图亚特宫廷在殖民地的后盾,而由英王任命的总督则代替国王管理殖民地,并为王室利益服务。贝恩的最后一部作品以弗吉尼亚为背景绝非偶然,反映了作者重构以宫廷——保王党为核心的政治治理秩序的企图。她的前一部以美洲为题材的作品《欧奴诺可》的写作目的即是提醒英国统治者珍视美洲,不应该放弃苏里南殖民地。考虑到查理二世曾经授权建立了纽约、卡罗莱纳、新泽西、特拉华和宾夕法尼亚等殖民地,是英国在美洲殖民史上签发特许状最多的国王,而詹姆斯二世亦是从事奴隶贸易的王家非洲公司的首领,那么贝恩在剧中对王家殖民地弗吉尼亚社会进行美化,同时对英国国内混乱状况大加贬损的情节对处于统治危机中的詹姆斯二世来说应该带有一种政治反讽的意味。贝恩希望在剧中按照自己设想的模式建设殖民地的目的不言自明,她因此以性隐喻的方式实现了政治话语在弗吉尼亚乌托邦的协商。

《寡妇兰特氏》中的政治协商主要在培根这一人物形象的建构上展开。他一方面极为重视荣誉,另一方面又发动了叛乱;一方面勇敢无畏,但同时又生性多疑;一方面有远大的政治抱负,另一方面又耽于儿女情长。培根虽然卓尔不群,却表现出与弗吉尼亚社会的格格不入。贝恩通过弗莱德利的眼光审视殖民地的政治局势,他如此评价培根:"培根天生比那群庸众高贵,他为人大方、勇敢坚定,平时他就喜欢研读那些古罗马英雄的生平故事,我经常听见他发出感叹——'为什么我不能像亚历山大一样征服世

---

① See Steven D. Crow. Your Majesty's Good Subjects: A Reconsideration of Royalism in Virginia, 1642 – 1652. in *The Virginia Magazine of History and Biography*, 1979(2): 159.

烟雾笼罩中的权力：论阿芙拉·贝恩作品中的女性意识

界呢？又或者像罗慕拉那样在美洲建立一个新的罗马城？这样我就能成为受万民敬仰的英雄。'"(*Widow*:299)但对于培根来说，理想的美好和现实的污秽发生了巨大的反差。他像汉姆莱特一样发出绝望的呼号，并形容弗吉尼亚是"一个如此肮脏的花园"。他失去了祖辈开拓的地产，于是组织武装试图夺回产业，土地矛盾与培根的跨种族恋情纠缠在一起，使得性别话语建构变得更加复杂。他指责印第安人占有了自己的土地。印第安国王据理力争："我们才是这片广袤大地的主人，直到你们这些陌生人来此定居。你们利用了我们天性中的乐善好施，剥夺了我们的权力，将毁灭的痛苦像风暴一样加诸我们身上，最终将善待你们的朋友全变做了奴隶。"(*Widow*:309)培根自知理亏，只好强辩："我对先辈行为中的不妥不作评判，但这土地是我们的遗产，所以必将申诉，凭着当初划分土地的宝剑宣誓，唯愿流尽最后一滴血也要寸土必争。"(*Widow*:309)培根向印第安人索要土地的行为显然缺乏公理，完全是诉诸武力的暴力掠夺。黑格尔认为："自我意识只有在一个别的意识里才获得它的满足。"[1]在培根的意识形态系统里，印第安国王只能作为欲望的"他者"存在，为了实现主人意志，培根只能消灭对方从而实现自己身份的转变。

培根无疑属于彻头彻尾的殖民中心主义者，他与殖民地当局的矛盾集中体现在征服印第安人的方式上。培根经常自比汉尼拔、罗慕拉以及恺撒。实际上，他已经将印第安王后当成了克里奥佩特拉。弗莱德利早就看穿了培根恋情的实质，认为他是为了满足自己的虚荣才去追求王后。不过在培根看来，他的个人英雄主义行为充满了正义性，他如此解释自己采取军事行动的原因：

---

[1] 黑格尔.精神现象学(上).贺麟,王玖兴,译.北京:商务印书馆,1979:121.

第三章　从劝诫到协商的调适:女性意识影响下的性政治主题流变

"我难道能眼见自己的土地被毁袖手旁观?我们的君主被侮辱,臣民被屠戮,到处都是妇孺儿童凄惨的哭声,难道我们可以置之不理?你们也能听到那低回的哀鸣,纵是心如铁石也应聊表同情。难道要等到战争和屠杀迫在眉睫,把我们骚扰得鸡犬不宁之时,我们还要选择默默忍受?我们将窃贼抵御于家园之外的行动难道违背了法律?"(*Widow*:320)

培根的说辞极其富有煽动力,虽然他宣称效忠国王,但是这番站在集体利益一边的慷慨陈词极易让当时的观众联想到辉格党政治话语中的狂热特征。复辟时期的政治环境波澜起伏,多数英国人都生活在担心1640年内战重新发生的恐惧中。贝恩创作《寡妇兰特氏》的时候正处于蒙茅斯公爵叛乱之后。为了避免引起不必要的政治冲突,所以贝恩在剧中对于培根叛乱的态度比较模糊。她一方面对于政治黑暗的弗吉尼亚进行了辛辣讽刺,但另一方面也不能认同培根起事是合法行为。贝恩在剧中为培根设置了脱离现实的骑士爱情套路,这样既可以利用该人物批判现实,又能顺理成章地让他从不合时宜的世界中消失。培根最终杀死了印第安国王,并赢得了王后的芳心。但是王后为了荣誉,用理性战胜了爱情,尽管她痛苦万分,仍然决定向培根复仇。贝恩成功地将赛摩尼亚塑造成了骑士文学中的痴情女子,从而拉近了英国人与印第安人之间的距离,这样国人就可以将美洲等同于历史上曾经进行过十字军东征的近东,并因此召唤殖民者去征服开拓。不过贝恩美化印第安人的目的一方面是为了迎合当时人们对于高贵的野蛮人形象的想象,另一方面也希望让道德崇高的"他者"改造道德低下的殖民地白人社会。英国学者德雷克·休斯认为:"尽管培根发动了对印第安人的战争,但是在某种程度上他更加向慕印第安人的文化而厌弃本族的文化。他与印第安国

烟雾笼罩中的权力：论阿芙拉·贝恩作品中的女性意识

王卡瓦尼奥有着长期的友谊。此外，他深恋着王后赛摩尼亚使得事情变得更加复杂。但是为了土地，对于培根来说二者皆可抛弃，并因此杀死了国王和挚爱的恋人，整出戏充满了友谊与争斗、利益与原则的纠缠。"①培根的殉情不仅证实了骑士爱情的彻底破产，而且说明了罗马帝国式的征服对于美洲无效。

虽然贝恩不赞成培根起义，但是她更不满弗吉尼亚殖民地被一群以议会成员、治安法官为代表的道德低下的人统治。弗莱德利给刚到美洲的哈扎德介绍时局的时候就表达了对当局统治的不满。他特别询问了英国新任命的总督是否出身贵族，而且声称："弗吉尼亚现在迫切需要一个出身良好的贵族阶层进行有效管理，这样此地才会成为最好的殖民地。"(Widow:299)弗吉尼亚并不存在像英国那样的世袭贵族阶层，此地只有土生贵族，而对后者的评价标准只是看财富拥有的数量，再加上一开始来美洲殖民的先驱者有很大一部分来自破产的下层阶级，还有一些甚至是罪犯和不法之徒，因此造成殖民地特别缺乏德才兼备之士。② 弗吉尼亚议会成员的选定也只重视财富而忽略道德品行，实际上给一部分品行恶劣之徒混迹于统治阶层提供了机会。③ 寡妇兰特氏第一次见到哈扎德的仆人时披头就问："你是从新门监狱还是从布莱德威尔拘留所里逃出来的？是闯了什么祸端被人捆在马车上用鞭子抽？还是个偷东西的毛贼？"仆人对她的话迷惑不解，她就骂道："你这狗贼，到这地方来的一开始不都是这些人么？"(Widow:306)《寡妇兰特氏》中展现了弗吉尼亚司法权力荒谬的

---

① Derek Hughes. *The Theatre of Aphra Behn*. New York:Palgrave, 2001:181.
② See Huge F. Rankin. The General Court of Virginia:Its Jurisdiction and Personnel. in *The Virginia Magazine of History and Biography*,1962(2):145.
③ See Edmund S. Morgan. *Amercan Slavery, American Freedom:The Ordeal of Colonial Virginia*. New York:W. W. Norton & Company, 1975:209 - 210.

第三章 从劝诫到协商的调适:女性意识影响下的性政治主题流变

运作过程。治安法官们在审理案件的时候居然饮酒,随意捏造罪名就可以将人治罪。迪莫尔斯既是被告又是法官,杜尔曼在法庭上喝得酩酊大醉,布哲根本不识字。"他们甚至公开承认自己对于法律一窍不通,这些人物在法庭上的丑态带来了强烈的喜剧性效果。"①法官们后来听说哈扎德是秀勒芙上校的亲戚,马上又与他握手言和。弗吉尼亚由一群这样道德低下的人管理,社会秩序难免陷入混乱。

贝恩显然不赞成原有的由出身下层阶级的人员担任殖民地议会成员的管理模式。那么,带有强烈英雄主义色彩的培根是不是作者理想中的管理者呢? 也未必! 贝恩在理想和现实中做了巧妙的平衡,我们可以将剧中的人物按照道德高低分成三类:第一类是道德上高于他人或环境的英雄式人物(培根、卡瓦尼奥、赛摩尼亚);第二类是道德上低于他人或环境的讽刺性人物(沃夫、迪莫尔斯、威姆斯、杜尔曼);第三类是道德上处于英雄式人物与讽刺式人物之间的协商性人物(哈扎德、弗莱德利、寡妇兰特氏、戴尔文、威尔曼、汤瑞特)。可见,贝恩设计人物时在人物道德层次上做了周密的安排。贝恩之所以塑造培根这一人物,一是因为当时的英国社会道德崩塌,各种宵小之徒无恶不作反而跻身高位,大发横财。殖民地冒险者毫无人性,反过来却能跻身统治阶层。贝恩希望理想中的贵族能够重整乾坤,而不是让社会失序。复辟时期英国的资本主义发展并未停止,反而得益于统治者对下层阶级控制的放松,使他们能够前往新大陆开辟疆土。欧洲人开拓美洲依靠的是野蛮文化与道德的沦丧。"在发现和征服美洲的过程中,依托古典文明构建的文艺复兴思想实际上在更大程度上

---

① See Paul Musselwhite. *What Town's this Boy*: *English Civic Politics*, *Virginia's Urban Debate*, *and Aphra Behn's The Widow Ranter. In Atlantic Studies*, 2011(3): 287.

烟雾笼罩中的权力：论阿芙拉·贝恩作品中的女性意识

受到了马基雅维利主义的影响。基督教文明中的乌托邦主义者实际上采取了一种在基督教道德以及全无道德之间寻找一种替代途径的方式构建近代历史，因为他们在征服的过程中必须得让道德沦丧。"①贝恩已经感觉到其中的弊端并试图纠正。"贝恩在培根身上开始了寻找贵族之根的努力，即通过对印第安高贵野蛮人的想象试图在英国本土唤起贵族的荣誉感。"(Utopian:253)殊不知历史的车轮已经行驶到光荣革命前期，封建时代辉煌时期的贵族早已分化，有的演化成了与资产阶级无异的新贵族，有的破落到无以为继的地步。无论前者还是后者，皆不把荣誉当作信仰。贝恩在《寡妇兰特氏》中通过塑造培根以及印第安国王夫妇以期为贵族精神招魂，但贵族赖以生存的经济基础已经不复存在，这才是培根失败的根本原因。

贝恩在《寡妇兰特氏》中操演了多种政治统治方式实现融合的可能性，除贵族统治之外，另外还有服膺于君主统治的理念以及充满田园牧歌式的乌托邦幻想，以上政治理想共同组成了她理想中的新大陆共同体意识，其目的无非是希冀建立一个比当下的弗吉尼亚甚至比英格兰都更加具有荣誉感的社会。贝恩通过培根浪漫化地重构了关于荣誉与道德的定义，但后者只能立足于虚拟的全体向善的世界，却无法适应善恶同在的现实，所以培根的悲剧结局就不足为奇了。以培根为代表的骑士英雄政治反映了贝恩的政治诉求，即追求一种本土的、人人平等的社会，得到民众支持的培根的行事原则亦反映了洛克在政府论中提出的民选政府的互惠原则，即在自然法界限下的原则。洛克认为："在人类之初，整个世界都如美洲一样，人与人之间的相互关系应该建立在

---

① Stelio Cro. *The Noble Savage:Allegory of Freedom*. Waterloo:Wilfrid Laurier University Press, 1990:86.

第三章 从劝诫到协商的调适:女性意识影响下的性政治主题流变

以相互的爱为基础的自由意志之上。"①贝恩对洛克的政治自然观或许颇感兴趣,但她在剧中对普通大众的素质明显缺乏信任,不仅描写了情绪化的殖民地民众,而且贬斥了背叛印第安国王的土著居民。于是她在剧中努力协调培根的不同身份使得他与自己的政治观念相吻合,这样才造成了"培根必须一方面要与如强盗一般的种植园主划清界限,另一方面在精神上又要超越低俗的议员,同时又要与蝇营狗苟的印第安平民作战。"②培根在剧中只是充当了政治与性别建构过程中的象征符号作用,这使得该人物形象与历史中的培根产生了巨大的差别。

培根及其军队短暂地在弗吉尼亚建立了一个乌托邦,他的行动获得了一部分白人民众的支持,但是他始终无法超越种族之见。尽管他与印第安国王建立了所谓深厚的友谊,与赛摩尼亚的爱情也非常动人,然而以培根为代表的殖民者与印第安人因为土地矛盾必然存在根本的敌对关系。中国台湾学者王仪君认为:"培根所代表的十七世纪种族论述中,对印第安族群鄙视的态度正呈现了阿法尔·班(阿芙拉·贝恩)戏剧中隐含的殖民论述。"③贝恩以培根与赛摩尼亚的悲剧之恋为骑士荣誉唱了一曲哀怨的挽歌,反映了作者已经认识到骑士党凭借从前的意识形态修辞已经无法实现对下层民众的吸引,而培根也不可避免地沦为堂吉诃德式的人物。观众只能在他身上看到讽刺,却看不到崇高,这也是该剧隐藏在政治话语之后的性别隐喻所要传达的微言大义。

---

① John Locke. *Two Treaties of Government*. in Peter Laslett, ed. *Locke:Two Treaties of Government. Cambridge*: Cambridge University Press, 1967:139.
② Oddvar Holmesland. Utopian Negotiation:Aphra Behn and Margaret Cavendish. Syracuse University Press, 2013:252.
③ 王仪君. 帝国与族裔:英国近代早期戏剧中的国族主义与身份认同. 广州:中山大学出版社,2011:112.

烟雾笼罩中的权力：论阿芙拉·贝恩作品中的女性意识

（三）从性平等到走近政治边缘：女性意识主导的初步胜利

《寡妇兰特氏》一剧由三条情节线索组成，分别是培根与印第安王后的恋情、福斯塔夫式丑角一样的议会成员，以及弗吉尼亚青年男女之间幸福的爱情，其中培根这条线索具有悲剧和英雄剧的特征，而后两条情节线则具有喜剧特色。① 在该剧的结尾，治安法官威姆斯、沃夫、迪莫尔斯都愉快地接受了解职的安排。政治权力被交还给了道德高尚者，同时该剧也在几桩婚姻达成中结束。弗莱德利、哈扎德、戴尔文不仅与心仪的女士终成眷属，而且进入了殖民地统治阶层，负责维护弗吉尼亚的和平秩序。贝恩以婚姻结局的形式明确表明了自己的政治态度。

贝恩创作《寡妇兰特氏》的1688年正处于光荣革命酝酿的时期，此时已经是詹姆斯二世统治的末期。新国王尽管粉碎了蒙茅斯公爵的叛乱，并将其处决，但是随着国王天主教信仰的公开化以及一意孤行地在新教信仰坚定的英国推行天主教，使得本来相对稳定的英国社会在其统治之后的局势空前紧张。贝恩对于身处政治危机中的詹姆斯二世不可能漠不关心，而借发生在弗吉尼亚的叛乱影射国内的政治情势或许才是她创作《寡妇兰特氏》的直接动机。英国学者安妮塔·帕切科认为："贝恩选择以悲喜剧的形式创作《寡妇兰特氏》是否是因为这种体裁更适合表现政治？如果答案是肯定的话，那么这恰好说明了贝恩在英国光荣革命即将发生之际动荡不安的社会秩序中选择的是以戏剧化的形式提

---

① See Anita Pacheco. Festive Comedy in the Widow Ranter: Behn's Clowns and Falstaff. in *Restoration*: *Studies in English Literary Culture*, 1660 – 1700. 2014(2):43—61.

第三章 从劝诫到协商的调适:女性意识影响下的性政治主题流变

出争论,而不仅仅是出于对宫廷的支持进行直接的政治宣传。"① 帕切科虽然认识到了《寡妇兰特氏》一剧与英国现实政治之间的紧密联系,但是对于贝恩政治宣传的意图并没有准确把握。确切地说,贝恩并没有掩饰她的政治观点。她在三种政治模式中有明确倾向,而非帕切科所说"只是提出了问题,而无意提出解决之道。"②这一点我们从该剧的结局安排中就可看出端倪。保王党人大多寄生于宫廷,实际上对于君主来说毫无益处。贝恩认为解决问题的办法就是把他们像《寡妇兰特氏》中的哈扎德那样送到弗吉尼亚效力。贝恩以文学想象的手法将弗吉尼亚描写成了保王党人的乌托邦,目的是吸引更多的忠于国王的上层阶级人士来到此地殖民,共同建立一个国王治下的新世界。迪莫尔斯即明确地说:"我们弗吉尼亚的人民都是一些见多识广、能力超群的人,应该把我们这里的人尽可能多地送到英国去担任官员代替他们管理国家,无论是内政还是军队都要交给咱们管理,然后再把那些乡绅的孩子通通送到这里来接受教育,让他们见识一下咱们国家的奇迹。"(*Widow*:315)贝恩在《寡妇兰特氏》一剧中以弗吉尼亚的政治改革改造英国的目的被明显呈现出来,而以性政治隐喻重构未来的君主制国家模式显然成为该剧的中心任务。

在性别与政治的天平两端,贝恩晚年显然更看重的是政治,我们从该剧结束时威尔曼的呼吁中可以清晰地读出她写作此剧的雄心:"团结起来吧,勇敢无畏的青年,让我们共同建设一个幸福、富裕和伟大的国家,让日暮途穷的欧洲人羡慕我们在比他们还要广大的世界中享受的和平生活吧。"(*Widow*: V. A Grove.

---

① Anita Pacheco. *Festive Comedy in the Widow Ranter: Behn's Clowns and Falstaff.* p. 55.

② Anita Pacheco. *Festive Comedy in the Widow Ranter: Behn's Clowns and Falstaff.* p. 55.

烟雾笼罩中的权力：论阿芙拉·贝恩作品中的女性意识

351)贝恩创作此剧的目的显然是以文学形式探讨一种建立新型政治秩序的可能性,但是身处十七世纪末期的贝恩尚不能回答国家及民族未来走向的问题,于是她只能嫁接异域空间与英国本土,通过重新组合旧意识形态以期获得新的秩序。正如霍姆斯兰德所言:"《寡妇兰特氏》的主题决定了它既不是贵族的罗曼史也不是现实主义的反乌托邦作品,而更接近通过文学的手法辩证地讨论复辟之后的英格兰可能的发展方向。"①作为最早描写美洲殖民地的剧本,《寡妇兰特氏》展现了弗吉尼亚殖民地精英阶层建构美利坚民族共同体意识过程中的权力话语协商模式,并为与英国分道扬镳以及日后合众国的成立积蓄着离心的思想意识。培根之所以揭竿而起,其推动力来自于对以总督为代表的英国旧势力的不认同,而寡妇兰特氏等新女性以及新统治阶层的成员也代表了贝恩设想的殖民地精英。贝恩让从前的保王党人走出了道德原罪,使得他们身上具备的文化优越性在居民普遍野蛮的弗吉尼亚找到了用武之地,并成功进入统治阶层。她一方面让这些从前的浪荡子(以哈扎德、弗莱德利为代表)在道德上向清教徒的价值观靠拢,另一方面在政治上企图实现新保王党人主导的,同时居于国王权威下之下的混合政体。"历史上培根领导起义反抗总督的行为带来了可怕的后果,内战导致成百上千的人死亡,首都詹姆斯城也被付之一炬。"②贝恩在《寡妇兰特氏》中并没有表现起义军火烧城市的情节,也表明了贝恩尽量避免内战的态度。贝恩在《寡妇兰特氏》一剧中表现出来的托利党与辉格党在价值理念上的接近不啻具有一种敏锐的前瞻性,因为恰好是因为托利党人

---

① Oddvar Holmesland. Utopian Negotiation: Aphra Behn and Margaret Cavendish. Syracuse University Press, 2013:264 – 265.

② See Brent Tarter. Bacon's Rebellion, the Grievances of the people, and the Political Culture of Seventeenth Century Virginia. in *The Virginia Magazine of History and Biography*, 2011(1):12.

第三章 从劝诫到协商的调适:女性意识影响下的性政治主题流变

和辉格党人的联合才使得詹姆斯二世丧失了统治基础,而英国人恐惧内战的心理在其中似乎也发挥了一定的作用。

约翰·洛克曾经受业主之托,为卡罗莱纳和宾夕法尼亚起草了《卡罗莱纳基本法》,计划在卡罗莱纳实行民主制和贵族制相混合的政体。贝恩在《寡妇兰特氏》中的性政治建构与洛克的做法有异曲同工之妙,只不过后者是在文学中采取更加具有弹性的协商形式进行的。贝恩在《寡妇兰特氏》中一手写性别,一手写政治,为女性在戏剧领域的思想建构及传播模式树立了典范,显示出复辟时期戏剧中性与政治这两种权力关系之间的流动性和对应关系。这位复辟时期的传奇女作家虽然在政治倾向上是坚定的保王党人,但是在其剧作中却始终表现出强烈的女性意识以及个人主义原则,而她的个人意识亦经常与保王党思想中的父权制以及等级制度发生矛盾。[1] 这种政治主张与女性意识之间的矛盾也突出地表现在培根和寡妇兰特氏为代表的两位中心人物身上。贝恩试图在《寡妇兰特氏》中采取协商的形式实现阶级融合、政治分歧融合甚至种族融合,而且尤其值得关注的是协商过程是在女性意识主导下完成的。

小　结

从总体上看,贝恩无疑属于斯图亚特宫廷的忠实拥护者,但是一定要加上两个前提条件:一是她在政治上拥护宫廷,并不等同于在女性意识上赞成父权制下的性别关系;二是她的确清醒地认识到了尚处于上升时期的辉格党势力,指出资产阶级在性道德

---

[1] See Daniel Gustafson. Cultural Memory and the Royalist Political Aesthetic in Aphra Behn's Later Works. in *Restoration:Studies in English Literary Culture*, 1660 – 1700. 2012(2):1—22.

烟雾笼罩中的权力：论阿芙拉·贝恩作品中的女性意识

上极其虚伪，在剥削女性上不亚于封建时代的花花公子。贝恩从女性意识出发，既批判贵族阶级的旧道德，也批判资产阶级的虚伪贪婪。贝恩就是在这种复杂的政治情势下艰难地实现了性政治关系的重构。她巧妙地周旋于各种政治势力之间，在不触动占有强势地位的政治集团利益的基础上，只要一有机会就积极实践女性颠覆传统政治机制的各种可能。贝恩的女性意识在政治领域的实践亦反映了特殊历史时期这位传奇女性思想上的超前性。

第四章 殖民与叙述:女性意识的空间拓展与早期现代社会的矛盾性

缪斯女神赋予了我杰出的诗才,
我多么希望乘风破浪,
直挂云帆到新世界建功立业。
虔诚信仰的力量让我忠心不二,
我却不得不放弃欣欣向荣的事业。
那将众人吹送到大洋彼岸和风,
却将我抛弃在荒凉的海岸。
如今我也只能和着低语的风声,
发出回应的叹息。
尽管我用忧郁的眼神打量这广袤的大地
但仍能发现希望的景象。
目之所及,一片欣欣向荣,生机盎然。
我所听到的也是大声地欢笑。
希望那些被拣选的种子能在应许的土地上生根成长。
而我注定是那个被放逐的女先知,
已经命中注定无法分享你们欢欣的胜利荣光,
但我已经看到新世界肥沃的土壤正在孕育幸福。"

——Aphra Behn
A Pindaric to the Reverend Doctor Burnet, 1689

烟雾笼罩中的权力：论阿芙拉·贝恩作品中的女性意识

简内特·托德(Janet Todd)研究 1660—1800 年间英国女性，其创作与虚构类叙述之关系的专著名为《安洁丽卡的象征》，该书名取自阿芙拉·贝恩戏剧《漂泊者·第一部》(The Rover Part I, 1677)中敢爱敢恨的多情妓女安洁丽卡。托德认为这位勇敢的女子拒斥男性的符号建构带有象征意义："她行动勇敢，没有女性的柔弱气质而且具有了职业化特征。"[1]但她仍旧是在父权制体系的表层，即婚恋上进行抗争，不可能参与到文化权力以及政治权力体系中。阿芙拉·贝恩亦创作了一系列反传统的女性角色，不同程度地实现了女性意识的主导，例如《裴兴特·幻兴爵士》(Sir Patient Fancy, 1678)中博学多才的诺威尔夫人，《年轻的君主》(The Young King, 1679)中颇具男性气概的公主克莱蒙娜，等等。但是贝恩发现在欧洲大陆，无论其笔下的女主人公如何智勇双全、家资优渥，她们至多在觅得如意郎君方面取得胜利，鲜有女性能够独立涉足经济政治领域。尽管《圆颅党人》(The Round Heads)中的兰伯特夫人似乎拥有了一定的政治权威，但其威望更多地是来自丈夫的军事实力。十七世纪后半期的英国女性主要的活动领域仍然是家庭，阿芙拉·贝恩既有在婚恋领域反抗父权制的理想，同时也有让女性参与到经济活动和政治治理中去的雄心，因此在其文学生涯的最后阶段创作的作品《欧奴诺可》(Oroonoko, 1688)中，她借助于苏里南殖民地这一远离欧陆的异质空间以实现女性参与政治的目的，并成功拓展了女性意识表现的领域。

阿芙拉·贝恩的确是一位坚定的保王党人，她始终如一地支持斯图亚特王朝的统治。但是她在文学作品中表露出来的对待

---

[1] Janet Todd. *The Sign of Angellica*: Women, Writing and Fiction – 1660 – 1800. New York: Columbia University Press, 1989:1.

第四章 殖民与叙述:女性意识的空间拓展与早期现代社会的矛盾性

宫廷的忠心又与德莱顿不同。贝恩对查理二世以及詹姆斯二世的政治统治都颇有微词,并且委婉地对之进行劝诫。德莱顿的政治态度则是一味地媚上求荣,例如他在政治讽刺诗《阿布沙龙与阿奇托斐》(Absalom and Achitophel, Part I, 1681)的开头"为多妻制辩护,因为查尔斯(查理一世)和大卫一样拥有妻妾甚多"。①《欧奴诺可》创作的年代正处于光荣革命前夕,这部作品显然亦与现实政治有着紧密的联系,但是其复杂程度却远远超过了其他作品,这一点我们从目前有关这部作品观点混乱的现状即可见一斑。《欧奴诺可》自二十世纪八十年代以来一直都是学术界研究的热点。② 研究方法可以分为三类,第一类是新历史主义研究法,即深描历史细节,然后在历史事件与文本中建立联系,或者是用历史人物附会作品人物,或者以文本中的细节补充历史事实;第二类是用后殖民主义、女性主义理论分析该小说文本,因为以上理论用于17世纪末期的文本存在着一定的语境矛盾问题,所以众多研究结论也相互矛盾;最后一类研究是从文体学角度分析《欧奴诺可》的文体特征及其与戏剧、旅行文学、散文叙述之间的

---

① 梁实秋.英国文学史(第2卷).协志工业丛书出版股份有限公司,1985:678.

② 柯瑞娜·哈洛认为,《欧奴诺可》的经典化进程主要是由学院派研究者完成的。我们可以将其大致分成两个阵营——在性别层面进行意识形态分析的学者以及进行殖民种族研究的学者可以划分为第一类;从性别视角切入研究的学者包括罗斯·巴拉斯特(Ros Ballaster)、玛格丽特·弗格森(Margaret Ferguson)、莫瑞亚·弗格森(Moria Ferguson)、夏洛特·萨斯曼(Charlotte Sussman);劳拉·布朗(Laura Brown)、劳拉·多伊尔(Laura Doyle)以及阿尔贝特·里维罗(Albert Rivero)主要从殖民视角研究该文本。第二派学者认为上述解读不合时宜,他们包括乔治·格菲(George Guffy),德雷克·休斯(Derek Hughes)、理查德·克罗尔(Richard Kroll),亚当·希尔斯(Adam Sills)。概而论之,以上诸学者在研究取向上各有不同。他们在如下问题上尚有很大分歧:一是该文本是否是小说文体;二是现代学者能否将该文本当作反应意识形态问题的样本进行分析;三是《欧奴诺可》是否是反应了十七世纪美学价值的作品;四是当时的政治事件是否构成《欧奴诺可》创作的具体语境。" See Corrinne Harol. The Passion of Oroonoko:Passive Obedience, The Royal Slave, and Aphra Behn's Baroque Realism. in *English Literary History*, 2012, 79.2:453.

烟雾笼罩中的权力:论阿芙拉·贝恩作品中的女性意识

联系。柯瑞娜·哈洛认为:"《欧奴诺可》为研究者提供了肥沃的研究土壤——各种各样的研究方法都可以在该文本的基础上展开,以至于早在二十世纪九十年代初期史里尼瓦·阿莱瓦姆丹(Srinivas Aravamudan)即将有关这部小说的研究称为'欧奴诺可学'。"①实际上,诸多学者相互冲突的结论恰好证实了《欧奴诺可》的特质,即齐格蒙特·鲍曼指认的现代性中的矛盾性。鲍曼认为:"矛盾性(ambivalence),即那种将某一客体或事件归类于一种以上范畴的可能性,是一种语言特有的无序。无序的主要征兆是,在我们不能恰当地解读特定的情境时,以及在可抉择的行动间不能做出选择时,我们所感受到的那种极度的不适。"②正是贝恩感受的这种焦虑和不适造成了文本中体现出的诸多矛盾性,具体而言包括殖民经济矛盾性、文体矛盾性以及文化矛盾性三个方面。以上三个方面的矛盾性构成了研究者得出相悖结论的主因,换而言之,我们首先应该承认《欧奴诺可》矛盾性的客观存在,并且放弃对其进行一元论的解读,才能更好地认识清楚这一文本的复杂特质。还有一点需要说明的是尽管鲍曼认为现代性主要发生在十八世纪之后,但是也有学者认为英国广义上的现代社会开始于1640年的资产阶级革命,因此贝恩写作《欧奴诺可》的十七世纪末期至少属于现代性的萌芽期,这也是我们既能在作者的创作心理又能在文本中找到诸多现代性所独具的矛盾性特质的原因。

我们只有在确认《欧奴诺可》具有的矛盾性恰好是其本质属性的前提之下才能对其进行研究。迈克尔·麦基恩在其专著《英国小说的起源,1600—1740》中提醒我们:"如所有其他历史一样,

---

① Corrinne Harol. The Passion of Oroonoko:Passive Obedience, The Royal Slave and Aphra Behn's Baroque Realism. in *English Literary History*,2012,79.2:453.
② 齐格蒙特·鲍曼.现代性与矛盾性.邵迎生,译.北京:商务印书馆,2003:3.

第四章 殖民与叙述:女性意识的空间拓展与早期现代社会的矛盾性

文学史旨在其延续(continuity)与间断两个维度中理解研究对象。"①《欧奴诺可》的创作时期亦处于麦基恩界定的小说起源的时间段,该文本也显示出延续与间断的二元性质,因此在方法论上也必须采用麦基恩在其专著"导言——文学史中的辩证法"提出的研究路径。②《矛盾性是受制于特定的近代早期现代性的必然产物,而作者的女性意识亦对此造成了重要的影响。文本中体现出的殖民经济矛盾性、文体矛盾性以及因为女性意识主导引起的文化矛盾性,三者互有联系,组成了一个矛盾性综合体,但是从本质上看其成因无非与英国经略了一百多年的殖民主义扩张有着必然联系。

第一节 废奴主义抑或改良主义?
——殖民体系矛盾性的体现

关于阿芙拉·贝恩对于殖民地以及奴隶制的态度亦是《欧奴诺可》研究的一大热点。自《欧奴诺可》问世三百年来,批评家一直努力给这部小说的主题以一个确定的结论,有的认为该小说是"第一部反映废奴主义思想的文本",有的认为阿芙拉·贝恩并不反对殖民统治,反而为失去苏里南黯然神伤。③ 实际上,贝恩对于殖民虽也充满了矛盾性态度,但不能依照当今的后殖民主义观认为她具有了解放黑奴的觉悟。

在厘清贝恩对于殖民地以及奴隶制的态度之前,我们先来看

---

① 迈克尔·麦基恩.英国小说的起源,1660—1740.上海:华东师范大学出版社,2015:1.

② 迈克尔·麦基恩.英国小说的起源,1660—1740.上海:华东师范大学出版社,2015:42.

③ Moria Ferguson. Oroonoko:Birth of a Paradigm. in *New Literary History*,1992,23.2:339.

烟雾笼罩中的权力：论阿芙拉·贝恩作品中的女性意识

一下这部充满杂糅性的小说的故事梗概。小说按照人物活动的地理空间可以分成两个部分，第一部分发生在非洲的科拉曼丁，第二部分在英属苏里南殖民地。科拉曼丁部分的故事颇类似于骑士罗曼司。欧奴诺可是一位高贵潇洒的武士，他深深地爱上了美丽的依默恩达。于是，两人就秘密地订婚了。当收养王子的爷爷——老国王决定将依默恩达纳入后宫之时，在战场上所向披靡的王子却不知如何抉择。他偷偷溜进了依默恩达的房间与其幽会。他们确定了夫妻关系的事情败露之后，国王将依默恩达卖给了英国奴隶贩子。欧奴诺可误以为恋人已死，在悲愤之际，也中了英国船长的奸计被强迫到苏里南为奴。来到此地之后，欧奴诺可发现依默恩达还在人世，于是两人破镜重圆。在领导奴隶暴动失败之后，种植园主以自由劝诱其投降。但是他们却未遵守诺言，在欧奴诺可投降以后，反而对其施加极具侮辱性的鞭笞刑罚。欧奴诺可决定誓死抗争，为了避免妻子被强奸，遂决定先杀死依默恩达，然后再去复仇。依默恩达慨然死于丈夫之手，但是欧奴诺可本人却因伤心过度，瘫软在地，无力采取复仇行动。殖民主义者后来发现他在恋人的尸身前伤心欲绝，于是毫不费力地将其杀害。可见，《欧奴诺可》中人物的活动环境主要发生在英国于十七世纪末期开展"三角贸易"的非洲和南美，下面我们首先审视英国在美洲的殖民活动与小说文本的关系以及贝恩对于殖民的矛盾性态度。

（一）空间殖民的矛盾性

亨利·列斐伏尔认为："空间是一种社会关系吗？当然是，不过它内含于财产关系（特别是土地的拥有）之中，也关联与形塑造这片土地的生产力。空间里弥漫着生产关系；它不仅别社会关系

第四章 殖民与叙述:女性意识的空间拓展与早期现代社会的矛盾性

支持,也生产社会关系和被社会关系生产。"①《欧奴诺可》中的英国殖民者通过拓展欧洲以外的空间,因而在非洲以及美洲空间内建构了新的生产关系,在新的生产关系之内殖民者首先要解决的问题是生产的形式,即如何将殖民地经济与欧洲本土发生联系,并形成单方面地为宗主国利益服务的交换模式。

1. 异域空间拓展:殖民活动的基础

故事由一位曾经到过苏里南殖民地的女性叙述者以第一人称讲述。在小说的开头,叙述者"我"强调了所讲故事是真实的以及获取信息的方式。"我"似乎忘记了主要任务是向观众讲故事,而是直接过渡到小说后半部分的地点苏里南。接下来,小说用三页的篇幅详细描绘了苏里南的奇异动物,土著的风俗以及异域的文明。叙述者认为:"在我讲述这一伟大奴隶的故事之前,应该告诉读者有关新殖民地的风俗,并使其身临其境才是合适的。"②"我"接下来以博物学的方法罗列了那里的动物资源,包括"鱼、鹿、水牛、毛皮及一些小型的稀有动物。那里有一种如老鼠大小的猴子,拥有和人一样完美的体型,长着同人一样的双手及脸孔。另外有一种外形似狮子的小兽,大小如猫,简直是缩小版的兽中之王。至于长尾小鹦鹉、大鹦鹉、金刚鹦鹉以及其他千百种鸟兽,其状、其形、其色皆令人称奇不已。"(Oroonoko:10)小说中描绘的世界是一个异域空间,那里的动物是英国人闻所未闻的。国内最先研究《欧奴诺可》的学者黄梅认为:"这些显然是行色匆匆的过路者或初到异地的陌生人好奇的双眼所摄取的印象。"③奇异的风

---

① 亨利·列斐伏尔. 社会产物与使用价值. 收入包亚明主编. 现代性与空间的生产. 上海:上海教育出版社,2003:48.

② Aphra Behn. Oroonoko, Edited with an Introduction and Notes by Janet Todd, London:Penguin Group, 2003:9. 后文出自该小说的引文,将随文标出小说名首词和因为出处页码,不再另注。

③ 黄梅. 贝恩的〈欧奴诺可〉:时空定位和身份混淆. 外国文学评论,1995(2):21.

烟雾笼罩中的权力：论阿芙拉·贝恩作品中的女性意识

光可以吸引读者的注意力，为小说打开销路，值得注意的是小说首先向读者介绍的是动植物资源。英国人可以通过贸易的形式获得这些出产。"我们"和当地人的关系十分友好，而且用兄弟般的情谊来关心他们。小说展现的是一幅白人和土著和谐相处的画卷，其历史真实性暂且不论，问题是作者如此处理目的何在？

贝恩在将《欧奴诺可》献给梅特兰大人①的书信体献辞中反复强调这个故事的真实性。小说的副标题是"一段真实的历史"。叙述者"我"也担心读者仅仅将文本当作虚构作品来读，有时会从叙述进程中跳出来声称材料的真实性。种种证据表明，真实性是作者希望的联系小说与读者的纽带。叙述者采用虚实结合的手法编织故事，穿插历史事件于小说叙述中。为证其所言不虚，"我"自述曾经把苏里南特有的艳丽羽毛作为礼物，将其送给国王剧院用于戏剧《印度女王》中演员的装饰。②（Oroonoko：10）贝恩也许希望小说能够起到广告作用，引起人们对遥远殖民地的注意。苏里南自1630年成为英国的殖民地以后，人口一直短缺。"为增加苏里南的劳动力，威洛比勋爵（英国苏里南殖民地创立者）竭力吸引不列颠人到此殖民。多数人对广告和报道中渲染的令人满意的生活条件持怀疑态度，所以很难吸引到优秀移民。"③贝恩的小说将富庶的苏里南以文学的形式带给读者，提供相关地理信息，使得小说成为殖民宣传的有效方式。这或许也是作者一再强调小说真实性的原因之一。苏里南的空间描写弥漫着白人的占有欲望。巴赫金认为："在作品中具有语言表现形式的审美

---

① 理查德·梅特兰(1653—1695)，第四任劳德戴尔伯爵，曾于苏格兰任要职，坚定的詹姆士二世党人，罗马天主教徒，曾随退位的詹姆士一同流亡。

② 《印第安女王》是约翰·德莱顿与罗伯特·霍华德合作的英雄剧，其中有用红色羽毛装饰的牧师形象。

③ Janet Todd. Introduction. in Janet Todd, ed. *Aphra Behn*, *Oroonoko*, *Edited with an Introduction and Notes*. London：Penguin Group, 2003：ⅩⅩⅢ.

第四章 殖民与叙述:女性意识的空间拓展与早期现代社会的矛盾性

客体,其内部存在着空间形式,这是无可置疑的。这种内在的空间形式是否必须通过清晰、完整的纯视觉表象再现出来,抑或表现的只是它的情绪和意志的等价物,即与之相应的感性色调、情绪色彩,而且视觉表象也可能是断续的、瞬间的,或者由于语言的牵制,完全没有视觉表象。"①苏里南的空间描绘属于纯视觉表象。科拉曼丁在小说中向我们展现的主要是文化空间,那里的宫廷充满了欧洲文化的影响。A. J. 里韦罗认为:"在描述科拉曼丁的皇家宫廷时,贝恩赋予它法国罗曼司的礼仪和情调。"②小说中夸张的罗曼司因素甚至让珍妮特·托德觉得虚假:"贝恩描绘的图景与法、英的旅行者及贸易商描写的西非几乎没有相同之处。"③科拉曼丁是英国1630年在西非建立的一处要塞及贸易中心。到十七世纪六十年代,此地实际上已经被英国人、荷兰人用作贩卖从当地部落获得的奴隶。小说里对奴隶贸易的残酷性鲜有提及,代之以西方式的浪漫情调。空间上的浪漫性一方面使读者好奇,另一方面把作为他者的科拉曼丁统一到西方读者的认知架构中。非洲不是化外之地,那里有奴隶可以贩卖,有前辈建立的要塞,还有通晓西方文化的黑王子。

小说把空间上的苏里南描写成了圣经中的伊甸园。土著穿着和亚当和夏娃一样用无花果树叶做的衣服。那里的人们没有欲望,像人类的始祖还未堕落之前一样纯真。作者呈现的是一个不知欲望为何物的乌有之乡,为读者揭去异域的神秘面纱,挑起的是殖民者的占有欲,仿佛征服这些未开化的民族是轻而易举的

---

① 巴赫金.巴赫金文论选(上册).佟景寒,译.北京:中国社会科学出版社,1996:433.

② A. J. Rivero. Aphra Behn's Oroonoko and the Blank Spaces of Colonial Ficitions. in *Studies in English Literature*,1999,39.3:443.

③ Janet Todd. Introduction. in Janet Todd, ed. *Aphra Behn, Oroonoko, Edited with an Introduction and Notes*. London:Penguin Group, 2003: XXIV.

烟雾笼罩中的权力:论阿芙拉·贝恩作品中的女性意识

事情。小说中关于苏里南的描绘却是现实主义的写法。黄梅认为:"王子出现于两个不同的地点:传奇的非洲和写实的美洲。"①无论是文化空间层面的非洲想象,还是地理空间层面的苏里南的写实,相对于小说中隐性的欧洲都是他者。贝恩笔下的南美和西非,亦真亦假,呼应了英国殖民者对于异域空间的殖民想象和征服热情。苏里南在空间上是殖民者的乐土。"我"刚到达此地,最好的房子已经准备好了。作为殖民地主人的优越感跃然纸上。小说以三百多字的篇幅详细描绘了英国人在苏里南进行殖民统治的空间象征——圣乔治山以及周围良好的居住环境:

> 房子矗立在一方巨大的白色大理石上,一条大河在山脚流淌成浩瀚的深渊。细小的波浪不停地冲刷着岩石底部,发出的嗦嗦细语是世上最柔软的。河之对岸,花团锦簇,四季不败。千奇百怪的大树像是天然的篱笆将花园包围。这幅风景真是美不胜收!行至白岩尽头,有一条由橘子树、柠檬树组成的小径。长度大约有伦敦那条著名的林荫道的一半。果园里枝繁花茂,硕果累累,遮天蔽日。纵使此地异常毒辣的阳光也照不进园中半分。即便在一天中最炎热的时刻,凉爽的风也会从河边吹来,令人心旷神怡。新鲜的花朵次第开放、芳香四溢。我敢肯定再也找不出像这个果园一样可爱的地方了。哪怕是擅长自吹的意大利人,也不会拥有与之媲美的树荫吧!唯有大自然参与到艺术之中方能产生如此高妙的景致。与英国橡树一样高大的树木,扎根于岩石上的稀薄土壤中,真是奇迹!这里的一切生灵都是那么珍奇、可爱、神秘。(*Oroonoko*:52)

---

① 黄梅.推敲"自我":小说在18世纪的英国.北京:生活·读书·新知 三联书店,2003:24.

第四章 殖民与叙述：女性意识的空间拓展与早期现代社会的矛盾性

圣乔治山环境优美、气候宜人。作者不吝笔墨对此地的环境大书特书，突出表现了此地不仅适宜居住，而且物产丰富。叙述者一涉及地理环境，就难以自持，叙述语言充满夸张成分。小说中把苏里南的林荫道和伦敦的大道比较，将果园和意大利的园林对照，让没到过苏里南的读者借助欧洲体验遥远的异质空间。小说像镜子一样将投入叙述者视线中的光线反射到读者的双眸，只不过镜子掌控在叙述者手中，决定着读者不在场状态下所能看到的事物。黄梅如是评价十七世纪末流行的类似《欧奴诺可》的旅行小说："公众对旅行、探险以及探险文学的热衷不仅源自对新鲜事物的好奇心，还被切实的经济关怀和利益考虑所驱动，有获取并传播实用信息的效用。"[①]文本中出现的非洲宫廷、南美的"乌托邦"满足了读者猎奇的欲望，而叙述者一再强调的真实性起到了满足读者获取殖民地实用信息的传播目的。作者关于殖民地的空间书写是作为欧洲空间的他者形象出现的。科拉曼丁和苏里南尽管距离欧洲遥远，但物产丰饶、民风原始、不失为殖民的理想国。小说中关于两地的地理、风俗、出产的详细记录，可堪一本旅行指南。张德明认为："《奥鲁诺克》（欧奴诺可）的前瞻性意义首先在于它涉及了与现代性展开相关的空间诗学，即中心与边缘、宗主国与殖民地、欧洲文化与非洲及美洲文化的相遇、交往和冲突。"[②]不过，殖民者来到异乡并不是为了旅行，而是进行充满血腥和暴力的殖民活动。小说将新的空间具象化地呈现在帝国子民的视野中，召唤着形形色色的殖民者远赴重洋去掠夺和奴役，实现旧世界不能实现的发财梦和成为有产者的梦想。这是小说创

[①] 黄梅.贝恩的〈奥鲁诺克〉：时空定位和身份混淆.外国文学评论，1995(2)：21.
[②] 张德明.〈奥鲁诺克〉：第一部旅行小说的文化意义.宁波大学学报，2010(2)：13.

烟雾笼罩中的权力:论阿芙拉·贝恩作品中的女性意识

作的隐含目的,亦应许了十七世纪英国读者的期待视野和时代要求。

2. 奴隶贸易与统治:殖民经济学的实践

《欧奴诺可》描绘了十七世纪末期西非及南美两地白人、黑人以及印第安人在经济活动上的联系。对于这些活动,叙述者进行了不同侧重的处理,体现出精妙的逻辑。小说中叙述的奴隶贸易即历史上臭名昭著的三角贸易的前身。凯瑟琳·加拉格尔认为:"十七世纪后半叶,英格兰、西非、加勒比地区被紧密联系在一起,形成了一个'史无前例的整体',也就是所谓的'三角贸易'。此项贸易以从非洲贩卖奴隶到美洲为始程,随后把美洲的货物,主要是蔗糖、烟草运回英格兰。"[①]阿芙拉·贝恩解释了英国人喜欢去科拉曼丁贩奴的原因:"他们发现科拉曼丁这个黑人国家是所有从事奴隶贸易的地区中最具优势的。多数英国的大奴隶贩子都在那里从事这项商业勾当。因为那个国家的人们好战又勇猛,战争接连不断。他们总是对邻邦或其他部族的王子充满敌意,每次战争都能抓获大量俘虏。如果这些百姓不能赎身,都要被卖做奴隶。部族的将军获得所有利润,而我们的船长们只需向他们购买奴隶然后装船运走。"(*Oroonoko*:13)黑人之所以被买卖在于他们天生好战,而且是部族的将军们获得全部利润。在叙述者眼中,即使没有白人贩卖奴隶,这些俘虏也会卖给其他人。欧奴诺可的身份随着空间变化发生了巨大转变。他中了白人的奸计被胁迫到苏里南。此人是常来此地的奴隶贩子。王子曾和他有过交易,互相很熟悉。他在船上大摆筵席,鼓乐齐鸣,欢迎王子和宫里的朋友做客。等到王子和随从酩酊大醉以后,船长让手下把他们都用铁链捆起来。王子被限制人身自由以后,他的反抗动人心

---

① Catherine Gallagher. Introduction, in *Cultural and Hisrorical Background*:*Oroonoko*,*or The Royal Slave*. Boston:Bedford, 2000:4.

第四章 殖民与叙述：女性意识的空间拓展与早期现代社会的矛盾性

魄。"他暴跳如雷,为获得自由不断反抗,但一切都是徒劳。他宁死也不愿做奴隶,手脚都被戴上了镣铐。他因为抽不出手来,连自杀的机会都没有。要不是全身上下被死死地捆住,他宁愿一头碰死在船上,了断这屈辱的人生。"(*Oroonoko*:38)从王子变成奴隶这一巨大的打击让他痛不欲生。然而,一切都不能打动铁石心肠的船长。船长是不会在乎奴隶死活的。小说并未详述将奴隶从西非贩卖到美洲的航程,甚至连船长的名字都未提起。在王子发表一通不合时宜的关于荣誉的长篇大论后,运奴船已经驶入苏里南河的入海口。罪恶的殖民活动和奴隶制度是紧密联系的。小说详细描写了苏里南奴隶交易的细节:

> 任何人需要奴隶,都可以同船主讨价还价。假如买主愿意出20英镑买一个奴隶,当奴隶运抵种植园时,即需要全额付款。运奴船抵达后,签了合同的买主以抽签的形式选择奴隶。有的签里十个奴隶中只有三到四个是男子,其余是妇女和小孩,或者男女比例不是对半,买主都得接受抽签结果。(*Oroonoko*:12)

奴隶被卖到殖民地后,为防止暴乱,母亲和孩子要被强行分开。白人几乎是不可能当奴隶的。王子的法国教师也常同船带到南美,但他一上岸就获得了自由。苏里南在当时是英国重要的殖民地。历史学家屈勒味林认为:"在十七世纪的后半期,英吉利的政客商人都很重视美洲殖民地的价值。所以自英吉利看起来,产蔗诸岛的价值正可和沿海诸殖民地等量其观而不容忽视。"[①]英人虽然需要热带苏里南的蔗糖,但他们并不参加种植园的劳动,

---

[①] 屈勒味林.英国史(下).钱端升,译.北京:中国社会科学出版社,2008:498.

烟雾笼罩中的权力：论阿芙拉·贝恩作品中的女性意识

如小说中所述："那时我们在甘蔗种植园里使用的劳力是黑人，都是黑人奴隶，他们都是贩卖来的。"（Oroonoko：12）殖民活动始终和奴隶制紧密联系在一起。黑人被迫离开家乡，脱离原来的社会关系，家庭组织被打破，其后代也要做奴隶。黑人与白人在苏里南遭遇，双方都是异乡人，彼此却变成主奴关系。黑人只能作为奴性他者存在。张一兵认为："所谓奴性他者，即在一个特定的奴役关系中，他者的存在正是为了映射性地反指主体的确立和建构。"[①]白人来到美洲的生产活动本质上是为实现发财欲望的经济活动。但白人一方面不愿从事艰辛的体力劳动，另一方面他们对南美的热带环境、凶险的自然、当地的土著都不是很适应。一个困境出现了，主人要实现欲望，但又不愿劳动；黑人奴隶通过劳动改造自然，但却无法获得自己的劳动成果。"一个三角关系已经出现，即主人、奴隶与作为欲望对象的物。主人有欲望，但这种欲望并不能否定物的独立性，主人不再与物直接相对，而是通过奴隶对物的'加工改造'即劳动，才能享受物，满足其欲望。"[②]在殖民制度下主人欲望的实现只能依靠对奴隶赤裸裸的掠夺。古罗马奴隶制在十七世纪末重新来到人间，其始作俑者居然是刚刚经过人文主义思想洗礼的英国。这不得不让我们怀疑西方人本思想中普世价值的合理性。

欧奴诺可和叙述者"我"在一起有过两次杀死猛虎的英勇行为，尤其是他第二次杀死的老虎，简直是个恶魔。这头老虎被王子杀死以后，人们在它的心脏里找到了七颗子弹。白人的枪弹在老虎面前不起任何作用。小说中还描绘了他与一种怪鱼搏斗，虽然身受重伤，但最终取得胜利。猛虎和怪鱼象征着苏里南险恶的自然环境，只有利用像王子一样的成千上万的黑人奴隶的劳动，

---

① 张一兵．不可能的存在之真：拉康哲学映像．北京：商务印书馆，2006：112．
② 张一兵．不可能的存在之真：拉康哲学映像．北京：商务印书馆，2006：112．

第四章 殖民与叙述:女性意识的空间拓展与早期现代社会的矛盾性

白人殖民者才可能获得安全和财富。总督来到苏里南后,欧奴诺可与殖民统治者的关系骤然紧张。他的妻子已经怀孕,因此担心孩子一出生就会变成奴隶,于是鼓动黑人反抗。在白人内部,主张杀害王子的是所谓的殖民地议会成员。那些议员们不过是一群来自伦敦新门监狱的恶棍。他们天生就不知道什么是上帝的律法也不晓得人间的法律,这群恶徒一致决定要吊死王子。起义失败之后,欧奴诺可被俘受到当众鞭笞的惩罚。最后欧奴诺可被凌迟处死。他在受刑的过程中没有表现出一丝痛苦,极其坦然地迎接死亡的到来:"欧奴诺可要求给他嘴里放一支点燃的烟斗,他们照办了,随后行刑人来了,先剁掉了他的下肢,扔进火里。然后他们用一把可诅咒的刀子割下他的耳朵和鼻子,把它们烧了,他仍在抽烟,就像什么事也没发生一样。他们砍掉他的一只胳膊,他仍支撑着,衔着烟斗。当他们砍掉另一只胳膊时,他的头垂下了,烟斗跌落下来,灵魂终于离他而去,没有呻吟,也没有责备。"(*Oroonoko*:76)刽子手的残忍和欧奴诺可的从容形成了鲜明的对比。欧奴诺可没有表现出任何痛苦,就像怀有身孕的妻子一样微笑着从容赴死。两人之所以愉快的选择死亡,是因为他们对自身的命运都失去了控制,将来出生的孩子也只能做奴隶。巴赫金认为:"所以人才最彻底地否定身体,对自己来说,我的身体不能成为价值。机体只是生存,它没有任何自身内部的理由。机体只能从外部得到恩赐的理由。我自己不能是自己的价值的作者,犹如我不能揪着头发把自己举起。"[①]王子被杀害以后,他的身体被肢解成四个部分,分送到比较大的几个种植园。可见,英国殖民者用来维系奴隶制的主要手段是暴力统治和武力镇压。张一兵认为:"对奴隶来说,作为独立的自为意识的主人是他的本质,而处

[①] 巴赫金.巴赫金文论选(上册).佟景寒,译.北京:中国社会科学出版社,1996:393.

烟雾笼罩中的权力：论阿芙拉·贝恩作品中的女性意识

于绝对主人权利之下的奴隶,怀着畏死的恐惧提供服务。"[1]贝恩生活的斯图亚特王朝末期,尽管内战频仍,但大英帝国殖民的脚步却丝毫未因国内政治的动荡停止脚步。小说《欧奴诺可》作为较早反映十七世纪英国殖民历史的小说,像一面镜子映射出英国人在空间、种族、经济方面对苏里南及非洲的殖民。叙述者"我"的身份是白人女性,同时也是殖民者。历史的镜子第一次掌握在女性手中,却能够对进入其视野中的空间及映像拥有选择权。叙述者"我"作为女性里程碑式的拥有了拟写历史的权利,并和王子一样为自己的身份感到矛盾。《欧奴诺可》反映了殖民者维护统治的手段包括暴力统治、宗教麻醉、愚弄欺骗、玩弄阴谋等。尽管"我"、马丁上校及特里弗莱为代表的温和派对王子的不幸命运充满同情,并且反对以总督为首的殖民地议会实行的暴力恐怖统治。不过,他们反对的只是具体的政策,而非奴隶制本身。小说中的怪诞情节、奇异的异域空间以及王子与依默恩达的罗曼司爱情占据了主要篇幅,削弱了读者对于奴隶制残酷性的了解。小说弱化了历史中真实存在的白人男性可以任意占有女奴的事实,其中充满了"辩证法"和人物的自身矛盾。

（二）种族区分及其矛盾性

在经历了三次英荷战争之后,复辟时期的英国已经取得了对于海上强国荷兰的军事优势。两任国王,查理二世与詹姆斯一世虽然在掌控国内局势上各有千秋,但是却体现出了重视海外殖民地利益的一致性。英国在奉行扩张主义的过程中,不仅获得了大量经济利益,伴随着贸易往来的亦有文化的输出与碰撞。其中表现最为明显的是英国人在海外历险的过程中必然要遭遇不同的

---

[1] 张一兵.不可能的存在之真:拉康哲学映像.北京:商务印书馆,2006:112.

第四章　殖民与叙述:女性意识的空间拓展与早期现代社会的矛盾性

种族,因此引发的充满矛盾性的种族观念在《欧奴诺可》中也有突出的表现。

1. 种族形象区分:殖民策略的实现

地理空间离开人类劳动本身不会产生价值。殖民统治的核心是实现对人的奴役,而这一现代奴隶制的实现首先要将有色人种作为他者与白人区分开来,从而寻找奴役的合法性。《欧奴诺可》虽然只是一部中篇小说,但涉及的种族问题异常复杂。苏里南殖民地生活的种族包括白人、黑人和印第安人。其中白人形象多数是正面的,但也有像代总督拜厄姆这样的反面典型。黑人大多数好战、残忍、充满奴性,但也有像王子和依默恩达这样的高贵人物。印第安人大多愚昧、无知、有自虐性,但不会对白人构成威胁。

《欧奴诺可》中对于黑人形象采取了个体形象代表与群像式描写两种表现形式,二者之间有着巨大的差别。从个体上讲,贝恩让其笔下的黑人主人公欧奴诺可无论在外表,还是在精神上与其种族通过一抑一扬的方法区别开来,因此带来了种族观念上的矛盾性,这一点我们将在下一节进行详细讨论。《欧奴诺可》中黑人反面形象的代表是科拉曼丁国王。他窥见依默恩达的情影以后,"那老迈的色心,虽然像木柴熄灭已久,但爱欲将它点燃立刻就变成了熊熊烈火。"(*Oroonoko*:18)小说详细描写了国王强奸的场面:"手下人将依默恩达带入宫内,接着她被直接带到浴室。沐浴的水已经备好。老国王故作庄严地站在华盖下,等待获得渴慕已久的处女之身。他已经下令将她脱光了送来,把门锁紧,这样她就不得不屈服。老家伙命令她脱下御赐面纱到他怀里来。她哭得像个泪人,扑倒在浴池边的大理石上悲切地向他哀求。"(*Oroonoko*:19)老国王的淫荡好色得到了揭露。国王年纪老迈、性无能,但依然充满性欲。他异常阴险,一直在利用王子的军事才

烟雾笼罩中的权力：论阿芙拉·贝恩作品中的女性意识

能保护自己。在发现依默恩达背地里和王子幽会以后,他决定将两人都卖到"别的国家去,要么是基督教国家,要么是异乡,随便什么地方。"(*Oroonoko*:31)老国王的形象有一定的象征意义,他是非洲大地上"恶"的化身,只顾自己享受,不管臣民死活。他为了满足肉欲,不惜乱伦霸占养子之妻。

黑人种族之间的差异不仅体现在欧奴诺可与老国王的对抗上,客观地说,前者与黑人民众也有着激烈的矛盾。欧奴诺可在决定发动起义之后,他为了鼓舞人心,向苏里南的黑人奴隶发表了热情洋溢的演讲:

> 我的朋友们,和我一同受苦的兄弟们！你们可曾想过,我们为什么会被那些陌生人奴役？他们难道是在战场上光明正大地征服了我们？还是堂堂正正地打败了我们？我们难道是因为战败才甘愿为奴的么？就这样窝囊地变成了奴隶,不仅会让高贵的灵魂怒不可遏,而且一定会激起勇士们的雄心。瞧瞧咱们现在的样子,不是被当作猿或猴被买来买去,就是被当作女人、傻瓜和懦夫的玩物。我们用辛苦的劳作供养着那群流氓无赖,背信弃义之人。他们在自己的国家都是些恶贯满盈的家伙,干得都是偷鸡摸狗,杀人越货的营生,以至于被驱逐出境。他们毫无人性,犯下的罪过罄竹难书,难道我们还要屈从于如此堕落的族群？请问,你们还能忍受这些恶棍的鞭笞么？(*Oroonoko*:62)

这番演讲乍一看上去似乎是痛骂英国殖民者,实际上其背后的目的是为了借助众人的力量实现自己的复仇计划。欧奴诺可在本质上仍然带有强烈的贵族意识,亦即将自己与同种族的黑人完全区分开来。莫瑞亚·弗格森认为:"欧奴诺可以一种居高临

第四章 殖民与叙述:女性意识的空间拓展与早期现代社会的矛盾性

下的口吻向其他奴隶发表演讲,俨然把他们当成了下属。他不停地哀叹自己受奴役的处境,认为自己不过是供那些女人、傻瓜和懦夫消遣的玩物。在提到鞭笞刑罚的时候,他又从第一人称转到了第二人称,这不经意间地人称转变表明欧奴诺可有着非常明显地将自己与其他奴隶区别开来的意识。"[1]可见,欧奴诺可与黑人种族的疏离感根深蒂固。王子一旦在种族上与自己的民族彻底断裂,他的任何反抗都只能是个人的行为,并且难以获得同族之人的帮助。后来,那些参与叛变的黑奴果然在白人殖民者的蛊惑下叛变了,而且还在当局的示意下纷纷拿鞭子抽打羞辱欧奴诺可。

阿芙拉·贝恩在《欧奴诺可》中对于苏里南殖民地的印第安人采取的是另外一种种族区分策略。小说中关于印第安女子的描绘颇耐人寻味:

> 这里的美人个个体态均匀、丰姿妖娆、充满别样的风韵,撇开肤色不谈,她们简直是美的化身——黄里透红的皮肤上抹了一层油膏,肤色看上去像刚出炉的砖块,但又非常光滑、柔软、细腻。她们极其谦逊、腼腆,给人触碰一下更显娇羞。尽管她们全都一丝不挂。她们成天待在一起,也不会做出任何下流的举动。她们已然适应了彼此的裸露,就像人类始祖在未堕落之前那样。(*Oroonoko*:11)

在以上文字中,令人感到异样的是女叙述者居然站在男性的视角审视印第安女孩的身体,字里行间充满诱惑和欲望。苏里南

---

[1] Moria Ferguson. Oroonoko:Birth of a Paradigm. in *New Literary History*,1992,23.2:342.

烟雾笼罩中的权力:论阿芙拉·贝恩作品中的女性意识

女人不仅美女如云,而且赤身裸体。她们像"白板"一样无知,如羔羊一样纯洁。文字中充满性欲挑逗的描写对于男性的吸引力恐怕不亚于亚马孙雨林中"黄金国"的魔力。性欲望与对于财富的苛求遂变成了吸引早期殖民者到遥远的美洲殖民拓土的驱动力。

小说中还有一处引人注意的脱离主题情节的"闲笔",即欧奴诺可带领白人殖民者考察印第安部落的次要情节。苏里南在变成荷兰的殖民地之后。印第安人将荷兰人剁成肉酱,将尸体钉在树上。英国人因此不敢去印第安人的居住地。在欧奴诺可的保护下,"我"和一群白人才敢深入印第安村寨,对他们进行"类似现代人类学家和民族志学者的'田野考察'"。①贝恩详细记录了印第安人种族在衣饰和行为上的蒙昧特征:

> 我们进了镇子,它沿河而建。在房子或茅屋不远处,我们看到有些人在跳舞,还有些人在河里取水。他们一发现我们,就大声喊叫起来,开始这让我们觉得非常害怕,以为他们要杀了我们,但其实这只是奇怪和吃惊而已。他们全都赤身裸体,而我们则穿着衣服……我自己剪了个短发,戴了一顶太妃帽(Taffaty),头上装饰着黑色的羽毛;我弟弟则穿了一身正规套装,缀有银环和银扣,还缠着许多绿色的丝带,这就是不断使他们惊奇的东西;因为我们看到他们站在那儿一动不动,等我们过去,我们大着胆子接近了他们,然后把双手伸给他们,他们握了我们的手,从头到脚打量着我们,呼唤更多的同伴前来。更多的人蜂拥而来,还喊着 tepeeme,把他们的

---

① 张德明.〈欧奴诺可〉:第一部旅行小说的文化意义.宁波大学学报,2010(2):17.

第四章 殖民与叙述:女性意识的空间拓展与早期现代社会的矛盾性

头发握在手中,向那些听到喊声而涌来的人们散开,好像在说(的确是这个意思)"数不清的奇迹",比他们头上的头发都多,都数不过来了。(*Oroonoko*:56–57.)①

阿芙拉·贝恩有条不紊地以科学语言向读者汇报了印第安种族的穿着打扮、行为模式以及语言特点,表现了印第安文化的整体特征。后来,女叙述者又以印第安土著的眼光呈现了对方眼中的白人形象:

> 那些土著的胆子逐渐大了起来,一开始他们只敢远远地凝视着我们,接着就来触摸我们的身体。他们抚摸着我们的脸庞,仿佛要弄清所有轮廓特征,接着又用手感触我们的上身和胳膊。他们拿起我们的罩裙,然后又对另一件裙子赞叹不已。我们穿的鞋子和长筒袜也让他们赞叹不已,当然他们最感到不可思议的是吊袜带。于是我们给了他们一些,他们马上就捆缚在了自己的腿上,在另一端还系上了一些银光闪闪的丝带——他们总是崇拜那些发光的物件。(*Oroonoko*:57)

在贝恩笔下,印第安人只能运用视觉和触觉感官理解作为异乡人的白人,这是他们分析任何事物的唯一路径。约翰·洛克认为:"因为视觉和触觉虽然常从同一物象同时接触到各种观念——就如人同时能看到运动和颜色……一个人知觉最分明的,就是这些清晰明白的简单观念。这些观念本身各既都是单纯不

---

① 此处译文出自:张德明.〈欧奴诺可〉:第一部旅行小说的文化意义.宁波大学学报,2010(2):18.

烟雾笼罩中的权力：论阿芙拉·贝恩作品中的女性意识

杂的，因此，它们只含有一种单一的现象，只能引起心中纯一的认识来，并不能再分为各种不同的观念。"①贝恩详细描写了印第安人只能形成约翰·洛克在《人类理解论》中定义的简单观念，诸如义务以及谎言这些"混杂的观念"②一开始并不存在于印第安族群。迈克尔·麦基恩认为："贝恩因苏里南印第安人身上的自然纯朴而珍视他们——'纯朴自然……比所有人类创造更好地指导这个世界。'但她也知道自然纯朴为欺骗提供机会，如她的某位男亲戚发现的那样，土著人因他携带的放大镜功效而想奉其为神。"③所谓自然纯朴成了区分印第安人的文化特征，并且被殖民者认识到了这种现象的本质并且迅速运用到了殖民政策之中。

《欧奴诺可》中的白人形象建构与黑人及印第安人有明显不同。绝大多数白人是绅士，即便他们是奴隶贩子。白人正面形象的代表是特里弗莱。他是一位来自康沃尔郡的年轻绅士，被苏里南前总督从英国带来管理殖民地事务。欧奴诺可即被卖到他管理的种植园。在去庄园的船上，特里弗莱发现欧奴诺可的气质不像普通的奴隶。从那时起，他像兄弟一样对欧奴诺可尊敬有加。特里弗莱的确与其他殖民者不同，他精通数学和语言，还会英语和法语。两人在船上相谈甚欢，彼此为对方的艺术修养和谈吐倾倒。欧奴诺可认为自己作为奴隶，能有一位这样颇具智慧的人当主人至少也是一件幸事。特里弗莱的人格高贵甚至还体现在他对待依默恩达的态度上。虽然他被对方魅力迷住了，却只能绅士般地在其身后叹气。在欧奴诺可不知道真相之前，欧奴诺可对于他对待女奴的谦逊态度都觉得不可思议："她是你的奴隶，反抗有

---

① 约翰·洛克.人类理解论.关文运,译.北京:商务印书馆,1983:84.
② 约翰·洛克.人类理解论.关文运,译.北京:商务印书馆,1983:258.
③ 迈克尔·麦基恩.英国小说的起源:1600-1740.胡振明,译.上海:华东师范大学出版社,2015:185.

第四章 殖民与叙述:女性意识的空间拓展与早期现代社会的矛盾性

什么用呢。一个女奴怎么能逃脱可以对她为所欲为的主人的手掌呢?你为何不强奸她呢?"(*Oroonoko*:45)特里弗莱坦言自己也想过强奸,但是其表现出的懦弱与科拉曼丁的老国王形成了鲜明对比:"我想过违背她的意愿与之亲近,并且用爱的激情和至高的礼仪打动她。后来,我也考虑过要用男人与生俱来的力量去强迫她。可是她那庄重的外表、脆弱的啜泣动人心魄,一下就让我缴械投降了。"(*Oroonoko*:46)特里弗莱的绅士风度让在场的听众觉得太过虚假,纷纷嘲笑他在一个奴隶面前表现得像个谦谦君子。纯洁的道德和完美的人格使他几乎成了圣人。

英国殖民者要想建构不同种族在殖民经济体系下的秩序,首先要完成的工作是种族区分。齐格蒙特·鲍曼认为:"分类意指分离、分隔。它意味着,首先假定世界是由各具特点、互不相连的实体所组成;然后假定每一实体各有一组自己所归属的相似或相近的实体。换言之,分类就是赋予世界以结构,控制其偶然性,使一些事件较之另一些事件更具可能性。"[①]小说中划分种族形象美丑的首要标准是种族的差异。但作者不是简单地将所有黑人都描绘成邪恶、愚昧的化身,也没有把所有白人都看作是正义善良的代表。这种看似公允的描写增加了读者甄别的难度,充满了辩证法的严密。但是从比例上来看,黑人中仅有个别人物形象是正面的,而白人中大多数是理性和正义的,只有少数是害群之马。由此不难看出,白人的殖民罪行被弱化和遮蔽了。黑人和印第安人的缺点却被放大和普遍化了。这种另类的美丑对照原则是殖民活动中"白人中心主义"的体现,也是区分他者形象,实现殖民策略的有效手段。

---

① 齐格蒙特·鲍曼.现代性与矛盾性.邵迎生,译.北京:商务印书馆,2003:3-4.

烟雾笼罩中的权力：论阿芙拉·贝恩作品中的女性意识

德雷克·休斯在论文《戈毕厄与贝恩眼中的黑肤：〈欧奴诺可〉以及种族伪科学》中总结了十八、十九世纪欧洲的种族理论发展的概念史，并且澄清了十七世纪关于种族的理解与后来形成的种族主义意识形态之间的区别。他认为，当代研究者以后世形成的种族主义观先入为主地分析阿芙拉·贝恩在十七世纪末期创作的《欧奴诺可》未免不合时宜而且有失偏颇。① 休斯观点的意义仅限于当代研究者不能跨越时代的称《欧奴诺可》为"废奴主义"作品，但是我们也不能据此走向另一个极端，如其所认为的那样以为该文本中完全没有种族差异的概念。实际上，阿芙拉·贝恩从文化差异的角度细致地对文本中的三大种族形象进行了细致的区分，这也是殖民策略得以施行的前提条件。

2. 种族观念矛盾性的成因

阿芙拉·贝恩一方面建构了不同种族判然有别的种族差异，但是在文本中又表现出了在此问题上的矛盾性。主要体现在两个方面：一是欧奴诺可作为个体与黑人种族之间的区别；二是印第安人的形象在小说前后两个部分的描述中亦存在不统一之处。许多研究者已经认识到贝恩在上述两个层面的矛盾性。拉梅什·玛里佩蒂认为："贝恩将欧奴诺可的黑皮肤、英俊外表以及英雄主义气质作为整体进行赞扬在英国文学史上堪称首例，至少在十七世纪是如此。"②小说给读者带来巨大冲击力的是关于欧奴诺可形象的矛盾描写。作者用极其夸张的语言对其外貌大力称赞：

他个子很高，体型匀称，堪称完美，即便是最为完美的雕

---

① See Derek Hughes. Blackness in Gobineau and Behn: Oroonoko and Racial Pseudo-Science. in *Women's Writing*, 2012, 19.2:204.

② See Ramesh Mallipeddi. Spectacle, Spectatorship, and Sympathy in Aphra Behn's Oroonoko. in *Eighteenth-Century Studies*, 2012, 45.4:482.

第四章 殖民与叙述:女性意识的空间拓展与早期现代社会的矛盾性

像也不能与王子的形象媲美。一张有如乌檀的脸庞,像是擦亮的黑玉,肤色不像他的族人那样是棕色或黑锈色。一双眸子更是异常深邃、不怒自威,像雪一样洁白的眼白与牙齿相得益彰。他有罗马人一样高耸的鼻子,一点不像非洲人的塌鼻。嘴巴小巧玲珑,不像黑人那样不仅嘴唇肥大,而且翻在外面。他的五官均衡、仪容高贵,除了肤色之外,想必造物主再造不出在气质方面比他更英俊的人儿来了。他简直就是"美"的化身。(*Oroonoko*:15)

王子从体型到五官都完美无缺,即便美中不足的肤色也被形容成乌檀、黑玉。对比的手法贯穿始终,一方面将王子与黑人比较,使王子同黑人区分开来;另一方面,把王子和罗马人相提并论,突出他们在美学上的一致。在这段夸张的外貌描写中,贝恩特意突出了主人公高耸的鼻子。德雷克·休斯认为作者之所以如此描写,与当时欧洲已经出现的对于黑人形象的固定认知有关。他写道:"我觉得阿芙拉·贝恩一定看过一本叫作《法属安第列斯简史》(*Histoire générale des Antilles habitées par les françois 1667-1671*)的小册子。此书由法国人让·巴蒂斯特·杜特尔(Jean-Baptiste du Tertre)所写,内中也有一段关于黑人的鼻子的描写——'黑人的鼻子是扁平的塌鼻子,这得拜他们的父母在其小时候按压其鼻子所赐。他们也同样大力按压嘴唇,好让其显得更厚实。他们似乎不喜欢这些器官原来的样子。例如,他们的头生子长相俊美,鼻子也是鹰钩鼻,嘴唇如法国人一样单薄。总之,除了肤色和头发之外,简直看不出他是个黑人。神父明确地告诉孩子的父母不许弄平他的鼻子,所以她也不敢这样做了。这孩子的父亲倒还开明,他觉得这样很好,也不打算去管他们下一个出生的女儿的鼻子了。由于他没有向妻子直说,孩子的鼻子还是被其

烟雾笼罩中的权力：论阿芙拉·贝恩作品中的女性意识

母亲给挤压的平整了。丈夫质问她的时候，她反而理直气壮地说这样会使女儿比儿子看起来漂亮。"① 可见，十七世纪欧洲人对于非洲黑人在外貌上的认知并不是一味诋毁，对比种族主义思想横行的十八世纪，在贝恩的时代如果赋予黑人主人公以完美外表以及英雄气概，并不会让读者或观众感到厌恶。黑人英雄与白种女人产生的感情纠葛更多地被视作一种文学表现手段，其作用是带给观者以惊奇，包括莎士比亚在创作《奥赛罗》的时候，他在设置跨种族恋情的时候可能考虑更多地应该还是艺术需要。

阿芙拉·贝恩早在创作《欧奴诺可》十多年前，就曾经处理过跨种族题材，即她改编托马斯·德科的西班牙历史剧，名为《阿布德拉萨》(Abdelazer, or the Moor's Revenge, 1677)。该剧的主人公阿布德拉萨是个摩尔人，他仗着军功放纵自己与西班牙王后伊莎贝拉的情欲。奥瑟罗以及阿布德拉萨因为军功卓著获得了白人女性的青睐。摩尔人一开始在追求西班牙公主利奥诺拉，在遭到拒绝之后阿布德拉萨的对白充满了对自己黑色皮肤的质疑：

> 我当然清楚你痛恨我的原因，
> 还不是因为我那低贱的出身，
> 还有这该诅咒的遗传。
> 我怎么生下来就是这种该死的肤色，
> 黑色带给我的永远是耻辱。
> 多么希望上帝也能赐予我和阿隆佐一样的英姿。
> 但我天生如此，不可改变，
> 现在我才明白原来之前受人尊敬不过是虚幻一场，

---

① Derek Hughes. Blackness in Gobineau and Behn: Oroonoko and Racial Pseudo-Science. in *Women's Writing*, 2012, 19.2:213.

第四章 殖民与叙述:女性意识的空间拓展与早期现代社会的矛盾性

> 但如你一样高贵的女性不也曾经为我憔悴。
> 也许只要我们都处在黑暗之中,没有一点光亮,
> 当你被我赤裸的胳膊拥入怀中。
> 你就会发现我的皮肤像经过打磨的黑檀木一样光滑细腻。①

阿布德拉萨以煽情的口吻表达了对自己黑色皮肤的厌恶。皮肤颜色成了阻碍他实现跨种族恋情的原罪。欧奴诺可的黑皮肤不像阿布德拉萨那样成为他行动的主要障碍。拉梅什·玛里佩蒂认为:"欧奴诺可与阿布德拉萨相比,黑肤的意义和价值发生了绝对的反转。前者的身体属性不宜暴露于众人的眼中,而后者则看起来是个壮观的象征。怎样理解这种变化?在欧奴诺可的历史语境下,一方面出现了新的帝国意识,另一方面商业形式甚嚣尘上,所以作者对黑人的身体认知也呈现出错综交织的样态。"②玛里佩蒂将贝恩对于欧奴诺可的肤色反转认知解释为帝国意识下商业形态的影响尽管有有一定的道理,但是以上因果关系是否存在必然联系仍然值得商榷。对于阿芙拉·贝恩为何在小说中不遗余力地维护欧奴诺可高贵的形象,以至于忽略了肤色差异这一关键性因素这个问题,一种可能的解释是贝恩试图将黑人主人公欧奴诺可当作斯图亚特王朝的国王来描述,这也是她将异族英雄神化的主要动因。弗农·盖伊·迪克森认为:"贝恩在《欧奴诺可》中将典范以及神性与美德的代表都集中于主人公一人身

---

① Aphra Behn. Abdelazer, or the Moor's Revenge. in Janet Todd, ed. The Works of Aphra Behn:The Plays of 1671 – 1677, vol. 5. London:William Pickering and Chatto Publishers Limited, 1996:307.

② Ramesh Mallipeddi. Spectacle, Spectatorship, and Sympathy in Aphra Behn's Oroonoko. in *Eighteenth – Century Studies*,2012,45.4:483.

烟雾笼罩中的权力：论阿芙拉·贝恩作品中的女性意识

上。他不仅是完美的模范，而且有王者之风。他带领军队取得胜利之后，'即在宫廷内受到了前所未有的盛大欢迎，人们都欣喜若狂。他不仅在军事上旗开得胜，而且简直被当作神祇一样崇拜。'"①可见，小说不吝笔墨地描写欧奴诺可浑然天成的王族气质也好，奴隶们虽然被他出卖但仍死心塌地地拜倒在其脚下的臣服也罢，都不过是贝恩为被辉格党人冲击得支离破碎的中世纪神性君权招魂的呓语而已，正是这些呓语因为种族的偏见带给了读者强烈的矛盾性感受。

当然，欧奴诺可种族形象的矛盾性产生的动因其实还包括文化因素。贝恩将黑王子从其种族中疏离出来进行大肆赞美与其说是给读者带来了作者种族平等的印象，不如说恰好流露出来了其欧洲中心主义的思维方式。一方面，欧奴诺可恺撒式的高贵气质是内在的，另一方面他又从法国教师以及和他有过奴隶贸易交易的欧洲人那里接受了文明的熏陶，更重要的是黑王子乐于与包括女叙述者在内的白人交往，并且对自己的族群文化产生了贱斥心理，因此更加亲近欧洲文化。安妮塔·帕彻科认为"但是这种赋予非洲人以高尚性格的做法最后一般归结为将他们欧洲化，让他们在品行上精细地满足欧洲文明的标准。欧化非洲人的策略是一把双刃剑，一方面它能够赋予非洲人以人的形象，但是该形象标准又是由欧洲人制定的。类似的文本尽管建构了他者的身份，但同时又充满了傲慢自大的欧洲中心主义思维。"②总之，造成欧奴诺可形象矛盾性的两个因素可以归结为白人中心主义的思维定式，贝恩只不过在表面上描写了一个非洲黑人，但无论是从

---

① Vernon Guy Dickson. Truth, Wonder, and Exemplarity in Aphra Behn's 'Oroonoko'. in *Studies in English Literature*, 2007, 47.3:583.

② Anita Pacheco. Royalism and Honor in Aphra Behn's Oroonoko. in *Studies in English Literature*, 1994, 34.3:492.

第四章 殖民与叙述：女性意识的空间拓展与早期现代社会的矛盾性

欧奴诺可故事的欧洲罗曼司叙述风格上看，还是从其行为模式、话语特点上分析，他的肤色甚至其种族表现皆为表面现象。贝恩将王奴设置为黑人主要考虑的还是吸引读者的需要，在当时旅行文学大行其道、殖民事业方兴未艾的社会氛围中，有什么能比一个来自非洲的黑种王奴更加吸引读者呢？

小说中有关印第安种族的形象亦存在着巨大的矛盾性，具体表现在文本中出现了两种截然不同的印第安人形象。第一种形象出现在故事的开头，他们纯朴善良，无欲无求，像人类的始祖亚当和夏娃一样自由自由地生活在苏里南。贝恩如此描写印第安人温柔和平地求爱方式：

> 我从未见到过印第安男子为了漂亮的女子爱得死去活来。他们求爱的方式不过是手臂交叉，然后用眼神示意对方。他不发一言，叹息就是其唯一的语言。那位被追逐的女子就当眼前没有求爱者一般，或者说她对那个人不感兴趣，就会选择视而不见，并且和他保持距离。她早已含羞地低下了头，脸颊因为娇羞涨得通红。这与我们国内要么酷烈残暴，要么小心翼翼地求爱方式截然不同，这种事情我在英国的时候见得多了。印第安人仿佛仍然处于人类开初蒙昧无知的状态，并不知道犯罪为何物。善良淳朴、乐于助人、道德纯良的女子就是苏里南自然天成特质的最好证明。要是可能的话，她们足以成为人类的垂范，其教人行善的效果必然胜过人类的所有机巧发明。这些人无知无识，宗教只会打破他们内心的宁静。当地人也没听说过法律，那套体系只会导致纷争四起。（*Oroonoko*:15）

贝恩在小说开头的苏里南叙述部分描写了印第安人恬淡自

烟雾笼罩中的权力:论阿芙拉·贝恩作品中的女性意识

然的生活方式,并且将其与伊甸园进行类比,仿佛遥远的美洲殖民地成了人间幸福的乌托邦。拉梅什·玛里佩蒂认为:"贝恩在小说一开头刻意描述带有异国情调的风物与种族,显然带有吸引读者的目的。总之,她必须在文本开头给读者带来愉悦的阅读感受。"① 贝恩急于向读者推销自己创造的新文体,以期让在书店代售的《欧奴诺可》能够获得销路。她当然不会在故事开篇就描摹印第安人不可捉摸的恐怖特征。为了满足读者期待需要,作者在小说开始暂时遮蔽了英国人对于尚未纳入认知系统的印第安土著产生的恐惧以及敌视心理。在故事的后半部分,这种心理才得以真实地呈现出来,因此导致了印第安人形象的前后矛盾。

女叙述者跟随欧奴诺可到森林探险的历程即展现了印第安人阴森恐怖的另一种形象:

> 世界上没有哪一个幻想性的故事能呈现出如此恐怖的场景,就连做梦也不会想到如此可怕的场面。只见有的人没有鼻子,有的人缺了嘴唇,还有的耳朵被割掉了。更恐怖的是有一个人两颊上都有极长的伤口,完全贯通了肌肉,牙齿从伤口中隐约可见。总之,每个人身上都有着令人恐惧的伤痕或者伤疤,要么就是肢体不全。他们简直就是一群妖怪、恶魔,总之根本不是人。即便他们外表畸形,但在灵魂和精神上又非常仁慈和高贵。(Oroonoko:59)

原来在印第安人竞争首领的过程中,他们通过一种仪式性的自残行为来证明自己的勇敢。这种证明勇敢的方式比拼的是承

---

① Ramesh Mallipeddi. Spectacle, Spectatorship, and Sympathy in Aphra Behn's Oroonoko. in *Eighteenth-Century Studies*,2012,45.4:479.

第四章 殖民与叙述:女性意识的空间拓展与早期现代社会的矛盾性

受痛苦的勇气和能力。阿芙拉·贝恩在小说中描写得印第安人通过自残选举首领的怪异方式并非空穴来风。① 值得注意的是小说中的两次游离情节之外的插叙都与苏里南的地理知识有关,一次是介绍风物,另一次是在苏里南欧奴诺可带领众人探访印第安部落。游离的部分虽然破坏了情节的连贯性,却为当时准备去西方殖民的英国读者提供了渴望知道的信息。贝恩在故事的一开始之所以将印第安人描写成乐于助人,温柔善良的形象,目的是勾起英国人到苏里南殖民的欲望。莫瑞亚·弗格森认为:"在叙述者讲述殖民者与印第安人的关系的时候,她用的是漠不关心的语调。"②随着故事的进行,她必须以一个曾经去过殖民地的身份告诉后来者此地其实危机四伏,这里不仅有各种毒蛇野兽,而且印第安人也并非如前所述温驯善良。小说前后部分虽然关于印第安人的形象描述充满矛盾,但却服膺于作者的同一个宗旨,即为英国殖民服务。阿芙拉·贝恩在《欧奴诺可》中呈现出来的关于欧奴诺可人物形象以及印第安种族形象的矛盾性成因即昭然

---

① 约翰·戴维斯在1666年翻译了法国人查理·德·罗彻福特所写的《加勒比海诸岛史》。该文本中出现了与贝恩小说中类似的关于印第安选择军事头领的风俗。他如此写道:"如果谁想成为部落的军事首领,首先得证明自己具有英勇不屈的品格。所以众人都拿一种美洲刺豚鼠的牙齿刺伤或者割开应征者的肩膀以及肚子,即便是此人最好的朋友也在他的身体上划出各种各样的伤痕。想要承担军事重任的那个受苦的人必须承受所有施加在他身上的痛苦,还不能流露出任何怨恨和痛苦的神情。他甚至得接受考验的时候面露微笑,好像他此刻是世界上最幸福的人一般。《欧奴诺可》中描述地印第安军事首领资产身体的行为不大像是出于幻想或者想象,倒像是确有其事。实际上,在《欧奴诺可》问世的时代,印第安土著自残的行为已经成为描述新大陆的文本中经常出现的程式化叙述。例如,在乔治·沃伦1667年出版的《关于苏里南的客观公正的描述》这本小册子中有这样的描写:"印第安人也会挑选出一些超过常人的人物作为首领,以带领他们打仗。但是他们首先得证明自己的勇气,办法就是用木棍抽打他们。如果谁能不大喊大叫,不动声色,那么此人就被证明是英勇之士,然后受到不如他强硬的人的尊重。" See Ramesh Mallipeddi. Spectacle, Spectatorship, and Sympathy in Aphra Behn's Oroonoko. in *Eighteenth - Century Studies*,2012,45.4:480.

② Moria Ferguson. Oroonoko:Birth of a Paradigm. in *New Literary History*,1992,23.2:345.

烟雾笼罩中的权力：论阿芙拉·贝恩作品中的女性意识

若揭了。造成前者矛盾性的原因有三，一是出于处于为斯图亚特王朝进行政治宣传的需要；二是欧洲文化中心主义使然；三是欧奴诺可爱情至上主义以及与女性亲密相处，平等相待的性格颇合贝恩的女性意识，以上三点均造成了作者超越种族差异对欧奴诺可不吝赞美。至于印第安种族形象的矛盾性则纯粹是出于作者殖民中心主义思想的目的罢了，由此亦反映了贝恩的殖民观。

3. 对于殖民经济的态度

《欧奴诺可》中表现出来的种族区分矛盾性从表面上看是因为伴随着英国的空间殖民导致了三种文化在异质空间的遭遇，并且相互之间产生了碰撞和摩擦，但是从根本上看殖民者的行为均与殖民经济有着密切的联系，正是阿芙拉·贝恩对于殖民经济的态度左右着小说中的叙述者形成的对于印第安人、欧奴诺可和黑人的种族意识。英国殖民者远渡重洋来到非洲、美洲这些遥远的空间，目的是寻找可以能够作为商品输入到欧洲的有用货物。

在小说的开头，贝恩即首先交代了我们在苏里南殖民地与印第安人的关系以及双方的贸易情况：

> 我们和土著印第安人相处非常融洽，非但不敢动支使他们干活的念头，反而要向对待兄弟一样热情地讨好他们。毕竟我们从他们那里交换来好多东西，诸如鱼肉、鹿肉、野牛肉、皮革还有各种各样稀奇古怪的小物件。(*Oroonoko*:9)

英国人刚到苏里南，势力还比较弱小，人数也不多。他们起初可以和印第安人彼此相安无事地一起生活，一方面是对方人多势众，另一方面从客观上说，离开了印第安人，他们根本在苏里南无法生存：

第四章 殖民与叙述:女性意识的空间拓展与早期现代社会的矛盾性

我们和这些印第安人和平共处,并且交情甚好,当然这也是无奈之举。只有他们不仅知道到哪里弄到此地最好的食物,而且有办法获取食物。无论是浓密的丛林,还是开阔的草原,到处都有他们狩猎的身影。他们在人迹罕至的地方迅速地搜索猎物的踪迹,仅仅靠一双赤足去追捕那些机智灵敏的小鹿或者其他可以食用的野兽。一旦跃入水中,他们简直就成了河神或者深海的居民。无论是游泳还是潜水的技能简直出神入化,就像他们天生就是水中的生物。凭借着这些本领,他们捕获那些在水中还不如他们灵活迅速的生物简直如探囊取物。说道射箭的本领,弓箭简直就是他们的手,凡是双手够不到的东西,都可以用弓箭代劳。他们只要瞄准目标,必然毫发无爽地一击命中。只要在射程之内,他们就能将树上的橘子或者其他水果射下来,而且命中的绝对是果子的梗,绝不伤到果实。我们只需要哪一些针头线脑,毫无价值的小玩意儿就能从他们手里换来自己根本没有办法弄到的生活必需品。所以,印第安人无论在什么情况下对我们都极其有价值,我们绝对有必要以朋友视之,而不是把他们变成奴隶。况且除此之外也别无他法,他们在那块大陆的人口数量远远超过了我们。(*Oroonoko*:12)

由此可见,印第安人掌握了在此地谋生的技巧。英国殖民者囿于客观条件和形势现实考量,不可能将对方变成奴隶。倒不是他们大发善心,而是只有与印第安人进行交易才能在苏里南生存下来,当然这种交易也是建立在不平等基础之上的,因为美洲土著还没有财产权的概念。拉梅什·玛里佩蒂认为:"种植园主对待非洲人与印第安人的态度截然不同。他们将前者当作可供交

烟雾笼罩中的权力:论阿芙拉·贝恩作品中的女性意识

换的商品,而后者则是可以互相交换商品的对象。"①贝恩在《寡妇兰特氏》(*The The Widow Ranter*,1679)中提到了弗吉尼亚的烟草业是殖民地经济的支柱产业。殖民者来到美洲开拓土地不仅是为了满足生存的需要,更重要的是寻找与欧洲贸易发生联系的商品,这样才能实现快速发财致富的梦想。《欧奴诺可》中提到的商品包括动物皮毛、奇异羽毛、木材以及黄金。小说尤其浓墨重彩地描写了女叙述者等人在苏里南的发现黄金之旅:

> 这些印第安人身上穿着一种由奇异野兽的毛皮做成的衣服,他们带着许多口袋,里面装满了细如粉末的金子。他们努力地想让我们听明白,这些像微尘一样细小的金子每到暴雨倾盆的时候就会顺着细小的沟缝从那座高山上流下来。无论谁想到那些出产金子的大山里去,他们都很愿意当向导。于是我们将这伙人带到了帕哈姆大宅,等到新总督到来再做计议。我们先给总督送去了些金子,当时我们英国人都疯狂地进行着类似的黄金冒险行动,于是,总督在信中指示我们成立一个护卫队守在通往大山的亚马孙河口处(那条河和泰晤士河一样宽),严禁任何人顺流而上到达那座产金子的大山。可惜的是,在此项计划实施之前我们就启程返回英国了,总督也不幸死于一场风暴。寻找黄金的计划要么终止了,要么就是被后来占领此地的荷兰人获得了那些金矿。讲到这里,我就黯然神伤,我们伟大的君主竟然失去了这块在美洲的膏腴之地。(*Oroonoko*:60)

叙述者提到的总督溺亡以及苏里南殖民地割让给荷兰这些

---

① Ramesh Mallipeddi. Spectacle, Spectatorship, and Sympathy in Aphra Behn's Oroonoko. in *Eighteenth - Century Studies*,2012,45.4:479.

第四章 殖民与叙述:女性意识的空间拓展与早期现代社会的矛盾性

事情都是历史事实。她将历史事件与虚构巧妙地编织在一起,其目的是激起英国民众到美洲殖民的雄心,同时字里行间也包含着失去殖民地的忧伤之情。小说中故事发生的时间大约在1666—1667年间,这一年英国在美洲的殖民事业遭受了巨大挫折。建立苏里南殖民地的威洛比勋爵罹难之后,法国人对英国位于安提瓜以及蒙特赛莱的殖民据点发动了劫掠,不仅烧毁了那里的蔗糖种植园而且抢走了一千多名黑奴。苏里南殖民地也于这一年割让给了荷兰。联系这些历史事实,我们即可发现阿芙拉·贝恩通过小说中的女叙述者表达了对于英国殖民地的深厚感情,那么,其作为废奴主义者的说法也就不攻自破。

苏里南出产的奇珍异品在价值上不如蔗糖和黄金。黄金可以给殖民者带来一夜暴富的财富,而蔗糖种植园却可以源源不断地带来利益。这也是欧奴诺可被迫到苏里南为奴之后进行殊死反抗的原因。他的高贵人格因为开明奴隶主特里弗莱的照顾才得以暂时保存,但这并不能从根本上改变其奴隶身份。妻子怀孕之后,欧奴诺可深切地意识到了自己的商品属性。海登·怀特认为:"自文艺复兴时期开始,一直到十八世纪末期,欧洲人一直致力于将他们在异域接触到的土著物化。他们同时有两种看待对方的方式,一面将土著描述成人类中长相丑陋的人群,但同时又把其看作欲望的完美对象。"[1]欧奴诺可被凌迟处死的时候,他虽然被砍下肢体,但仍泰然自若。这与其说是贝恩赞扬其坚强毅力,不如说将活生生的人描写成了没有感觉的物体,在这一点上,印第安人对于痛苦的蔑视以及自残身体的行为也可以视作异族物化的证据。

---

[1] See Hayden White. The Noble Savage Theme as Fetish. in Hayden White, ed. Tropics of Discourese; Essays in *Cultural Criticism*. Baltimore:The Johns Hopkins University Press, 1986:194.

烟雾笼罩中的权力：论阿芙拉·贝恩作品中的女性意识

十七世纪末期，欧洲、非洲以及美洲的经济形态各异，但都被英国殖民者主导的跨大西洋商品贸易联系在了一起。表面上看，《欧奴诺可》中的科拉曼丁本来也存在战争奴隶，但非洲的奴隶制度与殖民者建立的种植园奴隶制存在着本质的区别。拉梅什·玛里佩蒂认为："《欧奴诺可》中表现的骇人景观，无论是怀孕的依默恩达被杀害，欧奴诺可的自残以及后来被凌迟处死都激烈地反映了王子与拜厄姆之间互相矛盾的欲望。他们中的一个试图维护商品交换体系，而另一方则极力对其进行破坏。"①按照劳拉·J. 罗森塔尔的说法，非洲奴隶本来只是用作交换的礼物。② 例如，依默恩达的父亲为了营救欧奴诺可牺牲了自己的生命，作为补偿其家族的损失，他一次就给对方带来了一百五十名奴隶作为补偿。但如果说非洲的奴隶制度仍然完全处于罗曼式的阶段亦不符合常理，确切地说，欧奴诺可本人即将战场上获得的奴隶卖给奴隶贩子获利。战俘在非洲只能作为荣誉象征，只有将其卖给英国奴隶贩子才能发挥经济价值，并纳入资本主义发展链条。欧奴诺可在战场上将黑人完成从自由人到奴隶的转换只具有习俗和文化上的正义，这也是他关于奴隶制认知的极限。实际上，欧奴诺可对于奴隶遭受的苦难漠不关心。他认为自己在各个方面都与他们有着巨大的差别。在叛乱被镇压之后，他直言不讳地说："我不遗余力地帮助那群奴隶获得自由，如今想来这简直是我的耻辱，他们天生只配为奴。"(*Oroonoko*:66.)由此观之，欧奴诺可发表的攻击奴隶制的演讲毋宁说是一种战争宣传策略，如果将其视作贝恩反奴隶制的证据则未免牵强。

---

① Ramesh Mallipeddi. Spectacle, Spectatorship, and Sympathy in Aphra Behn's Oroonoko. in *Eighteenth – Century Studies*, 2012, 45. 4:487.

② Laura J. Rosenthal. Owning Oroonoko: Behn, Southerne, and the Contingencies of Property. in *Renaissance Drama*, 1992(23):31.

第四章 殖民与叙述:女性意识的空间拓展与早期现代社会的矛盾性

原始奴隶制与现代奴隶制在美洲殖民地实现了融合。阿芙拉·贝恩反对奴隶制的原因是她对现行制度将值得尊敬的贵族也变成奴隶的不满。叙述者"我"对于欧奴诺可身体的矛盾性态度亦反映了作者特别看重殖民地的经济秩序。拉梅什·玛里佩蒂认为:"贝恩在小说中一面将欧奴诺可表现为高贵的英雄,但转眼之间他又变成了无助的受害者。他的身体一开始是美轮美奂的景观,但旋即又被肢解得丑陋不堪。这些都是文本中显而易见的矛盾之处。"[1]究竟是何原因让小说中先前不遗余力赞美的英雄转眼成了暴尸人前,身体还被肢解的可怜人,究其本质是他与苏里南殖民地经济体系产生了不可调和的矛盾。当然,这种矛盾的产生与拜厄姆及其他殖民地议会成员脱不了干系,但既然局势无法挽回,叙事者也只好忍痛牺牲欧奴诺可,因此也产生了主人公形象前后不统一的矛盾性。这种矛盾现象的产生并非源于作者考虑不周,而是该人物身上承载着政治、女性以及殖民等诸多意识,以至于彼此难以调和的表现。因此,仅仅认为贝恩具有反殖民主义思想,而忽略了作者的其他意识,这种观点完全错误。持此论的劳拉·J.罗森塔尔,以及劳拉·布朗都激动地认为在遥远的十七世纪有那么一位思想超前于学界的反殖民主义者,其实大谬。当然小说中的女叙述者对待欧奴诺可的态度与拜厄姆,巴尼斯特为代表的殖民地统治当局也有巨大的不同。她的确对主人公的被害报以同情。正在欧奴诺可要被公开处决的时候,女叙述者开始谴责种植园主的暴行,而且声称要用女性的文笔将欧奴诺可的悲剧记录下来,使其事迹永垂不朽。

王政复辟时期,伦敦每年举行的市长大人日游行实际上主要由商人出资,后来变成了展示英国殖民成果的带有狂欢节意味的

---

[1] Ramesh Mallipeddi. Spectacle, Spectatorship, and Sympathy in Aphra Behn's Oroonoko. in *Eighteenth - Century Studies*, 2012, 45.4:492.

烟雾笼罩中的权力:论阿芙拉·贝恩作品中的女性意识

集体行为。这种在公开场合进行的以景观为手段的街头宣传颇为有效,时人普遍认为奴隶种植园不仅公正合法,而且应该被给予支持。[①] 印刷文化兴盛之前的另外一种重要的宣传手段是在剧院演戏,但复辟时期描写异域的戏剧或者是宏大的英雄剧,或者表现的是西班牙人在美洲的活动。这些作品往往形式大于内容,很少涉及英帝国的殖民事业,比如约翰·德莱顿的《印第安女王》(*The Indian Queen*, 1664)、《印第安皇帝》(*The Indian Emperor*, 1665)等剧莫不如此。因此,《欧奴诺可》堪称阿芙拉·贝恩在剧院不景气的条件下创制的直接表现英国人殖民事迹的新文体。

第二节 女性权威的生成:文体上的矛盾性与小说叙述中的女性意识主导

伊莱恩·肖瓦尔特在其论述十九世纪女性写作的专著《她们自己的文学》中谈到"女性小说家与女性写作问题"时认为:"在女作家的传记中可以发现令人印象至深的内心召唤的迹象,这些女人曾经真诚地撕心裂肺地做出努力,即克制自己的写作意愿。"[②]阿芙拉·贝恩的写作生涯与十九世纪女作家群判然有别。首先,她以剧作家身份登上复辟时期文坛,从一开始就暴露在社会舆论之中,并且参与了德莱顿、莎德威尔等男性作家组成的文学圈子。其次,贝恩的作品基本都是实名发表,这也与匿名发表作品的十九世纪英国女性小说家有着很大差异。

阿芙拉·贝恩为生活所迫在男性掌控的文学市场中艰难开

---

① See Ramesh Mallipeddi. Spectacle, Spectatorship, and Sympathy in Aphra Behn's Oroonoko. in *Eighteenth - Century Studies*, 2012, 45.4:477.
② 伊莱恩·肖瓦尔特. 她们自己的文学. 韩敏中, 译. 杭州:浙江大学出版社, 2012:50.

第四章　殖民与叙述:女性意识的空间拓展与早期现代社会的矛盾性

拓出女性职业写作的道路。我们从《裴兴特·幻兴爵士》(Sir Patient Fancy,1678)中女演员奎恩夫人表演的收场白中即可看出贝恩极具同男性剧作家以及观众叫板的勇气:

尽管如此我们必须让我们的才智、
理性、武器和桂冠服从这种种妙事。
你们淫荡时我们不嘲不笑,
你们粗鲁时我们不动武不小瞧;
我们有比你们更高尚的心灵,
我们的爱情更理智便是佐证;
既然能最快地寻到各种妙法取悦你们,
为什么不写几出戏让诸位高兴?
我们最善于发现你们的弱点,也了解自身,
被女人抛弃或戴绿帽子乃是城里的热门,
你们的写作手法已越来越不时兴,
你们只熟知规则和调理,
遵循那哄人的方式,然后倒霉碰壁。
你们关于情节、时间和地点的术语,
必须全部让位于自然流畅的笑剧。
我们拥护所有的智者:
不过你们这帮傻瓜,没有头脑的家伙,
别管我们还做别的什么,管叫你们看到,
我们如何巧妙地模仿你们中的一些人:
假如你们被描画得栩栩如生,那么请奉告
女人怎么就不能写得像男人一样好。①

---

① 译文出自:阿芙拉·贝恩.培申特·范西.收场白.彭予,译.收入黄梅选编.蓝袜子丛书·自己的一间屋.石家庄:河北教育出版社,1995:4-5.

烟雾笼罩中的权力：论阿芙拉·贝恩作品中的女性意识

贝恩在此认为女性在创作剧作方面具有和男性剧作家一样能力，甚至更有优势。她的这种不畏男性特权的战斗精神与英国内战以后秩序尚未建立，一切都在变化，一切意识形态都未取得绝对主导地位的情势密不可分。贝恩本人就是一位个性张扬、蔑视习俗的女子，她的这种另类性格得以在斯图亚特王朝后期因为社会混乱而放松了对女性的压制的特殊条件下得以表现出来，变成了早期女性写作者史上的一个特例。不过，她要么在自己撰写的开场白和收场白中，要么在剧作出版时献给恩主的书信或献辞这些文学副文本中才有机会直接表现自己的女性意识，这或许让重视女性权威的作家感到颇受掣肘。十七世纪八十年代以后，随着戏剧市场不景气，她开始依靠创作散文小说、翻译法国传奇故事维持生活。在写作散文小说的过程中，她逐渐发现了小说具有戏剧无可比拟的展现作者叙事权威的优势。仰仗着之前创作的四、五部模仿法国爱情散文小说积累的经验，贝恩终于创作出这部比以往作品更大程度上展现自己女性意识的小说《欧奴诺可》。

（一）雅努斯神的面孔：文体上的矛盾性

《欧奴诺可》是一部在多方面都具有矛盾性的文本。文体上的矛盾性也是该文本诸多矛盾性中的一个侧面。伊恩·P·瓦特曾经用古罗马宗教所信奉的多面孔的亚努斯神来譬喻英国历史上最早出现的三位小说家的作品特征，但是我们发现阿芙拉·贝恩的《欧奴诺可》已经具备了现代小说元素，它看起来也像雅努斯神的面孔一样具有多面性。

1. 传奇的戏仿

在阿芙拉·贝恩写作《欧奴诺可》的年代还不存在小说这一概念。在此之所以采用小说之名称呼这部作品首先是其中蕴含

第四章 殖民与叙述:女性意识的空间拓展与早期现代社会的矛盾性

的现代意义上的小说的诸多元素已经齐备,其次是为了行文方便。贝恩写作该作品时最素朴的想法恐怕是将其销售出去以获得报酬。她的确清楚《欧奴诺可》中包含虚构的成分,但是考虑到当时的读者接受问题,她不会再在虚构(feigned)层面上介绍自己的作品,而是套用历史(history)这一权威概念来定义自己写的东西。1688年该小说出版的封面上赫然印着《欧奴诺可,又名王奴,一部真实的历史》,扉页上也醒目地用大号字体印着"王奴的历史"。这些都说明贝恩试图借助历史将小说这一新鲜事物引荐给读者的意图。雷蒙·威廉斯指出:"在早期用法里,历史(history)是一种事件的叙述记录。在早期英文的用法里,history 与 story(两者源自于同一个词根)这两个词不是用在记录想象的事件,而是用在记述为真实的事件。"①历史本身与十七世纪中叶英国图书市场上风行一时的新传奇(区别于中世纪传奇)这一文学体裁有着紧密的联系性。阿芙拉·贝恩显然期待其读者将自己创造的新型文体理解为历史叙述,显然亦与二三十年前流行的英雄传奇有直接的联系。假如对于十七世纪英国市面上流通的印刷文本进行知识考古学考察,当时的人们可以接触到的印刷作品无外乎以下几类:(1)以《圣经》为代表的宗教书籍及小册子;(2)诗歌集;(3)剧本;(4)历史著作;(5)小册子;(6)古典文学(7)传奇(8)哲学(9)散文(10)科学,其中剧本和传奇与图书市场的关系最为紧密,而这两种文学体裁与现代小说的诞生皆有关系,尤以后者为甚。

郝田虎指出:"十七世纪中期左右传奇这一体裁在图书市场上受到普遍欢迎,尤其是译成英文的法国英雄传奇(heroic romance)莫斯利是着力提倡法国英雄传奇的出版商。十七世纪英

---

① 雷蒙德·威廉斯. 关键词:文化与社会的词汇. 刘建基,译. 北京:生活·读书·新知三联书店,2005:204.

烟雾笼罩中的权力：论阿芙拉·贝恩作品中的女性意识

国共出版了 15 部法国英雄传奇(见 Paul Salzman)。传奇经常题献女士,读者对象也多为女性,所以传奇在某种程度上可以被视为女性体裁。"[1]贵族男女闲暇之余以文字游戏的形式也创作了一部分传奇作品,在这种情况之下该文学体裁实际上充当了社交工具。后来,出版商看到了其中的商机,遂将其印刷出版。"妇女在当时不能自由地写作传奇,女性传奇被伪装成男性作品或男人的产品。"[2]传奇的流行是一个自上而下传播的过程,首先贵族仍然是全社会行为的楷模,并且牢牢掌控着文化的领导权,因此传奇通过印刷出版对中等阶层女子有着天然的吸引力。再者,传奇与中世纪流行的骑士爱情模式有着紧密联系,爱情可谓传奇的基本母题。一旦传奇由仅限于贵族圈内通过手稿领域传播(锡德尼即希望他的《阿卡迪亚》不要被印刷出版,以保证它的安全)[3],转变到经由出版商印刷流通,就实实在在地变成了商品。在阿芙拉·贝恩走向文坛的王政复辟时期,传奇已经完成了从贵族玩赏之物转变为商品的过程。

雷蒙德·威廉斯认为:"整个十七世纪及部分十八世纪,小说(novel)与大家较为熟稔的传奇故事(romance)可以替换使用。"[4]可见,小说这一现代文体与传奇有着紧密的联系,并且是在既打破又继承传奇主题及写作方法上发展起来的,这一点在过渡性作品《欧奴诺可》中体现地尤其明显。贝恩在致致梅特兰大人的书信体献辞中亦使用了像传奇一样充满想象力(romantic)的这一术

---

[1] 郝田虎.〈缪斯的花园〉:早期现代英国札记书研究.北京:北京大学出版社, 2014:170–171.

[2] 郝田虎.〈缪斯的花园〉:早期现代英国札记书研究.北京:北京大学出版社, 2014:173.

[3] 郝田虎.〈缪斯的花园〉:早期现代英国札记书研究.北京:北京大学出版社, 2014:175.

[4] 雷蒙德·威廉斯.关键词:文化与社会的词汇.刘建基,译.北京:生活·读书·新知三联书店,2005:183.

第四章 殖民与叙述:女性意识的空间拓展与早期现代社会的矛盾性

语:"我在前往新世界旅行的时候有幸结识这位王奴。如果关于他的故事看起来像传奇一样具有想象力,我恳求大人您考虑到如下事实,这些国家的确在各方面与我们的国家判然有别,以至于发生了如此多令人难以置信的奇事。"① Romantic 一词在十六、十七世纪的含义源于与 romance(传奇故事)有关的内容与特色。传奇故事既有中世纪意义上的,也有近代早期在英国新兴的新传奇两种类型,与后者有关的 romantic 在十七世纪后半叶的作家笔下带有充满想象力的意思。雷蒙德·威廉斯在论证 romantic 一词具有上述意涵的时候举的例句皆出自于与贝恩同时代的作家,诸如哈林顿、佩皮斯以及伊芙林。②

欧奴诺可与依默恩达在非洲宫廷的恋情叙事基本出自于传奇手法。例如,贝恩如此描写两人幽会以后依依惜别的场景:

> 欧奴诺可与依默恩达情意绵绵,几乎忘记了时间的飞逝。此时晨曦已经降临,指引他马上要离开心爱的人。他们听到外面响动大作,还有陌生人的说话声音。他马上起身去拿那柄战斧,这是他随身携带的防身武器。依默恩达吓得瑟瑟发抖。他来不及去穿衣服,急忙用身体挡住大门,防止外面的人进来。(*Oroonoko*:29 – 30.)

以上情节颇为类似法国传奇中恋人分别的场面。除此之外,非洲部分故事中还表现了具有东方情调的宫廷。昏聩老迈的国王有着不可遏止的情欲,他要霸占养子之妻。恋人不堪忍受压

---

① Aphra Behn. The Epistle Dedicatory to the Right Honourable the Lord Maitland. in Janet Todd, ed. *Oroonoko*:*or the Royal Slave*. London:Penguin Books, 2003:5.
② 雷蒙德·威廉斯. 关键词:文化与社会的词汇. 刘建基,译. 北京:生活·读书·新知三联书店,2005:419.

烟雾笼罩中的权力:论阿芙拉·贝恩作品中的女性意识

迫,于是只能双双被放逐,上述情节皆为传奇叙述中常见的套路。叙述者一开始以自己亲身经历的视角讲述苏里南的风土人情,接下来有三十多页的篇幅讲述的是非洲的情状,大部分是关于欧奴诺可与依默恩达在科拉曼丁的传奇爱情,这部分内容据叙述者所说是由欧奴诺可转述给自己。叙述者的上述元叙述显然是夫子自道。贝恩本人显然没有到过非洲的经验,所以她只好采用自己熟悉的传奇叙事敷衍欧奴诺可的非洲恋情。威廉·C. 斯朋格曼认为:"在非洲宫廷的欧奴诺可,因为与自己的养祖父,也就是国王,争夺女子依默恩达,相互之间展开了激烈的斗争。以上情节显然取自英国的英雄剧或者法国的田园风格传奇爱情。"①作为非洲王子的欧奴诺可完全按照传奇中的骑士英雄塑造。他不仅在战场上功勋卓著,而且回到宫廷又学习了很多人文主义(humanity)知识,"通过接受教育,他具有了真正的高贵灵魂、拥有了关于荣誉的细致认识,待人接物慷慨大度,更为重要的是他这样的豪侠之士即便遭遇到爱情的激情也在女性面前表现得温柔似水。"(Oroonoko:14)后来这位集天资聪颖与后天努力于一身的王族又遇到了一位法国才子做他的家庭教师。他学习了许多关于道德、语言和科学的知识。异国的黑王子仿佛变成了欧洲的理想骑士。欧奴诺可身上套语式地性格塑造模式与传奇有着直接干系。

贝恩显然在《欧奴诺可》中的科拉曼丁叙事部分中戏仿式地借鉴了传奇的写作模式。但非洲叙述部分只占全书的三分之一,剩下的关于苏里南的叙述则具有明显的反传奇特征。即便叙述者在讲述非洲部分的故事时,女叙述者的出现也经常打断叙述进程,造成叙述断裂,这也削弱了传奇的表现效果。迈克尔·麦基恩认为:"贝恩大胆且心安理得地将自己笔下的苏里南理想化为

---

① William C. Spengemann. The Earliest American Novel:Aphra Behn's Oroonoko. in *Nighteenth - Century Fiction*,1984,38.4:392.

第四章 殖民与叙述:女性意识的空间拓展与早期现代社会的矛盾性

一个人类堕落前的伊甸园。她在别处坚持王奴的历史真实性,他被创造出来,以熟悉的形象,用夸张的传奇语言来想象他的心上人。贝恩与康格里夫一样有强劲的反传奇动因。"①《欧奴诺可》即由传奇与反传奇这样前后相互冲突的两个叙述部分组成,并且造成了处于现代小说过渡状态的小说在文体上的矛盾性。

2. 旅行叙事的影响

阿芙拉·贝恩在写给梅特兰勋爵的信中坦言自己在前往新大陆的旅途中结识了王奴欧奴诺可。女叙述者声称大部分故事情节是在自己目击之下发生的事实。鉴于苏里南叙述部分主要是以一个旅行者的眼光进行审视然后记录下来的文本,这部分故事显然受到了当时流行的旅行叙述的影响。自哥伦布发现新大陆以来,由于航海技术的发达,十七世纪的英国逐渐由一个以农业为主的岛国,变成了参与欧、非、美三洲的贸易大国。随着航海行动的拓展,船长、水手、冒险家等旅行者通过自己的观察记录下来各种各样、五花八门的信息。参与海外冒险的人员来自不同社会阶层。旅行叙述独特的目击者权威使得出身低贱的人也具备了言说和记录的权力。迈克尔·麦基恩认为:"这些记录者们是新型哲学家,并不擅长'所有神学与人类事物',而是'朴实、勤勉、辛劳的观察者',尽管他们并不具备太多知识,但它们的手与眼睛未被迷惑,这样不会让自己的大脑被错误意象影响。"②值得注意的是进行旅行记录的人不需要太多的知识训练,而蒙田甚至认为:"在旅行叙述中,一个朴实无知的人,更可能讲述真实。"③换言

---

① 迈克尔·麦基恩.英国小说的起源:1600 - 1740.胡振明,译.上海:华东师范大学出版社,2015:184 - 185.
② 迈克尔·麦基恩.英国小说的起源:1600 - 1740.胡振明,译.上海:华东师范大学出版社,2015:171 - 172.
③ 迈克尔·麦基恩.英国小说的起源:1600 - 1740.胡振明,译.上海:华东师范大学出版社,2015:172.

烟雾笼罩中的权力:论阿芙拉·贝恩作品中的女性意识

之,旅行叙述记录者不需要受到良好的教育也能够具有叙述的权威。《欧奴诺可》中女性叙述者的身份地位也一样卑微。阿芙拉·贝恩巧妙地运用了旅行叙述权威的特殊性在苏里南叙事部分实践了女性叙述权威。

有关叙述者和欧奴诺可等人在苏里南的冒险和狩猎活动的内容占了超过全书篇幅的八分之一,虽然叙述者称其为'离题话',但却构成了明显的旅行叙述的特征,①亲自参与并映入叙述者眼中的冒险之旅即是典型的旅行叙事:

> 有时候我们也参加一些惊险刺激的冒险之旅,比如到虎穴中找虎崽。一旦发现母虎出门去狩猎,我们就把它的崽子抱走。一旦有风吹草动,我们全都跑得远远地以保证自己的安全。有一回,欧奴诺可也去了,我们刚从兽穴中偷走虎崽,正要离开的时候,这时候母虎回来了,嘴巴上还叼着一块野牛臀部的肉,那是他从那头野牛身上撕扯下来的。(Oroonoko:52.)

以上惊险刺激的事件虽然出自女叙述者之口,但读者丝毫不会去怀疑其真实性。威廉·C.斯朋格曼认为:"阿芙拉·贝恩在《欧奴诺可》中引入旅行叙述的因素应该还有一层意义。这些关于新大陆的旅行叙述根本没有办法证伪,所以她即便声称自己讲述的是真实的历史也不用担心招来批评。贝恩成功地将关于王奴的传奇叙述与亲历的真实记录这样的纪实性叙述结合起来。"②亲历的真实记录式的文本实际上是一些殖民者或者冒险家写下

---

① 黄梅.贝恩的〈欧奴诺可〉:时空定位和身份混淆.外国文学评论,1995(2):21.
② William C. Spengemann. The Earliest American Novel:Aphra Behn's Oroonoko. in *Nighteenth - Century Fiction*,1984,38.4:390.

第四章 殖民与叙述:女性意识的空间拓展与早期现代社会的矛盾性

的散文小册子,诸如瓦尔特·雷利爵士(Sir Walter Raleigh,1554—1618)于1596年写就的《发现圭亚那》(*The Discovery of Guiana*)。雷利的小册子是典型的旅行记录,采用散文的写作方式,记录了他在圭亚那旅行观察到的事物。《欧奴诺可》中的女叙述者亲身经历了苏里南的冒险,她通过自己的眼光将苏里南活动的事迹记录下来,显然与当时流行的"亲历的真实记录"类型的旅行叙述有一定的相似之处,只不过贝恩的文本不止于是旅行记录,其中亦有虚构。欧奴诺可与怪鱼搏斗的情节即是典型的冒险旅行叙事:

> 这里有一种叫作麻鳝①的怪鱼,说实话我还吃过这种鱼。这种鱼在活着的时候,身上似乎蕴藏着冰冷的物质。人们在水边垂钓,只要这种鱼触碰到鱼饵,尽管钓丝很长,那么那个人握着吊杆的手就会感到麻木甚至失去知觉,得好大一会儿才能恢复正常。有些人甚至不慎落水溺亡,有的则猝不及防倒在地上像是死了一般。(*Oroooko*:55)

阿芙拉·贝恩在此讲述的麻鳝具有的神奇特性一定能起到吸引当时读者的作用,也贯彻了贝恩提出的"没有新奇,就没有好奇的主张。"(*Oroonoko*:11)迈克尔·麦基恩认为:"没有什么比旅行叙事更可能使自己具有'新奇,因此真实'悖论性质的话语模式。"②依勒内·笛卡尔,"惊奇是一种认知上的正面驱力,它带来的是不稳定,因此可以让人以全新的角度思考。"③十七世纪英国科学逐渐摆脱了宗教神学的束缚。幻想、神话以及传奇在科学事

---

① 采用黄梅译法。
② 迈克尔·麦基恩.英国小说的起源:1600 - 1740.胡振明,译.上海:华东师范大学出版社,2015:182.
③ See Vernon Guy Dickson. Truth, Wonder, and Exemplarity in Aphra Behn's 'Oroonoko'. in *Studies in English Literature*,2007,47.3:577.

烟雾笼罩中的权力:论阿芙拉·贝恩作品中的女性意识

业面前逐渐失去了让人们感到惊奇的理由。随着英国在海外贸易中获得的利益越来越大,地理空间变成了财富的源泉。人们越来越相信旅行者的现场权威,因为只有可靠的信息才具有价值。纵观《欧奴诺可》的苏里南叙述部分,我们可以发现一个奇怪的现象,即一旦女叙述者采用摹写旅行叙述的办法叙说苏里南的风土人情或者与欧奴诺可一起去冒险,她的语言就变得异常明快,字里行间透着想把自己知道的信息传递给读者的急切心情。贝恩显然为自己在旅行叙事中具有的讲故事权威感到特别兴奋。正如威廉·C.斯朋格曼指出的那样:"对于'亲历的真实记录'这样的旅行叙述文本来说,作者权威是建立在个人经历基础之上,与他的社会地位和性别无关。旅行叙述很显然能够给予贝恩更大的书写权威,这一点与她之前跻身于被男性主导的戏剧或诗歌领域不同,以上领域并不愿意赋予她更多的权威。"①

3. 戏剧的影响

迄今为止,小说《欧奴诺可》已经有了六个戏剧改编版本。托马斯·桑恩(Thomas Southerne)在贝恩去世不久将这部小说改变成了剧本,当年即搬上了戏剧舞台,并且自 1695 年首演一直到 1829 年,这个戏每年上演至少一次,成为十八世纪数一数二大受欢迎的剧目。② 最近一次的改编由当代尼日利亚戏剧家比伊·班岱里在 1999 年完成,并且在莎士比亚的故乡首演,获得好评。③ 我们从这部小说被剧作家改编的数量上可以得出结论,即这部作品显然比其他小说更大程度上具有戏剧元素。作为复辟时期上演戏剧数量领先的剧作家,贝恩在小说创作中运用戏剧手法也顺

---

① William C. Spengemann. The Earliest American Novel:Aphra Behn's Oroonoko. in *Nighteenth – Century Fiction*,1984,38.4:390.

② See Laura J. Rosenthal. Owning Oroonoko:Behn, Southerne, and the Contingences of Property. in *Renaissance Drama*,1992(23):26.

③ 见比伊·班岱里.奥汝诺柯.孙建秋,译.世界文学,2008(4).

288

第四章 殖民与叙述:女性意识的空间拓展与早期现代社会的矛盾性

理成章。该小说从地点上看分为科拉曼丁部分和美洲部分,但是从主人公欧奴诺可的事迹上可以看出他的一生恰似一部典型的五幕悲剧:第一幕,作为王子的欧奴诺可在科拉曼丁的行动;第二幕,惨遭绑架;第三幕,作为奴隶的欧奴诺可在苏里南的行动;第四幕,反叛;第五幕,英勇受难。也就是说《欧奴诺可》在结构上具有戏剧特征,这也是该作品容易改编成剧本的原因。

戏剧手法的使用明显造成了《欧奴诺可》中人物塑造的扁平化特征。《欧奴诺可》在小说技巧上表现不成熟之处即是过度依赖戏剧出场人物介绍的方式直接交代人物的性格特征。例如,叙述者如此描述欧奴诺可的高贵:

> 正如我描述的那样,王子的身体和灵魂都备受人们尊重。当时他还在祖父的宫廷,世界上无论哪个勇敢和豪侠的勇士都不能像他那样富有一颗仁爱之心。我这样说的意思就等于说他的心胸十分博大,只有伟大的灵魂才能激情四溢。(*Oroonoko*:16)

以上文字典型地说明了贝恩采用戏剧旁白的形式交代人物的特征。在此需要澄清的是现代小说中也有直接交代人物特征的叙述,但上述技巧只能作为辅助性措施出现。毕竟,小说再现人物的优势在于在人物所处的具体环境以及行动中展现人物的特征,而非直接进行断语式的白描。

《欧奴诺可》中受到戏剧影响的地方还包括借用了复辟时期戏剧中经常采用的"闭启呈现"的表现形式。复辟时期剧场对比莎士比亚时代的剧场的一大变化是舞台布景技术的改进。当时的舞台上布置了好几组滑槽,绘画的布景可以固定在滑槽上移动。所谓"闭启呈现"的表现手法即"借助活动遮板的开启或关闭

烟雾笼罩中的权力:论阿芙拉·贝恩作品中的女性意识

来实现将新的场景迅速转换到观众眼前。"①阿芙拉·贝恩非常喜欢在戏剧中采用这种手段,比如在她最受欢迎的戏《漂泊者》中曾多次使用这种方法。布景拉开之后呈现的是男女主人公在卧室里,或者穿着睡衣,或者正在穿衣服,这样既可避免在观众眼前直接表现不雅行为,又能使其心领神会。贝恩在小说《欧奴诺可》中也使用了上述戏剧表现手法。例如,欧奴诺可在仆人的帮助下看到了依默恩达被困在国王卧室中的场景:

> 奥纳阿本来是老国王的妃子,现在负责照看依默恩达。欧奴诺看到她打开了另一扇门。首先映入眼帘的是一张大床,上面铺满了鲜花,芳香四溢,那里就是供国王淫乐的地方。此时他将那个吓得瑟瑟发抖的可怜人带到自己跟前,好像就要与之同床共枕。(*Oroonoko*:23)

《欧奴诺可》中类似的戏剧表现手法还包括展现老国王准备强奸依默恩达的场景。此外,她在小说中还采用了脱胎于英雄剧的手法用来表现欧奴诺可的英雄气质。贝恩在该文本中似乎并没有发挥出现代小说在场景和时空体中塑造人物的优势。总之,我们发现《欧奴诺可》这部文体上充满矛盾性的文本在人物情节、叙述方式以及表现手法上分别受到了传奇、旅行叙事以及戏剧的影响,但它并非只限于受到上述文体的影响。它还受到了诸如法国传奇、散文小说、叙述性小册子、近代早期女性日记、性格特写等文体的影响②。但是,并不能说将这些文体杂糅在一起就构成

---

① Adam Sills. Surveying 'the Map of Slavery' in Aphra Behn's 'Oroonoko'. in *Journal of Narrative Theory*,2006,36.4:324.

② "性格特写"(character - writing)作为一种文学体裁,在英国是十七世纪所特有的,前此在戏剧中的诗歌里也有人物性格的描写,但都附丽于大作品,性格特写则是人物独立的肖像。"见 杨周翰.十七世纪英国文学.北京:北京大学出版社,1985:51.

第四章 殖民与叙述:女性意识的空间拓展与早期现代社会的矛盾性

了《欧奴诺可》的特征。我们更要认识到贝恩在迸发的强烈女性意识的激荡之下开创新文体的勇气。奥德瓦尔·霍姆斯兰德指出:"安吉利·戈罗(Angeline Goreau)认为贝恩在《欧奴诺可》中的创作已经开始与现实主义形式相符,而这种特征亦是伊恩·瓦特所定义的小说文体的主要特征。"①一句话,尽管小说《欧奴诺可》刻画人物的手法依然十分粗糙,但也不能掩盖其对近代小说诞生所做的贡献。

(二)叙事中的女性意识主导

在前面一节,我们谈到《欧奴诺可》是一部文体充满矛盾性的文本,并且在作品的"肌理"中找到诸多文体的痕迹。实际上,如果它仅仅是文体的杂烩,那么不可能在文学史上取得经典地位。②这部作品之所以在二十世纪以后的英美学界获得广泛关注,原因是作品内部还蕴藏着贝恩艰难的创新,即她为近代小说文体的产生走出了最初的一步。

前文中为了论述方便,我们姑且将这部作品定义为小说。当然,关于这部作品的文体属性,学界仍然存在一定争议。要厘清《欧奴诺可》的文体问题,首先要清楚小说一词的概念。小说一词在英文中有两个单词,分别是"fiction"和"novel"。雷蒙德·威廉斯对这两个词都进行了细致的考察。他认为:"fiction 这个词最早出现在十四世纪,可追溯的最早词源为拉丁文 fingere,其意为 fashion 或 form(制作,形成)。Fingere 这个拉丁词同时也是英文

---

① Oddvar Holmesland. Aphra Behn's 'Oroonoko', Cultural Dialectics and the Novel. in *ELH*,2001,68.1:60.
② 韩加明认为:"1993 年英国出版的《诺顿英国文学选集》第六版有一引人注目的变化,这就是全文收录了阿芙拉·本恩 1688 年发表的《奥罗诺考,或,王奴》,它从一个方面表明当代文学批评界对阿芙拉·本恩在文学史上地位的确认,也表明了对这部作品的推重。";见韩加明.阿芙拉·贝恩和她的小说〈奥奴诺考,或,王奴〉.国外文学,1995(4):54.

词 feign 的词根,feign 自十三世纪以来便具有虚构或伪造之意涵。文学意涵的演变始于十八世纪末期。"①鉴于阿芙拉·贝恩在写给梅特兰的信件中以及通过文本中的元叙述极力声称自己讲述的故事是真实事件,因此贝恩不可能认同自己的作品是"fiction"意涵下的小说。伊恩·P. 瓦特与迈克尔·麦基恩是研究英国小说起源领域的专家,他们在现代意义的小说意涵下使用的词汇都是"novel"。"直到十八世纪初,novel 作为一个名词,它包含了两种意涵——第一个是 tale(故事),第二个是 news(新闻,消息)——这与我们现在的说法相同。因为薄伽丘(Boccaccio)、阿里奥斯托(Ariosto)及其他人的故事被称为 novelle——指的是虚构的(fictional)或者是历史性的(historical)短篇故事。小说家(novelist)一词的含义在十七世纪的意涵是创新者。"②阿芙拉·贝恩在《欧奴诺可》中引用了带有 novelty 一词的格言:"没有新奇,就没有好奇。"(where there is no novelty, there can be no curiosity)不过,在此贝恩显然使用的是 novel 这一词语在新奇方面的意涵。

在英国小说起源领域首先做出开拓性性贡献的是伊恩·P.瓦特。他在《小说的兴起:笛福、理查逊、菲尔丁研究》中提出了构成现代小说的三大核心要素:(1)形式现实主义。(2)个人经验主义。(3)中产阶级读者。③ 迈克尔·麦基恩主张采用辩证法开展对小说起源问题的研究,其实是在拓展瓦特的历史研究材料基础上进行的思考。④ 自《小说的兴起》发表以来,已经有大量相关评

---

① 雷蒙德·威廉斯.关键词:文化与社会的词汇.刘建基,译.北京:生活·读书·新知三联书店,2005:181-182.
② 雷蒙德·威廉斯.关键词:文化与社会的词汇.刘建基,译.北京:生活·读书·新知三联书店,2005:182.
③ 伊恩·P.瓦特.小说的兴起:笛福、理查逊、菲尔丁研究.高原,董红钧,译.北京:生活·读书·新知三联书店,1992:1-32.
④ 迈克尔·麦基恩.英国小说的起源:1600-1740.胡振明,译.上海:华东师范大学出版社,2015:3.

第四章 殖民与叙述:女性意识的空间拓展与早期现代社会的矛盾性

论批评它的若干观点站不住脚。① 不过,瓦特在试图厘清现代小说概念的时候,他的个人经验主义以及中产阶级读者之说比较令人信服。巴赫金的《小说理论》不仅站在整个欧洲的文化史上进行思考,更是将欧洲小说的诞生一直追溯到了古希腊、罗马时期。巴赫金与卢卡奇也都认同个人主义和经验在现代小说中的重要意义。至于瓦特论及的十八世纪英国社会中的中产阶级主导与小说兴起的关系问题,遭到了众多批评者的攻击。鉴于中产阶级问题众说纷纭,我们暂且存而不论。如果斩截地给现代小说下一个定义的话,考虑到它是伴随着资产阶级的兴起和读者市场的成熟而诞生的文体,因此商品才是现代小说的本质属性。那么它的定义似乎应该是资产阶级兴起以后作为商品销售并且以谋求利润为目的的叙述性作品。下面我们将从三个方面论述《欧奴诺可》在现代小说文体以及女性叙述话语方面的独特贡献。

1. 小说与其他文体的竞争

前文我们已经论及《欧奴诺可》是一部集多种文体特征于一身的混杂性文本。巴赫金认为:"长篇小说作为一个整体,是一个多语体、杂语类和多声部的现象。研究者在其中常常遇到几种性质不同的修辞统一体,后者有时分属于不同的语言层次,各自服从不同的修辞规律。"②巴赫金虽然在此讨论的是长篇小说的特点,但中、短篇小说也具有混杂性特点。阿芙拉·贝恩也不知道称她实验的这样一种多文体的综合体应该称为何物,所以她像当时市面上流行的多数以 history 命名的小册子一样,将其命名为"true history"。雷蒙·威廉斯认为:"在早期用法里,(历史)是一种事件的叙述记……在早期英文的用法里,history 与 story(两者

---

① 迈克尔·麦基恩.英国小说的起源:1600-1740.胡振明,译.上海:华东师范大学出版社,2015:20.
② 巴赫金.小说理论.白春仁,晓河,译.石家庄:河北教育出版社,1998:39.

烟雾笼罩中的权力:论阿芙拉·贝恩作品中的女性意识

源自于同一个词根)这两个词不是用在记录想象的事件,而是用在记述为真实的事件。"①贝恩所谓的真实历史显然相对于中世纪如幻梦一般的骑士传奇以及田园传奇中的牧羊人恋情来说更接近现实主义主张。"据当代美国小说史家 G. 亚当斯(Percy G. Adams)的考证,近代早期出现的小说标题大都冠以如下名称,'关于某某的历史'(the history of…),'关于某某的生平'(the life of …),'关于某某的传奇'(the romance of…),'关于某某的史诗(the epic of…),等等。这些标题词语说明,早期的小说作者竭力突出其话语的真实性,以迎合读者的阅读期待。"②不过贝恩在《欧奴诺可》中关于真正的历史(true history)的宣言应该还有另外一层意思,即贝恩认为自己的文体更能接近真实。贝恩在《欧奴诺可》中实际上继承了《堂吉诃德》中的以传奇之表,行反传奇之实的写作手法。中世纪读者习焉不察的传奇的真实性问题到了近代早期不仅被人们广泛质疑并且完全怯魅,这种认识论上的断裂预示着现代转型时代的到来。

造成十七世纪以来人们认识论上的危机的主要动因有二:一是科学技术的大发展,特别是牛顿力学体系的建立极大增强了人们认知宇宙的信心;二是培根到洛克一脉相承的观察与经验主义方法,极大加深了人们对自己感官能力的信任。以上从科学到哲学的认知使得人们面对过去传奇中讲述的怪力乱神情节以及所谓至高无上的爱情都一致判定其为虚假。在反传奇大势之下,阿芙拉·贝恩必须依赖新文体才能在真实性层面获得读者认可。她在《欧奴诺可》中借重的资源无疑是历史记录以及作为目击者的权威。帕特里夏·潘德尔认为:"阿芙拉·贝恩在小说的副标

---

① 雷蒙德·威廉斯.关键词:文化与社会的词汇.刘建基,译.北京:生活·读书·新知三联书店,2005:181-182.

② 张德明.英国旅行文学与小说话语的形成.国外文学,2011(2):39.

第四章 殖民与叙述:女性意识的空间拓展与早期现代社会的矛盾性

题中将自己的作品定义为真正的历史记录类型下的亚文体。她在创作的时候其实一直在平衡着各种文体形式。贝恩在《欧奴诺可》中建构作者权威以及真实性的过程是通过处理传奇与现实主义美学在真实性主张上相互矛盾的观点基础上实现的。"[1]尽管《欧奴诺可》在文体上充满混杂性,但现实主义美学观始终贯穿于文本的始终,这也是我们将其定义为小说的依据。

阿芙拉·贝恩在将《欧奴诺可》献给梅特兰大人的书信中阐述了自己的现实主义创作观:

> 肖像画师要想画出一幅为人称赞的佳作,他在落笔之前首先得考虑不同的光线,然后还要尝试用不同的方法表现脸部。他要在多个角度中选取一个最合适的,这样才能表现出人物最好的风姿。如果人物脸上有伤疤、让人看起来不舒服的黑痣,或者其他缺陷的话,画师自然要对其视而不见,而且还能惟妙惟肖地表现出人物特征。但世间真的有能够将人物脸孔上的每一分仪态和特征都尽收画布之上的画家吗?他又将在画布上添加怎样的颜料或者魔力来让人物更加鲜活?画师只是尽其所能而已。画布上体现出的荣光归根结底还要来自于其表现的人物本身。诗人在此意义上绝类画师,他们不过是用另外一种方式来将世界画下来。我们只要表现人性中高贵的部分以及有益的思想和灵魂。诗人的羽毛笔在让人物留下英名方面肯定要超过画家的炭笔,只有他才能让人永垂不朽。(*Oroonoko*:3-4)

---

[1] Patricia Pender. Competing Conceptions:Rhetorics of Representation in Aphra Behn's Oroonoko. in *Women's Writing*,2001,8.3:457.

烟雾笼罩中的权力:论阿芙拉·贝恩作品中的女性意识

可见,贝恩认为绘画与诗歌都是表现世界的手段,而且后者比前者的艺术表现力还要强。莱辛区分了绘画与诗作两者之间的表现领域以及在构思与表达上的差别:"时间上的先后承序属于诗人的领域,而空间则属于画家的领域。"①一般认为,绘画的摹写是现实主义的表现手段,所以贝恩通过将诗人与绘画进行类比,也反映了她秉持的现实主义文艺观。当然,她在书信中使用的诗人(poet)一词是在广义上代表了所有的文学创作者。贝恩在《欧奴诺可》的开头提及的诗人(poet)则特指韵文创作者或者剧作者(古代主义戏剧作家一般也被称为戏剧诗人)。她开门见山地表达了自己在小说中讲故事的方式,并且拿诗人作比,使之与其区分开来:

> 在此,我并不是假模假式地给读者诸君讲述这个王奴的生平小传,然后假借一个伪英雄的冒险经历来娱乐大众。实话说,这位英雄的一生如此丰富多彩,足以让诗人一骋才思,并且满足他们的口味。我也不会一面假装给读者讲述真像,趁其不备就在其中掺杂一些事情。人物是如此便如此,我没有必要为其粉饰,这才是对其最好的诚意。我只需表现出他合宜的品质及自然而然的才气,这样他才能像婴儿降生一样原原本本地呈现在世人眼前。毕竟,发生在这位主人公身上的事情已经足够让读者感受到其多姿多彩的人生,还有什么必要再去编造事实呢?(*Oroonoko*:9)

贝恩在此详细阐述了自己创作《欧奴诺可》这部叙事性作品的现实主义美学观,突出论述了它与诗歌的显著差异。在现代小

---

① 莱辛.拉奥孔.朱光潜,译.北京:人民文学出版社,1984:97.

第四章 殖民与叙述:女性意识的空间拓展与早期现代社会的矛盾性

说出现之前,欧洲一直存在着叙述性作品,只不过占有统治地位的文体非诗歌莫属。在中世纪及近代早期的英国,诗歌是贵族恩主文学体系的通用文学体裁,而戏剧则不仅掌控着文化市场而且与统治阶级联系紧密。到了十七世纪八十年代,伦敦剧场只剩下一家,造成了剧场的衰落,再加上传奇的没落,这些都给近代意义上的小说文体诞生提供了机遇。小说要在文体上树立起来,它要超越的不仅仅是戏剧,其更大的敌人其实是诗歌。巴赫金认为:"诗歌语言是与小说语言截然相反的语言形式。"[1]事实上,两种文体不仅在语言上存在巨大差异,而且在表现手段、美学旨趣、文体与世界的关系方面都存在截然不同之处。贝恩在此委婉地批评了诗人在表现现实中的缺憾,即他们通常过于夸大人物的行迹,以至于表现出来的像是个"伪英雄"。另外,她也清楚地表达了自己再现主人公本来面目的现实主义观。韩加明指出:"贝恩在小说一开始就申明要讲述实际发生的事——奥罗诺考(欧奴诺可)的故事大部分是叙述者亲眼所见,而她未亲见部分则依据主人公的亲口所述。这是一个十分重要的观点,因为她把叙述着眼点放在了讲述真实故事,而讲述真实故事是现实主义小说区别于传奇由此的一个特点。"[2]贝恩通过将诗歌与小说对比,不仅阐述了这种新文体的特征,而且在突破诗歌美学意义的基础上让小说突显出自己独特的价值,正是《欧奴诺可》中的现实主义实践使这部充满文体矛盾性的作品应该当之无愧地被认定为小说。

2. 小说中的叙述者聚焦

小说与诗歌、戏剧、散文等文体最大的区别在于前者强调叙事艺术。贝恩在《欧奴诺可》中对于小说叙述的贡献在于"已经意

---

[1] 巴赫金. 小说理论. 白春仁,晓河,译. 石家庄:河北教育出版社,1998:66.
[2] 韩加明. 18世纪英国小说叙述理论概观. 欧美文学论丛,2003(3):217.

烟雾笼罩中的权力：论阿芙拉·贝恩作品中的女性意识

识到叙述视角对于叙述效果的影响。"① 她在小说的开端即声称讲述的全是事实，这与她创作的另外一部散文小说《美丽的薄情女》(*The Fair Jilt*)如出一辙，实际上一直到《鲁滨孙漂流记》以及《帕梅拉》中我们依然能够找到类似的表述。这种保证事实可靠的述说，在多大程度上能够令读者相信依然是个疑问，但已经成为早期小说的套路。但吸引我们注意的不止于贝恩此类保证真实性的话语，而是故事中的叙述者具有了取舍以及编辑材料的权力：

> 本人即是这部小说里讲述的大多数事件的目击者，至于书中那些我无法亲眼所见的事情，也都是由这部小传中的主人公亲口告诉我的。那位英雄将他年轻的时候所经历的事情事无巨细地告诉我。为了简洁起见，我还要略去许多事情不讲。要知道那里是一个历史单薄的地方，周遭也没什么冒险的事件发生，所以这些事情仅仅会让我们这些生活在苏里南的人来说感到兴奋。这些细枝末节冗长乏味，对于读者们来说，阅读它们未免是件苦差。伦敦的读者都是见过世面的人，他们随时都能找到新鲜和值得消遣的事。(*Oroonoko*:9)

值得注意的是，贝恩在此确定了女叙述者的视角，并且赋予其编辑材料的权力，还煞有介事地为叙述者提供了周翔的理由。罗伯特·L.齐贝卡认为："叙述者明确表达了对于诗人随心所欲的夸饰技巧的蔑视，但是她也承认了自己拥有的取舍材料的权力。"②《欧奴诺可》中的第一人称叙事视角、强调叙述真实性以及

---

① 申丹,韩加明,王丽亚.英美小说叙述理论研究.北京:北京大学出版社,2013:13.

② Robert L. Chibka. 'Oh, Do Not Fear a Woman's Invention': Truth, Falsefood, and Fiction in Aphra Behn's Oroonoko. in Texas Studies in Literature and Language,1988, 30.4:514.

第四章 殖民与叙述:女性意识的空间拓展与早期现代社会的矛盾性

将取舍材料的权力交给叙述者,以上特点都在笛福的《鲁滨孙漂流记》里得到了继承和发展。

叙述者是叙事学理论的核心问题,正如帕西·卢伯克(Percy Lubbock)指出的那样:"在小说技巧中,整个错综复杂的方法问题,我认为都要受到观察点问题,也就是在其中叙述者相对于故事所站位置的关系问题制约。"①实际上综合审视《欧奴诺可》,该文本由两种叙事情境组成,即作者无所不知的叙述情境和叙述者作为人物之一的叙述情境。非洲科拉曼丁部分虽然距叙述者所言是由主人公转述给她的信息,鉴于叙述者已经承认主人公将所有信息都告诉她了,所以等同于无所不知。苏里南故事部分的叙述者既是事件的参与者和讲述者,同时也是故事中的一个人物。按照依谭君强对于根据热奈特以及米克·巴尔理论对叙事模式的区分②,小说中苏里南部分采用了第一人称内聚焦叙事,即"所有这些故事都是由参与到故事中的第一人称叙述者作为故事人物讲述出来的。"③但其中显然也有相当部分的故事是用零聚焦叙事的方式完成的,例如有很多事件的发生显然是在"我"显然不能出现的场合。韩加明指出:"贝恩还在叙述视角方面做了大胆探索。叙述者听过奥罗诺考(欧奴诺可)的讲述而了解的故事,没有采用主人公的直接叙述,而是经过了叙述者加工的简洁叙述,这

---

① 转引自:谭君强.叙述的力量:鲁迅小说叙事研究.昆明:云南大学出版社,2014:12.

② 零聚焦叙事:这是传统的叙事作品所代表的类型。也就是所谓无所不知的叙述者的叙事。叙述者完全不受限制,他的视点可以任意转移,超越时空,知晓古今,将他的聚焦从一个人物转向另一个人物,从一个场景转向另一个场景。他可以深入到每一个人物的内心,看到他们心中所蕴含的一切。内聚焦叙事:叙述者透过人物来进行聚焦,他所知道的和人物一样多。叙述者只叙说人物所了解的事情,只转述这个人物从外部接受的信息和可能产生的心理活动,而无权向读者提供人物自己尚未发现的理解和解释,其叙述者笔下尽可能严格地限制在人物所能感受的范围内。见谭君强.叙述的力量:鲁迅小说叙事研究.昆明:云南大学出版社,2014:17.

③ 谭君强.叙述的力量:鲁迅小说叙事研究.昆明:云南大学出版社,2014:49.

烟雾笼罩中的权力:论阿芙拉·贝恩作品中的女性意识

似乎表明贝恩已经意识到叙述视角对于叙述效果的影响。叙述者亲历的部分故事,属于第一人称叙述,但她主要是讲述奥罗诺考的故事,因而近似于现代叙述学理论所说的同故事叙述。"[1]

鉴于零聚焦叙事是传奇以及流浪汉小说经常采用的叙事模式,贝恩在《欧奴诺可》小说叙述技巧上的创新显然是第一人称内聚焦叙事,这种叙事方法在贝恩之前的叙事文学中极为少见。阿芙拉·贝恩很看重以第一人称"我"进行叙事聚焦,她在小说开头即让"我"登场讲述自己讲故事的所谓原则,而且还试图将超出"我"聚焦能力之外的非洲情节也纳入聚焦视野,可见贝恩对于这个在故事中若隐若现的人物的重视。那么,《欧奴诺可》中的聚焦者"我"是怎样的一个人物呢?根据文中交代,她的父亲任苏里南的代理总督,所以才来到此地。更为奇特的是,尽管她在此地还有母亲及兄妹,但是又三言两语将他们一笔带过,仿佛自己和他们没有任何瓜葛。"我"在讲故事的时候俨然将自己放在了家族的中心,例如她不无自豪地说"我在当地也有产业""当地最好的房子已经为我备好"云云。后来,她的父亲不幸遇难,这位奇女子更是处于父权制缺位的环境之中了。她长袖善舞地利用自己和欧奴诺可的亲密关系,并且同特里弗莱、马丁上尉等人意气相投,积极地在平息叛乱中发挥不可替代的作用。她不仅对殖民地当局的政策颇有微词,而且为苏里南的失去愤恨不已,俨然有一种积极参与政治的意思。黄梅认为:"造成人物挪移的航海殖民活动像是魔棒,把黑人王子欧奴诺可变成了奴隶'恺撒',同时却也把在欧洲微不足道的叙述者变成了显赫的'大女主人'。似乎是,白人女性在殖民地受到的礼遇以及在奴隶面前所享有的威严使

---

[1] 韩加明.18世纪英国小说叙述理论概观.欧美文学论丛,2003(3):217.

第四章 殖民与叙述:女性意识的空间拓展与早期现代社会的矛盾性

叙事者感到某种眩晕,对自己的权力生出幻觉。"①从空间上来看,"我"的确享有了比英国国内的女子更大的自由,她可以出门渔猎,到印第安居住地探险。尽管"我"能言善辩,而且善于洞察人性,但这些都不是英国社会提倡的品德。值得注意的是"我"的权威几乎都是在欧奴诺可面前才得到体现,而一旦叙述者谈到自己的叙事权威的时候,又不得不适当掩盖自己的锋芒。"我"在小说中数次强调之所以由自己这样一位女流之辈来撰写纪念王奴的历史,原因是文笔颇佳的男性已经去世。在小说结尾处,贝恩亦写道:"人就这样死去了,他本应得到更好的命运,由比我更出色的文人来赞美。但是,希望我已经建立的文名,也能使得他那光辉的名字永世长存。"②在此,"我"一方面强调了自己的文名,但还是要在男性面前摆出一副谦恭的姿态以逃避男性权力审视的目光。贝恩在此的表现并不是谦虚。她担心的是自己的写作权威僭越了男性的书写权力,从而引起不必要的麻烦,甚至影响到作品的销量。

3. 女性叙事声音与虚构的权威

苏珊·兰瑟认为:"无论是叙事结构还是女性写作,其决定因素都不是某种本质属性或孤立的美学原则,而是一些复杂的、不断变化的社会常规。这些社会常规本身也处于社会权力关系之中,由这种权力关系生产出来。作者和读者的意识、文本的意义无不受这种权力关系影响。这种权力关系涵盖作者、读者和文本。"③《欧奴诺可》即体现出来两个层面上的女性权威的生成及

---

① 黄梅. 推敲'自我':小说在十八世纪的英国. 北京:生活·读书·新知三联书店,2003:27-28.

② 译文出自:韩加明. 18 世纪英国小说叙述理论概观. 欧美文学论丛,2003(3):218.

③ 苏珊·S. 兰瑟. 虚构的权威:女性作家与叙事声音. 黄必康,译. 北京:北京大学出版社,2002:5.

烟雾笼罩中的权力:论阿芙拉·贝恩作品中的女性意识

在面对男性主导权力的时候体现出来女性的曲意逢迎和小心谨慎。阿芙拉·贝恩将《欧奴诺可》题献给梅特兰大人既表明了自己对于斯图亚特王朝的政治忠诚,同时也表达了对男性权力的臣服:

> 卓越的人物与神圣的君主一样都应该成为世人的垂范。美德需要学习才能习得,这同时也是一门高贵的课程。正是有大人您一样高贵的人物,还有我笔下的这位杰出的人物存在,世界才能变得更加良善。但时人多怠于践行高贵道德,料想他们看到本书中的这位人物虽然非常年轻,却拥有令人赞赏的完美人格,一定会感到羞愧难当。(*Oroonoko*:4)

贝恩在此表达了与王政复辟时期戏剧在道德伦理上截然不同的创作旨趣。众所周知,复辟时期的戏剧以风尚喜剧著称,内容多涉及男女私通、调笑戏谑,观众不仅不以为意,而且乐此不疲。贝恩的戏剧创作在此方面亦有过之而无不及。《漂泊者》一剧中多次暗示男女上床,甚至让剧中人物当众宽衣解带。复辟时期戏剧中屡见不鲜的不合伦理的性情节既是对轻浮社会的反映,同时也是剧作家吸引观众的无奈之举。贝恩在献辞中强调《欧奴诺可》的道德教化功能,无疑是对缺乏道德感的复辟戏剧的反拨。因为"道德教化几乎是所有十八世纪小说的共同特点,也是现实主义小说的基本特征"[①],这让我们不得不佩服贝恩对于社会转型趋势的敏锐把握。她在十八世纪到来之前已经觉察到了小说在社会道德教化方面具有重大价值。阿芙拉·贝恩在献辞中对于梅特兰大人的阿谀致辞固然充满了夸张,但这不啻是一种女性发

---

① 申丹,韩加明,王丽亚.英美小说叙述理论研究.北京:北京大学出版社,2013:13.

第四章 殖民与叙述:女性意识的空间拓展与早期现代社会的矛盾性

出自己声音的策略。她现在要挑战的是男性权威占绝对统治地位的书写领域,这和自己以前闯入的戏剧领域又有所不同。戏剧毕竟注重的是剧场演出,而非文字传播,对于这部无论在主题还是在艺术技巧上都不同于传奇的叙事性作品,一向泼辣大胆的贝恩在此也表现出了反常的谨小慎微。

那么,令贝恩感到担心的究竟是什么呢?可能的原因不外乎两个:一是女性作者创作的作品能否在政治紧张的时期获得承认。考虑到在 1688 年是英国政治情势极为紧张的一年:这一年的上半年詹姆斯采取了咄咄逼人的手段对付国教,六月份王后诞下王子,彻底引发了国人对于英国会变成天主教国家的担忧。到了十一月,荷兰执政威廉已经率军队登陆英国,十二月詹姆斯即流亡法国。可见,当时的政治情势转换之迅疾已经远远超过查理二世时期。贝恩发表《欧奴诺可》的时间大概在这一年的六月到九月之间。① 她也不希望因为自己的高调对作品的出版造成不利影响;第二个原因是贝恩很清楚自己在《欧奴诺可》的创作中有意识地采用了虚构的手法,因此她也需要放低身段以转移读者的注意力。贝恩在献辞中预先为小说中的传奇性找了一些说辞:

> 如果阁下发现这部小说极具传奇色彩,我恳求您考虑一下当地的情形。这些藩国与我们英国在各个方面都极为不同,以至于他们的所作所为都是那么不可思议。这些事情是如此新奇,所以它们至少从表面上给们留下了上述印象。凡

---

① 理查德·克罗尔认为:"几乎可以肯定的是贝恩的颂诗第二次印刷出版的时间应该在 1688 年 6 月 27 日的星期三。勒特雷尔认为她的这首诗应该首次出版于王子诞生三日之后,即 6 月 13 日。德莱顿的颂诗《不列颠新生》已经于 6 月 19 日获得批准印刷出版,所以出版商迟至 6 月 18 日之前应该为贝恩的第二版印刷重新安排了时间,这其中也包括《欧奴诺可》的广告。即便被延后,但我认为《欧奴诺可》的出版时间不会晚于 7 月 4 日。"Richard Kroll. 'Tales of Love and Gallantry':The Politics of Oroonoko. in *Huntington Library Quarterly*,2004,67.4:581.

烟雾笼罩中的权力：论阿芙拉·贝恩作品中的女性意识

> 是书中所讲述的事情我都倍加小心以确保其真实性，但众口难调，就让那些苛刻的读者自行判断好了。(*Oroonoko*:5)

在以上文字中，值得注意的是贝恩一再为《欧奴诺可》可能给读者以虚构作品的印象寻找借口。她首先承认小说中有所谓传奇性（romantic）的一面，这岂不会是与自己声称的真实性相悖？在贝恩看来，传奇习惯于描写怪异新奇的事物，①因此会给人以虚假之感。但《欧奴诺可》中表达的却是遥远的异国，虽然怪异但不能就此认为其实虚假的。列纳德·戴维斯认为："小说就是将其读者悬置于事实与虚构的刀锋之上。《欧奴诺可》的情节是在真实与虚构的基础上建构的，情节虚构与假话对于是这部作品十分重要的部分。真像与虚构来回穿插，彼此扭曲在一起形成复杂的结构，整体上却给人以真实之感。"②当然，即便是英雄传奇也不会自揭其短挑明了说自己写的是虚假的事情，相反，传奇"也自称与历史有关，或者展示了真实的历史。历史真实是首要的，先于第二位的虚构展示。在传奇中，虚构成分是用来揭示历史真相的。虚构就好比历史的侍女。"③真实是本体论上的价值观，没有任何文体敢于声称自己表达的是虚假之物。不过，十七世纪末期以后传奇在英国的式微应该归因于其所依托的贵族阶级的地位下降，那么作为反映这一阶级意识形态的文体，传奇的衰落就不可避免了。过去，人们根本不会认真地去审视传奇的真实性问题，转眼间人人都知道它像堂吉诃德中的风车巨人一样假的离谱。取而

---

① 我们在前文已经依据雷蒙德·威廉斯的研究说明 romantic 一词含有是植根于传奇的充满想象力的意涵。

② Lennard J. Davis. *Factual Fictions:The Origins of the English Novel*. NewYork:Columbia University Press,1983:110.

③ 郝田虎.〈缪斯的花园〉:早期现代英国札记书研究. 北京:北京大学出版社,2014:177.

第四章 殖民与叙述:女性意识的空间拓展与早期现代社会的矛盾性

代之的小说因此填补了这一空缺,并且宣称自己讲述的是真实。不过这种文体亦不过延续了传奇的老路,不过是更加有意识的使用虚构手法摹写现实。近代小说的叙述者悄然变成了新兴的资产阶级,所以小说的地位日益得到巩固,以至于到了笛福出版《鲁滨孙漂流记》的 1719 年已经没有批评者去批评笛福根本没有去过南美,进而去其怀疑其小说的真实性了。

  阿芙拉·贝恩显然也在她的新文体实践《欧奴诺可》中有意识地运用了虚构手法,不过这却让这位在写作领域拥有了权威的女性感到心虚。她似乎觉得虚构就等于说谎话,说以急着申辩。她之所以感到心虚,还是因为自感女性权威的基础不牢固,因此害怕落人口实,索性主动冲击为自己辩解。贝恩的敏感不是没有道理,即便到了二十世纪八十年代还有相当数量的研究即聚焦于她在《欧奴诺可》中的叙述是否真实。为此,罗伯特·L. 齐贝卡辛辣地讽刺道:"没人会自找麻烦去质疑评估笛福作品中的内容是否真实。理查逊的小说《帕梅拉》经常被人诟病为虚假以及充满了滑稽的道德说教。以上两部小说也和《欧奴诺可》一声声称讲述的是真实事件,凭什么因为贝恩做了真实性保证,就单要求她一个人承担小说中的每一个细节都要保证真实的标准?"[①]可见,英国社会的确对于女性写作存在双重标准。一种僭越旧文体权威的新文体在贝恩手中诞生了,这就是作为早期小说的《欧奴诺可》。人们不禁要问这种文体意欲何为? 十七世纪的印刷文本都有明确的目的,经文是为了传教,小册子是为了政治、道德宣传,书商印刷传奇是为了牟利,这种文体"镶嵌体裁"[②]出现在市场上,

---

[①] Robert L. Chibka. 'Oh, Do Not Fear a Woman's Invention': Truth, Falsefood, and Fiction in Aphra Behn's Oroonoko. in *Texas Studies in Literature and Language*, 1988, 30.4:511.

[②] 巴赫金. 小说理论. 白春仁,晓河,译. 石家庄:河北教育出版社,1998:106.

烟雾笼罩中的权力:论阿芙拉·贝恩作品中的女性意识

人们不免疑惑它的功用。阿芙拉·贝恩与笛福的写作境遇相同,都是为了在市场上销售而写作。前者是为生活所迫,后者的主业是商人,但财务状况不佳。贝恩在小说创作领域已经达到了其所处时代能达到的极限,一如笛福的小说成就也只能达到自己所处时代的极限。

第三节 无根的反抗:女性意识拓展的矛盾性

《欧奴诺可》是一部带有明确道德目的的作品,面对世风日下的社会,贝恩在写给梅特兰大人的信中强调贵族必须充当道德示范:

> 君主要为世人垂范,身居高位者也应该成为社会的典范人物。美德是一门高贵的课程,需要学习才能获得,通过比较我们才能学会判断和选择。阁下即为杰出的道德楷模,世人如能效法,则世风必能改善。那些空有贵族头衔,但懒于修身养性者在阁下面前一定感到羞愧难当,尤其是当他们亲眼看到阁下如此年轻就取得如此高的丰功伟绩更加会自叹弗如。(*Oroonoko*:4)

贝恩表面上在恭维梅特兰大人的高风亮节,实际上带有明显的道德说教意图,说明她与前期复辟文学中道德混乱的传统已经发生了决裂。奥德瓦尔·霍姆斯兰德认为:"贝恩在《欧奴诺可》中不仅哀叹帝国丧失了苏里南殖民地,而且表达了1688年光荣革命之后的英国必须恢复贵族高贵品德价值观的愿望。"[①]十六世

[①] Oddvar Holmesland. Aphra Behn's 'Oroonoko', Cultural Dialectics and the Novel. in *ELH*, 2001,68.1:62-63.

第四章 殖民与叙述：女性意识的空间拓展与早期现代社会的矛盾性

纪以后,贵族的价值观开始呈现衰败趋势,而商人阶层的价值观逐渐占据主导地位。复辟时期戏剧的观众群体变化趋势是从庭臣贵族为主逐渐向市民阶层为主转变。所以,复辟时期以愉悦上层贵族为导向的戏剧越来越不能满足商人阶层的需求,这也给以市场为中心的现代小说的诞生提供了历史机遇。不过,优秀的文学作品,并不只是单单适应观众的口味,而是一方面充分理解过去的价值观的存在意义,另一方面又在痛苦地吸纳并且创造新的价值观,只有在二律背反的矛盾上,才能创作出伟大的作品,《欧奴诺可》即属于此类作品。

（一）女性意识主导下的道德教化

阿芙拉·贝恩在献辞中多次说明欧奴诺可应该被当作典范为世人铭记,而且当得起"梅特兰大人的庇护"(*Oroonoko*:5)。欧奴诺可作为道德上的楷模首先表现在他对于爱情的忠贞,使得他与复辟时期戏剧中常见的贵族浪荡子形象有着明显的差别。按照非洲的风俗,男人允许三妻四妾,但欧奴诺可却忠贞不渝。老国王听闻了伊默恩达的美貌后欲将其霸占。抢走她的人既是国王又是自己的祖父,这造成了王子重新夺回妻子的伦理障碍,即他必须避免弑君禁忌。王子打猎归来得知依默恩达已经被国王强行带进了后宫。他的愤怒像风暴一样强烈以至于仆人们都不能阻止他疯狂地击打自己的身体。王子之所以自虐,是因为他陷于强烈的伦理悖论中不能自拔。这和哈姆莱特为父复仇所面对的伦理困境是一致的,只不过哈姆莱特的"To be , or not to be, that is the question"显示出的是他的犹豫、延宕和软弱,而欧奴诺可在面对同样的困境时,他的感情是外显的。欧奴诺可的疯狂举动与哈姆雷特的内敛形成鲜明对比,但都是主人公不能解决伦理两难问题而导致的悲剧。欧奴诺可没有采取任何营救行动,结果

烟雾笼罩中的权力：论阿芙拉·贝恩作品中的女性意识

导致依默恩达被卖给奴隶贩子。即便是他得知妻子已经被卖做奴隶，也只是深陷于悲哀和痛苦之中无计可施。欧奴诺可一方面不愿意破坏荣誉秩序，另一方面又具有崇高的爱情道德。正是他极度遵守政治与爱情伦理才造成了行为上的犹疑不决，也使他变成了情感上的巨人和行动上的矮子。

欧奴诺可道德意识中另一个重要特征是他对荣誉的极为推崇。欧奴诺可跟随来自法国的教师学习人文知识。"他在那里学到如此多的关于人性的知识。同时也赋予了其完善的人格。他懂得了灵魂真正的高贵所在，也认识到什么是真正的荣誉和纯粹的无私"(*Oroonoko*:14)。他对荣誉的重视决定了必然不会杀死老国王，做出违背伦理的行动，同时也为自己后来的悲剧命运埋下了伏笔。

欧奴诺可被船长欺骗囚禁在运奴船之后，他被戴上了镣铐，动弹不得，因此请求船长给他松绑，但对方却不肯相信他的承诺。随后，他详细阐明了荣誉在自己心目中的崇高位置：

> 你告诉船长，我既然已经用我的荣誉担保。如果我食言的话，就会被正直勇敢的人们唾弃，就连我自己也会感到无尽地痛苦。我的欺骗行为简直伤害了所有人。我岂不是成了千夫所指、人神共愤的罪人？世人才不会关注上帝有没有惩罚恶人，或者即便是惩罚了也是非常秘密地进行的，要么就是遥遥无期。因此，犯罪之人自己感受到痛苦才是真正的惩罚。失去了荣誉的人每时每刻都要受到正义世界的蔑视和嘲弄，每天都要因为臭名昭著生不如此，因为名誉比生命还要重要。(*Oroonoko*:39)

欧奴诺可的道德劝诫非但没有起到感化船长的作用，反而让

第四章 殖民与叙述:女性意识的空间拓展与早期现代社会的矛盾性

其窥伺到了自己的软肋。狡猾的船长判断王子不过是个迂腐的道德主义者,即便他武艺高强,也不会对自己造成伤害,所以解开了其身上的镣铐。他中了白人的奸计被胁迫到苏里南以后,随即被命名为恺撒,这也反映了作者认为王子像古罗马帝国的恺撒大帝一样有着至高的荣誉感。欧奴诺可在动员黑人团结起来进行反抗的演说中也认为只有以荣誉的形式获得奴隶才是合法正义之举:

> 受苦受难的同胞们,为什么我们要做素不相识的异乡人的奴隶?他们岂是在战争中正大光明地战胜了我们?难道他们是在令人尊重的战斗中战胜了我们么?倘若如此的话,即便是做奴隶也不会使任何一颗高贵的心愤怒,也不会让任何一个战士的灵魂发狂。(*Oroonoko*:62)

由此可见,欧奴诺可认为只有通过战争的形式获得奴隶才符合伦理规范。如果仅仅采取道德批评的立场,我们有理由指责他竟然将残酷的战争视为充满荣誉感的行为,而他参与出售奴隶的行为实际上使其变成了奴隶贩子的帮凶。但我们更需要历时性地探讨欧奴诺可有关奴隶制度矛盾认知产生的历史原因。从他的演讲中可以间接了解到非洲部落的奴隶制是建立在公平决斗的伦理规范基础上的,而不是像英国殖民者那样用阴谋诡计。随着英国奴隶贩子的到来,获胜的一方也可以选择将战俘卖给他们牟利。非洲战争中产生的奴隶在殖民地和商业资本下的现代奴隶制巧妙结合起来,带给非洲人民巨大的苦难。商业资本追逐的是利润最大化,奴隶贩子为了获得更大的利润,不惜采取诱骗的方式将欧奴诺可及其仆从悉数押运到苏里南为奴即是证明。

欧奴诺可拥有极高的道德荣誉感,所以他也被无条件的尊

烟雾笼罩中的权力：论阿芙拉·贝恩作品中的女性意识

敬。贝恩借此宣扬了绝对君主观，即在任何情形下臣民都不应该抛弃他们的君主。查理一世的书信被曝光以后，国王的威信已经在民众心目中大打折扣，而随着君主人头落地，国王的权威也遭受了巨大打击。欧奴诺可身为王子却享受这民众无条件的爱戴，即便是他将这些人都卖到苏里南做了奴隶，他们还是一如既往地尊其为王：

> 即便欧奴诺可此时身为奴隶，人们还是一如既往的地尊敬他，而且这些都是他们发自内心的行为，并不是刻意为之。人们一靠近这位高贵的王子，就对其崇拜得五体投地。只见他的眼睛毫无表情地接受着众人的仰慕，其一举一动早已潜移默化地深入众人灵魂。(*Oroonoko*:43)

莫瑞亚·弗格森认为："保王党读者会很自然地将欧奴诺可与查理二世联系起来。贝恩在《欧奴诺可》中表面上讲述的是关于非洲的故事，实际上隐晦地表达了自己对于神圣权力的赞成。在她看来，十七世纪的革命分子以及背叛国王事业的叛徒都应该被申斥谴责。"[①]贝恩通过欧奴诺可的形象象征性地表达了高贵的反而被低贱的摧毁这一悲剧事实，以此唤醒大众的良知，使之重新团结到斯图亚特宫廷麾下。欧奴诺可抵达种植园以后，奴隶们对于他的到来表现出的崇敬举动更加证明了欧奴诺可身上王族气质的高贵：

> 那些黑人全都停下了手头的工作，围拢到王子身边争相一睹其仪容。最后他们发现眼前的这位奴隶竟是从前的王子。正是他把这群人中的大多数从非洲卖到了美洲。但是他们并不恨王子，反而发自内心地对伟大的人物表示尊重。

---

① Moria Ferguson. Oroonoko: Birth of a Paradigm. in *New Literary History*, 1992, 23. 2:355.

第四章 殖民与叙述:女性意识的空间拓展与早期现代社会的矛盾性

尤其是当这些奴隶与王子认识的情况下,他们一看到欧奴诺可就又惊又喜,全都匍匐在他的脚下,用非洲方言山呼:国王万岁!国王万岁。"接着又亲吻他的脚,把他当作神明一样崇敬。(*Oroonoko*:41)

阿芙拉·贝恩通过夸张地描写欧奴诺可身上具有的如神性一样的高贵气质,试图恢复英国民众无条件尊敬君主的政治道德。安妮塔·帕彻科认为:"在贵族意识形态中,荣誉被赋予在公共空间发挥独特作用的阶层。他们因为社会职能不同,因此需要具有权威以及其他阶层的尊敬。荣誉意味着一种内部机制。只有具有荣誉感,贵族才能超越凡人的恐惧与欲望,然后才能取得公共角色。"[1]以殖民地经济形态为主的苏里南却可以不依赖贵族意识就能实现运转。船长自称运奴船是英国君主的产业,代理总督拜厄姆及其爪牙出身低微,马丁上尉以前曾经为克伦威尔政府服务,这些在英国国内原本不在一个阶层的人到了殖民地之后,他们的身份却变得一致。只要他们拥有种植园以及奴隶就会被认可为有资产之人。大家不会去过问其出身,也没人关心获取财富的方式是否道德。

贝恩敏锐地发现了苏里南混乱的社会结构与王纲解纽的英国国内有诸多相似之处。两地的无序都是因为贵族的失范以及唯利是图的商人阶级崛起造成的结果。船长与代理总督拜厄姆都是以邪恶道德实践商业殖民主义的资本家。两人的共同点是言而无信、阴险狡诈、凶狠残酷。欧奴诺可的千金一诺与船长等人的食言而肥形成了鲜明的对比。不关心现实的黑王子在多次上当以后亦开始怀疑自己信奉的绝对贵族理念是否已经不合时

---

[1] Anita Pacheco. Royalism and Honor in Aphra Behn's Oroonoko. in *Studies in English Literature*,1994,34.3:496-497.

烟雾笼罩中的权力：论阿芙拉·贝恩作品中的女性意识

宜。就连女叙事者"我"也在利用欧奴诺可的弱点。她之所以不遗余力地向其灌输古罗马的英雄故事,是因为传统荣誉观正好可以束缚住危险的勇士。拜叟姆更加了解自己的对手,他很清楚根本不需要亲自动手杀死欧奴诺可。只需要侮辱他,就能达到毁灭对方的效果。欧奴诺可遭受了鞭刑之后,果然感到生不如死：

> 他们竟公然让我忍受鞭刑之辱,我真想一死了之。我之所以选择忍辱负重苟活于人间,被那些嬉皮笑脸的奴隶指指点点,实在是因为大仇未报。等到我复仇之后,你们就会看到我并不是贪生怕死之人。(*Oroonoko*:69)

欧奴诺可高贵的人格反而成了被对手利用的软肋。荣誉感与高贵人格只有在科拉曼丁才能在维护社会秩序,划分社会阶层以及享有性权力方面发挥作用。由于老国王破坏了这套机制才造成了欧奴诺可的一系列人生悲剧。在苏里南,以殖民地议会成员为代表的商业殖民资产阶级彻底颠覆了荣誉机制。他们实现发财致富的诀窍就是践踏人世间的一切道德,简直成了马克思所说的"资本来到人间,从头到脚都沾满了血和肮脏的东西"①的真实写照。贝恩形容他们是一群"敢于践踏一切宗教和人间律法的狂徒、藐视人世间一切规则的禽兽。"(*Oroonoko*:69)荷兰人夺取了苏里南之后,英国殖民者中的败类有的被吊死,有的被戴上镣铐流放,这也明确说明了贝恩在《欧奴诺可》中的道德教化目的。威廉·C.斯朋格曼指出："贝恩创作《欧奴诺可》也并非仅仅是为了取悦新兴市场然后售卖自己的作品。她的雄心是努力发现历史正在她周围建构的那个庸俗不堪,同时又动荡不已的现代世界

---

① 马克思.资本论(第一卷).中央编译局,译.北京:人民出版社,2004:871.

第四章 殖民与叙述:女性意识的空间拓展与早期现代社会的矛盾性

背后正在消失的理想信念。以上理念皆在传奇叙述中有充分的表现,但在当时也濒临绝迹。贝恩特别希望贵族理念能够幸免于时代变革的冲击,甚至重新崛起成为规训社会秩序的力量。"[1]阿芙拉·贝恩在给梅特兰大人的书信体献辞中反复重申自己创作这部作品的目的是重振遭受巨大危机的贵族荣誉体系,亦体现了作者试图以女性身份参与社会道德重构的决心。

(二)女性意识与殖民意识的冲突

查理二世复辟之后,大多数贵族在革命中被剥夺的土地并没有归还原主,国内的土地矛盾依然尖锐。查理二世以及詹姆斯二世均大力鼓励美洲殖民,这不啻是一种转移国内矛盾的手段。贝恩在《欧奴诺可》中也强调苏里南土地广袤,甚至还有大量地区从未探索。她如此写道:

> 这块大陆疆域无边,几乎还没有人探查到其边界到底在何处,说不定还有比全世界已知的土地还要更宽广的属于国王的土地还没有发现。据说,苏里南连接着东方和西方,陆地的尽头是秘鲁,而另一边就是中国。(*Oroonoko*:76)

丹尼斯·范·瑞恩认为:"贝恩将苏里南与属于国王的土地联系在一起,这也暗示着她认为这块土地本来可以成为斯图亚特王朝的殖民地。她之所以将苏里南与中国和秘鲁相提并论,是因为在当时英国人的心目中,中国是最为古老的君主制国家,而秘

---

[1] William C. Spengemann. The Earliest American Novel:Aphra Behn's Oroonoko. in *Nighteenth-Century Fiction*,1984,38.4:391.

烟雾笼罩中的权力：论阿芙拉·贝恩作品中的女性意识

鲁则有着数量众多的金矿。"① 联系到大量保王党人在革命中丧失了土地变得穷困潦倒的现状，不难发现贝恩在此夸耀地展示苏里南富饶广袤的土地的真正用意，即吸引更多的保王党人来到此地进行殖民开拓，并且做国王的土地代理人。《欧奴诺可》中的女叙事者"我"虽然在殖民地没有政治身份，但也参与了殖民的治理。"我"以及特里弗莱均将欧奴诺可当作朋友：

> 我们将他当作管理黑奴的人而不是奴隶看待。当然按照种植园内的惯例，也给他分配了需要他负责的地块，栖身之所以及应该做的工作，但这只是掩人耳目而已，实际上从没有人强迫他去劳动。他只是有着奴隶的身份，但从未像奴隶一样做苦工。有时候他在家里还要接受黑奴慕名而来的拜访，因为只要他一出门去那些黑奴工作的种植园就会引起一阵骚动。(*Oroonoko*:44)

"我"与特里弗莱采用了一种更复杂的殖民地治理机制，他们"总是试图促成殖民者与黑人奴隶形成一种乌托邦式的和谐"② 小说中多次提到特里弗莱以及"我"接近安抚欧奴诺可的方式都是"以其感兴趣的事娱其志。"特里弗莱以广博的知识和妙语连珠的谈吐让对方认为"他的脸上呈现出绝不说谎以及襟怀坦荡的神情，眼神里也透着诚实。"(*Oroonoko*:44) 两人有着共同的价值观，即都认可"才华出众之人岂能为恶"(A man of wit could not be a knave or villain)(*Oroonoko*:44) 欧奴诺可很快与他建立了友谊，他

---

① Denys Van Renen. Reimagining Royalism in Aphra Behn's America. in *Studies in English Literature* 1500 – 1900,2013,53.3:512.

② Oddvar Holmesland. Aphra Behn's 'Oroonoko', Cultural Dialectics and the Novel. in *ELH*,2001,68.1:60.

第四章 殖民与叙述:女性意识的空间拓展与早期现代社会的矛盾性

首先关心的是白人如何处置非洲转运来的奴隶,这倒不是处于同情心,完全是因为好奇。两人一起来到黑人种植园之后,众奴隶虽然暂时不知道他的身份,居然也被其高贵气质感染,对其崇拜有加。他在黑奴中的威望显然是特里弗莱看重的可资利用的政治资源。

欧奴诺可与依默恩达在苏里南重逢以后,两人破镜重圆。后来妻子有了身孕,这也使得他对全家的奴隶身份感到愈加焦虑,就连特里弗莱都不能安抚他狂躁的情绪。在这危急时刻,那些害怕欧奴诺可发动叛乱的人恳求叙事者"我"出面和他沟通,目的是尽其所能地让他宽心。接下来,"我"在讲述这段故事的时候不时地流露出一种参与挽救殖民地政治的兴奋之情。"我"用来"娱其志"的方法即是向对方灌输古罗马名人的故事,这样他就能焕发出和我们欧洲人一样高贵的风采。至于依默恩达,"我"先是教她做那些自己从前于闺阁之中掌握的女红,并且给她讲修女的故事,极力地让她理解真正的上帝。"我"通过与欧奴诺可夫妇的谈心赢得了他们的尊重,以至于他亲切地称呼自己为"大女主人"。即便在这种其乐融融的关系之中,彼此依然隐藏着不信任。"我"敏感地发现"最近欧奴诺可最近总是郁郁寡欢,不像从前那么快乐了。他总是一副忧心忡忡样子,而且待人接物也变得犹犹豫豫"(*Oroonoko*:49)于是,"我"直截了当地质问对方是否在怀疑我们不能兑现给他自由的承诺。欧奴诺可的回答显示出"我"的努力初步收到了效果:

> 我回答说你猜忌我们又有什么好处呢?这只会使我们对你感到恐惧,而下一步我们不得不对你采取的措施又是我不愿意看到的,也就是说,会把你囚禁起来。也许这是我最不该说的话了,我看得出来他显然对我说出的那个字眼感到

烟雾笼罩中的权力:论阿芙拉·贝恩作品中的女性意识

愤怒,以至于我接下来无论怎么软化安抚他的情绪都是徒劳。不管怎样,他都向我保证无论自己下了怎样的决心,他绝不会对白人采取任何行动。因为我以及那些在特里弗莱的种植园里对他尊敬有加的人们,所以他宁愿永远为奴,甚至去死也不会对那些不共戴天的仇敌采取一丁点儿的报复行动。(Orooonoko:49)

这是第一次叙事者我在谈论对付欧奴诺可的时候使用我们(us)一词将自己包括在殖民主义者之列。以往一旦特里弗莱等人对欧奴诺可采取行动,叙事者都使用他们(they)将自己排除在外。戴维·E.亨格博格认为:"《欧奴诺可》中的叙述者也是小说中的一个重要人物。她与王奴过从甚密,利用交游宴乐转移欧奴诺可的视线,让他不要再动心思反抗。她的所作所为客观上起到了稳定殖民地的作用,这也是符合白人殖民者利益的行为。"①叙事者"我"依然认同自己的殖民主义者的身份。

欧奴诺可在小说中是一个身份矛盾的人物。他根本不用像其他奴隶一样做苦工,而是过着悠闲的生活。叙事者"我"认为他生性粗鲁,性格凶猛,这种精神不可能通过闲散的逸乐消磨掉。"(Oroonoko:51)他在苏里南与人赛跑、扔标枪。他还打猎、捕鱼,杀死像怪兽一样的猛虎、大蛇。"但是这些行为显然也不能和其伟大的灵魂匹配,"尤其是他完成了几件著名的事迹之后,其高贵的灵魂又呼之欲出了。"(Oroonoko:51)可见,"我"认为欧奴诺可始终是殖民地的危险因素,尽管自己和特里弗莱已经尽了最大努力试图时期按照他们设计的轨道行动,但是他因为个性冲动,所以依然不能赋予他完全的信任。于是,接下来"我"计划了对付欧奴

---

① David E. Hoegberg. Caesar's Toils: Allusion and Rebellion in Oroonoko. in *Eighteenth - Century Fiction*, 1995, 7.3: 251.

第四章 殖民与叙述:女性意识的空间拓展与早期现代社会的矛盾性

诺可的方略:

> 我觉得我们不能随随便便地就完全信任他。但是另一方面我们亦不必对其感到恐惧。我们必须统一思想,公正地对待他,这样就能使得他的行为处于可控的范围之内。当然,他被允许到那些黑人种植园的次数越少越好。如果他非得要去,我们也要派一些人伪装成仆人,暗中监视他的一举一动。(*Oroonoko*:53)

"我"的表现并不像是一个初出茅庐的无知少女,倒像是一位运筹帷幄的政治老手。她的这一套策略果然受到了效果,欧奴诺可接下来又和白人殖民者相安无事地相处了一段时间,而且还帮助他们除掉此地的猛兽,并陪同他们一起到印第安部落探险。上述情节写得细致入微,举凡人物的行动、语言甚至心理揣测都拿捏得颇有分寸,尤其是第一人称内聚焦的形式叙述显得更加生动真实。

《欧奴诺可》中的"叙事者闯入"也是呈现女性意识的表现。即叙事者所说的"题外话"[①](diversions)。"我"在成功安抚了欧奴诺可的情绪之后,文中也出现了一大段兴味盎然的题外话。讲的是查理一世如果能亲眼见到苏里南的富庶广袤,断然不会将其拱手让与荷兰云云。接下来,我又以长达四、五百字篇幅的文字向读者介绍了此地的宜人气候以及自然资源。拉梅什·玛里佩蒂认为:"贝恩在《欧奴诺可》中以欣喜的语调渲染了一个新世界。她迫不及待地向读者展现那里的各种奇异动植物以及诸多奇珍

---

① 黄梅语。

烟雾笼罩中的权力：论阿芙拉·贝恩作品中的女性意识

异品。"① 贝恩这样做的目的无非是向读者表达英国将苏里南殖民地让与给荷兰的惋惜之情。"贝恩前后共五次强调荷兰人从英国手中夺取了苏里南"。② 荷兰人夺得苏苏里南之后，残酷地屠杀印第安人，结果造成了殖民者与土著之间关系的紧张。贝恩在《欧奴诺可》中表现了英国人善于治理殖民地，而荷兰人却残忍贪婪，这也反映了叙事者"我"对于殖民地与国家政治之间关系的态度。安妮塔·帕彻科认为："贝恩借叙事者之口在此哀叹的是英国的权力在西印度地区的削弱。殖民体系因此调和了保王主义与商业资本主义之间的矛盾。"③

阿芙拉·贝恩在一首名为《致声名显赫的克里斯托弗王储，阿尔伯马尔公爵赴任牙买加旅程之际所作品达体诗一首》的诗歌中显豁地表达了自己的殖民主义观。她在诗中劝诫公爵一定不要像其他殖民地官员那样残忍无道，诗中有这样的句子：

> 准备好了么，你们这些被烈焰炙烤的岛国居民，
> 快点来迎接你们敬慕的冉冉升起的朝阳。
> 毕竟这块土地还从未受到如此高尚的人护估。
> 你们勇敢地征服此地，
> 辛勤地劳作，慷慨地向君王纳贡。
> 如今殿下体恤你们的忠诚，

---

① Ramesh Mallipeddi. Spectacle, Spectatorship, and Sympathy in Aphra Behn's Oroonoko. in *Eighteenth - Century Studies*, 2012, 45.4:475.

② Laura L. Runge. Constructing Place in Oroonoko. in Mona Narain and Karen Cevirtz, eds. *Gender and Space in British Literature*, 1660 – 1820. Burlington: Ashagte Publishing Company, 2014: 23.

③ Anita Pacheco. Royalism and Honor in Aphra Behn's Oroonoko. in *Studies in English Literature*, 1994, 34.3: 502.

第四章 殖民与叙述:女性意识的空间拓展与早期现代社会的矛盾性

遂委派公爵来此地协助经营。①

贝恩在这首诗中一方面轻蔑地将殖民地居民称作"烈焰炙烤的岛国居民",而且他们只能接受被统治的命运。殖民者通过征服获得的统治权力完全是正义的行为,所以他们需要向英王纳贡。我们将贝恩此诗中的殖民观与《欧奴诺可》联系起来就会发现叙事者"我"之所以不满拜厄姆等人残杀欧奴诺可,其原因是希望对方能够在维护殖民地稳定方面发挥更大的作用,这样才会使得英国的殖民利益最大化。她反复申明欧奴诺可是奴隶制中重要的一环,杀害王奴无异于杀鸡取卵,最后反而迫使对方变成了敌人。实际上,就连欧奴诺可本人也不反对奴隶制,他骨子里也认为那些人出身卑贱天生就是奴隶。至于他发表的那些激情洋溢的反对殖民者的宣言,毋宁说是对自己悲惨命运的不平之鸣,而非真心出于解放奴隶的目的,我们从起义失败之后他对于黑人同胞的咒骂即可发现。

苏里南的殖民者可以分成两个阵营。一派对欧奴诺可尊敬有加,认为可以通过对其改良使之为殖民当局服务;另一派则主张不管他出身多么高贵,都要把他当作奴隶看待,赞成暴力与欺骗结合的统治模式。两派争论的焦点是要不要将欧奴诺可吸收进殖民地统治阶层。许多批评者已经认识到《欧奴诺可》本身并不是一部反奴隶制的文本,②问题是为何文本中出现了如此多地

---

① Aphra Behn. To the Illustrious Prince Christopher, Duke of Albemarle, on his Voyage to His Government at Jamaica:A Pindarick:London, 1687.

② 苏珊·Z. 安德雷德认为:"很明显《欧奴诺可》并不是一部反奴隶制的叙事性文本。"See Susan Z. Andrade. White Skin, Black Masks:Colonialism and the Sexual Politics of Oroonoko. in *Cultural Critique*,1994(27):193.; 戴维·E. 亨格博格认为:"已经有许多批评家注意到了贝恩在《欧奴诺可》中的隐喻中体现出的意识形态矛盾。从未真正质疑殖民体系本身。"See David E. Hoegberg. Caesar's Toils:Allusion and Rebellion in Oroonoko. in *Eighteenth - Century Fiction*,1995,7.3:249.

烟雾笼罩中的权力：论阿芙拉·贝恩作品中的女性意识

对于奴隶制的质疑声音？为何"我"又时而流露出对于欧奴诺可命运的同情？以上问题要涉及贝恩的女性意识与人物形象矛盾性之间的关系，我们将在下一节中讨论这些问题。

（三）女性意识与人物形象矛盾性的关系

《欧努诺克》中的核心人物都充满了矛盾性。欧奴诺可身为黑人，却喜欢欧洲文化；他是威武勇敢的武士，同时在女性面前又温柔如水；就连他的外貌也充满矛盾，皮肤是黑色的，但却长着罗马人一样高耸的鼻子。正如黄梅所说："欧奴诺可的形象本身是个矛盾集合体。"[①]欧奴诺可形象矛盾性产生的原因在于其文化身份上的杂糅以及社会身份上的巨大反差。他在非洲的时候接受了欧洲文化的熏陶，并且心向往之。到了苏里南之后，"我"又给他灌输了不少古罗马文化。这些都造成了他对于非洲文化的疏离，以至于无法与同胞同仇敌忾发动起义。除此之外，他又是作者女性意识主导中的理想男性。他对爱情专一，同时又愿意和女性平等相处。但他有是黑人，所以小说中的女叙事者"我"又不可能对其完全信任。种族、阶级、性别等诸多因素集合在同一个人物身上构成了"矛盾集合体"的形象。依默恩达身上也存在着前后矛盾之处。该人物基本符合父权制下温柔恭顺的女人形象。在非洲宫廷的时候，她完全不敢反抗老国王的淫威，只能被动地充当男性欲望的对象。到了苏里南，她完全听命于欧奴诺可的命令安排。但在同白人殖民者作战的过程中，她又像"女勇士"一样地参加战斗，并且杀死了好几个敌人，还用弓箭射伤了仇敌拜厄姆。对比贝恩之前在戏剧中创作的诸多反传统女性，依默恩达的反抗毕竟是有限的，这也和她晚年日趋保守的女性观有明显的联

[①] 黄梅. 推敲"自我"：小说在18世纪的英国. 北京：生活·读书·新知三联书店，2003：23.

第四章 殖民与叙述：女性意识的空间拓展与早期现代社会的矛盾性

系。印第安人形象在小说前后也存在明显的不一致之处。一开始，她笔下的印第安人善良温和，像是生活在伊甸园的人类祖先一样善良无知。但是，叙事者"我"在探险之旅中发现的印第安人却残忍恐怖。印第安形象的前后差异与作者的叙述目的有关。她一开始要宣扬苏里南的美好，所以要将此地的土著进行美化，而一旦殖民者真正前来开疆辟土，她又觉得有必要告知其事实真相，遂造成了前后矛盾。

由于女叙事者"我"的讲述才造成了欧奴诺可、依默恩达以及印第安人形象上的矛盾，那么"我"这个人物本身势必也包含矛盾性。"我"的确与之前英国文学史上的女性形象有显著差别。她既不是传奇中为情所困的贵族小姐，也不是男性争夺的对象。这样一个特立独行的女子实际上自始至终游离于男性的欲望之外。小说中的男性人物都不可能将眼光聚焦在她的身上，男性反而要处于她的权力、凝视之下。她虽然也会做女红，但是更愿意参与男性活动的领域，并且表现出男性气概。她敢于跟随欧奴诺可一起外出探险，并且亲自考察印第安部落的情况，对土著的风土人情、生活习惯以及语言能力都做了详细精确的记录。但是，另一方面她的权力又极其有限。她虽然自称自己在殖民地拥有足够的权威，但是每次遇到欧奴诺可身陷险境，她不仅无能为力，还要为自己寻找借口开脱。她虽然为自己作为女性拥有了讲述的权力感到兴奋不已，但又为之感到迷茫，只能通过变换第一人称"我"和"我们"来逃避责任。从性别上看，她作为"我们"加入的群体是女人；从政治上看，"我们"又将自己与殖民者包含在内。"我们"只不过是从表面上声援了女叙事者的权威，但是不可能从根本上改变女性在政治等上层建筑上没有位置的现实。人称的变换反映了"我"在叙事过程中聚焦的漂移不定，同时也说明了聚

烟雾笼罩中的权力：论阿芙拉·贝恩作品中的女性意识

焦者本人对自己身份的焦虑。

"我"一开始并没有公开自己的女性身份，直到故事进行了三分之二的时候才交代了自己的性别以及家庭。不过，在她公开了自己的女性身份之后，又急忙交代了为何由自己这样一位女子来讲述并记录故事的原因，其心虚之情溢于言表。特别是在故事结束之际，她又以极尽卑微之能事的语调为女性叙述的僭越请求男性的原谅：

> 这位伟大的人物就这样死了，他本来可以有更好的命运，由那位比我拥有更崇高才气的绅士撰写传颂之作。但我希望自己的文名足以使他光荣的名号永垂不朽，同他一起相伴的那位勇敢、美丽、忠诚的依默恩达也能永远被世人铭记。(Oroonoko:66-67)

考虑到剧坛的阿芙拉·贝恩经常大胆地与挑战男性权威，贝恩在《欧奴诺可》中谦逊的态度让人们感到惊讶。但也存在另外一种可能，即她并不愿意在男性控制的书写领域过于极端地挑战男性的权威，因为那样只会影响作品的销量。她或许在构思的时候已经预见到了此书的目标读者不是购买传奇的女性，而是走南闯北的男性。这样我们就能解释有关苏里南风物的描写为何接近科学散文了，显然是为了激发起那些没有文学想象力，专注于商业贸易的读者的吸引力。

在父权制依然稳固的年代，使用符合父权制的表面话语做掩护也是女性发出自己声音的特殊手段。用伊莉佳蕾的话来说，"表面文本是一种'裂变的极致'(disruptive excess)，或曰'拟态模仿'(mimicry)，它故意采取女性立场，通过暴露自己卑微无助的具体细节(同时也暴露了对霸权话语的依赖关系)来夸大女性特

第四章 殖民与叙述：女性意识的空间拓展与早期现代社会的矛盾性

征,以此获得颠覆性的效果。"①实际上,阿芙拉·贝恩为自己进入写作领域极力辩解以获得男性的谅解无疑也是一种表面文本,目的同样是为了表达出女性声音。叙事者"我"为在殖民地获得的政治权力颇为满意,我们发现凡是"我"的女性意识受到压制的部分,从文字叙述上看都比较生硬,失去了旅行叙事中肆意表达自我的快意。

小 结

阿芙拉·贝恩在《欧奴诺可》中实际上给苏里南殖民当局提出了一种女性意识主导的政治治理建议。殖民地"通过特定的时空位置为这个特定的女性提供了空前的活动空间。"②"我"在殖民地公共空间的行动表现了女性意识在殖民与叙事方面的拓展。因此,《欧奴诺可》中的矛盾性产生除了转型时期早期现代社会英国社会决定之外,也与作者的女性意识主导有明确的关系。贝恩在写作该小说的时候已经穷困潦倒、病体连绵,但是她已经意识到了不断增长的商人阶层的力量,以及即将到来的新时代本身蕴藏的双重属性与矛盾性。毕竟她所忠心的斯图亚特王朝已经"无可奈何花落去",即将到来的新世界亦即将与她无关。尽管政治宣传也是《欧奴诺可》创作的直接动机之一,但这部作品的真正意义,似乎不能仅仅用政治动机说明。光荣革命前夕动荡的政治环境可以说是小说创作的契机,但是作品的意义已经大大超越了其政治属性,实际上远远超过了单纯的政治目的。《欧奴诺可》正是

---

① 转引自：苏珊·S.兰瑟.虚构的权威：女性作家与叙事声音.黄必康,译.北京：北京大学出版社,2002:13.

② 黄梅.推敲"自我"：小说在18世纪的英国.北京：生活·读书·新知三联书店,2003:27.

烟雾笼罩中的权力:论阿芙拉·贝恩作品中的女性意识

小说文体从初创阶段向现代小说过渡过程中具有特殊地位的基石。韩加明认为:"从各方面看《奥罗诺考》(《欧奴诺可》)都足称小说先驱,遗憾的是三百年来批评家和作家一直试图贬低甚至抹杀本恩的贡献,直到现在才得以还历史的本来面目。"①至于,贝恩为什么没写出像《鲁滨孙漂流记》一样的作品?一是时代使然,当时仍然处于修旧时代的过渡时期,她在小说文体上的创新与继承也反映了新旧交替时代的矛盾性;二是市场使然,当时纸张昂贵,印刷成本也比较高,所以小册子规模的小说更容易销售。不管怎样,贝恩在小说发展上已经竭尽全力,她在写作《欧奴诺可》的时候健康情况极差,已经没有精力再去创作像《一个贵公子与其妻妹的通信》(*Love Letters from a Noble Man to His Sister*, 1685)这样的长篇作品了。

---

① 韩加明.18 世纪英国小说叙述理论概观.欧美文学论丛,2003(3):217.

第五章　皴染与主导：女性意识影响下的人物形象塑造

阿芙拉·贝恩通过文学介入性别重构以及政治并不止于传达自己的女性意识或者政治观点。她首先是一位塑造了众多个性丰满的人物形象的文学家。下文从文学内部研究角度分析人物形象带有两方面的考虑。一是人物形象研究是传统的文学分析方式，采用此种视角可以更加凸显贝恩研究的文学性。如果我们仅仅将贝恩的写作看作传达女性思想和政治意识的传声筒，这样无疑会减弱作家的文学价值，甚至使其文学创作变成了政治的附庸；其次，在前文分析的过程中，始终有一个矛盾无法解决，即贝恩的作品包含诸多矛盾性，诸如结构、文体、人物形象都存在前后不一致之处。那么，造成这些矛盾性的原因是什么？实际上，我们只要能解决人物形象矛盾性的成因，作品的结构矛盾、文体矛盾等问题亦可以迎刃而解。当然，这并不是说贝恩作品中所有的人物形象都存在性格与行动方面的矛盾，有些人物形象是极为统一的，反倒是其笔下那些最重要的主人公具有不可思议的矛盾性，而这些人物却最为读者津津乐道。如此一来，笔者认为这种充满矛盾性的人物恰恰应该成为我们关注的要点，并且追问到底是什么样的社会变化因素支撑了情节和人物前后矛盾这种反常美学逻辑的出现。

烟雾笼罩中的权力：论阿芙拉·贝恩作品中的女性意识

第一节 女性意识节制下的男性人物形象塑造

阿芙拉·贝恩是一位带有托利党精英意识的女作家。她塑造的男性人物大多数来自贵族阶层，其中既有玩世不恭的浪荡子，又有一往情深的痴情郎。她看待男性的眼光不可避免地受到女性意识的皴染，并且根据自己的爱憎好恶将他们分成两个阵营。同情女性的兄长、忠诚爱情的恋人以及接受女性改造的浪子势必都是作者赞许的对象，而那些冷酷无情、唯利是图的父兄以及玩弄女性的好色之徒大多数受到了无情的嘲讽。

（一）父权制的削弱：孱弱的男性形象

在封建时期的英国，"国家给予父权体质原则的支持，在产生待君如父的责任感上起到了很大作用"①。查理一世被送上断头台，动摇的不仅仅是君主制，而且以弑父这一颇具象征意义的事件动摇了家庭之内的父权制。再加上继任者查理二世以及詹姆斯一世混乱放纵的私生活，无疑揭除了父权制庄严肃穆的面纱。种种现象表明，父权制和其他意识形态一样在复辟时期的英国产生了断裂，这恰好为贝恩在作品中以喜剧的形式戏谑父权制，提供了社会基础。贝恩笔下父权制的代表——父亲或兄长的力量并没有莎士比亚戏剧《罗密欧与朱丽叶》中的那样强大。《荷兰情人》中的父亲卡洛做主将女儿尤菲米娅嫁给荷兰商人，但是哥哥洛维斯却站在了父亲的对立面，帮助妹妹追求自由婚姻。该剧中真正邪恶的父权制家长代表是昂布鲁索与马塞尔父子。兄长马塞尔凭自己的意愿将妹妹希波吕特许配给了好友阿隆佐，得知希

---

① 劳伦斯·斯通.英国的家庭、性与婚姻：1500-1800.刁筱华，译.北京：商务印书馆，2011：104.

第五章 皱染与主导:女性意识影响下的人物形象塑造

波吕特已经失身于安东尼奥之后,不惜要杀害她以维护家族荣誉,体现出父权的残暴。无爱的家庭最终造成了疑似私生子的西尔维奥与妹妹克莱恩特之间差点发生乱伦悲剧。该剧是贝恩作品中父权形象比较阴郁的一个戏。乱伦情节以及希波吕特失身使得剧情几度都有朝向悲剧发展的可能。但是,贝恩不惜破坏戏剧结构的稳定,使得情节最终朝向喜剧的方向发展。作者的女性意识在此决定了剧情发展的方向。

《漫游者》(The Rover)一剧中的彼得罗作为兄长行使父权,但他也最终默许了妹妹的自主婚姻。兄妹间在经济上平等。海伦娜拥有不可思议的巨额财富可供支配。贝恩或许意识到女子在现实的英国不可能拥有财产,该剧也和莎士比亚的《威尼斯商人》一样将背离英国传统的女性活动空间设置在意大利。彼得罗并没有完全发挥出自己的权力,但他的确试图控制妹妹的婚姻权力,只不过最后无功而返。剧中最为邪恶的男性是布伦特(Blunt,"傻瓜"之意)。他不仅秉持玩弄女性的人生信条,而且企图与好友一同轮奸慌乱中跑到宅子里避难的弗洛琳达。布伦特后来中计被剥光衣服,丢到污水沟,受到了无情的嘲弄。这也反映了贝恩的女性主导倾向,即她会最大限度地削弱男性的权力。

阿芙拉·贝恩不仅在作品中限制了父权制权力,而且不遗余力地削弱父权制权威的来源——男性气概。进攻性是男性气概的重要表现。哈维·C.曼斯菲尔德认为:"应该将进攻性从男性气概提升到坚定主张的层面。"[1]如果说《漫游者·第一部》中以强奸这一极具暴力的情节表达了男性的进攻性,那么贝恩在第二部中则通过削弱男性的进攻性达到削弱男性气概的目的。布伦特在《漫游者·第一部》中被妓女捉弄以后,产生了极端的厌女情

---

[1] 哈维·C.曼斯菲尔德.男性气概.刘炜,译.南京:译林出版社,2009:75.

烟雾笼罩中的权力:论阿芙拉·贝恩作品中的女性意识

绪。但是这次他为了获得十万英镑,居然宁愿委身于长相如怪物的女子,真是莫大的讽刺!贝恩以喜剧反讽的手法让布伦特从一个对待女性粗野暴力的莽夫转变成了在女性面前小心胆怯的懦弱之辈。他虽然极度讨厌长相丑陋的犹太女子,但还是假惺惺地说了很多肉麻的恭维话:"我的袖珍小情人,你就是女性优点浓缩的代表。我们刚才那会还在侃侃而谈,但因为我俩都是爱情的生手,因此感到特别害羞,说实话这还是我第一次坠入爱河。"(*Rover Part II*:258)布伦特此时表现得像是一个胆小害怕的女人,而袖珍女子虽然身材矮小,却充满男子气概,一开始就申斥对方简直像个哑巴。贝恩成功地将在《漫游者·第一部》中对待女性充满暴力的布伦特去除了男性气质,同时在性别反转中实现了两性特征的重构。

以布伦特为代表的男性被迫表现出女性气质,他们的个性变化其实是在经济理性的作用下做出的调整。他们要想获得犹太女人的金钱,必须通过取悦女子才能实现。为此,他们不仅将长相畸形,形同怪物的姐妹当作绝色美人,而且相互之间展开了激烈的争夺。贝恩以讽刺的手法揭示了围绕在身体之外的权力操演,亦即金钱施加于人们欲望上的改变。德雷克·休斯认为:"金钱已经凌驾于身体之上,而且决定了人们对身体的认知。两位身体丑陋如怪物的女子不仅被男人争相追求,而且被赞誉美艳绝伦,其背后的原因也是因为她们有钱。"[1]贝恩以极具象征性的情节表现了在金钱社会中,外在的物质已经深刻地渗入到人的精神结构。费瑟福望着那巨人般的女子也不由得赞扬她的美貌:"那戴着昂贵珍珠项链的脖子看起来是多么可爱动人。"(*Rover Part II*:290)他在旁侧偷看熟睡中的犹太女子,首先进入其视野的却是

---

[1] Derek Hughes. *The Theatre of Aphra Behn*. London:Palgrave, 2001:129.

第五章 皴染与主导：女性意识影响下的人物形象塑造

外在的物质，以至于在金钱的作用下使得原本畸形的女性身体在他眼中也变得美丽动人起来。犹太女子根本没必要借助于江湖术士的魔幻浴水恢复容貌。金钱本身就是最好的变形良药，它能从根本上改变男人的欲望结构，并使之发生有别于传统的扭曲和变形。费瑟福父权凝视的中心已经发生了变化，他不得不屈服于巨人女子的高大身材以及财富，并且感到自卑，从而丧失了男性气概。

贝恩在《漫游者·第二部》更加显豁地讽刺了臣服在金钱权力之下的男性的丑态。剧中有两位身体畸形的犹太女子，一个身材高大像巨人，另外一个是侏儒。但是她们家资丰厚，于是导致了四个男人对她们的疯狂争夺。这些男人制定了勾引这对姐妹与其结婚，然后获得她们财产的计策。威尔莫及其好友几乎都参与到对她们的欺骗行为之中。威尔莫自己则自告奋勇伪装成拥有灵丹妙药的江湖术士。一开始，两位丑角人物费瑟福和布伦特还兴致勃勃地讨论如何分配那两位犹太姐妹。但是当他们第一次看到她们畸形的身体时，还是大吃一惊，只见那位身材高大的女子就像是"女卡冈都亚，活脱脱是一个穿着裙子的赫拉克勒斯。"(*Rover Part II*:257)《漫游者·第二部》以费瑟福"吞吃——排泄"项链这一讽刺性情节进一步无情地解构了男性高高在上的父权制地位。费瑟福渴望地注视着犹太巨人脖子上的项链，最终决定窃为己有，而且因为惧怕被别人发现，将它们吞进了肚子，还一边说："吞下这些价值三、四千英镑的心形珍珠真是一件惬意的事情。"(*Rover Part II*:290)后来事情败露，费瑟福一开始被威胁要被送去开膛破肚，后来采用了灌肠的方式让项链物归原主。海蒂·亨特指出："费瑟福吞下珠宝的行为类似于对身体的强奸，但是这种比喻实际上将珠宝也类比为另一个身体，确切地说珠宝并未发挥身体的作用。在珠宝被食入及排出的过程中，这实际上是一

烟雾笼罩中的权力：论阿芙拉·贝恩作品中的女性意识

种更加紧密的身体叙事过程，并证明了人的身体已经从属于贵重的、没有生命力的物质。"①贝恩在剧中让男性的身体遭受金钱理性的压制，并且最终采用让珠宝归还其主人的形式打破了男性中心主义叙事中男性权力对于女性身体以及财富的占有。

贝恩在《漫游者·第二部》中还反复使用珠宝以及具体的数字来强调金钱在欲望重构中发挥的不可替代的作用。阿丽雅德妮和拉·努澈在打算与威尔莫私奔时都携带着价值十万镑的珠宝，包括犹太姐妹在内的多位女性都拥有价值十万英镑的财产。贝恩将剧中的女性用同一个财富数字完成了她们身份地位的擦抹。金银珠宝才是现实生活中使人脱胎换骨的神奇药水，任何人的身体都可以在里面实现升华。十万这个金钱数字也成了《漫游者·第二部》中让不同女性在男人眼中成为同一对象的标准。贝恩在剧中细致地表现了人的"物化"问题，人在金钱的侵蚀下变成了非人，就连人的身体也被当成了可以交换的对象。珠宝以及金钱取代了女性的个人身份成了男性判断女性的唯一标准。贝恩深刻地认识到了在资本主义蓬勃发展的金钱社会，人的身体已经居于次要地位。德雷克·休斯认为："贝恩在《漫游者·第二部》中描写了男性围绕着资财颇丰的女性的婚姻与爱情交易，因为金钱本身即蕴含着一种认识论以及身体经济学"②贝恩在剧中以极具狂欢化的情节颠覆了男性对于女性身体的认知。剧中的四位男人出于对金钱的渴望展开了对于身体畸形的犹太女子的激烈竞争。

贝恩虽然生活在十七世纪，但是作为原初女性主义者的复辟时期女性剧作家，她的诸多关于女性身体受压制命运的超前思考甚至呼应了当代女性主义思想家朱迪斯·巴特勒的观点。朱迪

---

① See Derek Hughes. *The Theatre of Aphra Behn*. London：Palgrave, 2001：130.
② Derek Hughes. *The Theatre of Aphra Behn*. London：Palgrave, 2001：129.

第五章　皱染与主导：女性意识影响下的人物形象塑造

斯·巴特勒在《身体的重要性》中要解决的一个重要问题就是身体的物质性与性别的表演性之间的关系。贝恩在《漫游者·第二部》中操演了女性身体与性别表演性之间的关系，而且贝恩在作品中表现的不是性别建构过程中重复的过程，而是更加关注了性别规范断裂的可能性。她在《漫游者·第二部》中消弭了文化中固定的女性身体的美丑评价标准。她一方面以喜剧性的手法让男性屈服于金钱欲望，并对畸形的女性身体赞不绝口，从而实现了对男性欲望的嘲讽与颠覆，亦即女性身体的美丑实际上作用于主体的一种文化或者习俗建构；另一方面，贝恩在剧中充分使用了西班牙喜剧中的夜间戏情节，作者在剧中一再强调了在夜色的掩护之下，男性的欲望指向实际上是针对女性这一性别整体，反映了男性欲望中具有的侵略性与流动性特征。正是在这种危险的欲望驱动之下，女主人公阿丽雅德妮与拉·努澈都与错误的情人谈情说爱，而男人虽然明知道对方不是自己的恋人，反而顺水推舟，借口自己遇到好运，借机享受身份错乱带来的性自由。两部《漫游者》解构了不可一世的男性权力。尤其是在《漫游者·第二部》中反复提到十万克朗这个具体的财富数字，无论是贵族女子私奔时携带的财物、妓女拉·努澈的家产还是犹太女子的陪嫁，通通都是十万克朗。剧中的男性在这些金钱数字背后，即可以忽略女性身体甚至身份的差异。金钱日益成为社会的主宰，而贝恩已经敏感地意识到了正在悄然发生改变的社会风气，并且巧妙地运用了资产拜物教伦理来压制男性气概。

如果说贝恩在《荷兰情人》以及《漫游者》中采用金钱等外部力量削弱父权制和男性气概，《裴兴特·幻兴爵士》则是从内部怯魅父权制。幻兴爵士是个包办一切的旧时代家长。她处心积虑地想让侄子和家财丰厚的寡妇结婚。作为一出典型的性喜剧，《裴兴特·幻兴爵士》中的婚姻战役纷乱如麻。幻兴爵士得知侄

烟雾笼罩中的权力：论阿芙拉·贝恩作品中的女性意识

子利安德打算与诺威尔夫人之女结婚之后暴跳如雷：

> 幻兴爵士：什么？你要和露克莱迪亚结婚？你竟然要和全城里最臭名昭著、神经兮兮的寡妇的女儿结婚？难道这城里就没有配得上你的姑娘了？
>
> 利安德：但是你说的那位喜欢异想天开的女士做我的妻子最合适。
>
> 幻兴爵士：当然了，先生。出手阔绰的纨绔子春风得意，但一个穷光蛋风流种子，该死，我真不该说出这让人生厌的词。快醒醒吧，我的公子哥儿。可怜我处心积虑要你把你和那个阔太太结婚，结果竟是给你提供机会去追求她的女儿？[①]

幻兴爵士本来打算安排侄子与诺威尔夫人结婚。他根本不考虑两人的年龄差距，就强迫利安德服从，无非是看重对方的财产。裴兴特得知侄子要和其女儿露克莱迪亚结婚之后，他的言辞逻辑充满了混乱，一面痛骂诺威尔夫人是"臭名昭著、神经兮兮"的女人，另一方面旋即想到要安排侄子与其结婚，又夸赞她是阔太太。在裴兴特看来，服从自己的权威才是合理的，他的撒手锏就是手里的财产，为此他不惜威胁断绝利安德的经济来源，这也是掌控父权的男子控制年轻人的主要手段。不过，幻兴爵士却是一个性格以及能力两方面都比较孱弱的父权制家长。一方面他没办法掌控侄子的婚姻，另一方面年轻的妻子有了私情之后，他竟然也无计可施。诺威尔夫人表示愿意让利安德做自己的女婿的时候，幻兴爵士为了阻挠这桩婚姻，不惜对侄子的品行肆意污

---

① Aphra Behn. Sir Patiet Fancy, in Janet Todd, ed. The Works of Aphra Behn：The Plays 1682 – 1696, vol 6. Pickering and Chatto Publishers Limited, 1996：63. 下文出自该剧作的引用皆出自该版本，只随文标出剧作首词以及页码，不再另注。

第五章 皴染与主导:女性意识影响下的人物形象塑造

蔑:"他比你想的还要好得多呢。这个全城最淫荡下流的赫克托耳,年轻人身上的恶习一个也不少——吃喝嫖赌、指天誓日、污言秽语、专横跋扈。还不只这些,他身上的缺点简直成千上万,各种难以名状的坏习惯简直数不胜数。"(*Sir*: 63)当诺威尔夫人为了反驳幻兴爵士,提出来自己愿意与利安德结婚的时候,幻兴爵士的对利安德的评价又发生了改变:

> 幻兴爵士:我真不敢相信自己的耳朵,高贵的夫人,你真是太仁慈了。我那可爱的傻小子难道变聪明了?事情真的有点蹊跷。当然,利安德本来就是玉树临风的翩翩少年。你怎么老是那么爱开玩笑呢?哈哈。是这样吗?我的小子。
>
> 利安德:是的,叔叔。我本来早该告诉你的,只是你总不让我说话。
>
> 幻兴爵士:当然夫人,利安德是与您高贵的品质相配的不二人选。你看他一表人才,彬彬有礼。该死,说跑题了。情人眼里才出西施嘛,我当然不能和你看他的方式一样。不过,我家这小子不仅长相出众,而且衣食无忧。除了那些继承的现金啦、银餐具啦、金银珠宝之外,他每年还有两千镑的收入,什么时候都不会变。夫人,您与我家侄子的结合让我非常满意,现在我就出具文书将伯克郡的田产赠予他,岁入五千镑。(*Sir*: 64)

幻兴爵士像变色龙一样地在短时间内就几次三番改变自己的态度。该剧以喜剧性的幽默讽刺了这位古板虚伪的父权制代表。贝恩在剧中的女性意识更加明显地表现在将"男性女性化",使他们变成了"去势"的男人,因此以狂欢化地手法掀起了一场性别翻转的风暴。幻兴爵士不仅被诺威尔夫人戏耍,而且幻兴夫人

烟雾笼罩中的权力：论阿芙拉·贝恩作品中的女性意识

还给他戴上了一顶绿帽子。最后尽管妻子的奸情败露，他也无力采取措施进行报复，反而心安理得的让她骗走一大笔财产，最终落得个人财两空的结局。

《裴兴特·幻兴爵士》中还有一位性格孱弱的男性人物，即克莱杜勒斯·伊瑟爵士(Credulous Easy，意为耳根子软)。正如其名字中所暗示的性格特征，他特别容易轻信他人。伊瑟爵士在剧中被罗德威克轻易地玩弄于股掌之间。虽然他自称在大学接受过教育，却是一个木讷的先生。说起话来附庸风雅，但缺乏理性判断能力。通过人物的对比分析，我们会发现贝恩在刻画人物的时候会按照性别将他们分组，以此颠覆了人们对于男女角色的传统认知。如此明显的性别翻转只有在喜剧的"笑"的掩护之下才能完成。十七世纪的英国仍然是以父权制为中心的封闭社会。这种"笑"即为贝恩作品中的狂欢化诗学，并且在她的社会喜剧中得到了充分的使用，这几乎成了在当时仍然存在思想控制以及旧意识形态的势力依然强大的情况下突破传统思想体系的唯一选择。巴赫金认为："只要是能成为形形色色人们相聚和交际的地方，例如大街、小酒馆、道路、澡堂、船上甲板等等，都会增添一种狂欢广场的意味。"① 复辟时期戏剧的开场白与收场白与观众的互动，深入池座中的舞台设计增加了演员与观众的互动可能都使得这一时期的剧院具有了某种程度的狂欢化场所。贝恩巧妙运用了复辟剧场中的狂欢化特点，实现了父权制的削弱乃至颠覆，并且巧妙地表达了自己的女性意识。

贝恩在《圆颅党人》中一方面让共和国政府中的男子失去性吸引力；另一方面，保王党纨绔子则风度翩翩，给他们政治上的对手戴上了绿帽子，以上情节都实现了男性气概的解构。剧中的两

---

① 巴赫金. 诗学与访谈. 白春仁，顾亚玲，等，译. 石家庄：河北教育出版社，1998：169.

第五章 皱染与主导:女性意识影响下的人物形象塑造

位保王党人比从前贝恩剧中的浪荡子在性欲望上更趋向于理性。弗里曼这个人物比较像《漫游者》中的威尔莫,但是她并没有对女性使用性暴力,而且他的情人戴斯洛夫人比较有理性,所以两人直到其丈夫去世以后才发生性关系,如此也使得保王党人的行为符合伦理道德。因为种种巧合,兰伯特夫人与拉夫莱斯的幽会也被人打断,两人在结婚之前也没有发生肉体关系,这些都反映了贝恩小心翼翼地让保王党人更加遵守道德规范。她在剧中不断强调女性是被男性的魅力吸引,而非来自男性主动的征服,贝恩巧妙地将男性气概解构了,并且使其更具有女性气质。金伯莉·拉塔认为:"拉夫莱斯风度翩翩的仪表以及玉树临风的气质成为征服兰波特夫人的武器。另一方面,他的魅力消解了兰波特夫人自我建构的公共意识机制,将夫人中心放置于默默无闻的家庭生活和私人空间中去。父权制对于离经叛道的兰波特夫人的矫正就是她必须接受女性在社会中较为低下的地位。"[①]值得注意的是,尽管贝恩让兰伯特夫人最终回归到了父权社会体系中,但是她在剧中同样改造了男性。以拉夫莱斯与弗里曼为代表的男子最终也部分地放弃了男性中心主义,他们最大的改变是放弃了复辟时期流行的性放纵行为,对待恋人尊重有加。

阿芙拉·贝恩在其作品中以塑造孱弱男性人物的方式削弱了父权制权力。她以喜剧独有的讽刺手法嘲弄了往日高高在上的男性气概。王政复辟时期的父权制此时还没有失去文化霸权,贝恩必须利用民族矛盾、政治正确甚至狂欢式手法的掩护,让女性意识得以表达。

---

① Kimbery Latta. Aphra Behn and the Roundheads. in *Journal for Early Modern Cultural Studies*, 2004, 4.1:22.

烟雾笼罩中的权力：论阿芙拉·贝恩作品中的女性意识

（二）受到女性意识节制的浪荡子

王政复辟时期被英国历史学家法拉梅兹·达伯霍瓦拉认为是"浪荡子登场时期，并掀起了诱奸的热潮"[1]的历史阶段。上层社会男性可以对女性进行肆无忌惮的性引诱，而且几乎不会带来任何法律问题。"在这种文化中，强奸本身被普遍视作一种玩笑——由于人们认为女人心里面都渴望被强暴，人们也完全不相信女人声称自己是在不情愿的情况下与人发生关系。"[2]复辟时期放纵的社会风气反映到戏剧中即是风尚喜剧中屡见不鲜的打情骂俏、戴绿帽子甚至暗示性地男女欢爱情节。

既然表现性情节在复辟时期戏剧中司空见惯，贝恩的戏剧在此方面也不能免俗。她的戏剧中也充满了放荡不羁的浪荡子以及被十八世纪批评家认为伤风败俗的性情节。贝恩与其同侪不一样的是她笔下的浪荡子始终受到女性意识的节制，有些甚至接受了女性思想的改造。《漫游者》一剧中的威尔莫（willmore）即是典型的例子。复辟时期喜剧经常采用特定的命名法暗示人物的典型特征。莫莉·杜菲认为，威尔莫的名字暗指名噪一时的王党浪荡子罗彻斯特伯爵约翰·威尔莫特。[3] 他同时也是一位风度翩翩的诗人，而且与《漫游者》中海伦娜的扮演者伊丽莎白·巴里是情人关系。贝恩特意将基利格鲁剧中的主人公名字换成威尔莫隐含着作者关于性别关系的思考。大卫·M.沙利文提醒我们注意"will"一词在当时的含义，他指出，复辟时期戏剧中使用带有描

---

[1] 法拉梅兹·达伯霍瓦拉.性的起源：第一次性革命的历史.杨朗，译.南京：译林出版社，2015：136 – 144.
[2] 法拉梅兹·达伯霍瓦拉.性的起源：第一次性革命的历史.杨朗，译.南京：译林出版社，2015：139.
[3] Maureen Duffy. *The Passionate Sheperdess*：*Aphra Behn* 1640 – 1689. London：Jonathan Cape, 1977：146.

第五章 皴染与主导:女性意识影响下的人物形象塑造

述性特点的词语为主人公命名是比较常见的现象,但是贝恩为何在"will"后面加上'more'组合成男主人公的名字,而在十六、十七世纪的英国,"will"几乎是与性欲望是同义词。① 沙利文在文中以莎士比亚的第 135 号十四行诗为例说明了"will"在当时的特殊含义。莎翁诗中多处用大写并加引号之"will",其本意为"欲望"、"欲念"等。同时该词有与作者名字"William"之昵称相同,带有双关意。② 全诗描写了一位男子(从文字游戏中推测该男子很可能就是莎士比亚本人)对于心上人不可遏止的欲望,并且将"欲望"比作大海。贝恩在《漫游者》中保留了部分《托马索》剧中人物的名字,例如海伦娜、安洁莉卡·比安卡,但是她并没有采用托马索作为主人公的名字,而是独出心裁以"Willmore"为其笔下的漫游者命名。《漫游者·第一部》中的威尔莫尽管穷困潦倒,但因为长相英俊,还保留着男性气概的自信。他依靠自己不俗的谈吐不仅占有了名妓安洁莉卡,而且俘获了富家女海伦娜的芳心。在《漫游者·第二部》中,贝恩不仅揭露了威尔莫对于逝去的妻子毫无感情,而且让他失去了男性的光辉。最后,这个曾经的征服者反而被一位妓女征服,并且愿意与之成婚。贝恩使用浪荡子同意与妓女结婚这一富有象征意义的情节成功地使得玩世不恭的男性受制于女性意识。

威尔莫是个不名一文的流亡保王党人,他在风月场上既想抱

---

① David M. Sullivan. *The Female Will in Aphra Behn. in Women's Studies*, 1993(22):355.

② 莎士比亚第 135 首 14 行诗如下:"只要女人有所愿你就会有所欲,且欲火难耐欲望难遂欲壑难填;我虽然总是惹你烦恼招你生气,却能遂你如此泛滥的甜美欲念。欲壑这般宽宏这般幽深的你哟,真不容我欲在你欲中躲上一遭? 难道别人所欲都那么恩多惠多,而我的欲望却没有春晖来照耀? 大海弥弥滔滔依然容雨水汇进,使它的万顷波涛更加浩浩汤汤,所以请多情的你再纳我一分情,使你奔放的情欲更加恣意汪洋。别让无情的不字令求爱者窒息,视万欲为一欲,我乃其中之一。"见威廉·莎士比亚.莎士比亚十四行诗集.曹明伦,译.石家庄:河北大学出版社,2008:271.

烟雾笼罩中的权力:论阿芙拉·贝恩作品中的女性意识

得美人,又不愿意付出金钱代价。弗洛伊德认为:"男人尽力满足其侵略要求,而不顾他者,尽力剥削其劳动而不去赔偿,尽力从性生活方面使用后者而不征得其同意,尽力获得后者的利益,尽力凌辱后者,尽力使其承受痛苦,尽力使其蒙受牺牲和难免遭受杀死。"①威尔莫的表现与弗洛伊德对于男性的描述如出一辙,他看到拉·努澈与佩特内拉窃窃私语,心中暗下决心:"好啊!她已经让鸨母来勾引我这个纨绔子上钩,认为我不过是一个容易欺骗的傻瓜,只可惜我并不是那富得流油的混蛋,也不是蠢驴和任人痛宰的懦夫。对天发誓,我一定要让那位美人在不知不觉的情况下被占有。不过,首先我得先痛恨她并尽其所能地侮辱她。"(Rover Part II:242)可见以威尔莫为代表的男性追求女性的首要目的都是为了满足自己的欲望以及虚荣心。科耶夫指出:"欲望以人的方式欲求一个物体的人的行动,不是为了占有物体,而是为了让另一个人承认,归根到底,是为了要另一个人承认他对另一个人的优势。"②所以威尔莫与拉·努澈之间的爱情追逐实际上是以欲望为中心的对抗,并涉及性别关系的重构。威尔莫在剧中多次使用"trade"(交易)一词来形容拉·努澈低贱的职业。在威尔莫看来,爱情一旦沾上金钱,就会变得鄙俗不堪。两人的第一次相遇发生在教堂,他们之间的对话反映了二人在自我意识上的激烈冲突:

> 威尔莫:我可爱的,虚伪的女巫,你那么认真地祈祷,是不是又在祈求更多的灵感好去骗人?说真的,此时你脸上的神情是我见过最庄严的。不过你那么风骚,又善于利用自己

---

① 穆斯塔法·萨福安.结构精神分析学:拉康思想概述.怀宇,译.天津:天津社会科学出版社,2001:78.
② 科耶夫.黑格尔导读.姜志辉,译.南京:译林出版社,2005:199.

第五章 皴染与主导：女性意识影响下的人物形象塑造

的美色，还要祈求什么再去为自己增添妖媚？

拉·努澈：你这不负责任的浪荡子，说话别那么损人。怎么不把你那套娴熟的伤人技巧用到战场上去？这会儿是不是又把主意打到我身上来了，准备给我来个突然袭击？不过，话说回来，你不在的这几个月，马德里确实少了许多欢笑。

威尔莫：这才是你的过人之处。你从来就没有开心快乐过。当你设下计策又让一个纨绔子倾家荡产时，同你的那些同行相比，你的灵魂仍然还是那么枯燥乏味。无论爱情宴乐还是才气醇酒都不能唤醒它，使之恢复自然的状态。你在操淫业的女子中是最为惰惰的，只愿意妥妥体贴地捞取那唾手可得的金钱。总之，你不过是一个无聊的爱情患者罢了，除此之外，一无是处。

拉·努澈：那又怎样？但愿你能找到一个像是关在笼子里的松鼠那样的情人。至于我，天生就要不断行动。我拥有充分的自由，想做什么就做什么。不过，船长，感谢你让我这时候才知道自己是个聪明，有个性，形貌出众，又会说话的女人。你不是说我只会唱粗鄙下流的淫曲么？怎么样？是不是觉得和我见面聊天是多么可笑？(*Rover Part II*:242)

在此之所以将这段篇幅稍长的对白照录，是因为它详细地反映了戏剧一开始威尔莫与拉·努澈之间价值观的激烈冲突。威尔莫拥有过人的才气(wit)，他认为拉·努澈薄情寡义，干的是唯利是图的营生，因此不知道爱情的真谛。拉·努澈的回答也充满机锋，在才气上与对方旗鼓相当。她认为自己获得了自由，不仅可以摆脱男性的控制，而且可以获得经济利益。拉·努澈与威尔莫在情感认知上有着天壤之别。威尔莫眼看自己的进攻策略在

烟雾笼罩中的权力：论阿芙拉·贝恩作品中的女性意识

拉·努澈面前无效，于是用更加嘲弄的语气羞辱对方：

> 威尔莫：日久见人心，现在你才知道我身上不名一文？当初你不是说喜欢我么？那时候我在你眼中难道不英俊潇洒？只是那时我的穿着打扮，里里外外都没人能看出是个穷鬼，这样我就是人们眼中风流倜傥的男子了。但那些东西岂不是我的外在品质？该死的女人啊，原来你是和我的穿戴谈情说爱，关心的净是我衣服上的饰品，或者上面装饰着的羽毛。我现在总算明白了女人们沉溺其中的男性风度是怎么回事了。即使一个男人浑身散发着恶臭，从不喜欢接近女人的床榻，即便他那老迈的躯壳的只剩下了一只眼睛，几颗牙齿，还有那像是假人的腰胸。即使那人嘴巴里散发出的臭味几乎赶得上厕所，只要他有钱，女人还是会用她那美丽的胳臂搂住那具像被肢解的尸体一样的身体，信誓旦旦地夸奖那老叟是多么的完美，这就是女人所谓的风度。(Rover Part II：242)

在这段情绪亢奋的话语中，威尔莫无情地批判了拉·努澈只重金钱利益的爱情观。他站在爱情的道德制高点上批判逐利性的两性关系。考虑到威尔莫在戏剧一开始为海伦娜去世表露出的虚伪情感，这时的威尔莫大肆鼓吹无功利的爱情不过是一种欺骗女性的手段，其目的是为自己能够不付出任何代价就获得女性身体找个托词。威尔莫在向阿丽雅德妮求欢的时候使用的是另一套话语修辞，亦即使用古希腊、罗马的神话将两人的爱情浪漫化。但是阿丽雅德妮后来在与威尔莫交往时变得谨慎起来，她说："你对我来说只是一个陌生人，在感情上像风一样飘忽不定。你每天都在追求不同的女人，从我第一眼看到你开始，到现在为

第五章 皱染与主导:女性意识影响下的人物形象塑造

止,一天还没结束,你就勾引了四个女人。"(*Rover Part II*:274)阿丽雅德妮指出了威尔莫浪荡子行为的本质是被欲望驱使的行动,而所谓的爱情不过是掩饰男性肉体欲望的借口。海蒂·亨特指出:"贝恩在《漫游者·第二部》中开拓性地将以往在文学作品中居于外围的妓女当作中心主人公来表现。"①在贝恩看来,欲望是对于男女两性来说是相互的、平等的,这才是造成两位地位悬殊的女子不约而同地选择威尔莫的主要原因。阿丽雅德妮开出的让威尔莫与自己结合的筹码是十万克朗的财产以及自己十六岁少女的身体。他却认为这是对方的圈套,目的是诱骗自己进入"枯燥乏味的婚姻生活圈子"里,并且意欲"以恶毒的手段获得自己的身体。"(*Rover Part II*:274)威尔莫在权剧结束之际似乎也为自己在第一段婚姻里的行为感到懊悔,他认识到了原来自己才是为了金钱出卖肉体的妓女,这也成为他后来能够拒绝金钱诱惑,选择与社会地位低下的拉·努澈结合的原因。

《裴兴特·幻兴爵士》中的罗德威克以及惠特茂也是浪荡子的典型。他们没有节制的性欲望随时随地都会爆发出来,以至于对男性也造成了伤害。贝恩在塑造罗德威克这一人物形象时,特别从细节方面突出了他身上本能的男性欲望。当罗德威克第一眼看到幻兴夫人时,他竟然自言自语:"这位夫人如此迷人。"(*Sir*:31)这也是罗德威克隐秘欲望的直观袒露,反映了男性的性本能冲动。值得注意的是一开始被带进卧室的时候,他以为对方是伊莎贝拉,这个时候他面对女人的引诱反而踌躇起来,下面我们来看一下罗德威克的三次耐心独白:

---

① Heidi. Hunter. Revisioning the Female Body:Aphra Behn's The Rover, Parts I and II. in Heidi Hunter, ed. *Rereading Aphra Behn:History*, *Teory*, *and Criticism*. Charlottesville:University of Virginia Press, 1993:103.

烟雾笼罩中的权力：论阿芙拉·贝恩作品中的女性意识

  a. 罗德威克：就这么干了，该死，不就是我的恋人么？现在正被爱情弄得神魂颠倒呢，怎么能像那扭扭捏捏的女人因为害怕就做缩头乌龟，她们只是怕毁了自己的名声而已——。（旁白）我可不想委屈了自己的欲望。

  b. 罗德威克：该死，我这是怎么了——我什么时候变成君子了？——拜托，不要这么懦弱。——怎么从前没有发现自己竟是个忠厚老实的人？——天哪，我怎么在最不需要美德的时候，它却如影随形。

  c. 罗德威克：让那些整天念叨妻子的倒霉鬼都长大疮，想到这个就让我对男女间的激情瞬间变得索然无味。(Sir: 35)

  罗德威克以为站在自己面前的女人是伊莎贝拉，他的心理活动真实地反映了男性的欲望冲动。此时他没能辨认出对方的真实身份，这一点与后来的男女身份误会情节形成了鲜明对比。伊莎贝拉从惠特茂说话的纨绔语气中就马上判断出他不是罗德威克。值得注意的是即使罗德威克后来明知对方是幻兴夫人，他也决定顺水推舟占有对方，还说自己交了桃花运。复杂的床笫关系让舞台上的每个人都几乎陷入崩溃。正如幻兴夫人所说，男人把征服女人当作炫耀的资本，后来罗德威克真的就在好友惠特茂跟前绘声绘色地讲述了自己与幻兴夫人之间的艳遇。惠特茂在明白罗德威克居然占有了自己的恋人之后，他痛苦万分，而一旁的克莱杜勒斯却要求罗德威克讲得更详细一点。罗德维克的描述充满色情意味：

  罗德威克：我将她那婀娜的身体涌入怀抱，用我的胸膛紧靠着她气喘吁吁地胸脯。她因为爱情和欲望变得浑身发

第五章 皴染与主导:女性意识影响下的人物形象塑造

抖,而我年轻人的欲望早已熊熊燃烧。

克莱杜勒斯爵士:你这家伙简直欲仙欲死。(Sir:46)

克里斯托弗·J.惠特利认为:"台下的观众从罗德威克的描述中也间接感受到了偷情的刺激。"①贝恩通过罗德威克绘声绘色的描述具体地呈现了男性破坏性的欲望。罗德威克的行为无论是从个人心理层面,还是从社会道德方面都不会给自己带来太多谴责,就连全剧唯一的完美男性利安德都承认罗的艳遇真是幸运,丝毫没有责备对方之意。纯粹从欲望的角度来看,惠特茂与罗德威克的道德水平不相上下,贝恩在剧中设置的这一组对称性的人物,详细地展现了因为男性之间欲望的自由所激起的矛盾。罗德威克虽然占有了幻兴夫人,但罗德威克也一直在纠缠伊莎贝拉,而且他的语言更加粗俗,行为上也肆无忌惮。幻兴夫人谋划让惠特茂冒充青年贵族追求幻兴爵士的女儿伊莎贝拉。并且叮嘱他不能假戏真做。

惠特茂在夜色中被带到了伊莎贝拉那里,在双方都误以为对方是自己恋人的情况下,惠特茂的语言充满欲望:

> 惠特茂:当然爱你,我是全身心地爱着你。我被爱情的火焰炙烤着,实在等不及了。我的真心是不容怀疑的,但既然你对我将信将疑。那么就让我消除你心中的忧惧,让我证明给你看我的心都是属于你一个人的。让我在你的胸脯上呼吸,享受一场鱼水之欢。你是那么的举止风流,就像爱情女神下凡在阴暗的角落与情郎相会。

---

① Christopher J. Wheatley. Thomas Durfey's 'A Fond Husband', Sex Comedies of the Late 1670s and Early 1680s, and the Comic Sublime. in *Studies in Philosophy*, 1993, 90. 4:381.

烟雾笼罩中的权力：论阿芙拉·贝恩作品中的女性意识

> 伊莎贝拉：你是真心的吗？你怎么能这样？
>
> 惠特茂：亲爱的，你这是什么意思？你这样怀疑我问题就严重了。你难道不是我的心肝吗？我们每一次约会不是快乐的么？我们已经为了爱情付出之前的牺牲，现在我满怀激情地赶来和你相会，难道不是为了完成那男女间神秘的仪式。来吧，不要等到那神圣的欲火熄灭，那点燃爱情堂皇的祭坛之火已经万事俱备，那神圣、漆黑又静谧的时刻已经到来。(Sir:36)

以上对话是惠特茂欲望的自然流露，与罗德威克一样，男性都把欲望比喻成"火"。为了满足自己的欲望，他不得不使用华丽的辞藻来掩饰自己的好色行为。从罗德威克的话语中我们发现，男性可以自由地袒露欲望，非但不会受到伦理道德谴责，反而被认为是男性气概的表现。随着剧情的发展，惠特茂很快就忘记了与幻兴夫人的约定，他只要一有与伊莎贝拉独处的机会他就不遗余力地勾引甚至骚扰对方。但是伊莎贝拉坚定地忠诚于爱情，惠特茂见语言已经无法对她起作用，他甚至使用了暴力，直接冲上前要把她强行带走。惠特茂等男性一再放纵自己的性本能，说明复辟时期的道德、伦理甚至法律已经对男性欲望无计可施，这也反映了十七世纪初期到末期一百年间英国社会在性道德方面发生的巨大翻转。

但是，罗德威克与惠特茂张扬的欲望真的给男性带来了自由吗？贝恩在《裴兴特·幻兴爵士》中的回答是否定的。当罗德威克看到惠特茂正在勾引伊莎贝拉，一语道破天机："这是怎么回事？就在我把那绿帽子戴到别人头上的时候，我那亲密的朋友却给我也准备了一顶。"(Sir:40)罗德威克与惠特茂本来是好友，但都屈服于自己的欲望，结果险些反目成仇。罗德威克占有了好友

第五章 皴染与主导：女性意识影响下的人物形象塑造

的恋人幻兴夫人，同时她也是其未婚妻的养母。惠特茂则骚扰好友的未婚妻，而且她还是自己情人的养女。两个人的性放纵行为可谓道德败坏，甚至违反了伦理禁忌。霍布斯认为："任何两个人如果想取得同一东西而又不能同时享用时，彼此就会成为仇敌。他们的目的主要是自我保全，有时则只是为了自己的快乐；在达到这一目的的过程中，彼此都力图摧毁或征服对方。"①事情败露以后，两人只好通过决斗解决矛盾。贝恩的观点在此不言自明。如果男性单纯地为了满足自己的淫欲，带来的根本不可能是自由，反而是社会的失序以及自我的毁灭。惠特茂与罗德威克是复辟时期浪荡子的典型代表，他们根据快乐原则行动，丝毫不考虑女性的名誉，而复辟时期的法律、道德、伦理因为秩序的崩坏已经难以对男性产生威慑作用，处于自然状态的男性给女性的幸福带来了更大的破坏。浪荡子欲望的交织与冲突是导致剧中矛盾的唯一根源。男人的欲望狂欢完全符合霍布斯对人类战争状态的描述，反映了在君主权威削弱、法律空缺、道德伦理弱化的特殊时代女性又将面临新的危险和挑战。贝恩通过批判两位典型的浪荡子的行为表达了自己的女性意识。

《伪装的风尘女》中的男主人公加利亚德是另外一个说话粗俗的花花公子。在他眼中女人只是被征服的对象而已。他整天想着如何利用金钱实现和更多的女人上床。菲拉莫对爱情的专一态度以及对婚姻的神圣看法反而不时受到他的嘲笑。他在戏剧一开始即质疑菲拉莫所谓性欲只能"合法的享受"，并且搬出自然法来证明放纵乃是人类之本质。在厌婚主义者加利亚德看来，婚姻简直就是自由生活的坟墓。女扮男装的卢克莉西亚声称要睡遍罗马城的女人，结果大获加利亚德的赞扬。当柯妮莉亚公布

---

① 霍布斯. 利维坦. 黎再复，等译. 北京：商务印书馆，1986：93.

烟雾笼罩中的权力：论阿芙拉·贝恩作品中的女性意识

自己的身份不是妓女而是一位出身高贵的淑女并愿意嫁给他时，加利亚德几近疯狂，质问她为何隐瞒自己的真实身份。加利亚德惧怕婚姻乃是因为基督教规定不得随意离婚，而且必须实行一夫一妻制。柯妮莉亚在与加利亚德结婚之前对婚姻的看法异常清醒："我明白让您这样一位公子哥儿收心是多么困难，那我只能尽量做一个像情人一样的妻子。大伙儿都明白，女人在婚姻市场上并没有多少退路。结婚也可能付出昂贵的代价，结果一个有了外遇，另一个在幽会偷情。这样的婚还结什么呢？"（*Feign'd*:180）即使是拥有智慧和理性的柯妮利亚也要在婚姻中实现回归社会，特别是对加利亚德这样一个浪荡子进行改造实在是一件艰巨的任务。两人之间的对抗贯穿剧情始终。柯妮莉亚反对加利亚德的对白堪称一席女性主义宣言：

> 你以为我是傻瓜吗？你觉得我是水性杨花的女人，然后去找一个自作精明的情人？有些男人嘴巴上彬彬有礼，结果在外面惹是生非添的乱子比一百个傻瓜还要多。男人可以肆无忌惮地追逐女性，得之则吹嘘，弃之如敝屣。世人还要责备女人没有智慧留住男人，实际上是因为她不够愚蠢才被情人抛弃，所以女人要想和你们这些坏透的聪明男人结合，先得主动放弃自由和思考的权利。谁更有智慧不也是成者王，败者寇的事情么？（*Feign'd*:162）

柯妮莉亚的一番话让加利亚德大为佩服，赞扬她深得马基雅维利主义之精髓。朱利奥的放荡行为与加利亚德相比有过之而无不及。卢克莉西亚与朱利奥算是一对同床异梦的夫妻，他们的偷情行动却讽刺性地实现了性别上的平等，同时也表明妓女和妻子其实在某些方面有惊人的相似之处。朱利奥叔侄与奥克塔威

第五章 皴染与主导：女性意识影响下的人物形象塑造

是父权社会的坚定捍卫者。在得知姐妹俩离家出走以后，叔叔称侄女是"女人中的害虫"（pest of womankind），哥哥称妹妹是"该诅咒的女人"，在他们眼中畸形残疾的奥克塔威反而成了绅士般的贵族。朱利奥称自己的妹妹是家族的财富也表明他在内心深处认同妹妹是"物"，而非"人"。女人的行为只要稍微偏离男权体系，就被视作大逆不道，有辱门庭，而男性则可以寻花问柳，朝三暮四，最后还要说是女性脆弱的天性导致男人的堕落。贝恩在剧中主要通过让加利亚德接受女性的改造以及揭露朱利奥的丑恶展现自己的女性意识。加利亚德、朱利奥、清教徒叔侄追求异性尽是为了满足男人的欲望，而不是以婚姻为目的。加利亚德流露出要在罗马寻欢作乐的想法时，菲拉莫劝诫他说：

> 对男人来说没有什么比对爱情忠诚更快乐的事情了。"加利亚德马上反唇相讥："忠诚？你难道要我像那些傻瓜恋人一样相信从一而终，白头偕老么？我才不怕背上那个可诅咒的放荡的恶名。我是伟大的爱情胜利者，最痛恨的就是长相厮守，就让内心的激情鼓动我不停地征服女人吧。（Feign'd：96）

加利亚德在剧中还算不上是不可救药的男性中心主义者，但他这一番赤裸裸的充满菲勒斯中心主义的宣言足以让我们了解复辟时期的英国男性在性权利上的绝对霸权。

戏剧作为文学类型的典型特征在于其表演性和现场性，加利亚德之所以能够毫无忌惮地在舞台上宣示男性在欲望上的放纵与彼时放荡的社会风气密不可分。复辟时期伦敦剧场内的观众与戏剧黄金时代的观众构成有着巨大差别。何其莘认为："在复辟时期观众的眼里，剧场并非艺术的殿堂，只不过是他（她）们聚

烟雾笼罩中的权力：论阿芙拉·贝恩作品中的女性意识

会的一个场所,舞台上的演出也只不过是一种满足感官需求的消遣。剧作家经常抱怨观众没有把注意力放在表演和台词上面。纳撒尼尔·李在为他的悲剧《索福尼斯巴》收场白中生动地描绘了当时剧场中观众的表现'前半场他们在喧嚷吵闹中度过,后半场他们睡醒后把全剧骂得一无是处'。"[1]试想一下,当剧场里的观众不是在睡觉,就是在忙着吊膀子调情,如此趣味低下的观众怎么可能对严肃庄重的戏剧感兴趣呢？如果说加利亚德是性享乐主义者的代表,那么清教徒提克泰克斯特、布封则是戴着面具追逐女性的伪君子。特别是牧师提克泰克斯特,此人虽然是布封的精神导师,但却好色成性。他垂涎于希尔维安娜的美色,还要装作正人君子,不愿自己所谓的名声冒任何风险,绝类莫里哀笔下的达尔杜弗。理发师佩德罗给他拉皮条,他一方面心猿意马,另一方面又要找一个冠冕堂皇的理由,竟然恬不知耻地说:"既然这些妓女拥有从业证书,那么通奸就是合法的,合法的就是无罪的。"(Feign'd:100)后来提克泰克斯特在黑暗中与同样好色的加利亚德亲吻拥抱,因此受到了观众的嘲笑。由此可见,《伪装的风尘女》中的男性形象多多少少都受到了贝恩女性意识的影响,这也是贝恩塑造人物形象的一个原则。

《都市女继承者》中的威尔丁是所有浪荡子中品行最为阴郁的人物。他是个伪君子,不仅擅长说谎,而且很会表演,巧舌如簧地周旋于三个女性之间。戴安娜是威尔丁情人中出身最为卑微的女人。当威尔丁失去经济来源之后,戴安娜对威尔丁大加责备:"我就不该相信你那些谄媚之词,你总说会娶一位有钱的夫人,然后我就能过上贵夫人的生活,但现在连影子也看不着。我的生活倒是越来越糟,马车成了泡影不说,仆人也就剩下有一个

---

[1] 何其莘.英国戏剧史.南京:译林出版社,1999:232.

粗使丫鬟和一个童儿。你这挨千刀的一开始还每星期给我20基尼,现在减到了40先令。到现在我还被蒙在鼓里,相信你会找到有钱的老婆,然后同你一起挥霍你骗来的财产的鬼话。"(City:27)从戴安娜辛辣的申斥来看,威尔丁和戴安娜仿佛处于同一位置,他们都需要乞援于他人才能改变自己的经济地位。罗伯特·马考莱因此认为:"在《女继承者》中,即便是最单纯的女性也能不费力气的识破和拒斥男性惯用的欺诈语言符号,戏中的所有女性都认为威尔丁朝三暮四、小信未孚。"[1]由此可见,贝恩并未把威尔丁之流描写成十全十美的完美骑士类型人物,而是通过剧中女性之口大胆对他进行斥责甚至谩骂,剧中人物随处可见的对浪荡子的批评应该是贝恩内心真实的态度。总之,贝恩在《漫游者》《伪装的风尘女》等戏剧中尽量在结局上满足托利党人的需求,但在剧情发展的过程中又通过揭露批判浪荡子的行为尽量地传达出自己的女性意识,并对台下的观众进行教育。浪荡子此时虽然已经丧失了经济优势,但他们的政治与文化领导权还没有丧失,这些对于不谙世事的女性都颇具有吸引力,以至于她们对那些浪荡子还有不切实际的幻想。

(三)对于爱情忠贞的理想男性

贝恩的剧作中还有一类与浪荡子形成鲜明对比的理想男性,诸如《漫游者·第一部》中的贝尔维、《伪装的风尘女》中的菲拉莫、《寡妇兰特氏》中的培根以及小说中的欧奴诺可。此类人物不仅数量较少,而且培根以及欧奴诺可还属于与现实社会格格不入的"异乡人"。这也说明了理想男性在现实英国社会根本不存在,

---

[1] Robert Markley. Aphra Behn's The City Heiress: Feminism and the Dynamics of Popular Success on the Late Seventeenth–Century Stage. in *Comparative Drama*, 2007, 41. 2: 149.

烟雾笼罩中的权力：论阿芙拉·贝恩作品中的女性意识

要不然贝恩也不会煞费苦心将理想男性设置在遥远的殖民地。

《漫游者》中的贝尔维是贝恩剧中首次出现的理想男性。他的主要特征是忠于爱情，表现出与其他男子的格格不入。但是这个人物在剧中塑造得比较单薄，属于扁平人物，主要作用是推进情节发展，并且与浪荡子形象形成对比。《伪装的风尘女》中的菲拉莫是贝恩塑造得较为丰满的理想男性形象。为了调和性别冲突，贝恩夫人特意在《风尘女》中塑造了一位理想化的男性菲拉莫。菲拉莫自始至终忠于玛赛拉的爱情。他遇到恋人装扮成的妓女，不仅极力压制自己的情欲，更要求其他男性也要遵守严格的贞洁观。菲拉莫不像加利亚德这一类登徒子那样只是在女性身上猎取皮肉之乐。他追求的是和宗教伦理一致的纯洁爱情。他承认男人的天性在情欲面前如此脆弱，导致他变成了俗世中的男人。换句话说，菲拉莫认为自己从前过于纯洁的生活方式是非男性化的。他的女性气质还体现在他心思细密，多愁善感的性格上。他称玛赛拉是"亮闪闪的可爱造物"结果让加利亚德直呼："娘里娘气的真让人受不了。"(*Feign'd*:127)最具有戏剧性的一幕出现在菲拉莫与尤菲米亚的约会中，当尤菲米亚穿着暴露地出现在情人面前，菲拉莫向她表白自己只能在梦中思念玛赛拉。尤菲米亚则讥笑菲拉莫："真实亦不过是幻梦。爱情的羽翼鼓动起来的一丝微风也足以使之毁灭。无论激情似火还是爱意缠绵，醒来都是一场空。俗话说，女追男，隔层纱，稍有姿色的女人就足以把在热恋中昏睡的男人摇醒。"(*Feign'd*:142)玛赛拉伤心的是如菲拉莫一样忠贞的男人最终也抵制不住诱惑而背叛爱情。当菲拉莫教训尤菲米亚："你年纪轻轻不该堕入风尘。难道你一直都如此淫邪？尽管你已犯罪，但天堂的大门依然朝你打开，因为你是如此美丽。"(*Feign'd*:142)此时的菲拉莫尚不知道自己面前的姑娘就是玛赛拉，他以为自己站在道德的一面，而做妓女的

第五章 皴染与主导：女性意识影响下的人物形象塑造

尤菲米亚是反道德的。玛赛拉则站在自己的角度自然认为菲拉莫赴妓女的约会更加违反道德。戏剧矛盾因此产生，只有舞台下的观众处于全知视角，了解双方冲突的缘由。假扮成妓女的玛赛拉迁怒于菲拉莫的不忠，故意说了许多偏激的话刺激对方。菲拉莫与玛赛拉的话语对抗充满混杂性。男性与女性的价值伦理在戏剧舞台上发生了颠覆性的变化，而这种价值观的反转无疑是处于正面冲突中的性别话语进行调适进而寻找新的两性和谐的一种方式。菲拉莫与加利亚德分别代表了两种不同的爱情婚姻观，一种是世俗淫荡的，另外一种则充满宗教的崇高，而大多数男性都在两个极端之间徘徊不定。

贝恩的作品中还有两位忠贞于爱情，以至于为爱殉情的理想男性，分别是《寡妇兰特氏》中的培根以及小说中的欧奴诺可。培根身上展现出来的骑士精神以及对于爱情的专一堪称爱情中心主义的楷模。他尽管是个彻头彻尾的殖民中心主义者，而且是英国在弗吉尼亚殖民地利益的坚定维护者，但我们仍需要重新审视在这个人物身上寄托的贝恩关于爱情理想的思考。值得注意的是当培根到印第安国王营帐中谈判，他与赛摩尼亚在如此剑拔弩张的时刻居然分心走神，彼此为对方倾倒，于是剧情之后的发展完全朝着骑士传奇的套路上展开。英勇无比的将军无可挽回地爱上了敌人的妻子，不仅杀死了对方并且赢得了美人的芳心。赛摩尼亚尽管心中也爱培根，但是他在伦理道德意义上要报杀夫之仇，于是毅然走向战场，结果被培根误伤而死。剧中最为惊心动魄的一幕是培根自己杀死恋人之后，毅然自刎殉情。这使得他判然有别于复辟时期的浪荡子形象。

贝恩在小说《欧奴诺可》中则更加细致地表现了男主人公对于恋人真挚的感情。这部小说中细腻的情感描写甚至堪称十八世纪感伤主义的滥觞。欧奴诺可贵为王子，在实行一夫多妻制的

烟雾笼罩中的权力:论阿芙拉·贝恩作品中的女性意识

非洲,却践行着忠于爱情的原则。王子与依默恩达被卖为奴隶之后,他痛苦万分地制定了复仇计划。欧奴诺可告诉妻子自己制定的复仇计划——首先杀死她,然后杀死敌人,最后自杀,因为他们无论如何不可能全身而退。他痛苦的眼泪像溪水一样从他的脸颊汩汩留下。欧奴诺可在杀死依默恩达之后痛苦万分,贝恩如此写道:

> 接下来的两天,他都陷入了悲痛之中,不能自拔。他扑倒在自己痛苦地将恋人杀死的地方,再也没有力气站立。不知过了多久,他发现浑身没有一丝力气,但还是竭尽全力站了起来。他摇摇晃晃,前仰后合地挪动着自己的身体,就像是在劲风中被猛烈吹动的树枝一样身不由己。最终他还是不得不瘫坐在地,即便他竭尽全力想控制自己也无济于事。此时他感到大脑天旋地转,眼光迷离,平时熟悉的物体在他眼中也变得于往日不同。(*Oroonoko*:72-73)

贝恩以细腻的笔触描写了欧奴诺可对于恋人真挚炽热的感情,正是这种感情驱使他要亲手杀死对方。因为根据非洲的习俗,能够死在自己心爱的男人手里不啻是一种幸福。但是杀妻之后反倒给他带来不能承受的痛苦,以至于他情愿不做任何抵抗地死在殖民者手里。他对于这个世界已经不再有任何眷恋。欧奴诺可对于妻子的真挚感情与浪荡子的寡情薄义构成了两个极端。

总之,贝恩笔下的理想男性尽管数量比较少,但是却承载着作者对于男性气质建构的理想。正是因为在英国社会很难找到对于爱情忠贞如一的男性,她才将他们安排在了遥远的美洲。培根与欧奴诺可的身上都带有诸多矛盾性,前者俨然是一个来自古罗马的武士,与其殖民主义者身份显然不符;后者是个黑人,但举手投足间却更像是欧洲人。举凡这些矛盾性,大概是因为贝恩为了表现自己的女性意识,从而不惜放弃人物甚至情节整一性的表现,但却更显豁地证明了作者在创作过程中凸显女性意识的愿望。

第二节 "我们女人":女性意识影响下的女性人物形象塑造

阿芙拉·贝恩在《漫游者·第二部》以及《裴兴特·幻兴爵士》中反复提到"我们女人"(our sex),并且在献给内尔·格温的献辞中也使用了这一说法。可见,贝恩的创作已经能够自觉地站在所有女性的视角社会问题。她在其作品中一以贯之地将女性意识贯穿到其赋予了同情理解的女性人物中去,并且为实现女性地位的改变塑造了很多反常规的女性。

(一) 艰难的越界:僭越闺范的"妓女"

妓女是英国社会的特殊群体。她们实际上是一群生活在社会最底层,没有尊严,遭受性剥削的女人。法拉梅兹·达伯霍瓦拉在其著作中提及发生在贝恩时代的这样一件事:"1689 年夏天,在威廉和玛丽加冕后不久,她的教区发动了一场反对本地妓院的请愿活动,数周之后,一群本地治安法官开始清除本地的妓女。"[①]可见,现实生活中的妓女绝无可能像贝恩笔下的妓女那样不仅拥有人身自由,而且资财丰厚。她之所以赋予笔下的妓女以非现实的浪漫生活,目的是表现自己的女性意识。

《漫游者·第一部》中的安洁莉卡·比安卡是贝恩笔下的第

---

① 法拉梅兹·达伯霍瓦拉.性的起源:第一次性革命的历史.杨朗,译.南京:译林出版社,2015:53.

烟雾笼罩中的权力:论阿芙拉·贝恩作品中的女性意识

一位妓女形象。她容貌出众,很多贵族愿意出极高的价格与其共度春宵,积累了巨额财富。她敢于追求爱情,即便威尔莫不名一文,也愿意委身于他。得知对方背叛了自己之后,她又拿着手枪去复仇。贝恩之所以在其剧作中表现妓女形象,还有一层原因是当时的闺阁女性根本没有人身自由。妓女尽管身份低贱,但却可以在公共空间活动。《伪装的风尘女》讲述了三位来自意大利贵族家庭的少女玛赛拉、柯妮莉娅以及卢克莉西亚为摆脱包办婚姻居然假扮妓女,走向社会寻找如意郎君。她们虽然不是真正的"妓女",但在剧中却以妓女身份示人。玛赛拉爱上了菲拉莫,极不愿嫁给身患残疾的富翁奥克塔威。柯妮莉娅则急于摆脱被家人送到修道院幽禁的命运。后来,玛赛拉与柯妮莉娅姐妹俩遂伪装成妓女逃避到罗马,分别化名为尤菲米娅和希尔维安娜。卢克莉西亚了解到加利亚德喜欢一个叫希尔维安娜的名妓,她也伪装成妓女以期引起情人的注意。伪装成妓女的少女们借助身份的转换酣畅淋漓地表达了推翻父权社会的声音。柯妮莉娅与玛赛拉姐妹俩不希望成为封建制度的牺牲品。在一个女性没有职业和公共空间的社会,妓女身份反而讽刺性地变成了女性拥有情感自由和在公共场所活动空间的保障。以上荒唐现象的出现也与复辟时期的宫廷文化有着一定的联系。查理二世时代的宫廷弥漫着淫荡的氛围,国王本人风流成性,拥有众多情人。他手下的廷臣如罗彻斯特伯爵等贵族追逐异性的行为也介于强奸与诱奸之间。梁实秋认为:"国王尽管荒唐,却颇受大众的爱戴,主要的缘故是此前清教徒主政的时期,对人民生活方式控制太严,宗教的气氛太浓,因此查理所带来的轻佻的作风形成一种反动,正适合一般人的要求。"[①]查理二世显然不是一位可堪大任的君主,

---

① 梁实秋.英国文学史.北京:新星出版社,2011:306.

第五章　皴染与主导:女性意识影响下的人物形象塑造

复辟时期的英国亦是一个王纲解纽、法理制度和人伦关系完全混乱不成体统的特殊国家。因此,宫廷的放荡也影响了英国的世俗文化,在社会上造成轻浮的氛围。《风尘女》虽然以意大利为背景,但却反映的是英国的现实。

玛赛拉与柯妮莉亚是反叛男权世界的先锋。一开始玛赛拉比较懦弱,她劝柯妮莉亚考虑一下整个世界都会把她们当作敌人的后果。柯妮莉亚则痛斥这是一个该死的邪恶社会,她出主意说只有伪装成妓女才能自由恋爱。因为在这个荒谬的时代,妓女拥有比宗教更多的信徒。玛赛拉和柯妮莉亚姐妹对父权社会的反抗犹如一部女性的成长史。当两人漫步在罗马的街道上,面对着花园、喷泉和一丝不挂的雕塑商量获得爱情的对策时,此时一方面玛赛拉要勇敢主动地向菲拉莫表达爱情,另一方面她又害怕这种大胆的举动为保守专制的社会所不容。柯妮莉亚比玛赛拉更具反抗意识,她说:"三从四德是多么巧妙的陷阱。我遵守誓言,为了家族的名誉唯命是从。他们要我嫁给一个残疾人,一个坏心眼的家伙,不然就是大逆不道。凭什么我就不能自己选择一个风流倜傥的如意郎君?"(Feign'd:110)假扮为妓女的柯妮莉亚希望自由恋爱,在爱情战场上本来是猎手的男性在她面前反而变成了猎物。男女两性作为征服者和被征服者的地位也因此实现了逆转。卢克莉西亚的反叛更具有浪漫主义的色彩。她要在和朱利奥的包办婚姻举行之前完成一次自由的恋爱之旅,即追求英俊的加利亚德。卢克莉西亚是一位爱情中心主义者。她本能地对无爱婚姻充满厌恶,于是以婚前出轨的极端方式反叛哥哥奥克塔威。为了与花花公子加利亚德偷情,她一面假扮成风度翩翩的伯爵,一面伪装成妓女,并且乐此不疲。卢克莉西亚主动勾引加利亚德的理由更接近男性追逐女性的行为动机。她在和仆人西尔维奥的谈话中直截了当地承认:

烟雾笼罩中的权力:论阿芙拉·贝恩作品中的女性意识

现在我已经和加利亚德是朋友了,但朋友和男欢女爱相差太大了,而今只有假扮妓女才能进一步享受恋情。当我的心上人拉着我的胳膊,将我紧紧拥抱,靠近他坚实的胸膛,亲吻我的脸颊,将我称作他的小美人,那时他一定会惊奇这样一位美艳少女怎么会和男人一样勇敢,而且又如此年轻。(*Feign'd*:116)

此时的卢克莉西亚已经沉浸在和加利亚德的偷情想象中,在意识到自己的失态之后,她赶紧打住。卢克莉西亚充满性话语的独白是剧中女性话语狂欢化宣泄的高潮。《风尘女》是一部典型的风俗喜剧,紧张的性别冲突一直延续到最后一幕,但最终以男性的妥协获得了圆满的结局。奥克塔威立下誓言再也不会相信朝三暮四的女性,并放弃与玛赛拉的婚约,从此云游四方,远离红尘。于是玛赛拉得以合法地成为菲拉莫的妻子。浪荡子加利亚德则坦言自己憧憬的生活场景是"晚上与情妇欢度良宵,早晨醒来却发现是憨妻在侧。"(*Feign'd*:179)他终于在菲拉莫的鼓励下同意与柯妮莉亚结婚,同时柯妮莉亚也做出了让步,两人在相互妥协的条件下走入婚姻殿堂。花花公子朱利奥与卢克莉西亚经历了种种误会,两人尽管在婚前都有越轨之念,但终究未铸成大错而染上道德污点。

《伪装的风尘女》中的戏剧矛盾中心尽管是包办婚姻和父权制度下男性对女性的身体控制,但贯穿重要人物始终的冲突根源来自于性别差异。剧中的女性人物屡次使用"我们女人""你们男人"(our, your sex)指称性别群体,表明人物因为性别不同已经自觉地将对方划分为"他者"。弗里德曼认为:"性别不同于主体性的其他构成成分,它致力于考察性别的语言过程和效果,凸显身体和欲望在塑造语言和被语言塑造过程中形成的各种二元对立,

第五章 皴染与主导:女性意识影响下的人物形象塑造

这些问题在那些无视性别因素的诗学中便经常被忽视。"①复辟时期戏剧表现了处于社会转型期的英国大众在理性与情感、权威与反叛、社会与个人冲突中的焦虑与对抗。贝恩戏剧中的女性反叛在封建秩序崩坏的历史机遇下发出了超越时代的声音,其思想之激进、行动之开放、语言之犀利让维多利亚时代保守的女性叹为观止。尽管《风尘女》中女性争取自由的方式都异常苦涩地要从假扮妓女或者男人开始。玛赛拉被动地接受扮演妓女,柯妮莉亚要在保持身体贞洁的条件下才能在婚姻市场上赢得主动,即便是泼辣的卢克莉西亚见到心上人脱口而出的仍然是"我的征服者",这足以从侧面反映出女性认同男女之间主奴关系的影响之深。近代早期的英国女性要想有所作为,首先要突破男权社会对女性的限制。她们在性别对抗中有勇有谋,甚至拔剑与男性决斗,捍卫自己的权利,最终迫使男人妥协。三位女主人公以假扮妓女的方式维护自己的权利和自由的行动充满了荒诞,但毕竟走出了实现女性独立的第一步,亦体现了阿芙拉·贝恩思想的进步性。

《漫游者·第二部》中的拉·努澈是一位更加具有经济理性的妓女,在她身上我们仿佛看到了笛福笔下摩尔·弗兰德斯的影子。她与安洁莉卡·比安卡之间最大的区别是前者对于金钱更加重视。后者在爱上威尔莫之后,不仅以身相许,还将自己的全部财产轻易地拿给了对方,而拉·努澈则对女性的经济独立有着更加清醒的认识。拉·努澈第一次见到威尔莫的时候也对他产生了炽热的感情,不过她的内心却充满矛盾:

天哪,一看到他,我的心脏就跳得如此剧烈。心中又重

---

① 苏珊·斯坦福·弗里德曼.图绘:女性主义与文化交往地理学.陈丽,译.南京:译林出版社,2014:41.

烟雾笼罩中的权力：论阿芙拉·贝恩作品中的女性意识

新燃起烈火般的欲望。不行,我必须竭尽全力把这欲火熄灭。我早已经下定决心,不管遇到多么英俊潇洒的男子,不论他能带给我怎样的快乐,要想和我谈情说爱,少一个达克特金币都不行。我的好奥瑞利亚,眼下那被遗弃的妓女佩特内拉就是最好的例子,想想她现在又老又穷的境况,你不得不称赞我的谨慎。(*Rover Part II*:238-239)

从拉·努澈向其婢女的这段告白中我们发现她已经将做妓女当作事业来经营,并且为自己定下了一套所谓的工作伦理。年轻漂亮的身体就是她的本钱,而一旦像其鸨母那样年老色衰,就会被人无情地抛弃。一开始,威尔莫与拉·努澈的对抗并不仅仅是对彼此身体的控制与反控制之争,其中还牵扯着金钱的交换。拉·努澈在大多数时间里都在经济理性与欲望需求的选择上进行着激烈的内心斗争。一开始,威尔莫也为自己穷困潦倒,不能轻而易举地用金钱实现对拉·努澈的占有感到愤愤不平,他只有通过咒骂对方是"可耻的唯利是图的妓女"来宣泄自己内心的不平。(*Rover Part II*:234)在双方第一个回合的较量中,拉·努澈以辛辣的口吻嘲笑威尔莫一贫如洗的窘迫处境来展示自己的优势:"你身无分文,出无车,食无肉,连仆人都雇不起。"(*Rover Part II*:243)威尔莫则回应自己是为了国王的事业才甘愿忍饥受穷。作为漫游者的保王党人此时虽然丧失了经济优势,但是他们身上还残存着文化优势,亦即文雅的言辞。威尔莫用来征服女性的法宝主要有两个,一是其英俊的外表;二是其在上层社会所受到的教育,使其具有语言优势。他虽然在剧中很少使用韵文,但是在勾引女性时却妙语连珠,颇具有迷惑性。拉·努澈一开始对贫穷的威尔莫确实不感兴趣,对他冷嘲热讽,然而对方却以更加恶毒的讥讽言辞回应:

第五章 皴染与主导:女性意识影响下的人物形象塑造

威尔莫:继续做你的生意去吧。你只能让那些傻瓜上当。我对你的那些伎俩了如指掌。你的容貌只是征服者预定的商品而已。你那眼角流露出来的欲仙欲死的动情眼神、渴盼的回眸和不时发出的叹息都是些骗人的把戏。寻欢的纨绔子们最终会发现,你因为害羞绯红的脸以及被撞破秘密浮现的愠色,不过是逢场作戏。它们只是被你用来获得更多好处的手段。无论多么华美的衣服,多么昂贵的珠宝都不能掩饰你是个娼妓的事实。

拉·努澈:这才是你和我们女人永远要起争执的原因。不过,开办一个出售爱情的店铺是再好不过的生意了。我的船长,这里同样欢迎你的光临,只要给钱。我谁都欢迎。我们不妨也好好地做一桩交易。(*Rover Part II*:243)

值得注意的是一开始拉·努澈在欲望面前还能坚持自己的原则,再加上后来鸨母努力将其拉走,避免被"那个穷鬼缠上"(*Rover Part II*:243),使得他暂时挫败了威尔莫的爱情进攻。不过,此时拉·努澈还是动了心,她说:"那个家伙生气的样子都那么迷人,天哪,这种想法会毁了我的。"(*Rover Part II*:243)在后面的情节发展中,拉·努澈一直纠结于经济理性与欲望之间,这也构成了该人物身上的主要矛盾。她明确地说:"这些围绕在我颈项上的珍珠不比你搂抱着我脖子的胳膊更加美丽?耳环上的珠宝不比你口中所谓的爱情传奇更加迷人?"(*Rover Part II*:285)拉·努澈在此具象化地将物质与精神进行了对比。贝尔蒙德可以给自己带来优渥的经济保证,而与威尔莫在一起只能满足情感上的需求。所以威尔莫在剧中多次称拉·努澈唯利是图(mercenary),贬斥她把爱情当作交易(trade)。德雷克·休斯认为:"拉·努澈对于威尔莫的态度充满矛盾。一方面她强调了正是对于贫

烟雾笼罩中的权力：论阿芙拉·贝恩作品中的女性意识

穷和堕落的惧怕引诱着她倾向委身于贝尔蒙德。她认为威尔莫年轻英俊的外表以及甜言蜜语与佩戴在自己身上货真价实的珠宝不可同日而语。"[1]拉·努澈形象中的复杂性使得她比安洁莉卡更加具有经济理性，反映了在资产阶级兴起的年代，女性为了获得独立，逐渐将自己的身体也视作一种资产进行经营的初步尝试。拉·努澈虽然最后选择了与威尔莫在一起，但是在整个剧的大多数时间里，观众看到的都是她选择过程中痛苦的心理矛盾。她不再像海伦娜或者安洁莉卡那样为了爱情义无反顾，充满冲动。因此，拉·努澈似乎可以看作笛福笔下彻底的肉体经营者罗克珊娜的过渡性人物。虽然她曾经为实现对自己身体的控制进行了激烈的抗争，但是仍然无法说服自己将肉体与资本实现彻底的联姻，这是她与摩尔·弗兰德斯、洛克珊娜之间最为显著的区别。

（二）具有男性气质的女性人物

为了消除性别差异，阿芙拉·贝恩塑造了许多具有男性气质的女性形象。《伪装的风尘女》中的卢克莉西亚就是一位颇具男子气概的典型女性。卢克莉西亚在伪装成伯爵时将自己的男性气质演绎得淋漓尽致。她要仆人西尔维奥忘记其女性阴柔的一面，并且骄傲地向对方炫耀自己的英姿。卢克莉西亚的性别转换证明了男女之间的性别差异并不是那么大，只需要把装束变换一下。她同样可以打败男人，赢得女性的芳心。但是性别发生反转带给她的变化只是暂时打破了性别界限，她始终无法找到内心自我，最后只好委身于朱利奥，依赖回归传统婚姻重返社会。作为早期女性主义者的先驱，阿芙拉·贝恩的女性意识主要表现在消

---

[1] Derek Hughes. *The Theatre of Aphra Behn*. London: Palgrave, 2001: 130.

第五章 皴染与主导:女性意识影响下的人物形象塑造

除男女两性性别差异方面,因此我们可以在其作品中发现诸多具有男性气概的女性人物,这些男性气质包括:具有理性、智慧、勇敢、坚强等性格,有些女性直接变成了女勇士走向战场与男性并肩战斗。

1. 拥有理性与知识的女性

贝恩笔下的女性走出家庭,来到大街之上通过"自荐"的方式寻找如意郎君的过程势必要将自己暴露在男性的欲望之下,因此她们必须有胆有识,才能摆脱危险。她笔下的女子无不依靠智慧掌控着局势的发展,实现了在理性与智慧方面超越男性。《荷兰情人》中的尤菲米娅即是其中的典型。戏剧一开场,尤菲米娅还在家中等待女仆到街上给她物色可以以身相许的男人。她的独白道出了自己忐忑的心情:

> 奥琳达在外面逗留的时间太久了。真希望她能不要流连于那些花花公子。天哪,这件事竟然让我忧心忡忡。这难道就是爱情的感受?我现在真切地体会到了爱的煎熬。尤菲米娅给我找的人会不会是已婚男人,还是一个风流情种?真让人放心不下,这样疑神疑鬼简直弄得我魂不守舍。(*Dutch*:172)

后来,阿隆佐被带到尤菲米娅的住处,他不及待地要求对方把脸上的面纱揭开。尤菲米娅是一个颇有理性的姑娘,她在与阿隆佐达成婚姻协议之前坚决不同意揭开面纱。尤菲米娅询问阿隆佐是否已婚,对方连忙搪塞,语焉不详。尤菲米娅以辛辣的口吻指出:"你不过是把我当成妓女,随便玩弄一两个晚上就完了。但是如果我要跟了你,那就是一辈子。"(*Dutch*:173)尤菲米娅出身于富贵家庭,年轻漂亮。但是却被父亲安排嫁给一个未曾谋面

烟雾笼罩中的权力：论阿芙拉·贝恩作品中的女性意识

的荷兰商人,尽管他家资丰厚,但是因为此人满身都是恶习,所以她宁死也不会同意这件婚事。阿隆佐这时候才明白尤菲米娅为何要寻求他这样一个陌生人的帮助。阿隆佐发现对方气度不凡,身材窈窕,谈吐自然,所以也不由得被这位姑娘吸引住了。他虽然生性放荡,但是在这位正直善良的姑娘面前,内心的邪恶念头也被压制下来,准备诚实地对待她的求助,而不是乘人之危将她玩弄然后一走了之。于是,她明确告诉对方只有结婚两人才能在一起。阿隆佐面对这位非常有主见的姑娘,不由得发出感叹:"只要我发个虚假的誓言,眼前这位美丽的女孩对我来说唾手可得。但是,这还是第一次有女孩迫使我放弃对她的占有。"(*Dutch*:76-77) 阿隆佐向尤菲米娅坦白自己已经订婚。尤菲米娅足智多谋,她假装晕倒,然后让女仆揭开面纱。果然不出她所料,他被尤菲米娅的美貌征服了,并且同意与之结婚。尤菲米娅在与男性对抗和协商的过程中深刻地认识到了女性身体的意义。她巧妙地利用自己的美貌作为谈判的条件最终实现了对于纨绔子阿隆佐的改造。

《裴兴特·幻兴爵士》中的诺威尔夫人是一位在语言修辞上超越男性的另类女性。她只是略施小计就把幻兴爵士戏耍了一番,而且成功为自己的女儿安排了她自己认可的婚姻。她与幻兴夫人共同发起的反抗父权制的行动完全压制了男性,并取得了性别抗争的最后胜利。学者普遍认为诺威尔夫人这一角色取自莫里哀的《女学者》(*Les Femmes Savantes*,1672)①,但贝恩笔下的这一角色只是在表面上与莫里哀笔下的女学者有相似之处。德雷克·休斯认为:"《裴兴特·幻兴爵士》中的诺威尔夫人虽然取材自莫里哀的剧本,但是在塑造人物上作了大幅度调整,正如大家

---

① 此处采用李健吾的译名。见莫里哀.莫里哀喜剧全集(第三卷).李健吾,译.长沙:湖南文艺出版社,1993:287.

第五章 皱染与主导：女性意识影响下的人物形象塑造

所预料到的,增加了进步的女性观点。"①诺威尔夫人是个寡妇,拥有不菲的财富,在对待子女的婚姻上比较开明。她实际上成为脱离父权体系掌控的特殊女性,可以自由地社交并且支配自己的生活。

诚如诺威尔夫人的名字(Knowell,"深知"之意)所暗示的这一人物的主要特征是博学。她经常引经据典,在谈吐中表现出来对古希腊、罗马的文化非常熟悉,并且在才气和修辞上也超越了剧中的男性。她非常重视知识和教育,提醒女儿应该读书思考。众所周知,十七世纪的英国女性是没有机会接受正规教育的,以牛津、剑桥大学为代表的高等教育机构也对女性大门紧闭。只有上层社会的女性才有机会通过自学或旁听接受一些语言教育。尽管诺威尔夫人的女儿露克莱迪亚已经属于进步女性,但是她还是认为女儿"只知道搽脂抹粉,对其他事情都漠不关心。"(Sir:31)可见,诺威尔夫人对女性的从属地位不仅有了深刻的认识,而且通过借助于教育修养试图摆脱原有父权制社会的性别秩序。

贝恩在《裴兴特·幻兴爵士》中不仅一如既往地揭露和批判男女在性别上的不平等,而且更深入地分析了造成女性屈从地位以及男性统治地位的内在原因。贝恩笔下主人公的性格往往具有多面性,这让研究者在审视人物形象时难免只看到一面,例如朱蒂·海顿在分析诺威尔夫人这一人物的时候,只看到了夫人作为饱读诗书的新女性形象的一面,但是却未深入挖掘诺威尔夫人在不同人物面面前的语言和表现大相径庭的本质原因。诺威尔夫人现在是一家之主,她拥有大量的财产,这是她能够自由选择生活方式的经济基础;另一方面,她十分注重通过阅读掌握语言

---

① Derek Hughes. *The Theatre of Aphra Behn*. London:Palgrave, 2001:97.

烟雾笼罩中的权力：论阿芙拉·贝恩作品中的女性意识

和修辞能力，这使她获得了在所有男性前的自信，甚至因此有时显得狂妄自大。十七世纪女性思想家朱迪斯·德雷克认为："我们英国的女性要么学习的是英语，或者学点儿法语，而那个性别的人却可以广泛地学习拉丁语和希腊语，这样就使他们在更加宽广的领域游目骋怀，见解和能力也相应得到了提高。"[①]贝恩在一系列作品中探讨了男性权利形成的机制，比如军事、暴力、习俗、文化等诸多方面，我们完全可以称她是英国近代早期的女性思想家。作者在《裴兴特·幻兴爵士》中又发现了一个男性统治女性权力的由来，即男性对于教育的垄断。

在该戏的开场部分，伊莎贝拉与露克莱迪亚的讨论中也探讨语言艺术对于造成了女性屈从地位的影响：

>露克莱迪亚：我觉得男人们阅读的所谓文艺著作是那个性别的人最为神奇的领域。
>
>伊莎贝拉：这也是男人们希望得到的结果，这样他们才能享受女性对其学识和巧妙的语言的赞美。总有一天男人们会发现我们女人中的每一个都能出口成章，而又不像那些老学究那样迂腐呆板，要是我能脱下身上的罩裙换上马裤到文法学校接受教育，那我就心满意足了。
>
>露克莱迪亚：这可就要变成街谈巷议的大新闻了。
>
>伊莎贝拉：男人们总是希望我们平易近人，温柔可亲，将咱们女性变得柔弱不堪。瞧瞧那些男人无论是谈情说爱还是从事政治时候的所作所为，要不就是发动战争打打杀杀，如果谁能如愿以偿揭示男人们的恶行，一定会将咱们关于男

---

① Judith Drake. An Essay in Defense of the Female Sex, 1696. in Patricia Springborg, ed. Mary Astell, *A Serious Proposal to the Ladies.* Peterborough: Broadview Literary Texts, 2002:255.

第五章 皴染与主导：女性意识影响下的人物形象塑造

性的认识翻个个儿。(Sir:9)

细读这段对话,我们发现剧中人物在称呼男性时使用的是"那个性别"(the other sex)——即他者,在称呼女性时用的是"her sex",这表明作者已经具有了比较清晰的女性意识,她们已经看清了女性作为群体的"他者性"地位,此其一。其二,伊莎贝拉已经认识到女性没有受教育权,因此也剥夺了她们思考的能力,除此之外,女性柔弱的性格也是由男性根据自己的需要培养出来的,她们并非天生低贱于男性。英国十八世纪女性主义思想家沃斯通克拉夫特认为:"妇女在年轻的时候把大部分时间都消耗在获取一知半解的才艺上;同时因有关于美的放荡观念和用婚姻来提高自己的地位(妇女在社会上提高地位的唯一方法)的欲望而牺牲了身心的力量。这些软弱的人,无疑地只适合于做丈夫的玩物。"[1]《裴兴特·幻兴爵士》中的新女性已经认识到了女性必须接受教育这样才能实现与男性的平等地位。十七世纪英国男性在学校里接受的教育主要是包括拉丁语等古典语言的学习。与贝恩同时代的女性思想家巴松·玛金也认为:"男性之所以反对女性学习古典语言,只是想掩盖他们的不足和无知。"[2]伊莎贝拉与露克莱迪亚尽管意识到了语言的重要性,但她们并未采取明确的行动,真正地凭借语言能力向男权社会发出进攻的是诺威尔夫人。伊莎贝拉认为诺威尔夫人言行谨慎,而且是所有女性中最为博学多才的。诺威尔夫人发现女儿和伊莎贝拉在一起,她的第一反应是两个女孩子一起虚度时光的行为是多么愚蠢,"她们怎么能这样虚度光阴",(Sir:10)而且在这里还使用了拉丁文"dii bo-

---

[1] [英]玛丽·沃斯通克拉夫特.女权辩护.王蓁,译.北京:商务印书馆,1995:7.
[2] Makin, Bathsua. *An Essay to Revive the Ancient Education of Gentlewomen*(1673). Los Angeles:William Andrews Clark Memorial Library, 1980:11.

烟雾笼罩中的权力：论阿芙拉·贝恩作品中的女性意识

ni"（仁慈的上帝）以显示自己对于基督教世界古往今来的语言颇为精通。当利安德询问诺威尔夫人应该怎样对她们进行教导时，夫人详细解释了这个问题：

> 女孩当然要通过阅读与古典诗人对话了。读书是一件令人多么愉悦的事情。我像她们这个年纪的时候，抓紧一切闲暇的时间来阅读。塔西佗、塞涅卡、普卢塔赫这些充满严肃道德作家的作品都有涉猎。当然还有其他一些实用性的书籍。如果要去追寻愉悦的性情，我就会读一些诗歌，举凡维吉尔、荷马、塔索无所不包。雷纳多和阿米达的恋情让我感动不已，英雄美人之间爱情如此缠绵悱恻，充满柔情蜜意。要不是有幸体会他们作品中古希腊语、拉丁语的精妙，我将永远不可能理解那份情感的真挚。(Sir:11)

诺威尔夫人的这番话向我们交代了她的阅读范围。她阅读的主要是古希腊、罗马经典作家的作品，而且完全掌握了古希腊语和拉丁语，乃至可以阅读古典文学的原著。语言的优势让诺威尔夫人在利安德面前泰然自若。她完全压制住了这位年轻的男子。诺威尔夫人对古典文学情有独钟可以看作是继承了文艺复兴的余绪。英国的人文主义虽然声称完成了人的解放，但这里面显然没有将女人包括在内。文艺复兴结束半个世纪以后，作为人文主义者的诺威尔夫人出现了在英国的戏剧舞台上，希冀完成女性的独立和解放。她使用的武器与莎士比亚时代的人物如出一辙，即古典语言和修辞。

当利安德表示英语也能传情达意时，诺威尔夫人表现出了对英语的轻蔑，这应该是贝恩有意为之，一方面用以讽刺当时的大学教育轻视英语的偏见；另一方面也表现了诺威尔夫人的语言优

第五章 皴染与主导:女性意识影响下的人物形象塑造

越感,她就是凭借这种优势屹立于男性群体之中,让对方感到自叹弗如。诺威尔夫人甚至在利安德面前炫耀自己的希腊语能力:

> 鄙俗的英语能表达那些伟大的和撼人心魄的事物么?我给你举一个有说服力的例子,让你听一听神圣的荷马希腊语的诗句——"Ton d' apamibominous prosiphe podas ochus Achilleus"。(捷足的阿喀琉斯对他怒目相视,说道"呸")听,这发音多么铿锵有力!英语的发音与之相比简直呕哑啁哳,粗俗不堪,意思就变成了'这时候快脚的阿喀琉斯回答道——啊,呸!(Sir:11)

诺威尔夫人在此表现得咬文嚼字。她仿佛只会照搬经典中的语句,要不就是夸夸其谈。贝恩这样处理具有多方面的目的,一是通过对于女学者行为乖张的嘲笑可以缓解剧场中男性观众的抵触情绪。另外,贝恩之所以嘲笑诺威尔夫人,也有一定的现实因素。这位夫人尽管家资殷实,但是她的生活显然与社会脱节。她既没有职业,也没有开拓出自己的事业,因此没有进入经济界的可能,更别说进入政治领域了,所以在某种意义上还不是完整的女人。诺威尔夫人的语言优势只能起到对男性的震慑作用,但因为与现实社会脱节,也显得滑稽可笑。这也是还没有成为经济人的女性必然要面对的问题。朱蒂·A.海顿指出:"当然,我们也不能不更审视地考察诺威尔夫人这个角色。夫人并不是一贯地运用其语言知识提高其思想认识。夫人运用语言优势更多的场合似乎是为了表现自己,她有时候也爱慕虚荣。这似乎是贝恩有意为之,一方面作者在剧中表现了在必要的时候夫人高尚的道德、超群的智力以及辩论能力,但另一方面又使她笔下的女

烟雾笼罩中的权力：论阿芙拉·贝恩作品中的女性意识

才子的性格显示出反讽的侧面。"①总之，在诺威尔夫人这位博学新女性的身上集中了矛盾的性格特征，她身上表现出来的反讽性正是对处于变革之中的性别关系的反映。她的思想进步性来自于自己的努力和理性思考，这一人物形象实际上反映了十七世纪初期英国历史上出现的早期进步女性如玛格丽特·卡文迪什、纽卡斯尔公爵夫人、巴松·玛金、安娜·玛利亚、范·舒曼、朱迪斯·德雷克的形象。

贝恩在《裴兴特·幻兴爵士》中集中地探讨了语言在权力生产中的重要作用。诺威尔夫人的例子说明了没有语言就没有权力。她的语言也具有典型的庄谐体特征，既让观众觉得可笑，又带来了狂欢化的效果。巴赫金认为："庄谐体尽管外表纷繁多样，却有个共同点——都同狂欢节民间文艺有着深刻的联系。它们或多或少地都浸透着狂欢节所特有的那种对世界的感受……不错，在所有的庄谐体中，也都有很强的雄辩体的因素，可是由于狂欢节的世界感受具有相对性，造成戏谑的气氛，这种因素随之发生了重要的变化——它那单一的雄辩的严肃性、说理性、不容歧解、过于教条等特点都被减弱了。"②诺威尔夫人不分场合的引经据典造成了一种寓庄于谐的喜剧效果，不仅满足了喜剧让观众笑的需要，还以狂欢式的手法反抗了传统的性别秩序。

诺威尔夫人成了支持年轻人对抗父权制的核心人物。当她得知裴兴特要将伊莎贝拉嫁给罗德威克时，她最终帮助伊莎贝拉实现了与罗德威克的婚姻。从诺威尔夫人与幻兴爵士吵架的气势上，我们也可以判断出夫人性格泼辣、颇有主见。不仅如此，诺

---

① Judy A. Hayden. Of Privileges and, Masculine Parts: The Learned Lady in Aphra Behn's Sir Patient Fancy. in *Papers on Language and Literature*, 2006, 42.3: 329.

② 巴赫金.诗学与访谈.白春仁,顾亚玲等,译.石家庄：河北教育出版社,1998：141.

第五章　皴染与主导:女性意识影响下的人物形象塑造

威尔夫人充分利用自己掌握的知识建构权威:

> 诺威尔夫人:你在家里就像个奴隶,一个做苦工的差役。夫人,别唉声叹气了。他根本没有什么大碍,这些病不过是他自己的臆测,是从他的肺脏、脾脏以及黏膜处引起的忧郁感。阿拉伯医生说这是瘟热之症而已,在英国称为膈痛忧郁症。不瞒你说,我倒是有些灵丹妙药,保管药到病除。不过为了避免那些医生的嫉妒,我还是别自找麻烦了。
>
> 幻兴夫人:天哪,这位夫人真是伶牙俐齿,她好像浑身长满舌头一样。要不是她急着要走,听她讲话真是美妙,真希望能和她多聊一会。(Sir:31)

诺威尔夫人在此仅仅运用言辞就把自己装扮成了一位名医,而且取得了对方的信任。贝恩在塑造诺威尔夫人这一人物形象时,尽管没有把她当作完美女性的典型,但是在反抗父权制这一问题上,作者始终围绕着诺威尔夫人这一核心人物展开。幻兴夫人对诺威尔夫人崇拜有加。范尼称诺威尔夫人是"高贵的女士"。(Sir:22)作为父权制象征的幻兴爵士完全在诺威尔夫人面前失去了权威,这些都表明了作者的态度。

贝恩在《裴兴特·幻兴爵士》一剧中在性别的语言能力上做了重大的调整,该剧中女性的表达和修辞明显要高于男性,后者在语言能力上第一次落后于女方。剧中的男性大多让人厌恶,这也是诺威尔夫人不仅对他们不敬,而且经常出言不逊蔑视他们的原因。克莱杜勒斯却向夫人抱怨露克莱迪亚无礼,诺威尔夫人的回答表面上是安慰克莱杜勒斯,实际上暗藏机锋:"不要泄气,先生。我会对她多加管教,让她懂得谦让。不过有时候这也是恋人们期待的美好瞬间,古希腊人就把它叫作爱神的甜蜜苦药"(Sir:

烟雾笼罩中的权力：论阿芙拉·贝恩作品中的女性意识

43)由此可见，诺威尔夫人的机智显然超过对方，而且她能够熟练地运用古典知识压制对方，从而迅速获得话语权威。我们从克莱杜勒斯的表现看得出，这一招的确很奏效。他因为不懂古典文学，总是感觉在诺威尔夫人面前低人一等。克莱杜勒斯与裴兴特在诺威尔夫人面前均感受到了语言的压力。通过男女在语言能力上的反转，贝恩一方面展现了有别于现实生活的喜剧场景；另一方面以狂欢化的形式重构了性别秩序，这也是作者在意识形态控制严苛的环境中表达女性进步思想的唯一手段。

在《裴兴特·幻兴爵士》中，不独主要人物的女性语言能力超越男性，即便是幻兴夫人、露克莱迪亚以及伊莎贝拉的语言能力都要超过惠特茂、幻兴爵士等人。幻兴夫人既能运用语言诗意地表达自己的感情，也能利用它欺骗幻兴爵士，使之陷入自己的圈套。语言能力的增强也提高了女性的行动能力，就在幻兴夫人与惠特茂偷情的时候，幻兴爵士突然出现在卧室门口。危急时刻惠特茂显得手足无措，全靠幻兴夫人巧妙周旋才得脱身。惠特茂不仅在语言能力上比《漫游者》中的威尔莫相差甚远，而且显得懦弱不堪。他也是贝恩剧中最不具有攻击性的浪荡子，而且对于爱情也比较忠诚。贝恩在《裴兴特·幻兴爵士》中反转男性、女性人物的语言能力，带有作者追问男权社会权力由来的深刻思考。语言从来都不是出于真空之中的，无论是福柯还是布尔迪厄都认为话语和语言与权力有着紧密的联系。巴赫金认为："从十七世纪开始，民间的狂欢活动趋向于没落……狂欢化了的文学其影响取代了狂欢节的地位。这样一来，狂欢化就成为纯粹属于文学的一种传统。"[1]贝恩在剧中以狂欢化的手法展现了女性的语言能力超越男性之后的世界图景，并揭示了长期以来男性通过语言实现宰制

---

[1] 巴赫金著.诗学与访谈.白春仁,顾亚玲,等,译.石家庄:河北教育出版社,1998:173.

第五章 皴染与主导:女性意识影响下的人物形象塑造

女性的文化密码。克莱杜勒斯被当作哑巴对待的时候,他无法用语言为自己辩护,只能由别人代言,结果不仅财产受到损失,而且还遭到侮辱却连辩白的机会都没有。贝恩用这样一个极端的案例是想说明没有受过教育的女性在某种程度上和不能说话的克莱杜勒斯没有任何区别。男性通过剥夺女性的受教育权,使得她们失去了用语言思考的能力,进而也剥夺了其理性,这才是贝恩试图通过剧中人物语言能力上的翻转说明的问题。女性只有获得语言能力,从男性那里取得话语权之后才有可能实现与男性的平等。

2. 诉诸武力反抗的女人

我们在贝恩的早期作品《迫婚》以及《滥情王子》中发现决定男性权威的先决条件多数源于武力上的优势。她在早期作品中即考虑过让女性拥有和男性一样的力量。《年轻的君主》虽然上演于 1679 年,但根据贝恩自述这部作品属于作者的早期作品,并被视为练笔之作。① 剧中最为引人注意的形象是公主克莱蒙娜。她自幼被当成男人培养,接受打猎和战争的训练,为得是有朝一日能够继承王位。但是克莱蒙娜内心深处还是认同自己的女性气质,认为自己尚武的行为僭越了性别差异。因此,这位女勇士实际上只是表演了男性气质。

《荷兰情人》的希波吕忒也是贝恩笔下试图尝试用武力反抗男性的女子。她已经与阿隆佐订婚,却被别有用心的安东尼奥引诱。尤菲米娅主要是依靠智慧对抗男性,而希波吕忒则更多的是依赖武力。在安东尼奥熟睡的时候,她手拿匕首准备将对方杀死以挽回荣誉。不过,女性心理中柔弱的一面让她的复仇行动犹犹

---

① See Janet Todd. Introduction of The Young King. in Janet Todd, ed. *The Works of Aphra Behn*: *The Plays* 1682 – 1696, vol. 7. London: Pickering and Chatto Publishers, 1996:80.

烟雾笼罩中的权力：论阿芙拉·贝恩作品中的女性意识

豫豫，她承认杀人对自己来说是一件非常恐怖的事情。希波吕忒最终放弃了复仇，她把熟睡中的安东尼奥叫醒，接下来两人的对话反映了女性在性别对抗中的被动地位：

  安东尼奥：恶毒的女人，你手中怎么拿着匕首？
  希波吕忒：它本来是用来杀死你用的，谁让我对你的爱又战胜了复仇的激情，它给了我力量让我不要害你。幸亏我改变了注意，但我并不是怜惜你的性命。
  安东尼奥：她现在占有双重的优势，手里还拿着武器，而我已经受伤了，几乎没有自卫能力。（独白）希波吕忒，为什么你对我如此愤怒？（和气地笑着说）
  希波吕忒：安东尼奥，你这个信口雌黄、虚伪卑鄙的混蛋。（*Dutch*:198）

从这段对白中我们可以看出，希波吕忒对于安东尼奥的背叛极度痛恨，但是安东尼奥似乎并不害怕。他一边用花言巧语证明自己还是爱着对方的，一边趁机夺下了她手中的刀子。希波吕忒此时已经完全被他迷惑了，她承认自从被安东尼奥征服以后，已经无法摆脱对他的依恋。尽管她试图诉诸武力进行反抗，但是其身上固有的女性气质成为复仇行动中最大的障碍。安东尼奥坦白自己之所以千方百计地引诱她，是因为只有这样才能向其哥哥马塞尔复仇。马塞尔抢走了他心仪的恋人克莱琳达。所以他不仅要夺去希波吕忒的贞操，而且还到处宣扬她就是一个妓女，败坏其家族的荣誉。希波吕忒此时已经看清了安东尼奥的真面目。她决定再次通过武力决斗向对方复仇。她换上了男子的装扮，手拿长剑，一开始她以为自己已经具备了男性气概："我现在已经脱胎换骨，有了聊睨一切的勇气，因为从灵魂深处我已经成为一个

第五章 皴染与主导:女性意识影响下的人物形象塑造

男人。我的内心再也没有女人家冲动的情欲,也没有了柔弱和无能。以往那个愚蠢的爱情像梦幻一样逝去,我现在满脑子想的都是复仇。"(*Dutch*:213.)尽管希波吕忒一再给自己鼓劲,但是希波吕忒的男性气质仅仅是停留在语言上,她在心理和行动上还是不可能变得与男性一致。异装以后的希波吕忒,性格极不稳定。她有的时候表现得非常勇敢,但是突然之间又变得脆弱起来。虽然女性通过异装,变成了男子,但是从心理上她还没有具备男性的气质。女性尽管穿上了男装,但异装行为并不能给她们带来更多保护。男性总是能发现隐藏在男装之下的女性的真实性别。希波吕忒来就是在挥剑决斗的时候受了伤,才被安东尼奥发现了其真实身份。巴特勒认为:"身体不仅仅是物质的,而是身份持续不断的物质化。一个人不仅仅拥有身体,而更重要的是他如何执行自己的身体。"[①]男女两性的行为是在社会习俗、语言、教育等一系列文化符号规训下的表演性行动。从希波吕忒异装后的表现来看,女性早已习惯了以往社会为自己制定的身份和行为规范,至少她在表演性地执行自己的复仇行动时,并没有发挥出男性气质。不过,在希波吕忒的不懈斗争之下,接到了挑战书的安东尼奥似乎已经回心转意,他隐隐约约地觉得对不住她。希波吕忒挽救荣誉的行动终于取得了成功,因此也实现了对于纨绔子安东尼奥的男性气质的改造,本来无处可去的希波吕忒为自己争得了归宿。

寡妇兰特氏才是本恩剧中真正敢于进行武力反抗的女勇士。她的男性气质不仅体现在敢于武力反抗上,更重要的是她参与到了经济活动中去,而且收入丰厚。该人物形象有着许多不同于传

---

① Judith Butler:Performative Acts and Gender Constitution. in W. B. Worthen, ed. Modern Drama:Plays, Criticism, Theory. Fortworth:Harcourt College Publishers, 1995:1098.

烟雾笼罩中的权力:论阿芙拉·贝恩作品中的女性意识

统女性的特质。在戏剧开头部分,弗莱德利以夸张的语气向哈扎德介绍了她的传奇经历。从弗莱德利的口中我们可以获得如下信息。一是寡妇兰特氏本来是契约奴,是靠闯荡美洲才获得了巨额资产;二是在新大陆,判定一个人的高贵与否只看金钱,不会过问其出身,所以寡妇兰特氏才拿到了跻身弗吉尼亚上层社会的通行证,实现了英国下层阶级人士中普遍存在的跻身绅士淑女阶层的梦想。她抽烟、喝酒、性格豪爽,虽然身为寡妇不但毫不忧伤,反而充分地享受着恋爱和财产上的自由。寡妇兰特氏身上最为典型的性格特征就是张扬的男性气概。女仆珍妮说从未看见她忧愁过。寡妇兰特氏一听说戴尔文把克丽丝安特抓起来了,生怕戴尔文会被爱情冲昏头脑,轻薄了对方,于是决定女扮男装把她解救出来。她和珍妮的对话恰如其分地展现了其泼辣的性格:

兰特:难道我每天要长吁短叹,以泪洗面?这样只能把自己弄得像个傻瓜,然后让男人洋洋得意。我一定要坚如磐石,而不是哭哭啼啼。

珍妮:那你打算怎么办?

兰特:我要把那个贱贼痛打一顿,然后把克丽丝安特小姐解救出来。

珍妮:怎么,难道你一个女人家能打得赢那个副将?

兰特:男人们从战争上得来的名声不过是靠发号施令,又不是靠勇气。如果我不去战斗,怎么能知道自己有没有这方面的能力?我认识一个胆小鬼,被人追打得满城跑,他一直以为自己就是个懦夫。后来他被强迫去当兵,发现自己原来很擅长打仗,于是到处吹嘘,不仅赢得了名声,还当上了军

第五章 皴染与主导:女性意识影响下的人物形象塑造

官。(*Widow*:308)①

寡妇兰特氏用辛辣的口吻解构了男子在武力上的神话。后来,她果然在战场上表现得异常勇猛,而且成为剧中唯一靠自己的勇敢保持了自身主动地位的女性。当培根将詹姆斯城的女性全部扣押作为人质的时候,女扮男装的寡妇兰特氏反而成了其他女人的救世主,后来她成功慑服并改造达尔文的过程亦标志着以寡妇兰特氏为代表的女性在性别斗争中取得了胜利。戴尔文最终认同了对方的话语系统并坦白他其实更喜欢男人婆:"以后你就穿着男人的马裤吧,因为我现在顶讨厌穿罩裙的女人。"(*Widow*:340)。挪威学者奥德瓦尔·霍姆斯兰德(Oddvar Holmesland)认为戴尔文的屈就乃是因为"寡妇兰特氏的富有降低了他对丁罗曼司女性的要求,并为她强健的气质所折服,同时认识到必须将对方当作平等的对象对待。"②无论如何,戴尔文最终认同了寡妇兰特氏身上的男性气质,表明他已经接受了性别反转下的两性关系。值得一提的是贝恩为两位异域女子赛摩尼亚与依默恩达也安排了女勇士的情节。尽管赛摩尼亚在爱情上她被培根征服了,但是当丈夫被对方杀害,为了伦理和道义她决定为夫复仇,于是女扮男装毅然走向战场,结果死在培根剑下。她的勇敢坚定不亚于培根,她在精神上超越了剧中的所有人物。霍姆斯兰德认为:"贝恩在性别关系的看法上与同时代的卡文迪什如出一辙,她们都表现了女性勇敢的男性气概并以此证明女性拥有和男性相同

---

① Aphra Behn. *The Widow Ranter, or the History of Bacon in Virginia*. in Janet Todd, ed. *The Works of Aphra Behn:The plays of* 1682 – 1696, vol. 7 London:William Pickering and Chatto Publishers Limited, 1996. 剧本引文皆出自该版本,下文只在文中标出场次、页码,不再另注。

② Oddvar Holmesland. *Utopian Negotiation:Aphra Behn and Margaret Cavendish*. New York:Syracuse University Press, 2013:276.

烟雾笼罩中的权力：论阿芙拉·贝恩作品中的女性意识

的能力。"①贝恩在《寡妇兰特氏》中把两个女主人公都送上了战场，以此证明巾帼不让须眉，同时两位女性道德上的光辉也让其他猥琐的男性自惭形秽。在小说《欧奴诺可》中，依默恩达的行为只有一次表现得不再像从前那样恭顺服从。尽管此时她已经身怀六甲，她仍然追随欧奴诺可参加了奴隶暴动的惨烈战斗，即便在其他奴隶放弃抵抗之后，她仍然继续坚持战斗，支撑了很长时间。她射出的毒箭使得总督身负重伤，要不是总督的印第安情人迅速地将毒液吸出，恐怕他已经一命呜呼了。唯一美中不足的是贝恩并没有在小说中重点刻画依默恩达豪侠勇敢的性格。

诉诸武力反抗的女人们有的取得了胜利，但是更多地因为女性特有的柔弱心理，最终导致反抗失败。但是我们应该承认作者再三地表现女性采用武力反抗这一颇具男性气质的行为本身即是女性意识的体现。

（三）女人中的异类：欲望袒露的女性

自基督教兴起以来，西方世界一般认为"欲望在传统哲学中总是代表着人类自身之中最为低劣、最不受约束的部分，它总是与恶、堕落等范畴相结合。"②虽然说在历史上，欲望始终处于被压制的状态，在中世纪时期尤其如此，但以性欲望为代表的欲望其实在性别之间压制的程度有很大区别。在十七世纪初期的英国，清教主义的禁欲思想得到彻底贯彻，其严苛的性伦理道德也在社会上占据压倒性的优势，彼时的女性不要说袒露自己的欲望，就是不慎失身都会带来灭顶之灾，这一点我们在《汉姆莱特》以及

---

① Oddvar Holmesland. *Utopian Negotiation : Aphra Behn and Margaret Cavendish*. New York : Syracuse University Press, 2013 : 276.

② 吴树博. 力量的欲望：论斯宾诺莎哲学中欲望的本质及其特性. 复旦大学学报, 2012 : 42.

第五章 皴染与主导:女性意识影响下的人物形象塑造

《一报还一报》中都可以找到证明。

王政复辟时期的人们似乎是为了反制自伊丽莎白时代以来清教徒的严苛生活方式,整个社会弥漫着一股纵欲主义思潮,其中以查理二世及其宫廷党混乱的私生活为代表。一言以蔽之,复辟时期是一个道德失序,伦理失范的时代,女性主义的先驱也在英国历史上少有的秩序空白期见缝插针地提出了反抗男性压制的思想。这种思想变化在贝恩戏剧《裴兴特·幻兴爵士》一剧中的表现就是女性欲望的正面袒露以及狂欢化的呈现,尤其以两位女主角幻兴夫人与诺威尔夫人最为典型。幻兴夫人与惠特茂本来是一对相恋已久的恋人。因为家贫,两人设计让幻兴夫人嫁给裴兴特以骗得后者的钱财。贝恩在舞台上赤裸裸地表现了幻兴夫人的欲望,这一点与文艺复兴时期道德拘谨的喜剧形成了鲜明对比。幻兴夫人与惠特茂在花园里偷情的时候,她直白地说:

那老家伙睡着了,现在我什么都不怕了。尽管我们相会的时间是多么短暂,但我们是因为爱情才敢违背伦常。如果不是这样的话,就让我丈夫醒来,当场抓住我们,让我俩身败名裂。我再也难以忍受这短暂的相会,得赶紧商量个法子出来让我们可以长相厮守,等待这不可多得的约会已经让我身心憔悴。(Sir:18)

幻兴夫人的性欲望在此表露无遗,反映了贝恩对于女性欲望的重视。贝恩在剧中还用戏剧独白的形式惟妙惟肖地描述了幻兴夫人偷情时的心理活动:

相会的时刻就要来临,此刻我正心急如焚,心里七上八下却又十分开心。这一阵阵的狂喜还有恐惧弄得我浑身发抖。我的灵魂都已被惠特茂占据,满脑子想的、念的都是他。现在我只会说他的名字,其他什么词都说不出来了。(Sir:34)

烟雾笼罩中的权力:论阿芙拉·贝恩作品中的女性意识

幻兴夫人欲望的袒露也成为贝恩的作品被人攻击充满色情内容的原因。性欲望只是幻兴夫人欲望结构中的一面,贝恩更突出地表现了她对金钱的欲望。当裴兴特决定赠送给她八千镑的财产时,她表现得异常激动。幻兴夫人不去关心自称行将就木的丈夫,反而为即将到手的钱财喜极而泣。幻兴夫人敢于在女仆面前承认自己曾经被罗德威克得逞,占有了自己的身体,不过她没有自怨自艾,而是迅速制定了复仇的计划。可见贞操在幻兴夫人这里已经没有太高的约束意义。虽然在卧室里被幻兴爵士撞见和罗德威克在一起,但是她不仅机智地摆脱了困境,而且还能让丈夫更加信任自己,并且获得了对方馈赠的大笔财产。幻兴夫人嫁给裴兴特本来就是阴谋。她实际上在经营着自己的身体,即使在被罗德威克占有以后,她只是痛苦了一阵子,并没有因为失去贞操和名节而痛不欲生。安妮塔·帕切科认为:"没人强迫幻兴夫人与裴兴特结婚,这桩婚姻是幻兴夫人早有预谋的行为。夫人在与爵士结婚之前早就与惠特茂是情人关系,她处心积虑的目的只是为了攫取金钱。"尽管幻兴夫人自私、虚伪、狡猾、但却堪称英国文学史上女性形象中的新人。她有主见,行动能力强,临危不乱,总是能将命运牢牢把握在自己手中,最终取得了性别战争中的全面胜利。

阿芙拉·贝恩对幻兴夫人的态度颇为复杂。虽然她同情女性的遭遇,并且为女性不平等的遭遇大声疾呼,但是她并没有按照性别泾渭分明地把女人都写成完美的人物,其中以幻兴夫人最为典型。在《裴兴特·幻兴爵士》的前半部分,幻兴夫人是一个伶俐过头的女性形象,她对丈夫了如指掌,并且将对方玩弄于股掌之中。幻兴夫人与惠特茂合伙以婚姻方式诈骗裴兴特的钱财显然也是不道德的行为。他们两人的共同点是对于金钱的渴望。幻兴夫人得知丈夫要给自己八千镑的财产时,激动地丑态百出,

第五章 皴染与主导:女性意识影响下的人物形象塑造

而惠特茂在要看到金子之前欣喜若狂,贝恩借用了本·琼森《福尔蓬涅》的台词来描述惠特茂的激动之情:"早安,我的金疙瘩,干脆我连明天的问候也一起奉上,开启这金匣子就像打开了神殿,我像是在里面看到了自己的灵魂。全世界的精神包括我自个儿的,让咱们同呼万岁。"①贝恩在此表明惠特茂与福尔蓬涅一样都对金钱有着强烈的占有欲,不然他也不会与幻兴夫人想出利用钓"金龟婿"的办法获取不义之财。幻兴夫人得知金子已经被女仆芒蒂送到惠特茂的住处之后,也显露出无情和狠毒,她声称:"赶紧将那个老王八下葬,再把她的女儿扫地出门。"(Sir: 76)尽管贝恩同情幻兴夫人嫁给幻兴爵士之后"如奴隶一般"的处境,但她也不赞成这个人物身上的人性之恶,因此才安排了罗德威克在惠特茂之前占有了幻兴夫人的情节以示对两人的惩罚。罗德威克午夜潜入幻兴爵士宅邸计划与伊莎贝拉约会,结果却将错就错地上了幻兴夫人的床榻。夫人把他当成了情人惠特茂。罗德威克尽管心知肚明,却顺水推舟占了夫人的便宜。惠特茂与幻兴夫人早就预谋好要从其丈夫那里骗得八千英镑,这样日后两人就能过上优渥的生活。贝恩揭露了幻兴夫人与惠特茂这一对来自社会底层的无德恋人为人不齿的行为,尤其是浪荡子惠特茂一直都在企图占有伊莎贝拉。贝恩利用罗德威克让他认识到放纵欲望并不能带来真正的自由,反而会给男人带来痛苦。

在《裴兴特·幻兴爵士》一剧中与幻兴夫人一样要求主动把握女性欲望的还有诺威尔夫人。在王政复辟喜剧中,一般是老年男性凭借经济实力实现与年轻女性结婚。贝恩通过诺威尔夫人这一人物反其道而行之,在剧中展现了年长的诺威尔夫人如何勾

---

① See Janet Todd. *Introduction of Sir Patient Fancy*. in Janet Todd, ed. *The Works of Aphra Behn*, *The Plays* 1682 – 1696, vol.6. London: Pickering and Chatto Publishers Limited, 1996:76.

烟雾笼罩中的权力:论阿芙拉·贝恩作品中的女性意识

引年轻的利安德,而且他居然还是女儿的恋人。在戏剧一开始,贝恩就借伊莎贝拉的转述描写了诺威尔夫人的反常行为,吸引观众的注意:

> 伊莎贝拉:前一阵子,我还看见你妈在利安德满前装得像个怀春少女,她的眼睛里满是柔情蜜意,嘴巴做作地笑着,费劲地挤出酒窝。她已经向利安德射出了爱情的箭。(*Sir*:9)

贝恩一开始就给观众留下了巨大的悬念。那么,让年老的女性倒追女儿的年轻恋人究竟是作者故意安排的吸引观众的情节,还是另有深意? 毕竟母女争夺同一个情人在早期英国戏剧史上也是极为罕见的情节。随着剧情的发展,观众看到诺威尔夫人时常在公开场合以命令的口气命令利安德扶着自己到单独的房间,美其名曰一同读书增广见闻。诺威尔夫人的身份是寡妇,她居然敢不避嫌疑地与年轻男子共处一室。实际上,贝恩在剧中将诺威尔夫人的行为按照男性的习惯照搬过来,她故意以狂欢化的手法描绘了一个反转了性别特征的新女性。在第三幕,诺威尔夫人终于明确地表达了自己的意图:

> 诺威尔夫人:我说利安德,你难道不能长点志气,别再想那小丫头露克莱迪亚了。你难道看不出有一桩美事就在眼前么? 呸,你怎么跟个木头疙瘩似的就是不开窍呢? 真要我把话说透么? ——我想对你说——希望你能够做我财产的主人——现在你该明白我的心意了吧。(*Sir*:32)

从这段话的语气及停顿来看,这应该是诺威尔夫人欲望的真

第五章 皴染与主导:女性意识影响下的人物形象塑造

实表达,而不是她后面说的只是为了测试利安德对其女儿的忠诚度。诺威尔夫人究竟是在上演"戏中戏"为女儿的幸福着想对利安德进行考验,还是说她的真实想法就是与利安德结婚,其实都不妨碍我们做出如下结论,即她已经成为僭越了传统女性规范的越轨女性。露克莱迪亚此刻正在暗处窥视母亲的所作所为,贝恩在《裴兴特·幻兴爵士》一剧中用足了这种喜剧手段,即让恋人中的一方暗中偷听对方与第三者的对话。利安德在诺威尔夫人咄咄逼人的进攻之下,没有办法拒绝,只好与之周旋,露克莱迪亚的在场让剧情变得更刺激:

利安德:我想我不配拥有您的厚爱,除非我道德纯良。因为我身上隐藏着数不清的恶习,像那些年轻人一样朝三暮四,粗野狂妄,腐败堕落。

诺威尔夫人:你把自己说的一无是处,我怎么能让女儿嫁给你呢?难道在她那里全都会变成美德?但这个问题在我这里却可以来个逆向思维,因为我完全能够和粗野不忠的丈夫和睦相处。再说我家产颇丰,同样可以让自己和你们男人一样满足色爱的癖好。在家里我向来说一不二,任着性子来,露克莱迪亚在我面前只能服服帖帖。我还没到风烛残年、满脸皱纹的光景呢。我依然像春天的鲜花一样美丽,必须赶在毒辣的骄阳带走娇花的最后一朵芬芳之前,接受别人的欣赏。假如我还对男色有着强烈的爱好,那为什么不能享受一下如夏日朝阳一样充满朝气的青年们的求爱?(*Sir*:32)

由以上对话可知,利安德实在没有办法摆脱诺威尔夫人热烈的追求,他只好采用贬低自己的方式把自己描绘成一个十恶不赦的恶棍。诺威尔夫人居然毫无遮掩地表达了自己对于青年男子

烟雾笼罩中的权力:论阿芙拉·贝恩作品中的女性意识

的欲望需求。在利安德旁观罗德威克如何戏耍克莱杜勒斯的时候,仆人来告知利安德:"夫人迫切地想和你说说话。"用的也是"de Sire"这一词语,说明了夫人对于利安德的欲望颇为热烈。诺威尔夫人将女性欲望以狂欢化地形式表达出来使其成为敢于挑战性别规范的女人。在父权制社会,表达色欲望往往是男性的特权,女人说出这番话无异于石破天惊。历史学家法拉梅兹·达伯霍瓦拉认为:"即便在婚前,英国十八世纪之前的女性也极少在书信中哪怕模糊地暗示情欲。当时十七世纪关于性欲,尤其是婚外性欲之合法性的观念,绝大多数是由男性表达出来的。"①贝恩敢于在舞台上如此直白地表现女性的欲望,亦突出地表现出了自己的女性意识。

诺威尔夫人见自己的诚意并未奏效,她不由得怨恨自己韶华已逝,推说是年龄原因造成利安德对她不感兴趣:"要是我现在变成十五岁,你会同意和我结合么?年龄是不公平的,就像人有贫富之分。但怎样才能让我的眼睛充满光泽,让我在心爱的人面前恢复风韵呢?"(Sir:32-33)以上独白虽然不能坐实诺威尔夫人在追求利安德,但同样大大加强了观众朝这方面联想的可能。诺威尔夫人仿佛已经陷入对利安德的欲望之中不能自拔,她大胆直白地表露了自己对于年轻男子的倾心,利安德却不为所动。诺威尔夫人的举动以狂欢化的形式颠覆了性别差异,她一再地追逐利安德展现了其身上的男性气概,而利安德的忠贞更多地体现了他身上的女性气质。贝恩就这样巧妙地完成了性别的转换,让观众从喜剧反讽的角度重新审视性别问题。诺威尔夫人始终无法让利安德屈服于自己,她非常生气,遂拂袖而去。躲在暗处的露克莱迪亚质问利安德的话语充满了讽刺:

---

① [英]法拉梅兹·达伯霍瓦拉.性的起源:第一次性革命的历史.杨朗,译.南京:译林出版社,2015:16-17.

第五章 皴染与主导:女性意识影响下的人物形象塑造

露克莱迪亚:怎么?你是因为全身心地爱我变得像个可怜虫么?要我说是不是因为不能和我妈结婚,失去了一大笔财富吧?一边是爱情,一边是金钱,天哪,这真是一个不小的诱惑。当我妈向你求婚时,瞧瞧你脸上那副天真的表情吧。

利安德:我现在已经糊涂了,瞧瞧我现在的处境。我爱上的是她女儿,却被嫉妒的母亲苦苦追求,弄得我心力交瘁。如果我违背了她的意愿,那就要和恋人永远分离。(Sir:33)

诺威尔夫人追求利安德的举动颇像一个专横的父亲,她代替行使了父权制的权威,试图迫使女儿以及利安德就范。利安德表示自己绝不会背叛自己的恋人,而露克莱迪亚却心生一计,让利安德假意追求其母亲。在《裴兴特·幻兴爵士》一剧中有一个普遍现象,即最后做决策的一般是女性,而男性不是表示自己没有能力,就是惊慌。露克莱迪亚的计策使得该剧的狂欢化精神达到了高潮。女儿居然让男友勾引自己的母亲,而且充满色情意味地详细描述了应该如何挑逗她,触摸她的身体,以及如何获得她的信任。诺威尔夫人追求利安德的动机直到最后一幕才真相大白。她与女儿站在了同一战线,战胜了父权制的代表幻兴爵士,还把他无情地嘲弄了一番。诺威尔夫人表示自己的女儿当然配得上利安德,这个时候幻兴爵士开始污蔑侄子的品行:

幻兴爵士:你女儿是金枝玉叶,他可是伦敦城里臭名昭著的浪荡子。浪荡子身上的恶行样样都有,嫖娼、发伪誓、酗酒、打架斗殴。他的坏毛病简直罄竹难书,数不胜数。

诺威尔夫人:等他年岁渐长,就会有所节制的。

幻兴爵士:他天生就是个下贱胚子,死不悔改。不管怎

烟雾笼罩中的权力：论阿芙拉·贝恩作品中的女性意识

样训斥都没用。他坏到骨子里去了,简直无药可救。

诺威尔夫人:既然你把他说的那么粗野不堪,那么就让我一个人去忍受他的那些缺点吧。

幻兴爵士:夫人言下之意是?

诺威尔夫人:我也用不着跟你转弯抹角了,我早就知道你想让利安德和我结婚。现在不管你怎样谴责他的品行,我都同意嫁给他了。(Sir:63)

诺威尔夫人欲擒故纵,假意接受幻兴爵士的要求与其侄子利安德结婚。如果他不是女儿的恋人,这位思想行为上勇敢专断的女性或许真的会如愿以偿。该人物形象反映了在社会变迁、传统道德式微之际新女性的出现。当时的女性已经在父权制体系中开凿了一条裂缝,实际上也反映了彼时人们思想意识领域在性别层次的认识论断裂。诺威尔夫人与幻兴爵士在婚姻方面达成了共识,让利安德倍感压力,不过他也无计可施,只得重复暴露自己的劣迹以及浪荡的行为,希望诺威尔夫人知难而退:

利安德:我可是个粗野的浪子,是叔叔将我培养成这个模样,我不可能生活在限制的婚姻之中。

诺威尔夫人:我当然不赞成你到外面去找一、两个情人,但另一方面让一个迟钝、乏味、粗俗的蠢货当丈夫也够倒霉的了。你甭指望我会成为逆来顺受的妻子,成为选择隐忍的妻子的楷模。女人从来都是被塑造成恭顺的物件而已。

利安德:您的意思是我一周有五天或六天和您共处,您就心满意足?

诺威尔夫人:真聪明,一点就通。

利安德:除此之外,还有一事得说明,就是我喝醉了会胡

第五章 皴染与主导:女性意识影响下的人物形象塑造

言乱语。那时我就忘记了自己的身份,那些该死的恶习都会显现出来,我会变得邪恶之极,骂你是蛇蝎心肠、阴险毒辣、卑鄙无耻的婊子,咒骂你亲手毁了我的幸福,咒骂你剥夺了我忠善的初心,只有这样才会让我的内心稍微感到安慰。(*Sir*:63-64)

利安德在此竭力将自己塑造成对婚姻不忠的浪荡子,他的话却反讽地揭示了复辟时期男子行为放荡的事实。与此同时,诺威尔夫人的态度充满了对一夫一妻制的反讽。她没有表现得像一个吃醋的妻子,而是对婚外情,说得严重些是通奸行为,持匪夷所思的宽容态度。法拉梅兹·达伯霍瓦拉认为:"在政治与宗教权威崩溃的情况下,关于自由与启示的修辞大行其道,通奸者、重婚者与性侵犯者同样运用这种修辞争辩说,公共戒律不过是良心迫害,不应该将妻子束缚在一夫一妻制的奴役之中。"[1]由此可见,复辟时期的风化趋于靡荡,快乐君主查理二世的榜样作用及对于社会上的乱性行为采取放任的态度起到了推波助澜的效果。诺威尔夫人也在字里行间暗示了自己同样有可能发展婚外情。在诺威尔夫人没有向观众揭示自己追求利安德的真实目的之前,观众以及台上的每一个人物无一感受到的不是她恣意流露的欲望。她敢于显露女性的欲望,并且不遗余力完成自己的欲望指向的行为反抗了中世纪以来压抑女性欲望的伦理道德秩序,也部分地完成了女性欲望的狂欢化建构。

贝恩在《裴兴特·幻兴爵士》中开拓了欲望书写的新模式。她既表现了以罗德威克,惠特茂、克莱杜勒斯等男性不受约束限制的破坏性欲望,而且详细展示了幻兴夫人、诺威尔夫人这两位

---

[1] [英]法拉梅兹·达伯霍瓦拉.性的起源:第一次性革命的历史.杨朗,译.南京:译林出版社,2015:84.

烟雾笼罩中的权力：论阿芙拉·贝恩作品中的女性意识

离经叛道的新女性的欲望。男性欲望是造成戏剧中矛盾的主要原因。他们不仅用语言肆无忌惮地对女性进行勾引，有时候甚至使用暴力和诡计，更令人触目惊心的是他们对于女性被凌辱以后所遭受的痛苦几乎毫无忏悔之心。罗德威克占有了幻兴夫人之后，他只管得意洋洋地到处炫耀。幻兴夫人出身低微，与恋人罗德威克制定了骗取幻兴爵士的计划。她的身体早已变成了一种出卖的商品，是属于她自己的财产，所以幻兴夫人一方面敢于明目张胆地描绘她对于年轻男子的炽热欲望，另一方面贝恩入木三分地刻画了她对于金钱的渴望。诺威尔夫人这一人物形象则从另一个角度狂欢化地颠覆了原有的性别欲望秩序，在全剧的大多数时间里，她都像男性一样以自我的欲望为中心，传统的女性伦理在她这里已经完全失去了意义。贝恩之所以构思出这样一位完全背离女性标准的人物，主要是为了带给观众一种全新的看待女性的方式。贝恩在《裴兴特·幻兴爵士》中的欲望书写是理解剧本思想意义的一个突破口，同时也一直是作者试图破解性别不平等的出发点，显示出贝恩思想的深刻性。

《漫游者·第二部》中的阿丽雅德妮同样是一位张扬欲望的反传统女性形象。例如，她一开始并不认识威尔莫，只是中意于对方的外表，就敢于一直在暗中窥看对方，这样就改变了在把握爱情主动权方面男女之间主动和被动的关系。阿丽雅德妮变成了主动追求爱情的猎手，而男人则变成了猎物。贝恩在戏剧一开场就向我们展示了两组男女人物之间的追逐与被追逐的关系。威尔莫刚刚诅咒发誓要改过自新，绝不再去追求任何女性的时候，阿丽雅德妮的出现就让他食言而肥。布伦特先看到阿丽雅德妮，提醒威尔莫"眼前有一个四处游荡的女人"。(*Rover Part II*;p.245.)值得注意的是，首先开口说话的是阿丽雅德妮，这也显示出女性掌握了性别对话的主动。阿丽雅德妮承认自己是一个女人，

第五章 皱染与主导:女性意识影响下的人物形象塑造

而威尔莫则刻意将低对方的身份,以"小妮子"称呼对方,双方的对话也充满了冲突和对抗的意味:

威尔莫:哎!小妮子,像我这样英俊潇洒,天生就是情场得意的造物,今天却彻底失败了。

阿丽雅德妮:此话怎讲?

威尔莫:我天生就眼光很高,不过小妮子,你看起来身材窈窕,体态迷人,肢体清雅,穿着高贵,浑身散发着让人欲罢不能的迷人气质。

阿丽雅德妮:我可不是拿来给人卖的商品,所以也不喜欢你那些谄媚之辞,我不配。

威尔莫:我怎么舍得把你拿去售卖呢?天日在上,你说话像天使一样动听。我从来没有从哪位女子口中听过这么温婉动人的言辞。亲爱的,我们两个真是相见恨晚,真应该好好熟悉一下彼此。

阿丽雅德妮:我对你们男人这套勾引女人的心术再熟悉不过了。我看就没有必要认识了吧。

威尔莫:小妮子,你完全错怪我了。我觉得我们非常有必要相知相识。首先,我已经彻底地爱上了你,就连我那不争气的灵魂此刻都已经和你相依,你就不要那么残忍地将我拒绝。难道就不能给我那可怜的身躯一点安慰?其次,我看你是个正直善良的姑娘,一定会做出理性的选择。(*Rover Part II*:245)

在这段对话中,值得关注的是威尔莫与阿丽雅德妮素不相识,可是他们双方自始至终都没有问对方的名字,也就是说他们都不关心彼此的身份。两人素不相识,唯一能够直接面对的就是

烟雾笼罩中的权力：论阿芙拉·贝恩作品中的女性意识

彼此的身体。身体成了双方欲望的载体,而身份、品德、出身等条件则退居次要地位。在贝恩之前的剧本诸如《滥情王子》《迫婚》中,贝恩更多关注的是男性由于受到女性肉体的吸引所导致的狂暴地追求女性的行为。在《漫游者·第二部》中,贝恩以阿丽雅德妮这位贵族女子为中心表现了女性同样会因为本能的欲望冲动做出疯狂的举动,而这种非理性的欲望是才是造成拉·努澈与阿丽雅德妮同时放弃了自己的价值观爱上浪荡子的原因。贝恩在剧中向我们描述了一幅欲望主导下的性别对抗。一方面,传统上女性所遭受的欲望压抑被大胆地突破;另一方面,阿丽雅德妮以欲望为中心的对抗男性的行为也遇到了一定的危险。她对于威尔莫非理性的欲望使得她几乎堕落成了与妓女相同的地位,因此漫无目的地追求男子并不能为女性带来真正的自由。贝恩在第二部中并没有延续《漫游者·第一部》中的情节安排,让富家女嫁给漫游者,为了避免阿丽雅德妮重蹈海伦娜的覆辙,最终安排她与门当户对的贝尔蒙德结合,这也反映出贝恩对欲望的批判性态度,也就是说,尽管她认为男女在欲望面前应该平等,但它同时也是危险的,因此需要加以防范和控制。

小 结

人物形象论是传统的文学研究方法。通过以上我们分析,我们会发现阿芙拉·贝恩在塑造人物形象的时候或多或少地受到了自己女性意识的左右。她一方面在作品中有意识地削弱男性人物的男性气概,让浪荡子也受到节制,并且在文学领域想象性地建构了理想男性;另一方面,她又塑造了具有男性气概的女性形象,让她们勇敢地诉诸武力反抗,同时让女性无论在经济地位、胆识才略、知识才干上处处优越于男性,显豁地表现出作者的女

第五章 皴染与主导:女性意识影响下的人物形象塑造

性意识主导企图。正是因为时局的变化决定了贝恩在呈现女性意识的时候必须在意识形态斗争的夹缝中呈现自己的女性意识。她在塑造人物的时候有时候过于袒露自己的女性意识,一旦认识到这样会遭到社会否定,于是不得不调转方向,转而采用敷衍父权制的方法接着表现这个人物,如此一来,就造成了人物形象的前后不一致,这也恰好呈现了贝恩压抑的女性意识在特殊时代的存在形态。换而言之,假如贝恩没有女性意识的纠结,她笔下的人物形象也不会出现前后不一致的现象。

烟雾笼罩中的权力：论阿芙拉·贝恩作品中的女性意识

结语：王纲解纽——在权力烟雾中表达女性意识的阿芙拉·贝恩

历史学家的贡献在于寻找隐匿在纷繁复杂的历史事件之下的规律并且赋予其秩序。文学史书写基本上也遵循此种宏大叙事的脉络。但是葛兆光援引福柯的观点提醒我们："断裂现象似乎在不断地增强与出现，所以历史学家应当寻找'不连贯'也就是所谓的'断裂'现象，如门槛、裂绝（rupture）、破裂（break）、转化（mutation）、变形。"[1]福柯也多次指出英国十七世纪是就是这样的一个断裂时代，首先表现在两性行为方面："十七世纪初期的英国人很有可能在那方面还普遍低保留着些许真诚。性行为不算什么隐秘行为，说起风月之事也无须过分遮掩。"[2]实际上，贝恩所处的王政复辟时代不仅在性道德方面游离于英国史的一致性与连贯性之外，我们亦可以在政治体制与文学艺术层面发现诸多断裂之处。阿芙拉·贝恩的写作行为及其作品也是时代文化断裂面中的一个点。她的写作在反叛性与表现领域方面超越了之后两百年之内的英国女性作家，但是我们依然可以发现其作品中固有的矛盾性。贝恩作品中系统化的矛盾性恰好契合了齐格蒙特·鲍曼提出的"现代性中的矛盾性"之论。因此，结合近代早期英国

---

[1] 葛兆光. 思想史的写法：中国思想史导论. 上海：复旦大学出版社，2004：57.

[2] Michel Foucault. *The History of Sexuality*, vol. 3. Robert Hurley, trans. New York：Pantheon Books, 1978：3.

结语:王纲解纽——在权力烟雾中表达女性意识的阿芙拉·贝恩

社会的矛盾性理解其作品是我们厘清作家思想乃至美学体系形成的关键。

阿芙拉·贝恩里程碑式的贡献首先在于开创了女性职业写作的先河。那么,贝恩的创作到底是为了取悦观众,唯观众趣味马首是瞻,还是保持了独立的创作品格?戏剧一直与经济及票房市场有着紧密的联系。对于贝恩来说,写作剧本更重要的是得到演出的机会并获得观众的欢迎,出版则不是那么重要。原因显而易见,剧作家要获得报酬才能谋生,而报酬的好坏直接取决于该剧的演出场次和观众的多少。因此,对于收入途径单一的剧作家来说,如果不去取悦或者迎合观众几无可能。剧作家得写观众爱看的题材和内容,同时思想也不能出格。复辟时期的男性剧作家还可以通过庇护制度获得生活补贴,而贝恩显然被排斥在该制度之外。她只能单一地依靠票房分成以及剧作出版获得的收入来维持生活,收入的不确定性为她在生活成本高昂的伦敦谋生带来了诸多变数,而戏剧在复辟时期已经不再是伦敦民众主要的文化消费方式。众所周知,戏剧在莎士比亚时期达到了顶峰,之后由于内战以及克伦威尔政府的取缔,戏剧演出一度在英国中断达十八年之久。早在詹姆士一世及其继位者查理一世时期,宫廷已经对戏剧进行了干预,使得戏剧成了统治阶级消遣娱乐的工具,剧作家为了生存主要为宫廷写作并且受到了正风行于欧洲的巴洛克风格的影响,大众剧场时代那种生气勃勃的创造精神消失了。

现实生活中的阿芙拉·贝恩是典型的失去父权系统庇护的女性。她在年轻时候即随父亲远赴英国的美洲殖民地苏里南。父亲去世之后一开始甚至从事间谍活动以获得收入。贝恩的经济独立意识一直比较强烈,她从未依靠男人生活。她似乎隐隐感觉到在近代早期的英国金钱极有可能取代父权系统成为女性的有利保护者,但首先女性必须具备思想和智慧,这也成为贝恩在

烟雾笼罩中的权力：论阿芙拉·贝恩作品中的女性意识

剧本中不断探索的主题之一。她的戏剧经常将女性作为第一主人公呈现,至于剧中思想主题的复调性,我们只能将剧本创作放在公共领域之中才能窥其端倪。作为经济人的贝恩的写作毕竟不能像贵族卡文迪什夫人那样拥有更大的自由度。她的写作亦必须在观众及宫廷允许的尺度内进行,为此贝恩采取了诸多灵活的策略以表达自己独特的女性意识。阿芙拉·贝恩对于女性遭遇恶的性别上不平等有着切身的体会,而她在作品中已经形成了明确的女性意识,具体表现在人物设置以及情节安排都是服务于同一个目的,即对抗父权制。贝恩在《迫婚》以及《裴兴特·幻兴爵士》中都将女性意识直白地表达了出来。她把反抗父权制的行动从舞台上延伸到收场白环节,带有直接向台下男性观众挑战的意味,表明她的反抗行动已经不限于文学领域,而带有了早期女性社会活动家及女权主义者的意涵。贝恩堪称这一时期最具有性别色彩的剧作家。女性地位问题成为贯穿贝恩创作始终的第一层主题,其戏剧中的人物行动基本围绕着性别之间的对抗展开。实际上,贝恩透过剧中女性流露出来的性别觉醒思想无疑与当时混乱的社会状况有着紧密联系。英国1640年资产阶级革命以后的时期,无论是在政治还是在社会领域,一切都处于变动之中,秩序被破坏,稳定性失去了依托,个体情感主义逐渐兴起,如此一来也使得原来铁板一块的父权意识形态体系出现了松动。查理一世被送上断头台标志着英国封建制度的崩坏。克伦威尔依靠强权建立了共和国体制,在欧洲大陆使英国获得了尊严,被封为护国公。但是共和政体对于保守的英国人民来说是一件新鲜事物,国家的基础完全建立在领袖的个人威望之上。王政复辟后的查理二世依靠怀柔政策和投靠法王维持着表面上的君主统治。复辟时期的英国在政治上、宗教上已经失去了中心,但是这样一个秩序崩坏、王纲解纽的乱世恰好为英国女性提供一个可以

结语:王纲解纽——在权力烟雾中表达女性意识的阿芙拉·贝恩

自由表达女性思想的舞台。

阿芙拉·贝恩在喜剧中准确第把握了笑的边界,一方面迎合了观众的需要,取得好的票房,另一方面通过性别、语言、欲望三个层面的狂欢传达了自己的女性意识。贝恩在剧中塑造了诸多如诺威尔夫人以及寡妇兰特氏这样的光彩照人的女性,她们能守其业,用财自卫,不见侵犯,给读者留下了深刻的印象,尤其是后期作品展现了须眉不肯让人,天下男子尽效颦的场景,为后人惊叹。她还在一系列作品中探讨了男性权利形成的机制,比如军事、暴力、语言、习俗、文化等诸多方面,因此我们才称她是主动自觉的女性思想家。阿芙拉·贝恩的女性主张包括争取恋爱婚姻自由、女性在才气上与男性没有差别以及两性在欲望上的平等。为了建构理想的性别关系,贝恩在作品中表现了诸多两性之间实现妥协的情节。性别关系方面旧的话语权威在贝恩的作品中不经过调试已经无法行得通。历史就这样在扬弃与调整中不断取得变化。人类因为性别划为两类,由此产生多种多样的人格与欲望,相互之间必然产生碰撞与矛盾,但近代早期的男性显然已经无法利用权威对女性施行绝对的压制了,所以性别的协商实际反映了封建话语体系崩解的一角,这也是为什么我们可以用妇女解放程度判断现代性程度的原因,盖因为妇女问题实乃现代性的绝好检测指标,而这个指标较之其他指标又是最容易发现和便于衡量的。话语的表述需要参照,这也是他者的作用,整个人类社会即是又大大小小的自我之群与他者之群组成,而自我与他者又是动态变化的过程,这就需要力量的介入。贝恩已经认识到了女性被父权制社会压制的原因,包括父母的教条、社会习俗都在主宰着女子的婚姻及命运。她提出的父权制下男性如何宰制女性的问题这在复辟时期的喜剧主题中是不多见的,其笔下的性别协商情节也反映了十七世纪末期英国女性争夺公共空间的复杂性与

烟雾笼罩中的权力:论阿芙拉·贝恩作品中的女性意识

策略性。贝恩在作品中展示了如何将女性主义思想与喜剧艺术完美结合起来,具体来讲主要是利用喜剧精神特有的狂欢化诗学手法,借助于幽默讽刺在文学领域建构出一个不同于现实世界、迥异于传统性别符号关系的乌托邦。

罗伯特·马考莱认为:"有的评论者认为贝恩是十七世纪的女性主义者,因为她拥护女性自主选择婚姻的权利;还有学者认为贝恩对于她同时代的反女性主义者以及赞成男性纵欲主义者进行了更加阴暗的讽刺;当然也有论者认为身处厌女主义横行的复辟时期。她的女性立场也有模棱两可之处。"①马考莱总结了前人对于贝恩女性意识的混乱状况,此观点恰好说明了贝恩女性意识的辩证性与复杂性特征。贝恩的确在作品中典型地变现了年轻人在活力方面的优势,但我们也不能据此认为作者对复辟时期的性自由主义就是持完全支持的态度。"喜剧通常从青年人战胜老年人的生殖崇拜胜利这个角度被理论化,应该很清楚的是,这样一种胜利很少在某种历史的结束所包含的各种可能意义上被考虑。"②王政复辟时期的自由主义与曼德维尔的"人性本恶"思想以及霍布斯的"自然状态"有着紧密的联系。这一时期的自由(liberty)乃是通过宫廷党人放荡不羁的性行为表达出来。复辟时期的道德堕落实现了从文学上与现实中的双向活动,其实质是对严厉的清教的报复性反动。人们的心中有笑的本能需要,而不愿过过分严肃的生活。经历了英国内战以来严酷动荡的政治环境的人们更加倾向于通过笑释放集体心理积压的紧张压力。阿芙拉·贝恩堪称自由主义和女性主义的先驱者。她在诸多作品中

---

① Robert Markley. Behn and the Unstable Traditions of Social Comedy. in Derek Hughes, Janet Todd, eds. *The Cambridge Companion to Aphra Behn*. Cambridge University Press, 2004:98.

② [美]弗里德里克·詹姆逊. 辩证法的效价. 余莉,译. 北京:中国社会科学出版社,2014:811.

结语:王纲解纽——在权力烟雾中表达女性意识的阿芙拉·贝恩

以"狂欢式"的形式利用了王政复辟时期人们对于"笑"的渴求实现了性别的重构。巴赫金认为:"正是狂欢式的世界感受,让人们能给哲学穿上艺妓的五光十色的衣服。狂欢式的世界感受,是思想与惊险型艺术形象之间的传送带。"①贝恩作品中的思想即通过喜剧精神中的"狂欢式"手段表达出来,这种表现手段在表面上呈现为"喜剧反讽",在美学形式上表现为"笑的讽刺",在意识形态上体现为对现实世界的重构与颠覆,她的作品完美体现了三者的有机结合,堪称思想性、艺术性以及市场反响三者都实现兼顾的典范。

当然,我们也不能回避贝恩作品中某些看起来不成熟甚至矛盾性的因素。例如,她的早期作品即呈现出女性不成熟的状态,举凡《迫婚》《年轻的君主》《滥情王子》《阿布德拉萨》都没有脱离宫廷贵族的生活。田园牧歌情调显然亦脱离了英国的现实。费兰达、阿敏达、奥琳达、弗雷德里克等诸多人物的命名亦带有明显的异域风情,这些都反映了在旧贵族与新兴资产阶级争斗的过程中,保皇党仍然在文化上拥有着占据优势的影响力,使得贝恩也不得不借助于贵族文化创作作品。自《都市浪子》之后,贝恩的创作转向了现实题材,特别是《漫游者》在复辟时期剧场取得了空前的成功。从此以后,贝恩的戏剧创作开始了明显的政治转向。不过,我们发现贝恩成熟期的作品中的人物反而更加充满矛盾性。我们可以按照女性意识显豁程度的强弱将这一时期的六部剧作分成两类,其中女性意识比较强烈的戏是《裴兴特·幻兴爵士》《伪装的风尘女》《漫游者·第二部》,而女性意识飘忽的戏包括《漫游者》《圆颅党人》以及《都市女继承者》。这种现象出现的原因并非是贝恩的女性意识本身发生了变化,而是作者囿于生计、

---

① 巴赫金. 诗学与访谈. 白春仁,顾亚玲,等,译. 石家庄:河北教育出版社,1998:176.

烟雾笼罩中的权力：论阿芙拉·贝恩作品中的女性意识

政治等现实需要被迫做出的违心改变。《漫游者》中的威尔莫与《都市女继承者》中的威尔丁虽然劣迹斑斑，依然能够获得女性的身体和财产即是贝恩为了敷衍父权制以及应付政治审查需要做出的调整，因此就使得人物性格呈现出明显的前后不一致：最明显的例子即是威尔丁一方面被描写为恶魔，另一方面在结局上却能获得女性的青睐。人物形象的矛盾与不一致当然可以看作贝恩艺术创作上的缺失，但是我们不应该忽视的是造成这种现象出现的原因并不能单纯归咎于作家本人的能力，这和当时的社会现实有着紧密的关联。

阿芙拉·贝恩首先是为了面包而写作。[①] 在当时，父权制依旧是对社会具有强大约束力。从政治上看，复辟的斯图亚特王朝依然采取维护父权权威的方式强化统治。如果贝恩大张旗鼓地宣扬女性权力，她的作品根本不可能出现在公共空间。另一方面，她所处的时代又是一个受挫的君主贵族与上升的资产阶级、托利党人与辉格党人、海外殖民暴发户与国内地产拥有者、国教徒与天主教、英国与法荷两国之间矛盾丛生，互相对抗的时期。贝恩正是在这些权力斗争交织的烟雾中长袖善舞，才得以表现自己的女性意识。王政复辟这短暂的三十年左右的时间也成为贝恩这位游离于英国女性写作史之外的异类得以出现的千载难逢的时机。贝恩的剧作与小说都呈现出过渡时期作品独有的不定型特征，但正因为这些作品正处于形成过程之中，反而更加有利于我们结合社会背景厘清女性写作出现的社会基础。尤其是当我们仔细审视贝恩后期的三部剧作《月亮皇帝》《机运》以及《寡妇兰特氏》，我们会发现它们竟然分别开创了三种不同的创作类型：《月亮皇帝》是当时最为成功的景观闹剧，《机运》开拓了资产

---

① See Jane Spencer. *Aphra Behn's Afterlife*. Oxford: Oxford University Press, 2000: 5.

结语:王纲解纽——在权力烟雾中表达女性意识的阿芙拉·贝恩

阶级戏剧的先河,《寡妇兰特氏》是英国文学史上第一部描写美洲殖民地的剧本。透过这些开拓性的成就,我们或许可以原谅贝恩作品中的那些"不成熟"特征,为这位特立独行的女作家之思想超前性击节惊叹。

阿芙拉·贝恩有没有可能进入经典作家的行列呢?要回答这个问题,我们需要重新审视她的作品,这就存在一个角度的问题。W. R. 欧文斯与莉兹贝斯·古德曼在1996年合著了一本名为《作为经典的莎士比亚与阿芙拉·贝恩》的专著,此书探讨了贝恩的经典化可能性:"我们之所以选择贝恩的《漫游者》是因为它可以与莎士比亚的作品形成对比。贝恩是一位复辟时期剧作家,她创作的年代在处于十七世纪后期,那是一个在社会、政治及剧场等背景方面与莎士比亚时代截然不同的时期。如若我们要评估英国文学经典的功能,贝恩是比较突出的案例。我们会发现贝恩的剧作在她所处的时代极其受欢迎,但后来在相当长的时间内几乎无人问津,但最近无论是学者还是剧场都重新发现和定位了这位女作家作为经典行列的价值,其背后原因值得深思。"[①]有关经典的概念见仁见智,阿芙拉·贝恩的文学经典化过程仍然处于建构之中。最新出版的《剑桥英国文学史·18世纪卷》中为三位女作家阿芙拉·贝恩、德拉利威尔·曼莉以及伊莉莎·海伍德设立了专章,而后面两位女作家的创作都受到贝恩的深厚影响,这或许也可以看作学术界对于英国历史上第一位职业女作家文学地位的再次确认。

[①] W. R. Owens & Lizbeth Goodman. Shakespeare, Aphra Behn and the Canon. Routledge 1996:18.

397

主要参考文献

一、阿芙拉·贝恩著作

Aphra Behn. *The Complete Works of Aphra Behn*, ed. Janet Todd, William Pickering, 1996.

Aphra Behn. *Oroonoko*, ed. Joanna Lipking, W. W. Norton & Company, 2010.

二、中文文献

玛丽·沃斯通克拉夫特.女权辩护.王蓁,译.北京:商务印书馆,1995.

R. W. 康纳尔.男性气质.柳莉,译.北京:社会科学文献出版社,2003.

巴赫金.巴赫金全集.白春仁,译.石家庄:河北教育出版社,1998.

巴赫金.巴赫金文论选.佟景寒,译.北京:中国社会科学出版社,1996.

巴赫金.拉伯雷研究.李兆林,夏忠宪等,译.石家庄:河北教育出版社,1998.

巴赫金.诗学与访谈.白春仁,顾亚玲等,译.石家庄:河北教育出版社,1998.

巴赫金.小说理论.白春仁,晓河,译.石家庄:河北教育出版社,1998.

本尼迪克特·安德森.想象的共同体:民族主义的起源与分布.吴叡人,译.上海:上海人民出版社,2005.

伯高·帕特里奇.狂欢史.刘心勇,杨东霞,译.上海:上海人民出版社,1992.

伯纳德·曼德维尔.蜜蜂的寓言:私人的恶德,公众的利益.肖聿,译.北京:中国社会科学出版社,2002.

陈晓律.1500年以来的英国与世界.北京:生活·读书·新知三联书店,2013.

陈晓律,于文杰,陈日华.英国发展的历史轨迹.南京:南京大学出版社,2009.

法拉梅兹·达伯霍瓦拉.性的起源:第一次性革命的历史.杨朗,译.南京:译林出版社,2015.

弗里德里克·詹姆逊.辩证法的效价.余莉,译.北京:中国社会科学出版社,2014.

福柯.词与物:人文科学考古学.莫伟民,译.上海:上海三联书店,2001.

福柯.性经验史·关注自我.第三卷.上海:上海人民出版社,2016.

福柯.知识考古学.谢强,马月,译.北京:生活·读书·新知三联书店,2003.

尼古拉斯·菲利普森,昆廷·斯金纳.近代英国政治话语.潘兴明,周保巍,译.上海:华东师范大学出版社,2005.

葛兆光.思想史的写法:中国思想史导论.上海:复旦大学出版社,2004.

哈维·C.曼斯菲尔德.男性气概.刘炜,译.南京:译林出版社,2009.

韩加明.18世纪英国小说叙述理论概观.欧美文学论丛.2003(3).

郝田虎.〈缪斯的花园〉:早期现代英国札记书研究.北京:北京大学出版社,2014.

何其莘.英国戏剧史.南京:译林出版社,1999.

黑格尔.精神现象学.上卷.贺麟,王玖兴,译.北京:商务印书馆,1979.

胡景钊,余丽嫦.17世纪英国哲学.北京:商务印书馆,2006.

黄梅.贝恩的〈欧奴诺可〉:时空定位和身份混淆.外国文学评论.1995(2).

黄梅.理智与情感中的"思想之战".外国文学评论.2010(1).

黄梅.推敲"自我":小说在18世纪的英国.北京:生活·读书·新知三联书店,2003.

霍布斯.利维坦.黎思复,黎廷弼,译.北京:商务印书馆.2014.

科耶夫.黑格尔导读.姜志辉,译.南京:译林出版社,2005.

拉康.治疗的方向和它的力量的原则//拉康选集.褚孝泉,译.上海:上海三联书店,2001.

莱辛.拉奥孔.朱光潜,译.北京:人民文学出版社,1984.

蓝江.从赤裸生命到荣耀政治——浅论阿甘本 homo sacer 思想的发展谱系.黑龙江社会科学.2014(4).

劳伦斯·斯通.英国的家庭、性与婚姻:1500 - 1800.刁筱华,译.北京:商务印书馆,2011.

雷蒙德·威廉斯.关键词:文化与社会的词汇.刘建基,译.北京:生活·读书·新知三联书店,2005.

尼采.偶像的黄昏.周国平,译.长沙:湖南人民出版社,1987.

诺思罗普·弗莱,等.论悲剧与喜剧.傅正明,程朝翔,译.北京:中央戏剧出版社,1992.

李维屏,宋建福.英国女性小说史.上海:上海外语教育出版社,2011.

梁实秋.英国文学史.北京:新星出版社,2011.

刘岩.差异之美:伊里加蕾的女性主义理论研究.北京:北京大学出版社,2010.

刘意青.英国18世纪文学史.北京:外语教学与研究出版社,2005.

迈克尔·麦基恩.英国小说的起源——1660—1740.上海:华东师范大学出版社,2015.

莫里哀.莫里哀喜剧全集.李健吾,译.长沙:湖南文艺出版社,1993.

穆斯塔法·萨福安.结构精神分析学:拉康思想概述.怀宇,译.天津:天津社会科学出版社,2001.

齐格蒙特·鲍曼.现代性与矛盾性.邵迎生,译.北京:商务印书馆,2003.

钱乘旦,许结明.英国通史.上海:上海社会科学院出版社,2002.

桑德拉·吉尔伯特,苏珊·古芭.阁楼上的疯女人:女性作家与十九世纪文学想象.杨莉馨,译.上海:上海人民出版社,2014.

申丹,韩加明,王丽亚.英美小说叙述理论研究.北京:北京大学出版社,2013.

谭君强.叙述的力量:鲁迅小说叙事研究.昆明:云南大学出版社,2014.

盛宁.对新版剑桥文学史18世纪卷的批评.外国文学评论.2006(3).

苏珊·S.兰瑟.虚构的权威:女性作家与叙事声音.黄必康,译.北京:北京大学出版社,2002.

苏珊·斯坦福·弗里德曼.图绘:女性主义与文化交往地理学.陈丽,译.南京:译林出版社,2014.

特拉斯勒.剑桥插图英国戏剧史.刘振前,李毅,译.济南:山东画报出版社,2006.

王建刚.狂欢诗学——巴赫金文学思想研究.上海:学林出版社,2001.

王觉非.英国史.南京:南京大学出版社,1997.

王仪君.帝国与族裔:英国近代早期戏剧中的国族主义与身份认同.广州:中山大学出版社,2011.

吴树博.力量的欲望——论斯宾诺莎哲学中欲望的本质及特性.复旦大学学报.2012(5).

西蒙·特拉斯勒著.剑桥插图英国戏剧史.刘振前,李毅,康健,译.济南:山东画报出版社,2006.

西蒙娜·德·波伏娃.第二性.葛雷,译.张容,选编.石家庄:河北教育出版社,1995.

西蒙娜·德·波伏娃.第二性.陶铁柱,译.北京:中国书籍出版社,2004.

阎照祥.英国政党政治史.北京:中国社会科学出版社,1993.

阎照祥.英国政治思想史.北京:人民出版社,2010.

杨莉馨."标出那新崛起的亚特兰蒂斯"——简评〈阁楼上的疯女人:妇女作家与十九世纪文学想象〉.妇女研究论丛.2008(1).

亚里士多德.尼各马可伦理学.廖申白,译.北京:商务印书馆,2003.

伊恩·P.瓦特.小说的兴起:笛福、理查逊、菲尔丁研究.高原,董红钧,译.北京:生活·读书·新知 三联书店,1992.

伊莱恩·肖瓦尔特.她们自己的文学.韩敏中,译.杭州:浙江大学出版社,2012.

裔昭印.西方妇女史.北京:商务印书馆,2009.

约翰·洛克.人类理解论.关文运,译.北京:商务印书馆,1983.

约翰·斯图亚特·穆勒.妇女的屈从地位.汪溪,译.北京:商务印书馆,2009.

张德明.〈奥努诺克〉:第一部旅行小说的文化意义.宁波大学学报,2010(2).

张德明.英国旅行文学与小说话语的形成.国外文学.2011(2).

马克思.资本论.中央编译局,译.北京:人民出版社,2004.

朱迪斯·巴特勒.性别麻烦:女性主义与身份的颠覆.宋素凤,译.上海:上海三联书店,2009.

三、英文文献

Adcock, Rachel. 'Jack Presbyter in his Proper Habit': Subverting Whig Rhetoric in Aphra Behn's The Roundheads (1682). in *Women's Writing*, 2015(22).

Backscheider, Paula. *Spectacular politics: Theatrical Power and Mass Culture in Early Modern England*. Baltimore: The Johns Hopkins University Press, 1993.

Aphra Behn. On DeSire Paul Salzman, ed. *Oroonoko and Other Writings*. Oxford University Press, 2009.

Bernard le Bovier de Fontenelle. *A Discovery of New Worlds*. Aphra Behn trans. London: William Canning, 1688.

烟雾笼罩中的权力：论阿芙拉·贝恩作品中的女性意识

Braudel, Ferdinand. *Civilization and Capitalism*:15*th* – 18*th Century*,*The Structure of Everyday Life*. Sian Reynolds, trans. New York:Harper & Row Publisher, 1981.

Brown, Laura. *English Dramatic Form*:1660 – 1760,*An Essay in Generic History*. New Haven: Yale University Press, 1981.

Burke, Hellen M. The Cavalier Myth in the Rover, in Derek Hughes and Janet Todd, ed. *The Cambridge Companion to Aphra Behn* Cambridge:Cambridge University Press, 2004.

Chernaik, Warren. *Sexual Freedom in Restoration Literature*. Cambridge: Cambridge University Press, 1995.

Collier, Jeremy. *A Short View of the Immorality, and Profaneness of the English Stage*. London:Printed for S. Keble, R. Sare, and H. Hindmarsh, 1698.

Coppola, Al. *Retraining the Virtuoso's Gaze, Behn's Emperor of the Moon, the Royal Society, and the Spectacle of Science and Politics*. in Eighteenth Century Studies,2008,41.4.

Cordner, Michael. Sleeping with the Enemy:Aphra Behn's The *Roundheads* and the Political Comedy of Adultery, in Michael Codner, ed. *Players, Playwrights, Playhouses*:*Investigating Performance*, 1660 – 1800. New York:Palgrave, 2007.

Crow, Steven D. Your Majesty's Good Subjects:A Reconsideration of Royalism in Virginia, 1642 – 1652. in *The Virginia Magazine of History and Biography*, 1979(2).

Drollery Norfolk. *A Compleat Collection of the Newest Songs*, Jovial Poems and Catches, etc. London:Printed for R. Reynolds and John Lutton,1675.

Duffy Maureen. The Passionate Shepherdess:Aphra Behn 1640

—1689, London:Joanthan Cape, 1977.

Duyfhuizen, Bernard. 'That Which I Dare not Name', Aphra Behn's 'The Willing Mistress'. in *ELH*,1991,58.1.

Earl of Rochester. The Pomes and Lucian's Rape, Keith Walker and Nicholas Fisher, ed. *John Wilmot, Earl of Rochester:The Poems and Lucian's Rape*,Wiley Blackwell,2010.

Filmer, Robert. *Patriarcha, the Nature Power of Kings*, in Johann P. Sommerville, ed. *Patriarcha and Other Writings*, Cambridge:Cambridge University Press, 1991,

Gallagher Catherine. 'Who was That Masked Woman?' The Prostitute and the Playwright in the Comedies of Aphra Behn. in Heidi Hunter, ed. Rereading *Aphra Behn:History, Theory, and Criticism*, Charlottesville:University of Virginia Press, 1993.

George, Whiting W. The Condition of the London Theaters, 1679 – 1683:A Reflection of the Political Situation, in Modern *Philology*,1927,25.2.

Gilles Deleuze and Félix Guattari. *Anti – Oedipus:Capitalism and Schizophrenia*, Minnesota University Press, 1983.

Goreau, Angeline. *Reconstructing Aphra:A Social Biography of Aphra Behn*. New York:The Dial Press, 1980.

Gqola Pumla Dineo. 'Where There Is No Novelty, There Can Be No Curiosity':Reading Imoinda's Body in Aphra Behn's Oroonoko: or the Royal Slave". in *English in Africa*,2001(1).

Green, Susan. Semiotic Modalities of the Female Body in Aphra Behn's *The Dutch Lover*, in Heidi Hunter, ed. *Rereading Aphra Behn:History, Theory and Criticism*, Charlottesville:University of Virginia Press, 1993.

Greenblatt, Stephen. *Renaissance Self - Fashioning From More to Shakespeare*. Chicago:the University of Chicago Press, 1980.

Harol , Corrinne. The Passion of Oroonoko:Passive Obedience, The Royal Slave, and Aphra Behn's Baroque Realism. in *English Literary History*,2012,79.2

Harris, Tim. *London Crowds in the Reign of Charles II:Propaganda and Politics from the Restoration until the Exclusion Crisis*. Cambridge:Cambridge University Press, 1987.

Hayden, Judy A. Harlequin Science:Aphra Behn's *Emperor of the Moon* and the Plurality of Words. in *English*,2015,64.246.

Hayden A. Judy. *Of Love and War:The Political Voice in the Early Plays of Aphra Behn*, New York:Rodopi, B. V. 2010.

Henderson, Helene. *Holiday Symbols and Customs*. Omnigraphics,inc, 2009.

Henry, Ward Wilber. Mrs. Behn's *The Widow Ranter*, Historical Sources. in *South Atlantic Bulletin*,1976(4).

Howard, Jean E. *The Stage and Social Struggle in Early Modern England*. London and New York:Routledge, 1994.

Hughes, Derek. *The Theatre of Aphra Behn*. London:Palgrave, 2001.

Katherine, Mannheimer. Celestial Bodies:Readerly Rapture as Theatrical Spectacle in Aphra Behn's *Emperor of the Moon*. in *Restoration:Studies in English Literary Culture*, 1660 - 1700,2011(35).

Keith , Thomas. Women and the Civil war Sects, in *Past and Present*,1958(13).

Latta, Kimbery. Aphra Behn and the *Roundheads*. in *Journal for Early Modern Cultural Studies*,2004,4.1.

主要参考文献

Markley, Robert. 'Be Impudent, Be Saucy, Forward, Bold, Touzing, and Leud': The Politics of Masculine Sexuality and Feminine DeSire in Behn's Tory Comedies. in Douglas J. Can-field and Deborah C. Payne, eds. *Cultural Readings of Restoration and Eighteenth - Century English Teeter*. Athens: University of Georgia Press, 1995.

Markley, Robert. Aphra Behn's *The City Heiress*: Feminism and the Dynamics of Popular Success on the Late Seventeenth - Century Stage. in Comparative *Drama*, 2007, 41. 2:151.

Martin, Roberta C. 'Beauteous Wonders of a Different Kind ': Aphra Behn's Destabilization of Sexual Categories. in *College English*, 1988, 61. 2.

Mary, Baine Campbell. Reviewed Works: The Secret life of Aphra Behn. in *A Quarterly Journal Concerned with British Studies*, 1998, 30. 3.

Morgan, Edmund S. *American Slavery, American Freedom*: The *Ordeal of Colonial Virginia*. New York: W. W. Norton & Company, 1975.

Novak, Maximillian E. Libertinism and Sexuality. in Susan J. Owen, ed. *A Companion to Restoration Drama*, Malden: Blackwell Publishing, 2008.

Owen, Susan J. Behn's Dramatic Response to Restoration Politics. in Derek Hughes and Janet Todd, ed. *The Cambridge Companion to Aphra Behn*. Cambridge: Cambridge University Press, 2004.

Owen, Susan J. Interpreting the Politics of Restoration Drama. in *the Seventeenth Century*, 1998, 8. 1.

Owen, Susan J. Restoration Theatre and Crisis. Oxford: Oxford

University Press, 2003.

Owen, Susan J. Sexual Politics and Party Politics in Behn's Drama, 1678 - 1683, in Janet Todd, ed. *Aphra Behn Studies*, Cambridge: Cambridge University Press, 1996.

Pachego, Anita. Rape and the Female Subject in Aphra Behn's the Rover, in *ELH*, 1998, 65.2.

Pachego, Anita. Reading Toryism in Aphra Behn's Cit - Cuckolding Comedies. in *The Review of English Studies*, 2004, 55.222.

Paula, Backscheider R. From *the Emperor of the Moon* to the Sultan's Prison. in *Studies in Eighteenth - Century Culture*, 2014 (43).

Pearson, Jacqueline. Gender and Narrative in the Fiction of Aphra Behn, in The *Review of English Studies*, 1991, 42.166.

Pepys, Samuel. *The Diary of Samuel Pepys*, Vol.1. R. Garnett, J. M. ed. DENT & SONS LTD, 1906.

Pepys, Samuel. *The Diary of Samuel Pepys*, ed. by William Matthews and Robert Latham, vol. 7, Berkeley: University of California Press, 1972.

Rankin, Huge F. The General Court of Virginia: Its Jurisdiction and Personnel. in *the Virginia Magazine of History and Biography*, 1962(2).

Ricahard, Lee Morton. *Colonial Virginia*. Chapel Hill: University of North Carolina Press, 1960.

Rogers, Pat. Reviewed Works: The Passionate Shepherdess: Aphra Behn, 1640 - 1689. in *The Review of English Studies*, 1978, 29.116.

Schwoerer, Lois G. Women's public political voice in England.

in Hilda L. Smith, ed. *Women Writers and the Early Modern British Political Tradition*, Cambridge: Cambridge University Press, 1998.

Shell Alison. Popish Plots: *The Feign'd Curtizans* in Context. in Janet Todd, ed. Aphra Behn Studies, Cambridge: Cambridge University Press, 1996.

Smith, Hilda L. Introduction. in Hilda L. Smith, ed. Women Writers and the Early Modern British Political Tradition, Cambridge: Cambridge University Press, 1998.

Spencer, Jane. Aphra Behn. in David Scott Kastan, ed. *the Oxford Encyclopedia of British Literature*, Oxford: Oxford University Press, 2006,

Spencer, Jane. *Aphra Behn's Afterlife*. Oxford: Oxford University Press, 2000.

Spencer, Jane. Aphra Behn on the Eighteenth – Century Stage. in Mason H. T, ed. *Transactions of the Eighth International Congress on the Enlightment: Studies on Volatire and the Eighteenth Century*, 1992.

Spencer, Jane. *The Rover* and the Eighteenth Century. in Janet Todd, ed. *Aphra Behn Studies*, Cambridge: Cambridge University Press, 2009.

Stewart, Ann Marie. *The Ravishing Restoration: Aphra Behn, Violence, and Comedy* Cranbury: Associated University Presses, 2010.

Szilagyi, Stephen. The Sexual Politics in the Rover: After Patriarcy. in *Studies in Philology*, 1998, 95. 4.

Thompson, Peggy. *Coyness and Crime in Restoration Comedy: Women's DeSire, Deception and Agency*, Bucknell University Press, 2012.

烟雾笼罩中的权力：论阿芙拉·贝恩作品中的女性意识

Todd, Janet. *The Secret life of Aphra Behn*. London: Andre Deutsch, 1996.

Todd Janet. Notes to *the Roundheads* or, the Good Old Cause. in Janet Todd, ed. The Works of Aphra Behn, vol. 6. William Pickering, 1996.

Tosh, John. The Old Adam and the New Man: Emerging Themes in the History of English Masculinities, 1750—1850. in Tim Hitchcock and Michèle Cohen, eds. *English Masculinities* 1660 - 1800, New York: Longman.

Webster Jeremy W. *Performing Libertinism in Charles II' S Court: Politics, Drama, Sexuality*. New York: Palgrave, 2005.

Wertenbaker Thomas Jefferson. Virginia *under the Stuarts*: 1607 - 1683, Princeton: Princeton University Press, 1914.

Whers R. Donald, Eros, Ethics. Identity: Royalist Feminism and the Politics of DeSire in Aphra Behn's *Love Letters*, in *Studies in English Literature*, 1500 - 1900, 1992, 32.3.

Wolsk, Rebecca S. Muddy Allegiance and Shiny Booty: Aphra Behn's Anglo - Dutch Politics. in *Eighteenth - Century Fiction*, 2004 (17).

Young, Elizabeth V. Aphra Behn, Gender and Pastoral, in *Studies in English Literature*, 1993, 33.3

Zook, Melinda. Contextuzlizing Aphra Behn: Plays, Politics, and Party, 1679 - 1689. in Hilda L. Smith, ed. *Women Writers and the Early Modern British Political Tradition*, Cambridge: Cambridge University Press, 1998.

附录:阿芙拉·贝恩生平及创作年表

阿芙拉·贝恩(Aphra Behn)是十七世纪英国复辟时期著名的女戏剧家、诗人、翻译家以及小说家。她大约于1640年出生于肯特郡的一户普通人家。青年时期曾经远渡重洋,游历英国殖民地苏里南,旋即返回英国作为英国王室的军事间谍赴安特卫普搜集军事情报,非但没有获得相应报酬,反而因为旅费负债累累。但这并没有改变她的政治信仰,她始终对于斯图亚特王朝忠心耿耿,以上经历对于一位生活在十七世纪末期的女性来说堪比传奇,同时也为其日后成为一名职业女性作家奠定了坚实的基础。贝恩之所以走上文坛,首先是为了解决生存问题,她是英国历史上第一位卖文为生的女作家,在二十余年的文学生涯中,创作了大量的戏剧、诗歌以及小说,并有若干翻译作品流传后世。

1640? 年:阿芙拉·贝恩出生于英国的肯特郡。

1663 年:乘船赴英国殖民地苏里南。

1664 年:返回伦敦,与一名姓贝恩的商人开始一段短暂的婚姻。

1666 年:阿芙拉·贝恩作为间谍到安特卫普搜集情报;

1667 年:从安特卫普返回伦敦。

1668 年:被投入负债人监狱。

1670 年:《迫婚》(The Forc'd Marriage)于伦敦首演。

1671 年:2 月,《滥情王子》(The Armous Prince)上演。

烟雾笼罩中的权力：论阿芙拉·贝恩作品中的女性意识

1672 年：编辑了名为《考文特花园笑谈集》(The Covent Garden Drollery)诗歌集。

1673 年：2 月，《荷兰情人》(The Dutch Lover)在多赛特花园剧场上演；

1676 年：7 月，《阿布德拉扎尔》(Abdelazer)上演；9 月，《都市花花公子》(The Town Fop)上演。

1677 年：2 月，《浪荡子》(The Debauchee)上演，该剧未署名，属于贝恩疑作；《漫游者》(The Rover)上演

1678 年：1 月，《裴兴特·幻兴爵士》(Sir Patient Fancy)上演。

1679 年：3 月，《伪装的风尘女》(The Feign'd Curtezans)上演；9 月，《年轻的君主》(The Young King)上演。

1680 年：6 月，《复仇》(The Revenge)上演，属于贝恩疑作。

1681 年：3 月，《漫游者·第二部》(The Rover II)上演；11 月，《伪装的伯爵》(The False Count)上演。

1682 年：3 月，《亦父亦子》(Like Father, Like Son)上演；5 月，《都市女继承者》(The City Heiress)上演；8 月，贝恩因为在给《罗幕拉与赫斯里亚》(Romulus and Hersilia)作的收场白中攻击蒙茅斯公爵被捕入狱。同年 11 月，国王剧院与公爵剧院合并为联合剧院。

1684 年，《一个贵公子与其妻妹的通信》(Love Letters Between a Nobleman and His Sister)第一卷出版。

1685 年，出版一部诗集，创作三首时政诗。

1686 年，《机运》上演。

1687 年，3 月，《月亮皇帝》上演；《一个贵公子与其妻妹的通信》(Love Letters Between a Nobleman and His Sister)第三卷出版。

1688 年，《欧奴诺可》(Oroonoko)出版；《美丽的弃妇》(The

Fair Jilt)出版。

1689年,《修女秘史》出版(*The History of the Nun*);4月16日,阿芙拉·贝恩逝世,葬于威斯敏斯特教堂。

 烟雾笼罩中的权力：论阿芙拉·贝恩作品中的女性意识

后　记

　　2013年10月,在南京大学文学院的大厅里,导师余斌教授认真地对我说:"黄梅的书要读一读。"于是,我到图书馆借阅了《推敲"自我":小说在十八世纪的英国》。读完以后,掩卷而思,原来在理论大行其道的外国文学研究界,还有这样一股清流?该书的第一章即为"贝恩和复辟时代的遗产",当时我就对这位传奇女作家产生了兴趣。

　　通过检索资料发现,只有黄梅和张德明较早关注了阿芙拉·贝恩。当然,促使我决定将贝恩作为博士论文研究对象的原因不仅仅是贝恩研究在国内属于"冷门",而是随着深入阅读,愈发觉得她在英国文学史上的地位尚未被世人认知。自英国殖民美洲之后,社会阶级分化更加剧烈,殖民作为迅速积累财富的法宝,引诱着英国本土的穷苦阶层,一部分贵族也乐于参与其中,潜移默化地改变了人们对于传统权威的认识。复辟时期的英国是一个王纲解纽、光怪陆离的时代。贝恩就在历史的夹缝之中悄然走上了文学的舞台,以至于彼时公共空间的各种权威无暇思忖这一事件的巨大革命性。

　　2013年12月,我将阿芙拉·贝恩作为博士论文选题报告给了余斌老师。余老师认可了我的选择,同时指出贝恩的著作几乎没有中译本,一切都要靠自己摸索。闭门造车肯定是不行的,怎样才能快速地熟悉翻译工作呢?余斌老师翻译阿兰·德波顿的

后 记

《拥抱逝水年华》是我反复阅读的经典范例。余师将随笔的美感神奇地传递出来,全然没有翻译腔和面目可憎的长句子。高超的笔译首先来源于语言功底,倘若对于英语词汇、句子都拎得清,却苦于肚子里没货,自然倒不出来。现代汉语的一句话,往往是长长短短,宛如音符,节奏有快有慢,但蹩脚译者总是拿英语句子结构硬套汉语,岂不是削足适履?

我想到的第二位老师是早期英国文学研究的权威专家陈才宇教授。他长于诗歌翻译,已出版各种著作30余部,发表论文40余篇。通过邮件和陈老师简单沟通以后,陈老师盛情邀请我到杭州做客。我和陈老师素未谋面,这位翻译前辈对我不吝赐教。他在书房里一边随手拿起专业书籍,一边教授我翻译的门径,让我受益匪浅。

这本小书也是在本人博士论文基础上修改写作完成的。书稿完成之后发现,倘若自己能够对史学界的学术成果以及研究路径再熟悉一些,应该会帮助自己形成更宽广的视野。在写作实践中检查发现自己的不足之处,并因此形成深刻的领悟,这应该是写作后最大的收获。在拙作写作的过程中,我得到了众多师长的帮助。在此,我要真诚地对他们道一声感谢。感谢我的指导教师余斌教授,他从我入学一开始就为我指明了研究方向。文史结合是我喜欢的研究方法,导师的诸多著作即是我的指路明灯。虽然以前自己也阅读了导师的很多文章著作,但是这与成为导师的弟子之后再去阅读,领会和体悟自然大有不同,有幸接受导师的面训对于自己提高文学作品的感受力和鉴赏力都发挥了不可替代的作用。初稿完成之后,导师从谋篇布局以及写作规范方面对我进行了细致的指导,余师严谨精确的治学规范让我收获良多。

我还要感谢南京大学文学院的肖锦龙老师,董晓老师,唐建清老师、昂智慧老师、叶子老师,各位老师在我毕业论文开题之

烟雾笼罩中的权力：论阿芙拉·贝恩作品中的女性意识

时，提出了宝贵的修改意见，他们的学术著作以及文学译著让我受益匪浅。肖锦龙老师在文学理论方面造诣深厚，他总能将艰深晦涩的西方理论用浅显易懂的语言呈现出来，让我打消对于理论的畏难情绪。董晓老师以其渊博的知识以及激情洋溢的讲课方式为我打开了外国文学的大门，拓宽了我的视野。

最后我还要感谢家人好友对我的支持和帮助，谢谢他们在精神以及行动上对于我的鼓励和支持。

郑　伟

二零一八年五月于贵州凯里